KB113357

폭염 暴炎

폭염 2

지은이_이지환 | 재판 1쇄 인쇄_2015년 8월 18일 | 재판 2쇄 발행_2019년 6월 22일 | 발행처_도서출판 청어람 | 발행인_서경석 | 편집책임_이은주 | 주소_경기도 부천시 원미구 부일로 483번길 40 서경B/D 3F (우) 420-822 | 등록_1999년 5월 31일(제387-1999-000006호) | 전화_032)656-4452 | 팩스_032)656-4453 | http://www.chungeoram.com | E-mail_chungeorambook@daum.net | 어람번호_8-0058호 | 파본은 구입하신 서점에서 교환하여 드립니다. 저자와 협의하여 인지를 붙이지 않습니다. 책값은 뒤에 있습니다.

ISBN 979-11-04-90362-5 04810
ISBN 979-11-04-90360-1 (SET)

폭염
暴炎
2
이지환 장편 소설
도서출판
청어람

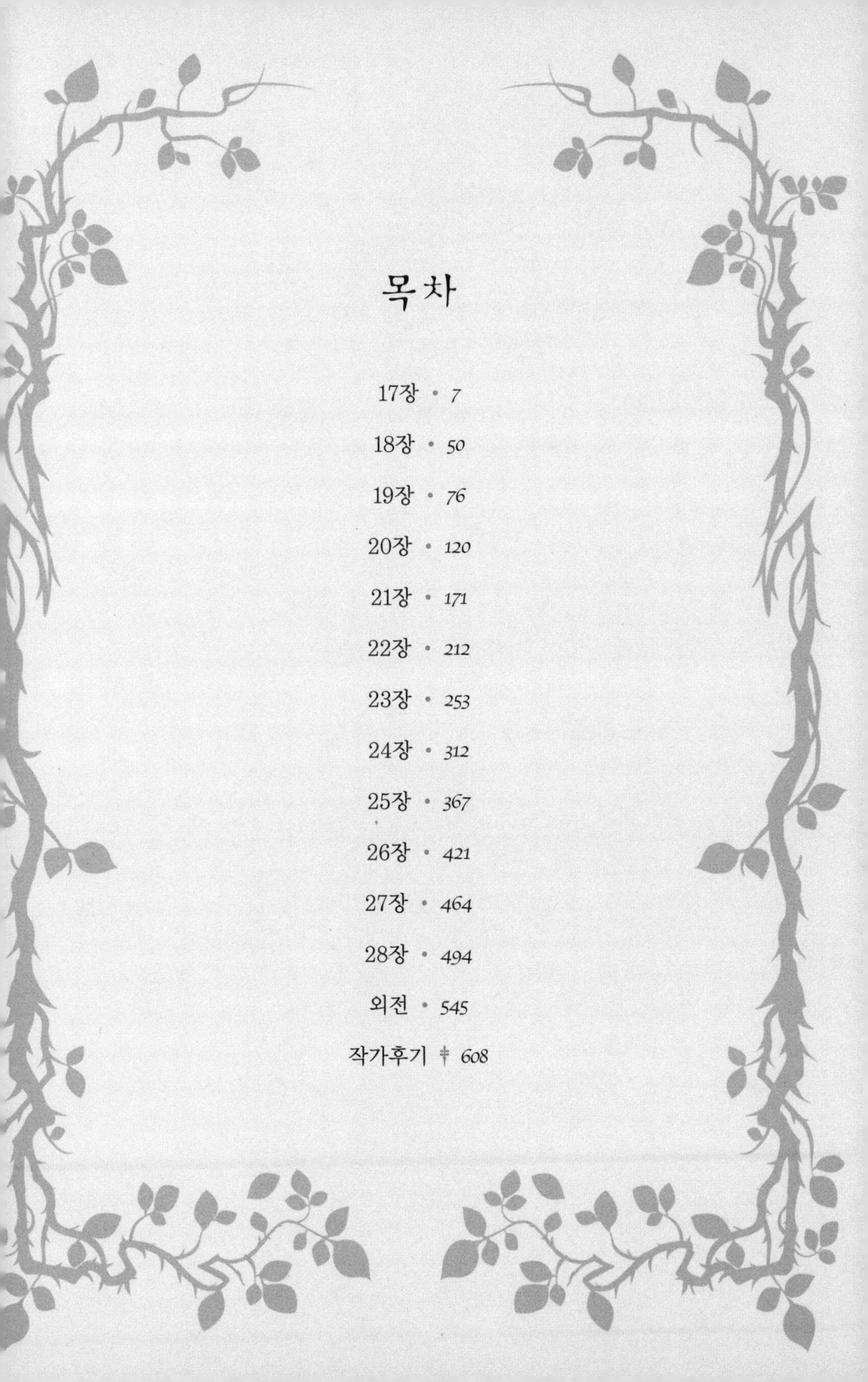

목차

17장 • 7

18장 • 50

19장 • 76

20장 • 120

21장 • 171

22장 • 212

23장 • 253

24장 • 312

25장 • 367

26장 • 421

27장 • 464

28장 • 494

외전 • 545

작가후기 • 608

17장

가만가만 등을 쓸어주는 손길을 느꼈다.

언제나 든든하고 안전한 손. 어찌 되었든 그 감촉이 말하는 건, 사랑. 오직 사랑뿐.

눈물은, 참으로 주책 맞아서, 이유도 없이 흘러내렸다. 울 이유 따윈 없는데. 괜히 슬퍼할 이유 따윈 없는데…….

"마셔."

태흔이 바텐더가 건네준 뜨거운 우유 한 잔을 은후 앞에 놓아 주었다.

"대체 무슨 짓을 하는 거야? 혼자 술집에 퍼질러 앉아 술이나 퍼마시고 있고. 이 시각까지 취해서 해롱대다니."

"나도 어른이야. 술 마실 자유 있다고."

은후는 반항적으로 우유 잔을 밀쳤다. 잔이 조금 흔들려 우유 방울이 바 바닥에 쏟아졌다. 술 취한 놈이 제정신이기를 바라는 게 무리이다 싶었다. 다시 이야기를 해보았자 알아들을 리 없고, 뻗치는 성질머리를 꾹 참고선 태훈은 다시 우유 잔을 은후에게 쥐여주었다.

"속 풀린다. 정신 좀 차려."

"여긴 왜 온 건데?"

싸움을 걸듯이 날카롭게 뱉어내고 말았다.

"열두 시가 넘었다."

"그래서?"

"너 혼자 술집에서 머리 박고 자고 있다고 누가 신고했더라."

"웃긴다, 진짜."

은후가 다시 머리를 박았다. 뾰족하게 내뱉었다.

"내가 뭘 하든 오빠가 무슨 상관이야?"

괜히 짜증 부리며 종알거리자 태훈이 헛웃음을 치는 소리가 들렸다. 그러거나 말거나 은후는 계속해서 혼자 골을 부렸다.

"오빠가 술 퍼마시든 친구랑 싸우든 여자랑 만나서 키스하든 내가 간섭한 적 있냐? 그런데 오빤 왜 만날 사사건건 날 간섭하고 감시하는데?"

"간섭? 감시? 이은후, 귀엽다. 혼자 잘 놀고 있구나. 당장, 마셔! 그리고 일어나."

애꿎은 우유 잔이 탕 소리를 내며 다시 그녀 앞에 놓였다. 잔이 금세라도 깨질 것만 같다. 은후는 지지 않고 캬르랑거렸다.

"내가 아기냐? 만날 우유나 마시라게? 싫거든!"

"이은후."

치밀어 오르는 짜증과 신경질을 꾹꾹 눌러두는 것 같은 태훈의 음산한 목소리가 이상하게 두렵지 않다. 역시 술은 좋은 것이다.

간이 배 밖으로 튀어나오게 만드니 말이다. 은후는 고개를 치켜들고 태흔을 노려보았다. 바락 신경질을 냈다.

"왜? 왜 불러? 내 이름 몰라? 잊어버렸어? 왜 자꾸 불러? 불러서 뭐 하려고?"

"기가 차서. 이제 막가자는 거냐?"

"막가면 어쩔 건데?"

"얼씨구. 엇다 대고 까불어? 양계장 보내주리?"

"양계장 가서 뭐 하라고? 달걀 줍게?"

"닥치라고."

"흥."

"문서준이한테 청혼 받고 나니, 눈에 뵈는 게 없지? 이젠 내가 헌 신발로 보여?"

나지막한 태흔의 목소리도 점점 열이 오르고 있었다. 이 남자 지금 질투하나? 은후는 퍼들퍼들 떨리는 태흔의 턱 근육을 물끄러미 바라보다가 고개를 돌렸다. 이왕 뒤집어진 태흔의 속을 한 번 더 밟았다.

"헌 신발이면 그동안은 잘 신기나 했지, 오빤 헌 신발도 안 돼. 왜 이래? 도대체 쓸모가 없잖아. 남 괴롭히기나 하고. 보기 싫어! 오빠나 양계장에 가주시지. 닭이나 키우셔."

은후는 입을 비죽 내밀고 눈앞에 놓인 우유 잔을 들어 단숨에 마셔 버렸다. 그사이 뜨겁다 싶던 우유는 알맞게 식어 있었다.

잘못했다. 마시자마자 우욱 하고 올라왔다. 입을 막고 화장실로 뛰어들어 갔다. 그날 저녁 먹었던 모든 것을 단번에 게워냈다. 토하다 못해 나중에는 노란 위액까지 쏟아져 나올 정도였다.

한참 동안 눈을 감고 변기통을 부여잡은 채 쪼그리고 앉아만 있었다.

'나 왜 이렇게 추하니? 내가 대체 어디까지 망가지고 싶어서 이러는 걸까? 이렇게 발악하고 이렇게 토해낸다 해도 그 어떤 것도 해결되지 못할 텐데.'

고개를 들어 허공을 응시하는 은후의 눈꼬리에 떨어지지 못한 눈물방울이 맺혔다. 세면대 앞에서 입을 헹구고 얼음처럼 찬물로 얼굴을 씻었다. 눈물도 함께 씻겨 내려갔다. 토한 것이 효과가 있었는지, 안개처럼 몽롱하게 시야를 가렸던 취기가 서서히 가시고 있었다.

'이은후, 너 참 가지가지 하는구나.'

한 손으로 얼굴을 가린 채 은후는 화장실 벽에 등을 기대고 오래도록 서 있기만 했다.

'사는 게 왜 이렇게 힘들까? 버티는 게 왜 이렇게 아플까?'

해답을 찾을 수 없는 질문들이 뱅뱅 뇌리 속을 돌고 있었다.

화장실 문을 누군가가 똑똑 노크했다. 화들짝 놀라 은후는 문을 열었다. 어처구니없게도 천하의 이태흔이 여자 화장실 앞에서 초조한 표정으로 오락가락하고 있었다. 그가 손목시계를 들어 보였다. 세상에, 삼십 분이나 지나 있었다. 은후가 들어가선 나오지 않으니, 정신을 잃고 바닥에 쓰러진 것은 아닌지 깜짝 놀란 것이 분명했다.

"괜찮아?"

다시 세상이 흔들렸다. 바르작댈 기운도 없고, 의미없이 반항할 힘도 없다. 은후는 힘없이 고개를 흔들었다.

"서 있기도 힘들어."

"그러게 못 마시는 술을 왜 마시냐고. 정말 너 때문에 내가 미치겠다."

투덜대는 태흔의 어깨에 매달려 주차장으로 내려왔다. 은후가 조수석에 타자, 안전벨트까지 채워주고 그가 운전석에 앉았다. 차의 시동을 걸었다. 은후는 힘없이 그를 바라보았다.

"어디 가?"

"집에."

"싫어."

"그럼?"

"예술관 들어가야 해. 내일 빨래 봉사해야 한다고."

"몸도 안 좋으면서……."

"그래도 집은 싫어. 할머니 보기 민망해. 이런 거, 안 보여 드리고 싶어."

고집스레 입을 꾹 다문 은후를 힐끗 바라보다가 태흔이 더 이상은 말을 않고 핸들을 돌렸다. 좌석 등받이에 머리를 대고 눈을 감고 있었다. 매도 빨리 맞는 게 낫지. 은후는 자포자기가 되어 내뱉었다

"왜 화 안 내?"

"충분히 화내고 있다."

"그런데 왜 고함 안 질러? 내 머리통 쥐어박거나 가만두지 않겠다고 협박해야지."

"……나만큼 힘든 거니까. 너도 괴로운 거 아니까."

그녀의 얼어붙은 마음을 녹여주고 상처를 핥아주는 것 같은 그 한마디. 순간 갈기갈기 찢기는 애증으로 똘똘 뭉쳐 은후는 태흔을 노려보았다.

"내가 괴로운 건 오빠 때문인데, 지금 고양이가 쥐 걱정하는 거야?"

묵묵히 운전만 하고 있을 뿐, 태흔은 침묵했다. 얼음 같고 돌붙이 같은 옆얼굴을 노려보다가 은후는 그만 울고 말았다. 울면서 소리쳤다. 좌절과 절망, 분노와 서러움에 젖어 울부짖었다. 마음 안에 가두어진 어둡고 서러운 슬픔을 모두 담아 절규했다.

"날 말려 죽이고 싶어? 그럼 그렇게 해! 난 오빨 영원히 이길 수 없으니까. 무엇이든 시키는 대로 해. 난 완전히 오빠의 노예거든. 빼앗기고 빼앗겨도 다 줘. 내 살과 피 전부 다. 오빠 거니까. 다 오빠가 준 거니까. 난 오빠가 만든 인형이니까. 내가 말라 죽는다 해도 원하면 그래, 다 줄게. 하지만 내가 아무리 염치도 없고 수치도 모르는 짐승이라 해도, 다른 여자의 남편이 된 오빠의 숨겨진 정부 노릇은 할 수가 없어. 그게 내게 바라는 벌이라면……. 그건 안 하고 싶어. 그런 건 싫어. 내게 그런 일은 시키지 마. 차라리 나더러 죽어버리라고 해. 아니, 차라리 지금 날 죽여!"

태흔이 강하게 브레이크를 밟았다. 끼이익, 타이어가 마찰하는 날카로운 소리가 조용한 밤하늘을 찢었다. 두 손으로 핸들을 꽉 쥔 채 태흔은 오래도록 정면만 응시하고 있었다. 차 안은 흐느끼는 은후의 오열 소리로만 가득 찼을 뿐.

"울지 마."

한참 후에 그가 입을 열었다. 한숨과 함께 내뱉었다. 몸을 돌이켜 은후의 얼굴에 범벅된 눈물을 닦아주었다. 이 순간, 그녀만큼 그도 무척 아파 보였다.

"바보, 왜 그런 말을 해? 내가 너 말고, 결혼하고 싶은 여자가 어디 있다고?"

"말도 안 돼."

아무리 참으려고 노력했으나 코맹맹이 소리를 감출 수는 없었다. 다시 또 눈물이 콧물과 함께 쏟아졌다. 은후는 훌쩍거리며 손에 잡고 있던 태흔의 옷소매로 눈물, 콧물을 닦았다.

"거짓말쟁이."

속절없이 흔들리는 마음에 반발이라도 하듯이 은후는 다시 앙칼지게 소리쳤다. 원망 반, 갈등 반. 스스로도 정체를 알 수 없는 복잡한 감정에 사로잡혀 눈물은 계속해서 흘러내리고 있었다. 너무 아프고, 너무 괴로워서 겁도 없이 앙탈하고 질투하고 화를 내고 있었다.

"난 정말 오빠 마음을 모르겠어. 읽을 수가 없어. 어떤 것이 진짜 오빠 마음이야? 정말 혼란스러워."

은후의 눈동자에는 아직도 다는 이해하지 못한 그의 감정과 존재에 대한 의문으로 가득 차 있었다.

그녀를 반 미치도록 몰아붙인 사람이면서, 부서질 만큼 원하고 소유하고 갈망하면서, 사랑하면서, 동시에 자꾸만 미워하고 멀리멀리 밀어내지. 죽을 것처럼 괴롭히면서도 한편으로는 너무 다정하게 굴어서 그녀를 울리지. 모순과 애증으로 산산조각 내버리지.

"임세라 씨는 오빠하고 결혼, 기정사실로 믿고 있어. 좋은 사람이었어. 오빠가 이용하고 버릴 만큼 천박하고 하찮은 사람 아니었다고. 나보다 몇천만 배나 더 멋지고 오빠에게 어울려. 그 사람, 잡아. 그리고 날 좀 내버려 둬. 죽이든지, 날 내버려 두든지! 제발 하나만 해!"

"질투하는 거야?"

은후는 울면서도 너무 화가 나서 헐떡였다. 다 알고 있으면서도 마음의 바닥까지 다시 뒤집어선 확인하고야 마는 이 악마 같으니라고! 태흔이 한 손으로 은후의 어깨를 잡았다.

"그래 줘, 제발. 임세라 만나는 척 연극했거든. 네가 질투해 주기를 바랐어. 유치하지? 내가 딴 여자를 만나면 네가 좀 흔들릴 거라고 믿었거든. 지금처럼. 그래서 나에 대한 네 마음을 정확하게 알고 나를 원하기를 바랐어. 너도 나처럼 정직하게 날 바란다고, 원한다고 네 입으로 똑똑히 말해주기를 바랐어. 널 아프게 해서라도 정직한 네 마음을 알고 싶었어. 네 마음속에 내가 얼마나 들어 있는지 확인하고 싶었어."

"잔인해. 모든 건 오빠가 다 가져갔잖아. 약탈하고, 무너뜨리고, 뭉개 버렸잖아. 이런 내 속에 오빠 말고 뭐가 들어 있을 거라고 생각해?"

은후는 절망적으로 부르짖었다. 잔인해, 지독해, 이렇게까지 날 몰아붙일 순 없어.

"그래, 알아. 내가 너이듯 넌 나야. 잘 알아."

태흔이 상냥하게 중얼거렸다. 은후의 손을 꼭 잡았다. 떨고 있는 하얀 손에 키스하고 또 키스했다.

"하지만 넌 언제나 도망쳤잖아. 정직한 네 마음을 부인해 왔어. 화가 났어. 불안했어. 그래서 심술부렸어. 이런 내 마음을 아직도 모르겠어?"

"그럼 오빤 내가 왜 이러는지 정말 몰라서 그래? 난 할머니, 못 버려! 평생 내게 가없이 주신 그 선의와 사랑을 어떻게 배신해? 설사 오빨 잃어버린다 해도, 우리가 평생 동안 다신 만나지 못하고 헤어진다 해도, 그래서 평생 미칠 것처럼 아파해도 난 할머니

아프게 못 해! 그러지 않을 거야. 오빠가 제일 잘 알잖아. 내가 왜 이러는지…….”

“제발 한 번만!”

그가 강하게 소리쳤다. 은후는 훌쩍이며, 토끼처럼 빨개진 눈을 들어 태혼을 바라보았다. 그녀만큼이나 괴롭고, 그녀만큼이나 아프고, 그녀만큼이나 무참한 그 얼굴을. 세상에서 가장 사랑하는 남자의 눈을 응시했다.

“날 위해서, 비겁하게 굴어주면 안 되겠니?”

그가 사랑하다 못해 죽이고 싶도록 미운 연인을 격정적으로 끌어안았다.

“어차피 안 되는 짓, 지금도 우리 지독하게 많이 하고 있어. 이게 뭐야? 그냥 할머니께 고백하자. 할아버지 일은 감추고, 그냥 우리 둘, 지독하게 사랑한다고. 같이 살고 싶다고……. 응? 이미 일어나 버린 일은 어쩔 수 없어. 시작은 엉망진창이었지만 노력하면, 우린 어쩌면 같이 그걸 바로잡고 고칠 수 있을지도 몰라. 우리 둘이 같이 할머니께 잘해 드리면 돼. 지금까지 우리 셋 행복했잖아. 지금처럼 내내 우리 셋, 같이 행복하게 사는 거야. 그러니까 제발 한 번만 비겁하게 굴어줘.”

그러고 싶다. 은후는 다시 훌쩍였다.

세상 그 누구보다도 은후 자신, 참담한 지난 기억을 지워 버리고 싶었다. 하지만 그럴 수 없었다. 사람으로 그러면 안 되는 거니까. 인두겁을 쓰고 해서는 안 되는 짓을 저질렀는데, 어떻게 묻어버린단 말인가. 자신이 어떤 죄를 지었는지. 아무리 해도 지울 수 없고 속죄할 수 없어 아픈 거다. 기회가 없었으니까. 지울 수도 없고 잊지도 못해서 이렇게 괴로운 거다. 너무나 원하고 사랑하는 사람을 밀어내고 미워하는 시늉을 내고 있다.

“날 사랑하잖아? 제발 내 말 좀 들어. 은후야! 거짓말, 하자. 딱 한 번만!”

태흔은 자기도 모르는 사이 다시 애원하고 있었다. 더 많이 사랑하기에, 강자인 것처럼 보이나 늘 약자인 그였다. 은후가 그의 품 안에서 흐느꼈다. 서럽게 도리질을 쳤다.

“못 해. 할아버지 일만으로도 충분해. 할머니께 더 큰 죄를 지을 수가 없어.”

“우리 거짓말이 더 큰 죄일지도 몰라. 왜 그걸 몰라? 네가 날 놓을 수 없듯이. 우리 둘, 헤어지면 죽어. 너 없으면 내가 죽어.”

태흔의 목소리는 거의 필사적이었다. 태흔의 강한 두 팔이 은후를 단단히 끌어안았다. 자신의 몸 안에, 자신의 생 안에 그녀의 전부를 감싸 품듯이.

젖은 볼을 가만히 쓰다듬는 이 큰 손이 얼마나 다정한지, 얼마나 따뜻한지 은후는 홀로 가슴 시리게 되새겼다. 우린 이렇게 사랑해. 이 손을 빼앗기긴 싫어. 놓치고 싶지 않아.

“은후야.”

대답 대신 더 깊이 얼굴을 묻었다.

“이은후, 날 봐.”

강요하는 태흔의 기운에 밀려 은후는 억지로 그를 바라볼 수밖에 없었다.

“그날 일, 네 죄가 아냐.”

그가 나직하게 중얼거렸다. 깊은 눈이 그녀의 찢어져 피 흘리는 여린 심장을 어루만지고 있었다.

“죄책감 따위 갖지 마. 다 내 탓이다. 넌 잘못한 거 없어.”

둘이 같이 저지른 죄마저 자신의 몫이라고 말하는 남자.

어째서 이제야 보이는 걸까? 오 년 만에 재회한 그 밤, 같이 지옥에 떨어지자 소리쳤던 건 증오가 아니라 절망 때문이었던 것을. 너무나 사랑하는데 가질 수가 없어서. 너무나 원하는데 손 내밀 수가 없어서. 그렇게 미칠 정도로 원하는데 가까이할 수가 없어서 미워하고 괴롭히는 것을 택한 이 남자의 가난한 마음을 왜 읽지 못했을까?

"나에게 밀어버려. 마음껏 날 원망하고 날 미워해. 그렇게 해. 그게 내가 받을 벌이니까. 짐은 내가 질 테니까. 대신 넌 내 세상 안에서 내 공주님으로 행복하게 살면 돼. 내가 바라는 건 그것뿐이야. 그러면 돼. 그러니까 할머니께 한 번만 거짓말하자. 할아버지 일은 덮어버리고, 그냥 우린 미치도록 사랑한다고 고백하자. 내가 다 이겨준다고 약속했잖아."

이 남자는 이렇게 무조건 사랑한다. 그래서 이 사람을 미치도록 사랑한다. 갈망한다, 사무치게 원한다.

정수리에 다가온 입술은, 아주 따뜻하고 친절해서 기어코 다시 은후의 가슴에 못이 되었다. 다시금 눈물로 흘러 무작정 무너지게 만들었다.

이 순간이 전부라면. 둘만의 마음만으로 모든 것이 해결될 수만 있다면…….

하지만 삶은 꿈이 아니다. 마음만으로, 갈망하고 좋아하는 마음 하나로만 얻을 수 있는 것이 사랑이라면, 그런 것이 사랑이라면, 은후는 이미 오래전에, 마땅히 태흔의 여자가 되었어야만 했다. 그를 사랑하는 그 마음일랑 은후를 따라갈 사람은 없을 테니까. 은후만큼 그를 사무치게 원하고 간절하게 바라는 사람도, 갈망하는 사람도 없으니까.

그러나 이 남자는 절대로 은후의 것이 될 수 없다. 좋아하는 마음보다 더 큰 죄 덩어리가 그녀의 심장에 매달려 있다. 잘라낼 수가 없다.

결국 원하는 대답을 듣지 못했다. 끊어졌다 이어졌다 하는 은후의 흐느낌 안에서 막막해진 얼굴로 태흔이 예솔관이 내려다보이는 언덕에 차를 세웠다. 그만큼이나 막막하고 비참한 은후를 내려주었다. 삼십여 미터 앞에 있는 예솔관 정문까지 나란히 걸었다. 태흔이 살짝 열린 정문을 밀었다. 은후는 안으로 들어갔다.

"쉬어."

그가 문 사이 틈으로 손을 내밀어 그녀의 머릿결을 쓰다듬어 주었다. 약간 허리를 굽히고 은후의 젖은 얼굴을 걱정스레 내려다보았다.

"술 마시고 울어서, 머리 아플 텐데 어떡한다. 술 깨는 약 사다 줄까?"

"말짱해, 괜찮아."

은후는 잠긴 목소리로 속삭였다. 그가 고개를 끄덕였다.

"갈게."

문에 두 손을 댄 채, 은후는 태흔이 한 발자국, 두 발자국 어둠 속으로 멀어지는 것을 지켜보았다.

우린 또 이렇게 헤어져. 또 멀어져. 미워하고 상처 주고 아무것도 해결된 것 없이 다람쥐 쳇바퀴 돌듯이 또 같은 거리에 서서 또 손을 놓아. 하루도 채 지나지 않아 그리워서 미칠 거면서. 안지 못해 안달하고 환장할 거면서.

미친 거다. 미친 게 틀림없다. 자신도 모를 충동에 휩싸여, 은후는 달려갔다. 그에게로 달려가고 있었다. 뒤에서부터 태흔의 허리를 꼭 끌어안고 말았다.

태흔의 다리가 우뚝 멎었다. 사무치고 간절한 마음인 양 자신의 허리를 움켜잡은 작은 손. 그를 끌어당기는 무서운 힘, 은후의 마음.

"어쩌라고?"

그가 돌아보지도 않고 중얼거렸다.

"멀어졌다 싶으면 네가 달려와. 하지만 내가 다가가면 넌 도망쳐. 어쩌라고? 나더러 어쩌라고? 응?"

은후가 흘리는 눈물로 그의 등이 축축하게 젖어들었다. 어찌할 수 없는 절망과 격정에 휩싸여 태흔은 한 손으로 자신의 얼굴을 가렸다.

"이은후, 너는 내 약점이야. 치부고 아픔이고 절망이야."

나지막이 뱉어내는 그 말은 은후가 똑같이 그에게 하고 싶은 말이었다.

당신은 내 약점이고 내 부끄러움이고 내 수치이고 고통이고 절망이에요.

"그런데도, 놓지 못해. 버릴 수가 없어. 네가 그러하듯."

마찬가지로 난 당신을 놓지 못해요. 붙잡아요. 버릴 수가 없어요. 떨칠 수가 없어.

그가 가만히 돌아섰다. 그녀가 그를 안은 강도만큼, 아니, 그 이상으로 깊이, 따뜻하게 간절하게 포옹했다. 태흔이 은후의 정수리에 얼굴을 묻었다.

"사랑하거든."

우린.

"미치도록. 죽여 버리고 싶을 만큼."

"사랑은……."

은후는 나지막이 부서진 마음 한 조각을 토해냈다.

"이렇게 아픈 게 아닌 것 같아, 오빠."

"아니, 아픈 거 맞아. 네가 날 아프게 하니까. 내 사랑은 너니까, 사랑은 아픈 거야."

어쩌면 지독한 실수를 하고 있는지 모른다. 태흔은 은후의 등을 어루만지며 아득한 밤하늘을 올려다보았다.

"하지만 어쩔 수 없어. 나는 내가 아는 방법으로 너에게 구애할 테고, 넌 너의 방법대로 도망치는 거야. 하지만 결국은 나를 선택하게 되겠지."

어찌하든 함께하려는 거야. 둘이고 싶어 이런 일을 하는 거다.

"난 전쟁을 하고 있어. 단단히 껍질을 쓴 너와, 세상과, 할머니와 우리들의 어두운 기억과 전쟁하고 있어."

힘들어.

나도 많이 힘들어.

네가 날 사랑해 주지 않으면 난 이 전쟁에서 이길 수가 없어, 은후야.

이 전쟁의 이유가 너니까, 네 사랑이니까.

네가 날 사랑하지 않는다고 말할 때마다 내 가슴은 매일같이 상처가 나.

아물 만하면 넌 또 꼭 같은 곳에다가 똑같은 깊이의 상처를 남기지.

똑같지는 않아.

이미 입은 상처 위에 덧쌓은 상처이기에, 더 아픈 것들이 쌓여.

하지만…….

"사랑은, 이은후에 대한 사랑은…… 사랑이 아니야. 상처야. 하지만 난 그것마저 내 것이라고 믿어. 날 이렇게 상처 주는 사람은 없으니까. 그건 날 이만큼 사랑해 주는 사람도, 내가 이렇게 깊이 사랑하는 사람도 없다는 거니까."

은후가 고개를 들었다. 말 대신 그의 목을 감았다. 그의 입술 위에 눈물 같은 키스를 선물했다. 그것이 정직한 그녀의 마음. 깊이 사랑하면서도 언제나 더듬대고, 언제나 물러서야만 하는 아픔이 그 입맞춤에 담겨 있었다. 번민과 갈등이 맑은 눈동자에 그대로 비쳐 보였다. 그녀는 감춘다고 했을 테지만 태흔의 눈에는 그것이 빤히 보였다.

"너도 나처럼, 곧 올바른 정답을 찾을 거야."

은후가 고개를 끄덕였다.

"날 믿어. 우리밖에 없잖아."

은후가 다시 고개를 끄덕였다. 태흔은 연인을 끌어안은 팔에 힘을 주었다. 그는 조만간 찾을 은후의 답이 결국은 자신의 것과 같아질 거라는 것을 믿어 의심치 않았다.

'넌 날 벗어나지 못해. 내가 널 벗어나지 못하는 것처럼. 넌 절대로 날 못 이겨. 그러니 빨리 항복해. 어서, 이은후.'

은후는 미처 보지 못한 태흔의 눈빛이 허공중에서 위험하게 빛났다.

일요일 아침. 호텔 뒤쪽의 능선을 따라 남산 한 바퀴를 돌고 온 진 여사가 현관을 들어섰다. 나주댁이 나와 물수건을 내밀었다. 진 여사는 얼굴을 닦으며 이층 계단 쪽을 올려다보았다.

"태흔인?"

"새벽 운동 갔다 아까 들어왔어요. 식사하게 내려오시라고 했어요. 어젠 하루 종일 붙박이로 서재에서 나오지 않더니, 겨우 끝이 난 모양이네요."

"러시아 출장 준비 때문에 좀 바쁘대. 큰 계약을 앞두고 있거든. 그나저나 은후가 없으니 집이 조용하구먼."

"은후 아가씨가 있어도 조용하죠. 떠들어대는 것도 아닌데."

"그래도 사람 난 자리는 비어 보여. 기껏 이틀 없는데 온 집이 적적하네. 몇 시에나 오려나? 참, 그 애 생리야. 뜨뜻하게 욕조에다 물 받아주고 약쑥 좀 넣어줘."

그때 태흔이 계단을 내려왔다. 조끼에 검은 승마 바지 차림, 모자를 손에 들고 있었다.

"운동 다녀왔다고 하더니, 또 승마장에 가려고?"

"오랜만에 세진이랑 말이나 타려고요. 녀석이 승마장에서 광고 찍는답니다."

"그렇구나."

나주댁이 주방에서 고개를 내밀었다.

"진지 드세요, 여사님."

식탁에 앉으면서 태흔이 누구에게랄 것도 없이 물었다.

"은후, 몇 시에 온대요?"

"점심 배식 봉사 마치고 온다고 어제 전화했다."

"그렇군요. 승마장에 갔다가 돌아오는 길에 예술관에 좀 들러볼까 합니다만. 거기서 점심 얻어먹어야겠네."

"갑자기 예술관에는 왜?"

진 여사는 태흔을 건너다보았다. 자신도 모르게 손자의 표정을 살피고 있었다. 예전만 같으면 당연히 그래라 할 것인데, 갑자기 심장 쪽이 선뜻해지는 것은 새롭게 시작된 불안과 의심의 망령 때문일 것이다.

태흔이 국그릇에 숟가락을 집어넣었다. 무심히 대답했다.

"너무 바빠서 귀국한 이래 한 번도 제대로 들여다본 적이 없어서요. 명절 때도 가보지도 못하고 그래서 말입니다. 아이들 장난감이나 몇 개 사가지고 들러보렵니다."

"추석에 갈비며 쌀을 많이 보내줬잖니. 나도 가고 은후도 가는데, 바쁜 너까지 굳이 갈 필요가 있을까?"

은후와 태흔이 진 여사 눈 밖을 벗어난 곳에서 함께 시간을 보낸다는 것에 왜 이리도 신경이 곤두서는 걸까? 그냥 만나서 같이 집에 들어온다는 말을 한 것뿐인데.

"그냥 한 번 가볼까 합니다. 제 눈으로 좀 보고 싶어서요. 복지관 터가 너무 좁아서 증축이 어렵다죠? 성인이 된 아이들이 사회로 나가기 전에 머물 쉼터도 마련해야 하는데, 큰일입니다."

태흔이 아주 자연스럽게 진 여사의 관심을 복지관 증축 문제로 옮겼다. 은후와 함께 들어온다는 이야기를 하자마자 설핏 굳어지는 진 여사의 기색을 읽었던 것이다.

역시 연륜 깊은 어른인지라 총기가 넘치시는 거다. 서준의 청혼에 대하여 태흔 자신의 단호한 반대 이후 무엇인가 눈치를 채신 것이 분명하다.

'가능한 한 빨리 은후 녀석 마음을 처리해야겠군.'

마음속으로 다짐하며 태흔은 진 여사를 바라보았다.

"이제 수용 인원이 한계에 달했다는데, 증축은 불가. 새 건물은 지어야 하고. 어쩝니까?"

“그런 소린 누구에게 들었어?”

“지난번에 복지 재단 쪽 현황 브리핑할 때요. 황 원장님 걱정이 대단하던데요. 그렇다고 예술관을 지방으로 내려보낼 수도 없고. 아무래도 그 문제를 조만간에 논의해야 할 것 같습니다.”

“이젠 예술관도 SOS 마을처럼 소규모 가족 단지로 변화를 시켜야 할 때가 온 건 아닌가 싶어. 차라리 그 터에 공동주택을 신축해서 그런 시스템으로 운영하는 건 어떤가 싶다.”

“나름대로 저도 궁리 중입니다. 이사장이신 할머니께서 좋은 의견을 내주십시오.”

식사를 마치고 태흔이 현관에 나가 구두를 신었다. 나주댁이 가방을 건넸다.

“다녀오겠습니다.”

“은후랑 같이 돌아오니?”

“그렇게 될 것 같은데요.”

너무나 무심하고, 너무나 예사롭다. 평상시와 다른 기색 따윈 하나도 찾지 못했다. 그럼에도 왜 이리 편안치 못할까? 진 여사는 발코니 쪽으로 나갔다. 태흔이 차를 몰고 사라지는 것을 지켜보았다. 돌아서며 몸서리를 쳤다.

‘내가 망령이 들었지. 그런 말도 안 되는 말 한마디 들었다고 몰래 도둑처럼 애들 기색을 살피고 있으니 이게 대체 무슨 우스운 꼴이람? 그럴 리가 없잖아. 어떻게 태흔이가 은후를? 절대로 그럴 리가 없어.’

하지만 얼룩은 커져만 간다. 지워지지 않는다. 막연한 불길함은 확실한 실체를 가지고 점점 더 앞으로 다가오는 것 같다.

승마장으로 향하는 길. 한 손은 핸들을 잡고, 또 한 손으로는 휴대전화 버튼을 눌렀다. 이내 은후의 목소리가 흘러나왔다.

[나야.]

"아침은 먹었어?"

별것 아닌 인사. 그러나 그 안에 담긴 걱정과 애정을 느낀 모양이다. 은후의 목소리가 더 낮게 가라앉았다.

[응, 오빤?]

"나도 먹었지. 속은 괜찮아? 두통 생기고 그러지 않니?"

[괜찮아.]

"승마장에 가는 중이다. 끝나고 같이 점심 먹자. 전화할 테니까."

전화를 끊고 태흔은 바지주머니에 든 것을 한 손으로 어루만졌다. 틀림없이 거기 들어 있다는 것을 확인했다. 은후에게 선물할 발찌였다. 파리에 있을 때 사두고선 오 년 내내 혼자 어루만지던 것이었다.

승마장에 도착해서 부츠를 갈아 신고 말을 인수받는데, 이미 한 바퀴를 돌고 온 듯, 말끔한 승마복 차림으로 말에 올라탄 세진이 다가왔다.

"왔냐?"

"촬영은?"

"나는 한 씬뿐이었어. 벌써 끝났지."

"그렇군."

"은후는 안 데려왔어? 같이 올 줄 알았더니."

"은후, 예술관에서 봉사 중이야."

태흔은 모자를 쓰고 장갑을 꼈다. 훌쩍 말 등에 올라탔다. 미리 출발한 세진을 따라 트랙으로 들어섰다. 두어 바퀴 돌고 난 다음, 숲 속으로 이어지는 외승길로 말을 몰아나갔다.

"심란한 거 있어?"

곁으로 다가온 세진이 제가 탄 말의 속도를 태흔의 말에 맞추었다.

"왜?"

"애를 다루는 게 거칠어서. 너 원래 알아주는 스무드 오퍼레이터였잖아. 애가 좀 놀랐다, 인마."

"문서준이, 그 자식."

태흔은 발끝으로 말 배를 살짝 걷어찼다. 속도를 더 내게 만들었다. 딱딱한 것을 씹어뱉듯이 한마디 하고야 말았다.

"꼴에 우리 은후에게 청혼을 했다."

"와우!"

세진이 휘파람을 불었다. 이제야 태흔의 신경질적인 모습을 이해할 수 있을 것 같았다. 중증 시스터 콤플렉스께서 열 좀 받으셨네. 뿔 나셨네. 문 이사, 간도 크지. 세진은 속으로 조만간 소리없이 날벼락을 맞을 문서준을 위해 명복을 빌었다.

"물론 네 허락도 없이 한 짓이지?"

"당연하지. 알았으면 내가 근접인들 시켰을 것 같아? 계속 우리 은후에게 껄떡대기만 해. 정말 뜨거운 맛을 보여주고 말겠어."

"아서라. 불쌍하다. 문서준 정도라면 네가 이렇게 화를 낼 정도로 형편없는 녀석은 아닌 것 같은데, 왜 그래? 좀 심한 것 아냐?"

"심해? 내가?"

태흔이 되물었다. 그런 말을 하는 세진이 오히려 이상하다는 얼굴이었다.

아이고, 머리야. 세진은 한숨을 쉬었다. 이놈의 '이은후집착증' 은 언제 고쳐지나 그래.

"은후 나이 스물다섯이야. 어린애 아니라고. 조만간 넌 결혼할 거고, 네 누이동생에게 제법 괜찮은 사내가 청혼하는 건 아주 자연스러운 일이라고. 대체 언제까지 은후를 끼고 있을래?"

"평생."

"평생? 미친놈."

세진은 자신도 모르게 혀를 찼다. 태흔은 고개를 들어 맑디맑은 하늘을 올려다보았다.

"난 은후가 항상 일곱 살이면 좋겠어. 만날 내 품 안에서만 꼼지락대면 좋겠다. 이렇게 우리가 자꾸 변하는 거, 시간에 세월에 밀려 멀어지고 억지로 떨어지는 거 진짜 싫다."

"그래도 그게 순리인 걸 어떡해? 은후는 네 소유물이 아니야. 이태흔 회장, 제발 그 억지스런 집착 좀 버려. 네 행복한 결혼 생활을 위해 내가 충고한다. 어?"

태흔이 세진을 돌아보았다. 씩 웃었다.

"뭔가 방법을 찾아야지."

"뭐?"

"은후, 내가 평생 데리고 살 방법을 찾겠다고."

태흔이 말 배를 걷어차 속도를 높였다. 이내 숲길 모퉁이를 돌아 사라졌다. 당혹해선 뒤에 남은 세진만 남겨두고.

"저 자식, 대체 무슨 생각을 하고 있는 거야?"

세진은 고개를 갸웃했다. 태흔이 사라진 모퉁이를 노려보았다.

"저 새끼, 혹시 농담처럼 진심 털어놓은 거 아냐? 진짜 은후한테 딴 마음 품고 있어서 제 여자라도 삼을 셈치고 있는 거 아냐?"

예술관 정문으로 미니 버스 한 대가 들어왔다. 세탁 봉사를 하러 온 교회의 부녀회 사람들이 도착한 것이다. 늘 하던 일이니, 봉사자들은 기운 좋게 커다란 욕조에 시트와 이불, 요 커버들을 잔뜩 집어넣고 푹푹 밟기 시작했다.

"오늘은 날씨가 좋아서 빨래가 아주 잘 마르겠네."

"새 건조기가 들어와서 얼마나 다행인지 몰라."

"세탁기가 있다 해도 큰 이불 빨래는 역시 이렇게 발로 푹푹 밟아야 한다니까."

웃으며 수다도 떨며 둥둥 걷어올린 다리로 이불들을 밟는다. 은후도 그 속에 끼어 있었다.

고된 일은 마음의 주름을 다리는 데 아주 효과적이었다. 어제 내내 우울하고 검굿던 마음이 한결 가벼워지는 기분이었다.

태흔과 헤어지고 난 후, 지금껏 내내 생각하고 또 생각했다. 어지간히 결론이 났다. 어찌 되든 그의 말대로 헤어질 수 없다면, 같이 죽어도 좋을 만큼 사랑한다면 그의 말대로 헤어지지 않을 방법을 찾아야 하는 것. 한 번만 비겁해 달란 그의 유혹은, 시간이 지날수록 강력한 덫처럼 은후의 마음을 잠식하고 있었다. 이쪽저쪽으로 흔들리던 마음의 추는 이제 거의 한쪽으로 기울어가고 있었다.

등돌려 가던 태흔에게 달려가던 순간, 그의 허리를 잡아당기던 순간, 사실은 결론이 나 있었는지도 모른다. 그녀의 선택은 결국, 할머니를 속이는 가증스러운 거짓말이 될 것이라는…….

"자, 더 열심히 해봅시다. 다 헹구었으면 탈수기에 넣어주세요."

봉사자들이 말간 물이 나올 때까지 헹구고 또 헹군 이불들을 대야에 담아 탈수기로 운반했다. 일부는 건조기에 넣고, 또 일부는 탈수를 마친 다음 임시 건조실로 쓰이는 강당으로 날랐다. 지난여름, 근 두어 달을 계속해서 비가 내렸으니, 빨래하고 말리는 일이 정말 큰 곤란이었겠구나 싶었다.

두 사람이 한 조가 되어 탈수한 이불 양 귀를 잡아 미리 쳐놓은 빨랫줄에 하나하나 팽팽하게 펴서 널었다.

"나머지도 가져올게요."

은후는 텅 빈 세탁 바구니를 들고 강당을 나섰다. 모퉁이를 돌아가는데, 느닷없이 샛노란 해바라기 한 송이가 앞을 가로막았다.

"어머나."

깜짝 놀라고 말았다. 해바라기 꽃 한 송이에 사람은 둘. 제 얼굴만 한 노란 꽃을 든 민주의 해맑은 얼굴이, 태흔의 품 안에서 비죽이 나와 있었다. 꽃을 든 민주를 태흔이 달랑 안고 있었던 것이다.

"뭐야? 재미없게."

수줍은 듯 웃고 있는 민주와는 달리 깜짝 놀란 얼굴이 돼버린 은후에게 태흔이 약간은 골을 내는 척했다.

"선물을 가져왔으면 고맙다고 해야 할 것 아냐. 민주야, 이것 봐. 이 아줌마는 원래 이렇게 뚱해. 내 말이 맞았지?"

"공주님은 원래 그래요."

민주가 방실방실 웃었다. 태흔이 피식 웃었다.

"맞아, 공주님이야. 아저씨만의 공주님이지."

"이거……."

민주가 수줍게 커다란 희망같이 생긴 꽃을 내밀었다. 그만 미소가 머금어졌다. 어색할 법도 한 태흔과의 재회가 별일 아닌 것으로 편안하게 이루어졌다. 잠시 긴장한 심장이, 천진난만한 아이의 웃음 앞에서 몽실몽실 풀려갔다.

"정말 고마워, 오래오래 간직할게."

은후는 두 손으로 민주의 해바라기를 기쁘게 받았다. 태흔이 안고 있던 민주의 작은 몸을 바닥에 내려놓았다. 까만 머리통을 쓰다듬어 주었다.

"이젠 됐다."

볼일은 다 보았다. 가만히 생각하니 조금은 부끄러워진 거다. 볼을 빨갛게 붉힌 채 활짝 웃으며 민주가 복도 끝으로 다다다 달려갔다. 구부러진 모퉁이쯤에서 한 번 돌아보더니, 더 크게 웃으며 이내 자취를 감추었다. 가을바람이 솔솔 흘러들어 오는 긴 복도 모퉁이에 태흔과 은후, 그리고 커다란 꽃 한 송이만 남았다.

눈 시리도록 샛노란 꽃은 어두운 복도에 피어난 꽃불 같았다. 은후는 손에 받아 든 꽃을 내려다보았다.

"저 앤 왜 갑자기 해바라기를……?"

"주차하고 돌아서는데, 너무 탐스럽게 피어 있더라고. 그래서 한 송이."

"그래서 슬쩍? 이 꽃 도둑!"

태흔이 싱그레 웃었다. 눈을 치켜뜬 은후의 이마를 덮은 머리카락을 걷어 올려주었다. 하얀 이마에 살짝 돋은 땀방울을 지워주었다.

"욕하지 마, 내가 한 짓이 아니라니까."

"그럼?"

"앞장서. 세탁물 가지러 가던 참인 것 같은데."

태흔이 은후의 손에서 세탁 바구니를 빼앗아 들었다. 아니, 그녀의 손이 잡은 손잡이에 자신의 손을 겹쳤다. 두 사람의 손 사이에 흔들리는 플라스틱 바구니, 그 안에 노란 해바라기 꽃이 한 송이 담겨 두 사람을 따라갔다.

"차를 세우고 돌아서는데, 저 애가 해바라기 꽃을 꺾으려고 까치발을 하고 있더라고. 키가 닿지 않기에 내가 안아줬지. 너에게 주려고 한다더군. 꽃 배달 겸 해서 작은 아가씨를 안고 온 거고."

"나에게 주려고 했다고? 그 앤 내 이름을 모르는데."

"세상에서 제일 예쁜 아줌마한테 준다더군. 동화책 공주님을 닮았다고 하더라."

"그게 나라고?"

"이 세상에서 제일 예쁜 여자라니, 너 말고 누구겠어?"

걸어가던 은후의 다리가 멎었다. 계속해서 발걸음을 옮기던 태흔의 다리도 멈추었다. 한 발자국쯤 멀어진 두 사람의 팽팽한 손힘 사이에서 플라스틱 바구니에 담긴 꽃송이가 흔들렸다.

"왜?"

"뭐 잘못 먹었어?"

은후는 뾰족하게 날이 선 목소리로 쏘아붙였다.

"그렇게 사람 놀리면 재미있어? 내가 그 말을 믿을 것 같아?"

"예쁜 건 사실이잖아, 공주님. 네가 너무 예쁘니까 내가 이렇게 미쳐 날뛰는 거 아니겠어?"

피식 웃으며 태흔이 한 팔로 은후의 어깨를 감싸 안았다. 제 옆구리에 딱 붙였다. 장난처럼 목을 조르는 시늉을 했다.

"여하튼 고약해. 예쁘다 해도 짜증, 꽃 줘도 짜증이네. 대체 내가 어떻게 해야 좀 예쁘게 굴어주래?"

그때 세탁실에서 직원들이 빨래통을 들고 나왔다. 태흔과 은후를 보고는 가볍게 묵례를 하고 지나쳤다. 늘상 보았던바, 예술관을 드나들던 태흔과 은후가 언제나 장난치고 서로를 아끼던 모습만 보았던지라 당연하다는 표정이었다. 자지러지게 놀란 사람은 오직 은후뿐이었다.

"전화한다고 해놓고선 갑자기 왜?"

"세진이랑 말 탔는데, 배고파서 점심 얻어먹으러 왔다."

"일도 안 하면서 밥 달라고? 염치도 없구나."

"좋아, 그럼 애기들 추석 선물로 장난감 좀 사왔다면 예뻐해 줄래?"

"정말?"

"우리 공주님이 술 마시고 나서 몸은 좀 어떤지도 보고 싶었고."

단 한 마디로 부끄러운 기억을 되새기게 만들었다. 은후는 바싹 약이 올라 노려보았다.

"하여튼……!"

"멋지다고? 사랑한다고?"

"내가 말을 하지 말아야지.

입을 열어봤자 본전치기도 못 하는 거 왜 했나 몰라. 은후는 새하얗게 눈을 흘기고는 세탁실로 들어갔다.

밉든 곱든 일단 키가 크고 팔이 긴 그가 오니 일 시키긴 좋았다. 깊은 세탁기 구멍에서 움썩움썩 젖은 시트를 꺼내 바구니에 담아주었다. 그들이 꺼낸 이불이 그곳에 남은 마지막 세탁물이었다. 젖은 시트가 가득 든 무거운 바구니를 둘이 함께 들고 강당으로 걸어갔다.

"세탁하는 일, 아직 많이 남았나?"

"다 끝났어."

"잘됐구나. 이젠 너 내 차지야. 금요일 치 빚 갚아."

그럼 그렇지. 탐욕스런 그가 그냥 지나갈 리가 없지. 가슴이 퉁하고 떨어졌다. 너의 시간은 전부 나의 것. 너의 눈빛도, 입술도, 아름다운 몸도, 떨리는 영혼도 전부 내 것. 그가 당당한 눈빛으로 암시하는 것들 앞에서 은후의 몸이 자잘한 전율로 가득 찼다. 좀 달라진 줄 알았더니 다른 날과 마찬가지로 능글맞게 탐욕을 드러내는 그가 정말 싫었다.

"싫어, 몸이 좀 좋지 않아."

"마찬가지. 나도 피곤해. 어제 하루 종일 일했거든. 게다가 앞에 선 이 아가씨가 이상한 행동을 해서 날 무척 고뇌에 빠뜨렸지. 고민하느라 한잠도 못 잤어."

두 사람의 시선이 마주쳤다.

"무슨 뜻일까? 그날 밤 그 애가 날 잡은 건 무슨 의미일까? 아직도 파악 불가능이야."

그가 손가락 끝으로 은후의 코를 살짝 잡고 흔들었다.

"우리, 그냥 오늘은 데이트만 하자. 생리해선 끙끙 앓는 녀석을 막무가내 안을 만큼은 미치지 않았다, 나."

아니, 또 그건 어떻게 안 거야? 은후는 휙 돌아섰다. 엄청 봐준다는 표정을 하고선 싱글거리는 그를 노려보았다.

"창피한 줄 알아!"

"왜 화내는 거야? 네 몸 아껴주겠다고 말하는데 뭐가 불만이야? 여하튼 내가 뭘 해도 짜증부터 부리는군. 너, 그렇게 까불다간 정말 혼나는 수가 있어."
태흔이 나직하게 혀를 찼다.
일을 마친 사람들이 강당 문을 나서고 있다. 은후도, 태흔도 입을 다물었다. 젖은 시트가 가득 담긴 바구니를 들고 강당으로 들어갔다. 남은 봉사자들이 빨랫줄에 이불들을 척척 걸쳤다. 태흔과 은후도 날라온 세탁물을 함께 들어 귀퉁이를 폈다. 힘주어 털고 팽팽하게 늘렸다. 호흡을 맞추어 이불을 널었다.
한 장, 두 장, 세 장……. 두 사람 사이로 펄럭이는 하얀 벽이 만들어져 갔다. 일을 먼저 마친 봉사자들이 문을 나서며 아직도 이불을 널고 있는 태흔과 은후에게 인사를 건넸다.
"수고하셨어요! 저희 먼저 가요."
"네, 고생하셨어요. 식당에서 뵈어요."
하얀 시트와 이불만이 가득 걸린 널따란 강당. 이불이 잘 마르라고 창문들을 다 열어젖혔으므로 시원한 바람이 한껏 움직이고 있었다. 상쾌한 비누 냄새가 강당에 가득 차 있다.
은근히 고된 일에 숨이 차다. 은후는 한 손을 들어 어느새 솟아난 이마의 땀을 훔쳤다. 태흔이 허리를 굽혀 바구니에서 마지막 이불을 끌어냈다. 한쪽 귀퉁이를 내밀었다.
"이제 끝이다. 나도 밥값 했다."
하던 대로 이불 끝을 잡았다. 탈탈 털었다. 팽팽하게 끌어당겨 주름을 펴려는데, 그가 장난스러운 미소를 지으며 슬쩍 이불 끝을 잡은 손에 힘을 주어 자신 쪽으로 끌어당겼다. 고집스레 깃을 잡고 있다가 '어어어!' 하며 태흔 앞에로 끌려갔다.
기분 같아서는 끌고 가는 이불깃을 확 놓아버리고 싶다. 그러면 저 얄미운 인간이 콱 엎어지겠지? 못된 짓만 골라서 하는 인간의 코피라도 터뜨려 버릴 수 있을 텐데. 하지만 그렇다고 깨끗하게 빨아놓은 이불을 놓쳐 다시 빨 수도 없다.

"장난치지 마. 나 힘들단 말이야."

그러거나 말거나 태흔은 계속해서 은후가 잡은 이불깃을 끌어당겼다.

거대한 하얀 장막이 쳐진 것처럼 수십 장의 시트와 이불이 펄럭이는 강당 안. 높이 열린 창으로 바람만 흘러들어 올 뿐, 적막한 공간 안에는 오직 두 사람. 이불깃을 마주 잡고 아주 가까이, 마주 서게 되었다. 이번에는 한 걸음, 그가 먼저 다가왔다. 둘은 더 가까워졌다. 태흔이 허리를 굽혔다. 은후의 얼굴 가까이 자신의 낯을 댔다. 우두커니 선 채 두 손으로 단단히 이불 끝만 잡고 선 은후에게 달콤하게 속삭였다.

"열심히 봉사했으니까, 상 줘."

"상이라니?"

"모르는 척하지 말고. 어서."

그가 실긋이 눈을 감고 장난스레 입술을 내밀었다. 은후의 입술이 먼저 와서 닿기를 갈망하는 표정으로 기다리고 있었다. 가까이, 아주 가까이. 달콤함과 사나움을 감춘 입술이. 천국과 지옥을 맛보여 주는 그의 입술이 공주님의 사랑스러운 칭찬을 바라며 겸손하게 기다리고 있었다.

늘 약탈자이던 남자가 갑자기 돌변했다. 은후는 좀 당황해하면서도, 혹시나 둘만 선 이 자리에 사람들이 들어올까 봐 이리저리 눈치를 살폈다. 얼른 그의 입술에 키스해 주었다. 만약 그녀가 시늉이라도 내지 않는다면 그는 언제까지 이런 우스꽝스러운 모습으로 기다리고 있을 것임을 알고 있었다.

공주님의 키스를 받고 마침내 눈을 뜬 왕자님처럼 태흔이 천천히 눈을 떴다. 씩 웃었다.

"이은후, 제법 키스는 잘한단 말이지. 힘들게 가르친 보람이 있어."

그가 살짝 달아오르는 은후의 입술에 다시 베이비 키스를 날렸다.

"하지만 내가 원한 건 심야의 키스라고. 바로 이런 거."

축축한 이불을 가슴 사이에 두고 두 사람의 입술이 다시 부딪쳤다. 태흔의 입술이 발그레한 열기가 돋은 볼에, 연한 눈시울에 꽃잎처럼 떨어졌다.

마지막으로 입술에 다가온 감미로운 입술과 혀의 감촉. 처음에는 단지 다정하기만 하던 입맞춤이, 이내 온몸을 저릿하게 만들 만큼 관능적이고 색정적인 느낌으로 변해갔다. 축축한 혀끝으로 입술 선을 빙 둘러 핥다가, 유려한 움직임으로 입속을 파고들었다. 질척한 미음(微音) 사이로 뜨거운 초콜릿 한 컵을 단숨에 들이켠 것처럼 농밀한 단맛의 키스가 흘러내렸다.

시간이 멈췄고, 공간이 하얗게 비워졌다. 너무 달콤해서 울고 싶어졌다. 온몸에 발간 열꽃이 피는 것 같다.

폭염처럼 뜨겁고 가을 하늘처럼 상큼한 키스가 끝난 후, 은후는 눈을 떴다. 아주 가까이 그녀를 들여다보고 있는 태흔의 눈동자에는 블랙 오팔의 무늬처럼 온갖 복잡 미묘한 감정이 점점이 박혀 있었다.

사랑해.

그 눈이 말하고 있었다.

너무나 원해. 사무치게 널 원해.

그런 말도 들어 있었다.

"은후야."

은후는 대답 대신 너무나 검고 깊어 아뜩하기만 남자의 눈동자를 가만히 바라보았다.

"우리 도망가자."

더 이상 놀랄 것이 없다 생각했던 건 착각이었다. 막막한 얼굴을 한 그 사람이 같이 도망가자는 말을 하고 있다. 남은 것이 없다 여겼던 심장의 파편마저 다시 찢겨 가루가 되었다.

"함께 떠나자. 아무도 모르는 곳으로."

그가 손을 내밀어 은후의 볼을 가만히 쓰다듬었다. 말도 안 돼. 어떻게 그래? 제발, 그런 말 하지 마. 말없는 말[言]로 애원하는 연인의 심장에 느닷없이 예상치 못한 치명적인 유혹을 흘려냈다.

"그 어떤 기억도 따라오지 못할 만큼 먼 곳으로 가자. 다른 것은 필요없이, 오직 우리 둘이면 충분한 곳으로 떠나서 같이 살자."

"오빠……."

그렇지 않아도 한쪽으로만 움직이던 마음의 추가 위태롭게 기울어졌다.

"다 버릴 수 있다. 아무것에도 미련없어. 네가 우는 거 싫다. 이젠 너 우는 거 다시 안 본다, 나."

울리지 않겠다고 하는 이 사람, 그녀가 우는 게 싫다고, 다 버린다고 말하는 이 사람. 그런데 그런 사람 앞에서 눈물은 염치없이 다시 고였다.

"무슨 짓을 하든 너 하나쯤 책임질 수 있어. 택시 운전이라도 할게. 막노동도 할 수 있어. 사기도 칠 수 있고 도둑질도 할 수 있어. 널 위해서 다 할게. 그러니까 같이 가자, 나랑."

가슴이 먹먹해졌다. 아직은, 조금은 흔들리던 추가 그때 완전히 멎었다. 태흔이란 쐐기에 괴어선, 반대편으로는 이제 절대로 움직일 수가 없게 되었다.

그녀를 위해서 가진 것 전부를 버리는 것으로도 모자라서, 심지어 도둑질도 하겠다는 이 사람. 눈물이 볼을 타고 하염없이 흘렀다.

"난 너 없으면 안 돼. 하지만 여기선 우리, 내가 아무리 원해도 너 안 되잖아. 널 가질 수가 없잖아. 그래서 내가 버린다. 허락해."

예전처럼 강요하거나 무조건 지배하려 들었다면 미워하고 거부할 수 있다. 강제로 끌려다니고 빼앗겼다고 스스로에게 변명이라도 할 수 있을 텐데. 아니다, 절대로 아니다. 같이 사랑한다. 그녀가 자발적으로 그를 더 사랑하는 큰 죄를 짓고 있다. 그 죄 안에서 기쁘고, 행복해하고 있다.

은후의 손에 힘이 풀렸다. 움켜쥐고 있던 시트가 툭 하고 바닥에 떨어졌다.

"우리가 함께 도망가 버리면 할머닌 어떡해? 할머니에게서 할아버지 빼앗고, 이젠 오빠마저 빼앗으라고? 오빤 이 세상의 주인이 될 사람이야. 그런데 다 버린다고? 천한 도둑이 된다고? 오빠가 나 때문에 도망가서 그렇게 된다면 난 정말 날 미워해야만 해. 대체 얼마나 날 더 죄를 짓게 만들어야 해? 그러지 마, 오빠. 그런 일 하지 마."

"그럼 어쩌자는 거야? 죽을래? 같이 죽을래? 엉?"

어찌해도 안 되는 걸까? 태흔의 눈에도 이젠 절망의 물기가 어렸다.

바로 그 순간이다. 가망이 없다 단념했을 때, 막막해선 눈앞이 아뜩해졌을 때, 그때 은후가 태흔의 가슴에 몸을 던졌다. 두 팔로 그를 끌어안고 깊이 얼굴을 묻었다. 두려움과 혼란에 가득 차서, 그럼에도 단념할 수 없는 태흔에 대한 사랑을 눈 속에 담은 채 마침내 항복했다.

가장 사랑하는 사람이 밑바닥까지 내려온 것을 보았다. 거칠 것 없이 세상 전부를 가진 이 남자가, 비천한 도둑이 되는 것도 감수하겠노라고 주장할 만큼 미쳐 버린 것을 보았다. 세상에서 가장 당당하고 아름다운 이 사람을 이렇게까지 만든 것이 바로 자신이라는 것을 똑똑히 깨달았다. 더 이상은 고집 피우거나 비겁하게 도망갈 수가 없었다.

"오빠가 하자는 대로 할게. 거짓말할게. 천벌 받을게. 오빠, 그러니까 오빤 할머니를 버리지 마. 나 때문에 오빠가 할머니 버리는 건 안 돼. 오빠가 나 때문에 망가지는 거 이젠 싫어! 아파, 너무 아파서 미치겠어. 차라리 내가 아프고 말래. 오빤 언제나 행복해야 해."

"이은후……."

"내가 더 사랑해. 오빠 대신 죽을 수 있어. 내가 다 돌 맞을게. 할머니께 고백하자, 우리. 오빠가 행복해진다면 뭐든지 할게."

어떻게 하든 도망칠 수 없는걸. 이 사랑을 멈출 수 없는걸. 이젠 한계야. 고백 이후에 그녀의 삶이 지옥이 될지라도, 이 사람 곁이라면 참을 수 있어. 견뎌낼 수 있어. 은후는 태흔의 가슴에 깊이 얼굴을 묻고 마음속으로 부르짖었다.

할아버지, 제발 용서해 주세요. 할머니, 천벌 받으라면 받을게요. 하지만 오빠를 잃을 순 없어요. 용서해 주세요.

빨래 바구니를 세탁실로 가져다 놓고 돌아서니, 사무실에 들러 장난감을 전달하고 온 태흔이 다가왔다.

"짐 챙겨 나와라. 바깥에서 기다리고 있을 테니. 키 줘."

"차 안 몰고 왔어?"

"먼저 보냈다. 네 차 몰고 돌아가지, 뭐."

그에게 열쇠를 건네주고 은후는 게스트룸으로 들어가 옷을 갈아입었다. 민주가 준 해바라기 한 송이를 챙기는 것도 잊지 않았다.

"고생하셨어요, 다음에 뵈어요."

핸드백을 들고 숙소를 나서니 직원들이 인사를 하며 지나쳐 갔다. 은후도 미소 지으며 인사를 했다.

현관에 나가니, 기다린다 하던 태흔의 모습이 보이지 않았다.

"대체 어디 갔담?"

고개를 들었다. 느티나무 아래 벤치에 앉아 있던 그가 손을 흔들었다. 이리 와보라고 손짓을 했다. 은후는 천천히 그에게로 걸어갔다.

"앉아봐, 잠시 바람 좀 쐬고 가자."

정말 오랜만에 두 사람은 느티나무 벤치에 나란히 앉아 높은 하늘을, 청량한 햇살에 나뭇잎이 반짝이는 것을 지켜보았다. 푸른 바람이 한달음에 달려와 은후의 머리카락을 날리고 태흔의 단단한 볼을 건드린 다음 멀리 사라졌다.

"되게 쬐그만 했는데."

태흔이 혼잣말처럼 중얼거렸다. 은후는 태흔을 돌아보았다.

"기억나? 너 여기 쪼그리고 앉아 있었어. 진짜 작고 가벼웠어."

아득한 그 옛날. 아픔밖에 남은 게 없어 홀로 훌쩍이던 어린 계집아이가 멋진 왕자님의 품에 안겼을 적, 그날의 이야기였다.

태흔도 은후를 돌아보았다. 빙그레 미소 지었다.

"그날부터 지금까지 이은후, 한 번도 내 심장에서 나간 적 없다."

태흔 역시 은후의 심장 밖으로 나간 적, 한 번도 없었다.

서로만을 응시하고 서로만은 담은 눈동자. 두 개의 손이 꼭 얽혔다. 그를 선택한 결정, 후회하진 않을 거야. 쿡쿡 찌르는 양심 따윈 끝내 외면할 거야. 은후는 새삼 다짐했다.

"할머니껜 언제 이야기할까? 오늘 해버릴까?"

성급한 태흔의 말에 은후는 고개를 흔들었다.

"다음 주에 할머니 팔순 잔치잖아. 좋은 일 앞에 두고 미리 말씀드려서 충격받게 하고 싶지 않아. 잔치는 끝나고 말씀드렸으면 해."

"잔치 끝나자마자 난 이내 러시아 출장이야."

"그럼 같이 러시아에 가서 말씀드리자고?"

"같이 갈 수 있을 줄 알았는데, 한가로운 출장은 아닐 것 같다. 아무래도 혼자 다녀와야 할 것 같은데, 폭풍을 너 혼자 감당하게 할 순 없지. 좋아, 내가 출장에 돌아와서 말씀드리자."

은후는 고개를 끄덕였다. 망연하게 느티나무 우듬지를 우러렀다. 혼잣말처럼 중얼거렸다.

"할머니, 많이 놀라시겠지?"

"놀라시겠지. 노여워하실지도 몰라. 하지만 우릴 사랑하시니까, 처음엔 놀라시겠지만 금세 이해하시고 받아주실 거야. 우리가 더 잘하면 돼. 최선을 다해 우리 둘이 할머니께 효도하자. 언제나 우리 셋이 정답게 지내던 때를 기억해 봐. 할머니도 그걸 잃고 싶어 하진 않으실 거야."

태흔이 훌쩍 일어섰다. 두 손을 내밀었다. 은후도 두 손을 내밀었다. 태흔의 큰 손이 은후의 손을 잡아 끌어당겼다. 꽉 잡은 채 믿음직하게 약속해 주었다.

"내가 다 이겨줄게. 다 감당해 준다. 믿어."

"믿을게."

"착하다, 우리 공주님."

태흔이 은후의 하얀 이마에 살짝 키스했다.

추석도 넘어간 가을인데 이상 더위는 여전히 기승을 부리고 있었다. 정오를 넘긴 시각, 차창을 뚫고 들어오는 햇살이 따가웠다.

"배고프다. 뭐 먹을까?"

차를 돌려 언덕길을 내려오며 태흔이 물었다. 그들이 탄 차는 마침 여름철 보신 식품인 민물장어 집을 지나갔다.

"그냥 예술관에서 점심 먹자니깐."

태흔이 싱글거리며 고개를 흔들었다.

"명색이 우리 첫 데이트인데 그럴 순 없지. 말해봐, 뭐 먹을래? 뭐 사줄까?"

"음, 장어 말곤 다 괜찮아."

"이은후, 장어가 뱀 닮았다면서 진저리를 치며 울었었지?"

은후는 본능적으로 으윽! 하고 신음을 삼켰다. 아무래도 이건 역시 태흔 때문이다.

장난이라도 그렇지, 살아 있는 뱀장어를 만지게 만들어 반 기절하게 만들다니. 뱀장어만 보면 놀란 그때 기억이 나서 도저히 좋아할 수가 없었다. 아직도 장어를 먹을 때면, 꺼림칙한 기분이 남아 있다. 새침하게 되받아쳤다.

"오빠 때문이잖아."

"십 년이나 지난 이야기인데 아직도 써먹냐?"

그가 고개를 돌려 그를 노려보는 은후에게 윙크를 했다.

"다음에 삿포로에 같이 가자. 온천도 하고, 아주 맛있는 우나기 구이 집이 있어. 거기 가서 먹으면 너의 장어 혐오증은 싹 사라질 거야. 내 장담하지."

말을 하다 보니 둘만의 짧은 여행이 갑자기 당기는 모양이었다. 아스라한 춘몽, 몰래 만드는 둘만의 하룻밤은 태흔에게도 감질나 미치는 물 한 방울에 불과했다.

"상황 봐서 우리 둘이 몰래 나갔다 올까? 1박 2일이면 별 부담도 없고."

"나중에."

"그래, 알았다. 결혼해서 출장도 만날 같이 다니면 되지, 뭐. 좋아. 옛날에 세진이가 이 근처 어디서 아주 맛있는 닭백숙 사줬었어."

태흔이 핸들을 돌려 방향을 틀었다. 그렇게 썩 유명하진 않지만 그럭저럭 수량이 풍부한 계곡이 있는 숲이었다. 계곡 초입부터 즐비하게 늘어선 가게들을 천천히 스쳐 올라가며 태흔이 간판을 두리번거렸다.

"시골집인가 그랬는데. 나중에 닭 국물에다가 죽도 끓여줬는데, 끝내줬는데."

"맛있겠다."

태흔이 씩 웃었다. 닭고기를 제일 좋아하는 은후가 냉큼 걸려

들 거라고 생각했다.

"저기 있네."

태흔이 계곡 중반부쯤에 있는 가게 앞에 차를 세웠다. 흘러내리는 계곡물 위로 평상을 걸쳐 손님들이 물 흐르는 소리를 듣거나 발을 담그면서 식사를 할 수 있게 만든 원두막 같은 곳으로 안내받았다.

주말인 데다, 이미 철 늦은 가을이니 가게는 한산했다. 모처럼 들어온 손님인 듯, 주인은 친절했다. 기다리는 동안 먹으라고 찐 풋콩이 담긴 접시도 내놓고, 자기가 키웠다면서 못생긴 배도 두어 개, 과도와 함께 내주었다.

"빽하면 비가 오고, 그래서 올 여름도 공쳤습니다. 손님들이 아침에 비 오면 나들이를 포기하니까요."

종종 비가 내린 터라, 계곡에 흐르는 물은 수량이 풍부했고 세찼다. 제법 심산(深山)의 산장에 앉아 있는 것 같은 기분이 들었다.

"닭백숙, 그거 맛있었던 것 같은데."

"우리 닭이 맛은 있는데, 대신 한 시간쯤 기다리셔야 됩니다. 토종닭은 뼈가 억세서 오래 삶아야 하거든요."

당장 된다는 허풍보다 기다려야 한다는 말이 더 솔직해서 호감이 갔다.

"괜찮습니다, 맛있게 해주세요."

대롱대롱 평상 가장자리에 앉아 있던 은후가 구두를 벗고 계곡물에 발을 담갔다. 하얀 발등을 타고 세찬 물이 쓸려 내려갔다.

"으아, 차가워!"

"감기 든다."

"오빠, 이리 와봐. 엄청 시원해."

좀 춥기는 했으나 맑은 세족 놀이에 기분이 좋아진 터라 은후가 태흔을 불렀다. 외국에서 걸려온 전화인지 한참 불어로 통화를 하던 태흔이 휴대전화 플립을 접고는 다가왔다. 어깨를 맞대고 나란히 앉았다. 그도 바지 자락을 무릎까지 걷고는 물속에 발을 담갔다.

유리로 만든 듯 하얗고 자그마한 발 두 개가 다소곳이 자리한 그곳에 커다란 발 두 개가 다가갔다. 나란히 잠긴 네 개의 발이 물살에 흔들렸다. 은후의 왼쪽 발목에는 아까 차 안에서 태흔이 끼워준 발찌가 달랑대고 있었다.

"샌들 신었던 데만 하얗구나."

태흔이 슬쩍 장난을 걸었다. 가재의 집게발처럼 다가온 태흔의 큰 발가락 두 개가 은후의 발가락을 꼬집어댔다. 물결 사이, 네 개의 크고 작은 발이 도망가고 쫓아가면서, 어지럽게 엉켰다.

이길 수 없다. 은근히 골이 난 거다. 은후가 손으로 물을 떠선 태흔의 얼굴 위로 확 뿌려 버렸다. 차가운 물이 그의 얼굴을 적시고 셔츠까지 적셨다.

"너!"

험상궂은 표정을 한 채 그가 화를 내려 하자, 은후가 헤실헤실 웃으며 그의 얼굴에 작은 손을 댔다. 얼굴에 묻은 물기를 아무렇게나 문질러 버렸다. 시침 뚝 따고 모르는 척 고개를 돌렸다.

"배 넣어두자, 오빠. 물속에 담가두면 엄청 차가워질 것 같아."

반쯤 미안하기도 하고 해서, 살짝 미소를 머금고 은후가 졸랐다. 얼마나 오랜만에 보는 웃음 비슷한 것인지. 그게 너무 예뻐서 태흔은 잠시 화를 내려다가 그만 까맣게 잊어먹고 말았다.

공주님 은후가 시키는 대로 마당쇠 태흔이 물속에 들어가 허리를 굽혔다. 돌덩이를 주워 쌓아 원두막 아래에다가 작은 댐을 만들었다. 그 속에다 은후가 배 두 개를 퐁당 빠뜨렸다.

"물살이 세서, 잘못하면 떠내려갈지……."

걱정하는 말이 채 끝나기도 전이었다. 태흔의 우려대로 가벼운 무게를 지닌 작은 배가 물살에 쓸려 휭 하니 흘러가 버렸다.

"오빠! 잡아와!"

"네 이놈, 돌배!"

게 섯거라! 사생결단. 태흔이 탈출한 배를 잡으러 뛰어 내려갔다. 은후도 큰 배까지 도망갈까 봐 물속으로 뛰어내렸다. 두 놈을 가둘 감옥의 벽을 더 높이 쌓아 올렸다. 근성도 대단하지, 거의 삼사 미터나 내려가선 태흔이 기어코 배를 체포해서 돌아왔다. 대신 바지는 물론이고 셔츠며 조끼까지 거의 반 젖어버렸지만. 태흔이 잡아온 작은 배를 다시 감옥에 가두었다.

이왕 물에 내려간 김에 둘은 얼음 같은 찬물에서 십여 분 물장난을 하며 놀았다. 어쩐지 아직도 내려앉아 있던 서늘한 안개가 어느 사이 스르르 옅어지고 있었다. 하지만 확실히 계곡 물은 너무 차갑다. 태흔이 어느덧 파랗게 질린 은후의 입술을 바라보더니, 이제 그만, 하고 평상에 다시 끌어 올렸다.

"아, 발 시려. 춥다."

은후가 그 말을 하자마자 태흔이 벌떡 일어섰다. 차에 놓아두었던 카디건과 비치 타월 하나를 챙겨 돌아왔다.

"발."

늘 그랬던 터라, 은후는 아무 말 없이 발을 내밀었다. 한 무릎을 꿇은 채 태흔은 차가운 물 안에서 오래도록 놀아, 파르라니 식은 은후의 종아리며 발을 포근한 수건에 싸서 문질러 주었다.
"밥 먹을 때까지 계속 감고 있어."
"답답한데."
"그러다가 감기 들면 책임 못 진다."
맞춤하여 무럭무럭 김이 나는 닭백숙 냄비가 도착했다. 구수한 냄새를 풍기는 찜닭이 자태를 드러냈다. 집게를 집은 태흔이 상 건너편에 앉은 은후를 바라보았다.
"역시 날개?"
"응."
태흔이 잘 익어 뼈와 살이 잘도 떨어지는 토종닭 날개를 쭉 찢어 은후의 접시에 놓아주었다.
"살을 먹지 왜 뼈만 좋아하냐?"
날개 하나를 다 먹고 다시 목뼈 부분을 건져 가는 은후를 놀렸다. 똑같이 닭고기를 좋아하지만 태흔은 가슴살 쪽을 좋아했고, 은후는 뼈가 많은 부위를 좋아했다.
"실속이 없잖아. 같은 값 내고 뼈만 먹다니, 멍청해."
"뼈 사이 살이 얼마나 맛있다고."
"보람 없는 닭 뼈 따위 핥지 말고, 차라리 나를 핥아. 그게 더 맛있어."
이 인간이! 시뻘게진 얼굴로 은후가 말도 못 하고 눈만 부라렸다. 다른 손님이 옆에 없었기에 망정이지, 큰 망신을 당할 뻔했다.
태흔이 피식 웃으며 다시 닭다리를 하나 건져 그녀의 접시에 내려주었다.
"많이 먹어. 할머니와 아줌마가 많이 거둬 먹였을 텐데, 대체 왜 살은 안 찌는 거냐? 보람 없게."
"살찌면 밉다고, 열일곱 살 때부터 내 몸무게 정해준 게 누구야?"
은후가 새초롬하게 받아쳤다.
"많이 먹고 운동해. 그럼 되지. 건강해야 해. 그래야 너, 날 감당할 것 아냐? 난 하룻밤에 세 번은 해야 한다고. 할 때마다 너, 기절해 버리면 곤란해."
민망하지도 않나. 투 아웃. 뿔이 잔뜩 난 은후는 숟가락을 들어 태흔의 머리통을 내려치는 시늉을 했다. 자그마한 장난질과 농담, 킬킬거리는 웃음 사이로 몰래 숨어 나눈 그윽한 키스. 가을 오후가 청량하게 깊어가고 있었다.

집에 도착한 건 저녁나절, 진 여사가 두 사람을 맞이해 주었다.
"늦었구나, 어디 갔다 왔어?"
"오빠가 근처 계곡에서 닭백숙 사줬어요. 엄청 맛있었어요. 나중에 할머니 모시고 한번 갈게요."
구두를 벗느라 살짝 고개를 숙인 터라 머리카락이 아래로 쏟아지며 은후의 하얀 목덜미가 드러났다. 우연히 진 여사의 눈이 거기로 닿았다.
'응?'
하얀 목덜미에 살짝 새겨진 꽃물. 순백의 천에 얼룩진 핏방울처럼 선명하게 눈에 박혔다.
"은후, 목이 왜 그래? 뭐에 물렸니?"
"네에?"
"목이 빨갛게 됐어. 예술관에 벌레가 많다니?"

은후의 얼굴이 순간 굳어졌다. 구두를 벗던 태흔의 동작도 잠시 멎었다. 여린 살에 상처 잡히면 어쩌누, 싶어 진 여사가 채근했다.

"어디 좀 보자."

"아, 아니요! 좀 간지러울 뿐이에요. 씻고 나서 연고 바를게요."

당황한 기색이 역력한 채 은후가 두 손으로 목을 감쌌다.

"한 번 보자. 많이 물렸어?"

그때 태흔이 먼저 진 여사를 밀어내듯 하며 은후의 팔을 움켜잡아 제 앞으로 세웠다. 머리카락을 들고 뒷목을 살폈다.

"긁었냐? 바보같이."

"어? 어."

"인마, 엄청 빨갛다. 감염될라. 연고 발라."

"그럴게."

"물렸으면 약 바르지 긁기는 왜 긁어? 덧나면 어떡해?"

걱정하는 진 여사와 태흔을 뒤로하고 은후가 목을 두 손으로 감싼 채 부리나케 제 방으로 달려들어 가버렸다. 누가 보아도 부자연스럽고 당황한 기색이 역력한 채로.

허공중에서 진 여사와 태흔의 시선이 아주 잠시 부딪쳤다. 바로 그때 진 여사는 처음으로 낯설게만 느껴지는 손자를 만났다. 태흔의 눈동자 속에서 형언할 수 없을 만큼 지독하고 뜨거운 애염을 발견한 순간이었다.

저 딴에는 감추려 했을 테지만 완전히 감추지 못한 불길. 은후의 목에 새겨진 붉은 흔적의 이유일지도 모르는…….

18장

나주댁이 방으로 들어왔다. 드레스룸에서 진 여사가 입고 나갈 외출복을 찾아 침대 위에 올려놓았다. 안락의자에 앉아 오래도록 깊은 생각에 잠겼던 진 여사가 그녀를 건너다보았다. 조금은 불안한 표정으로 확인했다.

"은후 목에 연고 발라줬어?"

"예. 모기한테 물린 게 아니고 뾰루지가 난 거던데. 생리하면 은후 아가씨, 뭐 많이 돋잖아요."

"아하, 그랬구먼."

안도감 위에 다시 덧입혀지는 자책감. 진 여사는 자신도 모르게 한숨을 내쉬었다. 이 나이에 내가 정말 노망이 드나 보다, 스스로를 민망해하고 후회했다. 이 며칠 유심히 살폈어도 이상한 기색이라고는 찾을 수 없었다. 오히려 더 밝아진 듯한 보얀 얼굴이며 방글거리는 미소를 떠올리며 진 여사는 스스로에게 각인이라도 하듯이 속으로 중얼거렸다.

'그럴 리가 없지, 암만. 내가 저를 어떻게 키웠는데, 내 눈을 속이고 그런 짓을 하겠어? 사람이면 그런 짓 못 해. 태흔이 놈은 몰라도 우리 은후는 절대로 아냐.'

은후가 아니라 해도 그럼 태흔의 마음은?

가라앉던 진 여사의 뇌리가 다시 복잡해졌다.

그날 은후를 바라보던 태흔의 눈빛은, 분명 남자의 그것이었다. 은후의 뒷모습을 좇던 그 시선은 말 그대로 화염. 눈으로 삼켜 버리고 있었다. 다른 건 몰라도 태흔의 마음은 소문과 똑같다는 것에 진 여사는 자신의 목숨을 걸 수도 있었다.

나주댁이 옷에 맞는 스카프를 찾아 들고 나오며 한마디 했다.

"긁지 말래도 또 긁었어요. 아침에 보니 약이 더 올라 있더라고요"

"은후, 드레스 입어야 하는데 목이 그래서 어쩌누."

"아무래도 병원 가서 고름 빼라고 해야 할 것 같네요. 그래도 흔적 남으면 목걸이를 굵은 걸로 해야지요. 인제 일어나세요. 나가셔야 하잖아요."

"재촉하지 마. 늦으면 기다리겠지. 이 나이 되어봐. 사람 많은 거 딱 질색이야. 잔치도 싫어. 꼭 이런 번거로운 행사를 해야 하나?"

"아이고, 딴 날도 아니고 팔순을 그냥 넘겨요? 하물며 회장님이 돌아오셔서, 여사님을 위해 여는 잔치인데 너무 그러지 마세요. 게다가 회장님하고 아진의 아가씨 두 분, 반 약혼식이기도 하다면서요? 번거로워도 좀 참으세요."

"그거야, 내 눈으로 봐야 아는 거고."

진 여사는 중얼거렸다. 내일 파티 때 태흔이 정식으로 임세라를 소개시키기로 되어 있다. 비록 약식이지만, 임 회장 내외와 상견례를 하는 자리이기도 하다. 세라와 태흔이 같이 있는 모양새를 보아하면, 그의 감정이 손에 잡히겠지.

진 여사는 안락의자에서 몸을 일으켰다.

"내게 종알대는 이가 은후뿐인 줄 알았는데, 자네가 더해. 내 시어머닐세."

"디자이너 선생님이 약속이 많이 걸려 있나 봐요. 지금 출발하지 않으면 늦으세요."

"난 그 의상실 옷은 마음에 들지만 디자이너는 싫어. 너무 거만하잖아?"

다른 디자이너와는 달리 꼭 숍까지 오라 가라 하는 것이 마음에 들지 않는다. 진 여사가 한마디 툴툴거리며 욕실로 들어갔다.

외출 준비를 마친 은후가 휴대전화를 귀에 댄 채 방으로 들어왔다.

"저희는 삼십 분 있다가 출발할 거구요, 선생님. 할머님이랑 저, 아줌마만 먼저 피팅해요. 다섯 시 반에 오빠가 도착해요. 양복은 제일 늦게 피팅해 주세요. 네, 세 벌입니다. 오빠랑 김 과장님, 박 이사님이요. 네네, 그럼 그때 뵙겠습니다."

전화를 끊고 은후가 나주댁을 바라보았다.

"할머니, 준비 중이시죠?"

"지금 욕실 들어가셨어요."

그때 벨 소리가 났다. 찾아올 사람일랑은 없는데. 의아한 터라 은후와 나주댁은 서로 얼굴을 바라보았다. 인터콤 화면을 바라보던 나주댁이 놀라서 소리쳤다.

"어머나, 목동 강 여사님이랑 문 이사님 오셨어요."

예상외의 방문객에 은후의 눈도 휘둥그렇게 변했다. 잠시 후에 세련된 투피스 차림의 강 여사와 서준이 현관을 들어섰다. 서준은 잘 포장된 기름한 꾸러미를 안고 있었고, 비단 보자기로 싼 바구니는 기사가 들고 와 현관 머리에 놓고 사라졌다.

"어서 오세요. 기별도 없이 웬일이세요?"

"내일 파티 때 입을 의상, 〈호든〉이라면서? 우리 옷 하는 데랑 똑같지 뭐야. 그래서 차나 한 잔 얻어먹고 같이 가려고 이렇게 찾아왔죠."

은후의 안내로 소파에 앉으며 강 여사가 기분 좋게 말했다. 서준이 싱글거리며 들고 있던 물건을 은후에게 내밀었다.

"조심해요. 황리미 씨 작품입니다."

무심히 받아 들던 은후의 팔이 경직되었다. 빳빳하게 힘이 들어갔다.

"할머니 팔순 선물, 덩치가 커서 그날 들고 가기가 좀 힘들 것 같아서 미리 왔어요."

서준이 강 여사 옆에 앉으며 설명했다.

"이렇게 귀한 걸 어떻게……?"

"진 여사님이 무척 마음에 들어 하셨던 작품이야. 구입하시라니까, 아직 집 공사가 덜 끝나서 망설여진다고 하시더라고. 눈독 들이는 이가 많아서 내가 그냥 집어왔지. 여사님 팔순 선물로 드려야지, 했어."

"고맙습니다. 할머니께서 정말 좋아하실 거예요. 지금 외출 준비 중이세요. 조금만 기다려 주세요."

"우리 은후가 맛있는 홍차를 대접해 주면 기다리는 일이 즐거워질 텐데."
강 여사의 재치있는 말에 은후는 미소 지으며 일어났다. 티 세트를 챙겨 거실로 나갔다.
"밀크 티로 준비할까요?"
"고마워요. 난 우리 은후가 만들어주는 밀크 티만큼 맛있는 건 못 먹었네."
"과찬이세요."
은후는 강 여사의 잔에 향기로운 밀크 티를 따랐다.
"언젠 한번 홍콩 같이 나가세요. 페일린 호텔 애프터눈 티가 근사해요."
"그럴까? 홍콩에는 원석 사러 자주 가지? 한번 같이 가서 쇼핑이나 해야겠다. 참, 뉴욕 보보스도 괜찮은 차 많은데. 거기도 언제 한번 같이 가보자."
티타임이 끝날 즈음, 외출 준비를 마친 진 여사가 안방에서 나왔다.
"아니, 강 여사가 웬일이야?"
"할머니, 여사님께서 황리미 씨 작품을 잔치 선물로 가져오셨대요."
진 여사의 눈이 휘둥그레졌다. 은후가 펼쳐 놓는 그림 앞에서 기쁜 기색은 역력했으나, 너무 과한 선물 같아 한마디 타박을 했다.
"아니, 이게 무슨 경우야, 그래? 강 여사, 이러지 마. 내가 미안해서 어떡해?"
"마음에 드는 그림을 그럼 뺏겨요? 흐뭇해하셨잖아요. 보고 즐기세요. 제 마음이에요."

"강 여사 마음이야 내가 몰라? 세상에! 어쩜 이리 색도 느낌도 온화할까? 잘 보관했다가 집으로 돌아가면 안방에 걸어놓고 날마다 위안 삼아야지."

진 여사의 표정이 마치 소녀처럼 변했다. 강 여사가 미소 지으며 바구니를 앞으로 밀어놓았다.

"농장에서 직접 만든 흑삼입니다. 육 년근을, 아홉 번 찌고 말린 거랍니다. 여사님 기력에 도움이 될까 싶어 담아왔어요. 약이다, 생각하세요."

"내 생각해 주는 건 우리 강 여사뿐이야. 자, 일어나지. 가서 가봉하고, 저녁 식사나 같이해. 이렇게 좋은 선물을 받았으니 저녁은 내가 살게."

차 문을 닫고 옆자리에 타는 은후를 두고 진 여사가 건너다보았다. 불쑥 한마디 했다.

"결혼은, 남자도 봐야 하지만 시어머니 자리도 보는 거다."

"무슨 말씀이세요?"

"남편하고 금슬이 아무리 좋아도, 식구들이 똘똘 뭉쳐 며느리를 밀어내면 여자는 힘들어져. 남편 인품도 봐야 하지만, 집안 어른들 품성도 봐야 하는 게 그래서 그렇다. 강 여사 저이, 내가 본 사람 중에 제일 넓고 온화해. 좋은 이야."

진 여사가 어떤 뜻으로 그런 말을 하는지 금세 짐작했다. 하지만 은후는 아무 말도 할 수가 없었다. 이제 그런 것은 소용이 없으니까. 그녀는 태흔의 여자였고, 옆에 앉으신 분의 가슴을 배신의 칼날로 찢어버린다 해도 그를 원하고 갈망하여 그의 노예가 되기로 작정했으니까.

여자들의 옷을 피팅하는 일이 전부 끝났다. 다만 근 삼십여 분을 기다렸지만 태훈이 도착하지 않아 일대 소동이 벌어진 것 말고는 순조로운 일정이었다. 다른 손님을 맞이해야 하는 디자이너는 자꾸 어긋나는 시간 때문에 안절부절못했고, 괜히 은후만 죄인처럼 휴대전화를 들고 들락날락했다.

"뭐래니? 못 온다니?"

진 여사가 세 번째로 휴대전화를 누르는 은후에게 물었다. 통화를 마친 은후가 고개를 흔들었다.

"아니요, 회의가 좀 길어졌대요. 곧 도착한대요."

십 분 후에 겨우 태훈이 도착했다. 박 이사와 김 기사도 함께였다.

많이 힘들었는지, 이마에 주름살이 져 있었다. 그렇지 않아도 날카로운 표정이, 서준 모자가 진 여사와 나란히 앉아 담소를 나누고 있는 것을 보자마자 더 첨예하게 변했다. 그러나 그것도 순간, 아주 예절 바른 태도로 할머니와 강 여사에게 고개를 숙여 보였다. 일어서는 서준에게도 먼저 악수를 청했다.

두 남자 사이로 의례적인 악수가 오갔다. 차갑지도, 따뜻하지도 않은 평범한 인사였다. 서준으로서는 새삼 딱히 적대적인 모습을 보일 이유는 없다. 물론 다른 사람들처럼 아첨하듯 친한 표시를 낼 이유도 없는 것이고. 덤덤한 표정으로 태훈에게 형식적인 인사를 건넸다.

"지난번 전시회 때 많은 도움 주셔서 감사드립니다."

"별말씀을. 전시회가 대성공을 거두었다는 말을 전해 들었습니다. 참, 다음 달에 뉴욕으로 떠난신다고요?"

사근사근하게 먼저 말을 거는 태훈의 표정은 미소로 무장한 강철 가면이었다. 아주 친절하고 사교적이나 절대로 진실한 속내를 드러내지 않고 읽히자도 않는다.

"그렇게 되었습니다. 박물관에 갑자기 공석이 생겨서 몇 달 일찍 근무하게 되었어요."

"바라던 것을 성취하게 되었군요. 축하드립니다."

엷은 미소를 지으면서 가볍게 고개를 끄덕이는 태흔의 옆얼굴을 바라보며 서준은 홀로 빳빳해지는 심장을 살짝 가라앉혔다. 그도 서준이 은후에게 청혼한 것을 들었을 것이다. 대단한 성질머리를 가진 저 남자가 아직까지 아무런 액션을 취하지 않는다는 것이 오히려 놀랍다는 생각을 했다. 터지지 않는 것이 더 조마조마하달까?

인사를 끝내고 소파에 무너지듯이 앉아 태흔이 냉수 한 잔을 청했다. 늘 단정하던 모습이 형편없이 구겨져 있었다. 넥타이도 반 풀려 있었고, 지친 기색이 역력했다. 냉수 잔을 건네주며 진 여사가 걱정스레 물었다.

"힘들었나 보구나."

"다섯 시간 동안 마라톤 회의였습니다."

태흔 대신 박 이사가 얼른 대답했다.

"저런."

"이쪽저쪽에서 환율 때문에 비상이에요. 그나마 우린 이런 사태가 올 거라고 예상하고 잠정적으로 외환 보유고를 계속 늘려두었으니 망정이지. 일단 제국은행과 상담 좀 하라고 홍 사장을 동경에 내보냈습니다."

"많이 곤란해질 것 같니?"

"아직은 괜찮습니다. 하루 이틀 이내로 한국은행과 미국 정부가 통화스와프를 체결한다는 귀띔을 받았는데, 그 규모가 어느 정도인지는 잘 모르겠습니다. 일단 각 계열사마다 엔화와 위안화, 달러 보유고를 확인하라고 훈령을 내려보냈습니다. 계열사 공조가 옳은지, 각자 알아서 살아남으라고 하는 게 옳은지 아직 제가 확신이 서지 않습니다. 아아아, 힘들어. 한국에 돌아와서 겨우 석 달인데. 흰머리가 생겼어."

태흔이 엄살 부리는 척 우는소리를 했다. 진 여사보다 덩치는 두 배나 큰 남자가 열 살 먹은 어린애인 양 할머니 어깨에 머리를 기댔다. 은후가 잔소리를 했다.

"흰머리는 무슨……? 새카맣기만 하거든. 빨랑 일어서. 옷 입어봐. 모든 사람이 오빠만 기다리고 있었다고."

"어떻게 된 게 넌 사람이 힘들다 하는데도 동정할 줄 모르냐? 나름대로 먹고살아 보려고 안간힘을 쓰고 있구먼. 이은후, 이건 도대체 인정머리가 없어."

은후가 혀를 내밀었다. 태흔이 머리통을 쥐어박는 시늉을 했다. 은후는 진 여사 어깨 너머로 도망쳤다. '할머니, 살려주세요. 오빠가 때려요!' 하고 비명 지르는 은후 앞을 진 여사가 두 팔로 가로막아 주었다.

"은후가 어린애도 아닌데, 왜 만날 머리통 쥐어박아? 하지 마."

"할머닌 만날 은후 편만 들죠? 이 자식, 이래서 더 건방져진다니까."

건너편 소파에 앉은 서준은 멀거니 성북동 식구 세 사람을 건너다보았다. 재미있다는 듯이 엷은 미소를 짓고는 있지만 그의 마음은 더없이 복잡하고 심란했다.

누구도 떼놓을 수 없을 만큼 단단하게 결속되어 있다. 서로들 깊이 사랑하고 있다. 기시감. 태흔과 은후가 나란히 앉아 같은 포

크로 케이크를 떠먹던 모습을 바라보던 그때와 겹쳐졌다. 그들만의 성(城). 그 누구도 침범할 수 없고 깨뜨릴 수도 없을 만큼 단단한 세상. 할머니와 누이동생, 혹은 연일일 수도 있는 은후의 어깨를 동시에 감싸 안고 환하게 큰 웃음을 터뜨리는 태흔의 모습은 흠잡을 데가 없었다.

허공중에서 아주 짧게 두 남자의 시선이 마주쳤다. 아무도 모르지만, 오직 서준만이 느끼는 갈등과 소외감을 눈치챈 것이다. 태흔의 입꼬리가 아주 약간 위로 치켜 올라갔다.

어디 한번 깨뜨려 봐. 빼앗아가 봐. 절대로 가능하지 않으니까. 마치 그리 말하는 듯했다.

진 여사가 손자에게 채근했다. 태흔 한 사람 때문에 많은 사람이 마냥 기다리고만 있었던 것이 심히 미안했다.

"어서 들어가서 옷 입어봐라. 김 선생이 기다린다. 시장해, 빨리 끝내고 식사하러 가야지."

"저도 배고파요. 서둘러야겠군요."

태흔이 직원의 안내를 받아 탈의실로 들어갔다. 김 기사와 박 이사도 따라 들어갔다.

오 분 후, 깔끔한 순백의 와이셔츠에 은은한 광택이 흐르는 클래식 블랙 슈트를 차려입은 태흔이 나왔다. 은후와 진 여사가 동시에 고개를 끄덕였다.

"멋지네, 우리 손자."

헌칠한 키가 더 커 보였다. 나이답지 않게 깊은 관록과 강한 카리스마가 느껴지는 명실상부한 리더의 모습이었다. 바라보던 서준 역시 압도감을 느꼈다.

태흔이 은후에게 손에 들고 있던 너덧 개의 넥타이를 내밀었다.

"넥타이, 골라줘."

"이젠 날 신용해? 후회할 텐데."

방글방글 미소 지으며 받아치는 은후의 말에 태흔이 피식 웃었다.

넥타이에 얽힌 둘만의 정겨운 추억. 태흔의 대학 입학식 날, 은후가 선물해 준 빨간 나비넥타이 왜 안 하느냐고 울고불고하는 은후 때문에 태흔은 남우세스럽지만 달고 나갈 수밖에 없었지.

"내가 널 미술대학엘 왜 보냈겠어? 양심이 있어야지. 돈 바른 만큼 제대로 해봐, 인마."

은후가 쿡쿡거리며 태흔의 옷 색깔에 맞추어서 은빛 단색으로 하나, 하늘빛 물방울이 새겨진 남보라색 실크 넥타이 두 개를 골라주었다.

"매줘 봐."

당연하다는 듯이 태흔이 목을 내밀었다. 은후 역시 너무나 자연스럽게 태흔의 셔츠 깃을 위로 올리고 은빛 넥타이를 둘렀다. 솜씨 좋게 매듭을 지어 깔끔하게 매주었다. 셔츠 깃을 누이고, 손끝으로 넥타이를 매만진 후 은후가 돌아보았다.

"다 됐다. 할머니, 어때요?"

"남색이 더 어울리지 않을까?"

"그럼 다시 해볼게요."

약간 고개를 숙이고 은후에게 목을 내밀고 있는 태흔, 너무나 익숙하게 그에게 새 넥타이를 매주고 있는 은후, 다시 기시감. 자신도 모르게 서준의 주먹에 힘이 주어졌다.

'완전히 부부 같잖아.'

자신만 그리 느끼는 걸까? 왜 다른 사람은 저 두 사람의 기묘한 분위기를 눈치채지 못하는 걸까? 서준의 시선이 문득 진 여사에게로 향했다.

그리고 그는 보았다. 진 여사의 눈에도 서준 자신과 똑같은 의구심이, 불안과 당혹감이 어린 것을……. 사랑과 감기는 감출 수 없는 것이라고 하더니, 역시 그 말은 진리였다.

자리를 옮겨 저녁 식사를 같이한 일행은 식사를 마치고 작별을 했다.

"강 여사, 내일 뵈어요."

"네, 여사님. 푹 주무시고요."

먼저 진 여사와 은후가 차를 타고 떠나고, 강 여사도 떠났다. 어머니를 먼저 보내고, 서준은 돌아서서 자신의 차 문을 열었다. 등 뒤에서 그를 불러 세우는 목소리가 있었다.

"문서준 씨."

서준은 몸을 돌이켰다. 옆에 세워진 차에 등을 기대고 태흔이 비스듬히 서 있었다.

"이 회장님, 제게 무슨 볼일이 있으십니까?"

예절 바르게, 그러나 난 당신을 불쾌하게 생각한다는 뜻을 담아 서준은 쌀쌀맞게 되물었다. 태흔이 한 발 다가왔다. 씩 웃었다.

"우리 사이에 볼일 따윈 없어야 할 텐데 말입니다. 쓸데없이 문서준 씨가 자꾸 그런 일을 만드시는군요. 유감입니다."

"무슨 말씀입니까?"

"받으세요, 돌려 드리죠."

태흔이 비단 주머니를 내밀었다. 은후에게 주었던 분합이 들어 있을 터다. 그럼 그렇지, 올 것이 왔군. 굳어진 서준의 얼굴 앞에서 태흔이 씩 웃었다.

"달덩이만 한 건 아니라도 최소한 손톱만 한 건 가져와야지. 이따위 깨알 쪼가리를 우리 은후가 좋다구나, 낄 것 같아요?"

서준은 대답 대신 태흔의 손을 잡아 다시 되돌렸다.

"주머니, 못 받습니다. 은후 씨 아니면 접수 불가능이거든요."

"뭐라고?"

"제가 이걸 드린 건 은후 씨에게 입니다. 이태흔 회장님이 아니란 말이지요. 은후 씨와 저의 사이에 대해서 이 회장님이 나서시는 건 아주 불쾌한 일이라고 지난번에 분명히 말씀드린 것 같은데요."

"내 앞에서 건방지게 구는 거. 한 번이면 족하다고 말했다."

단번에 반말. 이번에는 체면 따위, 가식 따위 뒤집어쓰지 않았다. 날것 그대로 가득한 적의와 분노를 담아 태흔이 속삭였다. 단지 그것뿐인데, 서준은 순간 생명의 위협을 느꼈을 정도였다.

진심으로 이태흔은 서준 자신을 짓뭉개는 것을 마다하지 않을 작정을 하고 있었다. 그가 한 발 더 다가왔다. 자신도 모르게 서준은 한 발 물러서고 말았다. 등 뒤로 딱딱한 차창이 느껴졌다. 사신처럼 그의 앞에 버텨선 검은 그림자가, 다시 한 번 나직하게 내뱉었다.

"껄떡대지 마. 감히 건들 생각도 말고. 네가 무엇을 어찌하든 이은후, 네 여자, 절대로 되지 않을 테니까."

"오빠 되시는 이 회장님이 뭐라 위협하든 은후 씨가 절 선택하면 문제는 달라지겠죠."

억지로 온화하게, 끝까지 평정을 잃지 않으려 노력하며 서준은 되받았다. 태흔이 픽 웃었다. 지지 않고 받아치는 서준이 심지어 귀엽다는 표정이었다. 빙그레 웃던 그가 웃음기를 지웠다. 날카롭게 속삭였다.

"내가 이은후 오빠 아니라고 말한 사람이, 바로 너잖아."

서준은 숨이 막혔다. 태흔이 이런 식으로 대놓고 자신의 감정을 인정하고 드러낼 줄 몰랐다. 즉시 느꼈다. 이 남자, 마침내 이은후를 얻기 위해 세상과 할머니에 맞서 싸울 작정을 한 거다.

"무슨, 뜻입니까?"

"이은후, 건드리지 말라는 뜻이다."

그럴지도 모른다 생각만 한 것과, 당사자의 입으로 직접 사실을 확인한 것하고는 천지 차이였다. 망연자실해선 멍하니 그를 응시하고만 있는 서준의 손을 태흔이 잡아챘다. 은후에게 준 비단 주머니를 억지로 쥐여주었다.

"조용히 꺼져. 네게 맞는 여자를 찾아. 마지막 충고다."

"내가 거부한다면?"

"바르작거려 보았자 달라질 건 없어. 이은후, 내 여자인 것 변함없고, 네가 헛물 켠다는 사실이 달라질 것도 아니니까. 앞으로 네 인생, 내가 작정하고 망쳐 주기를 바란다면 계속 까불어보지 그래?"

제가 할 말일랑은 끝났다. 미련없이 태흔이 돌아섰다. 휭하니 먼지바람만 남기고 떠나 버렸다.

〈커피 줘.〉

이층에 있는 태흔이 보낸 문자였다. 머리를 말리던 은후는 그만 빙그레 웃고 말았다. 그를 따라 답장을 눌렀다.

〈자야 하잖아. 커피만 너무 마시지 마.〉
〈밤새야 한다, 바보야.〉
〈일이 그렇게 많아?〉
〈죽을 맛이다. 너하고 키스하고 나면 기운이 날 텐데.〉

다시 방글방글 미소가 입술에 묻었다. 은후도 답장을 눌렀다. 새빨간 하트를 다섯 개. 힘든 당신에게 달콤한 키스 다섯 번을.

다시 문자 창이 떴다.

〈겨우 다섯 번으로 만족할 것 같아?〉
〈욕심쟁이.〉
〈욕구불만이다. 생리 끝났지?〉

징그럽게 노골적으로 그런 걸 물어? 은후의 입술이 뾰족하게 튀어나왔다. 다시 문자가 도착했다. 노골적인 유혹이었다.

〈지금 살짝 도망 나갈까?〉
〈미쳤어?〉
〈십 분이면 충분해. 터질 것 같다고. 너한테 들어가고 싶어서.〉

이 뻔뻔한 인간을 반드시 응징하고야 말리라. 은후는 입술을 꼭 깨물었다. 커다란 주먹과 함께 답변을 보냈다.

〈죽었어!〉

잠옷 위에 카디건만 걸치고 주방으로 나갔다. 어제 새로 사다 둔 원두로 그가 좋아하는 에스프레소 한 잔을 만들었다. 달그락대는 소리를 들은 것이다. 나주댁이 방에서 빼꼼 얼굴을 내밀었다.

"야밤에 커피 마시려고요?"

"정리할 게 좀 남아서요. 한 잔만 마실게요."

커피 향기가 이층까지 흘러 올라간 모양이다. 오 분쯤 지나자 우연인 듯 가장하며 태흔도 맨발로 이층에서 내려왔다.

"와우, 커피!"

"오빠도 한 잔 마실래?"

"주면 고맙지. 사랑한다, 은후."

"귀찮은 일 시킬 때만 사랑한대."

"왜 그래? 만날 사랑해."

싱글거리며 태흔이 식탁 앞에 앉았다.

"아줌마, 나 좀 출출해요. 과일이나 먹을까?"

"배랑 감 있는데요."

"제가 할게요, 아줌마. 들어가서 주무세요."

은후는 냉장고에서 배와 감을 꺼냈다. 나주댁이 과도와 접시를 찾아 놓아주고 하품을 하며 다시 방으로 들어갔다.

태흔이 안방 쪽을 돌아보았다.

"할머닌 주무시나?"

"아까 잠드신 것 보고 나왔어. 초콜릿도 줄까?"

에스프레소 잔을 들며 태흔이 고개를 끄덕였다.

"음. 봐야 할 서류 많아서 밤 꼬박 새워야 해. 한 쪽 먹어야겠다."

"어제 마론 그랏세 새로 사다 뒀는데."

"감사합니다."

태흔이 싱글거리며 은후가 꺼내주는 마론 그랏세 하나를 냉큼 입에 넣었다.

"난 마론이 나오는 걸 보면 가을이로구나 싶어. 쇼콜라티에 보나에서 만든 거. 끝장이잖아."

"나도 보나에서 만든 그랑 도미노 먹고 싶다."

태흔은 평소에는 단것을 거의 먹지 않았다. 다만 파리에서 오래 생활해서 그런지 입이 얼얼할 정도로 쓴 에스프레소 커피를 마실 때면 한 조각씩 즐기는 초콜릿 맛을 좋아했다. 아무래도 그가 좋아하는 초콜릿을 가득 사다 놔야겠다. 까다롭고 예민해서 아무거나 안 먹으니까.

어머나, 예민한 발가락 위로 낯선 감촉이 느껴졌다. 웃음을 담고 있는 까뭇한 눈동자가 앞에 있었다. 식탁 아래에서 그가 발가락으로 은후의 작은 발을 간질이고 있었다.

하지 마.

입술로만 경고했다. 그러나 능청맞고 뻔뻔한 그의 발가락은 멈출 줄 몰랐다. 입술 위에는 빙그레 미소를 담고, 발가락 끝은 발등을 거쳐 종아리로 올라오고 있었다.

네 개의 눈동자가 부딪쳤다. 눈빛이 서로의 몸에 닿아 키스하고, 핥고, 애무하고, 어루만지고 있었다.

하지 말란 말이야.

숨이 가빠온다. 뜨거워진다. 미칠 것 같은 갈증. 입술이 메말라왔다. 은후는 스스로도 모르게 침을 삼켰다. 젖은 분홍빛 혀로 말라 버린 입술 끝을 핥았다. 태흔의 시선은 흔들림없이 쫓아오고 있었다. 쫓고 쫓기고, 도망가고 추적하고, 그러다가 마침내 견딜 수 없어 그대에게 전부를 던지고 말지. 엉켜 버리지. 뒤섞이고 얽혀선 하나가 되지. 합쳐지고 결합되어 미쳐 버리지.

하아, 하아. 더운 숨이 새어 나왔다. 단지 시선. 빨아들이는 눈빛 하나로도 그는 은후를 미치게 만들었고 절정으로 몰아갔다. 어느새 흥분해선 곤두선 버린 젖꼭지가 얇은 천에 자극당해 아픔마저 느껴졌다. 태흔이 은후 쪽으로 살짝 고개를 기울였다. 이마가 닿을 듯 말 듯, 커피 향기 풍기는 입김이 성적인 흥분으로 긴장해선 자꾸만 말라가는 입술 위에 닿았다.

"열 나?"

기껏 그 한마디인데, 화악 볼이 달아올랐다. 초콜릿 맛 나는 혀가 다가와 살그머니 핥았다.

"난 지금 죽을 것 같다."

심장이 밖으로 튀어나올 듯이 거세게 뛰었다.

"나처럼 해봐."

"뭐, 뭘……?"

태흔이 더없이 짓궂고 섹시한 미소를 날렸다. 허벅지 사이로 다가오는 발가락 끝. 테이블 아래에서 벌어지는 은밀한 접촉 안에서 은후의 몸이 와들와들 떨렸다.

"똑같이."

"마, 말도 안 돼."

"재미있잖아."

"하나도 재미없거든."

다시 발가락이 종아리를 타고 슬슬 내려갔다. 그가 입을 벌렸다. 은후는 마론 그랏세 한 알을 그의 입에 넣어주었다.

그의 입술이 하얀 손가락을 빨았다. 뜨겁게 핥아지고 깨물렸다. 진한 설탕의 맛을 보듯 그는 은후의 손가락을 아주 오래도록 빨았다. 시선일랑, 단 한 번도 움직임 없이 그녀를 향한 채.

"차 바꿔줄까?"

느닷없는 말에 은후는 그를 빤히 바라보았다.

"갑자기 왜 차는?"

"몇 년 탔지? 한 오 년 타지 않았나?"

"오 년 됐지."

"바꿀 때도 됐네. 크리스마스 선물이야. 새큰한 놈으로 빼줄 테니 골라봐."

"알았어."

"파티 때 입을 옷 컬러가 뭐야?"

"분홍색, 아니다, 진한 살구색인가?"

"어울리는 거 하나 사. 반지."

"갑자기 반지는 왜?"

"그냥……."

언약의 의미로. 네 심장과 연결된 약지에 내가 사준 반지를 끼고 있으면 좋겠다. 우리 둘, 약혼한 거니까.

"반엔클리프에서 루비 예쁜 거 봤는데, 딱 너의 이미지였다. 그거 사."

"내가 보석을 만지는 사람인데 보석 선물이라니, 그건 아닌 것 같아, 오빠."

태흔이 손을 내밀어 은후의 머릿결을 쓸어내렸다.

"러시아에서 모피 좋은 거 사다 줄게."

"고마워. 그런데 난 동물 보호 차원에서 모피는 안 입어."

준다 하는데, 받아주는 사람이 별로 반기지 않으니, 이쪽도 풀이 죽는다. 금세 태흔의 표정이 시무룩해졌다.

"태흔 씨."

느닷없이 은후가 장난스럽게 그를 불렀다. 약간 어이없고 약간 기가 막혀 태흔은 은후를 건너다보았다. 아까 장난치던 태흔만큼이나 개구진 얼굴이 되어 은후가 다시 입을 열었다.

"태흔아."

"너, 이 자식."

태흔이 버릇없이 구는 은후의 머릿결을 큰 손으로 흩어놓았다. 너 죽어. 괜히 팔로 목을 휘감고 머리통을 콩콩 때려 박았다.

"엇다 대고 함부로 이름을 불러? 하늘 같은 분을."

사실은 서방님 되실 분을, 그렇게 말하려고 했다.

은후가 상큼하게 눈을 치떴다. 새삼 아주 낯선 이를 보듯이 태흔의 얼굴을 찬찬히 바라보았다. 눈에만이 아니라 영혼에, 심장에 새기듯이.

"그냥 한 번 이름으로 불러보고 싶었어. 나 한 번도 그렇게 불러본 적 없으니까. '오빠' 말고 이름은…… 한 번도."

은후가 커피 잔을 들었다. 한 모금 마셨다. 혼잣말하듯이 나직하게 중얼거렸다.

"참 좋은 느낌이야."

"음?"

"이름 부르니까. 태흔, 이태흔. 커다란 흔적이로구나."

내 인생에 새겨진 흔적. 내 영혼에 적힌 제일 커다란 흔적, 당신. 죽어도 당신에 대한 사랑을 지울 수 없듯이 당신은 내게 있어 유일하고 사무친 흔적이야.

태흔이 한심하다는 듯 은후를 바라보며 인상을 썼다.

"미안한데, 흔은 다른 한자 쓴다."

"뭐지?"

"아침 흔(昕)."

"그럼 커다란 아침이란 뜻인가? 오빠가 하는 일처럼? 여러 사람 돕고, 비추고, 베풀고. 그것도 근사해."

"뭐 잘못 먹었어?"

"왜?"

"안 하던 칭찬도 하고. 그런데 예쁘다, 내 이름 불러줘서. 근사해."

안방 문이 열리고 진 여사가 나왔다. 그녀도 파자마 차림이었다. 주방 쪽으로 걸어오다 은후와 태흔이 마주 앉아 있는 것을 보고 잠시 흠칫했다. 이내 아무렇지도 않은 얼굴을 하고 다가왔다. 인자하게 물었다.

"차, 마시니?"

"네. 일하다 피곤해서 잠시 내려왔어요. 마침 은후가 커피 내리고 있어서 한 잔 얻어 마시고 있는 중입니다. 주무신다더니?"

태흔이 일어나서 할머니를 위해 의자를 빼주었다.

"잠시 선잠 들었다가 깼다. 나이 들어가니 잠도 잘 안 오는구나. 따끈하게 국화차나 한 잔 마실까."

은후가 전기주전자의 스위치를 올렸다. 백자 잔에 황국 몇 송이를 떨어뜨렸다. 진 여사가 은후 옆자리에 앉았다. 까칠해진 태흔의 얼굴을 바라보았다.

"이 회장, 여전히 일이 많아?"

"러시아 떠나기 전에 일단락지어야 할 일들이 좀 있어요. 열흘이나 비우려니 이것저것 신경 써서 체크해야 할 일이 많네요. 거기다가 빌어먹을 놈의 러시아어! 머리에서 쥐가 나려고 해요. 뭔 놈의 말이 그리도 어려운지! 죽을 것 같아."

"그렇구먼. 그런데 은후. 아무리 오라비 앞이라 해도 잠옷 바람은 좀 그렇지 않니? 과년한 처녀가 그게 뭐야?"

단 한 번도 하지 않던 꾸지람 앞에서 은후의 표정이 확 붉어졌다. 태흔도 좀 얼떨떨한 표정으로 진 여사를 건너다보았다.

진 여사 역시 불쑥 말은 해놓고 더 당황했다. 아무 생각 없이 목이 말라 물이나 한 잔 마실까 하여 나왔는데, 태흔과 은후가 식탁을 사이에 두고 마주 앉아 있었다. 딱히 수상한 일을 하는 것도 아니고, 딱히 미심쩍은 모습을 보인 것도 아닌데, 그저 늦은 시각에 단둘이 마주 앉아 있는 모습만 보자 해도 불현듯 날카로워지던 마음을 스스로도 어찌할 수가 없었다.

세 사람 사이에 잠시 어색하고 기묘한 침묵이 흘렀다. 이내 은후가 '죄송합니다' 하고 자그마한 목소리로 중얼거렸다.

"생각이 짧았어요, 할머니. 저도 침대에 있다가 그냥 나와서……. 앞으로는 조심할게요."

"예전마냥 우리 셋뿐이면 상관없어. 하지만 이제 곧 태흔이 처가 들어오게 될 텐데, 보기가 좀 그렇지 않을까? 조심해서 나쁠 건 없잖니."

"네, 그럼요."

태흔이 일어섰다. 대체 무슨 뜻으로 조모가 느닷없이 은후에게 하지 않던 타박을 하시는가. 날카로운 시선을 던졌다. 혹시 무엇인가 눈치채신 건가?

어디 한번 떠볼까? 진 여사의 예감이 어느 정도인지 파악을 해야 대응할 수준도 정해지는 거다.

"저는 먼저 올라갑니다. 아직도 봐야 할 서류가 산더미처럼 쌓였어. 은후야, 미안한데 나 삼차 한 잔만 줘라. 기운 좀 차리게."

그는 아무렇지도 않은 표정으로, 너무나 예사롭게 은후에게 일렀다.

"알았어, 갖다 줄게."

이층으로 올라가는 태흔의 뒷모습을 진 여사와 은후의 시선이 따라갔다.

은후는 냉장고에서 흑삼액을 꺼내 유리잔에 덜었다.

"좀 진하게 해줘라. 기운 내야 하니."

진 여사가 일렀다.

삼차(蔘茶) 쟁반을 들고 서재에 노크했다. 살짝 문을 열었다. 태흔의 체취가 가득 배인 공기가 흘러나왔다. 어쩐지 마음이 싱숭생숭해졌다. 그의 존재가 한껏 그녀를 덮치는 느낌이랄까? 은후는 한 발 들어섰다. 그런데 책상 앞에 앉아 있어야 할 사람이 보이지 않아 살짝 당황했다.

"여기야."

방과 연결된 테라스 쪽에서 태흔의 목소리가 들렸다. 유리문 너머로 희무스름한 모습이 보였다.

좀 춥지 않나? 태흔은 테라스 바닥에 주저앉은 채 담배를 피우고 있었다. 여전히 맨발이었다.

"담배 냄새. 너, 싫어하잖아."

누가 뭐란다고, 이 방에 누가 올라온다고 바깥에서 청승이냐고 잔소리해 주려다가 그만 꿀꺽 삼켜 버렸다. 은후는 차 쟁반을 책상 위에 올려놓고 살며시 돌아섰다.

"은후야."

그녀의 이름을 부르는 목소리에 발길이 멎어버렸다.

"지금 내가 뭐 하느냐고 물어줄래?"

"뭐 해?"

"달구경."

그러고 보니 보름이 가까워져 오고 있다. 커다란 달이 훤하게 천공에 떠 있었다.

"은근히 추워. 윗옷 좀 줘."

은후는 잠시 망설이다가 다시 돌아섰다. 의자에 걸쳐진 태흔의 카디건을 가지고 가선 어깨에 걸쳐 주었다.

"안아줘."

하나를 주면 둘을 달라고 하는 이 남자. 속으로는 안 되는데, 하면서도 은후는 어느새 그의 등을 가만히 두 팔로 안고 있었다. 턱을 그의 넓은 어깨 위에 올려놓았다. 나란히 같이 하늘의 달을 올려다보았다.

"내가 올라가고 나서 할머니가 뭐라고 하시던?"

"오빠가 피곤할 거라고 좀 진하게 차를 타주라고 하셨어."

은후의 대답은 그저 예사로웠다. 태흔은 잠시 생각에 잠겼다. 유난히 경우없는 짓을 싫어하고, 예의범절 따지는 할머니의 평범한 잔소리였을 뿐인데, 신경이 곤두선 상태라 그만이 예민하게 굴었던 걸까? 은후가 다시 그의 머릿결에 얼굴을 비볐다. 다정하게 속삭였다.

"늦었는데, 좀 자. 내일도 새벽에 나간다면서?"

"난 너랑 같이 자지 않으면 불면증이라니까."

그녀를 돌아보는 눈빛에 짓궂은 미소가 아물거렸다. 태흔의 큰 손이 자신의 어깨를 넘어 가슴 아래로 떨어진 작은 손을 꼭 잡았다. 서로에게만 따뜻해지는 손이 하나인 양 꼭 얽혔다.

그가 작은 손에 키스했다. 그리고 고개를 돌려 은후를 바라보았다. 소리 나지 않게 입술로만 속삭였다.

사랑해.

심장이 저릿해지고 있었다. 알몸으로 그에게 안겨, 쾌락으로 신음할 때보다 이런 순간일 때 그가 더 가까이 느껴진다. 그를 더 사랑하게 된다. 오직 둘밖에 남지 않은 느낌. 행복했다. 너무 행복해서 눈물이 날 것 같다.

영원 같은 순간, 둘만으로 충분하고 행복한 순간. 은후 역시 태흔의 머릿결에 살짝 키스해 주었다.

사랑해. 오빠보다 훨씬 더 많이.

그의 눈빛을 보니, 그녀가 하고 싶은 말을 전부 다 알아들은 듯했다.

다시 쟁반을 들고 아래층으로 내려갔다. 방에 들어갔으리라 생각한 진 여사가 주방 식탁 앞에 그대로 앉아 있었다. 이층 계단 쪽만 바라보면서. 은후는 순간 당황해서 발을 멈추고 말았다.

"할머니, 왜……?"

"아니다. 그냥……. 이것저것 생각할 거리가 많구나."

진 여사가 그제야 몸을 일으켰다. '자야지' 하며 안방으로 걸어가다가 다시 돌아섰다.

"은후야."

"네, 할머니."

평소의 진 여사 모습과는 사뭇 다른 할머니의 기색 앞에서 불안하기도 하고, 또 사뭇 당황스럽기도 했다. 무엇인가 말을 하려고 입을 달싹이던 진 여사가 고개를 흔들었다.

"아니다. 내가 별생각을 다……. 들어가서 쉬어라. 내일은 즐거운 날인데 우리 은후, 예쁘게 보여야지. 잠 설치면 화장 안 먹어."

"네, 저 들어가요. 안녕히 주무세요."

은후가 먼저 제 방으로 들어가 문을 닫았다. 진 여사는 한동안 닫힌 방문을 바라보며 서 있기만 했다.

'내 눈에도 저리 예쁜데……. 분명히 달라졌어. 태흔이 놈 눈빛이 확실히 달라. 그냥 둘 놓아두었다간 정말 사달이 날 것 같아. 아무래도 무슨 수를 써야 해.'

진 여사는 안방으로 들어가 전화기를 들었다.

"밤늦어 미안해. 부탁이 있어서 말이야……."

19장

나주댁이 안방으로 신문을 들고 들어왔다. 의상을 갈아입고 마지막으로 헤어 디자이너에게 머리 점검을 받고 있는 진 여사에게 내밀었다.

"큼지막하게 여기, 신문에 났네요."

본인은 기껏 생일잔치 한 번이라고 하지만 승명그룹 회장을 역임한 진이옥 여사의 팔순 잔치가 그리 호락호락할 리가 없다. 게다가 손자 태흔이 회장직을 승계한 이후, 처음으로 사교 모임에 등장하는 무대이기도 하니 알 만한 상류층에서는 꽤나 화제가 되고 있었다.

손당은 곳의 전화가 울렸다. 태흔이었다.

[지금 회사에서 출발합니다. 십 분 후에 도착합니다. 준비 끝나셨습니까?]

"다 끝나가네. 어서 들어오시게."

진 여사의 전화기를 나주댁이 받아 들었다. 손질을 끝낸 헤어 디자이너가 마지막으로 물었다.

"여사님, 어떠세요? 마음에 드세요? 나이 들어서도 이렇게 피부 고우시고 정정하신 분은 여사님밖에 없나 봐요."

헤어 디자이너의 말이 꼭 듣기 좋으라고만 하는 말은 아니었다. 거울 안에 비친 자신의 모습에 그럭저럭 만족한 듯 진 여사가 고개를 끄덕였다.

"다 자연스럽게 순리에 따라 사는 게 좋은 거지. 나이 들어 분칠해 보았자 무슨 소용이 있을까? 그래도 오랜만에 꾸며보니 기분은 좋네. 수고했어요, 문 선생."

진 여사가 거실로 나오니, 은후도 준비를 마치고 방에서 나오고 있었다.

"네 오라비, 지금 들어온단다. 준비 다 끝났니?"

"그럼요, 할머니. 오늘 최고로 아름다우세요."

은후가 생긋 웃으며 다가와 진 여사의 어깨에 두른 숄 자락을 살짝 매만져 주었다.

"고운 거야 너지. 갑자기 날이 써늘해졌다. 외투 챙기렴."

"벌써 챙겼어요."

그렇지 않아도 얇은 드레스 위에 걸치고 가려고 은빛 모피재킷을 꺼내놓았다. 그때 주차장에 렉서스가 미끄러져 들어오는 것이 거실 통창으로 보였다. 이내 초인종이 울렸고, 서준이 들어왔다.

"문 이사님이 웬일이세요?"

"은후 씨 에스코트하려구요. 할머님은 이 회장님이 모신다기에 저는 우리 은후 씨 모시고 가려고 왔습니다."

싱글거리며 밉지 않게 말하는 서준 앞에서, 은후만 불안했다.

곧 돌아올 태혼이 서준의 등장을 결코 좋아하지 않을 것임을 알고 있었기 때문이다. 그러나 진 여사는 오히려 반갑다는 듯 빙그레 웃었다.

“넉살도 좋지. 이젠 대놓고 은후 따라다니는 거야?”

“이렇게라도 하지 않으면 은후 씨를 볼 수 없는걸요. 할머니, 오늘 하루만이라도 은후 씨의 기사가 되는 것을 허락해 주십시오.”

“어차피 은후야 혼자잖아. 문 이사가 에스코트해 주면 고맙지. 이렇게 친절한 우리 문 이사가 멀리 떠난다니, 너무 섭섭해. 그래, 언제 출발한다고?”

“11월 3일입니다. 집을 구하지 못해 내내 걱정했는데, 다행히 오늘 아침에 연락이 왔습니다. 박물관 근처에 좋은 아파트가 나왔대요. 한숨 놓았습니다. 역시 인터넷은 좋은 거네요.”

“집이 커?”

“방 세 개짜리입니다. 제 수준에 맞는 작은 집을 구하고 싶었는데 소형이 없네요. 급하게 구하려니 적당한 집을 찾기가 힘들었습니다. 당분간 그곳에 머물면서 천천히 제 수입에 맞는 집을 골라야지요. 이 나이 되도록 아직도 부모님께 손 벌리려니 창피합니다.”

“방이 세 개나 되면, 우리 은후가 방 하나 빌려 써도 되겠구먼.”

느닷없는 말에 은후도 놀라고 서준도 좀 놀란 기색이 되었다. 이내 정신을 수습한 은후가 천부당만부당하다는 듯이 소리쳤다.

“할머니, 말도 안 돼요!”

“왜 놀라? 어차피 너도 내년에 뉴욕 나가야잖아? 그 무서운 도시에 혼자는 못 보낸다 싶었는데, 문 이사가 미리 가 있으면 얼마나 든든해? 믿음직해."

"할머님, 감사합니다!"

싱글벙글하며 서준이 소리쳤다. 여차하면 진 여사를 덥석 껴안기까지 할 태세였다.

"은후 씨가 뉴욕에 오면 제가 책임지고 잘 보살피고 지키겠습니다."

"어지간히 잘도 지키겠다. 단번에 덥석 잡아먹을 태세를 갖추었구먼."

한마디 핀잔을 주며 진 여사가 손목시계를 보았다.

"시간 됐다. 두 사람, 먼저 출발들 해. 난 태흔이 들어오면 출발하마."

서준과 같이 가지 않겠다고 거절한다면 진 여사가 이상하게 생각할 것 같다. 억지로 떠밀려 간다는 느낌에 주저하면서도, 태흔이 화를 낼 거라고 생각하면서도 은후는 거의 반 어쩔 수 없는 심정으로 서준의 차에 올라탔다. 서준이 핸들을 돌려 호텔 정문을 빠져나갔다. 묵묵히 입을 다물고만 있는 은후를 슬쩍 돌아보았다.

"나, 너무 구차해 보이죠?"

"그렇진 않지만……. 당황스럽네요. 전 이미 분명히 제 마음을 밝혔다고 생각했는데."

서준이 재킷 주머니에 손을 집어넣었다. 비단 주머니를 꺼내 은후의 무릎 위에 내려놓았다.

"은후 씨 겁니다."

은후의 얼굴이 빨갛게 달라올랐다. 서준에게 미안하고, 동시에 창피했다. 스스로가 옹졸하고 비겁하게 느껴졌기 때문이다.

이건 아무리 생각해도 거절하는 예의가 아니었다. 물론 은후가 태흔에게 분합을 내주고, 대신 해결해 달라고 부탁한 것은 아니었다. 서준의 청혼에 대해서, 집요할 정도로 태흔이 캐묻기에 받은 분합을 보여주고, 곧 돌려주마 말했을 뿐이다. 그러나 그가 은후의 말도 듣지 않고 일방적으로 제멋대로 집어가 버렸다. 짐작하자 하니, 태흔이 서준을 찾아간 것이 분명했다.

"정말 이상하죠? 난 분명 이걸 은후 씨에게 주었거든요. 돌려받은 것도 아닌데, 발이 달렸나 봐요. 얘가 혼자서 돌고 돌아 제게 왔더라고요."

"서준 씨."

"주인한테 돌아가야죠. 난 은후 씨 손이 건네는 게 아니면 절대로 접수 불가거든요."

"죄송해요. 변명으로 들릴 테지만 제가 원한 건 아니었어요. 오빠가 실례를 저지르지 않았기를 바라요."

"누이동생을 몹시도 사랑하는 오빠의 심술을 이해 못 할 바도 아니죠. 중요한 건 그게 아니잖아요? 내가 은후 씨 대답 들으려면 얼마나 더 기다려야 할까요?"

삽시간에 두 사람 사이에 긴장이 반인 침묵으로 채워졌다.

뻔히 은후의 대답을 짐작하면서도 새삼 재촉하는 서준이 야속하기도 하고, 또 한편으로는 짜증스럽기도 했다. 그가 이런 식으로 집요하게 굴 거라고는 생각하지 않았다. 이성적인 대화가 통할 사람이라고 생각했는데.

"나 말라 죽는 거 안 보여요? 속 타서 죽겠어. 어른들이 뭐라 하시든 중요한 건 은후 씨 마음인데, 아직 은후 씨 마음이 안 보여요.”

“서준 씨, 전…….”

“출국 날은 자꾸 다가오고, 은후 씨는 묵묵부답이고, 어쩌면 좋을까. 솔직히 말이죠, 나 이대로 차 확 돌려선 은후 씨 납치해 버리고 싶어.”

오직 진심. 하지만 결코 응답받을 수 없다는 건 말하는 서준이 더 잘 알고 있다. 그럼에도 하릴없고 불필요한 간청을 되풀이하는 건 마음에 박은 외사랑이 너무 오래된 탓, 너무 깊은 탓이겠지.

“나, 은근히 쪼잔해요. 사실 엄청 쿨한 척했지만요. 은후 씨한테 거절당하면 금세 그걸 받아들이고, 이내 마음 접고 적당하게 멀어져서 좋은 친구처럼 지낼 수 있을 거라고 나 자신에게도, 은후 씨에게도 속였어. 그런데 그런 거, 가능하지 않아요. 그러기에는 내 마음이 혼자 제멋대로 너무 많이 은후 씨 곁에 가버렸어. 어떡하죠?”

“문 이사님은 참 좋은 분이지만…….”

“사랑하지는 않는다? 결혼할 수 없다? 같이 가지 못한다? 그런 말 하려고 그러죠? 미안해요. 그 말, 은후 씨. 나한테 지금 못 해요.”

서준이 차를 세웠다. 은후를 바라보며 빙그레 웃었다.

“벌써 목적지에 도착해 버렸거든요. 은후 씨, 다음에 들을게요.”

입술은 웃고 있었지만 눈동자는 참 쓸쓸한 빛을 담고 있었다. 그가 비단 주머니를 쥔 은후의 손을 살짝 어루만졌다.

“이렇게 해서 난 은후 씨를 한 번 더 만날 수 있겠네. 뻔히 거절당하려고 만나는 것일 테지만, 그래도 좋아. 은후 씨도 이런 내 마음, 한 번만 돌아봐 주면 참 좋겠다."

말이 채 끝나기도 전에 도어맨이 달려왔다. 은후가 앉은 조수석 쪽 문을 열어주었다. 서준더러 헛된 기대 따윈 하지 말라고 딱 부러지게 말하려고 했는데, 결국 하지 못했다. 은후는 잠시 망설이다가 서준이 다시 건네준 비단 주머니를 손에 쥔 채 차에서 내려설 수밖에 없었다.

재계의 거목이던 고(故) 이승학 승명그룹 회장의 미망인이자, 오 년 동안 총수를 역임한 진이옥 여사. 대다수가 은퇴하는 나이에까지도 활발한 사회사업을 펼치고 있어 진정한 '노블레스 오블리주'를 실천함으로써 많은 사람의 귀감이 되고 있는 그녀의 팔순 잔치는 승명그룹의 사옥이 위치한 삼성동에서 한 블록 떨어진 특급호텔 〈플라자팬텀〉 그랜드 홀에서 벌어졌다.

초대를 받은 각계각층의 명사들이 여름날 표집등 앞에 모여드는 나방들처럼 하나둘씩 나타나기 시작했다. 호텔 정문 안으로 연신 고급 승용차들이 미끄러져 들어왔다. 이름만 들으면 누구나 알 법한 유명 인사들이 내렸다. 여성들은 하나같이 우아한 드레스를 차려입고 한껏 멋을 냈으며 남성들 역시 근사한 이브닝 슈트 차림이었다.

호텔 입구에서부터 그랜드 홀까지 이어지는 긴 복도. 친지들이 보내온 엄청난 축하 화환이 연회장까지 꼬리에 꼬리를 물고 즐비하게 서 있었다. 풍겨나는 강한 꽃향기에 호텔 전체가 향수병 안에 들어 있는 것 같았다.

그날 밤의 주인공인 진 여사와 태흔, 은후는 그랜드 홀 앞 입구에 서 있었다. 만면에 미소를 지은 채 밀려드는 하객들을 맞이하는 중이었다.

한복을 응용한 점잖은 포도주색 드레스 위에 크리스털을 박은 자줏빛 실크 숄, 해리 윈스턴의 목걸이와 은후가 만든 스타루비 귀고리로 성장한 진 여사는 모든 사람이 인정할 만큼 우아하고 격조 높은 모습이었다. 상냥하고 위엄있게 손님들을 맞이하는 모습은 축하객들의 진심 어린 찬사를 받았다.

진 여사는 인사를 하기 위해 다가오는 태황그룹의 오 회장에게 활짝 웃어 보였다. 먼저 허리를 굽혔다. 그는 작고한 이 회장의 가장 막역한 지기였다.

"못난 사람 나이만 먹어 잔치하는데, 마다 않고 와주셔서 정말 감사해요, 오 회장님. 모자란 우리 태흔이, 많은 지도편달 부탁드려요. 그저 믿을게요."

"어드러케 약을 올리시나. 먼저 간 이 회장, 이렇게 늠름한 후계자를 키워놨으니 무슨 여한이 있가서요? 걱정 마시라요. 우리 이 회장이 하늘에서 웃고 있지 안카서요?"

덕담을 나누는 노인 옆에서 태흔도 인사에 바빴다.

"어서 오십시오, 장 사장님."

여간해서는 이런 자리에 참석하지 않는다는 TBS 방송국 사장에게 악수를 청했다. 말쑥한 클래식 슈트 차림으로 누구든 매혹당할 수밖에 없는 세련된 미소를 물고 있는 태흔은 주인공인 진 여사만큼이나 좌중의 시선을 모으고 있었다.

차가운 것 같으면서도 따뜻하다. 오만한 듯하면서도 친절했다. 어르신들에게는 반듯하게 겸손했고, 동년배에게는 편안하고 친근한 미소를 보일 줄 알았다. 파티장으로 들어서던 손님들은 이

구동성 태흔에 대한 칭찬이나 덕담을 아끼지 않았다.

“작고하신 이 회장님이나 진 여사님이 손자 교육은 딱 부러지게 잘 시켜놓았다더니.”

“젊은 친구가 대단해. 어려운 어른들을 대접할 줄도 알고 말이야. 꽤 쓸만해.”

“신임 회장을 보아하니, 승명그룹이 앞으로도 활짝 날개를 펴겠구먼.”

“아진의 큰딸하고 혼삿말이 오간다지? 호랑이가 날개를 단 격이 아니겠어. 장성한 딸을 가진 다른 집들이 많이 아쉬워들 하겠네.”

“옆에 선 손녀딸도 참 곱더군. 아들 있는 집들이 침깨나 흘리겠어.”

그들의 칭찬이 꼭 빈말만은 아닌 것이, 태흔의 수려하고 늠름한 모습도 그러했으나 진 여사 옆에 수줍은 듯 새침한 듯 선 은후의 화사하고 품위있는 자태 역시 화제가 되기에 충분했다.

커다란 새틴 코사지가 하얀 어깨 한쪽을 살짝 가렸다. 은은한 광택이 흐르는 진한 살구색 미니 드레스는 청순하고도 아리따운 미모를 한결 돋보이게 하고 있었다. 우연의 일치일까? 느슨하게 땋아서 한쪽으로 살짝 내린 검은 머리카락 사이로 빛나는 은후의 귀고리는 반짝이는 귀여운 다이아몬드였다. 태흔의 넥타이핀과 한 쌍인 양.

진 여사의 옆에 조신하게 서서 유리 빛 맑은 미소를 머금고 있다. 다가오는 손님들에게 과하지도 않고 모자라지도 않게 공손하게 인사하는 은후의 자태는, 그야말로 한 송이 어여쁜 꽃. 리셉션장을 들어서는 젊은 신사들의 가슴을 뒤흔들기에 충분했다. 그리고 그녀에게 매혹당해선 꿀을 좇는 벌처럼 맴돌이를 하는 사람은 당연히 서준이었다. 옆에 서 있는 태흔을 거의 미치게 만들고 있었다.

다가오는 민국당 사무총장에게 억지로 미소를 짓고는 있지만 태흔의 미간에는 은후만이 알아볼 수 있는 주름이 자그맣게 잡혀 있었다.

적당하게 하고 꺼져 주면 좋으련만. 끝까지 은후 옆에 붙어 서서 친근한 척, 잘 아는 척 둘만 아는 농담에다가 킬킬대는 녀석의 꼬락서니라니. 은후가 서준의 에스코트를 받아 파티장으로 먼저 떠났다는 것을 들었을 때만큼이나 기분 더러웠다. 기분 같아서는 확 멱살을 틀어잡고 천 리 밖으로 내동댕이치고 싶었다. 그럴 수 없고, 그래서는 안 되는 상황이어서 정말 미치고 환장할 노릇이었지만.

'녀석, 죽고 싶어 환장했군.'

그의 빛살을 감히 훔치려는 녀석 따윈, 그의 태양을 욕심내어 슬그머니 스며드는 도둑 따윈.

'절대로 가만두지 않아. 어디서 감히?'

태흔의 입매가 자신도 모르는 사이 단단하게 굳어졌다. 아닌 척하면서 서준을 노려보는 눈빛이 칼날이었다. 다가오는 조부의 지기 쌍호그룹의 회장 가족들 앞에서 미소를 짓고는 있지만 그건 지독히 부자연스러웠다.

말 못 하고 부글거리는 태흔의 속끓임을 눈치채기라도 한 것일까? 은후를 계속 귀찮게 하던 서준이 겨우 물러섰다. 그 누구도 알지 못하는 사이, 태흔과 은후의 눈빛이 잠시 허공에서 부딪쳤다.

그때였다. 무수히 많은 말들을 서로 나누고, 무수히 많은 비밀과 감정을 서로 공유하는 그들의 눈빛을 갈라놓듯 일단의 사람들이 다시 앞으로 몰려왔다.

"태흔 씨, 미안해요. 저희가 너무 늦었죠?"

세련된 투피스를 차려입고 곱게 단장한 세라였다. 부모님인 아진의 임 회장 내외와 함께였다. 그림자처럼 뒤를 따르는 도경은 그날만큼은 보이지 않았다. 아마도 안에는 들어오지 못하고 처량맞게 여왕님의 차나 지키고 있는 모양이다.

세라는 당당하고 유연했다. 주변 사람들의 시선을 한 몸에 모으면서도, 움츠러들거나 주눅 드는 법 없이 고개를 곧추세우고 있었다. 누구든 매혹당할 만큼 싱그러운 미소를 물고 있는 세라의 자태에 진 여사의 만면에 만족한 미소가 퍼졌다. 상상 이상으로 매력적인 처녀였다. 과연 태흔이 아내감으로 인정할 만한 처녀로구나 싶었다.

"어서 오십시오."

태흔은 먼저 아진의 임 회장 내외에게 인사를 했다. 다른 손님과는 달리, 태흔과 세라의 혼담 소문이 이미 퍼져 있었던 탓에 임 회장 일가에게 주변 사람들의 시선이 집중되고 있었다. 태흔은 돌아서서 비로소 진 여사와 세라를 정식으로 인사시켰다.

"할머니, 제가 말씀드린 임세라 씨입니다."

배를 베어 먹듯 사근사근한 어조로, 더없이 다정하고 예의 바르게 세라가 먼저 인사를 차렸다.

"여사님, 팔순을 진심으로 축하드립니다. 먼저 찾아뵈었어야 하는데, 사정이 겹치다 보니 이제야 인사드립니다. 섭섭다 하지 마셔요."

"이렇게 보게 되면 좋지, 뭐. 세라 양 이야긴 많이 들었어요."

진 여사도 따뜻하게 세라를 맞이했다.

"여사님이라고 하니 남 같아 섭섭하네. 할머니라고 불러주면 좋겠어. 사실 세라 양더러 우리 태흔이 옆에 서 있어달라고 부탁하고 싶었는데, 아직 혼인 전이라 괜히 결례인 것 같아서 말이지. 그런 내 마음일랑 알아줘요."

"곧 가족이 될 터인데 너무 가리지 마십시오. 저희가 더 불편합니다. 이렇게 정정하시고 고우시니, 참으로 존경스럽습니다. 우리 철없는 아이를 잘 부탁드립니다."

임 회장이 점잖은 미소를 지으며 진 여사에게 덕담을 했다. 태흔과 세라, 진 여사와 임 회장 내외가 마주 서서 만면에 미소를 머금고 서로 인사를 차리는 동안, 은후는 한발 물러선 채 가만히 서 있기만 했다.

이상하게 마음이 시렸다. 홀로만 밀려나진 기분. 태흔의 마음일랑 다 알고 있는데, 깊디깊은 마음으로 둘만이 합쳐진 것을 아는데, 아름다운 저 남자가 그녀만의 것임을 너무나 잘 알고 있는데, 그런데도 추웠다. 아주 쓸쓸하고 외로웠다.

물론 이내 태흔에 의하여 임 회장 가족들과 정식으로 인사를 나누기는 했지만, 가슴속에 낀 살얼음은 녹지 않았다.

은후 자신, 아직은 태흔의 비밀이다. 지금 태흔의 여자는 세라이다. 밝은 불빛 아래서 태흔과 나란히 서서 어울리는 한 쌍으로 축복받는 여자는 세라인 거다. 은후는, 그녀 자신은 그저 누이동생. 아주 가까이 서 있으나 아직은 그의 손을 잡을 수는 없는…….

인사를 끝낸 후, 임 회장이 먼저 진 여사에게 권유했다.

"내내 서 있으시면 곤하십니다. 이만해서 자리하시지요. 손님들은 어지간히 오신 듯합니다만."

"그럴까요? 임 회장님 식구를 우리랑 같은 자리로 정해두었는데 결례는 아닌지 모르겠네요."

"결례라니요. 영광입니다. 저희를 가족석으로 정해주시다니요."

그러한 자리 배치 하나만으로도 세라를 흔쾌히 손부감으로 받아들인 진 여사의 뜻을 읽어낸 것이다. 임 회장 내외의 온화한 표정 위로 환한 미소가 퍼졌다. 은후도 진 여사의 뒤를 따라 파티장 안으로 들어갔다.

파트너인 다율과 함께 세진이 다가온 건 그때였다. 악수한 후에 주먹을 살짝 부딪친 다음 귓속말로 속삭였다.

"들어가자. 그럭저럭 안면 트기 시간은 끝난 모양이다. 그만 웃어. 너 지금 얼굴에 경련 나려고 그래."

역시나 런웨이의 가식을 온몸으로 익힌 놈이다. 방실방실 거짓된 웃음을 두 시간 이상 지어본 세진만이 태흔의 현재 사정을 눈치챘다. 억지가 반인 사교적 미소를 짓느라 태흔의 안면 근육은 거의 마비 상태였다. 세진과 태흔은 서로의 어깨를 팔로 감싸고 실내로 들어갔다. 늘 사이좋은 두 친구 등 뒤로 수없이 늘어선 화환에서 풍기는 강한 꽃향기가 따라갔다.

밤 아홉 시. 우아한 관현악단의 선율이 울려 퍼지는 가운데, 바야흐로 파티는 절정으로 치닫고 있었다.

초대받은 사람들은 맛있는 음식을 즐기며, 모처럼 만난 지인들과 삼삼오오 모여 담소를 나누고 있었다. 경사스러운 자리였기에 모든 사람들의 얼굴에는 웃음꽃이 피어 있었다. 오직 한 사람, 은후만을 제외하고.

너무 신경을 쓴 것이다. 머리가 아파와 견딜 수가 없을 정도였다. 칵테일 잔을 들고선, 다율과 재인, 그리고 초대받은 대학 친구들과 담소를 나누던 은후는 머릿속을 망치로 두드리는 듯한 통증 안에서 이맛살을 찌푸렸다. 다가와서 말을 거는 서준과 강 여사님에게도 미소를 지어 보였지만 두통은 갈수록 심해져 갔다.

"미안, 나 잠시 파우더룸에……."

작은 목소리로 양해를 구하고 그 자리에서 벗어났다. 살짝 나가서 진통제를 찾아볼 작정이었다. 이마에 진땀마저 배어나고 있었다. 벽에 선 급사에게 다가가는데 등 뒤에서 태흔의 목소리가 들렸다.

"왜 그래? 얼굴 왜 찡그려? 어디 아파?"

여하튼 귀신이라니까. 은후는 고개를 돌렸다. 어느새 다가온 그에게 어설프게 웃으려 노력했다.

"머리가 좀 아파서. 긴장성 두통인가 봐."

"여하튼 넌……. 마음을 좀 담대하게 가지랬지?"

한마디 잔소리를 하면서도 태흔이 급사에게 손짓을 했다.

"두통약 좀 찾아와요. 괜찮겠어? 일찍 돌아가지 않아도 좋아?"

"약 먹으면 가라앉을 거야. 할머니 신경 쓰이게 하고 싶지 않아."

등 뒤로 태흔의 걱정스런 시선을 느끼며 은후는 파우더룸으로 향했다.

얼마나 아픈가. 걱정이 되어 태흔은 그 자리에 선 채 은후가 사라지는 것을 잠시 지켜보았다.

"또 은후 옆에 붙어 있냐?"

명중이 다가오며 그의 등을 가볍게 쳤다. 예약 환자 때문에 한 시간이나 늦게 나타난 터라 주위 친구들에게 떼돈 벌어 황금 방석 깔았다고 놀림을 받고 있는 중이었다. 옆에 서서 같이 놀던 태흔이 어느새 사라졌기에 고개를 돌려보니, 녀석. 풀로 붙인 듯이 은후 옆에 가 있었다.

약혼을 하네 마네 하는 공식적인 파트너 세라를 옆에 두고도, 누이동생만 챙기는 태흔의 유난한 모습이 정상은 아니다. 친구들 사이에서조차 수군거림이 돈다고 알려주러 온 것이다.

"두통이 심해서 약 먹였어. 몸이 좀 안 좋은 것 같아서 걱정하고 있었을 뿐이야."

너무 대놓고 표를 냈나. 어쩐지 좀 민망해져서 태흔은 변명조로 중얼거렸다.

"약 먹였으면 됐지, 왜 그리 따라다녀? 눈 튀어나오겠다, 인마."

술잔을 든 세진이 다가왔다. 그 역시 한마디 잊지 않고 쥐어박았다.

"이태흔이, 조심해. 명색이 약혼녀라고 소문난 아가씨를 옆에 두고선, 제 여자는 마다하고 누이동생만 쫓아다니는 게 정상이냐? 곤란하지."

"그러지 않았어."

"그랬어, 인마. 네 눈에 지금 레이저빔이 쏟아져 나오는데, 왜 그래?"

"닭이나 쳐."

"그리운 대사인데? 마, 문서준이 괜찮은 인간이야. 너무 어금니 악물지 말라고."

세진이 혀를 찼다. 나직하게, 그러나 분명한 경고를 해두었다.

"작작해라, 응? 문서준이 인품 좋다고 소문났더라. 은후 저 집에 가면 고생 안 하고 제대로 대접받으며 살 거라고 다들 그러더라. 너무 으르렁대지 마. 물어뜯지도 말고."

물어뜯기게 행동을 하지 말아야지, 자식이.

태흔은 아까부터 내내 은후 주변만을 맴돌던 서준을 다시 한 번 눈을 모로 뜨고 노려봐 주었다.

은후가 파우더룸으로 가버린 후, 그는 무료한 얼굴을 감추지 못하며 벽에 붙은 그림만 바라보고 서 있었다. 주위의 여자들이 말을 걸면 미소 짓기는 해도 딱히 친절하게 구는 것 같지도 않았다. 그런 녀석의 뒤통수를 구둣발로 걷어차 줄 수 있다면 얼마나 좋을까.

파우더룸으로 간 은후는 급사가 가져다준 냉수와 진통제 두 알을 한꺼번에 삼켰다. 약간 쓴 알약의 까실한 맛이 혀를 타고 목구멍 속으로 흘러들어 갔다.

"가라앉아야 할 텐데."

스스로의 유약하고 예민한 신경 줄을 안타까워하면서, 속상해하면서 은후는 힘없이 중얼거렸다. 약은 삼켰어도 여전히 어지럽고 머리가 지끈거리는 것은 이내 가라앉지 않았다. 그냥도 불편한 하이힐을 신었지, 몸을 졸라매는 보정 속옷은 어찌나 힘이 강력한지 뼛속까지 쥐어뜯는 듯했다.

머리는 아프고 몸은 불편하고 마음은 더 힘들고. 어지러워 쓰러질 것만 같다. 그렇다고 다른 사람들 앞에서 창백하고 무너진 모습을 보여줄 순 없었다. 경사스러운 자리에서 그녀가 몸 불편하다고 말하면 태흔도 마찬가지이나, 할머니가 가장 많이 걱정하실 터이다. 적어도 이날만큼은 근심거리이기는 싫었다. 결국 은후는 안전한 화장실로 들어가 변기통 위에 한참 동안 관자놀이를 누르고 앉아만 있었다.

옆의 화장실에서 물 내리는 소리가 났다. 문이 열렸다. 세면대의 물 흐르는 소리를 따라 조잘조잘 여자들이 수다를 떨었다. 파우더룸에서 늘 벌어지는 뒷담화들이 은후의 귓속으로 파고들었다. 느닷없이 은후 자신의 이름이 등장해, 본능적으로 귀가 뾰족하게 섰다.

"오늘 이은후 씨, 정말 예쁘지 않아?"

"원래 미인인 데다 한참 피는 나이잖아. 드레스도 멋지고. 그 집 남매 원래 알아주는 인물들이지. 이태흔 회장도 근사하던걸."

"진 여사님이 어찌나 흐뭇해하시던지. 파티에 온 남자들이 하나같이 정신을 못 차리는 것 같던데? 정말 사교계의 여왕님이라니까."

"원래 오늘 밤의 여왕님은 임세라 이사여야 하지 않나?"

'임세라 씨가 파티의 여왕님 맞는데요.'

변기통에 앉아 뭐 하는 짓인지 몰라. 문밖에서 들리는 그 여자들의 뒷담화에 은후는 몰래 속으로 종알거렸다.

세라에 대한 은후의 감정은 미묘한 것이었다. 태흔과의 관계로 보자면야 불편해야 정상인데, 이상하게 세라를 미워할 수가 없었다. 오히려 상당한 호감마저 느끼고 있었다. 태흔만 중간에 없다면 오히려 오래도록 친구이고 싶은 사람이었다.

임세라 그녀가 가진 시원시원한 매력과는 별도로 이번 잔치의 중심은 당연히 세라와 태흔이 될 수밖에 없었다.

일단 결혼 말이 오가는 데다, 잔치의 주인공인 진 여사가 앉은 자리에 초대받은 가족이 임 회장 내외였으니, 누가 보아도 두 집안이 조만간 가족으로 결합되겠구나 느끼던 것이었다. 집안이나 나이로도, 세련되고 품위있는 모습으로나 누가 보아도 잘 어울린다 싶은 두 사람의 일거수일투족은 파티에 온 모든 사람들의 시선을 모으고 있었던 것이다.

아까 다율이나 재인, 대학 친구들이 함께 수다를 떨던 것도 역시 두 사람의 결혼이 언제쯤 성사되느냐, 결혼하면 은후는 역시 독립을 해야 하지 않느냐, 뭐 그런 것들이었다. 모르는 척 듣고 있어야만 하는 은후로선 무척 우울하고 기운 빠지는 이야기들이었지만.

결국 이 밤의 두통은 태흔과 세라 때문에 복잡해져 버린 은후 자신의 우울증이 이유가 아니었을까?

이만하고 일어나야겠다. 몸을 일으키려는데 다시 문밖에서 들리는 이야기에 은후의 몸이 굳어져 버렸다.

"그런데 이태흔 회장하고 임세라 이사, 정말 결혼하는 거 맞아?"

"선보고 약혼했다던데? 그러니까 가족석에 앉은 걸 테고. 구체적으로 12월에 결혼한다는 말까지 나돌고 있어. 그 정도면 거의 성사된 것으로 봐야지."

"그런데 이태흔 회장 태도가 왜 그 모양이래?"

"뭐가?"

"옆에 있는 약혼녀한테는 별로 신경 쓰는 것 같지 않던데. 오히려 이은후 씨만 따라다닌 것 같던데? 아무리 사이좋은 남매라 해도 너무 집착하고 간섭하는 거 아냐?"

"나는 모르겠는데? 이 회장이야 누구에게나 다 친절하고 세련되게 분위기 끌고 가는 사람이잖아. 임세라 씨하고도 내내 같이 붙어 있던데? 이은후 씨는 문서준 씨하고 파트너였고. 그 두 사람도 결혼 말 오간다고 하던데."

"그렇지 않아요. 내 눈이 얼마나 날카로운데. 임세라 이사가 옆에 있어도 누이동생만 감시하던데? 아까 문서준 씨랑 이은후 씨 같이 붙어 있는 거 보면서 대놓고 짜증 나 하던데 뭘 그래? 두 사람, 참 기묘하단 말이지. 오해하기 딱 알맞게 굴어. 둘이 나란히 서 있는데, 어찌나 애틋한지. 꼭 도둑 연애하는 애인들 같아 보였다고."

은후는 비명이 터지려는 입을 두 손으로 막았다. 어쩔 줄 몰라 하며 멍하니 앉아 있기만 했다.

어쩌면 좋아. 우리 서로 너무 티를 낸 건가. 하지만 애써 태흔은 은후의 쪽을, 은후는 태흔을 바라보지 않으려고 얼마나 노력했는데, 그럼에도 사람들이 그들의 감정을 눈치챌 줄이야. 역시 영원히 모든 사람에게 감출 수는 없는 것이다.

"아이고! 큰일 날 소리. 조심하세요. 그런 말 나갔다간 난리 나. 각자 서로 좋은 인연 맺는다고 소문난 남매를 둘로 엮으면 어쩌나?"

"친남매도 아니지."

"됐네요. 진 여사님 인품 몰라서 그런 말을 해? 그런 망신살 뻗치는 짓을 가만 두고 보실 분이야?"

"하긴 그렇지. 아니다 싶은 일은 가차없고 무서운 분이지."

문이 열리는 소리가 나고, 수다를 떨던 여자들의 음성이 멀어져 갔다. 은후는 아직도 두근대는 가슴에 손을 올려놓고 꾹 눌렀다. 도둑이 제 발 저린다고, 놀란 가슴이 후아후아, 한숨을 연신 뱉어냈다.

'가능한 한 오빠에게서 떨어져 있어야겠다. 고개도 돌리지 말아야지.'

얼마나 놀랐던지, 쉬이 진정이 되지 않았다. 은후는 좁은 독방에 갇힌 죄인처럼 화장실 변기통에 앉은 채 오래도록 움직이지 못했다.

세진이 칵테일 한 잔을 다시 가져왔다. 태흔에게도 건넸다.

"너, 러시아에서 돌아오면 좀 한가해지냐?"

"뭐, 그럭저럭."

"이삼 일 요트나 타러 갈래? 부산에서 오키나와까지."

"생각해 보고."

그런데 은후가 돌아오지 않는다. 화장실에 간 지 십여 분이 지났는데. 태흔은 자신도 모르게 손목시계를 내려다보고 있었다. 눈치 빠른 세진이 태흔의 시선을 따라갔다. 파우더룸으로 향하는 통로 쪽을 노려보고 있다. 은후가 돌아오지 않으니 초조한 모양이었다. 세진의 입가에 슬쩍 쓴웃음이 맺혔다.

'이 자식, 정말 은후에게 딴마음 품고 있는 건가? 하는 꼬락서니가 완전히 애인 기다리면서 안달하는 거잖아.'

그때 칵테일 잔을 든 세라가 세 친구가 모인 자리로 다가왔다. 누구에게랄 것도 없이 가볍게 묵례를 해 보였다.

"아름다우십니다, 세라 씨. 기품 넘치는 여신 같으시군요."

언제나 여자들에게 번드레한 작업 멘트를 잊지 않는 세진이다.

눈치 없이 멀뚱히 서 있는 명중의 옆구리를 푹 찔렀다.

"다정한 두 분의 은밀한 시간을 위해 자리를 피해 드리죠."

그러지 않아도 좋은데, 명중과 세진이 어깨를 두르고 알아서 물러났다. 과한 친절을 베풀었다. 떨떠름한 표정이 된 태흔의 얼굴을 세라가 빤히 노려보았다. 뱅글뱅글 얄밉게 미소 짓는 모습이야말로, '난 네 속을 다 알지롱' 이런 뜻이다. 은근히 떠보기까지 한다.

"확 낚아채고 싶죠?"

"무슨 뜻입니까?"

"만지고 싶은데 손도 못 대니 미치겠죠? 대놓고 내 여자라고 허리에 팔 두르고 만천하에 공개하고 싶은데 감추려 하니 몸살이 나죠? 불쌍해라. 그렇다고 너무 티 나게 굴지 말라고요."

세라더러 억지로 미소 지어주면서도 슬며시 이를 악물었다. 세라가 애무라도 하듯이 태흔의 얼굴 쪽으로 고개를 기울였다. 아주 다정하게 협박했다.

"날 자꾸 기분 나쁘게 하면 곤란해질걸요?"

"애인이 없어서 울적한가요? 날 자꾸 긁어대게?"

태흔은 피식 웃으며 대수롭지 않게 받아쳤다.

"물론 그것도 있어요. 나도 상당히 울적한데 당신만 희희낙락하면 불공평하지."

"정도경이, 룸으로 올려 보내줘요? 조심스레 빠져나가선 삼십 분쯤 즐기다 와요. 아무도 모를 텐데."

"뭐, 그럴 것까지야. 어차피 오늘 밤 당신을 내 알리바이로 사용할 작정이니까 안 그래도 돼요."

세라가 새침하게 받아쳤다. 태흔은 가볍게 웃으며 잔을 그녀의 것과 부딪쳤다.

"조만간 터뜨릴 작정이니, 당신도 준비해요."

"아하, 듣던 중 반가운 소리. 내 애인이 들으면 천장으로 솟구치겠네."

다시 파티장으로 들어오던 은후가 거의 맞붙다시피 서 있는 태흔과 세라의 모습을 보았다. 흠칫해서는 재빨리 고개를 돌려 버렸다. 친구들과 서준이 서 있는 쪽으로 걸어가는 옆얼굴이 아주 냉정하고 새침해 보였다. 볼이 사탕 물듯 오동통해진 것을 보아하니, 열이 끓어오른 모양이다. 세라도 은후가 좀 심란한 것을 눈치챘다.

"어머나, 우리가 같이 있어서 질투하나 봐. 귀여워 죽겠네. 한 번 더 눌러볼까?"

태흔은 실눈을 뜨고 세라에게 엄한 시선을 보냈다.

"저 녀석을 놀리면, 재미있습니까?"

"그럼요. 얼마나 재미있는데! 어찌나 순진한지, 누르면 누르는 대로 반응이 튀어나오잖아. 미치도록 귀여워. 이태흔 씨 자기가 안달복달하는 이유를 알겠단 말이지. 완전히 살아 있는 장난감이잖아. 착하고, 예쁘고, 말 잘 듣고, 놀리는 재미도 쏠쏠하고……."

"침대 안에선 끝내주기까지 하지. 경고하는데, 임세라 씨. 앞으로 우리 은후 백 미터 안으로는 접근 불가입니다."

"어머나, 왜 그러실까? 사랑은 사랑대로 해요, 여자에게는 말 잘 통하는 여자 친구도 필요한 법이거든."

"친구 좋아하네. 당신 눈에 우리 은후, 밥이잖습니까."

"어쩜 이렇게 내 마음을 잘 아실까, 그래? 역시 우린 천생연분이야. 하하하."

걸어가던 은후의 발이 멈칫했다. 활달하고 기분 좋은 세라의 웃음소리가 귀를 찔렀기 때문이다.

두 사람, 연인 아닌 거 아는데. 그 사람의 마음과 눈빛이 굳건히 그녀를 지탱하고 있고 향일하고 있는 거 아는데. 그런데 아팠다. 쓸쓸했다. 참 이상한 심사였다.

이를 앙다물었다. 더 환하게 미소 지으며 억지로 즐거운 척하며, 서준에게로 다가갔다. 그는 아까 은후를 둘러싸고 있던 일단의 아마조네스 군단에게 얼결에 포위되어 난처한 비명을 지르고 있었다.

그저 조용히 물러서서 벽에 걸린 그림만 바라보던 그가 어느새 좌중의 중심이 되어 있었다. 은후가 다가가자 구세주처럼 그녀의 등 뒤에 숨는 시늉을 했다.

"은후 씨, 살려줘요. 나 같은 수줍은 찰떡 띠는 이렇게 주목받으면 진짜 곤란해."

"찰떡 띠가 뭐예요?"

서준을 둘러싼 여자들 중의 한 명이 재미있어하며 물었다. 은후도 미소 지으며 아까 친구에게 맡겨놓은 주스 잔을 받아 들었다.

"어딜 가든 벽 쪽에 눌어붙어 있거든요."

"서준 씨와 함께라면 저는 찰떡이 되어도 좋은데요."

"저도요. 같이 찰떡 페어가 되실래요?"

대놓고 유혹을 흘리는 여자들 사이에서 까르르 웃음이 터졌다. 솔직히 너무 잘난 남자들이 많아 첫눈에 뜨이지 않았을 뿐, 나름대로 헌칠하고 세련된 서준이 인기가 없다는 건 말이 되지 않았다. 편안한 인상에다가 독특한 시각으로 어디서든 보물을 찾아내는 큐레이터의 안목을 가진 그는 단번에 태흔을 젖히고 파티의 중심이 되고 말았다.

"좋습니다, 좋습니다. 제가 발견한 재미있는 그림 이야기를 해 드릴 테니 저 좀 놓아주세요."

서준이 돌아섰다. 벽에 붙은 그림을 가리켰다. 그를 둘러싼 여자들의 호기심 어린 시선이 한꺼번에 닿았다. 그만그만한 파티. 그만그만한 권태 안에서 갑작스레 벌어진 서준의 미술 강의는 반갑고도 즐거운 해프닝이었다.

"네덜란드의 유명작가 라헤라트 오텐스의 〈빈집〉이란 작품입니다. 플라자팬텀이 의외로 보물을 많이 소장하고 있어요. 여러분은 그냥 평범하게 보셨을 테지만요. 이건 굉장한 작품입니다. 유럽에서 새로이 시작된 네오리얼리즘의 태동을 알리는……."

술잔을 든 태흔의 손에 힘이 주어졌다. 벽에 붙은 그림을 앞에 두고 서준과 은후가 등을 보이고 나란히 서 있었다. 살구 빛 드레스 차림의 은후와 회색 네크라인을 두른 이브닝 슈트 차림의 서준은 누가 보아도 잘 어울리는 근사한 한 쌍이었다. 단둘만 서 있는 것은 아니었지만 그의 눈에는 일행 중 두 사람만 오려내어져 보였다. 아마도 둘이 제일 가깝게 서 있었기 때문일 것이다.

태흔이 옆에 선 세라는 본 척 만 척, 은후와 서준이 서 있는 곳을 노려보고 있음을 눈치챈 사람 중에 진 여사도 끼어 있었다.

세라와 태흔이 함께 있는 모습을 관찰하면, 그의 속내가 대부분 드러날 거라고 생각한 짐작이 틀리지 않았다. 어떤 사람과 무슨 말을 나누고 있든, 태흔의 눈동자는 세라가 아니라 은후를 살피고 있었다.

'역시…….'

진 여사의 가슴이 돌덩이처럼 무거워졌다.

세라를 두고 태흔은 '머리가 생각하는 아내감' 이라고 말했었다. 절실한 가슴이 부르는 여자는 아니라고 하더니.

'너도 모르는 사이, 은후가 네 가슴에 새겨진 거냐? 서로 멀어질 때가 오고, 서로 다른 짝을 만나야 하는 때가 오니, 네 마음이 바라는 사람이 누구인지 새삼 깨닫게 된 거니?'

진 여사는 태흔의 마음이 오빠가 동생을 아끼는 유난한 정과, 남자가 여자를 바라는 연정이 복잡하게 엉켜 섞여 있는 상태라고 진단했다. 스스로도 정체를 분명히 알지 못하는 감정의 소용돌이에 빠져 있는 것이 분명했다.

'만약 정말 은후를 여자로 사랑한다면 무슨 수를 쓰든 넌 네가 바라는 바를 얻었을 거야. 아직 너도 네 마음을 분명히 모르는구나.'

진 여사가 계속해서 유심히 살피는 줄도 모르고 태흔의 입매가 더 굳어졌다.

무엇인가에 대해 서로 즐겁게 이야기를 나누고 있다가 은후가 서준을 향해 약간 고개를 기울였다. 둘만 아는 농담인 모양이다. 몇 마디 속삭이더니 나직하게 웃었다. 서준 역시도 태흔이 선 곳까지 들려올 정도로 유쾌한 웃음소리를 냈다. 동시에 서준과 은후를 둘러싸고 있던 주변 사람들 사이에서도 왁다그르르 웃음 방울이 터졌다.

그다지 자신의 감정을 잘 드러내지 않는 은후가 서준에게만은 허물없고 격의없이 굴고 있다. 서준과 함께 웃고 있는 은후의 부드러운 얼굴을 멀리서 건너다보며 태흔은 거의 고문(拷問)과도 같은 고통을 느꼈다.

'웃지 마, 바보야. 내 앞에서 다른 녀석에게 웃지 마.'

그도 보기 힘든 은후의 미소. 웃음소리. 은후의 옆에 선 서준에 대해 태흔은 살의(殺意)와 다를 바 없는 질투를 느꼈다.

왜 넌 나 아닌 다른 녀석에게 그렇게 예쁜 웃음을 지어주는 건데. 그러지 마, 은후야. 강렬한 질투와 소유욕에 사로잡혀 홀로 괴로워하는 남자의 소리없는 아우성이 전해진 것일까. 은후가 문득 태흔 쪽으로 고개를 돌렸다.

아주 잠시, 허공중에서 둘의 시선이 만나 마주 붙었다. 먼저 시선을 돌린 것은 은후였다. 태흔과 나란히 서 있는 세라의 존재를 인식한 모양이다. 멀리서 보아도 옆얼굴은 당황한 기색이 역력했다.

세라가 심히 불쾌해하고 불편해하는 태흔의 기색을 재빠르게 눈치챘다. 은근슬쩍 태흔의 팔을 어루만지며 딜을 시도했다.

"저 두 사람, 너무 다정해 보이는데? 저러다가 저 둘이 불 붙을 것 같은데? 은근히 질투 나네. 떼어버릴까 보다."

"할 수 있어요?"

"그거야 내 전문이지."

세라가 킥킥대며 나른하게 중얼거렸다. 다시 태흔의 귀에 대고 아주 다정하게 속삭였다.

"나한테 한 번 빚지는 거예요."

"도망갈 때 비행기 표 일등석을 보내 드리지."

"내 애인 것까지?"

"당연히."

"은신할 아파트도 필요한데?"

"파리 외곽에 내가 사용하던 맨션이 있어요. 그 누구도 찾아내지 못할 거라고 자부합니다만."

"계약 성립."

세라가 기습적으로 태혼의 볼에 키스를 날렸다. 그러곤 칵테일 잔을 들고 은후들이 모여 있는 무더기를 향해 하늘하늘 걸어갔다. 사냥감을 노리는 암사자와도 같이.

눈치 빠른 여자란 언제나 편리하다니까. 세라가 어떤 식으로 은후와 서준을 떼놓을지 모르지만, 여하튼 둘이 붙어 있는 꼴을 보지 않게 된다 싶으니 얼음물을 들이켠 듯 속이 시원했다.

"정말 예쁘지?"

언제 다가온 걸까? 진 여사의 목소리가 등 뒤에서 들려왔다. 지그시 그들 쪽을 노려보고 있는 태혼을 뒤흔들었다.

태혼은 고개를 돌렸다. 흐뭇한 미소를 머금고 있는 조모의 시선을 따라갔다. 그림처럼 어울려 보이는 둘의 모습에 박혀 있었다. 자연스럽게 세라가 그 일행에 끼어드는 것을 지켜보았다.

"은후랑 문 이사 말이다."

진 여사의 그 말은, 은후에게 지나치게 신경을 곤두세우지 말란 뜻이다. 에둘러 부드럽게 내뱉는 충고였다. 태혼은 코웃음을 쳤다.

"은후 녀석 혼 좀 내야겠어요. 사람들 눈도 많은데 너무 붙어 있잖아. 남들 보면 오해 사기 딱 알맞겠어."

"다들 짐작하는 것 같은데 뭘 그래?"

"무슨……?"

"문 이사랑 우리 은후 사이. 임 회장님도 나더러 곧 둘을 짝 지울 거냐고 묻더라. 그래서 너 혼인시키자마자 바로 결정할 거라고 그랬지."

"할머니!"

절대 인정할 수 없다는 뜻을 담아 단호하게 소리쳤다. 태흔의 시선과 진 여사의 시선이 강하게 부딪쳤다. 막 태흔이 대꾸를 하려는데, 세진이 다가왔다. 마치 제가 친손자인 양 등 뒤에서 친근하게 진 여사를 꼭 끌어안았다.

"축하 인사 제대로 못 했어요, 할머니. 그나저나 오늘 파티의 주인공은 할머니인 줄 알았는데, 저것 보세요. 은후랑 문 이사네요?"

알고 떠드는 건지 모르고 떠드는 건지. 그렇지 않아도 불편한 태흔의 속에 불을 더 질러댔다.

"유 사장 눈에도 그렇게 보여?"

"네. 둘이 꽤 친한가 봐요? 아, 문 이사, 사람 좋은 줄만 알았는데, 여자들 인기까지 독차지할 줄이야. 저 봐. 내 파트너도 저 녀석 옆에만 붙어 있네. 짜증 나게! 아무래도 안 되겠어. 내 파트너 뺏어와야겠다."

바로 그때였다. 세 사람이 지켜보고 있던 작은 무리 틈에서 약간의 소동이 벌어졌다. 칵테일 잔을 들고 일행 사이에 끼어 있던 세라가 돌아서다가 실수를 했다. 곁에 서 있던 은후의 드레스 자락에 칵테일을 쏟아버렸던 것이다. 키위 베이스의 칵테일이었기에 살구색 실크 드레스에 커다란 녹색 얼룩이 만들어져 버렸다.

느닷없는 사고에 여자들이 비명을 질렀다. 급사들이 달려가고 어처구니없게 드레스를 망친 은후는 멍하니 서 있기만 했다. 실수를 한 세라가 어쩔 줄 몰라 하며 손으로 은후의 드레스 얼룩을 지우려 들고 있었다. 진 여사가 혀를 찼다.

"저런."

"제가 가서 수습을 해야겠네요."

말릴 사이도 없이 성큼성큼 태흔이 소동이 벌어진 무더기로 걸어갔다. 궁색하나마, 자신의 재킷을 벗어 은후의 드레스를 가려주려는 서준의 팔을 잡아 제지했다. 은후의 팔을 잡아 파티장 바깥으로 데리고 나가 버렸다.

"저 녀석이……."

세진이 힐끗 진 여사의 옆얼굴을 바라보았다. 그녀의 눈 속에서 세진 자신의 의심과 같은 빛을 발견했다. 진 여사와 세진의 시선이 마주쳤다. 같은 것을 보고 느낀 자들의 동감(同感)이었다. 진 여사의 입매가 단단히 굳어졌다. 아무 말 없이 돌아섰다.

세진은 다가오는 다율에게 미소 지어주면서도, 태흔이 은후를 데리고 나간 문 쪽을 힐끗 살폈다.

'자식, 다른 건 잘도 감추더니, 진짜 숨겨야 할 건 숨기지 못하는군. 대체 어쩌려고 저러지? 정말 은후를 평생 데리고 살 궁리를 하는 걸까?'

팔순 잔치가 끝나고 이틀이 지났다. 목요일 아침. 태흔이 러시아 출장을 가는 날이다. 출장용 대(大) 트렁크 두 개를 양손에 나눠 든 김 기사가 먼저 내려왔다.

"좋은 아침입니다. 안녕히 주무셨어요?"

코트를 팔에 걸치고 태흔도 이내 계단을 내려왔다. 은후가 건네주는 찻잔을 하나 받아 들며 진 여사 앞에 앉았다. 은후는 앞에 앉는 대신 자기 방문을 열고 들어가 버렸다.

"몇 시에 출발하지?"

"여섯 시 비행기니까요. 회사에서 두 시쯤 출발할까 합니다. 떠나기는 하지만 조금 걱정되네요. 러시아 놈들 비위 제대로 못 맞추면 어떡할까 싶어서요.”

“송유관은 문제없는 거겠지?”

“마지막은 사하트 수상 마음에 달린 것이지만, 뭐 잘될 거예요. 그 일을 위해서 우리가 그동안 얼마나 공을 들였는데. 할아버지가 오래도록 씨를 뿌려놓으셨으니, 이젠 제가 거둘 때도 됐죠.”

미국 경제의 몰락 이후 새로운 국제 강자로 등장해 부쩍 위상이 높아진 러시아 쪽에서 승명그룹이 그나마 한숨 돌리고 있는 것은 이십여 년 전 수교 이래 착실하게 쌓아둔 인맥과 위기 관리 능력 덕분이었다. 예전에 러시아의 내란 위기설에서 다른 회사는 전부 다 지사를 철수시키는 등 수선을 떨었으나, 그에 굴하지 않고 꿋꿋이 회사의 조직을 유지한 유일한 기업이 승명이었다. 이후 호감도가 높아진 권력자들과의 친분을 배경으로 러시아 쪽에서 승승장구하고 있는 중이었다.

태흔은 이번 출장에서 사하트 공화국의 우라늄 광산 개발을 위한 계약서를 체결하고, 러시아 산 천연가스 송유관 건설을 위한 마지막 조율을 지휘할 예정이었다. 송유관 양해 각서를 체결하는 것이 출장의 궁극적인 목표였다. 11억 달러 규모의 투르크멘바슈 항만 현대화 사업과 카스피해 인근 자원 개발 사업도 중요한 목적 중 하나였다.

“제가 러시아어가 서툴러서 걱정입니다. 아무래도 돌아오면 선생 잡아놓고 공부 좀 해야겠어요.”

“그거 좋겠다. 어학은 능숙할수록 좋은 거니까. 독선생 부를 거면 우리 셋이 같이하자꾸나. 치매 예방하려면 공부가 최고란다.”

나이와 상관없이 새로운 것에 강렬한 호기심을 가지고, 언제나 도전하는 적극적인 성품답게 진 여사도 맞장구를 쳤다.

"여하튼 든든해. 부디 잘하고 돌아오시게. 자네가 돌아오면 수리 끝나서 집에 들어갈 테고, 이내 경사도 있을 거고. 기대되고 있어."

"집수리는 잘 진행되고 있습니까?"

"어제 다녀왔는데, 순조롭게 진행되고 있어. 황 부장이 어찌나 꼼꼼한지 든든하더구나."

"황 부장이 일은 잘해요. 인테리어는요?"

"나랑 은후가 보지, 뭐. 아무래도 은후가 자주 가본다. 나는 이젠 조금만 움직여도 피곤해서 말이지."

"잘됐네요. 죄다 은후에게 맡기세요. 안목도 높고 꼼꼼한 녀석이니까 안심하셔도 될 겁니다. 아참, 잊어버렸네. 돌쇠 녀석, 한번 보고 가려고 했는데."

태흔이 찻잔을 내려놓으며 혀를 찼다. 집수리를 하느라 정원에서 키우던 애완견 두 마리를 애견호텔에 맡겨놓고 한 번도 보러 가지 못해 좀 미안했다.

"나랑 은후가 가끔 보러 간다. 내일은 데리고 나와서 산책시켜주려고. 개 생각할 여유 있으면 사람한테 신경 써. 돌아오면 세라양도 집에 데려오고 그래."

딴생각에 잠겨 있었던지 잠시 태흔이 멍한 얼굴이 되었다. 그 여자가 대체 누구지? 그런 표정이기도 했다. 진 여사의 가슴에 마지막 말뚝을 박았다. 이내 너무나 아무렇지도 않게 내뱉었다.

"아, 네. 그렇게 하겠습니다. 하지만 그 사람도 나만큼 바쁘더라구요. 어제 오후에 유럽 출장 갔습니다."

태흔이 손목시계를 내려다보며 몸을 일으켰다.

"이제 나가 봐야 해요. 다녀오겠습니다."

그때 방문이 열리고 은후가 나왔다. 분홍색 리본으로 묶은 작은 상자를 들고 있었다. 현관에서 구두를 신고 있는 태흔에게 내밀었다.

"출장 가서 잘하고 돌아오란 선물이야, 오빠."

"뭐냐?"

"그냥, 쬐끄만 것. 중요한 만찬 때 하고 가면 좋겠는데. 그러겠다고 약속해 줘."

"대체 뭘까. 우리 은후가 오라비한테 뭘 주려나?"

진 여사도 고개를 길게 뺐다. 태흔이 서류가방을 내려놓고 상자의 리본을 풀었다.

"이건……?"

태흔이 상자 속에 든 넥타이핀을 한동안 내려다보았다. 상자 안에는 은후가 전시회 때 출품해서 격찬을 받았던 〈꿈속의 연인〉이 들어 있었다. 오만하고 신비한 푸른빛이 태흔의 눈을 시원하게 쏘아왔다.

변치 않는 사랑을 담아. 영원히.

〈꿈속의 연인〉을 만든 건 일 년 전이었다. 눈이 짓무르도록 공들여 금실을 땋으며 순간순간마다 기원했었다.

너무 멀리 가버린 꿈. 닿을 수 없는 그 사람을 그리워하며, 혼자 증오하며, 사실은 미친 듯이 열망하며. 드러낼 수 없는 마음을 담아. 핏빛 가슴의 눈물을 담아. 꿈속의 연인 그대를 생각하며. 눈에 보이지도 않을 만큼 가는 금실을 한 줄, 한 줄 꼬았다.

나의 아름다운 은인. 그대를 지켜주시기를.

나의 사랑하는 오빠. 그대를 평화케 해주시기를.

나의 해바라기 연인. 그대를 성공으로 이끄시기를.

나의 영원한 남자. 그대가 내게 돌아오게 해주시기를…….

그 마음이 닿았다. 그 마음을 받았다.

은후는 감추지 않고 진심으로 기뻐하는 태흔의 얼굴을 눈여겼다. 검은 아몬드 형 눈동자가 잠시 자신의 손이 빚어낸 아름다운 작품 앞에서 자랑스러운 빛을 띠었다.

원래 어지간한 작품은 디자인만 하고 제작을 하는 공인(工人)에게 맡기는 것이 관례였으되, 전시회에 출품한 모든 작품은 은후 자신이 일일이 다 수작업으로 완성했다. 공이 많이 든 작품이 애착도 큰 법. 그러한 공력과 정성을 알아주는 사람 앞에서 기쁨과 행복은 배가되었다.

"볼 때마다 느끼는 거지만 이 작품은 정말 멋지다. 만찬 슈트하고 정말 잘 어울리겠구나."

감탄을 담고 진 여사도 한마디 칭찬을 해주었다.

"감격이야, 우리 은후."

고개를 돌린 태흔이 활짝 웃었다. 티 한 점 없는 가을 하늘처럼 싱그러운 미소를 지은 채 그가 두 팔을 벌렸다. 좌우에 선 은후와 진 여사를 함께 끌어안았다.

"이번 출장 확실하게 성공이에요. 이걸 하고 가면 제가 혼자 있는 게 아니라 할머니와 은후랑 같이 싸우는 기분이 들 것 같아."

"그래, 맞다. 네 뒤엔 언제나 우리가 있어. 마침내 올라간 네 자리에서 마음껏 네 능력을 펼쳐 보렴."

"네, 노력하겠습니다. 할아버지 이름을 더럽히지 않게 최선을 다하겠습니다. 다녀올게요."

은후와 진 여사는 주차장까지 그를 따라 나갔다. 태흔을 태운 벤츠가 사라질 때까지 오래도록 그 자리에 서 있었다.

"은후, 오늘 외출하니?"

"오전 중에 강의 하나 듣고 과제물 제출해야 해요. 스케치하던 것 있는데 공방 가서 마무리하고요, 서너 시면 돌아올 것 같은데요."

"그럼 오늘 내일 사이로 문 이사네 가족이랑 같이 식사나 할까? 큰 선물 받았는데 인사해야지."

"그래야죠."

은후도 학교 갈 준비를 서둘렀다. 과제물을 챙기고 핸드백을 드는데, 휴대전화가 울렸다. 태흔의 문자였다.

〈귀고리는?〉

넥타이핀과 한 쌍이던 귀고리 한쪽은 어디 있느냐고 따지는 것이었다. 하나도 잊지 않는군. 은후는 빙그레 미소 지었다. 문자를 찍었다.

〈욕심쟁이. 내가 목걸이로 만들어 걸고 있어.〉

가려진 옷 속에 걸린 라피스라줄리 목걸이를 가만히 어루만졌다. 일 분 후에 다시 문자가 왔다.

〈키스해. 팔천만 번쯤.〉

은후는 다시 미소 지었다.

〈팔억 번쯤 키스해. 사랑해.〉

몰래 나누는 그 사랑이, 그 키스가 조만간 온전히 그녀의 것이 된다. 태흔이 러시아에서 돌아오면.

그땐 태양 아래에서 당당히 손을 잡고 걸어갈 수 있어. 감추지 않고 숨기지 않고 사랑할 수 있어.

아침 일곱 시 사십사 분. 문이 열리고 회장님께서 출근하셨다.

"안녕하세요, 회장님."

문 앞에서 디지털카메라를 들고 기다리고 있던 임슬이 과장이 낭랑하게 아침 인사를 했다. 아침마다 벌어지는 비서실의 공식적인 일과 중 하나, 클래식한 슈트 차림으로 들어서는 회장님 모습을 재빨리 도촬하였다.

오늘은 특별히 해외 출장을 대비하여 유능한 비즈니스맨 스타일을 완성하신 회장님의 세련된 넥타이를 강조하여 찍었다. 넥타이 정도라면 값이 그다지 비싸지 않을 터이니 이번 달 월급 타면 신랑에게도 하나 질러줘야지, 마음먹었다.

"에르메스 수제품입니다."

문을 열고 사무실로 들어가며 친절하시고 완전 눈치 빠른 회장님은 탐욕스러운 임 과장의 제품명에 대한 탐구 과정을 간단하게 해결해 주셨다.

바쁜 하루였다. 회장님의 출장 이후를 대비하여 줄줄이 각 계열사 임원들이 결재 사항이나 시급한 처리 사안을 들고 들이닥쳤다. 일들을 대강 마무리하고 나니 어느새 점심 시간이었다. 거래 은행의 사장과 통화를 마치고 전화를 끊는 태흔 앞으로 박 이사가 다가왔다.

"점심 식사는 어떻게 하시겠습니까? 많이 바쁘시면 식사를 이곳에다 준비시키겠습니다."

"아, 괜찮습니다. 난 잠시 외출합니다. 한 시 반까지 돌아오죠."

태흔이 벌떡 일어나 양복 재킷을 옷걸이에서 벗겨냈다.

"두 시에 출발해야 하니 시간 맞추어 도착해 주십시오. 직원들은 공항에 직접 모일 겁니다."

"알았습니다."

태흔은 코트에 팔을 꿰며 엘리베이터를 탔다. 로비로 내려가는 동안 문자 창을 눌렀다.

〈어디야?〉

〈공방.〉

일 초 만에 착한 대답이 돌아왔다.

점심 시간인지라 주변 빌딩들에서 식사를 하기 위해 사람들이 밀려 나오고 있었다. 태흔은 마침 달려오는 택시를 향해 손을 들었다.

"청담동."

은후는 탁자 위에 펼쳐진 조롱박 사진들을 바라보고 있었다. 사진 속에 담긴 조롱박 잎과 줄기, 꽃과 열매를 모티브로 해서 떠오르는 대로 스케치를 하고 있는 중이었다. 마음에 드는 디자인이 나오면 〈청실홍실〉이라는 이름을 붙여 시리즈로 한 번 제작해 볼 작정이었다.

오묘하게 선을 그리며 올라가는 넝쿨선을 따라 티아라의 선을 그리던 중에 문에 달린 은종이 딸랑 울었다. 고개를 들다가 깜짝 놀라고 말았다.

"어머나."

문 앞에 선 태흔이 싱긋 웃었다. 유명한 스시 집 종이 가방을 흔들어 보였다.

"배달 왔습니다."

"어떻게 왔어? 두 시에 출발해야 한다면서?"

"한 시간쯤 땡땡이치려고. 나도 살아야지. 러시아 나가선 죽도록 고생해야 하는데, 한 시간쯤 논다고 세상 무너지겠어?"

태흔이 스시 가방 말고도, 은후가 좋아하는 브런치 레스토랑의 과일 주스가 든 페이퍼백도 탁자에 내려놓았다.

"이은후 좋아하는 딸기 주스. 같이 밥 먹자."

"점심은 고맙지만 정말 이렇게 나와도 돼? 안 바빠?"

"바쁘지. 아침 내내 미친 듯이 일하고 도망 나왔지."

"기가 막혀서."

웃고 말았다. 그러나 그의 시선과 마주치는 순간, 은후의 어이없어하는 맹글한 미소는 얼어붙고 말았다. 그 눈빛이 말하는 강렬한 욕망. 온몸에 전율이 일었다. 불길이 남실거려, 심장이 화상을 입은 느낌이었다.

태흔이 돌아서서 문을 잠갔다. 블라인드를 내려 버렸다.

"이젠 누구도 방해하지 못해. 자, 식사하자고. 배고프다."

그가 탁자 앞의 의자에 자리 잡았다. 은후는 종이 가방 속의 스시 팩을 꺼내고 장국 뚜껑을 열었다. 젓가락을 빼서 건네주었다.

"잘 먹겠습니다."

"저도요."

공방 안에서 벌어진 둘만의 피크닉. 말 한마디 없어도 괜찮았다. 고개를 들어 그를 바라보는 것만으로도 충분했다. 감출 수 없는 애정과 미소가 흐르는 은후의 시선 안에서 태흔도 내내 행복에 도취된 표정이었다.

마지막으로 딸기 주스를 홀짝 들이마신 태흔이 주문했다.

"차, 마시자."

"응."

은후는 일어서서 전기주전자의 스위치를 올렸다. 어떤 차를 주면 기운이 날까? 찻장을 열고 잠시 고민을 했다.

"루피시아 시나몬."

등골이 오싹했다. 어느새 다가온 그의 입술이 귓불 근처에서 더운 입김을 불어넣고 있었기 때문이다.

"알고 있지? 내가 우리 예쁜 아가씨 얼굴 한 번만 더 보려고 나온 거. 안고 싶다."

"대낮이야. 오빠, 반칙이야."

"대낮이든 말든 무슨 상관이야? 내가 사랑하겠다는데?"

정말 오만한 이 남자가 내뱉을 법한 대사였다. 은후는 한숨을 쉬었다. 전기주전자 안에서 빠그르르 물이 끓어오르는 소리가 났다. 그의 손이 얇은 천 위에서 봉긋한 가슴 끝을 어루만질 때 은후의 심장도 함께 끓어올랐다.

그의 키스는 끔찍하도록 달콤하고, 부드러웠다. 레몬 맛 사탕처럼 상큼하고 달콤한 입술을 선물로 주는 그가 너무 사랑스럽고 아름답다. 순간순간마다 늘 서로를 그리워하는 두 개의 혀와 혀가 만나 짙은 열정의 간절함을 나누었다. 태흔이 은후의 머리카락을 애틋하게, 다정하게 쓰다듬었다. 연인의 나신을 가린 셔츠 단추를 풀기 시작했다.

"사랑하자. 참으려니 미치겠어!"

"김 기사 아저씨가 눈치채면 어떡하려고?"

"택시 타고 왔어. 점심때 누구 만날 일이 있다고."

태흔의 손이 은후의 청바지 벨트를 풀었다. 수줍어하면서도 은후의 손 역시 태흔의 넥타이를 풀고 와이셔츠를 벗겨냈다. 키스와 키스 사이, 욕망과 갈증에 불타는 다급한 손들이 서로의 몸을 가린 천을 풀어 내렸다. 그들의 엉킨 몸이 작업실 안으로 사라졌다.

작업실의 전기 스위치를 올린 태흔이 돌아서서 은후의 말간 손가락을 잡아 하나하나 키스했다. 이내 그의 손은 연인의 분홍빛 가슴 끝을 어루만지기 시작했다. 손톱 끝으로 살짝 꼬집다가 바싹 약이 올라 솟구친 작은 열매를 혀끝으로 부드럽게 희롱했다.

"이 예쁜 과일이 죽도록 그리울 거야."

태흔은 능숙한 혀와 입술로, 부드러운 속삭임과 폭압적인 손가락 끝으로 그녀를 달래고 어르고 애를 태웠다. 열흘 동안 은후가 그의 흔적을 되살리며 밤마다 몸앓이를 할 만큼의 기억을 남겨줄 작정이었다. 마찬가지로 그 또한 온몸 안에 은후의 따뜻하고 달콤한 흔적을 가득히 묻혀갈 생각이었다.

너무나 자연스럽게, 당연한 것처럼 서로에게 녹아드는 두 몸. 밝은 불빛을 부끄럽다 하지 않고 두 연인은 짧고도 쾌락적인 열애를 나누기 시작했다.

연인의 꽃가슴을 탐욕하는 태흔의 머리카락이 부드러운 피부를 간질였다. 자기도 모르게 은후는 두 팔로 가슴골 사이에 얼굴을 묻은 그의 머리를 끌어안고 있었다. 나직하게 쾌락에 젖은 달콤한 신음을 흘려냈다.

"신음 소리 예쁜데?"

그가 고개를 들고 살짝 놀렸다. 본능적으로 발갛게 달아오른 볼에 키스하고 민감한 손가락 끝으로 허벅지 사이 꿀물 젖은 지점을 건드렸다.

"내가 멈출 수 없는 건 다 네 탓이야."

"말도 안 돼."

"싫다고 하면서도 야릇하게 젖어드는 게 끔찍하게 좋아. 달뜬 네 표정이, 저절로 나를 받아들이는 네 젖은 몸이 날 자석처럼 끌어당겨. 날 환장하게 해."

그가 다시 얼굴을 기울여, 반쯤 벌어진 은후의 입술 위에 키스했다. 그 속으로 파고들어 더 달콤한 앵두 맛을 보았다. 가장 뜨겁고 아름다운 곳을 핥았다.

"역시 달콤해. 넌 정말 향기롭고 아찔해."

그가 작업실에서 단 하나뿐인 의자를 끌어당겼다. 은후의 날씬한 몸을 끌어안은 채로 의자에 앉았다.

다시 젖은 꽃잎 같은 두 개의 입술이 합쳐졌다. 머리끝에서부터 발끝까지, 그야말로 숭배하고 찬미하는 마음을 담아서 그는 은후에게 따뜻한 키스를 수없이 선물해 주었다.

그가 은후의 몸을 자신의 앞에 뒤돌려 세웠다.

"내려와. 날 가져. 널 독점하게 만들어줘."

그가 귓불에 대고 나직하게 속삭였다. 부드러웠지만 폭압적인 명령. 탐욕스러운 연인의 요구에 은후는 부끄러움으로 가득 차선 수줍게 공명했다.

은후는 그의 손길이 이끄는 대로, 천천히 단단한 허벅지 위에 앉았다. 두 다리를 활짝 벌리고, 솟구친 그의 뿔을 작은 손으로 잡았다. 조금씩 그의 우람하고 단단한 몸 끝으로 내려앉았다. 나

비처럼 가볍게, 안타깝게. 그의 몸을 안으로 들여보냈다. 조금씩, 은후가 주는 만큼 태혼이 민감한 몸 안으로 파고들어 왔다. 조심스럽게 몸을 내려 완전히 깊이 그를 삼켜냈다. 마침내 그가 가득히 안으로 들어와 채웠다.

더 이상 아무것도 바랄 것이 없을 정도로 완전해졌다. 고개를 젖히고 달뜬 숨을 몰아쉬었다.

"완전히 충만해진 느낌이야."

그가 약간 잠긴 목소리로 속삭였다. 은후도 젖은 목소리로 나도, 하고 신음같이 흘려냈다. 연인이니까. 서로밖에 없으니까. 언제나 같은 것을 보고 같이 느끼니까.

닫힌 문 안, 지금 이 순간은 둘의 천국. 촉촉하고 보드라운 몸 안에서 움직이는 그의 감촉이 너무 뜨거워서 죽을 것만 같았다. 너무 정열적이어서 숨이 찼다. 단단하고 음란한 남자의 몸이 깊이 파고들어 찌르고, 비비고, 박아대는 그 느낌이 너무 자극적이었다. 은후는 다급한 숨을 뱉어내며 몸을 뒤로 젖혔다.

"아읏, 오빠, 잠깐만, 아, 아앗……!"

"예뻐! 너무 예뻐서 한입에 삼켜도 모자랄 것 같아."

태혼이 가쁜 숨소리 사이로 중얼거렸다. 강한 힘으로 은후의 허리를 움켜쥔 채, 둘만의 박자를 만들어냈다.

"쉬잇, 조금만 더. 조금 더. 그래, 조금만 더 움직여 봐. 얼른. 날 미치게 해봐!"

그가 그녀의 허리를 양손으로 잡고 엉덩이를 더 요염하게 음란하게 들썩이게 만들었다. 그가 강하게 파고들 때마다 은후의 동굴이 저절로 몸살을 앓으며 요동쳤다. 몇 번이고 경험했지만 그는 너무 크고 단단하고 불처럼 뜨거웠다. 무엇과도 비교할 수 없는 그의 강하고 굵은 몸이 안으로 파고들 때마다 은후는 자신도 모르게 발정 난 고양이처럼 색정적인 신음 소리를 토해냈다. 너무나 강한 쾌락 안에서 결국 거의 울부짖다시피 신음하며 애원했다.

"나 못 하겠어, 나, 아, 너무……. 하악!"

"잘하고 있어. 계속 이대로 가봐. 너 끝내주잖아. 더 강하게 움직여! 어서! 널 다 갖게 해줘!"

은후의 달뜬 신음 소리가 잦아들었다. 태흔이 거친 동작으로 얼굴을 뒤젖히게 해선 난폭한 입술로 그 신음을 남김없이 먹어버렸기 때문이다. 그의 두 손이 허리에서부터 올라와 탱글한 감촉을 자랑하는 아름다운 젖가슴을 감싸 안았다. 진분홍빛으로 몽실 익어 솟구친 젖꼭지를 살짝 손가락 사이에서 굴렸다. 이내 탄력 있는 젖무덤이 강한 악력 사이에서 고무공처럼 일그러졌다.

더운 입김이 예민한 귓불을 화염지옥으로 만들었다.

"그래, 그래! 좀 더! 조금만 더! 은후야, 거의 다 됐어. 거의……."

유일한 연인에게 사로잡히고 소유당하고 싶은 욕망을 가득 담아 은후는 그가 바라는 만큼 본능적으로 공명해선 하얀 엉덩이를 고혹적으로 움직였다. 음란하게 조이며 그녀가 닿은 그곳으로 그를 끌고 가려고 안달했다.

그 역시도 짐승처럼 으르렁대며 그가 파고든 여체를 격렬하게 몰아대고 물어뜯듯이 탐욕했다. 연인이 가진 모든 정수를 흡입했다. 가져도 가져도 모자라고, 사랑하고 사랑해도 부족한 둘만의 유희를 즐겼다.

몸 안이 폭발하는 것 같았다. 은후는 한껏 만족해선 온몸을 휘며 날카롭게 신음했다. 태흔 역시 그 순간 짐승처럼 울부짖으며 절정에 올랐다. 그가 그녀의 안에 뜨겁게 자신을 쏟아냈다. 둘이 결합한 삼각지를 지나 허벅지를 타고 매끄러운 애액과 뿌연 정액이 한데 섞여 흘렀다. 바닥까지 이어졌다.

절정은, 가려움 같은, 안달 나는, 떨림 같은 그것은 몇 번이고 몇 번이고 계속되었다. 물결처럼 은후를 덮쳤다. 태흔이 계속 주었기 때문이다.

그렇게 태흔과 은후는 둘만의 밀실. 한 평 반쯤 되는 작업실 좁은 공간의 의자 위에서 젊고 아름다운 육체라는 언어를 통해 서로에게 가는 사랑과 열기를 남김없이 나누었다. 기껏 함께한 시간은 삼십 분쯤. 그러나 얼마의 시간이 흘렀는지도 알지 못할 정도로 열중했다. 그 순간이 그들에겐 유일한 영원이었다.

"이크. 늦었는걸. 박 이사가 난리 치겠네."

공방 안의 작은 화장실에서 나오며 태흔이 짐짓 엄살을 떨었다. 다시 옷차림을 갖춘 후 말짱한 표정으로 시침을 떼고 있는 그의 모습에서, 누가 감히 불과 오 분 전에만도 나체로 연인을 끌어안고 지독한 섹스의 쾌락으로 신음하고 있었을 거라고 짐작이나 할 수 있을까?

"넥타이."

그가 짓궂은 표정을 지으며 은후 앞에 서서 목을 내밀었다. 은후는 그의 셔츠 깃을 세우고 넥타이를 매주었다. 단정하게 깃을 눕히고 재킷을 입혀주었다. 두 팔로 그 사람을 꼭 안아버렸다. 두 팔로 그 사람의 양감과 존재를 각인이라도 하듯이. 태흔도 은후의 어깨를 꼭 감쌌다. 비로소 작별 인사를 했다.

"다녀올게."

"응."

"선물로 뭐 사다 줄까?"

"아무것도 필요없어. 일 잘하고 무사히 돌아오기만 하면 돼."

"내 생각 얼마나 해줄 거야?"

"많이. 아주 많이."

"그래, 좋아."

태흔이 고개를 기울여 마지막으로 연인의 입술을 강렬하게 훔쳤다.

"내가 돌아오면."

두 사람의 눈이 마주쳤다.

"다음 달엔 결혼식이야."

"응."

"어떤 일이 생겨도 나 믿고 따라올 거지?"

고개만 끄덕였다. 이 사람의 따뜻함을 어찌하지 못해. 잃을 수 없어. 저지른 죄에 눈을 감고 어둠의 물결에 몸을 맡긴다. 후회하지 않으리라, 그를 따르리라, 다시 한 번 결심을 다진다.

"이제 가."

"그래."

결국은 해야 할 아쉬운 작별. 은후는 공방 문 앞에 서서 태흔이 택시에 오르는 것을 지켜보았다. 택시 차창을 통해 그가 그녀를 한 번 바라보았다. 실죽 미소 지었다.

사랑해, 그가 입술 모양으로 고백했다.

나도 사랑해. 은후도 소리 나지 않게 입술로만 속삭였다. 태흔이 싱긋 미소 지었다. 그녀가 말하고자 하는 가없는 사랑을 느낀 것이다. 그리고 택시는 떠났다.

20장

거실에 앉아 담소를 나누고 있는 진 여사와 손님들 앞으로 앞치마를 두른 은후가 다가왔다. 식전주 잔을 거두며 나지막한 목소리로 알렸다.

"할머니, 진지 준비 다 끝났어요."

"고생했구나. 자리를 옮기시지요."

진 여사가 미소 지으며 먼저 자리에서 일어섰다. 그날 저녁 초대를 받은 사람은 분당의 강 여사까지 포함한 서준네 가족이었다. 팔순 잔치 때 들고 온 귀한 그림 선물의 답례로, 또 곧 출국할 서준을 위해 밥 한 끼 같이 먹자 했다.

식당으로 걸어가며 진 여사가 웃는 얼굴로 괜히 저녁 준비를 거든 은후 흉을 보았다.

"손님들 온다니까 제 딴에는 부스럭거리기는 한 것 같은데, 간이나 맞나 모르겠네. 먹을 만한 건 못 되어도 재 정성 생각하고 잡숴주세요."

뻔히 놀림인 것을 알고는 있으면서도 화악 달아올라선 은후가 주방 안으로 들어가 버렸다. 등 뒤로 사람들의 웃음소리가 부드러운 조명등처럼 내려앉았다.

"어머나, 식탁 꾸민 거 좀 봐. 이거 은후 솜씨죠?"

자리에 앉으면서 강 여사가 탄성을 질렀다.

"그런가 봐. 어려운 분들 모시는 자리이니, 오후 내내 머리 싸매고 끙끙 앓는 것 같더구먼. 서툴러도 정성이니 예쁘게 봐줘요."

대수롭지 않게 말하며 진 여사도 자리를 잡았다. 하지만 속으로는 흡족했다.

보쉬의 매끈한 뉴 트렌드 식기로 기본 세팅을 하고, 화이트와 골드로 맞춤한 테이블 보와 냅킨. 정교하게 접은 냅킨은 황금빛으로 정한 상차림의 색조에 맞추어서 노란 장미꽃 홀더를 달고 있었다. 손님인 강 여사가 가장 좋아하는 하얀 란(蘭)과 황금빛 장미를 주종으로 해서 소담하게 맞춘 센터피스 꽃 장식 하나까지 초대받은 손님의 취향을 고려해서 맞춘 정성스런 차림이었다.

"정말 예쁘네요. 어머나, 이것 봐. 메뉴판도 직접 만들었어."

강 여사가 수저 옆에 놓인 작은 메뉴판을 집어 들며 다시 한 번 감탄했다.

"직접 그린 수채화네. 얄미워. 어쩜 이렇게 작은 것 하나까지 세심하대요, 그래?"

"재가 맡은 일은 깔끔하게 하려고 하는 거 알잖아."

주방 쪽 문이 열리고 전채인 녹차은행죽 보시기가 담긴 은쟁반을 들고 은후가 나타났다.

"서빙 맡은 사람들이 있는데, 네가 왜?"

"첫 음식인데 제가 올리고 싶어서요. 녹차은행죽입니다. 성인병에 효능이 좋대요. 특별히 준비해 봤는데, 맛있게 드세요."

생긋 미소 지으며 손님들 앞에 일일이 고운 손으로 놓아주었다. 그런 다음 얌전하게 앞치마를 벗고 서준의 옆자리로 가서 앉았다.

"은후가 직접 끓인 거야?"

"아줌마가 다 하신 거고 전 주걱으로 젓기만 했어요. 서툴러서 죄송해요."

은후가 생긋 웃으며 겸손하게 대답했다

"아가씨가 다 했어요. 장도 저랑 같이 다 본걸요."

두 번째 전채인 수삼냉채와 쇠고기찹쌀구이를 들고 나타난 나주댁이 얼른 말을 가로챘다.

"그럴 줄 알았어. 은후가 요리 솜씨 좋다는 말은 한 선생님에게 전해 들었네."

착하고 영리하고 솜씨 좋고 맵시도 좋고. 무엇 하나 빠질 데 없는 고운 자태에 욕심난다. 이제는 거의 반 우리 집 사람이다 싶으니 문 사장이나 강 여사 눈에는 은후의 행동 하나하나가 예사로 보일 리가 없다. 눈에 넣어도 아프지 않다 하더니 그 말뜻을 알겠다 싶었다.

상냥하고 예쁜 며느리가 끼니때마다 손 모으고 옆에 앉아서 많이 드세요, 하고 권해준다면 식은 밥도 맛있으려니 싶었다. 도둑놈 같은 아들 셋만을 키운 강 여사도 예쁜 딸 하나 생기거니, 싶어서 좋았거니와, 문 사장 역시 싹싹하고 사근사근한 은후가 며느리로 들어와 '아버님' 하고 옆에서 어리광 피울 생각을 하니 그저 황홀했다.

지금껏 물심양면으로 밀어주었건만 아직도 확 낚아채지 못하냐? 못난 녀석 같으니라고! 부부는 괜히 은후 옆에 앉은 아들 서준이 밉살스러워져 노려보았다.

화기애애한 가운데에서 식사가 끝났다. 서빙을 도와준 호텔 직원이 다가왔다.

"찻상을 어디다 볼까요, 여사님?"

"자리를 옮겨서 마시는 게 좋겠어. 거실로 내와요."

따뜻한 솔잎차와 각색의 과일이 거실로 자리를 옮긴 손님들 앞에 놓였다.

"은후 씨, 안나 다루치 때문에 그러는데, 내일 시간 되면 우리 사무실로 나와줄 수 있어요?"

어른들이 서준을 바라보았다.

"안나 다루치라니?"

"제가 유세진 사장님 오퍼 때문에 맡게 된 전시회인데요. 갑자기 떠나게 되어서 마무릴 못 할 것 같아요. 기획서라도 완성해서 드려야 할 것 같아서 말이죠. 은후 씨도 그 프로젝트에 같이 참가를 했어요. 은후 씨 액세서리 제작 문제도 기획서에 들어가야 할 것 같아서. 은후 씨, 괜찮죠?"

"네, 몇 시쯤에?"

"한 다섯 시? 내일 악단 연습이잖아. 연습하고 나서 마지막으로 단원들에게도 작별 인사해야 하는데 큰일이네. 지휘자가 도망간다 그러면 죽이려 들 거야."

"문 이사님이 싫어서 떠나는 것도 아닌데요, 뭐. 제가 대신 돌 다 맞아드릴게요."

"정말? 정말 나 은후 씨 등 뒤에 숨어 있는다."

"그러세요."

함께 미소 짓는 은후와 서준의 모습을 양가 어른들이 흐뭇하게 바라보았다. 나란히 앉아서 둘만 아는 실내악단 이야기를 도란도란 나누는 모습이 너무 예뻐서, 그만 강 여사가 속을 내비치고 말았다.

"저 애 둘, 이것저것 볼 것 없이 엮어선 지금 같이 뉴욕 보내면 얼마나 좋을까요?"

"우리 은후, 준비가 부족해서 말이지. 이번 학기는 마쳐야지. 서류 준비도 끝내야 하고. 나중에 우리 애 보내면 괄시하면 안 돼, 문 이사."

진 여사가 짐짓 서준을 노려보는 시늉을 했다.

"눈물 한 번 안 빼고 키웠어. 좋은 것, 예쁜 것, 착하고 어진 것만 가르쳤고. 잘 보살펴 줘. 알았어?"

"괄시라니요, 할머니. 섭섭합니다. 제가 은후 씨를 얼마나 숭배하는데."

"어이구, 숭배까지나? 그렇게 잘잘 끓는 마음인데, 아직까지 약혼반지도 못 끼웠냐, 녀석아?"

문 사장이 짐짓 눈날을 세운 채 못난 아들을 노려보았다.

그 자리에서 불편한 사람은 오직 은후뿐이었다. 말간 얼굴로 같이 미소 짓고는 있지만 이렇게 좋은 분들을 기만하고 말짱하게 속인다 싶으니 편치 않았다. 서준도 마찬가지였다. 겉으로는 세상에서 제일 행복한 듯 웃고 있지만 은후의 애잔한 표정을 살피는 눈빛이 어두웠다. 그녀의 마음에 그란 존재는 단 1%도 들어 있지 않다는 것을 그만이 알고 있다.

은후에게 돌려준 분합은 아직 돌아오지 않았다. 확실한 거절을 당하지는 않았다. 하지만 조만간 확실하게 말뚝을 박겠지. 이은후는 이태흔의 연인이니까. 그가 바라는 대답은 영원히 듣지 못하게 될 것이다. 서준은 쓸쓸하게 창밖을 바라보는 은후의 옆얼굴만 응시했다.

'내일.'

은후 앞에 그가 쥔 마지막 카드를 꺼낼 때가 왔다. 팔순 잔칫날, 은후의 에스코트를 부탁하던 진 여사의 전화를 받고 난 후 내내 생각했던 것을 내밀어야 한다.

이튿날 밤 아홉시 반.

악단과의 마지막 연습이 끝나고, 근처 삼겹살 집에서 떠나는 서준을 위한 조촐한 회식이 있었다.

"건강들 하시구요."

"다들 잘 지내십시오. 뉴욕 오면 꼭 연락하시고."

마지막까지 남은 단원들에게 일일이 악수하고 작별 인사를 끝낸 다음 서준이 다가왔다. 은후가 미리 시동을 켜놓고 기다리고 있는 차에 올라탔다. 나지막이 혼잣말처럼 중얼거렸다.

"여기, 나 많이 정 들었나 봐. 은근히 섭섭하네."

"들 때는 몰라도 날 때는 아는 게 정이라고들 하잖아요."

은후는 차를 돌려 목동으로 가는 길로 접어들었다. 술을 마신 서준을 위해 집에까지 데려다주기로 약속했기 때문이다.

"나 때문에 목동까지 갔다가 또 강남으로 돌아가려면 시간 너무 늦어서 어쩐대?"

"심야 드라이브했다 셈치면 되죠."

"집 근처에 커피 맛있는 카페 있어. 한잔 마시지 않을래요?"

"그래요. 어차피 서준 씨한테 할 말도 있고."

할 말이 아니라 돌려줄 물건이 있겠지. 서준은 운전에 여념이 없는 은후의 옆얼굴을 쓸쓸히 바라보았다.

"거기서 나, 진짜 거절당하는 거죠?"

미리 맞추어본 답이, 은후의 눈빛을 통해 잔혹한 정답임을 깨달았다.

"거절당하는 이유를 말해줄 수 있어요? 납득할 수 있으면 깨끗하게 단념할게요."

은후가 잠시 망설였다. 가능하면 서준에게 상처를 덜 줄 말을 고르고 있는 것이 분명했다.

은후는 자신이 가진 그러한 친절함과 배려가 서준을 더 아프게 하는 것을 모르고 있었다.

애증이 뒤섞인 눈빛으로 서준은 옆에 앉은 여자를 바라보았다.

쉬이 찾을 수 없는 이 따뜻함과 반듯함에 반했다. 아름다움보다도 더 치명적인 그 매혹에 잡혀 금세 단념할 수가 없었다. 거절당한 아픔으로도 덮을 수 없는 미련과 집착은 나날이 더 무성해지고, 그래서 더 힘들어지고 있음을 은후는 모르겠지. 미련을 빨리 자르지 못하니 실연의 고통은 더 길게 간다는 것도 절대로 알지 못하겠지.

한참 동안 말을 고르던 은후가 마침내 입을 열었다. 한마디 한마디 신중하게 뱉어냈다.

"서준 씨는 정말 좋은 분이지만…… 오래도록 친구로서 만나고 싶은 분이지만, 죄송해요. 남자로는 느껴지지 않아요."

"그렇군요. 결국 내가 잘못한 거네. 은후 씨를 만나자마자 키스부터 해야 했는데. 그랬다면 나를 조금은 남자로 생각해 줬으려나?"

서준은 농담처럼 가볍게 되받았다. 일부러 실실거리기까지 했다. 하지만 말을 해놓고 보니, 진실처럼 느껴졌다. 점잖게, 주변에서 빙빙 돌지만 말고, 처음부터 뜨거운 본심을 밝히고 강렬하게 잡아챘다면 그들 두 사람의 사이는 어쩌면 지금과는 달라졌을 수도 있었다. 서준은 처음으로 매사 신중하고 느린 자신의 성품을 후회했다.

마지막 지푸라기라도 잡는 심정이었다. 서준은 혼잣말처럼 흘려냈다.

"처음부터 남자, 여자로 만나는 사람은 없다던데. 서서히 친해져서 반려가 되기도 한다는데. 우리 사이, 그렇게는 될 수 없을까요?"

"생각하고 또 생각해 봤지만, 서준 씨와 결혼해서 같은 침대를 쓰고 아기를 낳고 평생 같이 산다는 그림이 그려지지 않아요. 생각만으로 무서웠어요."

"아."

저절로 서준의 입에서 비감한 신음이 흘러나오고 말았다.

완패(完敗). 더 이상은 말도 붙일 수 없을 만큼 깨끗한 거절이었다. 이런 정도라면 아무리 노력해도 두 사람은 남자, 여자로는 친해질 수 없다는 뜻이었다.

"결혼이라는 게 결국 그런 것들을 함께 나누어야 하는 건데…… 가슴 안에서 그런 것이 받아들여지지 않으면 부부의 인연이 아니래요. 죄송해요. 못난 저를 곱게 생각해 주신 것은 아는데요, 서준 씨하고는 그런 것 못 하겠어요. 그래서 서준 씨와 저는 부부의 인연으로 엮일 사이는 아닌 것 같다고 생각해요. 이해해 주세요."

"좋아요. 할 수 없죠. 받아들이겠습니다. 은후 씨가 말하고 싶어 하는 것을 이해할 것도 같네요."

그가 결혼하고 싶은 여자의 마음은 그에게서 한없이 떨어져 있었다. 그가 바라는 감정의 색일랑 하나도 갖고 있지 않았다. 비유하자면 두 사람은 반대편 극점에 선 존재와도 같았다.

혼자 좋다 하여 강제로 범할 수도 없다. 평생 그를 받아들이지 않는 여자와 억지로 살며 불안에 떨고 스스로를 비참해하며 살 수도 없다. 서준은 자신의 인생을 그만큼이나 하찮고 엉망진창으로 만들고 싶지 않았다.

행복하기 위해, 서로를 사랑하기 위해 결혼하는 것이어야 했다. 불행해지기 위해, 서로를 할퀴고 나락으로 떨어지기 위해 결혼하는 사람은 없다. 하지만…….

서준은 번쩍 고개를 치켜들고 결연히 내뱉었다.

"그런데 은후 씨, 나랑 결혼 못 하는 건 상관없는데요. 이태흔 회장은 안 돼요. 그 사람은 은후 씨 짝 아닌 것 같아."

순간, 너무 놀란 터라 은후가 급정거를 하고 말았다. 뒤따라오던 차들이 경고의 의미로 빵빵 클랙슨을 울렸다. 떨리는 손으로 핸들을 돌려 은후가 갓길에 정차했다. 새파랗게 질린 시선으로 서준을 바라보았다.

격심한 동요를 그대로 드러낸 검은 눈동자를 응시하며, 그녀의 공포와 불안, 괴로움과 갈등 전부를 읽으면서도 서준은 제 할 말만 계속했다. 아주 덤덤하게, 잔혹하게.

"욕심낼 사람을 욕심내야죠. 적어도 은후 씨만은 진 여사님에게 그런 짓 하면 안 되는 거 아니에요?"

"무, 무슨 말을……?"

"나, 눈 제대로 박혀 있어요. 귀도 있고."

치마 위에서 바들거리던 손이 힘없이 늘어졌다.

"이태흔 씨가 분합 들고 찾아온 날."

서준은 은후를 똑바로 바라보았다.

"더 이상 자긴 이은후의 오빠 아니라고 했어. 두 사람, 연인이라고 밝혔어요. 하지만 난 찬성 안 해. 얼마나 깊은 마음으로 어떻게 엮인 건지는 모르지만, 두 사람 감정. 옳은 건 아닌 것 같아요. 건강하지 않아요. 정상 아니라고요."

"서준 씨가, 서준 씨가 우리 일에 대해 뭘 알아서 그런 말을 함부로 하는 건데요? 불쾌해요. 누구도 우리 일에 대해 함부로 말하는 것을 용납하지 않겠어요. 듣기 싫습니다. 더 이상 말하지 마세요."

떨리는 목소리였지만 은후는 단호하게 서준더러 주제넘는 간섭을 멈추기를 명령했다.

늘 다른 사람 말을 경청하고 자기 주장을 하기보다는 양보하여 물러서는 그 이은후가 아니었다. 강인했고 필사적이었다. 간절했으며 무엇보다 뜨거웠다.

그를 노려보는 은후의 눈에는 불길이 타고 있었다. 생이 끊어지고 삶이 다하더라도 놓을 수 없는 사랑. 아니, 생을 넘어서서 저승에 가서라도 찾아갈 사무친 그 마음을 담은 불길이었다.

역설적으로 서준은 그때 확실하게 알았다. 감추어지고 아래로만 흘러 용암처럼 뜨겁게 끓고 있는 어두운 열정과 애타는 연정은 이태흔만의 것이 아니었다. 이태흔과 마찬가지로, 아니, 태흔보다 더 깊고 강렬한 감정을 가진 사람은 은후였다. 두 사람은 서준이 상상한 이상으로 강하고 뜨겁게 맺어진 연인이었다. 누구도 깰 수 없고 갈라놓을 수 없는, 죽음처럼 강한 사랑으로 연결되어 있었다.

하지만 서준은 멈추지 않았다, 아니, 멈출 수 없었다. 말 없는 말로 그에게 부탁한 사람의 청을 거절할 수가 없었다.

"사랑은 죄 없다고 하는데요, 가끔 죄인 사랑도 있어요. 은후 씨, 다른 건 몰라도 은후 씨가 이태흔 회장 여자가 되는 건 올바르지 못한 것 같아. 두 사람을 믿고 애정을 다해 키우신 진 여사님 가슴에 비수 꽂는 거잖아. 그거 누구에게도 상처 주지 못하고, 먼저 배려하는 은후 씨 본성하고도 배치되는 일이고."

"말하지 마세요! 서준 씨가 간섭하지 않아도 우린 충분히 알고 있다고요!"

얼마나 고민했는지, 얼마나 괴로워했는지, 얼마나 아프게 갈등했는지 이 세상 그 누구도 모른다. 그럼에도 불구하고 서로를 잡은 손을 풀 수 없었던 그 마음을 누가 알까? 서로의 곁에가 아니면 지옥일 우리들의 마음일랑 그 누가 알아줄까?

"알면서도, 고민했으면서도 놓지 못한 건 그만큼 깊다는 거겠지만……. 은후 씨, 그래도 이건 아니에요."

두 사람의 시선이 다시 강하게 부딪쳤다. 서준은 담담하고 냉정하게 지적했다.

"지금까지 두 사람 관계, 밝히지 못한 이유를 많이 생각해 봤을 테죠. 은후 씨, 난 그렇게 생각해. 당당하게 드러낼 수 없는 사랑이라면 옳은 사랑 아니라고 생각해요. 정말 사랑한다면, 미친 듯이 원한다면 왜 두 사람, 서로를 사랑한다고 떳떳하게 밝히지 못한 거죠? 보아하니 그 마음들 아주 오래된 것 같은데."

"그건……."

"옳지 못하다고 스스로가 생각하기 때문입니다. 그래서 부끄러운 거고, 감춰왔던 거죠. 그런 사랑. 난 병들었다고 말합니다."

"이렇게 다른 사람을 간절하게 사랑하고 원하는 여자에게 계속해서 구애하는 서준 씨 사랑도 건강한 건 아니겠지요. 남의 약점이라고 생각하는 것을 드러내서 압박하는 것까지 포함해서요."

서준은 한숨을 내쉬었다. 상냥하고 친절하게, 그래서 은후에게는 더 잔인하게 느껴지는 상처를 후벼 파고 말았다.

"날 위해서가 아니에요. 아직도 모르겠어요? 아무 상관도 없는 내가 주제넘게 이런 말을 은후 씨에게 왜 하고 있을 것 같아? 정말 바보야, 은후 씨. 아니면 순진한 건가? 아직도 진 여사님이 두 사람 관계를 까마득히 모르고 계실 거라고 생각해요?"

순간 하도 많이 놀라, 거의 너덜거리는 누더기가 된 심장이 멎었다. 경악과 충격으로 가득한 눈동자를 바라보며 서준이 고개를 저었다.

"어떻게 그렇게 진 여사님을 몰라? 두 눈으로 보면서 말짱하게 속아 넘어가실 만큼 그분이 호락호락하신 분이에요? 은후 씨, 정말 어리석어."

"말도 안 돼. 어떻게 할머니가……."

숨을 쉴 수가 없었다. 답답했다. 은후는 두 손으로 목을 움켜쥐었다. 눈앞이 캄캄했고 입이 말랐다. 듣고 싶지 않은데도 선명하게 귀에 와서 박히는 서준의 말로 인해 은후의 멈춘 심장이 검은 피를 흘리며 절규하고 있었다.

"은후 씨가 나와 결혼할 마음이 조금도 없는 거, 진 여사님도 알아요. 그런데도 자꾸만 나하고 묶어선 뉴욕으로 보내시려는 뜻이 무엇인지, 은후 씨는 한 번도 짐작하지 못했어요? 어떻게 그렇게 바보같이 굴 수가 있어?"

"하지만, 하지만…… 한 번도……."

"입 다물고 계실 뿐이었죠. 진 여사님, 이미 오래전부터 두 사람 관계 짐작하고 있었어요. 다만 두 사람이 감정을 인정하기 전에, 다른 사람들이 눈치채기 전에 조용히 처리하시려고 기다리신 것뿐이야."

"그, 그럼 오빠가 출장 가기만을 기다리신 거라는……?"

"아마도요. 은후 씨만 입 다물고 나랑 떠나면 누가 이 회장하고 은후 씨와의 관계를 알아차리겠어요?"

대답할 말을 찾을 수가 없었다. 은후는 두 손으로 얼굴을 가려 버렸다. 지금껏 할머니가 아무렇지도 않은 얼굴로 조용히 그들을 지켜만 보고 있었다고 생각하자, 온몸이 사시나무처럼 와들와들 떨려왔다. 얼마나 그녀를 앙큼하다고 생각하셨을까? 그분에게만은 상처를 주고 싶지 않았던 위선이 산산조각이 나고 말았다. 스스로가 괴물같이 느껴져 끔찍했다. 너무 두렵고 무서웠다.

"어차피 이태흔 회장, 12월에 임세라 이사님이랑 결혼한다면서요? 진 여사님은 두 사람 관계가 그 정도에서 끝날 수준이라고 짐작하고 있어요. 한쪽에서 결혼하고 나면 덮어질 일. 크게 벌여보았자 좋을 것 없으니까, 이태흔 회장이 결혼하자마자 은후 씨를 나에게 보내 두 사람을 떼어놓겠다는 거죠. 그러니까 진 여사님, 은후 씨를 손녀딸로는 끔찍이 사랑하시는데, 손부(孫婦)로는 절대로 받아들이지 못하신다는 뜻이에요."

"아니에요! 할머닌 절 사랑하시니까, 결국은 우릴 인정해 주실 거예요!"

은후는 필사적으로 소리쳤다. 가장 확실한 사실을 부인하기 위해 발버둥을 쳤다.

그럼에도 부인(否認)은 무력했다. 세상의 모든 것을 다 가진 태흔의 짝으론 너무나 부족한 자신의 모습. 누구 앞에 나가도 꿀리지 않고 부족한 것 없는 지금의 은후 자신이 실상 어떻게 시작된 존재인지, 이 세상에서 그 누구보다도 잘 알고 계신 분이 할머니라는 것을 인정해야 했으니까.

서준이 한숨을 쉬었다. 어느새 가득 고여 은후의 볼을 타고 떨어지는 눈물을, 스스로의 부족함을 자각하고 뼈저리게 비참해하는 검은 액체를 손가락으로 지워주었다. 나지막이, 되새겨 주듯이 중얼거렸다.

"아뇨, 진 여사님은 은후 씨를 정말 사랑하기 때문에 두 사람 관계를 절대로 인정 못 하시는 거예요."

"언어도단이군요. 왜요? 날 그 사람의 짝으로는 인정하지 못할 만큼만 사랑하신다고 하던가요?"

은후는 냉소적으로 되받아치고 말았다. 가없는 절망에 지쳐 스스로도 제어하지 못할 사악하고 모진 말을 내뱉었다. 금세 그런 배은망덕한 말을 내뱉은 스스로를 부끄러워하면서도 멈출 수가 없었다.

서준이 한숨을 쉬었다. 삐뚤어지고 모가 난 마음의 파편을 내보이는 은후에게 고개를 설레설레 저어 보였다.

"그러지 말아요, 은후 씨. 지금 몹시 속상하고 괴로운 건 알지만 이건 아닌 것 같아요. 어떻게 이십 년 동안 변함없이 진실로 사랑해 주신 분의 인품을 그렇게 매도할 수 있어요?"

은후는 입을 꾹 다물었다. 서준의 지적이 아니라 해도, 충분히 수치스러웠다. 진실로 시종여일한 할머니의 사랑을 부인한 스스로를 부끄럽게 여기던 중이었다.

"내 말 아직도 이해 못 해요? 은후 씨, 바보 아니잖아. 진 여사님은 은후 씨를 부끄러워해서 손부로 맞이하지 못하는 게 아닙니다. 진 여사님에게 있어 은후 씨는 정말 피가 얽힌 친손녀예요. 선의를 다해, 사랑을 다해 키운 손녀가 다른 누구도 아닌 손자랑 남녀지간 연을 맺는 거. 어떻게 인정해? 다른 사람들은 차라리 나아. 남남이라고 할 수도 있겠지만 여사님은 아니라고! 지금껏 두 사람을 진짜 남매로 키우셨는데 두 사람이 결혼을 해? 은후 씨, 그건 말이죠, 진 여사님이 보기엔 근친상간이라고요. 꼿꼿한 그분이 어떻게 그런 패륜을 받아들이겠어? 하늘 무너지는 충격이지."

맞쥐어 꼭 움켜쥔 손이 바들바들 떨렸다.

근친상간, 패륜, 하늘이 무너지는 충격……. 독을 바른 가시가 쿡쿡 심장에 와서 치명적으로 박히고 있었다.

이미 같은 가시에 찔려 쓰러지신 분이 있지. 거품을 물고 욕실 바닥에 쓰러지던 할아버지의 영상이 잔인하게도 서준의 말에 이끌려 수면 위로 다시 떠오르고 있었다. 태흔의 사랑에 파묻혀 한동안 잊어버렸던 악령이 생생하게 등장했다. 그 악몽의 기억이, 서준의 말이 그녀의 양심에게 준엄하게 캐묻고 있는 중이었다. 생의 가장 큰 은인에게 너는 그런 짓을 또다시 저지르고 싶은 거냐고.

"우리 둘 같이 뉴욕으로 가라고 돌려서 말하신 뜻. 진 여사님은 은후 씨가 먼저 읽어주기를 바라고 계신 것 같아요. 잘 생각해 봐요. 은후 씨, 대체 어떤 선택을 해야 하는 건지."

"그 사람을 사랑해요. 같이 뉴욕으로 간다 해도 난 당신하고 절대로 결혼하지 않아요."

독을 토해내듯이 은후는 앙칼지게 내뱉었다. 이 모든 불행과 설움과 고통이 서준 때문에 일어난 양 그를 노려보았다.

서준은 옅게 한숨을 내쉬었다. 앙다문 입술로 난 당신이 싫다 하는 뜻을 드러내는 은후가 새삼 가엾었다. 이 여자는 사랑이라지만, 서준은 절대로 아니라고 생각했다. 사랑이 아니라 철저하게 이태흔에게 사육된 것이겠지.

"오해하지 말아요, 은후 씨. 난 다만 진심으로 은후 씨를, 진 여사님을 돕고 싶은 거예요."

"진짜 우릴 돕고 싶다면 모른 척하세요. 내 문제는 내 손으로 해결할 작정이니까. 할머니께 내가 말씀드리겠어요. 이건 서준 씨가 나설 문제가 아니라고요."

마치 물어뜯듯 은후가 야무지게 내뱉었다.

"맞는 말입니다. 은후 씨 문제는 은후 씨가 해결해야죠. 하지만 한 가지만 더 충고할게요. 때로는 사랑보다 더 귀한 것도 있어요. 모든 것을 다 버려도 절대로 버려서는 안 될 것도 있고요. 부디 은후 씨가 그것을 제대로 찾기를 바라요. 제발 진 여사님을 실망시키지 말아요."

서준의 마지막 말은 내내 은후의 귀에서 이명처럼 울려 퍼지고 있었다. 그날 밤. 진 여사가 친구들과 온천 여행을 다녀와 일찍 잠자리에 들었다는 것이 얼마나 다행한 일이었는지. 혼란과 두려움을 정리하지도 못한 채 그분과 대면해야 하는 곤혹스러움은 피할 수 있었으니까. 억지로 귀를 닫으려 애를 쓰며 은후는 침대에 누웠다. 러시아에 있는 태흔과 영혼으로 연결되기를 바라면서 목에 건 라피스라줄리 목걸이를 꼭 움켜쥐었다. 모든 것에서 도망치듯이 눈을 감았다. 하얀 이가 분홍빛 입술을 물어뜯었다.

'사랑보다 더 귀한 것. 모든 것을 다 버려도 절대로 버려서는 안 될 것. 그런 게 뭐야? 듣지 않겠어. 필요없어. 난 그 사람, 단념 못 해. 포기 안 해. 우린 떨어지면 죽어. 그를 만나지 못하는 지옥엔 다시 들어가지 않아. 싫어.'

암흑의 상념들이 발목을 잡아챘지만 은후는 귀를 닫고 눈을 감았다.

손에 꼭 쥔 휴대전화가 움직인 건 그때였다. 언제나 그리운 사람의 목소리가 들려왔다.

[자냐?]

"아니, 오빠?"

울컥 오열이 치밀어 올라 은후의 목소리가 설풋 떨렸다. 평상시와 달리 약간은 잠긴 목소리가 나왔지만, 태흔은 은후가 침대에 누워 있어 그렇다고 믿어버렸다.

[저녁 만찬에 참석하러 내려가야 해. 샤워하고 나와서 전화하는 거야.]

모스크바와 서울의 시차는 여섯 시간이다. 이곳은 자정을 넘긴 시간이지만 거긴 이제 겨우 저녁 식사 시간이란다. 샤워했다는 말에 눈앞에 서 있기라도 한 듯 태흔의 모습이 선연하게 떠올랐다. 머리카락이 젖어 목덜미며 이마에 물이 떨어지고 있을 테지. 수건은 세 개쯤 쓸 테고, 욕실에서 나오자마자 이온 음료를 단숨에 벌컥벌컥 들이켜야지. 그리움에 가슴이 저렸다.

참 이상한 일이었다. 전화로나마 태흔과 이런저런 이야기를 주고받고 있으니, 고민하던 것이 전부 다 사라졌다. 모든 것이 다 사소하게만 여겨졌다. 은후의 세상은 삽시간에 그로만 가득 차버렸다.

[여긴 함박눈 온다. 완전히 설경이다. 서울은 아직 눈 소식 없지?]

"아직 온화해. 좋겠다."

[너랑 같이 왔으면 좋았을 텐데. 눈 구경하면서 와인 마시면 좋잖아. 은후야, 있잖아. 여기 벽난로 앞에 시베리아 호랑이 가죽이 깔려 있다.]

"진짜?"

[어. 영빈관 내준 이 회사 사장이 쏘아 잡았단다. 일주일 동안 추적해서. 야생동물 보호 조약 따윈 이 나라 권력자들, 관심이 없나 봐. 그런데 털이 진짜 부드러워. 끝내줘.]

"오빠, 이상해. 호랑이 털에 왜 그렇게 열광하는데? 무슨 말을 하고 싶은 거야?"

[아니, 그냥 뭐…… 우리 둘이 알몸으로 끌어안고 뒹굴면 죽이겠다 싶어서.]

그럼 그렇지. 은후는 한숨을 내쉬었다. 정신 차리지 못해? 하고 바락 소리 질러주었다. 태흔이 전화기 안에서 피식거렸다.

[마음에 들어, 이거. 몰래 트렁크에 넣어갈까 보다. 우리 침대에다 깔게. 끝내줄걸. 이은후, 잠옷 입었어?]

"어, 어. 왜……?"

[벗어버려. 그리고 다리 벌려, 활짝. 내가 옆에 있다고 상상해. 널 어떻게 만져 줄 건지를 생각해 봐.]

단지 상상임에도, 함께 발가벗고 정직한 나신이 되어 피부를 간질이는 호피 위에서 야생의 짐승이 되어 함께 엉켜 격렬한 사랑을 나누는 상상은 모스크바의 태혼도, 서울의 은후도 같이 흥분하게 만들었다. 정수리까지 열기가 치밀어 올랐다. 전화이지만 나지막하게 속삭이는 그 사람의 목소리만으로도 은후는 거의 반 오르가즘을 느꼈다. 눈을 감았다. 온몸이 불길에 익어버리는 느낌으로 가늘게 신음했다.

[난 말이지, 지금 난 네 허벅지 사이에 키스하는 중이야. 오늘은 널 뒤에서 타고 오를 거야. 와작와작 짐승처럼 먹어주지. 그런 다음에 너, 정신 못 차리게 잔뜩 해버릴 거야.]

아래가 가렵고 쑤셨다. 참을 수 없다. 갈증과 열망. 서로에 대한 깊은 갈망과 애욕. 마침내 은후가 뜨거운 신음을 토해내자 태혼도 격렬한 흥분에 잠겨 거친 숨을 토해냈다.

[흠뻑 젖었어? 거기, 내 몸을 느꼈어?]

가쁜 숨을 토해내며 은후는 태혼에게 바쳐진 자신의 몸을 쓰다듬었다. 후끈거리는 열기를 어찌하지 못해 발로 몸에 감긴 시트를 차내 버렸다.

그의 몸만 닿으면 저절로 매끌거리는 밤꽃 향기의 애액을 토해내는 여체. 그를 받아들이지 못해 아우성치는 몸을 가진 주제에 그를 밀어내는 일은 가능하지 않다, 절대로!

상상 안에서이지만 가장 가까이, 그의 숨결이 닿고 있다. 그의 손길이 그 누구도 아닌 은후 자신의 몸을 쓰다듬고 점령하고 있다. 찌르르 젖어드는 감각은 그의 몸이 헤엄치고 있는 아래에서뿐만 아니라 심장 깊숙한 곳에서도 시작되고 있었다.

[지금 너에게 들어갔어. 이런, 젠장! 그만 조여. 미치겠어!]

그가 빳빳하게 충혈된 몸 끝으로 그녀의 샘 쪽을 탐색하다가 계곡 사이로 흐르는 밀애(密愛)의 흐름을 찾아내 태풍처럼 몰아치고 있다고 상상했다. 서울의 은후는 모스크바의 태흔의 쾌락 안에서, 거친 신음 소리에 공명해 헐떡였다. 그가 그녀의 몸을 타고 누른 채 격렬하게 열정적으로 허리를 움직이며 강하게 밀어붙이는 느낌으로 온몸을 비틀었다.

몽롱한 눈을 감았다. 그의 뜨거운 입김이 목덜미를 핥아가는 것 같다. 정숙하던 분홍빛 입술은 반쯤 벌어져 색정적인 신음을 가녀리게 토해내고, 얼음처럼 냉담하던 몸은 어느새 봄날의 아지랑이로 풀려 하늘거리고 있었다. 참지 못하고 더 안달하는 신음 소리를 토해내다가 은후는 그만 침대에다 얼굴을 묻어버렸다.

그들이 지금 나누는 이것. 온몸을 불태워 버리는 육욕의 기괴한 기쁨과 즐거움이 너무나 뜨겁고도 창피했다. 하지만 언제나 그렇듯이 태흔은 그녀의 수줍음을 용서하지 않았다. 섹시하게, 폭발할 듯한 욕망에 가득 차선 더욱더 노골적으로 당당하게 요구했다. 만 리 바깥에서도 그녀의 영혼과 육체의 정수를 남김없이 다 마셔 버렸다.

[조금만 더 줘. 은후야! 그래. 사랑해! 으흣, 미치겠다!]

전화기를 타고 절정까지 솟구치는 욕망과 고혹적인 욕정이 오갔다. 태흔이 무너지듯 은후도 산산조각이 났다.

만 킬로를 격해, 둘은 미친 열정을 나누었다. 둘만 알고, 둘만 즐기는 심야의 새빨간 유희극(遊戱劇). 세상에서 가장 멋진 마술. 마법이었다.

은후는 마침내 끊어진 전화기를 힘없이 던져 두고 모로 누웠다. 온몸이 땀으로 흠뻑 젖었다. 아직도 가라앉지 않은 거친 숨을 몰아쉬었다. 한껏 달아오른 젖가슴이 두 손안에 잠기는 순간, 입술 사이로 다시 한 번 안타까운 신음이 일었다. 허벅지 사이에는 촉촉한 꿀물이 흐르고, 머릿속은 까맣게 변해 맑은 별들이 춤추고 있다. 그로 인해 토해낸 것들이 하나도 아깝지 않았다.

아까까지만 해도 절망과 고통의 울음을 토해내던 입술이 가쁜 신음 소리와 함께 배실 웃음마저 베어 물고 있었다. 지금껏 시야를 가리고 있던 검은 안개가 싹 걷히는 것 같았다.

태흔만이 가진 힘. 그만이 은후를 행복하게 만들 수 있다. 살아있다는 느낌을 갖게 해준다. 사랑받는다는 느낌을 충만하게 채워준다.

'오빠만 있으면 돼. 양심도, 도덕도 필요없어. 누구든 아프다 해도 상관하지 않아, 필요없어. 이 사람을 행복하게 해줄 수 있다면 무슨 짓이든 할 거야.'

은후는 이를 앙다물며 베개에 지친 얼굴을 뉘었다.

문을 노크하자, '들어와' 하는 대답이 들려왔다. 은후는 단단히 아랫배에 힘을 주었다. 진 여사가 마실 녹차가 담긴 차 쟁반을 들고 안방으로 들어섰다.

이날 아침, 은후는 진 여사에게 서준의 청혼을 거절했다는 이야기를 할 작정이었다. 할머니가 무어라시든 서울을, 태흔의 곁을 떠나지 않겠다고 확실하고 분명하게 말할 것이다.

하룻밤 내내 고민한 결과였다. 어차피 진 여사가 태흔과 은후의 관계를 짐작하고 있다면, 앙큼맞게 계속 꾹 입을 다물고 눈치를 살피고만 있을 수는 없다고 생각했다. 먼저 솔직하게 고백을 할 작정이었다. 태흔을 떠나 살 수는 없다고, 그의 여자이기를 허락해 달라고 간청할 작정이었다. 차라리 죽었으면 죽었지 그를 떠나지는 않겠다고 분명히 밝힐 심산이었다.

진 여사는 서안 앞에 앉아 있었다. 낡은 앨범들이며 사진들을 늘어놓고 물끄러미 바라보고 있었다. 은후는 무릎을 꿇고 할머니 앞에 찻잔을 올려 드렸다.

“뭐 하세요?”

“앨범 정리지, 뭐. 어제 홍보실에서 팔순 잔치 사진들을 보내왔더구나.”

말로는 정리라고 했지만, 진 여사의 손은 움직이지 않았다. 손 아래 놓인 사진을 쓰다듬으며 그저 그윽하게 들여다보고만 있었다. 고개를 들어 은후를 바라보며 웃었다.

“한 번씩 이리 내놓고 본단다. 고인(故人)이야 생자(生者)가 기억해 주지 않으면 영영 사라진다고 하던걸. 그래서 틈날 때마다 나라도 기억해야지, 하면서 할아버지 사진 본다. 이제 이이를 만날 날이 멀지 않았다 싶어. 어쩐지 기쁘기도 하고 좀 쓸쓸하기도 하고 그렇구나.”

얼음 칼로 심장이 콱 찔린 듯했다. 늘 엄했지만 은후에게만은 한없이 너그럽고 인자했던 이 회장의 웃는 얼굴이 가득 망막에 맺혔다. 몽둥이로 뒤통수를 후려치듯 은후를 쏘아보고 있었다.

“이거 봐라. 넌 기억날까 몰라. 네가 수영복을 처음 입은 날에 찍은 거다.”

진 여사가 미소 지으며 사진 한 장을 내밀었다. 은후는 떨리는 손으로 그 사진을 받아 들었다.

성북동 집 수영장인 것 같다. 중학생 태흔이 일곱 살 은후를 등에 태우고 헤엄쳐 가고 있다. 그러한 광경을 이 회장 내외가 웃으면서 파라솔 아래에서 지켜보고 있었고. 절대로 지울 수 없는 행복한 한때가, 서로 사랑하는 완전한 가족의 표상이 고스란히 박혀 있었다.

“기억나요. 제가 입은 이 수영복, 할아버지가 사다 주신걸요. 노란색 땡땡이 무늬요.”

“그래, 맞아. 이 사진도 봐라. 그날 너 수영복 세 벌 갈아입었어.”

“아니에요. 네 벌이에요.”

은후도 아스라한 기억을 더듬었다. 처음 수영장에 등록한 날. 그날 밤 세 식구는 경쟁하듯이 은후 수영복을 사다 날랐다.

“이 사진의 분홍색 비키니는 오빠가 사온 거고요, 할머닌 꽃무늬 원피스랑 검은색 비키니로 사다 주셨어요. 푸 아저씨 그려진 수영 가방이랑요.”

“그래, 맞아. 너 수영 배운다기에, 수영복 사주러 백화점에 갔었지. 둘 다 너무 예뻐서 고를 수가 없지 뭐야. 다 사버렸지.”

“할아버진 수경이랑 가운도 사주셨어요.”

“이건 너 스위스 학교로 갈 때인 것 같지?”

진 여사가 다시 사진 한 장을 내밀었다. 스위스 취리히 공항에서 진 여사와 이 회장 사이에 선 은후 자신, 사립학교 교복 차림으로 단발머리를 나폴거리며 활짝 웃고 있었다.

“할머니, 그때 퐁듀 드시던 거 기억나세요? 할아버지가 느끼하다고, 몰래 김치 꺼내 드셨잖아요. 매니저가 와서 냄새난다고, 삼가 달라고 하니까, 당신네 치즈 냄새가 더 고약하오. 하고 버럭 소리치셨잖아요. 나랑 오빤 창피해서 거의 죽을 지경이었다고요.”

“그런데 얘, 솔직히 난 좀 시원했다. 걔네들 치즈 냄새. 좀 고약했어. 발 꼬린내 났잖아."

이게 인간이 먹는 음식이냐? 다 썩은 거지! 얼굴까지 붉혀가며 버럭버럭 소리 지르던 이 회장의 에피소드를 기억해 내곤 진 여사와 은후는 동시에 폭소를 터뜨렸다.

추억은 시간과 비례하여 깊어지고 두터워진다. 두툼한 앨범을 넘길 때마다 새록새록 쌓인 기억들이 풀려났다.

일곱 살 은후가 단발머리 중학생이 되고, 갈래머리 땋아 묶고 첼로를 등에 지고 다니던 고교 시절을 지나, 어느새 대학 입학생. 태흔이 대학원을 졸업하던 그해 여름부터 사진 속 인물들은 셋으로, 이내 둘로 줄어들고 있었다. 겉으로는 환한 미소를 지으며 바라보고 있는 은후의 가슴을 미여지게 만들었다.

진 여사가 수영복을 입고 태흔의 등에 올라탄 은후의 사진을 어루만졌다.

"말 그대로 세월이 유수(流水)로구나."

앞에 앉은 은후를 바라보는 시선이 새삼스러웠다.

"네가 우리 집에 온 게 엊그제만 같은데, 벌써 세월이 이리 흘렀어. 쑥쑥 곱게 자라주더니 이렇게 우리 애기가 숙성해졌어. 어느새 혼인 말 오갈 나이가 되고. 기특하게 금세 제 짝을 만나고. 이십 년. 길지만 한순간이기도 하구나."

혼인 말이라 하면 결국 서준에 대한 이야기인 것이다. 은후는 깊이 숨을 들이쉬었다.

"할머니, 그래서 드리는 말씀인데요, 전 정말 문 이사님이랑 그런 사이가……."

"너희 둘, 정말 좋은 짝이 될 거야. 난 그리 되었으면 싶어."

"제가 원하지 않는 사람이면 절대로 보내지 않겠다고 약속하셨잖아요?"

진 여사가 애원하는 표정이 된 은후를 똑바로 바라보았다. 사실은 태흔을 사랑한다고, 제발 절 엉뚱한 사람과 엮지 말아달라고 애원할 작정이던 은후의 입을 막았다.

"그랬지. 그런데 사정이 좀 달라졌다. 단도직입적으로 말하마. 듣기 민망한 일이다만, 소문에 태흔이가 너를 다른 눈으로 본다는구나."

순간 은후는 석상이 되고 말았다. 삽시간에 새하얗게 질리고 말았다. 이런 식으로 진 여사가 대놓고 터뜨릴 줄은 몰랐다. 너무 놀라고 또 무서워서 가타부타 무어라고 말을 하긴 해야 하는데 도무지 입이 열리지가 않았다.

"그래, 안다. 말도 안 되는 소리라는 거."

"하, 할머니. 그, 그게……."

은후는 있는 힘을 다해 정신을 가다듬었다. 오빠를 사랑하노라고, 태흔만이 아니라 그녀도 똑같은 마음이라고, 진 여사가 짐작하고 있는 것이 전부 다 사실이라고 말하려 했다. 이 자리에서 진 여사에게 머리채를 잡혀 내동댕이쳐진다고 해도 감수할 작정이었다.

그러나 기회가 오지 않았다. 진 여사가 말할 기회를 주지 않았다. 혼자 먼저 사태를 헤아리고 모든 판단을 내려 진실을 토설하려는 은후의 입을 또 막아 버렸다.

"사람들 입이 그리 무섭구나. 태흔이가 나이 서른 넘어서도 아직 미혼이니, 남 말 하기 좋아하는 사람들 보기엔 뒷말하기 딱 좋지. 게다가 네 오라비가 어디 구지레하고 천박한 소문에 얽힌 적이 있던? 그래서 이젠 애꿎은 너를 갖다 붙이나 보다. 태흔이가 널 여자로 봐서 아직 장가도 안 가고 그러고 있다고. 기가 차서!"

진 여사는 위로라도 하듯, 오직 그녀만은 굳건히 편들어준다는 뜻을 담아 작은 손을 잡았다. 토닥거렸다.

너무나 큰 충격을 받은 것이다. 터무니없고 얼토당토아니한 스캔들 앞에서 어떻게 대처를 해야 할지 넋을 잃어버린 게 분명했다. 새하얗게 변해선 금붕어처럼 입만 벙긋거리고 있는 은후를 보며 진 여사는 너무나 마음이 아팠다.

애잔해지는 진 여사의 눈빛 앞에서 달싹거리던 은후의 입술이 다시 본드라도 붙인 듯 딱 달라붙었다.

이토록 강하고 무조건적인 믿음 앞에서, 너만은 그럴 리 없다고, 나는 믿는다고. 세상 사람들이 다 그렇다 해도 네가 아니라 하면 난 믿지 않는다고. 할머니의 눈빛이 전하는 강한 신뢰 앞에서 대체 어떻게 말을 해야 하는지, 뇌리가 하얗게 비워져 버렸던 것이다.

어이없게 시작된 오해, 혹은 엇갈려 비틀어진 채 이어진 마음들.

등잔 밑이 어둡다 한다. 진 여사는 손자 태흔을 의심하고 살피는 데만 눈이 멀어, 또 다른 당사자인 은후의 눈빛을 헤아릴 생각은 미처 하지 못했다. 아니, 그럴 필요가 없다고 생각했었다.

물론 진 여사의 터무니없는 믿음에는 나름대로의 이유가 있었다.

진 여사는 이 세상 그 누구보다도 자신만큼 은후를 제일 잘 아는 이는 없다고 자신하고 있었기 때문이다. 어떤 경우에도 은후가 자신을 배신하지 않으리라는 믿음이 더없이 굳건하고 강하였으며, 또한 언제나 자신만은 은후의 속내를 먼저 알아 헤아릴 수 있다고 생각했다. 지금껏 단 한 번도 은후가 그녀를 기만한 적은 없었기에 만들어진 맹신이었다.

게다가 지금껏 둘의 관계가 겉으로는 여전히 변함없다는 것이 또 하나 그러한 맹목적인 믿음의 근거였다.

'태흔이 놈이 어떤 놈인데? 둘의 마음이 같았어 봐. 사달이 나도 열 번은 났어.'

진 여사가 알기로, 태흔은 제 것이다 싶은 것은 누구에게도 양보하지 않았다. 누가 뭐라 해도 단번에 낚아채고 마는 녀석이었다.

'그런데 지금껏 변함없이 남매로 지낸 건 은후가 제놈을 그리 보지 않았다는 거야. 혼자만 마음에 담아두고 속 끓이고 있었지만, 이 애가 전혀 틈을 주지 않았으니 말도 붙이지 못한 거고. 돌아와선 어찌하든 제 속을 털어놓으려고 기회를 보고 있는 모양이지만 어림없지.'

홀로 헤아리며 진 여사는 바들바들 떨리고 있는 은후의 손을 더 힘주어 잡았다. 토닥이며 걱정 말라 안심시켰다. 담담한 어조로 말을 이었다.

"아닌 거 알아. 너희 둘, 절대로 그럴 리가 없지. 하지만 은후야, 솔직히 말한다만 태흔이는 달라진 것 같구나. 정말 널 남자가 되어 보고 있는 것 같구나."

"오, 오빠가…… 저를 그, 그렇게 생각하는 것은…… 그건 오해라고 하지만……. 그런데 그건 사실……."

은후의 얼굴은 거의 흙빛으로 질려 있었다. 말을 하기는 하는데 반 횡설수설, 자기가 무슨 말을 하고 있는지도 모르겠다는 표정이었다. 진 여사는 가슴이 너무 아팠다. 섬약한 녀석에게 이 무슨 날벼락인지.

하지만 어쩔 수 없다. 분명한 현실을 직시하라고 은후더러 알려줄 수밖에 없었다.

"오해 아냐. 사실 같구나. 분명해. 널 보는 눈이 확실히 달라졌다, 그 애."

"오빠가 저에게 그러는 건, 예, 예전이나 지금이나 똑같은데. 저, 저도 오빠를 좋아하고, 오빠도 절 사랑해서……."

"너야 똑같은 마음이겠지. 예전마냥 허물없겠지. 하지만 이 할미가 본 건 달라. 분명히 태흔이는 널 사내의 눈으로 보고 있다. 그런데 은후야, 태흔이가 정말 널 집착하고 원하면 나도 못 막는다. 알지?"

은후도 마지못해 인정하여 고개를 끄덕였다. 더 이상은 말을 하지 못하고 입을 꾹 다물었다. 이제 그녀의 안색은 거의 시신의 그것과도 같았다.

'당황하는 게 당연하지. 암만. 지금껏 오빠였는데, 갑자기 사내로 원한다는 말을 들었으니 순진한 애가 제정신이겠어? 아뜩하기도 하고 막막하기도 하겠지.'

황망해선 어쩔 줄을 몰라 하는 은후의 표정을 바라보며 진 여사는 가늘게 한숨을 쉬었다.

진 여사만큼이나 은후도 태흔의 대단한 성질머리를 잘 알고 있을 것이다. 자신이 원하고 집착하는 대상에 대하여 그가 얼마나 철저하게 다가가는지, 집요하게 묶어두는지 그녀만큼 잘 아는 사람이 있을까.

하나하나 헤아려선, 앞으로 그가 어떻게 나올까 상상하니 어이없고, 무섭고, 기가 막힌 모양이다. 자신의 의사와는 상관없이 꼼짝없이 낚여 채어져선, 오빠를 남편이라 부르며 여자 노릇을 해야 한다 싶으니 끔찍해서 견딜 수가 없는 거다. 은후의 몸이 부르르 떨렸다. 갑자기 두 손으로 얼굴을 가려 버렸다. '할머니!' 하고 소리치며 진 여사의 무릎에 얼굴을 파묻었다. 와들와들 떨리는 등을 어루만지며 진 여사는 한숨을 쉬었다.

은후가 울고 있는지, 무릎이 축축하게 젖어들었다. 눈물 반, 하소연 반. 아무 잘못도 없는 저가, 태흔의 미친 사념을 제 탓이라 자책하며 흐느끼고 있었다. 애꿎이 모든 게 제 잘못이라며 빌고 있었다.

"용서하세요. 제가 잘못했어요! 제가 잘못해서 오빠가, 오빠가 그렇게 저를……."

"별말을 다 해! 그게 어찌 네 잘못이니? 저도 사내다 그 뜻이겠지. 미친 녀석이 눈은 제대로 달려선 예쁜 건 알아가지고…… 널 아끼던 그 마음이 깊어져선 눈 뒤집혀졌나 보다. 저 혼자 미친 짓을 하고 있는 모양인데. 울지 마, 걱정 말래두! 내가 살아 있는 한은 절대로 너 싫은 일 당하게 하지 않을 테다."

진 여사는 우는 아기를 달래듯이 한없이 따뜻하게, 그녀 품 안에 숨어들어 떨고 있는 여린 등을 쓸어내렸다.

"사람 속 파헤쳐 본 것 아닐진대, 이쪽에서 아니라 말한들 그리 믿는 사람 생각이 달라질 것도 아니고, 휴우……. 어쩌겠니? 이쪽에서 구설 날 원인을 없앨 수밖에. 불안한 것을 미리 지워 버릴 수밖에. 그렇지 않니?"

계속 이어지는 가녀린 울음소리가 대답이었다. 진 여사의 귀에는 어찌하든 도망치게 해주세요, 하고 애원하는 뜻으로 들렸다.

"울지 마, 두려워할 것 없다. 어차피 태흔인 12월에 혼인을 한다지 않니? 녀석이 제 말대로 그때 혼인을 하면 이날 의심일랑 늙은이 노망이라 치면 되는 거야. 이젠 네가 남았는데. 태흔이랑 너 둘이 함께 있는 모습 자꾸 봬봐야 더 이상은 좋은 소리 안 난다. 기막힌 소문이 깊어지면 깊어지지. 문 이사랑 네가 혼약이라도 해놓으면 그 녀석이 아무리 미쳤단 한들 널 함부로 하겠어? 그래서 내가 자꾸 널 문 이사하고 엮으려 했던 거다. 태흔이더러 제대로 보라고."

"네, 네……."

"일어나, 어서. 눈물 닦아. 내가 눈 시퍼렇게 뜨고 있어. 그놈이 너에게 무슨 짓을 하려 해도 절대로 어림없다. 내 눈에 흙이 들어가도 안 돼! 내가 널 어떻게 키웠는데? 감히 제놈이 엇다 대고 발을 뻗으려 들어? 안심하거라. 절대로 네가 두려워하는 일은 일어나지 않아."

얼마 후 은후가 천천히 고개를 들었다. 깊은 눈에서 굴러 떨어진 눈물이 하얀 볼을 가득히 적시고 있었다. 진 여사는 주름진 손을 들어 고운 볼에 흐르는 눈물을 닦아주었다. 마지막으로 나직하게 캐물었다.

"은후야, 내가 딱 한 가지만 묻자꾸나."

"네."

"만에 하나 노파심으로 묻는 거다. 언젠가 네가 서준이 아닌 다른 사람을 마음에 품고 있다고 그랬지? 설마 네 마음속에 있는 사람이, 태흔이는 아니지?"

"……할머니, 제가 오빠에게 그런 마음을 품으면 천벌 받을 거예요. 그렇죠?"

고개를 들고 되묻는 말이 더없이 애절했다. 아니라는 말보다 더 확실한 마음. 더없이 명료한 부인이었다.

유리알처럼 맑은 진 여사의 눈이 똑바로 은후의 얼굴에 박혀 있다. 갈기갈기 찢어지는 심장을 부여잡은 채 은후는 칼날처럼 아픈 말을 눈물과 함께 다시 토해냈다.

"할머니, 할아버지께서 절 어떻게 키워주셨는데요. 절 얼마나 믿고 사랑해 주셨는데요. 제가 감히 그런 짓을 하면 절대로 안 되는 거죠. 제가 어떻게 감히 오빠를……."

남자로 바랄 수 있을까요?

그런데 사랑했어요. 사랑해요.

할머니께서 알고 계신바 전부 다 진실이에요. 오빠의 품에 안겨 백암장으로 오던 그날부터 사랑했어요. 숭배하고 갈망하고 원했어요. 하루하루, 매분, 매시간마다 그를 탐욕하고 그리워하고 사랑했어요. 그에 대한 사랑은 삶의 호흡과도 같아서 사랑하지 않고는 살 수가 없었는걸요.

그렇게 사랑해요. 저 또한 죽도록 사랑해요, 오빠를.

안간힘을 다해 그리 말하려 했다. 할머니의 가슴을 찢어도, 앙큼한 것이라고 따귀를 맞는다 해도 소리치고 싶었다.

그런데 할 수가 없었다. 기껏 열세 개의 음절. 입을 벌려 한마디만 하면 되는 아주 쉬운 일인데, 할 수가 없었다. 목울대까지 치밀어 오른 말이 입술 밖으로는 감히 흘러나오지 못했다. 문갑 위에 놓인 사진 속 할아버지의 인자한 눈빛이 그녀의 가증스런 심장을 쏘아보고 있었던 것이다.

은후는 젖은 눈으로 바닥에 떨어진 사진을 공허하게 응시했다.

할아버지가 어떻게 돌아가셨는지 기억해. 그들의 사랑은 이미 한 번 절대로 용서받을 수 없는 크나큰 죄를 저질렀다. 그런 짓을 다시 시작할 거냐고, 양심의 이름으로 그녀를 구석으로 몰아붙이고 있었다. 가없는 믿음으로 그녀를 응시하고 있는 진 여사의 무조건적인 사랑 앞에서 이 순간, 태흔에 대한 사랑이란 한없이 무력한 그림자에 지나지 않았다. 세상 전부와도 싸워도 네 편을 들겠노라고 말씀해 주시는 이분을, 가없는 신뢰와 맹목적인 믿음을 밀쳐 버릴 수가 없었다. 너무나 엄청난 벽이 되어, 은후를 사방에서 압박하여 납작하게 짜부라뜨려 버렸다.

진 여사가 나지막하게 말을 이었다.

"문 이사에게 아직 정 안 붙은 거 안다. 하지만 좋은 아이야."

"알아요……."

힘없는 대답을 내뱉었을 뿐, 정작 하고 싶은 이야기는 한마디도 하지 못했다.

"싫다는데 억지로 널 그 애하고 혼인시키지는 않아. 다만 녀석 인품이 한결같아 예쁘더라. 내가 죽어도 너 홀몸이라고 괄시할 사람들 아니고. 다 따뜻하고 너 좋아하고. 그만하면 좋은 자리야. 그래서 널 그쪽으로 보내고 싶었던 거다."

고맙고 감사해서 은후는 처음으로 할머니가 싫었다. 그녀를 진정으로 걱정해 주고 사랑해 주는 이 마음이 정말 무섭고 미웠다. 눈물은 자꾸 흘러내렸다.

"알아요, 할머니…… 마음, 알아요…… 그런데……."

'그런데' 라고 말해보았자 소용이 없다. 여기서 무슨 말을 더 할 수 있단 말인가.

진 여사가 안쓰러운 표정이 되어 은후의 눈물을 손등으로 닦아 주었다.

"우리 은후, 이렇게 울보라서 어쩌누? 다 큰 줄 알았더니, 아직 애기로구나. 태흔이 놈 정말 제정신 아닌 게지. 이렇게, 이렇게 여리고 순진한 애를, 지금껏 누이동생이던 애를 어떻게 여자로 넘봐? 미친놈!"

잔인하다. 잔혹하다.

사랑한다는 고백을 할 기회조차 얻을 수 없다니. 눈물을 거두어주는 이 따뜻한 손이 이리도 냉혹하다니.

안방을 나와 은후는 후들거리는 다리를 간신히 가누며 자신의 방문을 열고 들어갔다. 그대로 스르르 무너져 쪼그리고 앉았다. 모든 무섭고 두려운 것들에서 도망치듯이 두 손으로 얼굴을 가리고 조그맣게 웅크렸다.

눈물이, 가두어졌던 눈물이 후드득 떨어져 방바닥을 적셨다.

어영부영 갈등만 하다가 하루가 또 흘러간다.

'닿을 순 없는 건가요? 내가 오빠의 여자가 될 방법은 정녕 없는 건가요?'

은후는 날마다 혼자 마음의 전쟁을 치르고 있었다.

오늘은 반드시 할머니께 진실을 말씀드려야지. 끝장을 내고 말아야지, 결심에 결심을 거듭하고 문을 나섰다. 하지만 언제나 실패하고 만다.

'사실은 우리 사랑해요, 할머니. 전 이미 오빠의 여자예요. 수십 번, 수백 번 그 사람에게 안겼어요. 우린 떨어질 수가 없어요. 안 되나요? 정말 안 되는 건가요? 전 오빠를 사랑하고, 오빠는 저를 사랑하면 안 되나요? 우린 헤어지면 죽는데, 함께가 아니면 차라리 죽는 게 나은데. 할머니, 제발 진실을 보아주세요. 오빠 이야기만 나오면 흔들리고 전율하는 제 눈동자도 한 번만 자세히

보아주세요.'

결심 따윈 소용없었다. 정작 진 여사의 얼굴을 마주하면, 입속에 머금었던 간절한 말이 하나도 생각나지 않는데 어쩌란 말인가.

어떡하면 좋을까? 어떤 식으로 해결을 해야 하는 걸까? 날마다 슬기롭게, 지혜롭게 이 문제를 풀어갈 수 있도록 기도해 보지만, 그 누구도 상처받지 않고 순리대로 문제를 풀 수 있도록 도와달라고 하늘에 계신 그 누군가에게 기도해 보지만 캄캄한 어둠만이, 갈피 잡을 수 없는 절망만이 응답으로 돌아올 뿐이었다.

"날 믿어. 나만 믿고 따라와. 다 싸워줄 테니까. 다 이겨줄 테니까."

사랑하는 사람의 든든한 목소리도 더 이상은 위로도, 구원도 되지 않았다. 그는 너무 멀리 있었고, 밤마다 사랑한다 속삭여 주는 언어들은 공허한 울림이 되어 허공 속에 흩어졌다. 사랑이란 얼마나 무력하고 무의미한가. 그들이 당면한 문제에 아무런 힘도 가지지 못한다는 것에 절망했다. 심장에서 검은 눈물로 변해 흘러내렸다.

하지만 뾰족한 해결책이 있을 리가 없었다. 그녀를 둘러싼 옹벽은, 옴짝달싹도 할 수 없게 옭아맨 덫은 하루가 지나도 이틀이 지나도 물렁해지거나 풀려지지 않았다. 오히려 더 강해지고 단단해져 갈 뿐이었다. 은후를 천천히 압사시키고 있었다.

이틀 후. 아침 식탁 앞에서 진 여사가 기분 좋게 은후에게 말을 건넸다.

"내가 문 이사더러 비행기 표 구해보라고 했다."

"비행기 표라뇨?"

태연하자 마음먹었지만 저절로 목소리가 떨렸다.

"놀라기는? 아무리 혼담 오가는 사이라 해도 과년한 처자를 사내 녀석 홀로 나가는데, 덜컥 딸려 보낼 것 같아?"

진 여사가 재미있다는 표정으로 차를 따랐다. 뱅글뱅글 미소 지으며 짐짓 은후를 놀렸다.

"설마 그런 걸 기대한 것 아니지?"

"싫어요, 할머니."

"알았어. 그만 놀리마. 어제 강 여사가 전화했더구나. 그이도 문 이사랑 같이 나간대. 아들 새 살림 봐주고 나서 한 일주일 동부 쪽으로 스케치 여행을 계획하는 모양이야. 널 데리고 가고 싶단다. 예술가들끼리 여행하면서 영감을 얻는 것도 좋다 싶어서 너 데리고 나라가고 그랬다."

사방의 벽이 한 치 두 치 움직여선 다시 은후를 으스러뜨렸다.

"날도 추워지는데, 카리브해 쪽으로 내려가는 것도 나쁘진 않겠지? 여행 잘하고 와서 또 좋은 작품 해야지."

"부담스러워요."

"그래도 다녀와. 태흔이더러 보란 듯이 시위 좀 하자꾸나. 강 여사 딸려 너 내보낸 것을 보면 녀석도 너와 나의 뜻을 알 거다. 억지로라도 제 마음을 접으려 할 거다. 그것을 바라야지 어쩌니?"

강 여사와의 동반이기는 하지만 은후와 서준을 한 덩어리로 묶어 같이 내보내면, 태흔도 진 여사의 마음을 알게 될 것이다. 그것으로 그에게 보란 듯이 말없는 경고를 할 작정이었다. 그것으로 진 여사는 문제가 해결될 거라고 믿었다. 다만 은후의 마음만이 솥 안의 누룽지처럼 바삭바삭 타고 있을 뿐.

"오늘은 절이나 잠시 다녀올까? 그러고 보니, 한가롭게 앉아 법문을 들은 것도 참 오래되었구나."

한가로운 말만 하고 있었다. 진 여사가 나주댁을 바라보았다.

"생강차가 있나?"

"예. 햇생강 남아서 한몫 꿀에 담가두었네요."

"그것 한 잔만 주어. 날이 갑자기 추워진다 하더니 어쩐지 으슬으슬한 게 한기가 드네."

"할머니, 어디 불편하세요? 병원 가셔야 하는 것 아니에요? 나가기 번거로우시면 주 박사님 들어오시라 할까요?"

걱정스레 묻는 은후에게 진 여사가 고개를 흔들었다. 마음 쓰지 말라 하며 대수롭지 않게 넘겼다.

"그냥 좀 한기가 든다는 말이야. 나이 들면 다 그래. 차 한 잔 마시고 낮잠 한숨 자고 나면 가라앉을 거다."

"먼저 들어가세요. 차 타서 들어갈게요."

진 여사가 먼저 식탁에서 일어나 안방으로 들어갔다. 은후는 한참 동안 멍하니 식탁 앞에 앉아만 있었다. 나주댁더러 흔치 않은 타박까지 들었다.

"아, 좀 먹어봐요. 깨작거리지 말고. 요샌 도통 먹는 것을 본 적이 없네. 그 몸에 살을 뺄 게 어디 있다고 다이어트여? 여사님, 걱정하세요."

"먹어요. 많이 먹는데 아줌만 괜히 그러셔요."

"먹긴 뭘 먹어? 만날 밥도 남기면서. 누가 보면 뼈만 남았다고 해. 뭘 먹고 싶은 건지 이야기라도 좀 해요. 해줄게."

"괜찮은데…… 잘 먹는데……."

"심란해서 그런 거죠? 결혼 말도 나오고, 내년에는 유학도 가야 하고. 게다가 12월에는 회장님도 결혼해서 새사람도 들어온다 그러지. 마음 불편할 일도 많지, 뭐."

은후는 대답 대신 물을 마셨다. 별말을 들은 것도 없는데, 눈물은 심장 깊은 곳에서부터 샘솟았다. 억지로 참아내느라 너무 힘들었다. 후식으로 은후가 좋아하는 단감 접시를 놓아주며 나주댁이 계속 설교를 했다.

"그래도 어떡해? 사람 살아가는 일이 그런걸. 마음 담대히 먹고 편안하게 생각해요. 왜 쓸데없이 미리 걱정해서 혼자 애면글면하고 그래? 회장님이나 여사님 두 분 다 아가씨 일이라면 자다가도 벌떡 일어날 정도로 걱정해 주고 도와주는데 무슨 걱정이 그리 많아요? 엉?"

과하다 싶은 그 사랑이 문제인 것을.

태흔의 사랑도 진 여사의 사랑도, 어느 하나 경중을 잴 수 없을 정도로 똑같이 진실하고 치열하고 한없이 따뜻했다. 어느 쪽이 더 소중하다 말할 수 없기에, 차라리 은후 자신이 아플지언정 두 사람의 마음을 다치게 하고 싶지 않아 문제인 거다. 하지만 그러한 사랑에 깔려 은후는 불행했고, 야위었고, 하루하루 말라붙어 가고 있었다.

'갈 수 없어. 오빠가 돌아와서 내가 서준 씨랑 뉴욕으로 떠났다는 것을 알게 되면 폭발할 텐데. 절대로 가만히 안 있을 사람인 건 내가 더 잘 알아. 어떤 이유에서든 그건 우리 약속을 배신하는 것이니까.'

진 여사의 노염도 무서웠지만, 두렵기는 태흔 쪽도 마찬가지였다. 말 그대로 시한폭탄을 안고 사는 것 같다. 사지가 묶인 채 터지기만을 기다리며 무력하게 잡혀 있는 신세랄까? 학교에서 강의를 들어도 건성이었고, 집에서 진 여사의 얼굴을 보는 것도 괴로웠다. 공방에 틀어박혀 있으면 검은 고민에 자신이 잡아먹히는 것 같아 미칠 것 같았다. 해결되지 않는 갈등과 고민에 휩싸인 채 은후는 그날도 무의미하게 거리를 쏘다녔다.

충동적으로 한가득 쇼핑을 하고 말았다. 샤넬에서 당장 필요치도 않은 핸드백 하나를 사들고 돌아서다가 태흔이 좋아하는 제냐 매장에서 근사한 슈트 한 벌을 보았다. 피트한 선에 세련된 디자인의 짙은 회색 슈트는 태흔이 입으면 정말 잘 어울릴 것 같다. 은후는 자신의 손에 들린 쇼핑백을 내려다보았다. 아까 카날리에서 산 태흔의 새 와이셔츠가 들어 있다.

'저 양복에 이 와이셔츠를 맞추면 잘 어울리겠네. 맞춤해서 넥타이 두 개 정도만 사면 이번 겨울은 내가 챙겨주지 않아도 그럭저럭 입겠구나.'

문득 은후의 입술이 아주 슬픈 선을 그렸다. 무의식중 태흔과 헤어지고 난 후를 생각하고 있었다는 것을 자각했던 것이다.

그녀가 사라지면 그의 양복은 누가 사줄까?

그녀가 없으면 또 그 사람의 넥타이는 누가 골라줄까?

'우리가 헤어지면, 오빠 넥타이는 누가 매주지? 두 팔 가득히 안아주면, 싱그레 웃고 마는 그 사람. 헤어지면, 우리가 헤어지면 그 사람은 다시 웃지 못할 거야. 내가 평생 울고 살듯이.'

그 사람이 행복했으면 했다. 그녀가 바라는 건 오직 그것 하나뿐. 그가 행복하려면 그녀는 무슨 일이 있어도 그의 곁에 머물러 있어야 한다. 할머니를 경악케 하고 절망시킨다 해도…….

'그를, 사랑한다고 말하면 되는 일인데. 하지만 그 한 줌의 용기가 없어, 나는.'

매장에 들어갈까 말까 망설이고 있는데, 그때였다. 등 뒤에서 누군가가 그녀를 불렀다.

"은후 씨? 은후 씨 맞지?"

고개를 돌려보니 뜻밖에도 세라가 서 있었다. 외근 중인가 보다. 말쑥한 비즈니스 슈트 차림을 한 그녀는 확고한 철학을 가진 유능한 경영인처럼 보였다. 세라가 옆에 서 있던 일행과 악수를 나누고 작별을 했다. 은후에게로 다가왔다. 의아한 듯 눈을 크게 떴다.

"쇼핑 중? 웬 남자 양복이야? 아, 태흔 씨 옷 사려고?"

"그냥 보고 있던 중이에요. 새 디자인이 마음에 들어서."

"태흔 씨는 좋겠네. 누이동생이 알아서 척척 옷도 사주고. 그래, 쇼핑은 끝났어?"

"아뇨, 이제 막 들어가려던 참이에요."

"그렇구나."

언제나 세라 옆에 그림자처럼 붙어 있는 도경이 다가왔다. 은후에게 가볍게 묵례를 해 보이곤 세라의 손에 들린 가방을 받아 들었다. 꾸짖는 눈초리로 나직하게 따졌다.

"너무 무리하시는 것 아닙니까?"

"겨우 한 시간 상담했을 뿐이잖아."

마치 심통 난 아이를 달래듯이 세라가 도경의 팔을 잡고 살짝 어루만졌다. 굳어졌던 도경의 표정이 서서히 풀렸다.

"은후 씨, 식사 전이지? 약속 있니?"

"집에 들어가서 할머니랑 같이해야죠."

"모처럼 만났으니 같이 저녁 먹자. 시간이야 좀 이르지만 이런 기회도 흔치 않을 텐데. 힘든 일 하나 끝냈으니 나도 쉴 권리가 있지. 도경 씨, 차 대기시켜 줘."

삼십 분 후, 세라와 은후는 정갈한 한정식 집에 마주 앉았다. 주차를 마치고 도경도 들어왔다.

"한동안 못 먹었는데 이제 겨우 입맛이 돌아오네. 마음껏 먹어 둬야지. 한동안 못 얻어먹을지도 모르는데."

식욕과 열정은 비례하는 것인가 보다. 나오는 접시의 음식마다 날름날름 비우는 세라의 식욕은 대단했다. 나중에는 도경이 접시를 빼앗아 거둬갈 정도였다.

"또 체하시려고? 그만."

"싫거든! 왜 말려? 잘 먹어야 잘 클 것 아냐?"

"뭐든지 적당하게 해요. 당신 들러업고 새벽에 응급실에 가기는 싫습니다."

은후는 어안이 벙벙해선 젓가락을 들고 두 사람의 실랑이질 아닌 실랑이를 지켜보았다. 살짝 헷갈렸다. 아무리 세라가 격의없이 사람들과 어울리는 성품이라 해도, 도경이 스물네 시간 내내 그림자처럼 따라다니는 경호원이라 해도 이처럼 개인적이고 친밀한 대화를 나눌 수가 있을까?

마치 연인과도 같아, 라고 생각하는 순간. 은후는 깨달았다. 그들은 연인이었다. 태흔과 은후가 연인인 것처럼. 누가 보아도 알아차릴 수밖에 없는 달달한 향기를 풍겨내는……. 세라가 은후를 건너다보며 생긋 웃었다.

"임신했거든. 주체하지 못할 정도로 식욕이 돋아서 미치겠어.

남들은 입덧할 때 물도 간신히 넘긴다더니, 나는 어떻게 된 게 식욕 증진이야. 고기가 먹고 싶어 새벽에도 삼겹살을 구워 먹었다니까."

"임신, 이요?"

누구의 아기? 눈이 휘둥그레진 은후에게 세라가 다시 기분 좋게 웃었다. 핵폭탄을 날렸다.

"당연히 공식적인 마이 달링의 베이비지."

"설마……?"

"태흔 씨의 아기냐고? 글쎄. 그건 비밀."

"말도 안 돼!"

"왜 그렇게 놀라지? 내가 태흔 씨 아기를 임신하지 못할 이유가 있을까? 요즈음 혼수 1호는 아기라는데. 은후 씨 입으로 이태흔 씨 게이도 아니고 고자 아니라며? 오다가다 필 꽂히면 잘 수도 있지. 때맞으면 임신하는 거고. 그리고 이태흔 씨 아기 정도라면 기꺼이 낳아줄 용의가 충분히 있어."

"우리 오빠, 무책임하게 아무 여자나 자고 다니는 그런 사람 아닌데요."

은후는 자기도 모르게 매섭게 되받아치고 말았다.

아마도 연인으로 짐작되는 도경의 아기가 아닐까 싶었다. 무엇인가 밝힐 수 없는 사정이 있어 면피용으로 태흔을 아기의 아빠로 가장하고 있는 것은 아닌가? 태흔이 은후를 감추는 핑계로 세라를 이용하고 있듯이.

하지만 불쾌했다. 듣지 아니한 만 못했다. 태흔이 세라와 동침해서 임신까지 시켰다는 상상은 하는 것만으로 메스꺼웠다. 속이 울렁거렸다. 그가 은후 자신을 사랑하는 방법 그대로, 다른 여자를 안고 쾌락에 떤다는 상상을 하자마자, 그대로 토할 것만 같았다.

파랗게 질려 버린 은후를 건너다보며 세라가 빙긋이 웃었다. 지지 않고 반격했다.

"문제는 내가 '아무 여자' 가 아니라는 거지, 은후 씨."

세라가 가볍게 되받아치는 말에 대답할 말이 없었다. 그 사람 연인은 나거든요. 그 사람은 나 아니면 안지 못하는 사람이거든요! 하고 바락 소리 지르고 싶었지만, 대놓고 할 말이 아니었으며 그 정도의 용기도 없었다. 아직 은후 자신은 태흔의 비밀이니까.

"한 달 후면 결혼한다고 소문난 공식적인 정혼녀인데 이건 흉거리도 안 된다고. 왜? 이태흔 씨가 나랑 잔 적 없다고 그래? 은후 씨, 그런 남자의 거짓말을 진실로 믿니? 어머, 이상해. 질투하는 것 같다? 우리가 결혼해서 내가 아기를 낳으면 자긴 고모가 될 건데 왜 그래? 아낌없이 축하 좀 해줘봐. 참고로 말하자면, 태흔 씨 근육 진짜 근사하더라."

절대로 믿을 수 없다고, 세라가 거짓말하는 거라고 확신하면서도, 너무나 태연한 기색 앞에서 은후의 자신감은 점점 허물어져 갔다. 자기도 모르게 화가 나고 열을 받아선 볼이 오동통하게 부풀었다. 세라가 이렇게 말할 정도면, 같이 잔 건 아니라 해도 뭔가 은후 자신이 알지 못하는 은밀한 사건이 존재한다는 말 아닌가?

심장을 쥐어뜯던 고민도 잠시 뒷전. 터무니없는 질투와 홧증으로 은후의 볼이 빨갛게 물들었다. 오늘 태흔이 전화하면, 이 건(件)에 대하여 단단히 따져 묻고야 말겠다고 다짐했다.

'도대체 처신을 어떻게 하고 다닌 거야? 이 남자. 짜증 나, 정말!'

저녁 식사를 어떻게 끝냈는지 모른다. 작별 인사를 하고 굳어진 표정을 풀지 못한 채 돌아서는 은후의 뒷모습을 바라보다가 세라가 허리를 접고 깔깔깔 웃었다.

“순진하기는. 오늘 이태흔 회장, 완전 죽었어. 저 맹한 아가씨한테 확실히 뜯길걸? 아, 속 시원해. 십 년 묵은 체증이 내려가는 것 같아.”

“너무한 것 아닙니까?”

도경이 차 문을 열어주며 나무랐다. 세라는 들은 척 만 척이었다. 너무나 속 시원하다는 표정을 감추지 못하며 여전히 킬킬거렸다.

“이태흔이가 이 이야기를 들으면 퍼렇게 질리겠지? 소중한 공주님 억장을 뒤집어놨으니 말이야.”

“글쎄요. 실수한 것 같은데요.”

운전석에 올라타며 도경이 중얼거렸다. 도경 자신의 역린(逆鱗)이 세라이듯, 태흔의 역린은 이은후인 것 같은데. 함부로 건드렸다가 만약 동티라도 나면, 성질 더러운 황제가 절대로 가만있을 것 같지 않았다.

“어머나, 왜? 이런 건 정의의 실현이라고 하는 거야. 감히 날 저들 사랑싸움에 이용해 먹었으니 나도 저들 사이를 한 번은 긁을 권리가 있다고!”

“건드릴 걸 건드려야지. 하필이면 임신을 빌미로 긁다니요. 만약 이 이야기가 회장님이나 성북동 여사님 귀에 들어가면 두 사람, 당장 묶여선 결혼식장에 서야 할지도 모른단 말입니다.”

“걱정 마, 자기야. 내가 대비도 없이 함부로 이런 말을 발설하겠니? 일단 이태흔이 속 한 번 긁어주고 나서 이야기하자고. 전화번호가 어디 있더라?"

세라가 도경의 어깨에 머리를 기댔다. 핸드백에서 휴대전화를 끄집어냈다. 너덧 번 신호가 울렸을까? 태흔이 전화를 받았다. 비행기 안인지, 소리가 아주 멀게 들렸다.

[이태흔입니다.]

"태흔 씨, 안녕? 러시아에서 나 대신 돈 번다고 수고."

세라의 전화가 의외였는지 무뚝뚝한 음성이었다. 세라가 간드러진 목소리로 애교를 떨자 황당하다는 기색을 감추지 않았다.

[임세라 씨, 뭡니까?]

"뭐긴 뭐예요? 그리워서 한번 전화해 봤지. 오늘 자기의 예쁜이를 만나서 같이 밥 먹었걸랑. 자기가 내 뱃속에 있는 아기의 아버지라고 말해주었더니 몹시도 놀라 하며 기뻐하던걸. 고모가 된 거잖아."

[뭐, 뭐라고?]

천하의 포커페이스 이태흔도 사람이로군. 놀라기도 하고 당황하기도 하는군. 경악한 기색을 감추지 못하고 흔들리는 태흔의 목소리를 확인하며 세라는 등골에 휘감기는 짜릿함을 즐겼다. 그동안 쌓인 스트레스를 확 풀었다.

태흔의 목소리가 낮아졌다. 거의 사신(邪神)과도 같은 음산함이었다.

[뭐 하자는 거지?]

"정의의 실현. 자기가 날 장기판 졸로 이용해 먹었잖아. 당하고만 있을 순 없거든. 나도 똑같은 짓 해주었지. 왜? 예쁜이에게 잔뜩 긁혀봐요. 오해 풀려면 힘 좀 들 거야. 엄청 충격받은 것 같던데."

[미안한데, 우리 은후는 그런 스캔들 절대로 믿지 않습니다. 임세라 이사, 헛수고를 했군.]

"이 재수없는 자신만만함은 어디서 오는 걸까? 헛수고인지 아닌지는 당해보시지."

[헛수고 맞습니다. 난 그 녀석 말고는 여자란 것을 안지 못해. 그 녀석도 잘 알고 있고. 괜히 헛소리 지껄여서 본인만 난처해지지 말고 부디 입조심해요. 방심하다가 된통 당하는 날이 올 테니.]

먼저 전화가 끊겼다.

"건방진 자식. 한마디도 지지 않네."

세라가 휴대전화를 내동댕이쳤다. 팔짱을 끼고 씩씩댔다. 도경이 피식 웃었다.

"당분간 동맹이지 않습니까? 가능하면 협조해요. 뒤통수 치는 건 우리 일이 해결된 다음부터입니다. 괜한 짓 한 것 같아 좀 찜찜해요. 그 아가씨가 입을 잘못 열기라도 하면……."

"절대로 못 하지."

세라는 자신만만했다.

"일단 그 아가씨, 이태흔 회장의 여자야. 절대로 내가 임신했다는 말을 성북동 할머니께 전하지 못해. 손 귀한 그 집에서 그 사실 알면 날 가만두겠어? 제 눈앞에서 애인을 빼앗겨야 하는데 어떻게? 그리고 우리 아버지. 슬슬 의심의 눈초리를 보내시는 것 같지만, 뭐 넘길 수 있을 거야. 우리의 디데이. 얼마 남지 않았어. 이태흔 회장이 러시아에서 돌아오면 바로 터뜨릴 거야. 자기도 슬슬 마음의 준비를 하고 있으라고."

"만약 일이 잘못되어 우리가 같이하지 못한다 해도……."

도경이 세라의 이마에 가볍게 입 맞추었다. 두 팔로 꼭 끌어안은 채 연인의 눈을 응시하며 진지하게 속삭였다.

"난 어찌 되어도 괜찮아. 당신과 아기는 절대로 무사해야 해. 설사 그 아이가 이태흔의 아이로 자라는 한이 있더라도 상관없어. 반드시 이 아이를 낳아준다고 약속해요."

말 한마디도 아끼는 과묵한 그로선 엄청나게 많은 말을 한 셈이다. 그의 뜨거운 손이 세라의 아랫배를 애틋하게 어루만졌다.

"당신과 아기를 위해서라면 당장 죽을 수도 있어. 아주 기쁘게. 그러니 당신, 나와 이 아이를 위해 부디 조심해 줘요."

"죽지 마. 용서 안 해."

당장 그가 신기루처럼 사라질까 두려운 걸까? 담대하고 기승스러운 세라의 표정이 간절하게 변했다. 도경의 팔을 붙잡은 세라의 팔이 가득히 힘이 주어졌다. 그악스럽다고까지 느껴질 정도로 안타까이, 사무치게 소리쳤다.

"약속했잖아. 나랑 살아! 잊지 마. 나야! 내가 죽어가던 너, 살렸어. 시궁창에서 뒹구는 널 찾아내서 입히고 먹이고 가르쳐서 이렇게 만들어놨어. 넌 내 거야. 내가 만든 사람이야. 그러니까 시시하게 도망가는 거, 용서 안 해. 나 말고 딴 데 눈 돌리지 마. 딴 년 만나도 안 돼, 죽어도 안 돼! 절대로!"

너무나 위태롭고 한없이 안타까운 연인은 이쪽 세상에도 존재하고 있었다.

나주댁 혼자 은후를 맞이해 주었다. 진 여사는 아직 귀가 전이었다.

"여사님은 아까 전에 절에 가셨어요. 스님들이랑 진지 같이 드시고 들어오신다고요. 밤 예불까지 마치고 오신다니 좀 늦어지실 거예요."

"몸도 좋지 않다 하시면서, 일찌감치 들어오셔서 쉬시지. 저녁 예불까지는 힘드실 텐데."

"그러게 말이에요. 정 불편하시면 들어오시겠죠, 뭐. 나가실 때 쌍화탕 드셨는데, 괜찮다고는 하셨어요."

방으로 들어와 옷을 갈아입는데 휴대전화가 울렸다. 태흔이었다.

"운전 중이라서 전화 못 받아. 나중에 해."

이상한 심술 안에서 은후는 말짱하게 거짓말을 했다. 쌀쌀맞게 응대를 하고 말았다. 이왕 꼬여지고 비틀린 마음 때문인지 그의 목소리를 듣는 것조차도 짜증스러웠다. 게다가 그의 전화를 받고 나면 둘이 너무 멀리 떨어져 있는 것 같아서 우울증은 더 심해지고, 언제나 결국은 울고 마는걸.

[뭐야? 임세라하고 헤어진 게 두 시간 전이잖아. 너 지금 어디야? 날도 어두운데 어딜 싸돌아다니는 거냐? 아직 운전 중이라게?]

태흔이 갑자기 긴장한 어조로 따져 물었다.

귀신을 속이고 말지, 이태흔을 어떻게 속이냐. 은후는 한숨을 쉬었다. 침대에 걸터앉아 한 손으로 얼굴을 가려 버렸다. 깊이 심호흡을 하고 난 다음 아까보다 더 차갑게 되쏘았다.

"임세라 씨 만난 건 어떻게 아는데? 러시아에서도 여기가 보여? 일은 안 하고 서울만 감시해?"

고슴도치처럼 가시를 잔뜩 세운 채, 다가오기만 해. 찔러 버릴 거야! 하는 기세로 벼르고 있는 게 느껴진 모양이다. 기가 찬 듯 태흔이 희미하게 웃었다. 나직하게 되물었다.

[뿔났군, 우리 공주님. 지금 나, 너에게 물어뜯기고 있는 중이냐?]

"내가 물어뜯으면 어쩔 건데?"

[어렵쇼. 얻다 대고 기어올라? 기어오르긴. 이 몸이 바쁜 시간 쪼개서 다정하게 전화를 해주면 감사하게 받아야지. 지금 너, 임세라 헛소리 믿고 나 긁는 거지?]

"이 바람둥이! 거짓말쟁이! 창피한 줄 알아! 썩은 해파리! 바보! 대체 무슨 짓을 하고 다니는 거야?"

그런 사람 아닌 거 알면서도, 그녀밖에는 안을 수 없는 사람인 거 너무 잘 알면서도 무섭고 불행했다. 얼토당토아니한 비난, 물 쏟아지듯이 뱉어내는 이 검은 물은 결국 질투이다. 아프다 내지르는 비명이기도 했다.

[무슨 짓이라도 했으면? 인마, 말이 되는 소리를 믿어야지. 기가 차서!]

"알게 뭐야? 흥, 뭔가 둘이서 이상한 짓 하고 다녔나 보지?"

한 번 더 물어뜯듯 으르렁댔다. 며칠 내내 쌓인 스트레스와 괴로움, 축적된 고통을 한꺼번에 토해냈다. 지금 그녀가 당한 일을 말하고 싶었지만 말을 할 수가 없다. 벙어리처럼 정작 하고 싶은 이야기는 한마디도 하지 못하고, 애꿎은 트집을 잡아 태흔을 바득바득 긁어댔다. 그를 미치게 만들었다.

[그 여자가 심술부린 거야, 자식아. 네가 옆에 있는데 미쳤다고 임세라랑 자냐?]

"듣기 싫어. 진짜 기분 나빠."

[돌아가서, 내가 그 여자를 납작하게 눌러놓을게. 다시는 그런 말 따위 하지 못하게 만들어놓지. 속 그만 끓여. 왜 쓸데없는 일로 널 괴롭히고 그래?]

"몰라."

그래도 가라앉지 않는다. 여전히 새파랗게 날이 선 은후의 목소리를 듣고 있던 태흔이 수화기 안에서 실실 웃었다.

[욕구불만이로군, 이 녀석.]

"뭐얏?"

[너무 오래 떨어져 있었어. 나처럼 너도 스트레스받은 거야. 안고 싶어 미치겠는데 안지 못하니까 미치는 거지. 알았다, 은후야. 알았다고.]

"알긴 뭘 알아? 헛소리 그만하지 못해?"

[돌아가자마자 한껏 안아주마. 잔뜩 사랑해 줄게. 그럼 됐지?]

서울의 은후가 당하고 있는 심각한 상황을 전혀 모른다. 비싼 위성전화를 걸어와선, 더없이 태평스럽고 한가한 농담이나 내뱉고 있는 태흔이 너무나 미웠다.

내가 지금 어떤 마음인 줄 알아?

내가 지금 어떤 처지인 줄 알아?

불완전하기는 하지만 할머니가 우리 사이 알고 계셔. 오빠가 날 여자로 본다고 의심하고 있어. 우리 떼어놓으려고 하고 있단 말이야. 아슬아슬하게 외줄 타기 하는 것 같아 미치겠어. 아무것도 하지 못하고 사방에서 조여오는 무거운 벽에 깔려 죽어가는 것 같단 말이야. 온몸의 피가 다 빠지는 것 같단 말이야.

마구 토해내고 싶었다. 엉엉 울고 싶었다. 극도의 스트레스로 인해 은후의 심장은 거의 극한까지 찢어발겨지고 있었다.

"미워! 지긋지긋해! 오빠 때문에 만날 속상해. 이런 거, 진짜 싫어!"

결국 훌쩍이고 말았다. 앙탈하는 목청에 흥건한 물기가 가득 묻었다. 태흔이 깜짝 놀라 숨을 들이켰다.

[이은후, 은후야. 왜 그래? 왜 울어?]

이토록 달콤하게, 이토록 다정하게 속삭여 주면 어쩌라고? 더 많은 물기가 은후의 볼을 적셨다. 더 많이 사랑하게 되고 말아. 몸이 부서지고 넋이 산산조각 나더라도 오빠 손 놓기 싫어지는 거야. 할머니가 죽는다 해도 난 오빠 여자이고 싶은 거야.

"오빠, 정말 보고 싶어서. 너무 보고 싶어서…… 미칠 것 같아."

은후는 훌쩍이며 간신히 대답했다.

일러야지. 빨리 돌아오라고 말해야지.

우라늄이든 송유관이든 다 집어치우고 당장 달려오라고 말해야지. 할머니가 날 먼 데 보내려 한다고, 우리 영영 헤어질지도 모른다고 다 말해 버려야지. 빨리 돌아와서 날 데리고 도망쳐 줘. 우리가 헤어지지 않도록, 싸워서 이겨줘, 오빠.

[바보. 닷새 후면 돌아가잖아. 그다음에는 절대로 헤어지지 않을 텐데. 우리 공주님이 오늘은 왜 이렇게 떼쟁이가 되었을까?]

"보고 싶다고! 보고 싶은데 이유가 있어? 하루가 천 일 같단 말이야. 죽을 것 같아."

[사진 찍어서 보내줄게, 이메일로.]

"사진 따윈 필요없어. 안을 수가 없잖아. 내 팔로 오빠를 안고 싶어. 한가득 느끼고 싶단 말이야."

[약해졌구나, 이 자식. 은근히 흐뭇한데?]

"오빠, 나 정말 속상해. 힘들어서 죽을 것 같아. 농담 아니야. 나 정말 오빠에게 할 이야기가 너무 많아."

은후는 손등으로 눈물을 닦으면서 목청을 가다듬었다.

[얘기해. 전부 다. 아직 오 분쯤은 여유있어. 무엇이 우리 공주님을 속상하게 한 걸까? 말해, 전부 다! 우리 은후 속상하게 한 것들은 내가 다 죽여줄 거다.]

아무것도 모르면서 호언장담을 하기는. 울면서도 은후는 배시시 웃었다.

"많이 바빠?"

[사라트 수상하고 면담이야. 지금 관저로 가는 도중이고. 괜찮아, 말해.]

"있잖아, 오빠. 할머니가……."

그때 누군가가 다급하게 노크를 했다. 은후의 대답도 기다리지 않고 벌컥 문이 열렸다. 나주댁이 들어왔다. 혹시나 태흔과 나눈 대화를 들었을까? 너무 놀라 은후는 그만 자기도 모르게 휴대전화를 닫아버리고 말았다. 엉거주춤 일어서며 나주댁을 바라보았다.

"아줌마, 왜……?"

나주댁의 얼굴이 파랗게 질려 있었다. 떨리는 목소리로 경천동지할 소식을 전했다.

"여사님께서 백팔 배(拜)를 올리다가 혼절해서 쓰러지셨대요."

"뭐라고요?"

삽시간에 시야가 하얗게 변해가고 있었다.

"당장 병원으로는 옮겼는데, 아직까지 의식이 돌아오지 않으신다고 김 과장이 전화했어요. 어쩜 좋아요? 하필이면 회장님도 집에 안 계신 이때에, 이를 어째?"

반 넋이 나간 듯한 나주댁의 목소리가 제대로 들려오지 않았다. 은후는 비틀거리다가 바닥에 주저앉았다.

"하, 할머니가…… 쓰러지셨다…… 고요?"

21장

'뭐야? 이 자식.'

태혼은 일방적으로 끊어져 버린 휴대전화를 한심한 눈으로 노려보았다. 말을 하다가 말고 일방적으로 종료를 눌러 버린 것으로 보아, 방 안에 누가 들어왔나 보다. 다시 은후의 번호를 누르는데, 차가 멎었다.

"도착했습니다, 회장님."

차 문을 열어주는 박 부장 등 뒤로 사하트 공화국의 국기가 펄럭이는 거대한 수상 관저가 보였다. 어깨걸이 총을 든 군인들이 삼엄한 경비를 펼치는 가운데, 검은 양복을 입은 거구의 사내가 차 문 앞에 대기해 있었다. 아마도 비서실장 정도 되는 사람일 것이다. 태혼은 할 수 없이 휴대전화를 서류가방에 넣어버렸다. 넣기 전에 종료 버튼을 누르는 것도 잊지 않았다.

이제부터 세 시간. 정신없는 배짱과 두뇌 싸움이 시작될 것이다.

'할머니가……' 하고 뒷말을 흐리던 것이 좀 마음에 걸리기는 했지만, 은후는 기다려 줄 것이다. 머릿속으로 꼬이기만 하는 인사말을 러시아어로 다시 한 번 웅얼거리며 태흔은 아랫배에 힘을 주고 차에서 내렸다. 활짝 미소를 지으며 악수를 청했다.

〈ЗДpaBCTBy ЙTe?(안녕하십니까?)〉

같은 시각, 은후는 엘리베이터를 기다릴 여유도 없이 병원 계단을 뛰어올라 가고 있었다. 다급하게 할머니가 입원해 있다는 301호실의 문을 열었다.

은후 뒤로 나주댁까지 헥헥거리며 들이닥치니, 침대에 앉아 체온계를 물고 있던 진 여사가 더 놀란 얼굴이 되었다.

"아니, 별일도 아닌데 왜 다 몰려오고 난리들이야?"

은후는 다다다 침대 곁으로 달려가 무너지듯이 진 여사의 팔을 잡고 매달렸다.

"할머니! 괜찮으신 거죠?"

진 여사가 한숨을 쉬었다, 문 앞에 선 김 기사를 노려보았다.

"내가 이럴 거라고 했지? 그래서 연락하지 말랬는데?"

"여사님께서 쓰러지셨는데 어떻게 아가씨에게 연락도 안 합니까?"

김 기사가 눈치를 살피며 어름어름 대답했다. 진 여사는 은후의 까만 정수리를 안쓰럽게 내려다보았다. 위로라도 하듯, 안심시키듯이 나직하게 말했다.

"안 하던 백팔 배 하다가 힘들었던 거야. 좀 기진한 것뿐이란다. 놀랐구나, 우리 은후."

"저 심장 떨어진 것 느껴지세요? 정말 눈앞이 캄캄했다구요."

은후는 진 여사의 주름진 손을 잡아 아직도 거칠게 뛰는 자신의 가슴에 가만히 댔다. 두려운 짐승처럼 파들거리는 심장 소리. 심약한 아이가 얼마나 놀랐을까 싶어, 순간 진 여사의 가슴도 짠했다.

"성한 사람도 백팔 배를 하면 몸살 앓는다는데, 왜 그러셨어요? 편안치 않으시면 스스로 조심하셨어야죠."

"그러게 말이다. 수양 부족이라, 심란한 김에 어디 한번 마음 좀 다스리는 공부해 보자 했다가 여러 사람 기함케 했구나. 미안해. 하지만 정말 별일 아니었어. 일어서다 어지러워서 잠시 쓰러진 것을 두고 다들 이렇게 호들갑을 떨어대니. 쯧쯧쯧."

"병원에 도착하실 때까지 의식이 없으셨다면서요? 속상해 죽겠어. 지금 오빠도 없는데 할머니께서 쓰러지시면 전 어떡해요?"

"눈 떠보니 앰뷸런스 안이야. 힘든 김에 잠 좀 잤다. 일어나서 아무 일 없던 듯 집에 가려고 했는데…… 여하튼 김 과장 자네, 사내꼭지가 왜 그리 경망스러워?"

진 여사가 괜히 무안한 김에 애꿎은 김 기사만 잡았다. 체온을 잰 간호사가 정상으로 된 체온을 확인해 주고는 링거 떨어지는 속도를 조정해 주었다.

"이제 삼십 분만 맞으시면 끝나니까요, 바늘 빼시면 바로 퇴원하셔도 됩니다."

"들었지? 당장 일어나서 집에 가도 된단다."

"그래도 하룻밤은 주치의 선생님이 지켜봐야 하는 건 아니구요?"

"아냐. 괜찮아. 주 박사가 나가라고 그랬어. 별일 없대."

"못 믿어요. 제가 주 박사님 뵙고 올 거예요."

은후가 발딱 일어나 문을 나갔다. 진 여사가 다시 혀를 찼다.

"저렇게 새가슴이어서야, 쯧쯧쯧. 의사가 괜찮다는데 제가 왜 저래?"

"아가씨 마음 몰라서 그러세요? 아까 차 타고 병원까지 오는데 얼마나 덜덜 떨고 있는지, 속상해서 혼났어요. 제가 다 무서울 정도였어요."

나주댁의 말에 진 여사는 다시 옅은 한숨을 쉬었다.

"하긴 은후 마음 이해 못 할 바도 아냐. 저에게는 나뿐이잖나. 내 그늘 아래에서 살아온 세월이 얼만데, 그 그늘 사라진다 하면 얼마나 무섭고 두렵겠나?"

"그런 은후 아가씨 생각하셔서라도 얼른 기운 차리세요. 여사님께서 건강하게 오래오래 살아주셔야지, 은후 아가씨가 혼인해 가도 믿고 돌아올 친정이 있는 법이죠."

"그러게 말이야."

등 뒤에서 같이 늙어가는 두 여인이 그런 말을 주고받는 것도 알지 못하고, 은후는 주 박사의 진료실로 급히 걸어가고 있었다. 막 모퉁이를 도는데 그도 진 여사의 상태를 최종 파악하려는지, 진료실 문을 열고 나오고 있었다.

"박사님!"

"은후 왔구나."

배앓이로 실려온 일곱 살 은후를 진찰해 주었던 그 얼굴 그대로, 세월 비켜난 은발을 위로 쓸어올리며 주 박사가 사람 좋은 얼굴로 미소를 지어 보였다. 얼마나 놀랐는지, 아직도 은후의 입술이 새파랗게 질려 있다. 안쓰럽게 바라보며 손을 잡아 토닥여 주었다. 근처에 있는 벤치에 앉혔다. 주 박사가 보기에 진 여사보다 은후가 당장 쓰러질 듯이 보였다.

"별일 아니니까 너무 걱정 안 해도 돼."

"정말요? 정말 괜찮으신 거죠? 오빠에게 연락하지 않아도 괜찮은 거죠?"

"그저 감기몸살이 겹쳐서 좀 기진하신 것에 불과하니까. 이젠 열도 내렸고, 혹시나 싶어 영양제도 하나 놓아드렸어. 이내 기력을 회복하실 거야. 큰 걱정 할 필요 없어."

"그래도 노인이신데, 별일도 아닌 것이 큰 병으로 쉬이 변하잖아요."

주치의의 입에서 어찌하든 몇 번이고 '괜찮다', '안심해라' 하는 말을 듣고 싶은 거다. 주 박사는 다시 미소를 지었다.

"걱정 안 해도 된다니까. 여사님은 아주 정정하시고 기력도 좋으셔. 운동도 꾸준히 하시고 건강진단도 제때제때 받고 계시잖아. 그저 오늘은 돌발적인 사고일 뿐이야. 그 연세에 백팔 배가 뭐야? 아무래도 고령이시니, 뭐 서서히 심장 쪽에 문제가 나타날 수는 있을 테지만 지금까진 큰 걱정 할 만큼의 증상은 나타나지 않았어. 그러니 안심해."

이 정도로 말을 들었다. 확실하게 안심을 해도 되는 모양이다. 은후는 진 여사의 상태를 살피러 가는 주 박사의 등을 멍하니 바라보았다.

차를 타고 병원으로 오던 그 삼십 분을 되새기자 저절로 몸서리가 쳐졌다. 그건 영원히 깨어날 수 없는 검은 심연 속에 사로잡혀 서서히 아래로 꺼져드는 듯한 악몽과도 같았다.

다시 또, 할머니가 잘못되실지 모른다. 내 곁을 떠날지 모른다. 오 년 전 눈앞에서 할아버지가 쓰러져 돌아가시던 장면과 겹쳐

혼돈으로 소용돌이치고 있었다. 마찬가지로 두려움과 불행은 두 배로 진해져 그녀의 뇌리를 강타했다. 그야말로 손 하나 까딱할 힘도 없이 여기 이곳까지 달려온 것이다.

행여나 큰일이라도 생겼을까 봐 안달복달하며 병실 문을 열었다. 너무나 기운차고 말짱한 얼굴로 바라보던 할머니의 인자한 얼굴을 마주하는 순간, 봄날처럼 녹아내리던 가슴. 얼마나 그분을 사랑하는지, 의지하는지 새삼스레 사무치게 깨닫게 되었다. 할머니는 은후의 세상을 지탱하는 가장 무거운 중심 추였다.

그것을 뼈아프게 자각하는 순간이었다. 순간 은후는 자신이 애써 덮어버리고 외면해 온 무서운 수수께끼를 단번에 풀어버렸다는 것을 깨달았다.

"때로는 사랑보다 더 귀한 것도 있어요. 모든 것을 다 버려도 절대로 버려서는 안 될 것도 있고요. 부디 은후 씨가 그것을 제대로 찾기를 바라요."

서준이 남긴 마지막 그 한마디의 뜻을 알았다. 은후는 두 손으로 얼굴을 싸안았다.

"할머니, 이건가요? 제가 원하지 않은 정답을 찾고 만 건가요?"

그때 모퉁이의 엘리베이터가 땡 하고 울렸다.

"은후 씨!"

은후는 힘겹게 고개를 들었다. 진 여사가 쓰러졌다는 소식에 기함을 해선 부랴부랴 달려온 것이 분명했다. 집에서 입은 옷에 코트만 걸친 분당의 강 여사와 서준이 서 있었다.

불편하게 헤어진 터라 서준을 다시 보자 하니 역시 어색했다.

그러나 둘 다 불편한 감정을 헤아릴 만한 마음의 여유가 없었다. 일단 은후의 정신머리가 온통 진 여사의 일로 가득 차 있고 온통 뒤집어져 있어서 다른 것을 보거나 헤아릴 여유가 없었기 때문이다. 일단 의지가 되고 기댈 어른이 나타난 것이라 다행이다 싶은 감정이 먼저 들었다.

"이모할머니."

은후가 무슨 말을 한 것도 아니다. 그러나 눈물이 그렁그렁한 채 하얗게 질린 얼굴로 딱딱한 병원 벤치에 혼자 앉아 있는 모습을 보는 순간, 최악의 불길한 예감이 맞다 싶었다. 순간 분당 강 여사의 신형이 살짝 무너졌다. 서준이 단단히 외조모의 팔을 잡아 부축했다.

"어, 어떻게 된 게야? 할머니는?"

은후 옆의 자리에 무너지듯 앉으며 진 여사의 안부를 묻는 목소리가 덜덜 떨리고 있었다.

"이게 웬 변이라니? 엉? 오후만 하더라도 같이 불공드리고, 점심 같고 먹고 한 양반이 이게 웬 말이야? 몸은 어떠셔? 병실은?"

"너무…… 걱정 마세요. 그냥…… 감기몸살이시래요. 별일 아니라고요……. 백팔 배 하신다고 피곤한데, 갑자기 열이…… 올라서 그렇다고요. 이젠…… 정신 차리셨고요, 조금 있다가 링거 다 맞으면…… 저랑 같이 오늘 밤으로 퇴원하실 거예요."

"정말이야?"

"네, 정말이요. 진짜 괜찮으세요."

"다행이야! 다행이야! 아이고, 부처님, 감사합니다. 정말 감사합니다."

강 여사가 두 손을 모은 채 누구에랄 것도 없이, 시방 세계에 편재한 부처님께 나지막이 감사의 인사를 드렸다. 최악의 일은 아니다 싶으니, 그제야 주위가 제대로 보이기 시작한다. 혼자 앉아 오들오들 떨고 있던 은후를 편들어 하는 말이었다. 작은 손을 꼭 부여잡고 괜히 이젠 진 여사 타박을 시작했다.

"그러게 말이야. 그 연세에 백팔 배를 왜 해? 하지 마시라 그리 말려도 안 되더라. 응? 꼭 그리 고집하셔서 사람 여럿 놀래켜야 직성이 풀리신다던?"

"너무 그러지 마세요. 마음 수양하시던 거잖아요. 301호실이거든요. 이모할머니, 들어가셔요."

"그래. 나는 형님 얼굴 보러 들어갈란다. 너도 마음 담대히 먹고 정신 차리고, 알겠니?"

"네, 그렇게 할게요."

몸을 일으키며 강 여사가 옆에 선 손자를 바라보았다.

"서준아, 은후 데리고 내려가서 우황청심환이라도 하나 사 먹여라. 애가 지금 겉으로만 말짱하지 제정신이 아니니다."

"네, 할머니. 먼저 들어가세요."

강 여사가 병실로 들어가고, 서준이 거의 반 억지로 은후를 일으켜 세웠다. 반쯤 일어서던 은후는 다시금 병원의 딱딱한 의자에 그대로 주저앉고 말았다. 너무 긴장해 있다가, 이제야 그 긴장이 풀리니 맥이 놓여 버린 것이다. 다리에 힘이 풀려 일어설 수가 없었다.

"서준 씨, 저 정말 못 걷겠어요. 조금만 더 여기 앉아 있을래요."

"찬물이라도 마실래요?"

은후는 고개를 끄덕였다.

"일단 나도 병실에 들러서 할머니 뵙고, 물 가지고 올게요."

얼마 후, 주 박사와 서준이 병실에서 함께 나왔다.

"이십 분 있다가 링거 빼면 바로 퇴원하실 거야."

은후는 고개를 끄덕였다. 서준이 냉수를 건네주었다.

차가운 물을 천천히 마셨다. 서서히 이성이 되돌아오고 있었다.

"정말 많이 놀랐죠? 나라도 그랬을 거야. 괜찮으시다니까 이제 그만 떨어요."

"우리 할머니요……."

서준의 이야기를 듣고 있는 것이 아니었다. 은후가 멍하니 어둡디어두운 창밖만 노려보며 나직하게 중얼거렸다.

"제겐 뿌리예요. 근원이고, 울타리예요. 우리 할머니 돌아가시면요 전, 부평초에 불과해요. 천지간 하찮은 먼지 한 톨이었는데 할머니가 절 잡아서 땅에다가 귀한 꽃으로 심어주셨어요."

이 세상천지에 태어는 났는데, 한 곳도 피 얽힌 데 없고, 걸친 연 하나 없던 인생이었지. 아버지, 어머니, 오빠, 언니, 동생. 혹은 할아버지, 할머니, 고모, 삼촌, 이모, 사촌. 그런 단어 따윈 그저 무용(無用)하던 삶. 그런데 물살 따라 떠돌던 몸이 비로소 뿌리를 얻었으니, 저 병실에 누워 계신 분이 아니라면 그런 삶이 어찌 그녀에게 왔으랴.

"할머닌 제 전부예요. 아니, 제 전부를 합친 것보다 더 귀한 분이에요. 그때 서준 씨가 저에게……."

은후가 고개를 돌려 옆에 앉아 묵묵히 듣고만 있는 서준을 바라보았다.

"저에게 때로는 사랑보다 더 귀한 것도 있다고, 모든 것을 다 버려도 절대로 버려서는 안 될 것도 있다고 하셨죠? 감히 말하건대, 저 오늘 밤에 그것을 알아버린 것 같아요. 죽어도 지켜야 할 것. 지키지 않으면 살아도 산 것이 아닌 것이 무엇인지를요. 아무리 내가 평생 고통의 칼날을 걷더라도, 지옥 속에 산다 해도, 감수하고 지켜야 할 것이 정말 있더군요."

서준더러 들어라 하는 말이 아니라 은후 스스로에게 다짐하고 각인하는 말처럼만 들렸다. 은후가 다시 고개를 돌렸다. 심연을 닮은 눈으로 아득한 심연을 응시했다.

"서준 씨는 지옥을 본 적 없으시죠?"

서준은 대답 대신 파들거리는 하얀 손을 꼭 잡아주었다.

"난 봤어요. 오 년 동안 내내. 매일매일……."

인형처럼 메말라 있던 은후의 눈에서 거짓말같이 눈물이 고였다. 그럼에도 오뚝이처럼 고개를 곧추세운 채 은후는 책을 읽듯이 기계적으로, 감정도 고저도 없는 음성으로 담담하게 부서진 심장 부스러기를 토해냈다.

"그 사람과 헤어져 있던 매순간이, 그를 더 이상 볼 수 없던 모든 날들이 내겐 절대로 탈출할 수 없는 가장 끔찍한 지옥이었어요."

그 사람을 보지 못한다는 사실이 지옥. 그 사람을 사랑해선 안 된다고 끊임없이 스스로를 억누르는 것이 지옥.

그러나 천하의 모든 지옥을 다 합친다 한들, 제 부모를 죽인 자가 가는 무간지옥만 하랴. 은후가 진 여사의 마음을 외면하고 태흔에게로 열애의 마음을 계속 둔다면, 그것이야말로 영원한 무간지옥도의 삶이겠지. 그를 사랑하여 가는 화열지옥일랑 그 겁의 열배 아래라고 하니, 이 순간 그녀의 발은 어디를 디뎌야 하겠는가.

"미몽이에요."

속삭이듯 중얼거리는 서준의 말에 은후가 그를 다시 돌아보았다.

"은후 씨는 잊지 못하는 미몽의 덫에 빠진 거라고 생각해요. 은후 씨는 한 번도 이 회장님이 만든 세상 바깥으로 나간 적 없잖아요. 그래서 그를 떠나선 살 수 없다고 자꾸 되풀이하여 스스로를 세뇌하는 거 말이죠. 도망가 버려요. 이 덫에서, 은후 씨."

"아아, 도망이요?"

은후가 탄식했다. 황망해하는 느낌도 들었다. 그러나 서준은 이왕 나온 김에 하고픈 말을 다 하려고 마음먹었다.

"날, 사랑해 달라고는 안 할게요."

서준은 깊디깊은 눈 안에서 아픔을 감추며 나직하게 속삭였다.

"눈에서 멀어지면 마음에서도 멀어진대요. 그거 진리 맞아요. 잊지 못하는 기억이란 없어. 스러지지 않는 감정이란 존재하지 않아요. 그러니 과감하게 벗어나요. 이 기회에 검은 미몽에서 빠져나와요."

"못 해요. 그럴 수가 없어요."

은후는 고개를 흔들었다. 처음으로 타인에게 진실을 털어놨다. 반 자포자기였다.

"내가 어디로 가든 찾아내거든요, 그 사람."

은후는 서준을 바라보았다. 검은 눈동자에 맺혀 있던 눈물방울은 한결 더 커져 있었다. 그럼에도 절대로 흐르지는 않는 수정 고드름 같은 차가운 액체.

이 여자는 아마도 그 남자 앞에서만 울 거야.

서준의 가슴이 한껏 먹먹해졌다. 은후가 떨리는 목소리로 속삭였다.

"그거 알아요? 나도 그래요. 그 사람을 사랑해서 미쳤어요, 나! 서준 씨는 내가 얼마나 고약하고 추한 여자인지 모르시죠?"

"추하지 않아요."

"아뇨. 내 얼굴을 똑똑히 보아두세요. 감히 그 사람을 사랑해서, 세상을 속이고 은인을 속이고 모든 선의를 속였어요. 그런데도 후회를 안 해요. 사랑하기에, 내가 저지른 짓을 후회하지 않거든요. 그 사람이 어디 가 있든, 아무리 멀리 떨어져 있든 나는요, 그 사람이 무엇을 느끼고 무엇을 아파하고 무엇을 기뻐하는지 다 알아요. 왜인 줄 아세요? 나는 그 사람이고, 그 사람은 바로 나거든요. 내 눈은 그 사람만 봐요. 내 심장은 그 사람만 좇아요. 난요, 그 사람을 사랑하지 않고 그리워하지 않으면 이내 죽어버리는 작은 인형인걸요."

은후의 눈빛은 결연한 결심을 품고 있었다.

"그 사람의 감추어진 정부로 살아도, 수치스런 스캔들의 대상이 된다 해도 난 그 사람 곁에 있고 싶어요. 그 사람을 보지 못하면 난 죽거든요. 절대로 떠나고 싶지 않은데 내가 왜? 그 사람 곁에서 살다가 죽는 게 내 유일한 소원이야. 아아, 그런데 어쩜 좋아."

은후가 맥없이 고개를 떨어뜨렸다. 가녀린 어깨가 아프게 들먹거리고 있었다. 지금껏 또렷하게 주장하던 것을 단번에 번복했다.

"문제는 내가 당신이랑 같이 가야 한다는 거죠. 제발 좀 절 데려가 주세요. 할머니가 바라시거든요. 당신도 알다시피 할머니께서 제가 그 사람 곁에 있는 것을 원하지 않으세요. 떠나기를, 서준 씨 당신과 결혼해서 아이를 낳고 평범하게, 행복하게 사는 것을 바라시거든요. 할머니가 바라시면 난 해요. 몸이 타고, 마음이 타고 나중엔 눈물마저 말라 버려도 나는…… 해요! 당신과 같이 떠나야 해요. 그래야 해요. 그래야 모든 사람이 행복해지거든요."

은후가 다시 고개를 들었다. 서준을 바라보았다. 어느새 고였던 눈물 따윈 흔적도 없이 사라지고 없었다. 이미 바닥에 굴러 떨어진 것일 테지.

"감히 당신하고 같이 앉아 있을 자격도 없어요. 당신이 내게 침 뱉고 떠나도, 망가지든 말든 부서지든 말든 외면한다 해도 할 말이 없죠. 하지만 부탁해요. 당신의 선량함과 올곧음에 한 번만 더 기생할게요. 절, 지옥으로 데려가 주세요."

서준은 자신도 모르게 팔을 내밀어 흔들리는 여린 어깨를 감싸 안았다.

얼마나 오래도록, 홀로, 사무치게 참았는지 우는 것마저 잃어버린 이 여자를. 크게 울음소리마저 내지 못하는 이 여자를, 무표정하고 단단한 무기질의 눈동자로 오열을 대신하는 이 여자를, 사랑하는 일을 가장 참담한 고통으로 앓는 이 여자를, 세상에서 가장 불행한 눈물을 담은 이 여자를 대체 어쩌면 좋을까?

그때 복도 끝, 진 여사의 병실 문이 열렸다. 나주댁의 얼굴이 빼꼼 나왔다.

"아가씨, 여사님 링거 다 맞으셨어요."

그 말에 은후가 발딱 일어섰다. 아까 다리가 풀려 제대로 서지도 못하던 것과는 천양지차였다. 방금 전까지 격하게 토해내던 것들은 까마득히 잊어버린 얼굴로 바삐 걸어가기 시작했다.

서준은 검은 유령처럼 소리없이 복도를 걸어가는 은후의 뒷모습을 가만히 바라보았다.

그는 자기도 모르게 두 손으로 까칠해진 얼굴을 쓸어내렸다. 쓸쓸히 되물었다. 다시 한 번 사랑에 상처받은 남자의 가슴이 먹먹하게 울고 있었다.

'나더러 어떻게 하라고 그러는 건가요? 그렇게 사랑한다고 고백해 놓고, 헤어지면 죽을 것같이 사랑한다 말해놓고, 나랑 떠난다고요? 평생 아파하면서, 평생 울면서, 그리워하면서 서서히 말라 죽어가려고 떠나겠다고요?'

잠시 후에, 사람들에게 둘러싸여 진 여사가 병실을 나왔다. 은후는 진 여사의 핸드백을 들고 한 발자국 한 발자국, 먼저 걷는 진 여사의 발자국을 짚으면서 따라오고 있었다.

진 여사의 이야기에 미소를 짓고, 한마디씩 걱정 어린 잔소리를 하고는 있지만 그건 밀랍처럼 하얗고 무표정한 가면이었다. 그러고 보니 은후가 진정으로 미소 짓고 행복해하던 건 오직 이태흔의 옆에서였을 뿐이었다. 그 빌어먹도록 재수없는 녀석도 마찬가지였지. 저 여자 옆에서만 인간다운 얼굴을 하고 있었어.

서준은 깊이 한숨을 내쉬었다. 벌떡 일어나 일행들 사이에 끼었다.

"제가 은후 씨, 집에까지 모셔다 드릴 겁니다."

어른들의 말없는 지지를 등에 업고 서준은 은후를 호텔까지 태워다 주었다. 그럼에도 두 사람은 도착할 때까지 한마디도 하지 않았다.

서준이 차를 세우자 은후가 내렸다. 허리를 굽혀 인사를 했다.

"데려다주셔서 고맙습니다."

“비행기 표는.”

두 사람의 시선이 마주쳤다.

“내일 사람 시켜서 집으로 보내 드릴게요. 잘 자요.”

은후가 고개를 끄덕인 후 힘없이 돌아서서 현관 쪽으로 걸어갔다. 서준은 은후의 여린 몸이 문 안으로 들어가는 것을 지켜보다가 핸들을 돌렸다. 마지막으로 아직도 불이 켜지지 않은 은후의 방 쪽을 다시 한 번 돌아보았다. 그의 입술 사이로 어두운 한숨이 새어 나왔다.

언제부터인가 쾌활하고 긍정적인 서준 자신, 이렇게 자주 한숨을 쉬게 되었다. 생각해 보니 이은후를 알고부터, 마음에 담으면서부터였다.

그는 사랑하지만 그를 사랑하지 않는 여자의 마음을 바라는 애달픔 때문만은 아니었다. 언제나 행복했으면, 웃었으면 하는 그 사람이 홀로 많이 아파하는 것을 보면서 아무것도 해줄 수가 없는 스스로의 모습에 더 쓰라리고 아픈 애련함이었다.

‘어둡고 캄캄한 방에서 당신, 혼자 울고 있을 테죠.’

서준의 입술 사이로 다시 무거운 한숨이 배어 나왔다.

아무도 볼 수 없고 들을 수 없는 눈물을 흘리고 있을 테죠. 한 번도 무엇인가를 욕심내 본 적이 없다던 당신이, 생 전부를 걸고, 자신이 가진 올곧은 원칙, 인간다운 선량함, 따뜻하고 착하고 예쁜 모든 것을 다 버리고서라도 원했던 단 하나를 놓기로 결정했으니까.

‘삶은 공평하지 않다더니 은후 씨에겐 처음부터 지독히 불공평한 삶이었네요. 그런데 나조차도 지금 당신에게 불공평한 짓을 하고 있네요. 누구보다 당신이 행복했으면 한 내가, 사실은 다른

사람을 위해 불행하라고 강요하고 있었군요.'

백암장에 온 일곱 살 은후의 이야기를 들은 적 있다. 보육원으로 다시 돌아가라고 할까 봐 싫다 말 못 하고 접시의 음식을 전부 다 먹고 배탈이 났다던 그녀. 착하게 굴지 않으면 버림받을 거란 슬픈 각인 안에서 진실로 행복하지 못했던 그녀. 앞으로의 남은 삶조차도 다른 사람의 행복을 위해 그리 아프게 살겠다고 결정한 그녀. 스스로 참혹한 유형(流刑)을 결정한 그녀를 어쩌면 좋을까?

살짝 노크 소리가 나고 안방 문이 열렸다.

"할머니."

은후가 잠옷 바람으로 베개를 안고 들어왔다. 진 여사는 어릴 때 말고는 하지 않던 짓을 하려는 은후를 의아한 눈으로 살폈다.

"왜?"

"할머니 옆에서 자려구요."

"다 큰 녀석이 왜 안 하던 어리광을 자꾸 부려?"

말은 그리하면서도 진 여사 또한 썩 싫지만은 않은 것이었다. 불을 끈 은후가 먼저 누운 진 여사 겨드랑이 속으로 파고들었다. 어린 강아지처럼 코를 대고 흠흠 할머니 냄새를 맡았다.

"아, 좋다. 할머니 냄새. 할머니, 전요, 할머니 옆에 누워 있으면요, 이상하게 잠이 와요. 졸려요. 참 이상하죠?"

"졸리면 자. 사람 성가시게 왜 자꾸 그래?"

역시나 말로는 타박이면서도 진 여사가 팔을 뻗어 은후의 등을 쓸어주었다. 말로는 표현하지 못해도 어지간히 놀란 듯싶었다. 이리 그녀 옆에 와서 눕는 뜻은 제 손으로 확실하게 옆에 누운 사람의 몸을 쓸고 만지고 싶었던 것이리라. 귀로 진 여사의 숨소리를 듣고 제 체온으로 진 여사의 온기를 느끼고 싶은 거지.

진 여사는 모로 누워, 은후의 등을 손끝으로 가늠해 보았다.

"예전엔 요만하던 우리 애기가 이젠 안아주지도 못할 만큼 커버렸어."

"다 할머니가 이만큼 키우신 거죠. 어서 주무세요."

"그래, 잘 자거라."

먼저 잠이 든 양 해 보인 은후였지만 사실은 그렇지 않았다. 할머니가 잠이 들 때까지 기다리고 있었을 뿐. 주름진 손을 꼭 잡고 곧 놓아야 하고, 잃어버려야 할 그 따뜻한 온기와 인자한 여운을 온몸으로 느끼며…….

슬쩍 몸을 일으켰다. 깊이 잠든 할머니의 얼굴을 삼십여 분은 지켜보고 있었나 보다. 은후는 부드러운 명주 이불 안으로 할머니의 손을 가만히 넣어드리고, 이불귀를 여며 드렸다.

돌이켜 보면 그저 받은 기억밖엔 없었다. 넘치는 사랑도, 과분한 온기도, 맑은 웃음도, 무엇보다 당당하고 떳떳하게 제 몫 하는 삶도, 다 이분이 주신 것.

방문을 닫고 나왔다. 이미 나주댁도 김 기사도 잠이 들었는지, 건넌방 문은 꼭 닫혀 있었고, 간접 등 하나만 켜진 거실은 적막하기만 했다.

방으로 들어가 문에 등을 기대고 섰다. 책상 쪽을 물끄러미 바라보았다. 몇 번이고 몇 번이고 누르려 했던 휴대전화를 주머니에 넣어버렸다. 대신 붙박이 옷장 안에 든 자그마한 금고를 꺼냈다. 책상 서랍에서 카드를 꺼내 금고 문에다 붙였다.

〈다 돌려줄게.〉

처음부터 내 것이 아니었던…….

전부 당신이 준…….

그래서 떠나야 하는 지금, 당연히 다 돌려주어야 하는 것들.

원석이 보관된 은행 금고의 비밀번호, 통장, 카드 그런 것들이 들어 있는 금고를 들고 은후는 태흔의 방이 있는 이층으로 올라갔다.

문을 열었다. 물씬 태흔의 체취가 느껴졌다. 싱그럽고 청결하고, 무엇보다 섹시한 향기. 그가 즐겨 쓰는 향수와 섞인 독특한 향기. 매일같이 창문을 열고, 환기를 시키고, 쓸고 닦아도 방에 담긴 그의 체취는 여전하다는 것이 어쩐지 기이하기도 하고, 정겹게도 느껴졌다. 은후는 금고를 바닥에 놓고 두 팔로 자신의 몸을 감싸 안았다. 그 향기를 잡아 팔 안에 품듯이. 어둠과 함께 다가오는 그 사람의 향기를, 기억을 가두듯이…….

훗날, 아주 오랜 시간이 지난 어떤 날, 이 집을 떠나던 기억을 떠올리면, 홀로 서서 마주한 정적과 어둠과 무엇보다 그 사람의 향기를 되살리겠지.

태흔의 책상 아래 금고를 내려놓았다. 그가 가능하면 늦게 발견해 주기를.

'다 돌려줄게' 라는 말을 보기만 하면 금세 눈치챌 것이다. 은후가 다시는 돌아오지 않을 것이란 걸.

뉴욕으로는 가지 않을 것이다. 사람들이 아는 어디로든 가지 않을 것이다. 성북동 집 아니면 은후는 갈 곳이 없었다. 하지만 이곳에서마저 떠나야 한다면 떠나야지. 이 세상에 살아가는 사람 그 누구도 알지 못할 곳으로 돌아가야 할 때가 온 모양이다.

일곱 살 그때부터 혹시나 떠나야 할지 몰라, 하고 불안해하던 그때가 마침내 왔다. 혼자서 천천히 희미해질 것이다. 흔적 없이, 태어나기 전으로 돌아갈 것이다.

이별을 결심한 이후, 하루 한 시간 한 시간이 그저 심연. 그가 없는 세상을 상상하면 낮은 영원히 끝나지 않을 것 같고 밤은 캄캄한 무저갱 같았다. 그를 떠나 혼자 살아야 하는 세상은 그러했다.

하지만 떠나야 한다, 반드시.

'내가 떠나면 당신은……?'

은후는 돌아서다가 바닥에 주저앉아 버렸다. 책상 기둥에 머리를 기대고 공허한 눈동자로 어둠을 응시했다.

당신은 어떻게 살까? 내가 곁에 없으면 당신은 잠도 자지 못하는데. 내가 죽으면 당신도 죽을 텐데…….

지옥은 언제나 같은 모양의 고통을 하고 있었다. 그들이 헤어지면 그것이 바로 지옥이었다. 함께 있을 수 없는 그 순간순간 전부가 다 그들의 지옥이었다. 그들은 오 년 동안 그런 지옥에서 살았다. 아프게, 아프게 견뎌냈다. 이제 더 이상은 그렇게 살 수 없어서, 온몸이 부서지고 칼로 난도질당한다 해도 그의 손을 잡겠노라고, 그의 세상 안에서 살겠노라고 마음먹었다.

그런데 이제 나. 다시 또 먼저 당신을 버리는구나. 착한 척하면서, 나를 버리는 척하면서, 희생하는 척하면서 사실은 모질게 당신을 버리는구나.

이젠 당신은 내가 없는 세상에서 오십 년 동안, 아니, 어쩌면 그보다 더 오래오래 홀로인 지옥에서 살아야 해.

나는 괜찮지만 당신은? 아무 죄도 없는 당신은 어쩌면 좋아? 더 많이, 깊이 사랑한 사람인 당신은…….

우린 서로밖에 없는데. 가진 건 우리 서로의 사랑뿐인데.

남들은 그냥 이십 년이라고 말해. 하지만 그 칠천 일의 시간 속에서 우리가 서로 사랑했던 무게를. 마음에 새겼던 깊이를 어떻게 말할까.

'우린 서로의 피그말리온이었어.'

오직 서로만을 담고 바라보는 눈동자를 통해 그들은 스스로의 존재를 깎아내고 만들었고 형상화시켜 왔다. 은후의 태흔이었고, 태흔의 은후였다. 태흔이 은후를 사랑하는 것은, 은후가 태흔을 사랑하는 것은 말 그대로 스스로를 사랑하는 것과 같았다. 둘이 아니면 안 되는 사랑. 서로의 곁이 아니면 이 세상 어디에서도 행복을 찾을 수 없는 사랑.

그렇게 칠천 일을, 한결같이, 오직, 사랑했었다.

그토록 간절하게 닿았던 마음은, 그리도 사무치게 사랑한 사랑은 이 세상 그 누구도 몰라. 둘밖에는…….

"안녕, 오빠."

은후는 나지막이 중얼거렸다. 어둠을 향해 마지막 인사를 했다.

"다음 세상이 있다면, 우린 절대로 헤어지지 않아. 약속할게."

주머니에 넣어버렸던 휴대전화가 움직였다. 태흔이다. 어둠 안에서, 그것도 모자라 눈을 꼭 감았다. 온몸이 귀가 되어 귓전에 들려오는 그 사람의 목소리를 들었다.

[은후야.]

그녀의 이름을 노래처럼 불러주는 연인의 그윽한 목소리를 깊이 들이켰다. 비록 음질이 좀 나쁘고 아주 멀리 들리는 음성이라 해도 상관없었다. 너무나 달콤했다.

다시는 이렇게 불러주는 목소리를 들을 수 없을 테지. 다시는…….

[자니?]

"아니, 방 정리 좀 하고 있었어. 이제 자야지."

애써 밝게 대답했다. 아무 일도 없는 것처럼, 그저 행복한 것처럼.

"오빤 뭐 해? 오늘도 많이 힘들었어?"

[사륜구동 타고 눈길 다섯 시간 동안 달려선 현장에 다녀왔어. 엉덩이가 아파서 미칠 것 같다. 카시트 스프링이 고장났더라고.]

이럴 땐 웃어줘야지. 그래야 더 신이 나서 이런저런 이야기를 잔뜩 해줄 테니까. 아름다운 사람 목소리를 더 많이 들을 수 있을 테니까.

매뉴얼대로 움직이는 인형처럼 은후는 볼 위로는 눈물을 흘리면서도 잘랑대는 은방울처럼 맑게 웃었다. 정말 재미있는 척 키득였다.

[이젠 내려가야 한다. 저녁 만찬이야. 어후, 정말 지긋지긋해. 죽을 것 같다. 날마다 공식적인 만찬이라니, 소화불량 사흘째야.]

태흔이 한탄했다.

[그래도 이젠 네 밤 남았구나, 서울로 돌아갈 날이.]

"나는 오빠 돌아오는 날에 빨간 동그라미 쳐놨어."

[난 휴대전화에 저장해 뒀다. '우리 은후 안아버리는 날' 이라고.]

별말을 들은 것도 아닌데, 이왕 흐르던 눈물이 더 많이 고랑을 지어 흘러내렸다.

[은후야.]

"……어."

그 한마디를 뱉어내는 데도 숨을 헐떡여야만 했다. 가벼운 혀끝이 어느새 바윗돌만큼의 무게로 변해 있었다.

[사랑해. 사랑한다, 아주 많이.]

그 사람의 너무나 간절한 사랑 고백 앞에서 이제 눈물은 걷잡을 수 없는 홍수가 되어 볼을 타고 쏟아졌다. 은후는 주먹을 쥐고 가슴을 두들겼다. 쥐어뜯었다. 오열이 터지는 입을 틀어막았다. 안간힘을 다해 참아냈다.

[은후야, 우리 공주님. 새침데기 같으니라고. 듣고 있지만 말고 너도 말 좀 해. 네 목소리 듣고 싶어. 나, 오늘 저녁도 많이 기운 내야 해. 너무 그리워.]

남아 있는 마지막 기운을 다 긁어모았다. 억지로 목청을 가다듬었다. 사무치게 속삭였다.

"사랑해."

다시 가슴을 주먹으로 두드렸다. 마지막이 될지도 모르는 이 고백을 끝까지 마칠 수 있도록. 내 마음이 그대에게 가서 닿을 수 있도록.

사랑해.

당신을,

미치도록, 사랑해. 영원히.

하나님. 눈물은 제발 이다음으로 미루어주세요.

은후는 어깨 아래로 들이쉬는 깊디깊은 한숨으로 울먹임을 억지로 아프디아프게 밀어 넣었다. 아주 사랑스럽게, 아주 다정하게 태흔에게 한가득 꿀물을 보내주었다. 기운 내라는 주문을 읊어주었다.

"그런데, 있잖아. 오빠. 사실은 내가, 오빨, 더 많이, 정말 사랑해. 처음부터 끝까지."

[그래, 알아. 착하다, 우리 은후. 예뻐. 날 더 많이 사랑해 줘서. 빼앗지 않아도 이젠 네가 다 줘서.]

기특하게도, 아니, 기적처럼 은후는 울음소리 하나 보태지 않고 무사히 통화를 마쳤다.

얼마나 안간힘을 다했던지, 심장의 고동이 멎을 지경이었다. 숨이 막혀 흐느낌이 더 이상 목을 타고 올라오지도 않을 지경이었다. 눈물은 계속해서 마르지 않는 강물처럼 흘러내리고, 은후는 태흔의 목소리가 들려오던 휴대전화에 뜨겁게 키스했다. 몇 번이고 몇 번이고 입 맞추었다. 너무나 다정하고 뜨겁던 그 사람의 입술 위에 퍼붓듯이.

두 팔로 무릎을 꼭 끌어안고 얼굴을 묻었다. 나직하게, 눈물에 지쳐 쉬어버린 목소리로, 소리 내어 심장에 새기듯이 속삭였다.

"정말, 사랑해. 죽어도 좋을 만큼 그렇게, 사랑해."

사랑해, 사랑해.

사랑한다는 말밖에 할 수가 없어 속상해. 내 마음은 기껏 '사랑해' 라는 세 글자로는 형용할 수 없는걸. 숨을 거두는 그 순간까지도 난 당신을 생각할 거야. 내가 죽어 영혼만이 남아도 당신을 찾아갈 거야. 그렇게 나, 당신을 사랑해.

잠들기 전마다 흠뻑 적시던 베갯잇은 그날도 아주 많이 축축했다.

'휴우—'

결국 서준은 벌떡 일어나 앉았다. 갈피를 잡을 수 없는 깊은 생각에 골몰하면서 밤새 내내 한잠도 자지 못하고 뒤척이기만 했다. 어느새 서울의 고층 아파트까지 찾아온 아침 빛이 이마를 밝혔다.

그는 침대에서 일어나 창가로 갔다. 커튼을 젖히고 눈 아래 펼쳐진 서울의 아침 풍경을 내려다보았다. 평화롭고 일상적인 풍경이었다. 아침 강변을 따라 조깅을 하는 사람들, 이른 출근을 하기 위해 달리는 차들의 행렬 사이로 주방에서 들려오는 그릇 달그락거리는 소리. 어머니께서 아침 식사를 준비 중이신가 보다.

익숙하고 안온한 일상 안에서 어제와 다를 바 없는 오늘이 시작되고 있었다. 자신의 몫만큼 허락된 기쁨과 슬픔과 행복과 불행을 안고 사람들은 다시 하루를 걷게 될 것이다. 단 한 사람만 빼고. 누군가를 행복하게 해주기 위해 몇 배로 아프고 불행해지기로 결정한 그 사람만 제외하고.

서준의 입매가 단단히 굳었다.

'지금 누군가가 나서야 한다면 그건 나일 거야.'

서준은 돌아서서 등을 유리창에 기댔다. 눈을 감았다. 굳어진 입매가 한층 더 딱딱해졌다가 이내 부드럽게 풀렸다. 슬프고도 편안한 미소가 잡혔다.

'은후 씨도 행복할 권리 있으니까, 누구든 사랑할 권리는 있으니까. 할머님 때문에 당신이 아파야 한다고 강요하는 일은 옳지 않은 것 같아.'

그는 눈을 떴다. 책상 모서리에 놓인 분합을 멍하니 바라보았다. 돌려받은 청혼 반지를 응시하며 그는 천천히 고개를 끄덕였다. 사랑하는 여자가 앞에 서 있기라도 하듯이 중얼거렸다.

"내가 할게요. 은후 씨가 행복해지는 선택. 당신이 못 하니 내가 해요. 바로 내가! 진심을 다해 당신에게 다가갔던 나의 명예를 걸고 약속해요."

사랑하는 여자에게 바쳤던 분합을 어루만졌다. 강하게 움켜쥔 서준의 손에 퍼런 힘줄이 솟아올랐다.

이날의 결심이, 결정이 부디 모든 사람을 위해 최선이기를. 이미 벌어진 일을 없다 덮어버리고 묻는다 해서 해결될 상황은 이미 벗어난 상태였다. 그의 사랑은, 실패였다. 인정해야 했다.

결심한 다음에야, 흔들리기 전에 해치워야지. 서준은 잠시 망설이다가 재킷 주머니에서 휴대전화를 찾았다. 버튼을 꾹 눌렀다.

친구끼리는 목소리도 닮는 모양이다. 잠시 후, 꽤나 이태흔과 비슷한 낮고 굵직한 목소리가 흘러나왔다. 운동 중인지 숨소리가 거칠었다.

[안녕하십니까, 유세진입니다.]

"유 사장님, 문서준입니다. 너무 이른 시각에 죄송합니다. 전시회 마무리 문제 때문에 잠시 뵙고 싶은데요."

[아, 문 이사! 그렇지 않아도 제가 연락하려고 했어요. 출국 준비하느라 많이 바쁘죠? 좋습니다. 난 오후가 괜찮은데? 어때요?]

"저도 상관없습니다. 네 시쯤에 사무실로 찾아뵙겠습니다."

서준은 전화를 끊고 한동안 멍하니 서 있기만 했다. 스스로를 대견하다 칭찬하며, 한편으로는 오래도록 이날의 결정을 후회하리라 생각하며, 복잡한 갈등으로 가득 찬 시선으로 활기차게 움직이는 서울의 아침 거리를 내려다보면서.

'잘한 일이야. 암, 적어도 내가 할 일로 인해 한 사람은 행복해

질 테니까.'

어머니 강 여사가 아침 식사를 하라고 문을 두드릴 때까지 아주 오래, 그는 휴대전화만 움켜쥐고 그 자리에 서 있었다.

오후 네 시. 명동 에고이스트 빌딩.

서준은 15층 〈Y&N 기획〉이라는 명판이 붙은 사무실 안으로 들어섰다. 가장 안쪽의 책상 앞에 앉아 있던 세진이 일어났다.

"어서 와요."

두 남자는 악수를 나누었다.

세진은 슈퍼모델 출신답게 사무실에서도 한 점 흐트러짐 없는 세련된 차림새였다. 한국 남자들은 잘 신지 않는 검정 모카부츠와 본인의 이니셜이 새겨진 디자이너 에디션의 청바지. 슬림한 검정 실키 재킷으로 구색을 맞춘 다음, 같은 색의 검은색 니트를 받쳐 입었다. 보일 듯 말 듯 짙은 암갈색 스카프를 목에 두른 것이 편안하면서도 섹시해 보였다. 서준도 뉴욕에 가면 스카프를 애용해 볼까 생각했을 만큼 멋져 보였다.

"사무실을 옮긴 지 일주일밖에 되지 않아 어수선합니다. 이해해 줘요. 커피? 아니면 홍차?"

세진이 자리를 권하며 물었다.

"홍차가 좋겠습니다."

세진이 찻주전자에 더운물을 채웠다. 소파에 앉은 서준은 세진의 사무실을 한 바퀴 휘 돌아보았다.

"사무실이 아니라 어디 고급스런 클럽에 온 것 같습니다."

"그래요? 다행이네. 이 사무실 열면서 잡은 컨셉이거든."

세진이 기분 좋게 말하며 소파 앞에 다가왔다.

창가에는 내방한 손님들이 편안하게 쉬거나 차나 술을 마실 수 있도록 고급스러운 베드소파를 배치해 두었고, 그 옆에는 주당들이 환호할 만한 온갖 명주(名酒)들을 갖추어놓은 바를 설치했다. 서울의 멋진 야경을 감상할 수 있게 만들어놓은 모퉁이의 아늑한 끽연실도 근사했고, 다트게임과 당구대도 있었다. 총각파티 때 초대할 스트립 걸의 무대로 쓸만한 원형 무대만 갖추어진다면, 가히 유럽의 배타적이고 고급스런 남성 전용 클럽을 빼박은 모양새였다.

"사무실을 이렇게 세련되게 퇴폐적으로 꾸며놓은 건 처음 봅니다."

나름 모범생인 서준의 솔직한 발언에 세진이 껄껄 웃었다.

"우리 직업이 워낙 긴장의 연속이잖아요. 런웨이를 걷는 게 생각보다 쉬운 일도 아니고, 또 매일같이 관리를 해야 하는 직업이니까. 이 사무실 들어오는 모델 친구들이 편안하게 널브러져서 쉴 만한 공간을 만들고 싶었어. 내가 모델 일 할 때 진짜 그런 공간이 필요했거든."

"촬영 스튜디오나 작업하는 곳은요?"

"작업 공간은 전부 다 아래층에 가 있어요. 명색은 사장실이지만 우리 애들이 놀러 오는 곳이 여기야. 사장이 별거야? 걔들 하소연 들어주고 긴장 풀어주고 자신감 키워주고, 가끔씩 돈도 벌게 해주는 곳이고."

"돈을 벌게 해준다니요?"

"여기서 계약서들을 많이 쓰거든요."

"그렇군요."

"서울에는 싱글남들이 놀 데가 진짜 없어. 나중에 나, 이런 분위기로 물 좋은 독신남 클럽을 하나 오픈할까?"

"근사한 계획 같습니다. 오픈하면 저도 꼭 회원으로 받아주십시오."

서준은 미소 지으며 가방을 열었다. 안나 다루치 전(展)의 최종 기획안이 든 파일과 시디를 건넸다.

"지금까지 제가 하고 있던 일, 대신 맡을 큐레이터하고 이야기를 끝냈습니다. 사무실로 찾아뵈라고 이야기해 두었으니 미팅하시면 됩니다. 제가 해드릴 게 이것밖에 없어서 죄송합니다."

"아뇨, 내가 미안하죠. 바쁜 사람한테 마지막 마무리까지 얹은 것 같아서 마음이 그래요. 차, 마셔요."

세진이 찻주전자에서 홍차를 따라 서준에게 건네주었다.

"언제 출국합니까?"

"내일 밤 열한 시입니다."

"역시 사람은 큰물에서 놀아야지. 이야아, 메트로폴리탄의 큐레이터라. 이건 문서준 씨만의 영광이 아니라 한국의 영광입니다. 부러워. 언제 뉴욕 가면 술이나 한잔합시다."

"오시면 연락 주십시오."

서준도 미소 지으며 화답했다. 세진이 찻잔을 내려놓고 빙그레 웃었다. 짐짓 그를 놀렸다.

"그나저나, 문 이사. 이렇게 훌쩍 떠나면 연애 전선에 이상 생기겠는데요?"

"연애 전선이라니요?"

"은후 말이지. 눈에서 멀어지면 마음에서도 멀어진다고 그러던데, 약혼이라도 해놓고 가면 몰라도 이렇게 미진하게 끝나면 곤란할 텐데."

서준은 대답 대신 빙그레 웃었다. 억지로 미소 짓는 그의 입술이 그저 쓴맛만 느껴지는 차 한 모금을 다시 들이켰다.

결심은 했지만 결단은 쉽지 않았다.

솔직히 망설였다, 아주 잠시.

그 망설임을 감추기 위해 다시 한 모금, 찻물을 홀짝였다. 후회하진 않을까? 아마도 후회, 하겠지. 하지만 지금 하려고 하는 일을 하지 않는다면 마찬가지로 오래도록 후회할 것이다.

서준은 찻잔을 놓고 세진을 똑바로 바라보았다. 다시 빙그레 웃었다.

"괜찮습니다. 갑작스런 출국이 저에겐 더 좋은 일이 된 것 같습니다. 은후 씨, 내일 저랑 같이 뉴욕 갑니다."

느닷없는 말에 세진의 눈이 둥그레졌다. 놀란 기색을 감추지 못했다. 서준은 담백한 표정으로 설명했다.

"어차피 은후 씨도 내년에 뉴욕대로 유학 올 예정이었습니다. 진 여사님께서 은후 씨더러 같이 나가서 학교 전형도 좀 알아보고 거처할 곳도 미리 정해보라고 하시더군요. 아무래도 혼자보다는 제가 있으니 안심이라고요."

은후가 어머니 강 여사와 동반이라는 것은 슬쩍 빼놓았다. 충격이 클수록 효과가 배가될 테니까.

'다음은 당신 차례야, 이태흔 회장.'

놀란 표정을 감추지 못하는 세진을 슬쩍 건너다보다 서준은 고개를 떨어뜨렸다. 잠시 막막한 시선으로 찻잔만 응시했다.

이태흔과 유세진 사장은 알아주는 친구 사이라고 들었다. 속엣말까지 나누는 죽마고우라고들 했다. 은후와 서준이 함께 뉴욕으로 출국한다는 말을 세진이 듣는다면, 100% 확률이다. 곧바로 이

태흔의 귀에 들어갈 거라는 것쯤은 서준도 알고 있었다. 그것을 바라고 발설을 한 것이다.

'이태흔 당신이 마음에 들어서도, 좋아서도 아니야. 단지 은후 씨 때문이라고. 은후 씨가 원하는 일이거든. 그 사람이 평생 속울음 울면서 겉으로는 행복한 듯 웃고 사는 거 보기 싫어서 그런 것일 뿐이야. 당신이 어떻게 움직일지 두고 보겠어. 말만 많은 허수아비인지, 아니면 정말 제 여자를 얻고 지키기 위해 전부를 버릴 수 있는 남자인지. 그건 당신 몫이겠지.'

이것은 오래도록 진실하게 사랑해 온 여자에 대한 그의 마지막 예의였다. 또한 가장 주고 싶은 작별 선물이기도 했다.

사랑하는 남자가 되지 못한다면 오래도록 좋은 친구로라도 기억되기를. 그렇게라도 기억되고 싶은 소망일 뿐.

서준의 느닷없는 이야기에 놀란 기색을 감추지 못하던 세진이 억지로 웃는 척했다.

"대단한걸, 문 이사! 소원 성취했네. 머나먼 이국에서 외로운 남녀 둘이 같은 지붕 아래에서 지낸다 이 말이야? 뭐야, 뭐야? 완전히 결혼식 예행 연습이로구만."

"저도 그랬으면 좋겠습니다."

이제 볼일은 다 끝났다. 서준은 미소를 지으며 일어섰다. 세진도 따라 일어서며 악수를 청했다.

"공항에는 나가지 못할 테지만 여하튼 열심히 하고 잘 다녀와요. 몸 건강하고."

"네, 고맙습니다."

"우리 은후도 잘 부탁할게."

"제가 은후 씨한테 도움을 많이 받을 것 같은데요. 그 사람, 의

외로 야무지고 통이 커요."

사무실 문을 열고 세진은 서준을 배웅했다. 끝까지 미소 짓는 서준의 기분 좋은 모습이 엘리베이터가 있는 복도 모퉁이를 돌아 사라졌다. 문을 닫고 돌아서며 세진은 어깨를 으쓱했다.

"운도 좋군, 녀석."

사내들이라면 다 한 번씩은 꿈꾸어보았을 테지. 절세미인인 성북동 프린세스 이은후의 남자가 되는 일.

'다른 누구도 아닌 문서준이가 성북동의 공주님을 꿰차다니. 대단한걸? 하긴 그 집안이야 성북동 할머니하고 워낙 친분이 깊었으니 이해 못 할 바도 아니지만……. 열 번 찍어 안 넘어가는 나무 없다 하더니, 역시 질기게 달라붙어 소원 성취하는구나.'

하지만 정말 기묘한 일이란 말이지. 세진은 고개를 갸웃거리며 의자에 앉았다. 턱을 어루만지며 깊이 생각에 잠겼다.

'천하의 중증 시스터 콤플렉스 이태흔이가 소중한 누이동생을 딴 놈도 아니고 하필이면 혼담 오가는 문서준에게 딸려 내보내는 것을 허락해? 말이나 되는 일이야?'

지금 태흔은 러시아 출장 중이다. 세진이 알기로 사흘 후에나 돌아올 예정이다. 그가 집을 비운 사이 은후를 미국으로 내보낸다. 참으로 이태흔스럽지 않은 결정이었다. 게다가 문서준과 같이 가게 만들어?

'절대로 아니지. 보낸다 해도 제가 데리고 나갈 위인인걸.'

세진은 다시 고개를 갸웃거렸다.

'만에 하나, 미리 결정된 거라면 우리더러도 은후를 보낸다고 이야기했을 텐데…….'

러시아로 떠나기 전날, 삼총사는 분주한 짬을 타서 저녁 식사를 같이했다. 바빠 그냥 넘긴 명중의 생일 턱이었다. 하지만 그때 태흔은 아무 말도 하지 않았다. 식사가 끝난 후, 김 기사 대신 술 마신 그를 데리러 은후가 왔었지만, 그녀 역시 그런 말은 하지 않았다.

'기묘하네. 어떻게 돌아가는 시추에이션인 거야?'

세진은 홀로 입술을 만지작거리며 생각에 잠겼다.

승마장에서 슬쩍 흘리던 태흔의 집착 서린 기묘한 행동. 팔순 파티에서 본 성북동 할머니의 경계 어린 눈빛까지 따져 보았다.

파티 내내 태흔은 은후를 향일하고 있었고, 진 여사의 시선은 손자 태흔만을 따라다니고 있었다. 보다 정확하게 말하면, 끊임없이 은후만을 신경 쓰는 태흔의 모습을 관찰하고 있는 듯해 보였다. 사람들의 관계. 감추어진 이면의 감정을 헤아리는 민활한 두뇌가 돌아갔다. 약 몇 분 후, 세진은 결론을 내렸다. 쓴웃음을 지었다.

'천하의 이태흔도 어쩔 수 없네. 새끼, 못나게도 제 감정 이리저리 흘리고 다니더니 결국 문서준과 할머니께 뒤통수를 맞고 말았군.'

그때 노크 소리가 나고 문이 열렸다. 퇴근하는 길에 잠시 들르마 했던 명중이었다. 명색이 죽마고우가 사무실을 새로 오픈했다고 하니 얼굴이라도 한 번 비춰야 도리라고 생각한 모양이다.

"새끼, 바람둥이 아니랄까 봐 사무실도 놀자판이로군."

분위기 어떠냐고 자랑스레 묻는 세진더러 명중이 눈을 흘겼다. 한마디 타박을 했다. 그러면서도 개업식 턱이라고, 팔에 끼고 온 작은 화분을 하나 책상 위에 놓아주었다.

"화분 따위 싫다 그랬지? 돈으로 줘, 인마."

세진은 괜스레 명중을 타박하며 그를 끽연실로 안내했다. 금연 건물에 사는 끽연가의 설움을 처절하게 경험하는 명중으로선, 폼나게 담배 피워도 아무 탈이 없는 그 공간이 제일 마음에 드는 눈치였다.

"멋지다, 마! 병원도 이런 분위기면 남자 환자들이 살맛 날 텐데. 젠장."

명중이 담배 한 개비를 꺼냈다. 기분 좋게 불을 붙이며 주위를 돌아보았다.

세진은 술병 하나와 글라스 두 개를 들고 다시 끽연실로 돌아갔다. 안줏거리로 치즈 부스러기도 찾아냈다. 명중의 잔에 코냑을 반 잔쯤 따랐다. 초겨울의 도심. 어둠이 채 내리기 전부터 더 밝게 빛나는 빌딩들의 조명과 화려한 네온사인에 대고 두 친구는 건배했다.

"나중에 태흔이 놈 결혼하기 전에 여기서 총각파티 하자. 공간도 넓고 딱인데? 동창 놈들 왕창 부르고. 어때?"

"뭐, 나쁘진 않아. 태흔이가 진짜 12월에 결혼한다면."

"뭐? 왜? 안 한대? 임세라하고 뭔 일 있었대냐?"

명중이 깜짝 놀란 얼굴을 했다. 세진은 고개를 흔들었다.

"아니, 그런 건 아니고. 그냥 혼자 생각이야."

"제 입으로 12월에 한다고 했잖아. 그럼 하는 거겠지."

"하지만 결혼을 앞둔 놈 같지 않으니까 하는 말이지."

"왜?"

"태흔이 자식, 은근히 용암 스타일이잖아."

"용암 스타일? 흠. 뭐, 절대로 터지지 않는 용암이긴 하지만 안으로는 부글부글 끓는 스타일이니, 용암 맞네."

"냉정해 보여도 정열적인 놈이란 말이다. 겉으로는 데면데면해도, 제 마음에 든 사람한테는 다 퍼주는 스타일이잖아. 의외로 낭만적이고 다정다감한 면도 많고. 결혼까지 생각하고 있으면 진짜 임세라가 마음에 들었다는 이야기인데, 그놈 성질머리에 완전히 미쳐야 정상이라고. 너도 파티에서 봤지? 그게 연애질하는 놈 얼굴이데?"

세진의 말에 명중의 표정도 신중해졌다. 손가락 끝으로 안경을 걷어 올렸다. 잠시 생각하더니 고개를 흔들었다.

"임세라하고 같이 있는 거 봤지만, 맞아. 완전 남남이더구먼. 내내 따로 놀았잖아. 태혼이 자식은 은후 챙기느라 정신없었고, 임세라는 태혼이 신경도 안 썼고. 게다가 우리 셋 다 임세라의 스캔들 상대를 뻔히 알고 있는 처지에 둘이 열렬히 사랑한다는 말을 믿는 건 좀 낯 뜨겁지."

"진짜 미스터리지? 명중아. 태혼이 새끼, 마음도 없으면서 왜 임세라하고 결혼한다고 설레발을 쳐댄 걸까?"

"그 새끼 속이야 누가 알아? 그놈이 언제 속시원하게 제 일 까발리데? 하지만 말이야. 어제 재인이가 슬쩍 그러더라. 혹시 태혼이, 마음이 딴 데 가 있는 거 아니냐고."

세라와 함께 있으면서도 데면데면하게 구는 태혼의 이상한 기색은 세진만 느낀 게 아니었던 것이다.

"여자들 직감이 그런 쪽으로 은근히 빠르잖아."

"빠르지."

명중이 제 앞에 놓인 코냑을 한 모금 다시 홀짝였다. 앞뒤 꽉 막히고 제 일 아닌 것에는 무심한 편이지만, 그렇기에 오히려 더 객관적이고 냉정하게 사태 파악을 하는 녀석이다. 다시 돌이켜

보니 수상쩍은 일이 한두 가지가 아닌 거다. 비로소 보이고 잡혔다.

"태흔이 자식, 제가 싫은 일 하는 거 본 적 없는데. 완벽주의자이고 신중한 놈이 딴 일도 아니고 결혼 문제를 얼렁뚱땅 처리할 리가 없는데. 무슨 영문이지?"

"너도 태흔이 결혼 문제, 진짜 수상하긴 하지? 냄새 나지?"

"어."

"그런데 태흔이 새끼, 몰래 감춰둔 여자는 분명 있는 것 같아. 나에게서 별장 열쇠 빌려갔었어."

"누굴 데려갔는지는 말 안 해?"

"그 자식, 게슈타포 저리 가라잖아. 딴 것도 아니고 사생활인데. 한 번도 들은 바 없어. 나야 연애할 때 탁 까놓고 하지만."

"바람둥이답군."

명중이 술잔으로 세진의 머리통을 내려치는 시늉을 했다.

잠시 술잔을 돌리며 세진은 이마에 주름살을 잡았다.

"내 생각에 태흔이 놈, 명중아."

명중이 세진을 바라보았다. 세진은 그동안 혼자만 보고 듣고 느끼던 것을 마침내 발설하고야 말았다

"은후를 사랑하는 것 같다."

"미친 새끼!"

명중이 기가 차다는 표정을 감추지 않으면서 세진을 노려보았다. 버럭 소리 질렀다.

"붙일 데 붙여라. 다른 애도 아니고 어떻게 은후를……."

"못 붙일 이유도 없지, 인마. 같은 집에서 남매로 자랐다 뿐이지 법적인 가족 관계도 아니고, 정도 들 대로 들었을 테고. 태흔

이, 은후 아끼는 건 예전부터 유명했잖아. 나 솔직히 가끔 태흔이가 은후 보는 눈빛 보면 섬뜩했어."

"자알 한다. 친구더러 섬뜩하다고?"

"단순히 귀여운 누이동생 보는 눈빛이 아니라고. 잡아먹을 것 같을 때 가끔 있었어. 특히 너나 내가 은후 옆에 접근한다 싶으면 날카롭게 구는 것 못 느꼈어?"

"전혀!"

명중이 단언했다. 그러나 세진은 똑같이 가까이 지냈어도 태흔이 명중에게만은 날카롭게 굴지 않았던 이유를 금세 찾아냈다.

"이미 넌 그때부터 임자가 있었잖아. 재인이. 은후에게 접근시켜도 안전하다고 생각했나 보지."

세진의 말에 명중의 이마에도 주름살이 졌다. 이 세상의 모든 일은 언제나 정도(正道)로만 진행된다고 생각하는 모범생 김명중이 상상하기는 상당히 어려운 사태였다. 의심이 가득 찬 얼굴로 세진을 건너다보았다.

"정말, 그런 걸까?"

"그렇다면 임세라하고의 무덤덤한 분위기가 설명되지."

"정말 은후를 좋아한다면, 그냥 데리고 살 일이지 왜 다른 여자와 결혼 따윌 한다고 설치는 건데?"

"지금까지 남매로 살았는데 갑자기 연인이 되면 이상하지. 남들도 수군댈 테고."

"그건 그래. 성북동 할아버지, 할머니. 은후를 좀 예뻐하셨어? 친손녀라고 해도 다 믿을 텐데. 만약 태흔이가 은후를 그런 눈으로 보고 있었다는 것을 알았다면 일단 두 분이 가만있지 않았을 거다."

"혹시 태흔이, 오 년 동안 유럽에 나가 있었던 것도 그 일하고 관련있나?"

두 친구의 눈이 마주쳤다.

"그럴 수 있지. 아니, 그럴 것 같다. 서로가 혼란스러우니 떨어져서 생각해 보려고 떨어져 있던 것일 수도 있어. 태흔이, 신중하고 철저하잖아."

"정말 태흔이가 은후를 사랑한다면, 난 반대하지 않겠어. 사실 둘, 아주 잘 어울리잖아. 일단 은후라면 태흔이 짝으론 완벽하지. 생긴 것도, 하는 짓도 완전히 그놈 취향이잖……. 맙소사, 양심없는 새끼!"

갑자기 명중이 부르짖었다. 세진이 고개를 끄덕여 동감을 표시했다. 혼잣말처럼 중얼거렸다.

"나쁜 놈이 어린애를 제 품 안에 데려다 놓고 완전히 제 입맛대로 키웠어."

"철저한 놈, 무서운 놈. 아무 여자나 꾀고 다니지 않아 그런가 했더니, 제 여자를 키우고 있었던 거야. 완벽한 여자가 제 울타리 안에서 예쁘게 피고 있는데 뭣 하러 딴눈을 팔겠냐? 은후에게 달려드는 날파리들 처리하는 것도 힘들었을 텐데."

"진짜 재주도 좋아. 어디서 그렇게 예쁜 애를 낚아채 와선 아주 제 입맛대로 골라 키워선 단번에 꿀꺽? 이태흔이, 양심도 없는 새끼. 그래서 은후 좀 소개시켜 달라고 했더니 감히 내게 눈 부라리면서 주먹을 휘둘렀구먼."

"하지만 부럽지?"

이를 갈던 세진은 명중을 바라보다가 쓰디쓰게 고개를 끄덕였다.

"어."

술 한 모금을 털어 넣으면서 세진은 다시 이맛살을 찌푸렸다.

그런데 왜 태흔은 은후를 미국으로 보내는 걸까? 왜 헤어지는 걸까? 태흔의 성미에 정말 은후를 사랑한다면, 무슨 짓을 해서든 잡아야 정상인데. 혹시 둘 사이가 순조롭지 못하고 헝클어져 버린 걸까?

세진은 고개를 번쩍 들었다.

"명중아, 은후는 어떨까? 태흔이를 남자로서 사랑할까?"

"글쎄."

"둘이 같이 사랑하는 거라면 일이 터져도 벌써 열 번은 터져야 정상인데. 혹시, 태흔이 놈 혼자 하는 사랑 아니야?"

"설마."

"오빠가 갑자기 연인 되는 거 쉬운 일 아니지, 인마."

둘은 서로의 얼굴을 마주 바라보았다. 세진이 혀를 찼다. 고개를 끄덕였다.

"이런, 된장할! 천하의 이태흔이가 은후에게 걷어차였단 거지. 지금?"

"그래서 그 새끼, 상심해서 유럽 떠난 거고? 못 잊어서 돌아와선 은후를 꾀고 있는데 말은 안 듣고, 그래서 결혼이다 뭐다 난리쳐 가며 계속 자극하고 있는 거란 말이야? 은후는 무서워서 도망가려는 거고?"

"아마 맞을걸?"

명중이 탄식했다. 세진도 따라 혀를 찼다. 갑자기 휴대전화 번호를 눌렀다.

"지금 여섯 시니까……. 거긴 열두 시겠네. 어디 보자."

"야, 뭐 해?"

"물어보려고 그런다. 진짜면 이 새끼, 죽었어. 우리한테도 속였단 말이지?"

신호가 대여섯 번이나 갔을까? 태흔이 전화를 받았다.

[나다, 왜?]

"바쁘냐?"

[LUK 오일 회장이 주최하는 오찬 모임에 가는 중이야. 곧 도착해. 급한 일 아니면 내일쯤 통화하자.]

너무나 태연하고 예사로운 목소리였다. 엉큼한 자식. 열을 받은 김에 세진은 다짜고짜 버럭 소리 질러주었다.

"재수없는 새끼. 키워선 날름 잡아먹으려다 목에 걸린 거지? 엉?"

[뭐라고?]

빙고. 포커페이스인 녀석의 목소리가 세진조차 알아차릴 수 있을 정도로 흔들렸다.

"이태흔이 너, 단도직입적으로 묻자. 은후한테 차였지?"

[끊어! 미친 소리 하지 말고.]

쌀쌀맞게 구는 것으로 동요를 감추어보려고 했지만 어림없다. 세진은 더 큰 소리로 버럭질을 해댔다.

"새끼, 나가 죽어라! 내 별장 빌린 것도 은후 데리고 가서 어떻게 해보려고 그런 거지? 아주 잘됐다! 네놈이 은후 잡아먹고 희희낙락하는 꼴 안 보게 돼서. 은후가 생각 잘했지. 너 같은 놈 만나 평생 쪼이며 사는 것보다 문서준이가 백 배 낫지."

수화기 안에서 태흔이 나직하게 이를 가는 소리가 들렸다. 음산하게 내뱉었다. 정말 화가 났다는 뜻이었다.

[닭이나 쳐!]

"진짜 재수없다, 새끼! 야, 너 전화 끊지 마! 평생 후회할 테니까. 삼십 년간 이어온 더러운 우정 때문에 말해주는 줄 알아라. 지금 당장 돌아오지 않으면 네 예쁜이, 진짜 빼앗길 거다. 은후, 내일 밤에 문서준이랑 뉴욕 간다. 알아?"

약 삼 초간 침묵이 이어졌다. 아주 천천히, 태흔이 되물었다.

[은후가, 누구랑, 어딜 가?]

황당하다 못해 절대로 믿을 수 없다는 목소리였다.

"문서준이랑 같이 뉴욕 간다며? 분명히 그렇게 들었다."

[누구한테서?]

"문서준이 본인 입으로 직접. 왜?"

[말도 안 돼! 누가 허락했다고.]

"할머님이 결정하셨단다. 어차피 결혼할 사이, 이국에서 서로 의지하고 살면 더 깊이 정들고 좋겠지. 그래서 은후, 문서준이 따라 같이 간단다, 마."

[알았다. 다음에 연락하마.]

그쪽에서 먼저 전화가 끊겼다.

명중이 세진을 바라보며 어이없다는 표정을 지었다.

"야, 너 그렇게 함부로 말 지어내다가 뒷감당 어떻게 하려고 그래?"

"없는 사실도 아닌걸. 아까 문서준이 만났는데, 정말 은후랑 같이 나간대. 아주 꿈에 부풀어 있더군. 알게 모르게 태흔이 자식이 방해를 많이 한 모양이야. 그런데 어부지리로 순조롭게 일이 풀렸으니 아주 싱글벙글이던데."

"불쌍한 문 이사."

두 사내는 술잔을 부딪쳤다.

"태흔이가 돌아오면 완전히 밟히겠군."

"글쎄다. 제놈 피해 도망치려 한 은후가 밟히는 것만 하겠냐?"

세진은 중얼거렸다. 태흔이 모든 것을 작파하고 서울로 당장 돌아온다는 데에 그는 목숨을 걸 수도 있었다.

태흔이 돌아오면 무슨 일이 벌어질까?

"대단한 그놈 성질머리에, 그 자존심에, 그 독점욕에……. 우와, 죽이는군. 감히 은후가 제놈을 거부하고 문서준과 함께 도망치려 했으니 완전히 뒤집어엎을 텐데……."

"그러게 말이다. 은후 녀석, 당장 낼모레로 태흔이에게 잡혀선 면사포 쓰는 거 아닌지 모르겠다. 젠장. 그 새끼, 열 받으면 엄청 성질 더럽잖아. 여하튼 이태흔이, 대단해! 스캔들도 끝장나게 치네. 개새끼. 바른 생활 사나이라고 소문은 자자하더니, 임세라와 혼약 작파해, 누이동생하고 결혼해, 조만간 서울이 흔들리겠군."

22장

휴대전화를 끊는 순간, 태혼을 둘러싼 시공간이 얼어붙었다.

망연하게 허공을 노려보는 눈빛이 불타는 암석이라 할 수 있는 유성처럼 이글거렸다.

하지만 시간이 흘러갈수록 그 눈빛은 어둡게 식어갔다. 세상에서 가장 차갑다는 액체질소를 닮아갔다. 그의 모든 감각과 지능, 주의력과 집중은 오직 하나. 격노라는 파도를 타고 한 점(點)에 모아지고 있었다. 배신감, 이라는 그것.

가장 순도 높은 분노와 고통은 역설적으로 너무나 고요한 평정 상태와 닮아 있었다.

부서뜨릴 듯이 휴대전화를 움켜쥔 손이 어느새 덜덜 떨리고 있었다.

'내일이라고? 문서준과 함께 뉴욕으로 간다고? 누구 맘대로? 어떻게 네가 감히!'

터져 버린 심장의 아픔과 분노를 잠재울 수 없어 미칠 것만 같았다.

처음부터 끝까지 기만당했다는 분노. 다른 누구도 아닌 은후에게서 뒤통수를 맞고 말았다는 충격은 너무나 컸다. 그가 만약 세진에게서 이 기막힌 소식을 듣지 못했다면, 은후는 제 뜻대로 조용히 미국으로 날아갔을 테고, 보란 듯이 그의 손안에서 벗어나 사라져 버렸을 테지.

'결국, 난 아니었던 거냐?'

그들이 나눈 사랑이라는 것은 무엇이었을까? 아니, 사랑을 하긴 한 것일까? 새삼스런 회의는 거미줄처럼 그를 칭칭 옭아맸다.

태흔의 선명한 입술이 서릿발 같은 자조의 미소를 물었다.

'결국은 그런 거였구나. 응? 이은후.'

그는 사랑하는데, 원하는데, 미치겠는데 그녀는 아니었다 한다. 사랑은, 미친 열정의 이 사랑은 처음부터 마지막까지 그의 몫이었을 뿐이다. 두 사람이 함께 나누었다고 믿었던 사랑, 공명했던 감정들, 같이 만들었던 삶과 추억들을 깡그리 부정해야만 하는 순간이 돌아왔다. 해일 같은, 태풍 같은 검은 것들이 그의 전신을 타고 올랐다. 슬픔. 분노. 좌절. 이글거리는 질투와 공포. 그러니까, 끝이다.

한꺼번에 휘몰아친 감정의 격류를 감당해 낼 힘이 없었다. 아주 잠시 그의 냉정한 이성과 균형 감각이 툭 하고 바닥으로 떨어졌다. 입안으로 가득히 비린 맛이 돌았다. 그때야 태흔은 자기도 모르게 너무나 강하게 악물어 버린 터라 입술이 터져 버렸다는 것을 깨달았다.

태흔은 고개를 들어 뒤통수만 보인 수행비서를 바라보았다. 나지막하게 명령했다.

"박 부장."

"네, 회장님."

"지금 당장, 전용기 공항에 대기시키세요. 오늘 오찬 모임 끝나자마자 서울로 돌아갑니다."

"하지만 회장님, 아직 일정이 끝나지 않았는데……."

"그따위 것은 내가 알아서 할 테니 지시하는 대로 움직이세요."

평소의 태흔답지 않게 위압적인 말투에 지시를 받는 박 부장도 깜짝 놀랐다. 저절로 몸을 곧추세워 앉으며 네, 하고 대답했다.

네 시간 후, 태흔은 곧 이륙할 준비를 갖춘 전용기에 올라타고 있었다. 그를 태운 비행기는 이내 서울을 향해 발진했다.

기창으로 스며드는 칼날 같은 황금빛 노을을 노려보며 태흔은 이를 악물었다. 시속 850㎞로 날아가는 비행기가 이토록 굼뜨다고 느낀 것은 정녕 처음이었다.

'마음대로 해봐. 내가 어떻게 할지 두고 보라고.'

지금껏 놓지 못하고 자르지 못한 연정을, 집착과 사랑을, 어찌하든 붙잡으려 안달하던 그 마음을.

이젠 정말, 버리고 부숴 버려야 할 때가 왔다.

밤 내내 뒤척이다가 새벽이 되어서야 깜빡 잠이 들었다. 눈을 뜨니 시곗바늘은 여덟 시. 늦잠 자버렸네. 일어나야지, 머리로는 생각하면서도 쉬이 몸이 움직여지지 않았다. 납덩이라도 달린 듯이 몸은 무겁기만 하고 뒷골이 묵지근했다. 밤 내내 홀로 베개에 얼굴을 묻고 몰래몰래 울었던 후유증이리라.

커튼을 걷었다. 겨울을 재촉하는 비가 내리고 있었다. 뚝뚝 떨어지는 노랑 은행잎이 처량맞게 젖은 채 바닥에 잔뜩 쌓여 있었다.

"바보 같다."

욕실 거울 앞에 서서, 얼음주머니를 눈두덩에 대고 있는 자신의 모습을 노려보며 은후는 홀로 중얼거렸다.

방문을 열고 나가니 기다렸단 듯이 나주댁이 갓 짜낸 사과 주스를 건넸다.

"할머님은요?"

"아침 산책이요."

"아이 참, 비도 오는데 좀 참으시지. 미끄러져 낙상이라도 하시면 어째요?"

"그렇게 말씀드렸는데 듣지 않으시네요. 하루라도 안 나가시면 갑갑하시대요. 한 시간쯤 지나야 오실 테니, 그때 진지 같이 해요. 참 언제 출발해요?"

"밤 열한 시 이륙이니까, 넉넉잡아서 아홉 시 반 정도까지만 도착하면 돼요. 집에서 저녁 먹고 나갈까 해요."

"짐은 다 챙긴 거죠?"

"그럼요. 기껏 가방 하난데."

"문 이사님이 집으로 데리러 온다죠? 지극 정성이여."

은근슬쩍 암시하는 듯한 나주댁의 미소를 뒤로하고 은후는 돌아섰다. 아무리 참으려 했지만 그늘진 한숨이 저절로 새어 나왔다. 소파에 앉아 막 신문을 집어 드는데 초인종이 울렸다. 은후는 고개를 돌렸다.

"이 아침에 누가……?"

인터폰 앞에 다가가는 나주댁 역시 의아한 얼굴이기는 마찬가지였다. 화면에 비친 인물을 확인하자마자 깜짝 놀라 소리쳤다.

"에구머니, 웬일이래? 회장님이 돌아오셨네요."

"오, 오빠가 왔어요?"

꿈에도 예상하지 못했던 일이다. 태흔의 돌연한 등장 앞에서 은후는 그만 외마디 비명을 지르고 말았다. 거의 본능적으로 발딱 일어서고 말았다. 너무나 놀랐다. 숨이 턱 막힐 정도로.

대체 왜? 라는 의문을 가지기도 전이었다. 문이 열리고 태흔이 들어섰다. 소파 앞에 엉거주춤 선 은후를 노려보았다.

설명을 위해 아무 말도 필요치 않았다. 두 사람 사이에 오가는 그 찌르는 듯한 시선만으로 충분했다.

그에게서 시작되어 은후에게로 다가온 음울한 검은 기운. 목줄을 틀어막고, 살을 파고들어 그녀를 산산조각 내는 무서운 한기. 현관 머리에 선 태흔은 마치 사신(邪神)과도 같았다.

"오빠, 어떻게……?"

힘겹게 입을 열었다. 너무 당황하고 또 놀라서 은후는 솔직히 제정신이 아닌 상태였다. 말을 하는 자신의 목소리가 제 것이 아닌 듯 한없이 멀게만 느껴졌다.

절대로 이 자리에 있어서는 안 될 사람이다. 그럼에도 그라는 존재가 분명 이 서울 하늘 아래, 그녀의 앞에 서 있다는 것 역시 부인할 수 없는 현실. 가시처럼 찌르는 눈빛이 피부에 와 닿는 감각은 차디찬 한기, 오직 그것이었다.

묵묵히 그녀를 응시하던 캄캄한 눈동자가 잠시 깜빡였다.

그것으로 충분했다. 태흔은 은후에게서 듣고 싶었던 모든 것을 다 알았다.

대답 대신 태흔이 구두를 벗고 거실로 들어섰다. 성큼성큼 다가와 은후의 팔을 잡았다. 아주 낮은 목소리로, 어쩌면 상냥하고 부드럽게까지 느껴지는 목소리로 말했다.

"우리, 이야기 좀 해야지?"

오랜 비행 도중, 한잠도 자지 않은 게 분명하다. 눈에는 핏발이 서 있었고, 양복은 구겨져 있었으며, 언제나 단정하던 넥타이도 약간 풀린 채 비뚜름했다. 팔을 붙잡은 손아귀의 힘이 말하는 것. 오직 분노, 치열한 배신감.

바들바들 떨면서도 은후는 아무 말도 할 수가 없었다. 시야를 가득 메운 그의 모습. 검은 불꽃이 일렁이는 그의 눈동자가 말하는 모든 것. 그것으로 충분했다. 은후는 말 한마디 들을 바 없이 태흔이 지금 이 자리에 돌연히 나타난 이유를 전부 알았다.

그의 눈빛이 다시 번쩍였다. 검고 창백한 악몽의 시작이다. 팔을 움켜쥔 손의 힘을 풀지 않고 태흔은 은후의 몸을 방 안으로 몰아넣었다.

그가 등 뒤로 손을 돌려 문을 잠갔다. 너무나 날카롭고 서슬 푸른 기세에 지레 질려 은후는 자신도 모르게 한 발 뒤로 물러섰다. 문 앞에 세워놓은 여행용 트렁크를 미처 피하지 못하고 발이 걸렸다. 은후의 몸이 잠시 비틀거렸다. 그것이 태흔의 부아를 더 돋우었다. 은후가 그를 버리고, 그들의 맹세를 저버리고, 그들의 사랑을 뒤로하고 도망치려 했다는 증거를 눈으로 확인한 셈이었으니까. 삽시간에 그를 지탱하고 있던 평정의 가면이 산산조각 났다.

"XX!"

그의 입술에서 나직하나 적나라한 욕설이 새어 나왔다. 그와 함께 발길 아래 밀려온 트렁크를 단번에 걷어차 버렸다. 은후의 몸이 오싹 떨렸다.

아무리 기억을 더듬어보아도 태흔이 사람들 앞에서 쌍욕을 내뱉은 적은 없었다. 물론 간혹 '젠장' 이라든지 '제길!' 이라는 말을 한 적은 있었지만 대부분 홀로 자신만 아는 수준으로, 아주 조용하게 혀를 차듯 내뱉었을 뿐이었다. 언제나 부드럽고 예의 발랐다. 너무나 정중하고 차분하고 논리 정연해서 질리게 한 적은 많았어도, 이런 식의 살기 어린 욕설로 사람 기를 죽인 적은 없었다. 그것만으로도 은후는 태흔이 지금 제정신이 아니라는 것을 알았다.

그는 지금 아주 위험한 야수였다. 언제든 달려들어 물어뜯을 준비를 확실히 마친 상태의 야수. 그리고 그가 이빨을 들이댄 상대는 바로 다름 아닌 그녀였다.

사랑하고 사랑해서, 너무 사랑해서 자기 자신보다 더 귀하게 여기던 그녀를 향해 그가 으르렁댔다. 그녀가 어떤 말을 하든 갈기갈기 찢어버릴 준비를 갖춘 채, 무섭게 추궁했다.

"말해! 뉴욕 가는 거 확실해?"

망설이다가 은후는 가만히 고개를 끄덕였다. 그가 어떻게 알고 왔는지는 이미 중요하지 않았다. 그는 여기 있고, 이미 그녀가 떠나려 결심한 것을 다 알고 있으며 그리고 무섭게 분노한 상태라는 것. 그의 분노나 오해를 막을 방도가 없었다.

그가 나직하게 다시 물었다.

"왜?"

두 손으로 입을 막은 채 고개를 흔들었다. 이제 더 이상 은후는 아무것도 대답할 수 없었다.

태흔이 살기와도 같은 엷은 미소를 지었다. 모든 것을 다 이해한다는 표정으로 천천히 고개를 끄덕였다.

"그래. 어차피 변명 따윈 듣고 싶지 않았으니까. 내가 뭐라 하든, 뭐라 애원하든, 아니, 내가 미쳐 죽어도 넌 날 버리고 도망갈 작정이었을 테니."

태흔이 한 발 다가왔다. 은후는 한 발 물러났다.

태흔이 한 발 더 다가왔다. 은후 역시 한 발 더 물러섰다.

등 뒤로 침대의 딱딱한 기둥이 느껴졌다. 자기도 모르게 은후는 두 손을 돌려 침대 기둥을 꼭 잡았다. 이미 힘이 풀려 덜덜 떨리는 다리의 힘을 지탱했다.

거의 사색이 되어 바들바들 떨기만 하는 은후 앞에서 그가 발을 멈추었다. 고통스럽게 그녀를 노려보았다.

"마지막 질문이야, 제발 대답해. 왜? 왜—?"

그의 고함 소리가 고막을 찢었다.

왜 날 버리려 했어? 왜 거짓말했어? 왜 날 배신했어? 왜 날 아프게 했어?

정작 하고 싶었던 말은 바로 이런 것이었겠지.

차마 입을 열지 못하는 은후를 노려보던 태흔이 돌아섰다.

"으아아악!"

미친 사람처럼, 상처 입은 짐승처럼 고함 지르며 주먹으로 벽을 때려 박았다. 몇 번이고 몇 번이고, 주먹 뼈가 부서져라 벽을 내려쳤다. 그녀를 후려칠 수 없으니 대신 미친듯이 벽을 향해 주먹질을 해대던 그가, 어느 순간 멈추었다.

"왜 그래? 왜 자꾸 빼앗게만 해? 왜 자꾸 널 미워하게만 만들어? 왜 자꾸 날 끔찍한 괴물로 만들어?"

아주 나직한 질문. 고개를 외로 돌린 그가 은후를 노려보았다.

태흔은 진심이었다. 그는 이 순간 은후가 너무 미웠다. 밉다 못해 죽이고 싶었다.

너무나 화가 났다. 그를 이렇게 고통스럽게 하고 절망스럽게 만드는 이 여자가, 그로 하여금 미친놈으로 만들고 포악하게 만드는 이 여자가. 그런데도 너무 아름답고 간절해서 사무치게 사랑하는 이 마음을 버리지 못하게 만드는 이 여자가, 태흔은 정말 증오스러웠다.

그가 가진 가장 추하고 검고 더러운 바닥까지 완전히 드러내게 만든다. 어쩌면 좋을까? 가능하다면 은후를 죽여 버리고 싶었다. 정녕 가능하다면 이 자리에서 그녀를 죽이고 그도 같이 죽어버리고 싶었다.

"할머니…… 가."

기껏 다가온 건 모깃소리만 한 해명. 태흔은 천천히 고개를 돌렸다.

백랍같이 창백한 얼굴에 물기 머금은 눈만 퀭하다. 흐르지 못하는 눈물이 가득 고인 그 눈을 하고 은후가, 가증스런 변명이란 것을 내뱉고 있었다.

"아하, 할머니라. 역시 그게 이유로군."

태흔은 천천히 되씹어 내뱉었다. 은후가 고개를 끄덕였다.

눈앞이 캄캄해졌다. 완전한 절망. 이젠 더 이상 방법이 없다. 할머니가 그들 사이에 서 있는 한, 이 여자를 얻을 방법은 이제 없었다. 불가능했다. 완전한 패배. 벽을 짚은 그의 두 손이 부들부들 떨리고 있었다.

은후는 시선을 떨어뜨렸다. 검은 불길이 타오르는 태흔의 눈동자를 감당할 수가 없었다.

어떻게 말을 해야 하는지 알 수가 없었다.

하지만 말해야 한다. 다시 용기를 내서 고개를 들었다. 마음에 담긴 그 모든 말을 담아서, 제발 진심을 읽어주기를 간절히 바라면서. 목울대 안에서 말들이 온통 한꺼번에 튀어나와 잡탕 죽처럼 부글거리고 있었다.

할머니가 쓰러지셨어. 그날 알게 되었지. 그들 두 사람이 죽도록 아프다 해도 그분만은 아프게 할 수 없다는 것을. 차라리 죽는다 해도 절대로 부인하거나 깨뜨릴 수 없는 것이 존재하고 있다는 것을 알게 되었다. 그것을 이유로 이 사람에게 버림받고 으깨어진다 해도 그녀는 똑같은 순간, 언제나 똑같은 결정밖에 내릴 수가 없다는 것을 이 사람이 제발 이해해 줄 수만 있다면…….

하지만 은후는 한마디도 더 할 수가 없었다. 태흔이 더 이상의 변명이나 해명을 할 기회를 주지 않았다.

"우린, 늘 이렇구나."

한동안 침묵하던 태흔이 나직하게 중얼거렸다. 소름 끼치는 평온함이 그의 목소리에 스며 있었다.

그가 천천히 돌아섰다. 그의 눈빛이 너무 무서웠고 너무 슬펐다. 그가 나직하게 물었다. 따졌다.

"난 언제나 두 번째지. 난 너라면 세상 전부하고 적이 될 수도 있고, 당장 죽을 수도 있는데 너는 아니란 말이야. 할머니와 너의 그 알량한 양심. 그게 나보다 더 중요하고 소중해. 그렇지 않아?"

"그런 거 아니……."

마지막 항변은 이어지지 못했다. 다짜고짜 다가온 그의 입술이 그녀를 질식시키듯이 눌러왔기 때문이다.

설명도 예고도 없었다. 물어뜯는 것과 다를 바 없는 키스가 시작되었다. 짓누른 입술을 단 한 번도 떼지 않고, 집요하게 옭아매는 느낌. 덫 같고 올가미 같고 징벌 같은 그 입맞춤은 아주 길고 굉장히 지독했다.

은후는 태흔의 입술 아래에서 완전히 짓이겨지고, 훑어졌다. 영혼까지 빨렸다. 거의 강간과도 같은 키스를 통해, 그는 자신이 가장 사랑하고 소중하게 간직해 온 연인을 잘라내고 있었다. 산산조각 망가뜨리겠다는 의지를 확실하게 드러내고야 말았다.

역시 그를 피할 순 없어. 이렇게 망가지는 거야. 결국 이렇게 끝장나는 거야. 은후의 입술 밖으로 밀려나오는 절망의 신음은 결코 다른 사람의 귀에는 들리지 않을 것이다. 태흔의 입술이 단단히 그것을 막고 있었으니까.

모든 것을 포기한 듯, 은후의 몸에 힘이 풀렸다. 힘없이 스르르 미끄러지는 여린 몸 위로 그가 자신의 몸을 겹치며 거칠게 그녀의 옷깃을 뜯어 발겼다. 요동치는 여린 몸에 하얀 이를 박으며 조롱했다.

"가증스런 연극은 이제 지긋지긋해! 그만두자. 네가 못 한다니, 내가 해줄게. 이런 거 싫어? 왜 싫어? 우린 이미 이런 짓일랑 수백 번이나 했는데! 다시는 효성스런 손녀딸 따윈 하지 못하게 만들어줄게. 그러면 되지? 그러면 다시는 갈등 따위 하지 않을 것 아냐? 네 그 잘난 위선. 망가져 버리면 고민 따위 하지 않아도 좋잖아?"

이러면 내게 올 거니?

나를 선택해 줄 거니?

죽을 만큼 힘들어도 내 여자가 되어줄 거니?

어차피 둘이 될 수 없다면 다른 건 필요없어. 다 부서져 버리면 되는 거야. 너 아니면 난 없어. 그러니 너도 나 아니면 없어야 해. 네가 날 이런 식으로 엉망진창 망가뜨렸으니 나도 널 그렇게 만들어야 해. 그게 내 사랑의 정의야.

태흔의 손이 은후의 다리 사이로 파고들었다. 보드라운 천이 단번에 찢겨 나갔다. 그의 손이 다시 자신의 바지 벨트를 풀었다. 강철 같은 두 팔과 두 다리가 그녀의 몸을 빈틈 하나 없이 구속하고 있어 반항 따윈, 처음부터 무력했다.

그들의 몸이 단번에 하나로 결합되었다. 얼어붙어 와들와들 떨리는 하얀 몸에 그의 흔적을 남겼다. 짭조름한 물기가 은후의 입술을 무섭게 탐닉하던 태흔의 혀끝에 느껴졌다. 그러나 그는 멈추지 않았다. 더 격렬하게, 더 잔혹하게 허리를 움직였다. 사정까지는 단 몇 분이 걸렸을 뿐이다. 그러나 그 몇 분 동안이 영원 같았다. 둘 사이, 순금 같고 아름답던 칠천 일의 행복과 사랑이 먼지처럼 부서졌다. 흔적없이 사라지고 있었다.

그 잔인하고 수치스러운 행위가 끝난 후에도 미진한가 보다. 태흔의 두 팔이 족쇄처럼 은후의 경직된 나신을 단단히 끌어안고 있었다. 귀 아래로 흘러내리는 가늘디가는 물줄기. 그것을 따라 아래로 흐르던 태흔의 입술이 보드라운 귓불에 다가갔다. 감미로운 밀어처럼 낮은 속삭임. 그럼에도 너무나 차갑고 잔혹한 선언이 은후의 귀를 뚫고 뇌리에 가 박혔다.

"이제 너. 사랑, 안 해. 너, 지운다. 내 마음에서."

은후의 감긴 두 눈에서 다시금 눈물 한줄기가 주르르 흘러 아래로 떨어졌다. 태흔의 커다란 손이 너무나 애틋하게 너무나 소중하게 하얀 얼굴을 쓰다듬었다.

내가 아니라면, 넌 아니니까. 내 손이 닿은 널 그 누구에게도 주지 못하니까. 차라리…….

그녀를 내려다보는 태흔의 얼굴 위로 비릿하고 음산한 그늘이 가득히 스몄다.

"망가뜨려 버릴 거다, 이은후."

그의 손이 강하게 은후의 목에 걸린 목걸이를 잡아뜯었다.

라피스라줄리 귀고리로 만든 목걸이. 더없이 소중하게 여겨 한시도 떼어놓지 않았던 그의 넥타이핀과 쌍둥이. 꿈속의 연인. 그는 미련없이 그것을 방바닥에 휙 내던져 버렸다.

"내 눈앞에서 다시는 얼쩡대지 못하게 치워 버린다. 아무것도 남기지 않고 빼앗아 버릴 거다. 내가 준 거니까, 다 거둬들일 거야. 네 꿈도 네 인생도. 너란 존재도, 내가 사랑한 너의 모든 것을…… 내 손으로 다 없애줄 거다."

그가 천천히 그녀의 나신 위에 겹쳐진 몸을 일으켰다.

다급하게 노크 소리가 났다. 그래도 문이 열리지 않으니 억지로라도 열려는 듯이 손잡이가 철컥철컥 움직였다.

비로소 바깥에 있던 사람들도 방 안에서 벌어지는 심상찮은 일에 대하여 걱정을 시작한 것이리라. 그러거나 말거나 태흔은 너무나 냉정하고 태연한 동작으로 침대 아래 떨어진 자신의 옷가지를 하나둘 거두어 다시 몸에 꿰었다.

그 일이 다 끝나자, 미련없이 일어서서 문 쪽으로 걸어갔다. 손잡이를 잡은 채 마지막으로 몸을 돌이켜 까맣게 물기 젖어 가라앉은 은후의 눈동자를 쏘아보았다. 아주 정중하고 차갑게, 낮은 목소리로, 그와 그녀의 인생에 대고 맹세했다.

"이 순간 이후로, 다시는 안 본다. 그러니 제발 사라져. 없어져 버려. 내 집에서 당장 꺼져 버려!"

어디로 도망가든, 사라지든 상관없어. 어찌하든 다 부숴놓을 테니.

산산조각 내버릴 거야. 너라는 존재 따윈 어디에서도 찾을 수 없게.

절대로 다시는 너를 찾아갈 수 없게, 다시는 상처받지 않게, 다시는 사랑하지 않게. 영원히, 완전히!

마치 최면에라도 걸린 것 같다. 태흔의 명령 앞에서 은후가 가만히 고개를 끄덕였다. 하얗게 바랜 입술이 나직하게 중얼거렸다.

"알았어."

태흔의 말은 처음부터 끝까지 다 진실이었다. 그녀의 모든 것은 말 그대로 다 그가 준 것이었다. 그가 준 것이니 언제든 그가 거둬들일 권리가 있었다. 그리고 그는 지금이 그때라고 선언한 셈이었다.

"다시는 너 안 본다."

절대로 버리지 않겠다던 그의 입에서, 내 집에서 나가라는 말이 나왔다. 이제 이곳은 그녀의 집이 아니었다. 언제쯤 올까, 어린 은후가 밤마다 가슴 졸이며 떨었던 버림의 날이 바로 이 순간이었다.

너무나 순순히 그러마 하는 은후의 대답에 태흔의 검은 눈동자가 한층 더 위험하게 이글거렸다.

태흔은 이를 악물고 등을 돌렸다. 문을 열고 한 발 내디디다가

대경실색한 얼굴로 그를 노려보고 선 진 여사를 보고는 그 자리에 우뚝 서버리고 말았다.

은후의 억눌린 오열이 등 뒤에서부터 흘러나오고 있다. 분노와 경악에 가득 찬 할머니의 눈동자를 멀거니 맞받으면서 그는 오히려 기묘한 안도감을 맛보았다. 마침내 올 것이 왔구나, 하는 후련함마저 느꼈다.

이미 놓아버린 후이다. 더 이상 두려워할 것도 없고, 무서워할 것도 없다. 미련 둘 것도 없다. 다 끝났다.

가장 큰 고통을 맛보고 흡입한 이후, 그의 심장은 이미 포화 상태였다. 아무것도 느낄 수가 없었다. 또한 타인의 감정에 대해서도 이미 무감각해진 후였다.

"이, 이게…… 무, 무슨……."

너무 큰 놀람과 분노, 혐오와 배신감을 이기지 못한 것이다. 진 여사의 목소리가 와들와들 떨리고 있었다.

"보시다시피 은후, 저렇게 제 여잡니다."

아주 태연하게 대꾸하며 태흔은 손을 돌려 문을 닫았다. 그 문을 잠그는 것도 잊지 않았다.

진 여사의 얼굴은 시커멓게 질려 있었다. 두 손으로 목을 움켜쥔 채, 암흑의 사신인 양 버티고 선 손자를 올려다보았다.

"네. 네가 가, 감히…… 어, 어떻게…… 이 할미가 이렇게 버젓이 눈 시퍼렇게 뜨고 있는데, 감히 어떻게 이 집에서 제 누이를!"

격노한 진 여사가 부르짖었다. 태흔은 고개를 흔들었다. 너무나 아무렇지도 않은 표정으로, 그저 사실만을 전한다는 표정으로 덤덤하게, 말을 이었다.

"이은후, 누이동생 따위, 아닙니다. 이미 할머닌 짐작하셨지 않습니까?"

"다, 닥치지 못해? 이, 이 패역무도한 놈 같으니라고!"

"짐승 같은 놈이라고 해도 어쩔 수 없습니다. 우리가 연인인 건 어쩔 수 없는 사실이니까요."

노여운 김에 진 여사가 손에 들고 있던 지팡이를 냅다 휘둘렀다. 경악과 노염, 황망함과 배신감이 노쇠한 그녀를 시뻘건 활화산으로 만들었다. 너무나 태연한 손자가 밉살스럽고 가증스러워서, 흠씬 패주기라도 하지 않으면 혈압이 터져 죽어버릴 것 같아서였다.

"불쌍한 애를 저 지경으로 만들어놓고 뭐가 어째? 네놈 하는 모양이 왜 그따위야? 지금 장난해? 멀쩡한 애 인생 망쳐 놓고 이게 뭣 하자는 짓이야? 터진 입이라고 막말해?"

"그럼 제가 어쩌겠습니까? 난 다 버린다는데, 저를 얻기 위해서라면 무슨 짓이든 다 하겠다고 했는데, 저 녀석은 끝까지 제가 아니라 하는데요. 내가 못 가진다니 차라리 내 손으로 먼저 부숴 버리겠다는데, 왜요?"

"설마 너, 그래서 억지로 은후를……?"

진 여사의 추궁은 매서웠다. 쉬이 대답하지 못하는 태흔을 노려보던 주름진 얼굴 위로 새로이 시뻘건 분노의 열기가 돋았다.

"잘못했습니다. 죄송합니다. 하지만, 간절히 원했습니다. 정말 가지고 싶었습니다."

태흔은 고개를 떨어뜨린 채 나지막하게 내뱉었다.

"비겁한 놈! 이 더러운 놈! 그래서 지금 너, 터진 입이라고 내 앞에서 강제로 저 앨 안았다고 말하는 거냐?"

"엉뚱한 놈에게 빼앗기려고 제가 저 녀석을 소중하게 가꾼 줄 아세요?"

태흔이 고개를 번쩍 들었다. 이젠 더 이상 변명하지 않았다. 지지 않았다. 망설이는 법도 없이, 거칠게 내뱉었다. 드러나 버린 자신의 마음을 조금도 감추지 않았다.

"은후, 아무한테도 못 줍니다! 제가 은후, 사랑하면 안 됩니까? 전 저 녀석 정말 좋은데! 미치도록 사랑하는데! 원하는데! 저 녀석 아니면 죽을 것 같은데. 하하, 남매라니! 정말 기가 차서! 피 한 방울 섞이지 않았어요! 웃기지 말라고 해요! 한 번만 더 헤어진다고 하면 정말 죽여 버릴 겁니다! 저보고 심하다고요? 저 자식은 나에게 어떤 짓을 했는데? 사랑하는데, 좋아서 미치겠는데! 저 자식은 만날 할머니 등 뒤로 숨어버리고! 도망만 치고! 내가 오 년 동안 어떻게 살았는데!"

"이 미친놈 같으니라고. 완전히 실성을 했어. 내가 널 이렇게 키웠던? 널 믿었는데! 이런 형편없는 불한당은 아니라고 믿었는데!"

진 여사가 거의 반 실성한 것처럼 절규했다.

설마설마 했는데, 진실은 더 무참하고 지독했다. 상상 이상의 최악이었다. 너무나 무섭고 지독하게 추한 진실의 바닥을 보고 말았다. 언제나 커다란 자랑거리였고, 완전히 신뢰했던 손자였다. 그러나 그건 허상이었다. 태흔에 대한 너무 큰 실망감과 배신감에 진 여사의 눈앞 세상이 캄캄하게 변했다.

절대로 용서할 수가 없어! 참다못한 진 여사의 손이 매섭게 태흔의 볼을 후려쳤다. 날카로운 소리가 거실의 공기를 찢었다.

"할머니!"

방문이 열리고 은후가 튀어나왔다. 필사적으로 태흔을 향해 내려치는 진 여사의 지팡이를 막으려 했다. 두 팔로 그의 앞을 가로막고 서서, 흐느끼며 애원했다.

"제발 그만하세요! 오빠 잘못이 아니에요! 용서해 주세요! 제가 잘못한 거예요! 제가……."

"들어가!"

태흔이 버럭 고함쳤다. 두 팔로 은후의 몸을 잡아채 자신의 뒤로 밀어내려 했다. 은후는 필사적으로 도리질을 치며 끝까지 버티려 했다. 털썩 무릎을 꿇고 두 손을 모았다. 진 여사에게 간절하게 애원했다.

"이러지 마! 제발 사실대로 말해! 오빠! 할머니! 오빠한테 이러지 마세요! 제발! 할머니! 다 제 잘못이에요! 제발 노염 푸시고 오빨 용서해 주세요! 제가 나빴던 거예요!"

"입 닥치고 방에 들어가랬지!"

태흔이 무서운 얼굴을 한 채 은후를 억지로 일으켜 세웠다. 강제로 다시 문 안에 밀어 넣었다.

진 여사의 노염에 불이 더 붙었다. 오직 힘없어 당한 게 죄라면 죄인 터니, 이왕 제정신 아닌 애가 이 와중에서도 다 제 탓이라면서 고약한 놈을 위해 역성드는 꼬락서니라니. 말로는 오라비라 하면서, 답삭 제 몸 낚아채선 망친 놈을 위해 무릎 꿇고 비는 꼬락서니를 보자 하니 눈앞의 태흔이 더 밉살스러웠다. 더 격분하게 되었다.

하악하악, 거친 숨을 내뱉으며 진 여사가 또다시 태흔의 어깨며 등짝이며 지팡이로 무차별하게 후려쳤다.

"제 마음 하나 건사하지 못하고, 못나게 구는 놈!"

진 여사가 손 닿는 곳에 놓인 먹물통을 내던졌다. 태흔의 얼굴을 치고 나동그라진 검은 먹물이 거실의 나무 바닥 위로도 흑혈(黑血)처럼 흩뿌려졌다.

난 화분이 날아와 깨어졌다. 파편이 튀어 태흔의 피부를 긁어 후비고는 더 멀리 날아갔다. 눈썹 아래에서부터 주르르 먹물과 섞인 핏물이 목 아래로 흘러내렸다.

"비겁한 놈! 이 짐승보다 못한 망종 같으니라고! 아무리 그렇다고 해도 힘없는 애를 강제로 망가뜨려? 그러고도 네가 인간이냐?"

"잘못했습니다. 하지만 은후, 못 놓습니다. 죽어도!"

진 여사가 먼저 지쳤다. 그래도 어른이라고 의연함을 잃지 않으려 애를 쓰며 고개를 치켜들었다. 비틀거리면서도 정확하게 안방으로 걸어갔다.

"당장 들어와. 어디 한번 잘난 네놈 변명이라도 들어보자꾸나. 오늘 네가 죽든 내가 죽든 담판을 짓자, 그래!"

문이 쾅 닫히는 소리가 들렸다. 진 여사와 태흔이 안방으로 들어간 모양이다. 닫힌 문 하나 사이에 두고 방바닥에 웅크리고 있던 은후에게는 거대한 운명의 문이 닫히는 소리로 들렸다.

은후는 무릎에 박았던 얼굴을 천천히 들었다. 눈물은 이미 말랐다. 이제 흘릴 눈물 따위도 남아 있지 않았다. 아니, 염치가 없어 울 수조차 없었다.

끝까지, 그는 거짓말만 하는 천생 거짓말쟁이였다.

"이제 너. 사랑, 안 해. 너, 지운다. 내 마음에서."

망가뜨려 버린다 했지. 아무것도 남기지 않고 빼앗아 버릴 거라고 했다. 자신이 사랑한 그녀의 모든 것을, 자신의 손으로 없애 줄 거라고 단언했었다.

그렇게 말해놓고 오 분도 채 지나지 않아, 그는 자신의 말을 다 번복했다. 할머니 앞에서 자신이 오명을 다 뒤집어썼다. 처음부터 끝까지 강제였고, 억지였다고, 그녀는 아무 잘못도 없다고, 전부 다 자신이 저지른 나쁜 일이라고, 했다. 온몸으로 그녀의 바람막이가 되어, 모든 건 다 자신이 나빴던 거라고, 다 자신이 저지른 죄악이라고 말하고 있었다.

'빨리 떠나야 해. 더 이상은 안 돼.'

그녀가 이곳에 있는 한, 그는 점점 더 망가지고, 점점 더 나쁘고 지독한 괴물이 되어갈 것이다. 그가 점점 더 최악의 거짓말쟁이가 되는 꼴 더 이상은 볼 수가 없었다.

마치 프로그램 된 인형처럼 은후는 거의 기계적으로 움직였다. 옷을 입고, 목도리를 두르고, 재킷을 입었다. 공항에 들고 가려던 작은 핸드백을 열었다. 지갑과 휴대전화, 여권까지 전부 다 꺼내 책상 위에 올려놓았다.

〈다 제 잘못이에요. 제가 나빴습니다. 제가 먼저 사랑했습니다. 오빤 아무 잘못도 없어요. 제발 절 용서해 주세요, 할머니.〉

쪽지가 날아가지 않도록 휴대전화로 단단히 눌러놓았다. 그 일을 끝내고 은후는 문을 열었다.

거실은 마치 전쟁 중 폭격을 맞은 것처럼 엉망진창이었다.

이날 벌어진 일이 너무나 면구하고 충격이었나 보다. 나주댁의 모습도 보이지 않았다. 아마도 제 방에 틀어박혀 숨을 죽이고 있을 테지.

눈에 걸리는 대로 현관에 놓인 낮은 부츠를 신고 은후는 조용히 현관문을 열었다. 차가운 빗줄기 속으로 한 발 내디뎠다.

우산으로 얼굴을 가리고 홀로 타박타박 걸어 버스정류장까지 걸어갔다. 그 누구도 혼자 우산을 들고 호텔 정원을 가로질러 걸어가는 은후를 눈여기지 않았다.

망연하게 버스정류장에 서서 차를 기다리다가, 문득 은후는 자신의 우스운 꼴에 실소를 머금었다. 한 푼도 수중에 가진 게 없으면서, 버스를 기다리면 무엇 한단 말인가. 그녀가 손에 든 것은 손수건 한 장이 든 핸드백과 줄이 끊어진 라피스라줄리 목걸이 하나뿐이었다. 방에서 나오다가, 처참하게 버림받은 그녀처럼 바닥에 나동그라진 그것만을 주워 나온 참이었다.

갈 데가 없다. 하지만 가야 해, 어디로든.

은후는 고개를 치켜들었다. 스스로에게 다짐하듯이 중얼거렸다.

"예술관으로 가자."

그 순간 생각나는 곳은 거기뿐이었다. 몇 시간이든 걷다 보면 언젠가는 도착하겠지. 물기에 젖어 차갑게 얼어붙어 가는 듯한 발을 억지로 뗐다.

그다음은……?

그다음에 생각하기로 했다. 이미 은후의 뇌리는 하얀 공백이 된 지 오래였다.

빗줄기를 뚫고 질주하는 버스와 승용차와 택시와 오토바이의 소음과 희미한 미등의 불빛이 쓸쓸한 얼굴을 후려치고 멀어져 갔다.

방향 감각도 상실한 채, 은후는 자신이 어디로 가는지도 모르고 무작정 걸었다. 유령처럼 하얀 얼굴을 하고, 이미 식어버린 가슴 안, 인간다운 감정 따위 전혀 느끼지 못하고 그저 태흔에게서 멀어져야 한다는 일념만을 품고. 다시는 돌아가지 못할 따뜻한 집에서 자꾸만 멀어지는 것으로 자신의 죗값을 치른다 여기면서.

이제 우리, 다시는 만나지 못해.

죽는다 해도 그를 볼 수가 없어.

오 년 전과 똑같이 지옥의 문이 그녀가 걸어가는 길 앞으로 천천히 열리고 있었다.

"지금까지 내색도 안 하고 있다가 갑자기 중요한 출장까지 작파하고 돌아와선 냅다 난리를 친 이유나 들어보자."

근 삼십여 분간이나 이어진 침묵을 깬 건 진 여사 쪽이었다. 아직도 격한 심정을 다스리지 못한 듯 목청이 떨리고 있었다. 태흔은 고개를 들었다. 더하고 뺄 것도 없이 솔직하게 답변했다.

"은후가 도망갈까 봐서요. 다시는 만날 수 없을까 봐 그랬습니다."

"뭐라고?"

"저 몰래 문서준이 딸려 은후, 뉴욕으로 보내려 하셨잖습니까?"

"그거야 잠시 강 여사랑……."

원망하는 기색이 역력한 태흔의 반문에 진 여사는 하려던 말을 꿀꺽 삼켰다. 일이 이 지경이 된 이상, 목동 강 여사와 은후가 단지 스케치 여행을 같이 가려 했다는 말을 해봐야 소용없단 생각이 문득 들었기 때문이다.

"러시아에 가 있으면서도 어떻게 알았니?"

"세진이에게 들었습니다."

"유 사장은 어떻게 알고? 은후가 출국한다는 이야기는 누구에게도 하지 않았는데."

"문서준이가 같이 간다고 말했답니다."

진 여사는 홀로, '입도 가벼운 놈' 하고 서준을 욕했다.

그러다가 문득 서준이 경솔하게 입을 놀린 것은 아닐지도 모른다는 생각을 했다. 진 여사가 아는 한 서준은 그렇게 경망스럽게 할 말, 아니 할 말을 가리지 못하는 위인이 아니었다.

일부러 태흔의 귀에 들어가라고 세진에게 은후와 같이 출국한다는 말을 발설한 거라면? 속엣말을 다 털어놓는 죽마고우 사이이니, 서준에게서 들은 이상 이왕지사 은후에 대한 태흔의 마음을 짐작하고 있었을 세진이 득달같이 러시아로 연락을 취할 것은 뻔한 일이었다.

'등잔 밑이 어둡다더니, 딱 그 꼴이로구먼. 주변은 다 알고 있었는데 나만 몰랐던 거야.'

그런 생각이 들자마자 진 여사는 앞에 앉은 태흔이 더 밉살맞았다. 너무 의뭉스럽고 엉큼스럽게 느껴져서 꼴도 보기 싫었다. 그런 일을 당하고 있으면서도 한마디도 못 하고 입 꾹 봉하고 있던 은후도 얄밉기는 마찬가지였다. 물론 함부로 입을 열 수 없었을 그녀의 마음을 이해 못 할 바도 아니지만, 섭섭하고 미운 것은 어쩔 수가 없었다.

"언제부터 너, 은후에게 사내 노릇을 한 거냐?"

그가 대답을 하지 않자, 진 여사의 입술이 비틀어졌다.

"아깐 터진 입이라고 잘도 떠들어대더니, 왜? 그새 입이 막혀

버린 거야? 정신이 드니 염치없어 말 못 하겠어?"

"죄송합니다."

"그런 말 듣자고 하는 말이 아니잖나. 대체 언제부터 둘이 그런 사이가 된 거냐고 물었어."

"오 년 전부터입니다."

진 여사가 한 손으로 이마를 짚었다. 기우뚱 몸이 옆으로 미끄러지려 했다. 그러나 그녀는 끝까지 꼿꼿한 모습을 놓지 않으려고 애를 썼다.

"눈 밝다 떠들고 다닌 내가 다른 누구도 아닌 너희들에게 뒤통수를 맞고 말았다니. 하, 기가 막혀서. 나이 들면 관 속으로 들어가야 한다더니, 내가 딱 그 짝이로구나, 괘씸한 것들!"

진 여사가 어리석은 자신을 비웃는 실소를 흘렸다. 믿었던 두 아이에게 말짱하게 기만당했다 싶으니, 참자 참자 하던 노염이 새삼 치솟아 견디기 힘들었다.

이제야 모든 일의 아귀가 맞아떨어지고 있었다. 은후에 대하여 만사 집착하던 태흔의 행동이야 이왕 눈치채고 있었던 것. 서준을 두고 좋은 사람이라고 말하면서도 언제나 한발 물러서던 기묘한 태도며, 혹여 마음속에 태흔이 들어 있는 거 아니냐고 추궁했을 때 하얗게 질려선 아무 대답도 하지 못하던 은후의 반응은 그러고 보면 당연한 것이었다. 이미 그때부터 둘은 연인 사이였을 테니 말이다.

오 년 전부터 둘이 그런 사이였으면서도, 아무렇지도 않은 얼굴로 눈 동그랗게 뜨고 할머니, 오빠 하던 은후를 떠올리자, 진 여사의 가슴이 또다시 무너졌다.

머리 검은 짐승은 키우는 것이 아니라 하더니, 제가 감히 어떻게? 감히 은혜를 원수로 갚아? 태흔이 밉살스럽고 꼴 보기 싫은 만치, 진 여사는 은후 역시 밉고 미웠다. 심지어 무섬증까지 들 참이었다.

“기가 막혀서. 앙큼하기도 하지! 참말 기가 막혀서 말도 안 나온다. 오 년 전부터 너희 둘이 같이 자는 사이였다고? 그러면서 내 앞에서 말짱하게 눈 속이고 오빠, 동생 한 거라고?”

태흔은 잠시 망설이다가 고개를 흔들었다. 이왕 시작한 거짓말이니, 끝까지 가야 한다.

“오해하지 마십시오. 저 녀석에 대한 제 마음을, 오 년 전부터 깨달았단 겁니다. 감당하기 힘들어서, 혼자 유럽으로 떠난 겁니다.”

한없이 굴러떨어지던 가슴이 그나마 잠시 멈추었다. 진 여사가 깊이 한숨을 흘려냈다.

적어도 은후가 그녀의 눈을 말짱하게 속이고 앙큼 맞게 태흔의 연인 노릇을 한 것은 아니라는 것을 알았으니 다행이다 싶은 마음 반, 오 년이나 혼자 마음 앓이를 한 태흔의 심정을 헤아린 후 안타깝다 싶은 마음이 반, 복잡한 의미가 담긴 한숨이었다.

“그래서? 시간이 흘렀는데, 그 마음이 사라지지 않아 이제 이런 몹쓸 짓까지 한 거야?”

태흔이 고개를 끄덕였다. 비로소 스스로의 수치스런 짓을 되새길 정신머리가 들었는지 그의 안색도 시커멓게 질려가고 있었다.

“오늘이 처음은 아닌 거지?”

진 여사가 낮은 목소리로 캐물었다. 이왕 짐작한 것을 사실로 확인하는 순서에 다름 아니었다.

“네.”

"언제부터?"

"귀국하자마자, 부터입니다. 은후에게 솔직히 고백했습니다."

"은후가 좋다 하던? 냉큼 안겨주던? 내 눈 속이고 둘이 몰래 앙큼하게 자고 다녔던?"

"은후가 순순히 제 말을 받아줄 리가 없잖아요. 은후는, 일언지하에 거절했습니다. 고백한 절, 무서워했습니다."

적어도 그것만은 진실이었다. 그는 그가 아는 방식을 총동원해서 그녀를 얽고 잡으려 안달했고, 은후는 은후대로 그녀가 아는 방식을 총동원해 두려워하고 밀어내고 도망치려 했다.

"그래서 네 식대로 강제로 안았다고?"

"강제는, 아니었습니다. 다만……."

"다만, 이라니?"

무참한 얼굴이 되어 떠듬떠듬 고백하는 태흔을 진 여사가 뚫어질 듯이 노려보았다.

"아파했지만, 싫어했지만, 끝까지 거부하지는 않았습니다. 아니, 못 했습니다. 제 말이라면 무엇이든 절대로 거부하지 못하는 것을 이용했습니다. 내 요구를 듣기 싫으면 집에서 나가라고 했습니다."

"나쁜 놈 같으니라고!"

진 여사가 다시 또 냅다 손을 들어 태흔의 따귀를 후려갈겼다. 그의 옷깃을 두 손으로 부여잡고 흔들었다. 눈물 한줄기가 주름진 볼 위로 흘러내렸다.

"은후가 뭘 제일 무서워하는지 알면서! 그 불쌍한 것을! 다른 사람도 아니고, 평생 지켜주고 아껴준다고 한 네가 상처를 입혀? 여기 아니면 갈 데 없는 애더러 집에서 나가라고 했어? 어떻게 그런 잔인한 협박을 해? 어떻게 그럴 수가 있니?"

"그렇게라도 해서 갖고 싶었습니다. 어찌하든 내 여자로 만들고 싶었습니다. 은후, 못 줍니다. 누구한테도요. 차라리 같이 죽고 말지! 저라고 이런 제 자신이 좋을 거라고 생각하세요? 하지만 안 되는 걸 어떡합니까? 그 애 아니면 못살겠는데. 좋아서 미치겠는데! 내가 원하는 걸 다 가진 그 녀석은 하나도 주지 않으려 하고…… 그 상황에서 제가 어떤 선택을 할 수 있었을 거라고 생각하셨습니까?"

태흔이 한 손으로 얼굴을 가려 버렸다.

"가능하다면, 헤어지고 싶었어요. 가능하다면 은후, 정말 안 보려고 했다고요! 죄송해요. 억지로 안았어요. 하지만 후회 안 합니다. 은후, 내 여자예요. 그 애 아니면, 내 몸이 움직이질 않는 걸요. 어쩔 수 없잖아요?"

태흔의 멱살을 움켜잡았던 진 여사의 손에 힘이 스르르 풀렸다. 믿을 수가 없어 멍하니 손자의 얼굴을 뚫어져라 노려보았다.

"뭐, 뭐라고?"

"더 확실하게 말씀드릴까요? 저는 다른 여자하고는 섹스를 할 수가 없단 말입니다!"

거의 반 자포자기인 것이다. 버럭 소리 지르는 태흔의 얼굴이 시뻘겋게 달아올라 있었다.

"저도 딴 여자하고 자보려고 했다고요. 그런데 안 된다구요! 머릿속에 은후만 가득 차서 다른 여자하고 잘 수가 없었어요. 구역질나서 견딜 수가 없었다고요. 날 건드리는 것조차도 싫었습니다."

"부처님."

지금까지 젊은 혈기에 실수할 법한 여자 문제로 태흔이 속을 썩인 적은 없다. 오다가다 뒷담화 거리가 될 스캔들 한 번 난 적도 없었다. 하지만 이 순간 손자 하나는 반듯하게 잘 키웠지, 했던 자부심이 여지없이 박살 났다. 태흔의 말에 따르자면 여자와 스캔들이 없었던 것이 아니라 스캔들을 만들 수가 없었던 거다.

"그런데 은후하고는 그게 된다고? 이 짐승 같은 놈! 딴 애도 아니고! 이십 년이나 동생이던 애인데 그게 가능하던?"

"누가 동생이랍니까? 은후, 우리 집에 온 첫날부터 제 여자였는데."

"겨우 일곱 살짜리였다! 그런 어린앨 보고 처음부터 내 여자다 하는 게 말이 돼?"

생각하면 할수록 자꾸만 징글맞고 음흉하고 미웠다. 진 여사는 흥분하지 말자 하던 마음을 잊고 또 고함을 지르고 말았다.

"의지하곤 상관없어요, 할머니. 그냥 그런 마음이 들어버린 걸 어쩌란 말입니까?"

"그래서 은후 호적을 정리하지 못하게 막은 거야? 네 여자로 삼으려고?"

"작정한 건 아니었어요. 기껏 중학생인 제가 그런 것까지 생각했을 리가 없잖아요. 하지만 은후가 집에 온 첫날부터 이 앤 내 거다. 누구에게도 안 줄 거다. 그 마음은 지금까지 똑같습니다. 남자로든 오빠로든 친구로든, 무슨 이름을 붙여도 좋다고. 평생 그 녀석 곁에 있을 거라고 마음먹었어요. 결국, 남자가 되어버렸습니다만……. 죄송해요."

"그런 마음이 그리 오래되었으면 왜 처음부터 네 마음을 솔직히 말하지 못했어? 남들보다 지혜롭다고 믿었는데. 은후보다 네가 나이가 많은 윗사람인데, 어른인데. 일이 이 지경까지 되지 않도록 처음부터 솔직했어야지!"

"제가 은후를 원한다고 말했으면, 들어주셨을까요?"

"놀랐을 테고 또 반대했겠지. 하지만."

진 여사는 분명히 말했다. 강한 척 허세를 부리고는 있지만, 길 잃은 어린애처럼 두려움과 불안을 감추고 있는 손자를 노려보았다.

"너도 그렇지만 은후는 내가 키운 보물이었다. 눈에 넣어도 아프지 않을 아이야. 네가 정말 진심으로 그 애를 원했다면, 소중하게 간절하게 사랑했다면, 난 결국 너에게 허락했을 거야. 그런데 넌 방법이 틀렸어."

"인정합니다. 방법이 틀렸습니다. 순서가 틀렸어요. 처음부터 다 잘못되었습니다."

부인할 수 없다. 태흔은 순순히 인정했다. 처음이 잘못되었으니 어떻게 손을 쓸 수가 없을 지경이 되고 말았다. 도리가 없었다. 아래에서부터 무너져 버렸지. 모든 일이 돌이킬 수 없이 정도로 소용돌이치며 부서지고 말았다. 수습할 수 없을 정도로 망가져 버렸다.

소중한 만큼 아주 천천히, 조금씩 가깝게 시작했어야 했다. 잘못을 바로잡을 사이도 없이, 그 잘못을 덮으려 더 큰 억지와 잘못을 저지르면서 여기까지 밀려오고야 말았다.

어둠만큼 막막하고 절망보다 더 깊은 침묵이 다시 두 사람 사이에 내려앉았다.

"이젠 어떡할 작정이냐?"

먼저 입을 연 쪽은 이번에도 진 여사였다.

"잘 모르겠습니다."

"아까 고함치던 대로 네 멋대로 하지 그래? 왜 갑자기 비겁해진 거냐? 불쌍한 앨 저렇게 망가뜨려 놓고 이제 와서 발을 빼겠다는 건 아니겠지?"

"은후가, 저를 용서할까요? 결혼하자 하면 허락해 줄까요? 제 아내로 살아줄까요?"

진 여사를 응시하는 태흔의 눈동자 속에는 그저 캄캄한 어둠만이 담겨 있었다. 진하디진한 아픔의 색이었다.

결혼하고 싶다, 책임지겠다. 그런 말이 아니었다.

사랑받을 수 있을까? 용서받을 수 있을까? 간절히 사랑하는 사람에게 받아들여질 수 있을까?

너무나 간절히 원해서, 삐뚤어진 방법으로라도 다가가고 싶었던 이 마음을 읽어줄까? 그럼에도 그 사람이 끝까지 거부하고 도망치려 하면 어쩌면 좋을까?

그것으로 충분했다. 진 여사는 속으로 체념의 한숨을 홀로 흘려냈다.

태흔의 눈을 보자 하니, 그녀가 반대를 하니 마니 할 수도 없었다. 이미 그런 단계는 넘어간 지 오래였다. 보란 듯이, 조모가 눈 시퍼렇게 뜨고 있는 집 안에서 은후를 품을 정도면, 어떤 수를 쓰더라도 그녀를 가지고 말겠다는 시위요, 위협이 아니겠는가. 태흔의 눈빛은 이미 정상이 아니었다. 광기 같은 애염에 녹아버린 후였다.

'게다가, 이미 일어나 버린 일을 어찌하누. 몇 달 동안이나 둘이 몸을 엮었다는데, 없던 일로 하고 은후를 다른 집에 보낼 수도 없고. 하긴 저놈이 그걸 허락할 리도 없을 테지만.'

그럼에도 진 여사는 냉혹하게 잘랐다. 쌀쌀맞고 매몰차게 손자를 몰아붙였다.

"그거야 나도 모르지."

팔은 안으로 굽는다고 했다. 하지만 혈육인 태흔의 고민이나 괴로움, 아픔과 불안을 이해해 준다 해도 힘없는 은후를 상대로 그가 저지른 잔혹한 폭력은 용서할 수가 없었다. 이해와 용서는 다른 문제였다.

"네놈이 무슨 짓을 저지른 건지는 알고 있을 테지. 나도 네가 한 일 생각하고 널 보면 치가 떨리는데, 은후한테 쉬이 용서받거나 받아들여질 거라고 생각하는 건 아니겠지?"

"네, 알고 있습니다. 하지만 할머니, 부탁드립니다. 도와주세요. 은후는 할머니 말이라면 중하게 여기니 저랑 결혼하라고 말해주세요."

어디서 감히 씨알머리 하나 먹히지 않는 소리를 하고 있어? 뻔뻔하게 구는 태흔이 너무 밉살스러워 진 여사는 매몰차게 후려쳤다.

"내가 왜? 절 강제로 가진 사내를 받아들여선 결혼하라고 설득을 하라니, 어찌 그리 뻔뻔한 요구를 해? 여자에게 이 일이 얼마나 큰 상처인데? 절대로 용서받지 못할 일인데. 다 덮어버리고 결혼만 하면 다야? 다른 사람도 아니고 내 손자가 그런 인간 망종 같은 생각을 하는 놈인 줄은 처음 알았구나!"

태흔이 더 이상은 아무 말도 못 하고 고개를 푹 숙여 버렸다. 진 여사는 더 차갑게 그를 한 번 더 할퀴었다.

"네놈이 저지른 일이니 네놈이 수습해. 은후 앞에서 싹싹 빌든지, 죽는시늉을 하든지 어찌하든 설득해서 결혼식장에 세우든지,

끝까지 용서받지 못하면 같이 죽든지, 그건 네놈 몫이야."
"알겠습니다. 그것만으로도 됐습니다. 고맙습니다."
태흔이 깊이 고개를 숙였다. 진 여사가 기가 차서 빤히 손자를 노려보았다.
"고맙다니? 뭐가 고마워? 지금 그런 인사가 입에서 나와?"
"충분합니다, 할머니. 절대로 우리 둘 결혼은 안 된다고 하실 줄 알았습니다. 우리 둘 사이 묵인만 해주신다면, 나머지는 제가 해보겠습니다."
그것으로 이야기는 끝났다는 거다. 태흔이 자리에서 일어섰다. 도저히 가라앉힐 수 없는 울화통에, 배신감, 면구함과 망신스러움을 이기지 못하고 진 여사가 휙 돌아앉았다. 끓어오르는 열분을 가라앉히기 위해 손부채를 화락화락 부쳤다.
문 앞에서 방 안의 기척을 살피고 있었던 것이 분명하다. 태흔이 안방 문을 열고 나오자, 걸레를 들고 주섬주섬 거실 바닥을 치우는 척하고 있던 나주댁이 화들짝 놀라며 돌아앉았다.
"할머니께 냉수 좀 가져다 드리세요."
눈으로는 은후의 방 쪽을 노려보며 기계적으로 명령했다. 괴괴한 침묵으로 가득 찬 문은 굳게 닫혀 있었다.
"저어, 일단 올라가셔서 샤워라도 하시지."
나주댁이 민망해서 어쩔 줄 몰라 하며 혼잣말을 하듯이 권유했다.
그녀는 차마 그를 바로 보지도 못하고 있었다. 진 여사가 내던진 먹물통에 맞아 얼굴은 온통 먹물투성이, 깨어진 난 화분의 파편에 스쳐 찢긴 상처에서 흘러내리던 피는 이제 굳어져 길게 목 아래까지 이어졌다. 눈으로 보지 않았어도 자신의 몰골이 어떠할지 충분히 짐작하고도 남음이 있었다.

"피가 많이 났어요. 주 박사님을 부를까요?"

"괜찮습니다. 그냥 찢긴 상처입니다. 구급 약품 상자나 좀 찾아 주세요."

잠시 망설였다. 할머니의 묵인이 떨어진 이상, 내친김에 이대로 끌고 나가서 죽도록 안아버린 다음에 혼인신고부터 해버려? 은후 방 쪽으로 한 발 다가가다가, 태흔은 멈추어 섰다. 이층 계단 쪽으로 돌아섰다. 일단은 보류였다. 무엇보다 그 자신 스스로 정신을 수습할 시간이 필요했다.

샤워라도 하고 제정신을 찾은 다음에 녀석을 상대해야 할 것이다. 지금 이 순간, 그의 심신은 낡은 걸레처럼 너덜거리는 상태였다.

욕실로 들어가자마자 옷을 입은 그대로 샤워기를 틀었다. 바늘처럼 피부를 찌르는 찬물을 맞으며 눈을 감았다. 주먹을 움켜쥐고 가만히 서 있기만 했다. 시커먼 먹물이 목 아래로, 귀 뒤로 줄줄 흘러내렸다.

격한 흥분에 사로잡혀 아픔을 미처 느낄 사이가 없었다. 이제 물이 닿으니 눈가의 상처가 쓰라렸다. 세면대 쪽 거울을 돌아보니, 아슬아슬하게 눈을 피해 상처가 길게 찢겨져 있었다. 까딱했으면 눈을 다칠 뻔한 것을 간신히 피한 셈이다. 추호도 망설이지 않고 냅다 난 화분을 들어 그를 향해 내던지던 할머니의 성난 얼굴을 떠올렸다. 그때 그분은 분명 그를 때려죽일 심산이었다.

"노인 양반이 기운도 좋으시지."

그는 허탈하게 중얼거렸다. 한참 동안 찬물을 맞고 있으니 비로소 제정신이 든다. 태흔은 천천히 물에 젖어 질척해진 재킷과

셔츠, 바지를 하나씩 몸에서 떼어냈다.

샤워를 마치고 욕실 가운 차림으로 방에 나오니, 침대 위에 구급약 상자가 올려져 있었다. 손에 잡히는 대로 옷을 갈아입고 난 후, 구급약 상자를 열었다. 임시방편으로 일회용 밴드 하나를 눈썹 아래 상처에 붙였다. 붙이면서 다시 살피니, 생각보다는 상처가 깊었다. 밴드 아래로 다시 핏물이 배어 나오는 것이 느껴졌다. 아무래도 병원에 가서 두어 바늘쯤은 꿰매야 할 것 같다.

그는 침대에 등을 대고 방바닥에 아무렇게나 주저앉았다. 한참 동안 한 손으로 미간을 짚은 채 곰곰이 생각했다.

'이제 어떻게 하지? 뭘 하지?'

갑자기 머릿속이 텅 비어버린 듯했다. 분명히 처리해야 할 일이 산적해 있을 텐데 희한하게도 아무것도 생각나지 않았다.

후련하면서도 답답했다.

속 시원하면서도 막막했다.

뻥 뚫린 것 같으면서도 한 치 앞도 보이지 않는 그런 기묘한 느낌이다.

가장 우려했던 할머니란 벽을 얼렁뚱땅 타넘기는 했지만, 모든 것이 다 해결되었다는 개운함은 생기지 않았다. 역시 거짓말로 만들어진 체념이거나 묵인이라서 그런 걸까? 그는 홀로 쓴웃음을 짓고 말았다.

처음의 거짓말.

그 거짓말을 덮기 위한 거짓말.

지난날의 모든 죄와 고통을 덮기 위해 다시 저지른 또 한 번의 거짓말.

거짓의 두께가 두터워질수록 죄악의 비밀은 깊어지고, 죄책감은 바닥없이 추락한다.

하지만 은후를 보호할 수 있다면, 그보다 더한 거짓말도 태연히 해댔을 것이다. 세 사람 다 망가지는 진실보다는, 그 혼자만 악당이 되고 강제로 누이동생을 안아버린 파렴치범이 되는 것이 차라리 낫다. 은후는 할머니의 가없는 신뢰나 사랑을 끝내 잃지 않을 테고, 할머니는 정성을 다해 키운 은후에게 배신을 당했다는 청천벽력의 충격은 피할 수 있을 테니까.

태흔은 자신의 커다란 손을 물끄러미 응시했다. 몇 번이고 단단한 벽을 내려쳤으니 멀쩡할 리가 없다. 벌겋게 까여 있었고 어느새 퉁퉁 부어오르고 있었다.

똑같은 손으로 은후를 잡았다. 찢어발기고 부서뜨렸다. 그의 손에 휘말려 부딪치던 여린 살갗이 아주 찼었다. 아무 말도 못 하고 공포에 질려 그를 올려다보던 검은 눈동자. 이내 물기가 가득 고여선 찰랑댔지. 결국은 흘러내리던 눈물방울이, 그 손에 아직도 묻어 있는 것 같다. 태흔은 고개를 푹 숙였다.

"이 순간 이후로, 다시는 안 본다. 그러니 제발 사라져. 없어져 버려. 내 집에서 당장 꺼져 버려!"

어떻게 그런 말을 할 수가 있었을까? 원하는 것을 주지 않았으니 집에서 쫓아내겠다고 협박을 하다니.

아무리 화가 났다 해도, 미쳤다 해도 그런 말을 해서는 안 되었는데. 그녀가 가장 두려워하는 건 바로 버림받는 건데. 어떻게 다른 사람도 아닌 자신이 그런 말을 내뱉었던 걸까? 제어하지 못한 입술로 뱉어내 버린 잔혹한 말은 이제 후회해 보았자 소용이 없다. 그의 말은 가장 아픈 상처가 되어 은후의 가슴에 평생 박혀 있을 텐데.

미안해.

내가 잘못했어.

용서해 줘.

망설이다가 침대 위에 아무렇게나 던져져 있던 휴대전화를 집어 들었다. 문자 창을 누르다가 그만 다시 내리고 말았다. 아무리 그럴듯한 말로 변명한다 해도, 이미 벌어진 일은 달라질 리가 없을 테니.

태흔은 힘없이 침대에 머리를 기댔다. 막막하게 눈을 감아버렸다.

'겨우 가까워졌었는데, 지금 또 너무 멀리 있다. 은후야, 네가 너무 멀어. 네 손 다시 잡을 수 없을 것 같아 무섭다. 나.'

겨우 한 층을 사이에 두고 떨어진 은후와 태흔 자신. 하지만 그들은 영원의 거리처럼 멀었다. 못난 자신 때문에, 참지 못하고 감싸주지 못하고 경솔하기만 한 자신의 잘못 때문에.

그는 천천히 눈을 떴다. 몸을 일으켜 무엇인가를 해야 할 텐데, 생각은 하면서도 꼼짝도 할 수 없었다. 손끝 하나 움직일 힘이 없다. 망연히 허공을 응시하며 깊디깊은 한숨을 내뿜었다.

"은후야……."

내가 잘못했어.

용서해 줘.

제발 한 번만 네가 먼저, 날 잡아줘. 먼저 손 내밀어줘. 네 얼굴 보러 갈 염치도 없어, 나.

갑자기, 태흔은 벌떡 몸을 일으켰다. 그의 것이 아닌 낯선 물건이 시선에 잡혔기 때문이다. 책상 의자 아래 작은 금고가 하나 놓여져 있었다. 하얀 메모지가 위에 붙어 있었다.

〈다 돌려줄게.〉

물방울이라도 떨어진 듯 메모지의 글씨가 번져 있었다. 눈물방울의 흔적일 것이다.

태흔은 직감했다. 찰나였으나 확실했다. 이건 영원한 작별 인사였다.

태흔은 미친 듯이 계단을 뛰어 내려갔다. 은후의 방문을 활짝 열었다. 틀림없이 있어야 할 사람의 모습은 보이지 않았다. 이미 무너져 버린 태흔의 심장이 완전히 멎었다.

위태롭게 지탱하던 그의 세상이 삽시간에 모래성처럼 무너지고 있었다. 그의 유일한 행복이, 따뜻하고 착하고 예쁜 모든 것이 손가락 사이 흘러내리는 모래알처럼 빠져나가 버렸다. 그의 손안에는 이제 아무것도 남아 있지 않았다.

망연자실한 채 텅 빈 방만 노려보던 그는 아주 천천히 고개를 돌렸다. 안방에서 찬물 수건 쟁반을 들고 나오던 나주댁이 멈칫 멈추어 섰다.

"은후는?"

나주댁이 어쩔 줄 몰라 하며 고개를 흔들었다. 오히려 그에게 되물었다.

"나가는 것 못 봤어요. 대체 언제 나갔대요?"

태흔은 컴컴하게 죽어버린 눈동자로 빈방을 훑었다. 책상 위에 지갑이며 여권, 휴대전화 따위가 가지런히 놓여 있었다. 이미 바닥으로 떨어진 가슴이 한 번 더 무너졌다. 은후는 제 입으로 약속한 대로, 그가 준 모든 것을 남기고 떠났다. 완전히 맨몸으로 집을 나갔다는 뜻이었다.

하물며 휴대전화를 놓고 나간 이상 은후와 연락할 방도도 사라진 것이다. 전화기 아래 작은 메모지가 눌려 있었다.

〈다 제 잘못이에요. 제가 나빴습니다. 제가 먼저 사랑했습니다. 오빤 아무 잘못도 없어요. 제발 절 용서해 주세요, 할머니.〉

그것이 은후의 마지막 고해(告解)였다. 언제나 자신의 잘못이라고, 자신의 죄라고 자책하지. 먼저 물러나고 먼저 포기하지. 사실은 아무 죄도 없으면서…….

사실은 문을 열기 전부터 알고 있었다. 그는 텅 빈 공허만을 만나게 되리라는 것을. 그녀가 결국은 이 집을 떠나 어디론가 사라질 것임을. 그렇게 몰아낸 사람이 자신이니까. 그녀를 산산조각 내버리고 어디로든 사라져라 고함친 사람이 바로 자신이니까.

태흔은 온몸을 잠식하는 좌절과 분노로 신음했다. 고통과 슬픔이 그를 야차로 만들었다. 이왕 뼈가 부러질 것처럼 아픈 주먹이 아까처럼 딱딱한 벽을 강하게 후려 박았다. 몇 번이고 몇 번이고.

'거품처럼 꺼지겠지. 안개처럼 사라지겠지. 네 흔적을 지우고 네 존재를 지우고. 우리의 원죄도 지우고. 넌 맑아지고 투명해져선 사라지는 거야. 그런데 나는? 나는……?'

그는 두 팔로 벽을 짚은 채 허탈하게 중얼거렸다. 그녀가 등 뒤에 서 있기라도 하듯이 고개를 돌려 텅 빈방을 노려보았다.

"난 다 잃어. 너 말고는 내겐 아무것도 없어……."

이 방을 떠나면서 내 생각은 조금도 안 한 거야? 너를, 하나뿐인 동생을. 유일한 연인을. 하나뿐인 아내를 잃을 나를, 이은후, 한 번도 생각하지 않았어? 너, 정말 나에게 조금도 미안하지 않아? 내가 조금도 가엾지도 않았어?

버림받은 줄 알고, 아프다 절규하는 내 마음을. 너에게서 또 밀려나 버렸다고, 배신당했다고 생각해선 완전히 무너져 버린 내 마음을 넌, 정말 읽지 못한 거야?

열 개의 손톱이 벽을 긁고 아래로 떨어졌다. 그러나 단단한 벽은 흔적 하나도 남지 않았다.

고개를 떨어뜨린 채, 태흔은 한 손으로 얼굴을 가리고 아주 오래도록 벽을 향해 우두커니 서 있기만 했다. 얼굴을 가린 손가락 사이로 물기가, 할아버지의 죽음 이후 한 번도 흘린 적 없던 축축한 그것이 배어나고 있었다.

"안 가."

작지만 아주 단호한 목소리가 그의 입술 사이에서 스며 나왔다.

"도망가. 그렇게 해. 멀리멀리 가버려. 그래도 너 데리러 가지 않아. 이젠 싫다, 은후야."

그녀가 앞에 서 있는 것처럼 태흔은 공허하게 중얼거렸다.

"이젠 안 해, 싫다. 그만하자. 그냥 죽어. 더 이상 날 괴롭히지 말고 차라리 죽어버려. 다시는 너 찾지 못하게. 다시는 너 때문에 아프지 않게."

먼저 날 버리려 한 너인데. 너 때문에 나도 이미 죽은 거나 다름없는데. 내가 왜? 내가 왜?

목울대 안으로 억지로 삼켜 버린 오열이 이내 다시 꾸역꾸역 새어 나오기 시작했다. 태산 같던 그 어깨가 들먹였다.

이십오 년 전쯤, 부모님의 장례식 이후 처음으로 태혼은 어린애처럼 주먹으로 입을 틀어막고 울었다. 죽어가는 짐승이 마지막에 흘려내는 신음처럼, 그 울음소리는 심장 깊은 곳에서부터 검은 핏덩이처럼 그의 목을 막고 위로 올라왔다. 뭉클뭉클 쏟아졌다.

아무리 바라도 가질 수가 없다. 헤어지기 싫은데 그녀가 떠나 버렸다. 한마디 변명할 사이도 없이 그녀에게서 버림받았다.

너무 큰 통증과 공포 앞에서 태혼은 심장을 부여잡고 잠시 비틀거렸다. 가능하다면 이런 약한 심장 따윈 없어져 버렸으면. 깨진 유리 조각처럼 그를 아프게만 하는 이은후가 박힌 이 심장이. 움직이지 않는 미련한 심장이. 오직 그 여자로만 인해 힘차게 고동치고 행복해하는 어리석은 이 심장이. 태혼은 정말 지긋지긋했다.

'상관없어. 괜찮아. 너 없어도 살 수 있어. 널 몰랐을 때도 난 잘만 살았어. 오 년 동안 헤어져 있었어도 잘 살았어. 일도 잘했고 아무렇지도 않고 잘 먹고 잘 살았어. 사랑 따윈, 이은후 따윈, 이젠 필요없어. 보란 듯이 잘 살아주겠어. 너보다 백배천배 더 예쁘고 상냥하고 무엇보다 날 사랑해 주는 여자와 함께 행복하게 살겠어.'

쓰레기 같은 공허와 무의미함이 행복이라면, 그런 행복 따위는 얼마든지 너 없어도 가질 수 있어!

심장도 영혼도 없는 돌덩이가 되면 되는 거야. 살아갈 수도 있어. 그래 줄 수 있어. 그렇게 살 수 있어. 세월은 흘러갈 테고, 하루하루 지나다 보면 어느 사이 무뎌져 가겠지.

"제길!"

태혼의 주먹이 다시 벽을 후려쳤다.

평생 그리워하면서도 보지도 못하고, 만나러 갈 수도 없고, 안을 수도 없고, 사랑한다고 말할 수도 없고. 그런 게 사는 거라면 은후야, 단 일 분도 그렇게는 살기 싫다. 난 너 없이 혼자 살기 싫다.

그는 미친 듯이 현관을 향해 뛰쳐나갔다. 거칠게 닫히는 문이 쾅 소리를 내며 온 집 안을 찢어발기듯이 흔들었다.

23장

지갑도, 차 키도, 휴대전화도 다 두고 나간 은후가 어디로 갈 수 있을까? 제일 먼저 생각난 곳은 역시 예솔관이었다. 하지만 태흔의 예상은 보기 좋게 어긋나고 말았다. 은후는 그곳에 없었다.

"네에? 실장님이요? 여기 안 오셨는데요."

은후가 오지 않았느냐고 캐묻는 태흔 앞에서 직원은 어리둥절한 표정이었다. 되레 그에게 물었다.

"이곳으로 오신다고 하셨나요? 오늘 뉴욕으로 출국한다고 들었는데. 당분간은 못 들르신다고요. 어제 잠시 전화만 하셨어요."

"정말입니까? 혹시 와 있는데 내게 말 안 하고 감추는 거 아니죠?"

만약 그렇다면 가만두지 않겠노라. 이글거리는 태흔의 눈빛이 협박하고 있었다. 그의 기세에 눌린 직원이 설핏 두려운 기색을 감추며 한 발 물러섰다.

"정말 안 오셨어요, 회장님. 제가 왜 거짓말을 하겠습니까? 정 의심스러우시면 누구든 잡고 물어보세요."

태흔은 끝까지 부인하는 직원의 얼굴을 다시금 노려보았다.

"나중에라도 은후가 이곳에 오면 내게 당장 연락해요. 그럴 수 있죠?"

"네, 그러겠습니다."

명함을 건네주고 돌아섰다. 그럼에도 이상하게 미련이 남아 태흔은 을씨년스럽게 쏟아지는 빗줄기만을 바라보며 한동안 예술관 문 앞에 석상처럼 서 있기만 했다.

어디 있니? 대체 너, 어디로 가버린 거야?

떨리는 손이 담배 한 개비를 입에 물었다. 몇 번이고 라이터 불을 켜려 했지만 쉬이 성공하지 못했다. 한동안 막막하게 고개를 떨어뜨린 채 그렇게 서 있기만 했다.

은후야, 은후야, 이은후. 어디 있어? 어디로 가야 널 찾을 수 있니?

주차장에 세워진 차로 걸어가기 위해 우산을 펼치는데 누군가가 아저씨! 하고 소리쳤다. 돌아보니, 귀까지 덮는 털모자를 쓴 조그만 아이가 현관문 뒤에 숨어 고개를 내밀고 있었다. 예전에 은후에게 해바라기 꽃을 주려고 까치발을 하고 있던 민주라는 아이. 처음부터 유난히 은후를 따르던 그 애였다. 태흔에게 왜 은후랑 같이 오지 않았느냐고 물었다.

"아저씨, 공주님은 왜 안 와요?"

"글쎄다. 공주님이 다른 볼일이 있나 보지."

"보고 싶은데."

"그러게 말이다. 아저씨도 공주님이 많이 보고 싶은데, 여긴 안 왔다는구나. 어디 가서 찾아야 할지 모르겠다."

태흔은 허리를 굽히고 어린애와 눈높이를 맞추었다.

"나중에, 공주님에게 네 얘기 전해줄게. 보고 싶어 한다고."

아이가 배시시 웃으며 고개를 끄덕였다. 민주가 복도 모퉁이를 돌아 사라졌다. 태흔은 멍하니 민주의 작은 모습을 바라보다가 몸을 돌이켰다.

차 시동을 걸고 휴대전화를 꺼냈다. 태흔과 마찬가지로 은후의 행방을 찾고 있을 경호원에게 전화를 걸었다.

"아직도 연락한 곳이 없어?"

[그런 것 같습니다. 휴대전화에 입력된 전화번호로 다 연락을 해봤습니다만, 성과가 없었습니다. 대부분은 아가씨가 오늘 미국으로 가는 것으로만 알고 있던데요.]

"공방 쪽은?"

[제일 먼저 그쪽으로 가보았습니다만, 아닙니다. 어제오늘, 아가씨를 본 사람이 하나도 없습니다.]

"확실해?"

[네. 비밀번호를 알려주셔서, 공방 안에도 들어가 보았습니다만 안 계셨습니다.]

전화를 끊고 태흔은 멍하니 빗줄기가 떨어지는 차창 밖만 멀거니 응시하고 있었다. 지푸라기라도 잡고 싶은 심정이었다. 이젠 어떻게 해야 하나.

태흔은 다시 전화번호를 눌렀다. 혹시 은후가 공방 작업실 안에 들어가서 숨죽이고 있는 거라면? 하는 생각이 갑자기 떠올랐기 때문이다.

[네, 회장님.]

“공방에 갔을 때 작업실 문도 열어본 거냐?”

[아닙니다. 문이 잠겨 있었습니다.]

“알았어. 너희들은 휴대전화에 입력된 친구들 전부 다, 하나씩 일일이 다 찾아가 확인해 봐.”

[알겠습니다.]

태흔은 차머리를 돌려 예술관 대문을 빠져나갔다. 공방 작업실 안을 자신의 눈으로 분명히 확인할 생각이었다. 마지막으로, 최악의 선택이 될 테지만 혹시 모르니 목동의 문서준 집에 가볼 작정도 했다. 기분은 더러울 테지만, 어쩔 수가 없는 노릇이었다.

자신이 저지른 끔찍한 실수를 수습하기 위해 얼굴도 맞대기 싫은 연적(戀敵)에게까지 기대야 한다니, 젠장! 정말 기분이 엿같았다.

“내가 못 찾을 줄 알아?”

태흔은 은후가 옆에 앉아 있기라도 하듯이 나직하게 중얼거렸다.

“뛰어봐야 벼룩이야. 네가 어디로 가든 찾아낸다. 숨어봐, 바보야. 내가 술래잡기 달인이라고 말한 사람이 바로 너야. 한 번도 날 이긴 적 없잖아. 지금엔들 이길 수 있을 것 같아?”

뿌연 빗줄기를 지우는 와이퍼가 왔다 갔다 했다. 비도 오고 겨울로 접어드는 형편이니, 다섯 시도 채 되지 않았는데 이미 거리는 어둑어둑해지고 있었다.

빨간 신호등에 걸렸다. 우산을 쓴 사람들이 우르르 횡단보도를 건넜다. 차를 멈춘 채 태흔은 멍하니 신호등만 바라보며 차 안에 앉아 있었다. 방금 그의 앞을 지나간 사람들 중에 검은색 우산을 쓴 은후도 끼어 있었다는 것을 알지 못한 채.

신호등이 바뀌었다. 태흔은 전조등을 켜고 엑셀러레이터를 밟은 발에 힘을 주었다. 아스라이 백미러에 비친 한 여자. 예술관을 향해 천천히 걸어가는 검은 그림자 따위, 초조함과 불안으로 어두워진 시선에 담길 리가 만무했다.

"숨지 마. 돌아와, 제발. 널 잃고 싶지 않아."

간절한 희구. 태흔은 미친 사람처럼 홀로 중얼거렸다. 은후와 자신이 반대 방향으로 점점 멀어지는 것도 알지 못한 채. 말하지 못하고, 말하지 않았던 고백을 비로소 흘려냈다.

"죽어도 말 안 하려고 했어, 은후야. 창피하잖아. 어떻게 말해? 열다섯이나 먹은 내가 일곱 살짜리 꼬맹이한테 마음을 주어버렸다는 걸……."

내가 널 처음 안았을 때, 네가 내 품에 안겼을 때, 기억나니? 맞붙은 우리들의 심장이 뛰는 소리. 완전히 같은 박자였어.

그것이 가르쳐 줬어. 내 사람이라고. 이제 만난 거라고, 내게도 이젠 가족이 생겼다고. 찾았다고 믿었어. 또 다른 나를. 내 심장을 전부 주어버려도 아깝지 않을 그 사람을 만났다고. 사랑하고 또 사랑해도 모자랄 그 사람을 마침내 찾았다고.

넌 나에게 기댔을 테지만, 은후야. 나도 그때부터 너에게 기댔어.

"제발 멀리 가지 마. 날 버리지 마."

무엇보다, 죽지 마. 제발!

말하지 못한 두려움. 태흔은 목에 가득 찬 응어리를 꿀꺽 삼켜 버렸다.

아침에 너에게 한 말 다 거짓말이야.

맞아, 너 없어도 살 수 있다고 새빨간 거짓말했어. 너무 화가 났거든. 너무 슬펐거든. 언제까지 나만 널 바라보고 있어야 하나. 난 다 주었는데, 넌 왜 내게 하나도 주지 않을까? 왜 난 만날 네 등만 바라면서 살아야 할까? 속상해서.

그래서 화냈어. 만날 내 등에 지고 있는 너. 내려놓고 싶었어. 나도 한 번 너에게서 자유롭고 싶었어. 날 아프게 하는 이것을, 너에 대한 사랑을 내려놓고 싶었어. 가능하다면.

정말 바보 같지? 난 너고 넌 난데 우리가 어떻게 헤어져 살 수 있을 거라고 난 생각했을까?

네가 정말 나와 살기 싫다면, 보내줄 수도 있어.

태흔은 이를 악물었다. 정말 바라는 게 그것이라면, 원하는 곳 어디든 가게 해줄게. 날 기억하지 않아도 좋아. 마음껏 원망하고 미워해도 돼. 그러니까 나쁜 생각 따윈 제발 하지 마. 널 버려서, 날 버리지 마. 네가 죽어 날 죽이지 마. 은후야, 제발…….

간절한 희구 따윈 소용없었다. 마지막 희망이었던 공방의 작업실에서도 은후의 모습은 찾을 수 없었다.

익숙한 밝은 불빛을 보는 순간, 간신히 지탱해 오던 다리의 힘이 풀렸다. 지금 은후의 다리는 거의 마비 상태였다. 오직 걸어야 한다는 일념으로 견뎌낸 몸이 이제는 한계였다. 은후는 거의 기다시피 질질 다리를 끌며 예술관으로 들어섰다.

은후에게는 다행한 일이었다. 마침 저녁 식사 시간이어서, 대부분의 사람들은 식당으로 몰려간 참이었다. 그 와중에 은후는 그 누구의 눈에도 뜨이지 않고 안으로 들어갈 수 있었다.

그곳에 오면 늘 묵는 게스트룸을 찾아갈 기력도 없었다. 신발을 벗고 들어선 후, 제일 먼저 눈에 띄는 문을 열었다. 취학 전 유아들이 모여 노는 놀이방이다. 장난감 상자들이 이리저리 놓여 있고 커다란 강아지와 곰이 앉아 있는 곳. 써늘한 공기가 얼어붙은 얼굴을 후려친다. 그럼에도 은후는 전등을 켤 생각도, 보일러 스위치를 켤 생각도 하지 못하고, 기계적으로 무거운 외투를 벗었다. 핸드백을 바닥에 떨어뜨리고선 커다란 곰돌이 무릎에 머리를 괴고 드러누웠다. 몸이 물먹은 솜처럼 젖어들어, 손끝 하나 움직일 힘이 없었다. 눈을 감았다. 이대로 눈을 뜨지 말았으면.

지치고 피곤했다. 불행했다. 슬펐다. 하지만 그런 감정조차 힘에 겨웠다. 그녀의 세상은 전부 얼어붙은 혹한의 계절이었다. 제일 먼저 해야 할 일은 잠을 자는 일이다. 생각은 다음 일이다.

몇 시간을 걸었는지도 까마득했다. 어디를 얼마나 돌아 이곳까지 도착한 것인지도 알 수가 없었다. 그러나 여하튼 도착했다. 적어도 이곳에선 그녀더러 나가라고, 네 집이 아니라며 쫓아낼 사람은 없었다.

은후는 태아처럼 몸을 웅크린 채 두 팔로 자신의 몸을 꼭 감싸 안았다.

"오빠, 오빠."

메말라 껍질이 벗겨지는 입술이 그리운 사람을 불렀다. 주르륵 눈물 한줄기가 볼을 타고 흘러 차가운 바닥을 적셨다. 까무룩히 암흑 속으로 빠져들어 가면서도 은후는 본능처럼 오직 그 사람만 생각했다. 보고 싶어. 미치도록 사랑해. 제발 날 미워하지 마. 제발 날 잊지 마.

그녀를 잊는다 한 태흔처럼 은후도 태흔을, 잊고 싶었다. 미워하고 싶었다. 하지만 그녀의 DNA에는 그에 대한 사랑만이 입력

된 것 같았다. 그 사람만 생각났다. 그 사람만 보고 싶었다. 그리워하고 있었다. 잊을 수 있을까? 당신을 떠나 살 수가 있을까? 그에게서 버림받고, 그를 떠나면 살아갈 수가 없는데.

태흔이 그녀를 찾아 이곳에 왔다 간 것을 알 리 없다. 수십 명의 사람이 서울 시내를 샅샅이 뒤지고 다니며 그녀의 행방을 찾는 것도 알지 못했다.

이 세상의 그 누구와도 연(緣)을 잇지 못한 채, 모두에게서 유리된 채, 다시 버림받은 어린 고아가 되어, 가장 외로운 사람이 되어, 사랑에게서도 가족에게서도 버림받아 가장 불행한 얼굴이 되어 은후는 아주 천천히 캄캄한 암흑 속으로 몸이 가라앉았다. 깊은 잠에 빠져들 듯이 서서히 의식을 잃었다.

그럼에도 고열에 떨리는 하얀 손은 집을 떠나며 들고 나온 단 하나의 흔적, 라피스라줄리 목걸이만을 꼭 움켜쥐고 있었다. 다시 눈을 뜨면 이날의 모든 일이 그저 악몽일 뿐이라면 얼마나 좋을까.

그 시각, 태흔은 병원에 있었다.

주 박사가 실을 가위로 끊었다. 핀셋을 치우면서 한마디 잔소리를 했다.

"대체 무슨 일이야? 어디서 이렇게 다치고 와? 까딱했으면 눈까지 상할 뻔했구먼."

태흔은 문서준의 집에 가지 못했다. 대신 병원에 와서 찢어진 눈 아래 상처를 꿰매야만 했다. 은후의 공방에서 나오는데, 분명 제정신이 아니었던 거다. 문 모서리에 부딪쳐선 또 얼굴을 찧었다. 이왕 터진 상처가 또 터지는 바람에 피가 흘러 고랑을 이루었다. 목 아래까지 벌겋게 적셔 손수건으로 덮은 채 병원으로 달려가는 볼썽사나운 꼴을 연출하고야 말았다.

주 박사가 눈에 뜨이게 초췌해진 태흔을 딱하다는 눈초리로 바라보았다.

"러시아로 출장 갔다더니, 얼굴은 왜 이렇게 상했어? 또 이 상처는 뭐고? 설마 러시아 대통령이랑 주먹다짐이라도 한 건가?"

"그러게 말입니다."

"알다가도 모를 일이네, 거참. 이 회장이야 함부로 몸 내돌리는 사람 아닌 거 뻔히 아는데, 대체 이게 무슨 일이야, 그래? 하루 이틀은 아플 거야. 항생제랑 진통제 처방했으니, 물 닿지 않게 조심하구."

태흔은 재킷을 들고 자리에서 일어섰다. 눈 한쪽에는 볼품없이 거즈를 붙였지, 셔츠에까지 피가 묻은 초라한 몰골로 문서준을 찾아가기에는 자존심이 허락하지 않았다. 일단 옷이라도 갈아입고 다시 나서야 할 것 같다. 집으로 돌아갈 수밖에 없었다.

거실에 진 여사가 앉아 있었다. 은후가 사라졌다는 말에 하루 종일 간이 자글자글 졸아든 건 진 여사도 마찬가지였다.

중병 앓는 사람처럼 이마에 하얀 띠를 매고 나주댁이 건네주는 약 대접을 마시고 있었다. 눈 한쪽에 하얀 거즈를 붙이고, 얼굴은 시커멓게 되어 들어서는 손자를 바라보다가 찬바람 나게 얼굴을 돌려 버렸다. 혼자 들어오는 꼴을 보니 은후를 찾지 못했다는 것을 짐작한 모양이었다.

울컥 밉고 짜증스러워 다시 그냥 확 한 대 패버릴까 보다, 주먹을 쥐어보았지만 다 부질없다. 제정신이 아닌 녀석에게 상소리를 해보았자 귀에 들릴 리도 만무할 테고, 또 더러운 것이 정이었다.

하루 종일 굶고 돌아다녔을 것이 뻔하다. 밥이나 거둬 먹이고 나서 닦달을 해야지 싶었다. 나주댁을 돌아보며 일렀다.

"저 인간, 밥이나 차려줘."

"네, 여사님."

"하루 종일 한 끼도 안 먹었으니 볼만하구먼. 은훌 찾아오랬지, 제놈이 먼저 쓰러지랬어?"

태흔의 모든 것이 못마땅한 터라 진 여사가 혼잣말처럼 웅얼거렸다. 기운없이 계단 쪽으로 걸어가는 태흔의 등에 대고 물었다.

"예술관에 없어? 거기도 안 왔다던?"

"네, 오지 않았답니다. 공방에도 가보고, 친구들에게도 다 연락을 해보았지만……."

"집 말고는 갈 데 없는 애인 거 뻔히 알면서! 그런 애를 두고 나가라고 쫓아? 정작 나가니까 시퍼렇게 질려선 찾아다니는 건 또 뭐야? 이왕 그렇게 된 거, 죽든지 말든지 내버려 두지!"

모질게 태흔의 막막한 가슴에 다시 대못을 박았지만, 그런다고 어디 편안해질까? 진 여사가 끙 하고 한숨을 내뱉었다. 태흔은 먹먹하게 고개만 숙였다.

"잘못했습니다."

"나에게 사과를 왜 하누? 네가 대못 쾅쾅 박은 이는 은후 아니던? 지갑이고 휴대전화고 다 두고 나간 건 이 집에 다시는 못 돌아온다 생각하고 나간 거 아냐? 에고, 괘씸한 것. 내가 저를 어떻게 키웠는데? 제가 뭔 잘못을 했다고, 갈 데도 없는 게 집을 나가, 나가긴? 제가 뭐라고 이렇게 할미 속에 못을 박아. 에고, 불쌍한 것. 어쩌다가 저 독한 놈에게 걸려 가지고……."

진 여사가 점점 더 독해지는 말토막을 분질러 마음속에 집어넣었다. 이층 방에 올라가 옷을 갈아입고 내려와 식탁 앞에 앉은 태흔을 노려보다가 가슴을 두드리며 안방 문을 열고 들어갔다.

할 말도 없고, 입을 열 염치도 없다. 기운도 없었다. 우두커니 앉아만 있는 태흔 앞에 나주댁이 밥과 국을 놓아주었다. 안쓰러워 한마디 위로를 건넸다.

"힘들어도 잡숴요. 별일 없을 겁니다. 회장님께서 기운이 있어야 은후 아가씨도 찾아내죠."

자신이 먹는 음식의 맛이 무엇인지도 모르고 태흔은 기계적으로 입속으로 밥과 국을 꾸역꾸역 떠 넣었다. 꼭 모래알을 씹는 것 같았다.

식사를 끝내고 어디로 가봐야 할까? 혹시 길이 엇갈렸을지 모르는데, 한 번 더 예술관으로 가봐야 하나. 가평 별장이나 제주도 별장으로 간 건 아닐까? 하지만 가평 별장에 내려왔다는 기별은 오지 않았다. 공항에 은후가 나타났으면 곧바로 연락이 왔을 것이다. 그러니 제주도로 내려간 것도 아니다.

막 식사를 끝냈을 무렵, 초인종이 울렸다. 혹시 은후가 돌아온 걸까? 태흔은 본능적으로 벌떡 일어서고 말았다. 나주댁이 주방에서 뛰쳐나갔고, 안방에서 진 여사도 몸을 드러냈다.

"저기, 목동 문 이사님이신데요."

인터폰 화면을 들여다본 나주댁이 고개를 흔들었다. 어쩔 줄 몰라 하며 말했다. 기운이 빠져 삽시간에 십 년은 늙어버린 듯한 얼굴로 진 여사가 중얼거렸다.

"문 이사가 은후 데리러 왔나 보다. 공항으로 같이 나가자고 하는 것 같더니."

진 여사가 어깨를 축 늘어뜨린 태흔을 노려보았다.

"자네가 해결하게. 일을 죄다 망쳐 놓은 당사자가 수습해야지."

그녀가 다시 문을 쾅 닫아버렸다.

'여기가 어디라고 찾아와, 찾아오긴? 남의 여자 채가려는 네놈 때문에 다 일이 이렇게 헝클어진 줄도 모르고.'

태흔은 인터폰 안에 박힌 서준의 모습을 노려보며 이를 악물었다.

이날 모든 일이 어그러지고 잘못된 것은 전부 다 서준 탓이다 싶었다. 누구든 좋았다. 무너지고 가난한 가슴은 그 원망을 쏟아 부을 대상이 필요했다. 태흔은 이날의 회오리가 전부 다 서준 탓인 양 하며 거칠게 현관문을 열었다.

야차처럼 험상궂은 표정으로 현관 앞에 버티고 선 태흔을 보자, 싱글거리던 서준의 표정이 설핏 굳어졌다. 태흔은 아주 태연한 표정으로 능갈쳤다.

"헛걸음하게 해서 미안하군요. 우리 은후, 오늘 출국할 수 없을 것 같습니다."

"아니, 왜요?"

"급성 고열이랍니다. 몸이 좋지 않아서 비행기를 탈 수가 없다는군. 미안합니다, 문 이사. 혼자 떠나셔야겠습니다."

태흔은 표정 하나 변하지 않고 새빨간 거짓말을 내뱉었다. 감히 그의 눈을 속이고 은후를 빼돌리려 했다 생각하니, 당장에라도 뻔뻔한 놈의 얼굴을 향해 주먹을 내갈기고 싶었다. 아니면 목줄을 틀어쥐고 자근자근 밟아놓거나. 반쯤 죽도록 패버려야 속이 시원할 것 같았다.

서준이 안타까운 얼굴로 문 안을 기웃거렸다.

“저런, 많이 아픈가요? 가능하다면 은후 씨 얼굴이라도 한 번 보고 가고 싶은데요. 출국하면 꽤 오래도록 보지 못할 텐데요.”

“그러고 싶지만 곤란합니다. 절대 안정입니다. 힘들 것 같습니다.”

은후가 설사 집에 있다 해도, 서준을 만나게 해줄 마음 따윈 눈곱만큼도 없었다.

입을 꾹 다물고 바위처럼 문을 가로막고 선 태흔을 서준이 잠시 바라보았다. 앞에 버티고 서서 절대로 길을 터줄 수 없다, 의지로 충만한 태흔의 사나운 눈빛을 바라보더니, 이내 모든 것을 짐작한 듯 훗, 하고 짧게 웃었다.

“그렇군요. 알 만합니다. 은후 씬 결국 저랑 같이 나갈 마음이 없나 보군요.”

“문서준 씨, 나랑 이야기 좀 합시다.”

태흔은 다짜고짜 서준의 팔을 움켜쥐고 현관을 나갔다. 자신이 삼 초 후에 무슨 일을 당할지 알고나 있는 걸까. 여하튼 간이 배 밖으로 나온 놈이었다. 질질질 억지로 끌려 나가면서도 등 뒤로 빼꼼 얼굴을 내민 나주댁더러 붙임성있게 인사하는 것을 빠뜨리지 않았다.

“할머님께 인사 전해주십시오. 은후 씨에게도 빨리 회복하시라고 전해주시고요. 안녕히 계십시오!”

태흔은 서준이 몰고 온 차 앞에까지 그를 끌고 나갔다. 멱살을 잡고 두어 번 흔들어준 다음 손을 놓았다. 서준이 구겨진 옷자락을 펴는 척하면서 태흔을 바라보았다.

“너무하시는 것 아닙니까? 집을 찾아온 손님에게 이렇게 거칠게 구시다니요. 매너 좋다 소문난 이태흔 회장님답지 않으십니다.”

"나다운 게 뭔지 앞으로 처절하게 배우게 될 거다. 내일부터 너, 밤길 가면서 등 뒤를 항상 조심하는 게 좋을 거야."

태흔이 이 사이로 나직한 위협을 밀어냈다. 얄미운 놈 같으니라고. 서준이 어이없다는 듯 헛웃음을 살짝 흘려냈다.

"제가 갑자기 이런 대접을 받아야 하는 이유가 있습니까? 황당하군요."

"내 여자한테 함부로 손 뻗은 놈한테 난 이렇게 해. 겁도 없이 까불다가 어떤 일을 당하는지, 아직도 배우지 못했나 보군. 교훈이 더 필요하나?"

"내 여자? 이것 참. 은후 씨 이야기인 모양인데요, 은후 씨가 이 회장님의 여자였던 적이 있었나요? 남들 앞에서 연인이라고 공표를 한 것도 아니고, 약혼을 한 것도 아니고. 왜 이러십니까? 유치하게."

건방진 놈이 끝까지 한마디도 지지 않았다. 말로 매를 벌고 있었다.

"그래서 그앨 몰래 빼돌려 훔쳐 가려고 했다? 한 대 맞으면 그런 짓을 한 것을 뼛속까지 후회하게 될 거다."

그리고 태흔은 자신의 말이 사실이라는 것을 단단한 주먹을 날려 단번에 증명했다. 퉁퉁 부어 붕대로 감긴 주먹이 좀 아프긴 했지만, 녀석의 턱을 반쯤 으스뜨려 놓았으니 손해란 생각은 들지 않았다.

서준이 휘청하던 몸을 바로잡았다. 살짝 피가 배어 나온 입술을 문지르며 태흔을 바라보았다. 그럼에도 기 하나 죽지 않고 아주 온화하게 말을 이었다. 태흔의 귀에는 조롱으로만 들렸다. 그의 속을 뒤집으려 작정을 하고 온 것 같았다.

"오해하지 마십시오. 은후 씨가 먼저 같이 가겠다고 한 겁니다."

"헛소리하지 마."

"은후 씨도 자존심있고 감정이 있는 사람입니다. 그늘 속에 사는 여자. 오빠라고 믿었던 남자에게 짓밟히는 짓, 더 이상은 못한다 싶었나 보죠. 당신 옆에서 착취당하고 약탈당하며 사는 것이 지옥이라면, 헤어져서 아픈 지옥에 사는 것이 더 나을 거라고 결정한 모양입니다. 사람을 그런 식으로 구석까지 몰아붙였으면 조금쯤은 양심의 가책을 느끼셔야 하는 것 아닙니까?"

태흔의 가슴이 미어졌다. 헤어져서 아픈 지옥에 사는 것이 그의 곁에 있는 지옥보다 낫다고 믿었다는 은후의 고통이 너무나 생생하게 느껴졌다. 이곳에 있는 한은 그녀는 태흔과 할머니 진 여사의 중간에 서서 평생 위태로운 줄타기를 해야 한다. 연약한 그녀의 마음은 이제 더 이상 그러한 고통을 견뎌낼 수 없었던 것이리라.

"이 회장님께서 러시아로 출장 가 있는 동안 진 여사님이 쓰러지셨던 건 모르시죠?"

"뭐라고?"

경악에 젖어 시커멓게 가라앉는 태흔의 눈빛을 바라보며 서준이 침착하게 말을 이었다.

"은후 씨는 요지부동이었어요. 수치스런 정부도 좋고, 감추어진 여자로도 좋으니 평생 이 회장님과 헤어지지 않겠다고 말했습니다. 그런데 할머니가 쓰러지셨죠. 두 사람의 관계가 알려지면 진 여사님이 충격을 받아 돌아가실 거라고 두려워했습니다. 은후 씨로선 굉장히 힘든 결정이었던 거 아실 겁니다. 저랑 같이 떠나겠다고 결정한 일로, 은후 씨의 마음을 오해하지 않았으면 좋겠네요. 아, 이건 제 기우인가요? 은후 씨는 흔들려도 이 회장님의 마음이야 흔들릴 리가 없겠죠."

태흔은 어두운 바닥으로 시선을 떨어뜨렸다. 못나고 편협한 자신의 가슴을 칼로 파내 버리고 싶었다.

이제야 은후가 왜 그들의 약속을 저버리고 떠날 결심을 했는지 이해할 수 있었다.

'왜?' 라고 물었을 때 은후는 '할머니가……' 하고 말하려 했다. 바로 그 일을 설명하려 했던 것이 분명하다. 하지만 입을 막아버린 사람은 바로 자신이었다. 이 세상 그 누구도 그녀의 편이 되지 않을 때에도 그녀의 손을 잡아주었어야 할 유일한 한편인 그가, 그녀를 밀어내고 구석으로 몰았다. 찬찬히 들어줄 생각도 않고, 이해해 줄 생각도 않고, 감싸줄 생각은 더더구나 하지 않고.

얼마나 무서웠을까? 얼마나 두려웠을까. 눈앞에서 할아버지가 쓰러져 돌아가신 것을 본 녀석인데, 이번에는 할머니가 쓰러지셨다니. 가장 큰 악몽이 되풀이되고 있다고 생각했겠지. 그 순간, 태흔의 곁을 떠나야 한다는 결정 말고는 그녀가 할 수 있는 게 무엇이 있었을까?

하지만 섭섭하고 야속한 건 어쩔 수 없다. 어째서 은후는 그에게 한마디도 그런 사실을 털어놓지 않았던 걸까? 솔직히 털어놓고 그에게 의지할 수도 있었을 텐데.

태흔은 고개를 들었다. 이상하게 서준에게 빚을 진 기분이 들었다. 그것을 인정하자니 사내의 체면이 서지 않는다. 끝까지 거만하게 굴 수밖에 없었다.

"좋아. 내 앞에서 할 말 다 하는 네 기백이 마음에 든다. 예의로 청첩장은 보내주지."

"청첩장?"

"이은후, 다음 달에 내 아내가 될 테니까. 축전까지는 허락할 테지만, 그 이상은 안 돼. 친구니 뭐니 하는 이상야릇한 관계로 어물쩍 접근했다간 정말 죽여줄 테니 알아서 해."

"자신, 있습니까?"

"뭐라고?"

서준이 정색을 한 채 태흔을 똑바로 바라보았다.

"다시는 은후 씨를 울리지 않을 자신 있느냐고요. 행복하게 해주실 수 있습니까? 언제나 자유롭게, 싫으면 싫다고 말하고, 마음 내키는 대로 말하고 웃고 살 수 있게 해주겠느냐는 말입니다."

"내 아내 일이야. 너 따위가 신경 쓸 이유 없다."

"지켜볼 겁니다."

"흥."

태흔은 비웃음을 날렸다. 그러나 서준의 표정은 무섭도록 진지한 것이었다.

"농담 아닙니다. 이태흔 회장, 항상 긴장하십시오. 언제든, 조금이라도 당신이 그 사람을 아프게 하면 당장 데리러 올 겁니다."

"꿈 깨. 죽어도 너에겐 그럴 기회 따윈 없을 테니!"

끝까지 거만하다. 그 말을 끝으로 태흔이 휙 하니 몸을 돌이켰다. 뒤도 돌아보지 않고 현관으로 들어가 버렸다. 서준은 엷은 미소를 지으며 고개를 흔들었다. 불이 켜진 집을 잠시 바라보았다. 나지막이 중얼거렸다.

"정말 행복해야 해요, 은후 씨. 꼭."

사실 서준은 벨을 눌렀을 때 얼마나 두려웠는지 모른다. 예정대로 떠날 준비가 된 은후가 서 있을까 봐서.

그가 바란 대로, 예측한 대로 눈에 불을 담은 태흔이 버티고 서 있는 것을 본 후, 얼마나 안도했는지 하늘의 신만은 아시리라.

야무지게 얻어터졌다. 그 주먹 한 대로 손톱 아래 박혀 있던 아릿한 가시가 빠졌다. 가시가 빠진 후의 상흔 때문에 당분간 아플 테지만, 그것도 언젠가는 아물 테지. 시간은 흐를 테고, 분주한 일상 안에서 모든 순간은 서서히 희미해지는 법이니까.

한 여자를 정직하게 사랑했다. 비록 그 사랑의 결실을 얻지는 못했지만, 지혜롭게 마지막까지 선량하게 그 사랑을 끝내고 마무리할 수 있어 다행이었다. 차에 올라타며 서준은 홀로 미소를 머금었다.

'몇 년간은 여유 따윈 없을 테니까요. 사랑이나 연애 같은 건 당분간 바이바이입니다. 나, 거기서 정말 열심히 할 테니까. 당신도 열심히 행복해지도록 노력해 줘요. 다시 만날 땐 은후 씨, 우리 정말 웃으며 인사해요.'

공항으로 가는 큰 도로에 진입한 후 그는 차의 속력을 올렸다. 공항에서 만나기로 한 어머니에게 은후가 같이 가지 못하는 이유를 어떻게 말할까. 그럴듯한 변명을 만드는 데에 골몰하기 시작했다.

은후를 찾지 못해 절망한 채 꼬박 밤을 새운 태흔에게도, 무의식 속에서도 열에 들뜬 입술로 그의 이름을 부르는 은후에게도 지옥 같은 밤이 지나가고 있었다.

와들와들 떨리는 몸에 분명히 무엇인가 포근한 것이 닿았다.

반 무의식 속에서 은후는 손에 닿는 대로 그것을 끌어당겼다. 따뜻하고 온기 품은 담요 자락이었다. 끝이 아니었다. 고물고물 무엇인가가 다가와, 진땀 흐르는 그녀의 이마를 만져 주고 있었다.

비몽사몽 은후는 억지로 무거운 눈꺼풀을 들었다. 아스라한 시선 안으로 작은 얼굴이 희미하게 잡혔다. 그 얼굴이 언젠가 해바라기 꽃을 주던 민주라는 것을 깨닫고는 은후는 무의식 속에서도 억지로 미소를 지으려고 했다.

"미안…… 민주야, 아줌마가…… 좀 아파……."

신열로 와들와들 떨리는 그녀의 두 팔 안으로 고물고물 작은 아이의 몸이 스며들었다. 감사하기도 하지, 대견하기도 하지. 그 앤 가녀리고 여린 팔로 있는 힘을 다해 은후를 안아주려 하고 있었다.

아주 미약하고 작은 온기라 할지라도 천지사방 혹한인 은후에겐 너무나 감사한 위로였다.

문 하나를 사이 두고, 야간 안전 점검을 하며 지나가는 직원들의 슬리퍼 끄는 소리. 무심하게 아이들이 재잘대며 지나가는 소리가 들려왔다. 그들 중 어느 누구도 곰돌이에 파묻혀 다시 의식을 잃은 은후와 그런 그녀의 이마에 돋는 진땀을, 눈 아래 흐르는 눈물을 작은 손으로 닦아주고 또 닦아주던 어린 민주가 놀이방 찬 바닥에서 함께 잠이 들었다는 것을 알지 못했다.

아침이 되어서야 유아반 보육사가 민주의 침대가 빈 것을 발견했다. 삽시간에 예솔관이 소란스러워졌다. 몇십 분의 소동 끝에 직원이 놀이방에서 아이를 발견했다. 고열로 앓고 있는 은후의 품 안에서 새근거리며 잠이 들어 있었다.

한편, 백제호텔.

현관문이 열렸다가 닫히는 소리가 났다. 아마도 태흔이 은후를 찾아 다시 나가는 모양이었다. 진 여사는 나지막이 한숨을 토해 냈다.

한바탕 태풍이 할퀴고 간 자리나 다름없었다. 태흔도 한잠도 자지 못했을 테지만 진 여사 역시 잠을 이룰 수가 없었다.

소식을 알 수 없는 은후에 대한 걱정. 모든 일을 엉망진창으로 만들어 버린 태흔에 대한 분노. 눈 어두워 그간의 사정을 살피지 못했던 스스로의 어리석음에 대한 분노와 자탄, 그 모든 어수선한 것들로 인해 늘 명경지수 같던 가슴 안이 잔뜩 어질러진 서랍 같았다.

진 여사는 감당하기 어려울 만큼 괴로운 것들을 토해내듯이 무거운 한숨을 내쉬었다. 속이 조금은 가벼워져야 할 터인데, 켜켜이 쌓이는 근심과 망신스러움, 홧증은 조금도 가라앉지 않았다.

"망할 녀석. 죽일 놈. 빌어먹어도 시원찮을 놈."

모진 욕을 들을 놈이 없는데, 혼자 앉아 그런 욕을 내뱉는다고 어디 마음이 풀릴 건가. 고개를 들어 진 여사는 벽에 걸린 남편의 사진을 서글프게 바라보았다.

돌이켜 생각하니, 하나둘 떠오르는 게 한두 가지가 아니었다. 태흔이 제대를 하고 집으로 돌아오자마자 곧장 짝을 맺어줘라. 유럽으로 빨리 내보내라 채근하던 남편의 속내도 이제야 짐작할 수가 있었다.

"귀띔이라도 해주셨어야죠."

원망 반, 넋두리 반. 진 여사는 무심하기만 한 남편의 사진을 올려다보며 중얼거렸다.

"왜 그리 내보내려만 하실까. 한시도 쉬지 않고 우리 욕심대로, 원하는 대로 잘 가던 애인데. 이제 그만하시고 한두 해쯤은 그늘 아래에서 편안하게 끼고 살아도 될 터인데 왜 저러시나 원망했더랬어요. 이제 생각하니 제 눈이 어두웠네요. 제가 멍청했어요. 당신 더 늙기 전에 후계자 교육 마무리하시느라 그 애를 자꾸만 강하게 바깥으로 내몬다고만 생각했어요. 그런데 당신은 은후 보는 태흔이 마음을 미리 읽고 계셨구먼요?"

숨긴다 하지만 뜨겁게 끓는 마음이 완전히 숨겨질 리는 없다. 태흔은 제 말대로 오래전부터 끊임없이 은후에 대한 제 마음을 드러내고 있었던 게 분명하다. 다만 어리석은 진 여사 자신이 미처 눈치채지 못했을 뿐. 반듯하고 착하다 여긴 맹신에 눈이 어두웠을 뿐.

그러나 죽은 남편은 남자로서 은후를 바라보는 손자의 시선을 알아챈 것이 틀림없다. 사람 보는 혜안이 보통 아니던 남편이다. 속내를 읽는 일에서는 유난히 총기 넘치던 그가 태흔의 눈빛이 달라지고 있다는 것을 발견하지 못했을 리가 없다. 그래서 지나가는 말처럼 은후 방도 아래층으로 내리라 했고, 태흔더러 장난이래도 은후를 건드리는 것조차 못 하게 잔소리를 했던 것일까?

'하지만 당신도 이 정도까지는 예상치 못하신 게지요? 태흔이 마음일랑 복잡하고 갈피 잡을 수 없는 어두운 열정의 한순간이라고만 생각했을 테지요? 그래서 입 벌려 평지풍파를 일으키기보다는 손쉽게 태흔일 결혼시켜 내보내는 방법을 택했을 거구요. 당신이 왜 나이도 많지 않은 태흔이 혼인에 그리 신경을 썼는지 이제야 이해가 가는구먼요.'

그때 태흔이 반항이라도 하고 툴툴거리기라도 했다면 진 여사도 한 번쯤은 태흔의 마음을 다시 헤아려 보았을지도 모른다. 그러나 제대한 이후 한 달 사이, 시키는 대로 서너 번이나 선을 보러 나가면서도 태흔은 아무런 기색을 보이지 않았었다. 여자들이 마음에 들어오지 않는다고 완곡하게 거절했을 뿐이다.

'그저 맑고 밝고 반듯하게 자랐다고 생각했는데. 오직 기쁨이고 자랑스러움이라고만 믿었는데. 네가 이렇게 모질게 할미 뒤통수를 쳐? 망할 놈.'

하지만 그렇게 예쁘게 피는 아이를 눈 가까이 두었으니, 사달이 일어날 수밖에 없지.

진 여사는 또다시 바닥이 꺼져라 깊은 한숨을 내뱉었다.

보는 사람 눈마저 환해지게 만드는 어여쁜 얼굴이며, 한 점 한 점 뜯어보아도 흠잡을 데 없는 상냥한 품성이며, 귀염성있는 자태와 날렵한 솜씨까지, 모자란 데가 없지. 게다가 태흔의 말이라면 팥으로 메주를 쑨다 해도 다 믿고 따라가고 의지하는 아이가 아닌가. 진 여사는 자신이 길러낸 은후의 모습을 생각하며 미쳐 날뛰는 태흔의 마음을 반만은 이해할 것도 같다 생각했다.

금이야 옥이야 귀애하며 길렀지. 바람 한 점 스며들 수 없게 보살폈지. 예쁜 것, 착한 것, 고운 것만 보게 하고, 듣게 하고 고이고이 품에 안아 제대로 가르쳤다. 그런 보살핌 안에서 은후의 성취와 성장은 진 여사 자신의 예상마저도 훨씬 뛰어넘는 훌륭한 것이었다. 만일 이 세상 여자들을 모두 모아놓고 손자의 짝을 고른다면 그녀는 아마 은후를 택하고도 남았을 것이다.

이런저런 생각을 하며 진 여사는 그저 은후가 돌아오기만을 간절히 빌었다. 무사히 돌아오기만 하면 망신이야 당하든 말든, 뒷담화 거리가 되든 말든, 둘을 맺어줄 방도를 찾아야 할 것 같다,

반쯤 힘든 결심을 다잡았다.

노크 소리가 났다. 문이 열리고 나주댁이 죽 소반을 들고 들어왔다. 억지로 진 여사에게 숟가락을 쥐여주었다. 정신 차리시라, 잔소리를 했다.

"제발 제 얼굴 봐서라도 한술만 뜨세요. 깨죽이네요."

"무슨 입맛이 있을 거라고 날더러 재촉해? 태흔인?"

"아까 나갔습니다. 대학원 친구들 일일이 다 찾아다닌다고요."

"멍청한 놈. 사람을 몇이나 부리는데 이 좁은 땅에서 애 하나를 못 찾아? 그런 놈이 사업을 해? 기가 차서."

은후가 휴대전화를 놓고 나갔으니, 태흔으로서도 딱히 뾰족한 수가 없으리란 것을 잘 알면서도 그냥 미웠다.

"곧 찾으실 겁니다. 은후 아가씨가 가면 어디로 가겠어요. 속상하니까 친구 집에 누워 있을 거예요. 약 다립니다. 여사님께서 기운을 차리시고 정신줄을 잡으셔야 일을 수습하시죠. 이리 맥 놓고 계시면 어찌해요?"

"나도 사람인데 광풍 앞에서 어찌 제정신일까?"

"분당 여사님께 전화 왔네요. 오전 나절에 오신대요. 은후 아가씨가 고열 나서 출국 못 하는 것으로 전해 들었대요. 걱정스러워서 보러 온다고요."

진 여사 가슴이 툭 하고 떨어졌다. 이제 사람들에게 태흔과 은후가 얽힌 망신스러운 일이 알려지는 건 시간문제. 게다가 이런 사정은 까맣게 모르고 서준과 은후를 엮어놓았으니, 금세 온다는 강 여사 얼굴을 어찌 보나. 늘 반갑고 의지되던 그이가 지옥의 염라대왕같이 두려워졌다.

"자네, 혹시 집 사정 미주알고주알 일러바친 건 아니지?"

"아이고, 너무하시네요. 섭섭해요. 제 입 무거운 건 여사님께서 더 잘 아시면서?"

나주댁이 물김치 그릇을 옮겨놓으며 타박했다.

"미안해. 내 마음이 하도 신산해서 주변 것이 다 못마땅해. 그래서 그래. 내 말이 헛나와도 자네가 이해해."

사람들이 다 놀랄 일일랑은 아직 수습되지 않아 치우지 않은 설거지 상처럼 어질러져 있다. 이 일을 어찌 정리해야 하나. 스스로의 마음도 건사하지 못한 상태에서 얼굴 보기 난처한 사람을 만나야 한다. 이것저것 설명할 생각을 하니 눈앞이 캄캄해졌다.

'망신, 망신. 내가 이 나이에 이 무슨 수모람? 낯 뜨거워서 그이를 어찌 보나 그래?'

진 여사는 그만 어린애처럼 이불을 뒤집어쓰고 말았다.

분당 강 여사가 도착했을 때는 대강 이러한 형편이었다. 정작 와보니, 돌아가는 모습이 영 심상찮았다. 집안 분위기가 어수선했다.

늘 기력 꼿꼿한 진 여사가 해쓱하게 변해선 머리띠까지 두르고 자리보전하고 있지를 않나, 암만 캐물어도 이불을 뒤집어쓴 채 대답이 없다. 할머니가 그리 아프다는데, 입안의 혀같이 살갑게 시중들어야 할 은후는 코빼기도 보이지 않았다. 운신도 하지 못할 정도로 아프다고 들었는데 집에 없단다. 분명 사달이 나도 아주 큰 사달이 난 것이 분명했다. 아무리 물어도 대답 대신 침묵뿐이라, 어지간한 강 여사도 이건 아니지 싶어, 은근히 난감하고 화도 나고 그러던 참이었다.

나주댁이 약 대접을 들고 들어왔다. 영문을 알 수 없어 맥없이 앉아만 있던 강 여사도 진 여사의 몸을 부축해 자리에서 일어나게 했다.

"일어나요. 약 드세요."

두 사람이 한입으로 재촉하자 마지못해 나주댁이 내미는 약 대접을 받아 들었다.

"형님이 이렇게 맥 놓은 건 제가 처음 보네요. 기운 좀 차리세요. 대체 왜 그러세요? 말씀 좀 해보세요."

"태흔이 놈이, 하루아침에 내 남은 기력일랑 다 빼앗아 갔다고 했잖아."

"이 회장이 왜요? 서준이 말 들어보니까 출장에서 돌아왔다던데 왜, 일을 제대로 처리 못 했답니까? 회사에 큰일 생겼대요?"

"그런 일이면 내가 눈 하나 끔쩍도 안 해. 내가 너무 오래 살았어. 참 별의별 꼴을 다 당하는구먼, 휴우."

진 여사가 쓴 약에 진저리를 치며 대접을 쟁반에 내려놓았다. 강 여사가 건네주는 꿀 생강 한쪽을 받아먹었다. 나주댁을 바라보았다.

"태흔이한테선 아직 연락 없지?"

"네. 제가 방금 해봤는데 전화를 안 받으시네요. 아까 한 실장이 전화했어요. 혹시나 싶어 서울 시내 병원마다 찾아다닌다고 합니다만……."

나주댁이 말꼬리를 흐렸다. 아직까지 은후를 찾지 못했다는 뜻이다. 이러다가 한강 가에서 물에 퉁퉁 분 시체를 찾게 되는 것 아니야? 진 여사는 주먹으로 자신의 가슴을 탕탕 쳤다. 짙은 한숨이 반이었다.

"모진 것, 고약한 것. 내가 저를 어떻게 키웠는데. 이 할미 속에 그렇게 못을 박아? 태흔이 놈도 그래! 찾든 말든 사람들이 기다리는데 연락이라도 해줘야지, 싸돌아다니면 애가 나타난대? 왜 안 들어와?"

"계속 찾아다니나 보지요. 걱정 마세요. 참으세요. 화증 돋으시면 정말 뒤로 넘어가세요."

나주댁이 다시 진 여사를 부축해 침대에 눕게 했다.

이불깃을 여며주며 강 여사가 진 여사 눈치를 살폈다. 조심스럽게 물었다.

"제발 속 시원하게 말씀 좀 해보세요. 답답해 죽겠네. 무슨 일이랍니까? 은후가 집 나갔어요? 이 회장은 왜 갑자기 귀국해선 은후를 찾아다닌다 합니까?"

"자네 말이 맞았네."

자르듯이 한마디, 진 여사가 한 손으로 얼굴을 가려 버렸다.

"참말 면구스러워서, 염치없어서! 아아, 이 나이 되어 이게 무슨 날벼락이람. 망신, 망신! 상망신."

"형님, 노염만 내지 말고 제가 알아듣게 말씀을 하세요. 무슨 일입니까?"

"태흔이 놈이 은후를 두고 사내 눈으로 본다고 자네가 그랬잖아. 그게 처음부터 끝까지 사실, 이었네."

어차피 알려질 일, 진 여사가 쓰디쓴 것을 뱉어냈다. 강 여사의 입이 쩍 벌어졌다.

"입 다물고 쉬쉬해 봐야 어차피 퍼질 소문. 다른 사람은 몰라도 자네 앞에는 내가 내 입으로 발설해야 속이 시원하겠어. 태흔이, 그놈이!"

갑자기 진 여사가 이부자리를 차고 벌떡 일어났다. 다시 되새기자 하니 또다시 열분이 치밀고 울컥거리는 배신감과 노염을 참을 수가 없었기 때문이다.

"은후를, 그 어린 것을. 그 불쌍한 애를……."

"아이고, 고정하세요, 형님! 뒤로 넘어가시겠구려!"

"아무리 생각해도 용서가 안 돼! 인간 망종 같은 놈! 내내 말로 꾀다 안 되니까 태흔이 놈이 은후를 힘으로 잡아채선 제 여자로 만들었단 말이야."

설마설마 하던 일이 사실로 밝혀진 일이라 그것만으로도 충분히 놀랄 일인데, 그것으로도 모자라 태흔이 은후를 힘으로 눌러 남녀지간 연분까지 맺었다니. 그 지경까지는 예상치 못한 바라 강 여사도 순간 멍해지고 말았다.

"그 미친놈이 문 이사랑 은후가 같이 뉴욕 간다는 말에 혼비백산을 한 게야. 은후 빼앗길 것 같으니까, 출장도 작파하고 느닷없이 돌아와선 온 집을 다 뒤집어놓았지 뭐야? 아이고, 부처님. 이 일을 어쩌면 좋아. 그 독한 놈이 은후더러 제 여자 되기 싫으면 나가라고 집에서 쫓아냈어. 나가란다고 은후 그 맹한 것은 또 날름 집에서 나가 버렸어. 지금 그 애, 행방불명이야."

"에구머니, 어째요?"

강 여사도 소스라쳤다. 진 여사가 바닥이 꺼져라 한숨을 내쉬었다.

"우리 은후 나갈 때 지갑이고 휴대전화고 다 놓고 맨몸으로 나갔어. 지금 죽었는지 살았는지도 알 수가 없어. 갈 데도 없고 돈도 없고…… 이보게, 이 일을 어쩌면 좋나 그래?"

"고정하세요, 형님. 나주댁, 나주댁. 냉수!"

강 여사가 서둘러 나주댁을 불렀다. 행여 다시 진 여사가 기함해서 뒤로 넘어갈까 자글자글 간을 졸이며 손발을 주물렀다.

지금껏 누구 앞에서도 흩어진 모습과 꼿꼿한 자존심을 무너뜨린 적이 없었다. 그러나 경천동지할 사건 앞에서 진 여사는 답답하고 노여운 마음만큼이나, 두렵고도 애달파서 견딜 수가 없었다. 넋두리를 계속했다.

"그 독한 놈이, 그 모진 놈이! 우리 은후를 겁탈한 거야. 알고 보니 그동안 애를 끌고 다니면서 아주 말려 죽였어. 세상에, 귀국해서부터 내내 그 짓을 했더란 말이야. 그 예쁜 것을, 그놈이!"

"아이고, 부처님."

강 여사가 탄식했다. 같은 여자라서 그런가. 진 여사는 태흔에 대한 배신감과 분노보다 은후에 대한 슬픔과 연민이 더 크게 느껴졌다.

"얼마나 무서웠을까? 얼마나 속병 들었을까? 돌아와서부터 애를 그렇게 안았으면 그동안 아주 피가 말랐을 터인데. 나는 그것도 모르고 은후를 서준이한테 가라고 등 떠밀었다네."

태흔에게 끌려다니며 유린당하면서도, 또 한편으로는 아무렇지도 않은 얼굴을 만들고 진 여사 자신을 대하느라 마음이 얼마나 찢어졌을까?

집에서 나가라는 협박을 받았으니 태흔의 요구를 거절할 수도 없었을 테고, 그렇다고 진 여사 자신에게 이 일을 알려 조손지간 분란을 만들 수는 없다고 생각했을 테지. 그 누구에게도 상처를 줄 수 없어. 아파도 힘들어도 자신이 감당하자 하는 선택밖에는 할 것이 없으리라. 착해서 어리석은 생각밖에 할 수 없는 녀석이었다. 두 사람 중간에 서서 혼자 오들오들 떨며, 혼자 아파했을 은후의 마음이 손에 잡혀 뼈와 살이 아팠다. 망연자실한 시선으로 강 여사를 바라보았다.

“우리 은후, 어쩌면 좋나 그래? 그런 일을 당하면서도 말 한마디 못 한 것 생각하면 내가 뼈가 아파.”

“고정하세요, 형님. 생각하면 은후인들 제 입으로 그런 일을 당한 것을 발설하기가 쉬웠을 것은 아니지요. 제 몸 빼앗겼다 발설하는 것도 힘들었을 테지만, 당장 진실과는 상관없이 제 몸뚱어리로 이 회장을 유혹했다고 모진 뒷담화 날 터인데요. 은혜를 원수로 갚았다고 하지 않겠습니까? 그래서 더욱더 말 못 한 거지요.”

“내가 다 막아줄 터인데. 연분을 맺게 해주든, 갈라놓든 내가 저를 지켜주었을 터인데. 그동안 조마조마하고 가슴 후달려서 어찌 살았을까?”

진 여사가 후아후아, 시름 찬 한숨을 연거푸 토해냈다.

“내가 이게 뭐 하는 짓인지 몰라. 더러운 게 정이라고, 밥은 제대로 먹었나. 또 그놈이 애를 찾아내면 무슨 억지를 부려 애를 잡을까 싶어서 잠이 안 와. 무서워, 아주 징글맞아.”

놀란 마음은 일단 접어두고, 강 여사도 상심하는 이의 마음에 공명하여 같이 한숨을 쉬었다.

“이 회장이 돌아온 이후 참 이상하다. 은후 얼굴에 늘 그늘이 있구나 싶었는데. 아이고, 결국은 그런 일이 있었네요.”

태흔이 귀국해선 손자 서준에게 사사건건 태클을 걸고 은후에게 접근하는 것을 못마땅해한다 전해 들었다. 유난한 오라비로구먼, 하고 넘겼을 뿐이다. 그런데 결국 사내의 속내를 품고 있었으니 그랬던 것이 분명하다. 제 여자로 삼은 은후에게 접근하는 사내는 누구든 싫었을 테지.

“내가 손자놈을 잘못 키웠으니 누구에게 하소연을 하겠나? 민망해, 면구해. 난 그것도 모르고 우리 은후를 문 이사에게 엮어주려 했으니……. 내가 참으로 자네에게 면목이 없네. 뜻하지 않게 자네를 기만한 모양새가 되어버렸잖아. 그저 민망하네. 날 용서하게나."

진 여사가 강 여사에게 깊이 고개를 숙였다.

"그게 어째 형님 잘못이세요? 형님도 까마득히 모르셨던 것을요. 부부지연은 하늘이 정한다는데, 은후하고 우리 서준이가 연분이 아닌 모양입니다. 한데 이 회장은 언제부터 그런 마음이었답니까?"

"미쳐 날뛰는 마음일랑 한참 된 모양이야. 떼기도 힘들 것 같아. 오 년 전에 유럽으로 혼자 나간 것도 은후 때문에 그랬대. 안 보면 그 마음이 사라질까 싶어서 귀국도 안 한 거라고 하더구먼. 그런데도 못 잊어서, 그 마음이 사라지지 않으니까 돌아온 게지. 끝내 그런 짓까지 저지른 게지."

"은후는요? 이 회장하고 같은 마음 아닙니까?"

진 여사가 단호하게 고개를 흔들었다.

"같은 마음이었으면 그놈이 강제로 그런 짓을 할 이유도 없잖아. 굳이 나에게 감출 이유도 없을 테구."

"그렇기도 하네요."

"태혼이 놈 말하는 거 들어보니, 은후는 아니었던 것 같아. 은후 꼬락서니를 생각하면 싫은 일을 억지로 당한 게 분명해."

"그래, 일이 이제 이 모양이 되었는데, 둘을 어찌하시렵니까?"

진 여사는 한동안 입을 열지 않았다. 서글프게 방바닥만 내려다보다 고개를 들었다.

"어찌하고 자시고도 없어. 그저 머릿속이 멍멍해. 일단 우리 은후부터 찾아야지. 찾아서 무사한 것을 봐야지. 뒷일은 그다음에 생각하려 해."

"지금은 제 말이야 귀에 안 들어오실 테지만, 어찌하겠어요? 일어나 버린 일입니다. 순리대로 푸세요. 사람들 이목이야 시간 지나면 잊혀집디다. 둘이 행복한 길을 찾아주셔야 그게 어른 노릇이랍니다."

"자네 말이 맞네만, 내 마음이 쉬이 명경지수처럼 정리가 되지 않네."

진 여사가 더없이 서글프게 되받았다.

"사는 게 늘 뒤통수 맞는 일이라 하더니, 옛말 하나 그른 게 없어. 평생 가도 나는 그런 일은 당하지 않을 줄 알았는데, 자신할 게 아니었어. 오만한 벌을 받는 게야. 이런 식으로 제일 믿었던 아이들에게 당하다니. 휴우, 내가 너무 오래 살았어. 너무 오래 살았어."

진 여사가 마음 다 터놓는 강 여사를 상대로 푸념에 자탄을 하고 있던 그때, 태흔은 까칠한 얼굴로 저물어가는 한강변에 멍하니 서 있기만 했다.

그녀가 갈 수 있을 만한 곳은 다 찾아보았다. 하지만 은후의 흔적은 찾아낼 수가 없었다.

불을 붙이다 만 담배 개비가 수북하게 구두 옆으로 떨어졌다.

'어디 있니?'

절대로 그런 일이 일어나서는 안 되지만, 태흔은 바라보고 있는 저 어두운 강물에서 은후의 몸을 건져 내게 될까 봐 너무나 두려웠다. 만에 하나 그러한 가능성도 배제할 수 없어, 한강을 관리

하는 곳에다가 자살한 시신이 나오면 연락을 바란다고 연락처를 남겨놓았다. 불안하고 초조한 심정을 감출 수가 없었다.

'은후야.'

그는 한 손으로 얼굴을 싸쥐었다. 간절한 비원(悲願)이 메마른 입술을 타고 흘러나왔다.

"제발, 제발 그런 일은 하지 마. 안 돼."

죽지 마, 날 죽이지 마. 이별하기 싫어. 은후야, 헤어지기 싫어. 난 너 없으면 안 돼. 알잖아? 제발 돌아와. 제발.

안타까운 만큼 약속했고, 그리운 만큼 원망도 깊었다. 언제나 더 많이 사랑하기에 늘 가난하고 외로운 마음을 어찌할 수가 없었다. 사방천지는 막막한 어둠. 그는 그 안에서 길을 잃어버린 어린애와도 같았다. 태흔은 하늘을 우러렀다. 주먹을 꼭 움켜쥔 채 하소연했다.

'절 더 이상 벌주지 마세요. 저도 충분히 힘들었다고요. 정말 괴로웠습니다.'

이만큼 아프고 고통스러웠으면 충분하지 않을까? 은후를 사랑하는 게 잘못은 아닐 텐데, 어째서 그의 사랑은 이렇게 곡절 많고 아프기만 할까? 바라고 또 바라도 멀기만 한 것. 손에 들어왔는가 싶은데, 이내 빠져나가고야 마는 바람. 눈만 뜨면 스러지고 마는 한여름밤의 꿈처럼 그의 사랑은 늘 아슬아슬하고 안타까운 거리를 두고 그를 희롱하고 있었다.

'내가 아무리 짐승이라 할지라도, 한 사람을 사랑할 심장마저 없는 건 아니잖아요.'

막막하고 아뜩했다. 태흔은 오열이 터져 나올 것만 같아 어금니를 악물었다.

'만약 벌을 주셔야 한다면, 전부 다 내게 주세요. 은후는 잘못 없어요. 할아버지, 다 제가 한 일이잖아요. 다 내가 저지른 일이라구요. 그 앤 행복할 권리 있어요. 이런 식으로 울며 살아야 할 애가 아니라구요. 그걸 바라시지는 않잖아요. 저 말고 은후를 봐서 한 번만 도와주세요. 저에게 실망하고 저를 미워하신다 해도 은후는 사랑하셨잖아요. 제발 그 앨 찾게 해주세요.'

은후가 눈을 뜬 건 저녁 무렵이었다. 하얀 소금꽃이 핀 메마른 입술이 물기를 원하고 있었다.

"괜찮아요? 이제 좀 정신이 들어요?"

낯익은 직원의 얼굴이 걱정에 가득 차서 내려다보고 있었다. 백랍같이 창백한 얼굴로 은후는 힘없이 고개를 끄덕였다.

"대체 이게 무슨 일이람? 미국 가신다더니, 갑자기 연락도 없이 오신 것도 그렇지만요. 오셨으면 방에 들어가셔서 주무시지, 놀이방이 뭐야? 그렇게 추운 데서 주무시면 어쩐대? 그러니 병이 나지. 대체 왜 그런대요?"

잔소리가 많았다. 결국은 걱정해 주는 것임을 알기에 은후는 그저 하얀 입술에 희미한 미소만 머금었을 뿐이다. 막 물 잔을 내려놓는데, 문이 열리고 주방 아줌마가 흰죽 그릇을 들고 들어왔다. 그녀 역시 다짜고짜 잔소리를 시작했다.

"뭐든 입에 넣어야 약인들 먹지. 다 비워요. 대체 무슨 일이 있었던 거래요? 가출한 건 아니죠?"

"가출이라니, 말도 안 돼."

감추려 했지만 어림없었다. 주방 아줌마가 눈을 흘겼다.

"속일 생각 말아요. 어제 회장님이 시커멓게 변해선 여기 달려왔다고 하더라고요. 아가씨가 여기 오지 않았느냐고, 오면 반드시 연락해 달라고 신신당부하고 돌아갔다고요."

"오빠가요? 어, 언제요?"

저절로 목청이 떨렸다.

"한 대여섯 시쯤? 어제 저녁밥 먹을 무렵이니까."

은후가 예술관으로 스며들어 온 시각도 그맘때쯤이다. 참 다행한 일이지만 둘은 아슬아슬하게 어긋났던 모양이다.

"정말 뭔 일이래요? 회장님하고 싸웠어요?"

"싸우긴요. 내가 어린앤가."

"그럼 왜 멀쩡한 집을 놓아두고 이런 몰골로 여길 와요? 어? 이게 제정신 가진 사람 노릇이여? 거기다가 왜 멀쩡한 방을 두고 놀이방에서 자요? 요새처럼 쌀쌀한 날에. 얼어 죽으려고 작정한 사람도 아니고."

"아이고, 아줌마. 그만해요. 이제 겨우 정신 차린 분한테 너무하시네. 오죽하면 이곳으로 오셨겠어? 살다 보면 말 못 할 사정도 있고 그런 거지. 죽 드세요. 아무 생각도 말고 약 먹고 푹 쉬어요."

직원이 주방 아줌마를 만류했다. 은후에게 숟가락을 건네주었다. 은후는 마지못해 죽 한술을 떠먹었다. 입이 깔깔해서 잘 넘어가지 않았지만, 지켜보고 있는 주방 아줌마의 성의가 미안해서 끝까지 먹으려고 애를 썼다.

"저어, 제가 여기 있다고 집에 연락 안 했죠?"

"아직요. 왜요? 전화해 드려요?"

은후는 고개를 흔들었다. 집에서 나온 지 기껏 하루 만에 다시 잡혀가게 생겼다. 갑자기 너무 자존심이 상했다. 그녀가 갈 곳이란 기껏 여기밖에 없다는 것을 알고 태흔도 단번에 이곳으로 달려왔을 테지만, 그것을 인정하려니 너무 비참했다. 자신이 너무 바보 같았다. 그리고 은후는 다시 집으로 돌아갈 생각은 추호도 없었다. 이제 그곳은 그녀의 집이 아니었다. 돌아갈 수 있는 곳이 아니었다.

"내가 연락할 테니 그냥 잠자코 계셔주세요. 당분간은 오빠하고 만나기 싫어서요."

"싸웠네, 싸웠어."

주방 아줌마가 혀를 끌끌 찼다.

"뭔 일이 있는지 모르지만 걱정하실 텐디. 몸만 컸지 애기여. 삐쳤다고 집을 나오다니, 그게 될 말이여?"

"그런 거 아니라니까, 아줌마는?"

"알았어요, 알았다니까."

"실장님, 야무진 분이니까 알아서는 할 터인데, 그래도 이건 좀 아닌 것 같아요. 속상해도 몸은 간수해야지. 그런 냉골에서 자다간 탈나기 딱 십상이지. 푹 자요."

사람들이 문을 닫고 나갔다. 은후는 시트를 머리에 둘러쓰고 몸을 돌렸다. 주책 맞게도 흘러내리는 눈물을 감추기 위해서였다.

'이젠 어떻게 하지?'

약 기운에 사로잡혀, 까무룩이 잠에 빠져 들어가면서도 은후는 그런 생각만 했다.

태흔이 찾아온 이상 예술관도 오래 있을 곳은 되지 못하는 셈이다. 그를 피해 어디로 가야 할까? 아니, 그를 피해 도망갈 세상이란 것이 그녀에게 남아 있는 걸까? 애초의 결심대로 정말 죽어

버리기라도 해야 하는 걸까?

날 좀 내버려 둬, 제발.

태흔이 앞에 있다면 은후는 고래고래 피 어린 절규라도 토해내고 싶었다. 날 찾지 마. 이젠 사랑하고 싶지 않아. 우리 이대로 헤어지자, 오빠.

이젠 더 이상 아파할 심장조차 남아 있지 않았다. 그녀의 모든 건 태흔이 다 가져가 버렸으니까. 그녀에게는 아무것도 남은 게 없었다. 줄 것도 없었다. 서로가 아프기만 한 사랑. 서로를 망치는 이 독 같은 사랑 따위, 먼저 하지 않기로 한 사람은 그가 아니던가. 다시 만나면 어찌할 수 없이 또 시작될 이 이글거리는 집착과 사랑의 고통을 은후는 이제 견딜 수가 없었다.

여전히 은후를 찾아내지 못한 그사이, 이틀 밤이 지났다.

태흔의 얼굴은 중병 든 사람마냥 초췌해져 있었다.

자다 말다 거의 반 꼬박 앉아 세운 건 진 여사도 마찬가지. 일어나 거실로 나오는데 핑 하니 현기증이 돌았다.

팔순 노인, 기력 잃은 것으로 치자면 그녀 자신의 사정이 더 딱한데도, 눈에는 못난 손자의 모습부터 잡혔다. 수염도 제대로 깎을 정신머리가 없었나 보다. 다 죽어가는 사람처럼 시커먼 얼굴로 식탁 앞에서 묵묵히 밥알만 세고 있는 태흔이 너무 안쓰럽기도 하고 또한 그만큼 얄미워서 진 여사는 버럭 고함이라도 지르고 싶은 심정이었다.

"잘못은 제가 다 저질러 놓고! 덤터기는 은후한테 뒤집어씌워 놓고. 집 나간 애가 죽었는지 살았는지도 모르는데, 그래. 참 잘도 밥이 입으로 넘어가겠다."

결국 참지 못하고 한바탕 칼침을 쏘아대고 말았다. 야멸친 조모의 말에 태흔이 아무 말도 못 했다. 숟가락을 든 채 우두커니 국그릇만 바라보고 있었다. 진 여사는 찬바람 나게 몸을 돌이켰다.

"나주댁."

"네, 여사님."

"김 기사더러 차 좀 대기시키라 해줘. 잠시 외출하려네."

"아니, 몸도 편치 않으신데 어디로 나가시려고요?"

"혹시 몰라서 절에나 가보려고. 두어 번 거기, 은후가 따라갔잖아."

"아, 승방(僧房). 혹시 거기 가 있을지도 모르겠네요."

그곳은 미처 생각하지 못했던 듯, 태흔이 몸을 일으켰다.

"제가 같이 모시고 갈까요?"

"되었다. 거기 있는지 없는지 가봐야 아는 거지. 절에 갔다가 없으면 예지원에도 한 번 들러보고 올 거다. 넌 너대로 다시 애 흔적을 수소문해 봐."

"알겠습니다."

은후가 절에 가 있을 리가 만무하다는 것쯤은 진 여사 자신이 먼저 알고 있는 사실이다. 만약 은후가 그곳에 가 있다면 당장에 스님이 전화를 해주었을 터니. 뻔히 없을 줄 알면서도 가보려는 것은 하도 답답하기도 하거니와, 썩은 지푸라기라도 잡는 심정이었다. 마냥 방구석에 앉아 오지 않는 소식만 기다리는 것이 너무도 한심해서였다.

김 기사가 차 문을 닫아주고는 운전석에 탔다. 진 여사의 눈치를 살피며 입을 열었다.

"절부터 갈까요?"

"가본들 없으리란 건 자네가 더 잘 알잖나. 양수리로나 가세."

"양수리요? 회장님 뵈러 가시렵니까?"

"그래. 하도 답답해서 바람도 쐴 겸, 이 일을 어찌 해결할까 여쭈어보려네."

김 기사가 외곽도로 쪽으로 방향을 틀었다. 한동안 침묵하다가, 그가 백미러로 진 여사의 눈치를 살폈다. 어렵사리 말을 꺼냈다.

"외람되이 한 말씀드리자면, 회장님께서 살아 계셨다 해도 결국 두 분 사이를 허락해 주셨으리라 생각합니다만."

진 여사는 김 기사의 뒷모습을 응시했다.

"어째서 그런 생각을 하는 게야?"

"워낙 두 분을 귀애하셨잖습니까? 눈에 넣어도 아프지 않을 것처럼 예뻐하셨는데요. 그리 고이 키워놓으셨는데 은후 아가씨, 이제 와서 덜렁 남에게 주기 아깝지 않습니까?"

반 우스개처럼 되묻는 김 기사의 말에 진 여사는 딱히 대답할 말이 없었다. 그녀 또한 솔직히 집을 왔다 갔다 하는 은후의 해사한 뒤태를 보아하며 '저 예쁜 것을 아까워서 누구 주나?' 하고 생각한 적 많았으니 말이다.

"민며느리란 말도 있답니다. 도련님께 딱 맞춤인 아이 하나 골라 잘 키워서 안으로 거두었다고 생각하시지요."

"자넨 혹시 태흔이 마음을 미리 짐작했었나?"

"그런 마음이 내내 감추어지는 것은 아니지 않습니까? 혹시 그럴지 모른다고 생각한 적은 있었습니다만."

진 여사는 깊이 한숨을 내쉬었다. 고개를 끄덕였다.

"그렇구먼. 그놈이 감춘다 했지만 알게 모르게 이리저리 제 정(情)을 흘리고 다녔구먼."

"원체 가까웠지요. 두 분 사이가 그리 정 깊어진 것으로 치면 솔직히 회장님과 여사님 두 분 책임도 있으실 것 같구요."

"우리 책임이라니?"

"워낙에 도련님하고 은후 아가씨 둘만 묶어선 끼고도셨잖습니까? 어딜 가든 같이 다니게 하고 무엇을 하든 서로만 보게 하셨으니까요. 도련님더러 함부로 사람을 만나 쉬이 정 주고 그러지 못하게 내내 경계하신 두 분이십니다."

"그거야 태흔이가 장차 오를 위치가 그래서 그런 게지. 그 애가 맡을 일이며 자리를 생각해 봐. 함부로 사람 만나고 마음 터놓고 정 주어 될 일이야?"

"반대로 생각해 보십시오. 결국 도련님이 거리끼지 않고 만날 수 있던 사람도, 눈치 보지 않고 마음껏 정을 줄 수 있던 사람도 은후 아가씨뿐이었단 말이지요."

나직하나 논리 정연한 김 기사의 반박 앞에서 진 여사는 또다시 대답할 말이 없어지고 말았다.

"은후 아가씨가 워낙 예쁘게 자란 것도 사실이지만요, 제가 보기에는 도련님 입장에서 마음에 두어도 두 분께서 인정하시고 걱정하지 않았던 유일한 관계가 은후 아가씨였던 셈입니다. 이제 와서 도련님더러 왜 은후 아가씨를 사랑하게 되었느냐고 나무라시면 그건 좀 부당한 일 같습니다, 여사님."

진 여사는 대답 대신 한숨만 내쉬었다. 망연하게 시선을 차창 밖으로 주었다.

구구절절 옳은 말이었다. 이리 재고, 저리 재보아도 다 그녀의 실책이었다. 피 한 방울 섞이지 않은 아이들을 장성할 때까지 한데 묶어 오누이라 부르면서 같은 집에 두었으니, 이건 둘에게 서로 정분이 나거라 하고 등 떠밀어댄 것이나 다름없다 싶었다.

하물며 절구통에 치마만 둘러도 불이 붙는다는 사춘기의 태흔더러 만날 처신 조심해라, 함부로 눈 돌리지 말아라, 여자 조심해라 단속을 하면서도, 은후 예뻐하는 것은 내버려 둔 터였다. 김기사 말대로 둘끼리 좋아해라, 은후는 허락하마 하고 묵인한 것이나 다름없지 않은가.

진눈깨비였다. 눅눅하고 차가운 바람이 날아와 코트 깃을 흔들었다. 남편의 산소 앞에서 우산을 들고 진 여사는 오래도록 석상처럼 우두커니 서 있기만 했다.

"둘이 정분난 거, 태흔이 놈이 은후에게 미친 거. 다 우리 죄래요. 글쎄, 우리가 그랬답니다, 회장님."

마치 죽은 남편이 앞에 서 있기라도 하듯이 진 여사는 나직하게 중얼거렸다.

한숨 따라 무거운 마음의 짐도 덜어지면 좋으련만. 수천 번 한숨을 내쉬어도 답답한 마음은 풀리지 않고 짐은 덜어지지 않는다. 진 여사는 손을 내밀어 바람에 흔들리는 잡풀 줄기를 뜯었다. 가죽 장갑 낀 손이 이내 젖어들었다.

"듣기만 하세요. 우리 은후를 찾으면요, 저는 그냥 시원하게 둘 사이 허락해 버릴랍니다."

엄한 남편이 눈을 치뜨고 '뭐가 어쩌고 어째?' 하고 버럭 역정을 내는 환영이 스쳤다. 진 여사는 지지 않고 매섭게 되받아쳤다.

"그럼 어째요? 태흔이 놈이 은후하고 벌써 남녀지간 가시버시까지 맺었는데. 당신 손자가 그 애를 그리 망가뜨려 놓았는데, 어쩌란 말씀입니까? 모른 척하고 은후, 다른 사내에게 보내요? 태흔이를 다른 여자와 엮어요? 어련히 잘들 살겠습니다. 태흔이 성질 몰라서 그런 말씀 하세요? 둘을 끝까지 찢어놓고 헤어지게 하면요? 만날 그리워하면서 속앓이하고 사는 꼴 보면, 우리 속인들 어지간히 시원하고 후련할 것 같습니까?"

이번에는 잠잠하다. 말문이 막히면 흠흠 하고 헛기침만 하는 남편의 모습이 선연히 떠오른다. 진 여사의 눈에 물기가 어렸다. 말라붙은 잡풀 줄기는 여간해서는 뜯어지는 않는다. 고집스레 버티는 질긴 마른 줄기들을 한 주먹 따선 바람에 날렸다. 그를 설득하듯, 스스로의 마음에 다짐하듯 조곤조곤 중얼거렸다.

"할 수 없어요. 싫든 좋든 인정해야 할 것 같아요. 둘이 연분입니다. 언제고 인정해 줘야 할 거면, 결국은 받아들여야 할 일이라면 그냥 시원하게 인정합시다, 네에?"

수없이 되뇌고 헤아리고 짚어보았지만, 강 여사 말대로 이미 일어나 버린 일이었다. 없는 일이라고 치부하고, 매몰차게 눈 감고 귀 막아서 해결될 문제가 아니었다. 내내 고민했지만 다른 방법이 없었다. 태흔이나 은후 둘 다 정말 그녀가 사랑한 사람들이 아닌가. 행복했으면 했던 애들이 아닌가.

'은후나 우리 태흔이. 서로밖에 모르고 살았어요, 회장님. 그러니 어째요? 우리 잘못인걸. 둘만 사랑하게, 다른 쪽은 고개 돌리지 못하게 하나로 묶어 너무 품어 키운 우리 잘못인걸요. 씨알도 먹히지 않을 반대를 해서 속 오래 끓이고 감정만 상할 것은 안 하고 싶어요. 가능한 한 애들 상처 덜 입고 해결할 수 있게 도와야지요. 둘을 맺어주려는 저를 한 번만 눈 딱 감고 잘했다고 해주세요. 부탁해요."

장갑 낀 손으로 진 여사는 맨들한 비석을 어루만졌다. 차가운 대리석이되, 어쩐지 온기 같은 것이 느껴지는 듯했다. 진 여사는 옅은 미소를 지으며 마지막으로 남편을 구슬렀다.

"다음엔 셋이 같이 올게요. 손자며느리 된 은후 얼굴 보셔야잖수. 이내 은후 고것이 예쁜 증손자도 낳아줄 거예요. 만날 예쁜 짓만 하는 애 아닙니까? 둘 행복하게 살 겁니다. 그렇게 믿고 져 줍니다. 네에? 인제 저 가요. 허락하신 것으로 알고 가요."

단단히 몸살이 든 것이다. 파리한 낯빛을 감추지 못한 채 은후는 맥없이 주방 아줌마가 가져온 죽 그릇을 밀어놓았다. 아무것도 먹고 싶지 않았다. 시간이 지나면 지날수록 정신이 맑아지고, 마음이 단단해져야만 할 터인데, 어째서 더 물러지고 더 아프기만 한 것인지.

쓸쓸히 고개를 돌렸다. 비도 아닌 것이 눈도 아닌 것이 내리고 있었다. 질척한 회색 진눈깨비가 창밖으로 무겁게 떨어지고 있었다. 부서진 심장 조각처럼.

"네에? 실장님이 여기 와 계시다구요? 정말?"

문 바깥에서 떠들어대는 소리가 들렸다. 은후는 고개를 돌렸다. 약을 가져온 직원 등 뒤로 눈이 휘둥그레진 다른 직원의 얼굴이 나타났다.

"세상에! 정말 여기 계시네."

이틀 전 태흔에게 은후가 나타나면 연락을 달라고 부탁받은 직원이었다. 태흔이 돌아가자마자 바로 퇴근을 한 터라, 어제 하루 휴가까지 겹쳐 그녀는 은후가 예술관에서 이틀이나 앓고 있었던 것을 까마득히 몰랐다. 어지간히 무섭게 굴던 태흔에게 자신만만하게 은후가 오지 않았다고 호언장담을 해둔 상태인데, 정작 출근해 보니 은후가 머물러 있다. 그녀로선 좀 놀라기도 하고 당황스럽기도 했다. 나중에 엄한 질책을 당할 것 같아 두려웠다.

"언제 오셨대요, 그래?"

"그제 저녁에."

"그랬구나. 제가 퇴근하고 나서 오셨구나. 몸이 안 좋으시다면서요? 이제 좀 괜찮으세요?"

"네, 덕분에요. 그냥 몸살인걸요."

은후는 친절한 직원이 건네주는 약을 삼켰다. 이불깃을 여며주며 그녀가 당부했다.

"감기약 먹으면 졸려요. 사람들 조용히 시킬게요. 푹 주무세요. 주방 아줌마더러 흰죽 말고 다른 죽 좀 준비해 달라고 부탁했어요."

"폐 끼쳐서 미안해요, 강 선생님."

"폐라니. 그런 말씀 하시면 섭섭해요. 실장님 마음에 여기가 제일 편안하니까 오신 거잖아. 오신 김에 다 잊어버리고 며칠간 푹 쉬다 가요."

직원들이 나가고 난 후, 은후는 다시 혼자가 되었다. 무너져 버린 가슴을 움켜잡고 지친 머리를 다시 베개에 놓았다.

분명히 눈이 고장난 거다. 바라지 않았고 원하지 않았던 눈물이 볼을 타고 가늘게 흘렀다. 베개를 적셨다.

갈 데가 없어. 도망갈 곳이 없어. 어쩌면 좋을까?

아리디아린 눈물을 닦아주듯이 그때 나타난 사람이 민주였다. 함께 냉방에서 잠이 들어버린 터라, 그 애도 옴팡 감기가 들었다고 했다. 발갛게 열꽃이 핀 채로, 그럼에도 아이는 다시 은후의 품 안에 꼭 파고들었다. 포근한 온기를 지닌 작은 짐승처럼 안겨 작은 위로를 주었다.

"공주님, 울지 마요. 왕자님이 데리러 오실 거예요."

자장가처럼 낮은 목소리로 민주가 어른인 은후를 달랬다. 고사리 손으로 눈물을 닦아주는 그 아이의 작은 손길 아래에서 은후는 억지로 웃었다. 그만큼 더 슬퍼서 울었다. 아이의 작은 온기가 너무 고맙고 또한 감당하기 힘든 설움 같아서, 이상하게 자꾸 눈물이 났다.

잠이 들락 말락 할 그때, 문이 살짝 열렸다.

"주무세요? 실장님."

"아니요. 이제 좀 자려고요."

"실장님 여기 계시다고 제가 방금 회장님께 전화 드렸는데요."

예상치 못한 사태에 은후의 심장이 뚝 떨어졌다. 자기도 모르게 벌떡 일어나고 말았다. 원망에 가득 찬 은후의 눈길 앞에서 아무것도 모르는 직원이 당황해하면서 '제가 잘못 전했나요?' 하고 되물었다.

"그제 회장님께서 이곳으로 찾아오셨거든요. 실장님 때문에 너무 걱정을 하시는 것 같아서 제가 그만……. 어떡해요? 제가 실수했나 봐요. 어쩜 좋아! 실장님께서 함구하시는 줄도 모르고……."

비로소 주제넘게 나선 자신의 실수를 깨달은 듯했다. 당황해선 어쩔 줄 몰라 하는 사람 앞에서 은후는 고개를 흔들었다. 아무것도 모르는 사람에게 자신의 원망을 전가할 순 없었다. 하지만 태혼이 온다고 하는 이상, 여기에 있을 수 없었다. 그를 다시 볼 용기가 없었다.

"아니에요, 나가 보세요. 고맙습니다."

은후는 달칵 닫히는 문을 물끄러미 노려보았다. 하얀 얼굴에 복잡한 갈등과 슬픔이 스쳐 지나갔다.

우리가 다시 만나 좋은 건 아무것도 없어. 우리 전부 상처만 입어. 내가 오빠를 위해 해줄 수 있는 건 사라지는 것뿐인데, 이젠 그것도 못 하게 하는 거야? 오빠가 나를 놓지 못한다면 내가 하는 수밖에. 아무것도 없는 내가 오빨 위해 해줄 수 있는 게 아직도 남았다면 그것밖에 없어.

악령에 사로잡힌 사람처럼 은후는 비칠비칠 일어났다. 단 하나 그녀를 움직이게 만드는 힘은 태흔이 오기 전에 이곳을 떠나야 한다는 것. 기계적으로 재킷을 입고 목도리를 둘렀다.

"공주님! 가지 마요. 같이 있을래요."

은후는 안타까이 바라보는 민주를 돌아보았다. 애잔하게 미소 지었다. 고사리 손을 놓아야 한다는 것이 미안했지만, 그녀는 이곳에 머물 수가 없다. 안녕, 했다. 핸드백을 들고 문을 열었다. 힘 풀린 다리를 억지로 가누며 무작정 나섰다.

어디든지 좋다. 여기가 아니면 된다. 태흔을 보지 않는 곳이라면, 그의 촉수가 뻗지 않는 곳이라면 어디든 상관없다. 그의 세상이 무서워. 그를 보면 산산조각 부서지고 망가지면서도 다시 사랑하고 말 내가 두려워. 모든 것을 버리고, 모든 것을 다 부숴 버리고서라도 달려오는 그가 무서워. 서로에게만 미치는 우리가, 이 집착이, 애련이, 열증이 두려워. 지독한 내 사랑이 끔찍해.

은후는, 다시 사라졌다.

분명 십 분 전에까지 여기 누워 있었노라고 직원들이 아무리 설레발을 쳐댄다 해도, 확실한 부재(不在)는 변함없는 사실이었다. 은후가 사라졌다는 전화에 진 여사가 버럭 화를 냈다.

[아니, 은후가 예술관에 있다는 기별받고 갔으면 당장 찾아와야지, 왜 놓쳐? 거기에 사람이 몇이야? 엉? 아이고, 답답해!]

태흔은 천천히 휴대전화를 주머니에 넣었다. 허탈하게 돌아설 수밖에 없었다.

'연락을 받자마자 애 하나라도 여기로 보내놓을걸.'

후회를 해보았자 소용없었다. 이미 늦었다. 고체 얼음이 기화되어 흔적없이 사라지듯, 거의 반 찾았다 했던 그녀를 다시 놓쳤다.

그가 온다는 말을 듣자마자, 성치도 않은 몸으로 사라져 버린 건 그에 대한 징벌로 느껴졌다. 철저한 거부요, 단절 같았다. 은후가 완전히 문을 닫아버린 것 같아 태흔은 너무 무서웠다.

참혹하기만 한 이별은 너무나 쉬웠다. 헤어진다는 것, 단절된다는 것. 아주 어려운 일이라고 생각했는데. 휴대전화까지 놓고 집을 떠난 은후를 잡지 못한 그 순간, 그들은 헤어진 것이었다.

태흔은 그토록 귀하게 여겨온 사랑이, 인연이 너무나 쉬이 잘라진 것에 절망했다. 감히 그녀더러 집을 나가라고, 다시는 사랑하지 않겠노라고 거만을 떨어댔던 것은 절대로 이런 일이 일어나지 않을 거라고 믿어버린 오만이었다.

이젠 어디로 가야 하는 걸까? 어디로 가야 은후를 찾을 수 있을까? 이곳을 떠나 어디로 갔을까?

"아저씨, 공주님 찾으러 왔어요?"

차로 걸어가던 태흔은 고개를 돌렸다. 벌거벗은 느티나무 벤치에 모자를 쓰고 코트를 입고 우산을 든 채 동그마니 앉아 있는 아이를 바라보았다. 민주였다. 밤 내내 신열로 앓았다는 은후와 함께 잠들었다가 발견되었다는 아이.

혹시 이 애는 은후가 어디로 갔는지 알고 있을까? 태흔은 벤치로 다가갔다. 솔직히 썩은 동아줄이라도 잡고 싶은 심정이었다.

"그래, 공주님을 찾으러 왔단다."

"공주님, 여기 없어요. 아저씨는 나빠요. 아저씨는 왕자님 아니죠? 왜 공주님 울려요?"

원망이 가득 찬 표정으로 아이가 태흔을 노려보았다. 온몸으로 적개심을 표출하고 있었다.

"우리 공주님이, 울었니?"

민주가 엄숙하게 고개를 끄덕였다. 그를 노려보았다. 아이는 그가 은후를 울린 당사자인 것을 분명히 알고 있는 눈치였다.

"아주 많이요."

"아주, 많이……."

되묻는 목울대가 아팠다. 막막해져선 태흔은 민주 옆에 앉았다.

"장난감 방에서, 공주님이요, 혼자 자는데요. 내가 담요 덮어줬어요. 열도 많이 났어요. 곰돌이 안고서 막 울었어요. 밤 내내요. 그런데 내가 자고 일어나니까요. 아까요, 공주님이 갔어요. 안녕했어요. 아저씨, 어디로 갔을까요? 나는요, 또 공주님 보고 싶어요."

"공주님이 어디로 간다는 말은 안 하던?"

"몰라요. 물어봐도 대답 안 했어요. 안녕, 인사하러 간댔어요."

"누구에게?"

"제일 사랑하는 사람이요. 다시는 만나지 못하는 사람이요. 그 사람한테 안녕 하러 간댔어요. 어디 멀리 간대요. 그래서 오래도록 못 볼 거라고 그랬어요. 울 아빠하고 똑같아. 나중에 내가 어른이 되면 다시 만나자고 했어요. 여기에서요."

아이의 작은 얼굴에는 어른이 되는 그날까지 이곳에서 꿈쩍도 않고 기다리겠다는 의지로 충만해 있었다.

태흔은 곰곰이 민주의 말을 헤아려 되짚었다. 은후가 예술관을 떠나기 전에 마지막으로 만난 사람은 이 아이가 틀림없었다. 거짓말 따윈 하지 못하는 은후이니, 아이에게 한 말은 나름대로 진실일 것이다. 아이의 말에 따르면 제일 사랑하는 사람에게, 다시는 만나지 못하는 사람에게 안녕 하러 간다고 했다고 한다. 그건 무슨 뜻일까?

'혹시?'

태흔은 벌떡 일어섰다. 다급하게 차로 걸어가다가, 돌아섰다. 말똥한 눈동자로 그를 바라보는 민주에게 약속했다.

"아저씨가 공주님을 데리고 올게."

"정말이요?"

"그럼! 꼭 데려올게. 아저씬 공주님이 어디로 간 건지 알 것 같거든. 아저씬 술래잡기 왕자야."

태흔은 미친 듯이 차를 몰아 예술관을 빠져나갔다. 지그시 어금니를 물었다.

'이번에는 절대로 안 놓쳐, 이은후. 잡기만 해봐. 죽을 만큼 안아버릴 테니까. 네가 날 미워하는 만큼 내가 더 사랑할 테니까.'

용서받지 못한다 해도.

끝내 내쳐진다 해도, 그래도…….

상처 입은 사랑은 사랑으로밖에는 용서를 구할 수 없으니까.

태흔은 이은후에 대한 그 사랑밖에 가진 게 없으니까.

태흔이 달려간 곳은 남양주의 선산이었다. 할아버지의 산소. 그리고 은후는 바로 그곳에 있었다.

태흔은 할아버지의 산소 앞에 꿇어앉아 있는 은후의 뒷모습을 보며 천천히 발길을 늦추었다. 그의 도박은 적중했다. 조각나 제멋대로 거세게 뛰던 심장이 천천히 제 속도를 찾아갔다.

진눈깨비는 그쳤지만 땅거미가 내려 어둑어둑했다. 봉분 앞에 무릎을 꿇고 있는 작은 등 위로 스산한 바람이 흘러가고 있었다. 은후 뒤로 다가간 태흔은 두 팔로 그리운 사람의 몸을 폭 싸안아 버렸다. 여린 몸이 다시 그의 품 안에 확실하게 제자리를 찾았다.

"도망가 봤자 부처님 손바닥 안이야."

다정하게, 상냥하게 말하고 싶었는데, 제멋대로인 입술이 저 혼자 무뚝뚝하게 윽박지르고 있었다. 그럼에도 그녀의 몸을 감싼 그의 팔이 덜덜 떨리고 있었다.

"말해. 정말 헤어지고 싶니? 진짜 내게서 달아나고 싶어?"

으스러져라 어깨를 움켜쥔 손가락에 힘이 가득 주어졌다.

태흔이 인형같이 굳어진 은후를 뒤돌려 세웠다. 젖어버린 볼에 가만히 키스했다. 자꾸만 그녀에게로 향하는 입술을 떼고 격렬하게 물었다.

"솔직하게. 은후야, 정말 싫어? 나랑 사는 거. 정말 힘들어서 안 될 것 같니?"

물어놓고도 은후가 대답할 기회는 주지 않았다. 무슨 말을 하든 듣고 싶지 않았다. 아니다. 그가 듣고 싶지 않은 이야기가 나올까 봐 두려웠다. 살짝 달싹이던 은후의 입술을 태흔은 뜨거운 입술로 막아버렸다.

"네가 아무리 원한다 해도……."

아프도록 강한 힘으로 얼음처럼 차디찬 입술을 흡입한 후 태흔이 은후의 눈동자를 노려보았다. 무섭도록 빛나는 눈동자는 집착, 집념, 욕망. 어떤 말로 표현해도 좋다. 무엇으로든 불러도 좋다. 전부 다 지독한 사랑의 다른 이름일 테니까.

"어림없어. 안 돼. 네가 힘들어 죽는다 해도 못 헤어져."

사랑해. 미치도록 사랑해. 그래, 맞아. 집착해. 널 원해서 죽을 것 같아. 이런 게 내 사랑의 방식이야.

너무나 가슴 아픈 눈빛으로, 하지만 끝까지 거만하게 허세를 부리며 고백하는 남자를 은후는 가만히 응시하기만 했다.

"결혼, 하라고 하셨어."

은후가 무어라 입을 열기도 전에 태흔은 다시금 먼저 말을 가로챘다.

더 이상 커질 수 없을 만큼 은후의 눈동자가 커졌다. 이내 맑디맑은 눈물이 차오르기 시작했다.

이 눈물은 어떤 의미일까? 막막한 절망이거나 혹은 덫에 다시 갇힌 어린 짐승의 두려움일까? 그만 태흔의 목소리가 갑자기 커졌다. 그녀의 어깨를 옥죈 힘도 더 강해졌다. 쇠사슬과도 같이 은후의 몸을 휘감았다.

"이젠 할머니 허락도 떨어졌어. 그러니까 할머니 핑계대면서 도망칠 수도 없어. 단념해. 네가 또 도망가려 하면 널 침대에다 묶어놓을 거야. 한 달이고 두 달이고 내내 안아버릴 테니까. 싫어도 내 아기를 낳아야 해. 그게 네 의무야. 내가 준 만큼 빚 갚아. 이은후, 날 아빠로 만들어. 나에게 널 대신할 가족을 만들어줘.

꼭 떠날 거면, 그래야 한다면 너 대신 내가 마음껏 사랑해도 될 사람을 만들어주고 가. 그래 주지 않으면 너, 못 놔. 절대로!"

태흔이 은후를 놓고 할아버지 산소를 향해 돌아섰다. 풀썩 무릎을 꿇었다. 깊이 고개를 숙인 채 사죄했다.

"죄송해요, 할아버지. 은후가 뭐래도 전 못 놓습니다. 우린 같이 살 겁니다. 평생 동안 벌은 받을게요. 그러니까 제발, 한 번만 우릴 용서해 주세요. 저는 안 되더라도 이 녀석만은 용서해 주세요."

이상하게 바람이 멈추었다. 그가 은후의 겨울을 막고 있었기 때문이다. 혹한이 걸어오는 방향 앞에 버티고 서서 차디찬 바람을 막아서선 얼어붙은 바람을 그의 존재와 체온으로 녹여주고 있었다.

태흔이 계속해서 고개를 숙인 채 중얼거렸다. 너무나 가슴 아픈 애원처럼 들리기만 하는 고백이었다.

"알아요. 너무 잘 알아요. 제가 그랬어요. 제가 은후를 망가뜨렸습니다. 내가 사는 곳이 아닌 다른 곳으로는 가지 못하게, 내가 아닌 사람은 보지 못하게 낚아챘습니다. 완전히 가뒀어요."

은후는 침묵한 채 그를 응시하기만 했다. 할아버지께서 살아계셨다면 오 년 전에 그는 이런 고백을 떳떳하게 할 수 있었을까? 우린 사랑할 수 있었을까? 가감 없이 자신의 마음을 고백하는 그의 모습이 너무나 안타까웠다. 가슴 아팠다.

자신도 모르게 은후는 한 발 한 발 그에게 다시 다가가고 있었다. 뒤에서부터 그의 어깨를 보듬어 버렸다. 깊이 얼굴을 묻었다. 이내 그의 코트 깃은 은후가 흘린 눈물로 축축해져 가고 있었다.

태흔이 고개를 들었다. 간절한 시선은 할아버지의 산소에 고정되어 있었지만, 고백은 그녀에게로 향하고 있었다.

"말 그대로야. 널 세상 안에 내놓고 싶지 않았어. 누구에게든 보이고 싶지 않았다. 이은후가, 내 여자가 얼마나 아름다운지를 금세 알게 될 테니까. 절대로 내 것인 널 빼앗기지 않겠다고 생각했어. 그래서 네 눈을 가리고 아무것도 모르는 순진함을 이용해서 널 약탈했어."

아무런 가책없이 잡았다. 얽었다. 완전히 빼앗았다. 은후의 모든 것을. 최선으로, 최고로 사랑했다. 그것이 그녀에게는 최악인 줄도 모르고. 태양빛이 너무 강하면 식물이 타들어가는 것도 모르고.

"난 항상 널 향해 달려갔어. 하지만 넌 내게서 벗어나기만을 바라는 것 같았어. 그래서 생각해 봤어. 어쩌면 너를 향한 내 사랑 방식이 전부다 잘못된 것은 아닐까 하고. 그래도 마지막 결론은……."

태흔의 입가에 걸린 씁쓸한 미소가 잦아들었다. 그가 고개를 돌려 은후를 바라보았다. 마주친 눈 안으로 어찌할 수 없는 그 사랑이 붉은 눈물처럼 뚝뚝 떨어졌다.

"그래도 난 이 사랑, 멈추지 못해. 그러니까 너도 날 사랑해. 명령이야."

이토록 강압적으로 협박하고 있지만 사실은 허세를 부리고 있는 거다. 그녀에게로 뻗어온 손이 덜덜 떨리고 있는 것을 보면 알 수 있는걸. 스스로도 어찌할 수 없는 간절하고 사무친 사랑을 제어하지 못해서, 이토록 비굴하게, 악랄하게 굴어서라도 잡고 싶어하는 이 사람을, 이 사랑을 어찌할까? 이렇게 절실한 사랑을 하는 이 사람을 어떻게 피할까? 이 세상 그 무엇도 태양빛을 피할 방법이 없듯이 은후가 태흔을 피해 사라지거나 도망갈 방법은 없었다.

은후는 가만히 고개를 흔들었다.

"가둔 것이 아니라 지탱해 주고 잡아주었어. 보호하고 지켜주었어."

은후는 그녀에게로 뻗어온 태흔의 두 손을 가슴에 품었다. 언제나 정직하고 열렬하게 자신의 마음을 전해온 그 사람에게 이젠 더 이상 은후도 거짓을 말하거나 비겁해질 순 없었다.

"비뚤어지거나 잘못된 것도 아니었어. 언제나 최고만 주었어. 언제나 내게만 전부 주었어. 그렇게 따뜻하고 진실뿐인 사랑, 했어. 오빠."

성북동에 오던 날, 이 세상 그 누구보다도 행복했다. 할머니랑 할아버지랑 오빠랑 만나서 그녀에게도 가족이 생겼다. 은후는 태흔과 마찬가지로 봉분을 향해 같이 무릎 꿇었다.

"이 세상 그 무엇의 이름으로 불린다 해도 좋았어. 오빠 곁에 있을 수 있다면. 그런데 내가 오빠를 남자로 욕심내면서부터, 집착하면서부터 결국은 모든 사람이 불행해지고 만 것 같아서 언제나 무서웠어, 후회했어. 그래서 여기 온 거야. 할아버지께 사과드리려고, 잘못했다고, 죄송하다고."

어렵사리 입을 연 은후 앞에서 태흔이 입을 꾹 다물고 가만히 기다렸다. 그녀가 이제 자유롭게 되기를. 모든 것을 그 앞에서 다 쏟아내고 다 뒤집어 보이고, 그래서 어두운 과거에서 풀려나기를.

"이 슬픔은 하늘이 내게 주는 벌이라고, 할아버지가 주신 벌이라고 믿었어. 누구도 더 이상 불행해지지 않으려면 내가 오빨 놓아야 한다고 믿었어."

"바보 같으니."

"응, 맞아. 난 바보야. 오빠를 사랑하는 거. 오빠가 나를 사랑하는 거. 숨 쉬는 일과 똑같은데, 그런 일을 피할 수 있을 거라고, 도망칠 수 있을 거라고 믿었어."

울면서 은후도 할아버지께 깊이 고개를 숙였다.

"할아버지, 죄송해요. 저도 오빠를 사랑해요. 오빨 말고는 아무도 사랑할 수가 없어요. 이젠 오빨 사랑할 수 있게 용서 좀 해주세요. 오빨 행복하게 해줄게요. 제가 죽는다 해도 오빠를 행복하게 만들어줄게요. 그러니까 우리, 이젠…… 사랑할 수 있도록…… 용서해 주세요."

은후는 태흔이라는 빛을 따라가는 향일성 식물이었다. 그 빛을 떠나면 살아갈 수가 없다.

태흔이 가만히 차가운 머릿결에 입 맞추었다. 몇 번이고 몇 번이고 입 맞추었다.

"잘못했어, 화낸 거. 잘못했어, 끝까지 네 말 듣지 않았던 거. 잘못했어, 집에서 쫓아낸 거. 잘못했어, 너 울린 거. 잘못했어, 고함지른 거. 잘못했어, 너무 사랑한 거……."

그의 사과는 입술에서가 아니라, 심장 깊이에서 새어 나오는 것 같았다. 의지와는 상관없이 저절로 새어 나오는 진실처럼. 눈물이 그치지 않고 흘러내렸다.

"잘못했어. 너 많이 아파해도, 못 놓는 것. 평생 갚을게, 내 잘못. 그러니까 한 번만 봐줘. 은후야, 제발 용서해 줘. 날 더 이상 사랑하지 않는다는 말만 하지 마."

서늘한 바람 소리가 잘도 삭인 눈물을 삼키고, 부서진 심장이 덜컥거리는 소리도 삼켜 버렸다. 무뚝뚝하게, 그러나 너무나 애절하게 애달프게 고백하는 그 사람의 목소리 앞에서, 이상하다. 부끄러운 눈물이 계속 흘렀다.

오래된 눈물은 말라붙었고, 새로운 눈물은 이제 흘리지 않겠다 결심했는데. 아주 오랜 시간 동안 너무 많이 울었다. 평생 울 것을 전부 다 흘려냈다. 아무런 해결도 하지 못한 채로.

울지 않아.

다시는.

그러나 그런 결심 따위 소용없었다. 그 사람의 온기를 느끼고, 그 사람의 품 안에 잠긴 순간 눈물은 따듯하게 그냥 흘러내렸다.

오직 이 사람 때문에 울고, 이 사람 앞에서만 울 수 있는 것. 그가 이 눈물을 다 닦아주었기 때문에.

죽이겠다고 결심한 사랑인데, 죽였다고 생각한 사랑인데 어이없을 정도로 쉽게 되돌아 시작된다. 그들 사이 너울거렸던 악령은 태산 같은 그 사람의 사랑 앞에서 너무도 무기력했다.

"사랑하는 사람하고 헤어지면 하루가 십 년 같다더니, 그 말은 틀렸어."

그가 두 팔로 은후를 꼭 끌어안았다, 넓디넓은 그의 품에 다시 가두었다. 애틋하게 얼굴을 비볐다.

"한 시간이 십 년 같았어. 사흘이라니, 천 년 동안 헤어져 있는 거나 마찬가지였지. 이제 그만하자, 은후야. 우리 둘 너무 오래 헤어져 있었던 것 같지 않아?"

사실은 알고 있었다. 어디로 가든 그는 그녀 곁에 있다는 것을. 그녀는 그를 부르고 있다는 것을.

은후는 태흔이 그러하듯 두 팔을 내밀어 그를 있는 힘껏 껴안았다. 한가득 내려오는 검보라색 어둠 속에서, 전설처럼 신비롭게 느껴지는 그 사람의 입술에 까치발을 해선 먼저 키스했다. 마침내 사무치게 고백했다.

"사랑해, 너무 사랑해서 죽을 것같이 사랑해. 미안해, 오빠. 너무 힘들게 사랑하게 해서 미안해. 그렇게 사랑해서 미안해."

마지막으로 할아버지께 절을 하고 두 사람은 돌아섰다. 서로에게 최선을 다하고 행복해지는 것으로 그 마음속에 담아둔 죄책감을 대신하겠노라고 다짐하며, 바람 속을 걸어 내려갔다.

오랜 시간 동안 추위 속에 얼어 있었던지라 은후의 얼굴은 파르라니 식어 있었다. 진눈깨비에 젖은 몸은 얼음 인형 같았다. 차로 돌아가자마자, 태흔은 히터를 최고로 세게 틀었다. 자신의 체온으로 그녀를 녹여주고자 애를 썼다. 하지만 은후가 바란 건 미약한 온기 따위가 아니었다. 단번에 봄이 타버릴 정도로 열렬한 키스였다. 그리고 그는 그것을 주었다.

키스. 애타고 뜨거운 키스. 부드럽게 감겨오는 혀끝이 전해주는 건 열정. 처음부터 끝까지 그녀에게로만 달려온 그 남자의 마음 빛과 꼭 닮았다. 태흔의 격렬한 키스에 희미한 신음을 흘리던 은후가 살며시 눈을 떴다. 안타까운 눈빛으로 태흔의 얼굴을 바라보았다. 눈가의 상처를 살며시 어루만졌다.

"오빠, 이 상처."

"세 바늘 꿰맸다."

놀라 은후의 몸이 흠칫 떨렸다. 말릴 사이도 없이 긴 속눈썹 아래로 말간 눈물방울이 다시 맺혔다.

"많이 아팠지? 자칫했으면 눈 다칠 뻔했어. 그냥 피하지, 바보같이. 너무 속상해."

태흔은 은후의 손을 잡아 상처에 댔다. 짐짓 을렀다.

"너 때문에 생긴 상처야. 흉터가 생겨도 못생겼다고 놀리면 안 돼. 모른 척해줘야 해."

"세 바늘이나 꿰맸으면 상처가 꽤 깊었나 보네. 어쩌면 좋아."

"괜찮아. 내가 세진이 놈처럼 얼굴 팔아 먹고살 것도 아니잖아."

태흔이 다시 은후의 입술에 키스했다. 떨어질 듯 말 듯 매달린 눈물방울 위에도, 분홍빛 눈시울 위에도 다정하게 키스했다. 태흔의 가슴에 얼굴을 묻은 은후가 고개를 들었다. 막막한 얼굴로 물었다.

"오빠, 이젠 우리 어떡하지?"

"그러게 말이다. 어떡하면 좋을까?"

태흔은 두 팔로 은후의 몸을 끌어안고 언덕 위로 솟은 할아버지 산소를 올려다보았다. 미친 듯한 흥분과 감정에 휩싸여 일을 저지르고 난 후, 이제 그 일의 결과를 수습하려 들자 하니, 어쩐지 낯 뜨겁고 난처한 심정을 감출 수가 없었다.

"어쩌고 싶어? 네가 편한 대로 해. 난 상관없어."

"집에 들어가야겠지?"

"그래야지. 할머니, 엄청 걱정하고 계신다. 알잖아."

은후가 고개를 끄덕였다. 태흔의 소매 깃을 잡은 채 나직하게 속삭였다.

"할머니 앞에 무릎 꿇고 죄송하다고 사죄해야 하는데, 천번만번 그래야 하는 거 아는데. 감히 할머니 얼굴 똑바로 못 볼 것 같아. 너무 무서워. 비겁한 거 아는데, 너무 염치없어서 죽을 것 같아."

"싫어도 들어가야지. 어차피 할머니는 내가 널 강제로 가진 줄로만 아신다. 너더러는 별말씀 안 하실 거야. 입 꾹 다물고 그냥 나에게 전부 밀어버려. 내가 다 책임질 테니."

"어떻게 그래? 우리 둘이 함께 저지른 일인데."

"정직하게 고백해 보았자 좋을 일 없다. 은후야, 나 혼자 악당인 게 훨씬 나아. 그래야 할머니도 충격 덜하실 테고 일이 수습돼. 여기서 더 놀라면 할머니 정말 쓰러지신다. 이만하고 접자. 덮어버려. 다 내가 감당해 주고 이겨준다고 약속했잖아."

"세라 씨가 아니라 오빠가 나랑 결혼하면 다른 사람들이 뭐라고 수군댈 거야. 스캔들 주인공이 된다고. 그거 어떡해? 난 상관없지만 오빤 대외적인 이미지 관리도 해야 하는 사람인데…… 내가 오빠에게 폐가 될까 진짜 무서워. 두려워."

"어쩔 수 없어. 우리 둘이 함께하기로 결정했을 때부터 각오한 일이잖아. 시간 지나면 사라질 스캔들 따윈 두렵지 않아. 네가 내 옆에 없는 게 난 제일 무서워. 너도 날 위해 그린 건 좀 참아줘."

어느새 다시 눈물이 글썽글썽해진 채 은후가 똑바로 태흔을 바라보았다.

"가진 거 다 버리고, 할머니 믿음도 버리고…… 지금까지 쌓아온 오빠의 모든 것을 다 버리고 내게로 왔어. 내 손만 잡았어. 오빠, 나 찾아낸 거 후회 안 해? 나 사랑한 거 정말 후회 안 할 것 같아?"

"내가 왜 후회를 해야 해? 너 정말 자꾸 똑같은 말 하게 만들래?"

정말 바보 같은 말을 들었다는 얼굴로 태흔이 되물었다. 약간 짜증스럽다는 표정이기도 했다. 손을 내밀어 매끄러운 머릿결을 쓰다듬었다. 사랑스럽게 키스했다. 은후의 두 손을 꼭 잡고 다짐하듯 말했다.

"이은후, 잘 들어. 사람은 말이야. 아무리 많은 걸 가져도 같이 나눌 사람이 없으면 실패한 거야. 손에 쥔 건 다 쓸데없는 쓰레기 더미와도 같아."

아무리 높은 자리에 있어도 집에 돌아와 외롭게 혼자 잠드는 삶은 성공한 삶이 아니다. 그러한 성공을 자랑하고, 나누고, 격려해 줄 가족이 없으면 무의미한 것이니까. 열 살 때 부모님이 돌아가시면서 깨어져 버린 그러한 행복을 태흔은 은후와 함께 다시 만들고 싶다는 소망을 오래도록 간직하고 있었다.

"난 너랑 같이 행복하고 싶어. 우리 함께 진짜 가족을 만들자."

아침이면 같이 눈을 뜨고, 밤이면 안고 잠들고 싶다. 서로를 꼭 닮은 아기를 안고, 일요일이면 공원에 나가고, 아이스크림을 먹으면서 자전거를 타고 싶다. 한 번쯤은 할머니에게 아기를 맡기고 데이트도 해야지. 손잡고 영화를 보면서 몰래 키스도 할 것이다. 그런 게 그가 바라는 행복의 전부였다.

"너 없으면 내가 마음에 담았던 그런 행복, 절대로 못 만들어. 그래서 너 못 놔줘, 바보야. 너를 위해서가 아니라 날 위해서. 이은후, 날 행복하게 해줘. 다신 도망가지 마."

사랑한다는 말보다 더 절실하고 애틋한 고백. 이제는 두렵지 않아. 은후는 태흔의 눈동자를 바라보며 힘차게 고개를 끄덕였다.

"내가 오빠를 행복하게 만들어준다면, 곁에 있을게. 언제까지나, 평생, 영원히."

"영원히? 약속한 거야."

"응, 오빠 옆이라면 이젠 아무것도 두렵지 않아."

키스하면서, 포옹하면서, 이마를 부딪치면서, 쓰다듬으면서, 속삭이면서 완전하게 화해했다. 또 조금은 더 울었다. 주체할 수 없을 정도로 행복해서 심장이 잠시 고장난 것 같았다.

24장

문밖에서 다다다 급한 발걸음 소리가 들렸다. 빈 냉수 대접을 들고 나갔던 나주댁이 급하게 안방 문을 열었다.

"찾았답니다! 여사님. 은후 아가씨, 찾았대요. 회장님께서 지금 전화했어요."

"정말이야? 찾았대? 아이고, 부처님! 감사합니다. 감사합니다."

진 여사가 두 손을 모아 누구에게랄 것도 없이 고개를 조아렸다. 그날도 진 여사가 걱정되어 분당의 강 여사가 와 있었다. 혹여 은후가 나쁜 생각이라도 해서 큰일이라도 저지르면 어쩌나 같이 걱정하던 차라, 다행이다 싶어 재우쳐 되물었다.

"정말 다행이네. 그래, 애를 어디서 찾았대?"

"돌아가신 회장님 산소에 가 있더래요. 회장님이 혹시나 싶어서 가봤는데, 거기서 찾았대요."

그 말에 그만 울컥한 터이다. 짠하고 안쓰러워 진 여사가 결국 손수건으로 눈 아래 배어난 눈물을 찍어냈다.

"내가 거기 좀 더 있을걸. 그러면 만났을 텐데. 갈 데가 없어서 거기까지 간 게야. 하도 복잡하고 심란하니까. 의지할 데가 없으니까. 할아버지한테 제 속 털어놓으려고 간 거야. 돌아가신 양반에게 각별했잖아, 우리 은후가. 불쌍한 것! 거기 가서 웅크리고 있었던 거로구나. 언제 돌아온대?"

"아가씨가 내내 밖에 있어서 열 오르나 봐요. 많이 기진한 모양이에요. 일단 병원에 데리고 가서 좀 쉬게 하고, 그리고 내일 데리고 온답니다."

"지금까지 밥인들 제대로 먹었나 모르겠네. 나주댁, 태흔이에게 전화 좀 해봐. 내가 은후 목소리라도 들어야 안심되겠어."

하지만 태흔은 전화를 받지 않았다. 아니, 받을 수가 없었다. 잃어버릴 뻔했다가 겨우 다시 찾은 연인에게 키스하느라 여념이 없었으니까. 신열 끓는 연인의 이마에 찬 물수건을 갈아주느라 정신이 없었으니까.

"안 받네. 병원에 데려간다고 서두르고 있나 보네."

두 번이나 전화를 했어도 통화에 실패했다. 앞에 앉은 강 여사가 수화기를 내려놓는 진 여사를 바라보았다. 잔잔한 어조로 물었다.

"표정 보아하니, 정리되신 게지요? 돌아오면 이냥저냥 둘, 맺어주실 작정하신 거죠?"

진 여사가 고개를 끄덕였다. 반 변명, 반 체념. 중얼거렸다.

"할 수 없잖아. 태흔이 놈이 은후에게 책임질 일을 저지른 것도 사실이고, 뻔히 태흔이 몫 된 거 아는데, 눈 감고 아웅하고 은훌 다른 델 보낼 순 없잖아. 천벌 받지."

"맺어주는 게 순리예요, 형님."

"그래, 그런 것 같아. 못난 놈이 그 꼴 하고도 저만 순정이야. 내가 끝까지 반대하면 회사고 일이고 다 버리고 은후만 데리고 외국으로 도망간다는데 어떡해? 나이 서른 넘은 놈이 그런 철딱서니 짓을 하고 있어. 하나뿐인 손자, 평생 홀아비로 늙힐 수도 없고. 결국은 내가 져야 하겠지. 망신일랑은 각오했어."

"한동안 뒷말들은 많을 겁니다. 감당하셔야죠, 뭐."

"내 손자놈 허물이니 어쩌겠나? 어차피 당할 망신, 매도 빨리 맞아야 낫다던데, 이 말 저 말 나오기 전에 빨리빨리 일을 처리해 버리는 것도 한 방법일 거야."

"각오하셨다면, 소신껏 밀고 나가세요. 이 나이 되어 두려울 게 뭐가 있습니까?"

"……그래. 맞는 말이야. 피 한 방울 섞이지 않은 애들. 호적도 남남인데 혼인시킨다고 하늘이 무너지겠어? 뒷말 따위야 할 수 없는 거고. 시간 흐르면 사라지겠지. 내가 키운 우리 애기, 너무 아까워서 남 못 주고 내가 데리고 살련다, 그럴라네."

진 여사가 손에 든 염주를 돌리며 스스로에게 다짐하듯이 중얼거렸다.

서울 근교의 스위스그랜드 호텔.

커튼 사이로 희부옇한 아침 햇살이 스며들었다. 목덜미에 다가오는 따스한 입김. 행복하기까지 한 작은 간지러움에 태흔은 눈을 떴다. 고개를 돌렸다. 아직도 잠이 반은 물린 맹꽁이 눈을 한 채 은후가 그의 겨드랑이 사이로 팔을 밀어 넣고 있었다. 한층 가까이 달라붙었다. 그가 돌아눕자 너무나 자연스럽게 넓은 품 안으로 스며들었다. 어린 짐승처럼 얼굴을 비비적대며 속삭였다.

"안녕? 오빠, 잘 잤어?"

미소가 물린 분홍빛 입술. 그의 살에 맞닿은 따스한 몸, 아침 햇살이 물들어 말갛게 빛나는 눈동자 속엔 그의 모습이 조그맣게 박혀 있었다. 태흔은 본능적으로 손을 뻗어 하얀 이마에 대보았다. 어젯밤 병원에서 진료를 받은 보람이 있었다. 찬바람 때문에 끓어올랐던 열 기운은 사라지고, 손에 착 감기는 연인의 보드라운 촉감만이 지문처럼 남았다.

흘러내린 이불을 집어 은후의 어깨 위로 끌어 올렸다. 머리로는 일어나서 집에 가야지, 하면서도 더 깊이 파고들어 꼭 안기는 부드럽고 따스한 몸에 중독되어 움직일 수가 없었다.

평생 원한 모든 것이, 다, 이루어졌다.

태흔의 심장에 행복함만이 가득 찼다. 그런 행복은 그를 바라보며 배시시 웃는 은후의 눈동자 속에도 꼭 같이 박혀 있었다.

겨울 아침 햇살 아래, 조용히 선 나목들이 팔을 얽은 짙은 숲. 그 숲에 둘러싸인 연인의 밀실. 한 치의 틈도 없이 꼭 끌어안은 두 사람. 누가 먼저랄 것도 없이 열정적인, 폭풍 같은 입맞춤에 함몰하고 말았다. 잠시도 떨어지고 싶지 않아. 서로를 갈구하는 손과 입술이 격정적으로 뻗어 나갔다. 엉키고 얽혔다.

둘의 몸이 겹쳐진 채 침대로 무너졌다.

연인을 다시 안은 남자도, 그 남자의 품에 아낌없이 몸을 던진 여자도 서로의 몸에서 느끼는 따뜻함과 행복을 탐닉하며 행복한 신음을 마음껏 뱉어냈다. 후끈후끈 달아올라 밀착된 피부와 피부. 손길, 눈빛과 키스가 말하는 건 전부 다 사랑, 전부 다 열애.

가슴 봉오리를 쓰다듬는 커다란 손의 감촉. 그녀를 애무하고 건드릴 수 있는 유일한 사람의 손길, 그 사람의 향기.

심장까지 욱신거리는 행복감과 쾌락을 더 강렬하게 맛보고자 은후는 눈을 감아버렸다. 눈을 감으니, 피부에 닿는 그의 손이 만들어내는 마법 같은 감각에 더욱더 집중되어서 아까보다 더 강하게 느끼고 만다.

태흔의 타듯이 뜨거운 입술이 오뚝 솟은 분홍빛 유두를 머금었다. 짓궂은 혀끝으로 몽알몽알 굴리다가, 이내 더 강한 자극을 선물하듯 잘근거렸다. 그가 만지는 자신의 몸이 비단결이거나 달콤한 과일이 된 것 같았다. 깨물리고, 빨려지고 관능적으로 핥아지고…… 반복되는 기묘한 색정. 언제나 그렇듯이 물결의 능선을 타듯 그의 애무는 미칠 듯한 쾌락의 강약과 리듬을 가지고 그녀를 완전히 잠식해 들어오고 있었다.

아아학. 은후의 입술 사이로 아릿한 교성이 새어 나왔다. 그의 입술과 손가락이 만들어내는 달콤한 쾌락의 물결에 온 영혼과 온몸이 아뜩아뜩 저리고 있었다.

태흔의 손가락 하나가 그를 끌어들이고 싶어 안달하는 매끄러운 동굴 사이로 파고들었다. 벌써 흠뻑 젖어 그를 꽉 죄어드는 그곳의 맛을 음미하며 그가 더없이 만족스럽게, 혹은 느른하게 놀렸다.

"너 벌써 꽃물 젖었다. 벌써부터 이러면 곤란해. 오늘 날 죽이려는 거지?"

귓전으로 들려오는 속삭임. 더없이 야하고 섹시한 건드림은 그다음. 그의 손가락 장난에 발가락 끝까지 후르륵 떨렸다. 이미 오래전부터 그가 길들여 놓은 육체의 습관. 아주 익숙하지만 동시에 언제나 새로운 쾌락의 꿀맛을 원하며, 갈망하며 은후는 평소의 수줍음을 그만 벗어던지고 말았다.

"오빠, 제발! 장난은 싫어. 응? 더 많이……."

두 팔로 태흔의 목을 강하게 끌어안았다. 애타게 응석부렸다. 유혹했다.

미치도록 그를 원한다. 그에게 속박되기를 원한다. 그를 갖고 싶다. 그에게 먹히고 싶다. 그를 그녀 안으로 끌고 오고 싶다. 그에게 끌려 들어가고 싶다. 전부 다, 완전히. 그녀가 가진 모든 것을 남김없이 그에게 주고 싶다. 그의 모든 것을 그녀만이 소유하고 싶다.

촉촉하고 따뜻하고 사랑스러운 모든 것. 아릿한 감각이 느껴지도록 그를 조여대며 재촉하는 여체의 안달을 태흔은 마음껏 즐겼다. 그를 원하여, 소유당하기를 소망하며 한 마리 어린 뱀처럼 몸을 꼬는 연인의 앙탈만큼이나 사랑스러운 것이 있을까?

키스의 단물을 가득히 흡입하고는, 태흔은 혀끝으로 은후의 볼을 건드렸다.

"예쁘다. 우리 은후, 너무 예뻐서 미칠 것 같아."

제멋대로, 한껏 연인의 몸을 점령해 가는 섹시한 손길. 감각적인 쾌락을 전해주는 민감하고 단단한 손이 하얀 여체를 확실하게 탐험하며 아래로 위로 누비고 있었다. 분홍빛 입술이 저절로 꽃잎을 으깬 듯한 선홍빛 신음을 물었다. 복숭아 모양의 젖무덤 위로 올라온 커다란 손바닥은 마치 약을 올리듯이, 장난을 치듯이 한참 동안 달콤한 압력을 가하며 머물렀다. 조금만 자극을 가해도 시공간을 잊게 만드는 욕망의 두근거림을 맛보게 해주었다.

바로 그때, 두 사람이 달려가는 낙원을 시기라도 하듯이 사이

드테이블에 놓인 태흔의 휴대전화가 울렸다.

"오빠, 전화."

은후는 할딱이는 숨소리 사이로 간신히 말을 밀어냈다. 태흔이 한 손을 더듬어 휴대전화를 집어 들었다. 전화를 받는 대신 배터리를 냅다 빼버렸다. 아무렇게나 바닥에 던져 버렸다. 짓궂은 눈빛으로 열기에 타는 은후의 입술을 물어뜯었다.

"무시해. 달리는 경주마와 섹스 중인 남자는 이 세상 그 무엇으로도 멈추게 할 수가 없어."

바들거리는 민감한 유두를 지나 태흔의 입술과 혀와 손가락 끝이 위로 올라갔다. 두 개의 꽃봉오리와 가녀린 쇄골과 기름한 목선까지, 손바닥으로, 손가락으로 쓸고 맛보고 건드리며 자극했다. 다시 가슴 봉오리를 거쳐 아랫배와 배꼽까지 내려가선 허벅지를 애무했다. 여린 종아리와 허벅지를 감싸 하나하나 짚는가 싶더니 다시 올라와 보숭한 그늘로 덮인 쾌락의 둔덕을 꼭 감아 눌렀다. 투명한 밀액으로 젖어들고 열기로 화끈거리는 그녀의 비밀을 마음껏 탐닉했다.

저절로 새어 나오는 고혹적인 옹알이. 은후는 반 넋을 놓아버린 채 몸부림쳤다.

"죽을 것 같아. 날 가져! 제발. 오빠. 원해."

뜨거운 몸앓이를 참을 수가 없다. 견딜 수 없어 연인의 어깨 위에 깊이 손톱을 박았다. 단단한 피부를 자극하는 손톱 끝에 빳빳하게 힘이 가해졌다.

미칠 것 같았다. 확실히 달랐다. 비교할 수가 없었다. 불안에 떨며 수치심에 젖어, 언제나 반쯤 주저하며 한 발 물러난 채 그를 받아들이던 것과는 정말 달랐다. 마음을 풀고 영혼을 허락한 채 그를 완전히 흡입하고 아프도록 기쁘게 받아들이는 중이다. 몸서리쳐지도록 달콤하고 미치도록 짜릿한 건 예전과 똑같았지만 예전과는 미묘하게 다른 평온함과 순수한 환희가 숨어 있었다. 그래서 은후는 더 대담하게, 발칙하게 그를 원하며 가르랑거렸다.

"기쁜걸. 솔직하게 굴어서 더 귀여워."

태흔이 사악하게 미소 지으며 아주 달콤하게 속삭였다.

"원한다고 말해. 널 가져달라고, 사랑해 달라고, 찢어버리라고 부탁해."

그가 주는 애욕의 단물을 온몸으로 맛볼 수만 있다면 무슨 짓이든 못 하랴. 새빨간 불길에 온몸을 태워 버리며 은후는 자신의 전부를 그에게 바쳐 버렸다.

"사랑해 줘! 오빠 아니면 죽어버릴 거야. 그러니까 빨리! 잔뜩 갖고 싶어. 날 찢어버려. 산산조각 내줘, 어서."

약속대로 그가 단숨에 그녀를 갈랐다. 찢어발겼다. 산산조각 내버렸다. 강렬한 흉기인 양 그의 몸이 침입하자, 한껏 분홍빛으로 달아오른 은후의 몸이 탄력 좋은 스프링처럼 위로 튀어 올랐다. 빳빳하게 긴장되었다가, 다시 설탕물처럼 녹아내렸다. 그를 품고 가득히 조였다.

"눈 떠 봐, 은후야."

태흔이 숨찬 목소리로 재촉했다. 긴 손가락 끝이 살짝 여린 눈시울을 건드렸다. 그의 몸이 전해주는 무지갯빛 환상 안을 걸어가던 은후는 아슴한 눈을 떴다. 몽롱한 시선 안에 아름다운 그 사람의 얼굴이 박혀 있었다.

"나를 느끼는 거 보고 싶다. 네 눈 속에 내가 박혀 있는 거 보고 싶어. 그러니까 눈 떠."

매끄러운 샘 안에서 감각하는 절정의 소용돌이. 쾌락의 절정은 은후의 상큼한 체향 안에서. 약속처럼 다시 키스, 얽히는 두 개의 혀끝으로 감촉하는 쾌감의 달콤함. 은후는 그녀를 부숴 버릴 듯이 가지고 소유하는 그 남자의 힘에 완전히 함락되어 버렸다. 거의 반 정신을 잃으면서도 은후는 꿈결처럼 속삭였다. 영원한 사랑의 맹세였다

"사랑해, 오빠. 아니, 태흔 씨. 이대로 죽어도 좋아……."

가쁜 숨을 들이쉬면서 이름을 불러주는 은후, 믿을 수 없게도 태흔은 은후의 목소리를 들으며 단순한 토정의 쾌감과는 다른, 완전히 새로운 오르가즘을 느꼈다. 머리끝까지 빛살이 솟구치는 것 같은 지독한 쾌락이었다. 태흔은 몇 번이고 몸서리를 쳤다. 파르르 떨렸던 근육에 힘이 빠져나갈 때까지, 긴장한 채 용틀임을 하고 있던 사지가 무력해질 때까지.

아아. 태흔이 거칠게 신음하며 이미 반 실신하다시피 한 은후의 몸 위로 길게 엎드렸다. 비 오는 일요일 오후의 낮잠 같은 나른하고 달콤한 기쁨. 사랑하는 여자를 완전히 품은 만족감은 단순한 욕망의 분출감과는 또 다른 쾌락이었다.

살아 있길 잘했어.

그들의 영혼이 한꺼번에 환호를 지르는 것 같았다. 사랑하는 사람의 몸에서 느껴지는 온기는 이 세상 그 무엇보다 달콤하고 평화로운 것이었다. 충족된 쾌감으로 젖은 몸과 함께 즐거운 심장에 불이 타오르고 있었다. 행복하다 즐거운 비명을 질러대고 있었다. 당신 곁에서 영원히 사랑하기를. 당신만을. 다디단 꿀물. 서로에게 전부 다 주고 싶어 안달하는 두 개의 나신이 미끄러운 뱀처럼 친친 감겼다. 서로의 품 안에서 두 사람은 완전히 편안한

잠에 다시 빠져들었다.

오후의 햇살이 한강에 황금빛 비단을 펼쳐 놓은 듯하다. 멍하니 차창 밖의 풍경에 넋을 팔고 있는 것처럼 보이던 은후가 한숨을 내쉬었다. 막 한강 다리를 건너던 참이었다. 진 여사를 다시 대하는 것은 여전히 큰 부담인 듯 내내 미간에 주름을 잡고 있더니, 갑자기 아차 하는 표정이 되어 종알거렸다.

"오빠, 나 당장 오만 원이 필요한데. 좀 꿔주면 좋겠는데."

"갑자기 오만 원은 왜? 뭐 살 것 있어?"

"주방 아줌마한테 오만 원 빌렸거든. 산소 갈 때 택시비 없어서. 돌려줘야 하는데. 오늘 중으로 당장."

"바보같이. 지갑은 왜 안 가지고 나가서 고생을 사서 하냐? 솔직히 말해. 너 예술관에는 어떻게 갔어?"

"걸어서. 사실은 산소에도 걸어가려 했는데 너무 힘이 없어서. 아줌마가 나가길래 오만 원 빌렸어."

"정말 너 때문에 미치겠다, 이은후."

태흔이 혀를 찼다. 그가 예술관에 처음 갔을 때 은후가 없었던 건, 맹한 게 걸어오느라고 그때까지 도착을 하지 못했던 것이리라.

"말이 나와서 하는 말인데, 대답해 봐. 내가 안 찾아갔으면 너 어떻게 하려고 그랬어?"

"전당포에 핸드백 팔아서 차비 마련해서 부산 친구한테 가려고 했어. 개가 미술학원 하는데 내려오면 나도 선생 시켜준다고 예전에 그랬어. 돈 벌 수 있어. 혼자 먹고살 수는 있다고."

태흔이 황당하다는 표정을 감추지 않았다. 은후를 노려보았다.

"전당포에 핸드백을 팔아? 그런 건 어디서 배웠냐?"

"돈 급하면 그래도 돼. 친구들도 그렇게 했어."

"누가? 어떤 것들이?"

"대학원 친구들이. 가끔 그래. 술값 없다고 핸드백이랑 반지 잡힌 애도 있는데."

"자알한다. 학교 다니면서 공부하라고 했더니 못된 것만 배워 처먹었어."

은후가 눈을 동그랗게 떴다. 태흔이 상스러운 말을 하는 것을 듣고 있자니 참 거북했다. 며칠 전에도 생전 듣도 못한 희한한 욕을 하기에 엄청 충격받았는데, 점점 더 하는군. 가득히 비난을 담아 태흔을 노려보았다.

"오빠, 진짜 말 되게 험하게 해. 왜 그렇게 욕을 해? 싫어지려고 그래, 정말."

"니가 지금 날 욕하게 만들었어. 어디서 배워먹은 버르장머리야? 할 일 없어 전당포에 핸드백을 잡혀먹어? 한 번만 더 까불어라. 핸드백 따위 확 불 싸질러 버린다."

"이상해, 정말. 괜히 화를 내고 그래. 가지고 나온 건 그것뿐인데, 백이라도 팔아야지. 부산까지 어떻게 걸어가? 그건 나로서도 곤란하단 말이야."

태흔은 입이 튀어나온 은후의 옆얼굴을 노려보았다. 도무지 세상 물정이란 걸 모르는 애를 데리고 말싸움을 하는 자신이 한심했다. 꽤 영리하다고 믿었는데, 가끔씩 터무니없이 멍청하게 굴 때가 있다. 정말 답답해서 미칠 지경이었다.

은후가 다시 하아— 하고 한숨을 내쉬었다. 벌써 서른 번째였다. 은근히 신경이 쓰여 태흔은 힐끗 은후를 바라보았다.

"겁나?"

"겁내는 거 아냐. 그러지 않기로 했어."

"그런데 왜 표정이 어두워? 왜 한숨 쉬어?"

"그냥, 할머니께 죄송해서……."

"뭐가 죄송한데?"

"모든 게 다. 할머니 실망시켜 드려서, 속상하게 해드려서. 할머니 속상해하시면 내가 더 힘들어."

은혜를 원수를 갚은 것 같아서. 누구보다 사랑하는 분인데, 그 누구도 아닌 은후 자신이 그분의 마음을 갈기갈기 찢어놓은 것 같아서. 이러한 원죄는 영원히 지워지지 않을 테지.

"우리 결혼하면, 은후야. 당장 아기 갖자."

너무나 엉뚱한 말에 은후는 태흔을 빤히 바라보았다.

"미안한 거, 할머니께 죄스러운 거. 해결책은 하나야. 가능한 한 빨리 널 닮은 예쁜 아기를 낳아서 품에 안겨 드리면 돼. 그럼 할머니 속상하신 거 말끔히 사라지실 거다."

"오빤 늘 그렇게 단순해?"

"복잡하다고 생각하는 게 난센스야. 우린 결혼할 거고 할머니도 그건 못 물러. 그렇다면 이 상황에서 우리 모두 행복해질 수 있도록 가능한 한 최선책을 찾아야지."

은후는 괜히 목도리의 매듭을 다시 묶는 척했다. 정말 두려운 건 할머니의 노여움이 아니다. 이 남자는 절대로 이해하지 못하겠지. 태흔의 연인이 됨으로써 은후는 무조건적으로, 진정으로 사랑해 준 유일한 은인이자 가족을 잃는 것을. 그러는 동안 두 사람을 태운 차는 호텔로 들어서고 있었다.

"내려."

영 내키지 않는다는 표정으로 은후가 차에서 내렸다. 마지못해 태흔에게 손을 잡혀 쪼막쪼막 끌려갔다. 벨을 누르자, 기다리고 있었던 듯 나주댁이 대문을 열었다.

"아이고, 그새 얼굴이 반쪽이 되어버렸네. 어쩜 좋아."

"걱정 끼쳐 드려 죄송해요, 아줌마. 할머닌요. 심기 괜찮으세요?"

나주댁이 한숨을 쉬며 고개를 흔들었다.

"에그, 여사님 속을 상하게 한 당사자가 그런 말을 하면 어째요? 지금껏 성한 곡기를 끊으셨어요. 일단 들어가세요. 들어가서 무조건 잘못했다고 빌어요. 무슨 일인지는 몰라도, 어른 속을 그리 애타게 한 것은 잘못이여."

진 여사의 방문은 굳게 닫혀 있었다.

언제나 활짝 열려 있던 문이었다. 유일하게 가식 없이, 계산 없이 그녀를 사랑해 주고 안아주신 품. 그런데 그 품이 지금 꽁꽁 얼어 굳게 닫혀 있다. 풀릴 수 있을까? 다시 안길 수 있을까?

"할머니."

은후는 떨리는 목소리로 불렀다. 대답이 없었다.

어찌할 바를 몰라 은후가 태흔을 올려다보았다. 꽉 잡은 작은 손이 애처로울 정도로 떨리고 있었다. 태흔은 나지막하게 내뱉었다.

"저희 들어갑니다, 할머니."

"들어올 필요 없다."

나지막하나 쨍한 노염이 그대로 살아 있는 목소리가 새어 나왔다. 그러나 태흔은 무작정 문을 확 열었다. 막무가내 무뚝뚝하게 내뱉었다.

"은후 데리고 왔어요. 그러니 일어나세요."

이부자리에서 반 일어나 고개를 외로 돌린 채 꼿꼿하게 앉아만 있는 진 여사를 앞에 두고, 은후는 주저주저 방으로 들어섰다. 긴장한 데다 서슬 푸른 진 여사의 기운에 지레 질려 다리에 힘이 풀리고 있었다. 결국 은후는 긴장과 두려움에 떨며 앉다가, 볼품없이 엉덩방아를 찧고 말았다.

두 사람 꼴도 보기 싫다는 듯, 고개를 외로 꼰 채 석상처럼 앉아 있던 진 여사가 깜짝 놀랐다. 그렇지 않아도 제정신이 아닐 것인 은후가 다시 정신을 놓고 실신이라도 할까 봐 사색이 되었다. 태혼보다 더 놀란 기색이었다.

"너 왜 이래? 너, 몸은 성한 거냐?"

"괜찮아요, 할머니. 실수했어요."

얼굴이 빨갛게 돼선 어찌할 바를 모르며 변명했다. 무섭고 민망하고 또 창피해서 솔직히 진 여사를 제대로 마주 보기도 힘들었다. 그러거나 여하튼 집을 뛰쳐나간 것 하며, 소동을 일으킨 것에 대해서는 잘못했다고 빌어야 할 것 같다. 고개를 푹 숙인 채 기어들어 가는 목소리로나마 사죄했다.

"죄송해요, 할머니. 제멋대로 집 나가서 잘못했어요. 다시는 그러지 않겠습니다. 다 제가 잘못했어요. 한 번만 용서해 주세요."

은후의 말은 들은 척 만 척 진 여사는 무릎을 꿇은 은후 옆에 버티고 선 태혼을 노려보았다. 애꿎이 그만 나무랐다.

"애 찾아선 병원 데리고 갔다더니, 밥은 제대로 먹인 거야?"

"어제 링거 하나 맞히고 아침에 죽 먹였습니다."

"애를 제명에 못살게 잡았으면 제대로 건사를 하든지! 제대로 먹이고선 잡아야 할 것 아냐."

"함부로 먹이지 말라는데 제가 맘대로 먹였다가 또 넘어가면요?"

"애를 밥도 못 먹고 열 오르게 만든 게 누군데?"

"죄송해요. 제 잘못입니다. 앞으로는 잘 돌보겠습니다."

한마디라도 더 치받았단 봐라, 그것을 기회로 손 옆에 놓인 연적이라도 집어 던질 작정이었다. 그런데 태흔이 평소와는 달리 순순히 물러서자 진 여사는 할 말을 놓치고 말았다. 기분 같아서는 딱 패 죽여 버렸으면 싶은 손자를 한동안 매섭게 노려보았다.

한동안 싸한 침묵이 흘렀다. 진 여사의 시선이 죄인처럼 고개도 들지 못하는 은후에게로 갔다. 노인의 눈 속에 안타까움이 스쳐 지나갔다. 한동안 속 깊은 한숨을 내쉬던 진 여사가 나지막이 입을 열었다.

"목 꺾이겠다. 석상처럼 서 있지 말고 앉아."

태흔이 은후 옆에 나란히 무릎을 꿇고 앉았다.

한 쌍의 맞춤 인형처럼 나란히 앉은 둘을 바라보니, 싫든 좋든 이왕 연분 맺은 연인이다 싶어 그런지 예전과는 달리 보였다. 똑 닮은 분위기, 똑 닮은 풍신하며, 어디 하나 더할 데도 없고 뺄 데도 없다. 하긴 둘 다 진 여사 자신이 키우고 만든 아이들이니, 품격이며 반듯한 자태가 어디 사라질 일도 없을 터이고. 진 여사는 핑 도는 현기증에 잠시 눈을 감았다.

'짚신도 짝이 있다더니, 천생연분. 제놈 몫으로 정해진 연분이라더니…….'

은후를 두고 절대로 남에겐 못 준다는 녀석 말이 맞구나. 여하튼 둘은 같이 살아야겠구나 싶었다. 날벼락을 당한 은후 처지야 딱한 건 마찬가지이되 태흔이 미쳐 날뛸 만하구나 싶으니 노염이 다소 식었다. 진 여사는 부글거리는 마음을 억지로 가라앉혔다.

"은후."

은후가 주저하며 고개를 들었다. 서릿발 같은 할머니의 준엄한 시선을 마주했다.

"아무리 힘들다 해도 말없이 집 뛰쳐나가는 못된 버르장머리, 어디서 배웠어? 할미가 그리 가르쳤던?"

"아닙니다. 잘못했습니다."

"나름대로 속상하고 말 못 할 일 있어 고민한 사정은 알아. 하지만 다 두어두고라도, 늙은 할미를 걱정시키면 되겠니? 그렇게 너 나가 버리면 남은 사람은 어쩌라고?"

"다시는 그러지 않겠습니다. 할머니, 정말 죄송해요."

"한 번만 더 이런 못된 짓 하면 아주 혼날 줄 알아. 할미가 작정하고 종아리 피멍들게 때려줄 것이야. 알았어?"

엄한 할머니 기세에 눌려선, 얼어붙었다. 버릇없단 생각도 못 하고 은후가 하얗게 질려 고개만 끄덕끄덕했다. 그 모양을 두고 태흔은 또 안쓰러워 어쩔 줄 몰라 하는 얼굴이었다. 그럼에도 편들어 줄 계제는 아닌지라 답답하고 속만 탄다. 네놈이 아주 똥줄이 타는구나. 태흔을 노려보며 진 여사는 목청을 가다듬었다.

"아직 네가 맨 정신일랑 챙기지 못한 줄은 안다만, 이런 사달이 벌어진 원인부터 해결해야지. 말이 나온 김에 이 자리에서 속 시원하게 마무리하자꾸나. 태흔이에게 너희 둘 이야기, 들었다."

은후의 고개가 더 바닥으로 기울었다. 무릎 위에 얌전하게 얹힌 손이 바들바들 떨리고 있었다. 그럼에도 진 여사는 은후를 정면으로 몰아붙였다.

"태흔이가 너에게 용서받지 못할 일을 저지른 것은 사실이잖니. 할미 된 자로 나도 그 책임을 면할 순 없어. 저 위인은 번지르르하게 널 사랑해서 그렇다고 하는데, 그건 입 발린 변명에 불과할 테고."

"정말 사랑합니다. 반드시 결혼하고야 말 겁니다."

"입 다물고 자네는 가만히 있으시게."

진 여사가 단칼에 태훈의 입을 막았다.

"사랑 좋아하네. 그렇게 사랑하면은 말이야, 더 소중하게 아끼고 더 귀하게 대접해야지. 함부로 짓뭉개 놓고 어디서 사랑 타령이야? 뻔뻔한 자네가 낄 일은 아니야."

오직 그녀의 시선은 하얗게 질린 은후의 얼굴에만 박혀 있었다.

"들었다시피 저 앤 너하고 무슨 일이 있어도 결혼하겠다고 하는데 이 문제는 네 뜻에 달려 있다. 은후, 확실하게 속내를 말하렴. 난 네 뜻대로 해줄 테다. 저 못난 위인이 어떻게 날뛰든 끝까지 싫다면 널 멀리 보내줄 거야. 네가 싫은 일을 두 번은 당하게 만들지는 않을 거다. 어떻게 하겠니?"

"죄송해요, 할머니. 이번 일 다 제 잘못이에요. 제발 저희를 용서해 주세요."

모깃소리만 하게 은후가 사죄했다. 끝까지 제 탓이라 하는 은후 앞에서 진 여사는 고개를 흔들었다.

"그런 말은 이제 다 부질없어. 왜 네 잘못이니? 다 저 뻔뻔한 위인 탓이지. 설사 네가 먼저 좋아해서 다가갔다 해도 제놈이 내키지 않았으면 이런 사달이 날 리가 없다는 건 우리가 다 아는 사실이다. 넌 잘못 없어. 힘없어 끌려 다닌 게 무슨 잘못이겠니? 자, 어떡하련? 태훈이 실수를 용서할 수 있겠니? 아니면 여기서 떠나고 싶으냐?"

한동안 침묵하던 은후가 천천히 고개를 들었다. 바들거리는 입술로, 그러나 처음으로 똑똑히 마음을 밝혔다.

"……저는, 할머니께서 용서하시면, 받아주신다면 이 집을 떠나고 싶지 않습니다."

"남녀지간 연분을 맺은 이상 이젠 오빠 동생으로 태흔이와 한 집에서 거처할 순 없다. 태흔이하고 결혼을 하지 않는 이상 이 집에서 살 순 없어."

"허락하시면 결혼하겠습니다. 언제까지나 전 오빠랑 할머니랑 같이 살고 싶습니다. 처음부터 지금까지 제 소원은 오직 그것뿐인걸요."

은후의 대답 앞에서 안도감이 들면서도 또 한편으로는 저 애가 갈 곳이 없으니 체념하고 들어오는 거로구나 싶어 안타까웠다. 진 여사는 다시 한 번 묻지 않을 수 없었다.

"후회하지 않을 자신 있니? 너를 그렇게 상처 주었는데, 그래도 태흔이를 받아주고 사랑할 수 있겠어?"

"저는 절대로 후회하지 않습니다. 무슨 일이 생기든 전 오빠를 사랑해요. 제가 최선을 다할게요, 할머니."

무슨 일이 생기든, 결국 무슨 일을 당하든지 간에 태흔을 사랑한다는 대답이었다. 진 여사는 깊이 한숨을 쉬었다.

은후가 말하는 그 '사랑' 이란 게 남녀지간 불타는 연정은 아닐 터이고, 그저 어린 날부터 각인된 습관 같은 정이라는 것을 어찌 모를까? 그럼에도 은후가 태흔과의 미래를 꺼려하지 않고 받아들여주겠다는 것이 고마웠다. 하지만 은후가 정말 행복할까? 진 여사는 깊이 한숨을 쉬었다.

"못난 내 손자놈을 용서해 주어서 정말 고맙구나. 나는 그저 그 말밖에 할 말이 없다."

그 말을 끝으로 진 여사는 한동안 침묵한 채였다. 그러다가 다시 은후를 바라보았다.

"은후, 태혼이 처가 된다는 게 어떤 의미인 줄 아직은 모를 게다. 하지만 싫든 좋든 결혼을 결정했어. 결혼을 하면 모든 것을 같이 나눌 의무가 있지. 결혼은 좋은 것을 함께하려고 하는 것이기도 하지만 힘든 짐 같이 지려고 하는 것도 있다."

"네, 명심하겠습니다."

"네 옆에 앉은 사람, 저리 고약하기는 하지만 어쩌겠니. 생긴 게 이 모양으로 독하고 삐뚤어진 위인인데. 그런데도 남들보다 곱절이나 큰 책임 맡은 위인이다. 그건 네가 더 잘 알 터이고. 큰 살림 맡아 챙기는 거며 내조하는 게 쉽지는 않을 테지만 네가 앞으로 맡아야 할 일이니 어쩔 수 없다. 부탁하마."

"노력하겠습니다."

"못마땅하고 불편한 거 있어도 이왕 이렇게 된 거, 마음 편안하게 대해주렴. 그래야 나가서 제대로 일한다. 아내가 슬기로워야 남편이 편안한 법이니, 사내 고삐 제대로 쥐고 잘 다스려서 제대로 달리게 만드는 게 안사람 몫이고 자질이야. 그게 앞으로 너의 숙제다."

"제가 말[馬]입니까? 고삐 쥐고 다스리라게?"

듣자 하니 좀 기분 나쁘다. 내내 입을 꾹 다물고 있던 태혼이 한마디 툴툴거렸다. 진 여사가 태혼을 향해 싸늘한 시선을 던졌다. 매몰차게 내뱉었다.

"제대로 달리는 천리마인 줄 알았더니, 발정 나서 천지분간 못

하고 날뛰는 철딱서니 망아지였더구나. 왜?"

"거참, 할머니!"

대놓고 내치는 무안 앞에서 어지간한 태흔의 얼굴도 불그스레 변했다.

"결국은 이렇게 될 운명이었나 보다."

진 여사는 문갑에 놓인 사진을 망연하게 바라보았다. 자연스럽게 은후와 태흔의 시선도 이 회장의 사진으로 따라갔다. 이유야 다르겠으나 세 사람 얼굴에 똑같이 그늘이 서렸다. 태흔과 은후는 빠시린 죄책감 때문에, 진 여사는 막막한 쓸쓸함에서 비롯된 그늘이었다.

"이제야 말한다만, 은후에 대한 자네 마음 짐작했던 것 같아."

단 한 번도 예상치 못했다. 순간 태흔의 안색만 아니라 은후의 얼굴도 창백하게 질려 버렸다. 그러나 진 여사는 이 회장의 사진만 바라보느라 앞에 앉은 두 사람의 동요를 미처 보지 못했다.

"세월 흐르면 변하는 건 인심이요, 눈이라고 하셨다. 그러면서 한날 농 삼아 그러셨지. 잘못하다간 남매로 키운 놈들이 부부지연 맺는 일이 생길 수도 있을 거라고."

태흔은 침을 삼켰고 은후의 안색은 한층 더 새파랗게 변했다. 진 여사는 열없이 웃었다. 그날의 일을 되새기며 천천히 말을 이었다.

"난 실없다 싶어 웃으며 귓등으로 흘려들었지만, 워낙 사람 보는 눈이 날카로운 분이셨잖니."

"할아버지께서는, 그 말씀을 언제 하신 겁니까?"

"너 제대해서부터라고 했잖니. 그러면서 한마디 더 하셨지."

진 여사가 비로소 두 사람을 돌아보았다.

"만에 하나, 행여 너희 둘이 좋아하게 된다면."

"좋다 하면요? 할아버진 뭐라고 하셨습니까?"

이젠 태흔의 목소리도 떨리고 있었다. 은후도 더없이 간절한 기원을 담고 할머니의 입만 응시했다.

두 사람의 심장이 똑같이 두방망이질 치고 있었다. 오래도록 그들을 묶어온 죄책감과 어둠의 쇠사슬이 녹이 슬어 철겅거리고 있었다.

"진심이라면, 정말 둘이 사랑한다 하면 맺어줘야 하지 않나 하셨다."

진 여사는 미리 결심한 바 그대로 거짓말을 했다. 적어도 아슬아슬하고 불안한 사랑을 지금껏 지탱해 온 태흔에게 돌아가신 조부만큼은 그의 사랑을 지지하고 축복해 주었을 거라고 말해주고 싶었다. 그것이 진 여사가 손자에게 해줄 수 있는 최고의 선의였다.

한마디면 충분했다.

마음 가장 깊은 곳에 담아둔 어둠의 족쇄가 부서지듯이 철렁거렸다. 삽시간에 은후의 눈에 그렁그렁 말간 눈물이 맺혔다. 투두둑 떨어져 옷자락을 적셨다. 마찬가지로 태흔의 눈시울도 붉어지고 있었다.

"남매지간으로 키웠지만 사람 일은 모르는 것인데, 사랑하는 마음을 억지로 찢어버리면 천벌 받을 일이라고도 하셨어. 다만 설사 둘이 좋아하는 일이 생겨도, 은후가 어리니 어른인 자네가 좀 더 분별력 있게 행동하면서 좋게 잘 이끌어주면 좋겠다고 하셨지."

아아, 할아버지. 그런 뜻이었습니까?

태흔은 먹먹한 눈을 들어 조부의 사진을 다시 바라보았다.

'짐승 같은 놈' 이라고 고함치신 건, 은후를 사랑한 그의 마음을 패륜이라 치부한 것 때문이 아니었다.

그에게 온 귀한 사랑을 지혜롭게 보듬고 성숙하게 풀지 못한 어리석음을 질책하신 것이었다. 이기적인 욕망에 눈이 멀어 더없이 소중하게 아껴야 할 어린 연인을 육체적인 덫에부터 몰아넣고 선택의 여지없이 얽어맨 그의 염치없고 뻔뻔한 욕정을 꾸짖으신 것이었다.

은후가 태흔을 사랑한 것은, 태흔이 은후를 사랑한 것은 죄가 아니었다. 성급하고 경솔한 애욕 때문에 그분께 씻을 수 없는 죄를 지었다. 그 원죄는 평생 가도 지워지지 않고 씻지 못하리라.

하지만 그들이 서로 사랑한 진실만은 할아버지께서도 인정해 주셨을 것이란 말을 듣는 순간, 그것만으로도 충분했다.

그분이 조금만 더 살아 계셨다면 축복받을 수도 있었다는 사실만으로도 충분했다.

본능처럼 태흔과 은후의 손이 서로에게로 뻗었다. 넝쿨이 얽히듯이 서로의 손에 자신의 손을 꼭 얽었다. 간절하게 사무치게 확인했다. 다는 아니라 해도 마침내 사랑을 용서받았다.

아마도 바깥에서 안의 기척을 살피고 있었던 모양이다. 문이 열리고 나주댁이 찻상을 들고 안으로 들어왔다. 진 여사가 일렀다.

"나주댁, 거기 문갑 열고 자개함 있어. 내어주게."

"네, 여사님."

각상 소반을 놓아준 나주댁이 문갑을 열었다. 제법 큼직한 자개함을 찾아 옆에 놓았다. 진 여사가 손으로 밀어냈다. 반짝이는 예물함이 은후 쪽으로 밀려갔다.

"간직해. 태흔이 어미가 혼인할 때 받은 패물이야. 경황이 없어 격식 갖추기 힘들구나. 미안하지만 이것으로 약혼 예물이다 쳐야겠다."

"제가 감히 받을 자격이 있는지 모르겠어요."

"자격이 왜 없어? 태흔이 처가 되면 다 네 것이지. 혼인할 땐 제대로 네 몫 솔찮게 장만해 줄 테니 너무 섭섭다 말아."

그 일을 끝으로 혼탁하던 마음을 완전히 정리한 것이다. 진 여사의 얼굴이 말끔하게 개였다. 홀가분해졌다.

"시장타. 저녁 먹자꾸나. 우리 은후, 조기 찜 좋아하는데. 나주댁."

우리 은후.

그 한마디에 눈물이 핑 돌았다. 다른 말은 필요없었다. 그것으로 은후는 자신이 손자며느리로 인정받은 것이 아니라, 처음부터 끝까지 깊이 사랑받는 손녀로 돌아왔다는 것을 확신했다.

나주댁이 미소 지으며 진 여사의 찻잔 뚜껑을 열어주었다.

"그렇지 않아도 막 찜통에 올렸어요."

"이 근래 얘가 먹는 것을 못 봤네. 못 먹으니 기운이 없지. 하긴 밥도 못 먹게 몰아붙인 위인이 저리 턱하니 버티고 있었으니 무슨 정신머리가 있었겠느냐만."

"그냥 대놓고 한 대 치십시오!"

듣자 듣자 하니 사사건건 그에게 가시를 들이대고 있었다. 고맙기도 하고 염치도 없어 입 꾹 다물고 참았지만 더 이상은 힘들었다. 진 여사가 노골적으로 긁어대는 말에 마침내 태흔이 울컥했다. 벌떡 일어서며 버럭 소리 질렀다. 진 여사가 하얗게 눈을 흘겼다.

"민망한 건 아는군 그래. 자네, 양심은 남아 있나?"

"사랑이 죕니까?"

중간에 낀 채 이러지도 못하고 저러지도 못하고 맹하니 앉아 있던 은후가 조그맣게 중얼거렸다.

"할머니, 배고파요."

"그래? 이젠 좀 식욕이 돌아?"

끝까지 태흔을 철저히 무시했다. 진 여사가 고개를 돌렸다. 은후 얼굴을 건너보았다.

"나가서 밥 먹어. 먹어야 살지. 아무리 속을 끓여도 그래, 왜 곡기를 끊어?"

태흔더러 보란 듯이 진 여사가 은후 어깨를 감싸고 일어섰다. 찬바람 나게 안방 문을 나섰다.

이렇게 풀어는 준다만 난 아직 용서 못 한다, 죽일 놈. 그녀의 뒷모습에는 분명히 그런 말이 적혀 있었다.

태흔이 성북동 식구들에게 당한 설움은 거기서 끝난 것이 아니었다. 다들 식탁에 앉아 저녁 식사를 시작할 때였다.

나주댁이 먹음직스러운 조기찜을 식탁에 올려놓았다. 태흔 역시 이 며칠 식음을 전폐하다시피 한지라, 시장한 터라 냉큼 그 접시로 젓가락을 옮겼다.

"많이 먹어. 조기는 기운 돕는 거다."

진 여사가 홀라당 접시를 들어선 은후 앞으로 옮겨 버렸다. 태흔의 젓가락이 하릴없이 허공을 찔렀다. 졸지에 보이지 않는 무안을 당한 터라 드러낼 수도 없고, 할 수 없지, 우연의 일치겠지. 조금 상한 마음을 달래며 배와 밤을 섞어 맛깔 나게 무친 생굴무침 보시기로 젓가락을 옮겼다.

"입맛 돌게 여기 이 굴도 좀 먹어봐요. 아침에 따온 거라네. 여자한테 굴이 좋대요."

이번에는 나주댁이었다. 냉큼 은후에게로 굴무침을 당겨주었다.

"암만. 그저 먹어야 기운 나지."

붉으락푸르락, 젓가락을 들고 멍하니 앉아 있는 태흔은 본척만척이었다. 오히려 들으라는 듯이 진 여사도 살갑게 한마디를 보탰다. 황당해선 눈알만 굴리고 있는 손자는 안중에도 없다는 표정이었다. 그제야 태흔은 처절하게 깨달았다. 지금 그는 단체로 성북동 여자들에게 따돌림을 당하고 있는 중이었다.

태흔의 수모는 그것으로 끝난 것이 아니었다. 식사 후에 다시 진 여사에게 강펀치를 맞고 거의 기절 상태가 되고 말았다.

은후가 자기 방으로 들어가자마자, 진 여사가 쌀쌀맞게 내뱉었다.

"내일 자네, 짐 싸서 나가게."

"네에?"

"그럼 이내 혼인할 사이, 같은 지붕 아래에서 기거할 생각 했어? 망측하게? 자네가 안 나가면 은후를 예술관에 내보내던지."

"그럴 순 없습니다. 성치도 않은 애를 어떻게……?"

"그래서 자네더러 나가라는 거야. 이것저것 걸리는 일 깔끔하게 해결하지 않으면 국물도 없을 줄 알아. 무엇보다 임 회장네 세라 양 일부터 말썽 나지 않게 해결해. 은후에게서 제 욕심 다 채우고 있었으면서 또 약혼한다, 선을 본다 설레발을 친 건 뭐야?

날 속인 것도 괘씸하지만, 세라 양은 또 중간에서 얼마나 우스운 꼴이 된 거야? 애꿎은 사람을 그렇게 이용해 먹어도 되는 거야? 이 고약한 인간아?"

서릿발 같은 표정으로 따져 묻는 진 여사 앞에서 태흔은 입이 열 개 있어도 할 말이 없었다. 물론 세라와 맺은 밀약이 있긴 하지만 그것을 까발릴 수는 없는 노릇이었다.

"고약하고 건방진 놈 같으니라고. 안하무인도 유분수이지. 이 세상 사람 전부가 다 발치 아래 있다 싶지? 언제까지 네 맘대로 세상 속이고 나까지 속여 넘길 줄 알았니? 아이고, 면구스러워. 민망해. 정말 내가 어찌 낯을 들고 임 회장네 식구들을 보나. 어찌 수습하지? 그이들이 이 일을 알면 얼마나 노여워하겠어? 또 혈압이 오르네."

진 여사가 비틀 쓰러지듯이 소파에 주저앉았다. 태흔을 표독하게 노려보았다.

"먼저 세라 양부터 만나 정식으로 사과하고 사내답게 혼약 작파해. 따귀라도 한 대 맞아주고. 알았어? 걸리는 것 전부 다 없어지면, 은후 데리러 들어와. 그때까진 결혼 허락 못 해."

"너무하시는 것 아닙니까? 어떻게 저를 제집에서 쫓아내실 수 있으십니까?"

"여긴 내가 얻은 호텔이지 자네 집 아닐세. 그리고 너도 은후를 집에서 쫓아냈는데 난들 쫓아내지 못할 이유 있나? 남들 보기에도 자네가 나가는 게 훨씬 낫지. 난 은후 데리고 그사이에 혼수도 장만하고, 집안일도 좀 일러주고 그러련다. 왜?"

"갑자기 나가라고 하시면 어쩝니까? 어디로 가란 말입니까?"

"자네야 집 얻을 돈도 많고 사내니 아무 데서나 잔다 해도 무슨 흉인가 그래?"

어디서 씨알도 먹히지 않을 변명을 하고 있어? 뒤통수를 후려치지 않은 것만도 감사하게 여겨야지. 진 여사가 눈을 부라렸다.

"그럼 결혼식은 언제 올려주실 겁니까?"

"자네 하는 것 봐서."

"가혹하십니다. 어떻게 저에게 이러실 수 있으십니까?"

울상이 된 채 태흔은 마지막 항의를 날렸다.

"그러게 왜 남의 귀한 딸을 함부로 건드렸나 그래? 한 번 했으면 두 번도 할 테고, 두 번 했으면 열 번도 할 텐데 난 내 손녀딸이 끽소리도 못 하고 다시 당하는 꼴은 보지 못하니까, 자네가 알아서 점잖게 굴란 말이지. 난 우리 손녀 지켜야겠네."

"저도 할머니 손자인데요."

"난 자네같이 인간 망종인 손자 키운 적 없어."

한마디로 태흔의 입을 딱 막은 진 여사가 은후 방에서 나오는 나주댁을 바라보았다.

"약 먹였어?"

"네. 잠든 것 보고 나왔습니다. 사흘 새에 아주 살이 쏙 내렸어요. 열이 또 오르는 게, 아무래도 주 박사님 들어와서 진찰 좀 하시라고 해야겠습니다."

"전화하게, 은후 좀 봐달라고. 그리고 올라가서 애 가방 좀 챙겨줘. 내일부턴 나가서 거처할 테니까."

"할머니!"

"내 눈 속이고선 몰래 은후 찾아다니고, 또 살짝 불러내서 싫다는 애, 자고 다니기만 해봐. 은후 감춰놓고 평생 못 만나게 해줄 테니까!"

말 그대로 살 떨리는 협박을 당했다. 태흔의 투지가 그만 한풀 꺾이고 말았다.

"좋습니다. 나갑니다. 그런데 결혼식은 언제 시켜주실 겁니까? 그 약속은 해주셔야죠."

"약속 안 해주면?"

"못 나갑니다."

이판사판, 태흔도 딱 잘랐다. 여기서 밀리면 평생 할머니 앞에서는 은후 손목 잡는 것조차 눈치 보아야 할 것 같은 위기감이 들었기 때문이다.

"할머니께서 은후 몰래 빼돌려서 먼 데 보내 버리실까 봐 안심이 안 됩니다. 한 번 하셨는데 두 번 하지 않는다는 보장 어디 있습니까? 다시 못 만나면 전 어쩝니까? 할머니께 죄송하지만 은후 없으면 저 못 삽니다. 안 놓을 겁니다. 자꾸 이러시면 제가 먼저 은후 데리고 가출합니다."

"가출 좋아하네. 지금 할미 두고 협박해?"

"좋습니다. 가출이 아니라 독립이라고 하죠. 제 나이 서른셋입니다. 할머니 동의 없이 결혼해도 열 번은 할 나이 아닙니까?"

"이깟 것으로 위협해도 넌 눈 하나 까딱하지 않을 테지만, 은후 데리고 나가면 난 너한테 한 푼도 물려주지 않겠다면?"

"그깐 것, 이젠 위협 거리 못 되는 거 할머니께서 더 잘 아시면서 왜 그러십니까? 제가 중학생인 줄 아십니까? 자장면 배달 안 해도 먹고산다 이 말이지요. 돌아가신 부모님 유산, 외조부님이 물려주신 신탁. 죄다 조용히 잠자고 있습니다."

"이 뻔뻔한 위인아, 그래서 무조건 결혼시켜라. 나더러는 온갖 망신 다 당하게 하고 너는 그 애 데리고 희희낙락. 그럼 다야?"

"왜 그러십니까? 할머니가 제일 사랑하는 여자와 결혼하겠노라고 귀국한 첫날, 분명히 말씀 드렸잖습니까?"

"기가 차서!"

진 여사가 찬바람 나게 옆으로 돌아앉았다. 손자하고는 눈도 마주치지 않겠다는 표정이었다. 태흔은 실실거리며 할머니를 설득하려 애를 썼다.

"이왕 일이 이렇게 된 거, 적당하게 하세요. 어지간하면 노염 푸시고 저 좀 용서해 주십시오. 앞으로 더 잘하겠습니다. 당분간은 제가 나가서 주변 정리 깨끗이 할 테니까 제발 다음 달에 결혼시켜 주십시오."

"김칫국부터 마시고 있네. 멀쩡한 애를 반쪽 되게 잡아놓고, 자네는 좋다고 실실거리는 꼴 징글맞아서 싫어. 결혼만 시켜달라? 웃기네. 그 고약한 성질머리에, 은후 네 방에 가둬놓고 아주 잡으려는 거잖아?"

"저도 은후 사랑합니다. 그런 애를 잡는다니, 좀 험한 표현이신데요."

"듣기 싫어! 잔말 말고 네 주변이나 제대로 정리해."

그리하여 그 이튿날로 태흔은 달랑 가방 한 개만 들고는 집에서 쫓겨나는 팔자가 되었다.

"천하의 이태흔이 갈 데가 없어, 가난한 친구에게 빈대를 치러 와? 독한 놈."

웅얼대며 세진이 냉장고에서 생수를 꺼냈다. 수건으로 머리를 문지르며 나오는 태흔에게 던져 주었다.

"한 번만 봐줘. 심란하게 호텔을 전전할 수도 없고, 그렇다고 사무실에서 기거할 수도 없잖아? 야, 친구 좋다는 게 뭔데."
"친구 좋아하네. 감쪽같이 연애질하는 걸 숨긴 놈이 무슨 친구라고."
기분 같아서는 나불대는 입을 주먹으로 쳐버리고 싶었지만 당분간 얹혀 사는 팔자. 어쩔 수 없지. 한숨을 쉬며 태흔은 다 마신 생수병을 탁자 위에 놓았다. 세진이 눈을 부라렸다. 거만하게 손가락 끝으로 발코니 쪽을 가리켰다.
"뭐?"
"분리 쓰레기통. 저쪽이라고."
집주인께서 탁자 위의 생수병을 치우라는 명령을 내리셨다.
"아, 정말! 치사한 놈."
"빈대 붙는 놈이 어디서 시중까지 들래? 네가 처마신 건 네가 치워. 내 성질 알지? 난 더러운 거 못 본다. 시트 정리 깔끔하게. 욕실 청소 확실히. 세탁물 처리 깨끗하게 안 하면 당장 쫓아내는 수가 있어."
"더러워서 내참, 돈 낼 테니 도우미 불러. 그러면 되잖아!"
참다 참다못해 태흔은 버럭 소리치고 말았다. 세진이 귀를 후볐다.
"싫거든. 나만의 왕국에 어중이떠중이가 드나드는 건 사양이다. 이 집 산다고 내가 얼마나 뼈 빠지게 고생했는데. 제길, 내 여자도 못 와본 이 집에 저 개자식이 드러눕다니. 세상에 정의는 사라진 거얏. 젠장."
동부이촌동의 신축 아파트를 분양받기 위해 새벽부터 줄도 서고, 은행 대출 받으려고 얼마나 고생했던가. 세진이 눈물을 찍어내는 시늉을 했다. 태흔은 코웃음을 치며 빈 생수병을 세진에게 내던졌다.

"지랄. 제놈이 난봉 피우는 현장을 들키기 싫어서 접근 금지면서."

"잘 아네. 그런 나의 집에 니놈이 누워 있으면 내 화려한 연애생활은 어쩌란 말이냐? 이 자식아."

"내가 결혼하면 들러리 세워주마. 네 여자 친구랑 결혼하면 근사한 선물도 해줄게. 한번 봐주쇼, 집주인 놈아."

그러거나 말거나, 계속해서 구박을 해대는 세진이었다. 태흔은 놈에게 빌붙기로 작정한 결정이 과연 최선이었을까, 심각하게 고민했다. 그러나 뾰족한 수가 없었다. 기껏 한 달을 위해 집을 빌리기도 뭣하고, 그렇다고 할머니와 은후를 놓아두고 다른 호텔로 가는 것도 내키지 않았다. 당분간은 엄청 거만을 떨어대는 녀석의 눈치를 살피며 엎드려 살아야 할 팔자를 감수해야 할 듯싶었다.

일단 기선을 제압한 세진의 위세에 눌렸다. 태흔은 조심조심 쓰레기 분리 수거를 하고 주방 쪽으로 갔다.

"사랑 하나 때문에 천하의 이태흔이 한마디 끽소리도 못 하고 집에서 쫓겨났다. 연애질 상대는 같은 집에서 이십 년이나 오빠, 동생으로 살던 이은후다. 그냥 기자에게 확 꼰질러 버려? 올해 최고의 스캔들인데. 아니, 호외감이지."

냉장고 문을 열며 세진이 계속해서 태흔을 긁었다.

친구라지만 은근히 어려웠던 태흔을 마음껏 놀려먹는 기회란 흔치 않았기에 세진은 우월한 자신의 위치를 마음껏 즐길 생각이었다. 게다가 그는 아직도 친구들 눈까지 속이고 은후와 도둑 연애질을 한 태흔에게 대한 괘씸함을 풀지 못하고 있었다.

“그런데 며칠 가지고 되겠냐? 할머니 말 듣자 하니, 몇 년은 너 말려 죽이실 것 같은데. 안됐다.”

“웃기지 마. 반드시 다음달에 결혼식 올려.”

“누구 맘대로? 여기까지 와도 거만한 건 조금도 줄지 않았군, 자식. 너무 불쌍해서 내가 눈물이 난다.”

“자꾸 놀려라.”

“이런 때 아니면 내가 널 언제 놀려먹겠어? 그냥 스파게티 먹을 건데 괜찮지?”

세진이 냉장고에서 스파게티 면을 꺼내며 그를 돌아보았다.

“식객이 뭔 할 말이 있겠어? 주는 대로 먹어야지.”

“밥값 해. 야채나 씻어.”

스파게티 면을 삶을 물을 가스레인지에 올려놓으며 세진이 옆에 선 친구놈의 옆얼굴을 바라보았다. 친구의 준수한 얼굴에 붙은 불쌍한 하얀 거즈를 심각하게 바라보았다.

“너 이러고 회사 가니 직원들이 왜 다쳤냐고 묻지 않데?”

태흔이 땅바닥이 꺼져라 한숨을 쉬었다. 고개를 흔들었다. 아침에 회사에 출근했을 때, 임슬이 과장에게 당한 스토킹질은 생각만 해도 끔찍했다.

“당연히 궁금해하는데 사실대론 말할 수 없고 해서 그냥 운동하다가 다쳤다고 둘러댔다.”

“믿어주던?”

“음. 그럭저럭 억지로 믿어주는 눈치긴 했어.”

세진이 내주는 양송이와 시금치를 물에 흔들며 태흔은 다시 한숨을 내쉬었다.

“나 나름대로 카리스마 상사였잖아. 한데 이 꼴 하고 회사 나간

이래로 내 전성기는 끝장난 것 같다."

"러시아 출장 건은 어떻게 수습했는데? 이건 거의 국가적 문제 아니냐?"

"그것도 그럭저럭 해결했어. 돌아오기 전에 중요한 건은 다 처리했었거든. 할머니가 위독하다고 둘러댔는데, 러시아 놈들도 상당히 가족애가 강한 애들이거든. 중요한 계약까지 포기하고 할머니 병석을 지키러 간다니까 날 좀 더 좋게 생각하더라."

"영리한 놈. 위기를 기회로 바꾸다니. 역시 이태흔스럽군."

세진이 베이컨을 칼로 다졌다. 태흔이 건네주는 양송이도 송송 썰어 한꺼번에 프라이팬에 집어넣었다. 야채를 볶는 솜씨가 거의 프로였다. 태흔은 감탄해서 목을 빼고 친구놈이 요리하는 것을 지켜보았다.

"독신 생활이 아주 몸에 뱄구나. 요리 하는 솜씨가 보통은 아닌걸."

"만날 해봐라. 짜증이다. 나 혼자 먹자고 밥하고 있으면 진짜 외롭고 쓸쓸해."

"너도 결혼해, 인마. 다율 씨, 꽤 오래 기다린 거 아냐?"

"그놈은 친구이고 동료일 뿐 여자가 아니다."

"어디 두고 보자. 조만간 다율 씨한테 코 꿰이면 마음껏 비웃어 주마."

"마음대로 해. 하늘이 무너져도 그런 일은 절대로 일어나지 않는다."

어떤 여자든 한 달을 넘긴 적 없는 천하의 바람둥이 세진이 만나고 헤어지고를 반복하며 십여 년 넘게 관계를 유지하고 있는 유일한 여자가 다율이다. 그런 주제에 여전히 친구라고, 동료라고 주장하는 놈을 바라보며 태흔은 홀로 비웃음을 날렸다.

초인종이 울렸다. 스파게티 면을 덜어내던 세진이 고개를 돌렸다.

"명중이 왔다."

"아, 정말! 그 새낀 왜 불렀어? 유세진이 너, 내가 당하는 꼴을 만천하에 소문내고 싶어 안달했지?"

"두말하면 잔소리. 넌 오늘 우리 둘한테 좀 맞아야 해."

세진이 팔꿈치로 주방 벽에 붙은 인터폰 도어오픈 화면을 눌렀다. 들어서는 명중에게 일렀다.

"스파게티 먹을 거야. 손 씻고 접시 좀 놔라."

"너무한 것 아냐? 격무에 시달리고 돌아오는 나한테 왜 시켜? 밥 얻어먹는 저놈에게 시켜."

투덜대면서도 명중이 재킷을 벗었다. 손을 씻고 시키는 대로 접시를 놓았다. 그사이 태흔은 냉장고에서 피클 통을 꺼내 접시에 덜어놓고, 와인 냉장고를 열었다.

"한 병만?"

"마음대로. 마늘빵, 일 분만 돌려. 냉장고 통에 샐러드도 있다. 어머니가 김치도 썰어놓았을 거다."

세진이 고소한 크림치즈 향기를 풍기는 스파게티를 접시 세 개에 덜었다. 글라스에 와인도 따라주었다. 세진이 먼저 잔을 들었다.

"이태흔의 고약한 연애질을 지탄하며!"

"이억 년쯤 후에 결혼 허락받기를 기원하며!"

"개자식들, 아예 대놓고 저주를 퍼붓는구나."

태흔은 이를 갈며 잔을 부딪쳤다. 그래도 의사랍시고 명중이

태혼의 상처를 유심히 살폈다.
"세 바늘 꿰맸다며? 주 박사님이 흉터 남을 것 같다고 걱정하시더라. 이건 어떻게 된 거야? 그 양반도 굉장히 궁금해하시더라고."
"은후 잡아먹었다고, 성북동 할머니가 난 화분을 집어 던지셨단다. 지팡이로도 엄청 맞았대. 골 빠개지지 않은 것만도 다행이다."
날름 세진이 태혼 대신 대답을 가로챘다.
"그랬었군. 그럼 해결은 된 거야?"
"결혼은 허락받았는데……."
"다행이네. 어찌 되었건 네 마음 가는 대로 여자 얻었고, 결혼까지 허락받았으면 된 거지, 뭐가 문제야?"
"이 자식, 집에서 쫓겨났다."
이번에도 얄밉게 세진이 말을 가로챘다. 쌤통이다. 피들피들 웃으며 태혼의 염장을 질렀다.
"이것저것 말끔하게 다 정리하기 전까지 들어오지 말라고 하셨대. 은후 얼굴 보는 것도 금지. 같이 자는 건 더더욱 절대 금지. 이태혼이, 어떡하나? 몸에서 사리 나오겠네."
"닭이나 쳐! 진짜 죽고 싶지?"
남은 심각해 죽겠는데 자꾸 놀린다. 결국 성질을 못 이긴 태혼은 버럭 소리쳤다. 그러나 이왕 무너진 카리스마를 회복하긴 힘들었다.
"은후, 그렇게 좋데? 몇 년이나 헤어져서 궁리하다가 돌아와서 사고를 칠 정도로?"
"음."

명중과 세진이 동시에 피식거렸다. 천하의 포커페이스 태흔이 순순히 제 사랑을 고백하다니. 그야말로 서쪽 하늘에서 해가 떠오르는 것 같았다.

"은후의 뭐가 그렇게 좋데?"

"전부 다. 우리 은후는 치아 교정할 때도 예뻤어. 진짜 귀여운 아기 상어 같았지."

"중증이네, 중증이야. 그렇게 좋은데 그동안 어떻게 참고 살았냐? 어떻게 감췄어?"

"참지 않으면 어떡해? 내가 동한다고 무작정 어린애를 잡을 수도 없는데."

"에고, 은후가 불쌍하지. 이 자식이 이렇게 집요하고 독한 줄을 모를 거 아냐? 아무것도 모르는 순진한 애를 제 입맛대로 키워선 예쁘게 피자마자 한입에 꿀꺽? 에라, 개자식아, 양심에 털 난 놈아."

세진이 태흔에게 주먹질을 했다. 그럼에도 친구이다. 명중이 와인 잔을 들었다.

"일이 이렇게 된 거. 결혼 허락도 받았다니, 여하튼 축하한다. 집요한 순정남의 오랜 짝사랑을 위해!"

세진도 웃음기를 지웠다. 드물게 진지한 표정으로 태흔을 노려보았다.

"은후한테 잘해줘, 인마. 너하고 결혼하면 분명히 안 좋은 뒷소리도 들을 테고 할머니하고의 관계도 달라지는데, 바람막이 해줄 수 있는 사람은 너뿐이잖아."

"계속 잘해준 것 같은데."

"웃기네. 네가 지금껏 은후한테 한 건 잘하는 게 아니고 집착이고 속박이었다."

"어, 그랬나?"

"결혼해 봐. 세상에서 제일 가깝다는 부부지간도 사실은 여전히 남남이다. 숨 쉴 틈도 줘야 하고, 저만 아는 세상 있어. 지금처럼 만날 네 손아귀에만 움켜쥐려고 하다간 며칠 못 살고 짤그락거린다. 그러니 태흔이 너, 은후에 대한 집착이나 독점욕 좀 줄이도록 노력해."

셋 중에 제일 과묵한 편인 명중이 모처럼 태흔에게 충고했다. 연애 십 년. 결혼 삼 년차, 경험자 유부남이 하는 말에 태흔도 묵묵히 듣고만 있다. 독점이나 집착을 좀 줄이라는 말에만 되물었다.

"내가 그랬어?"

"그랬어. 결혼 선배로 충고하는데, 작작이 해. 하루 이틀 살다 말 것도 아니고 네 열정, 네 사랑 좀 아껴. 천천히 태워. 사랑도 총량이 있다더라. 길게 오래 가야지, 단번에 태우지 마. 별로 안 좋아. 연애하고 결혼은 다른 거다."

"내가, 은후에게 좋은 남편이 될 수 있을까?"

세진과 명중이 동시에 태흔을 건너다보았다. 늘 자신만만하고 당당해 보이던 친구의 눈 속에 그림자가 드리워져 있었다. 참으로 의외롭게 그건 두려움이었다.

"난 정말 좋은 연인, 좋은 남편이 되고 싶어. 너희들 말대로 우리 은후에겐 나뿐이니까."

오빠, 연인, 남편, 친구, 그늘, 무엇보다 가족. 그런 것들 전부 합해 그녀의 인생에 스며들고 싶었다. 서로의 존재 말고는 아무것도 가진 게 없는 그들 둘. 서로가 세상 전부이고 보물이고 삶의 전부이고 싶은 거다. 그런 것이 그가 그녀에게 준 사랑. 그녀에게서 받고 싶은 사랑.

"사랑하잖아. 사랑해서 결혼하려는 거 아냐?"

"사랑, 하지. 지긋지긋하게. 미칠 정도로."

"그럼 사랑하는 그 마음만 따라가. 좋은 남편이 될 수 있어. 언제나 오래 참고, 언제나 온유하며 시기하지 않으며, 자랑도 교만도 아니 하며 모든 것 감싸주고 바라고 믿고 참아내면 해결되지 못할 일이 어디 있냐."

성당에 다니는 놈 아니랄까 봐, 명중이 찬송가 가사를 읊었다.

"신부님 김명중이 설교 나왔다, 나왔어. 잔말 말고 스파게티나 드셔. 어때? 와인 한 병 더 딸까?"

"안주가 없다, 자식아."

"냉장고에서 아무거나 꺼내봐. 어머니 다녀가신 지 이틀밖에 안 돼서 먹을 게 좀 있을걸?"

"와인 말고 다른 술 없냐? 이건 마시다 만 숭늉 같아서."

명중이 투덜거렸다. 세진이 코냑 한 병을 들고 왔다. 본격적으로 술자리가 벌어지기 시작했다.

"경제 어렵다는데, 네 회사는 안녕하냐?"

"세계가 다 휘청거리는데 우리만 안녕할 리가 없지. 다만 우린 그동안 사전 대비를 꾸준히 해왔으니까, 상대적으로 바람을 덜 맞는다는 것뿐이야. 내년 상반기까지의 반년이 기회이자 위기가 될 거야."

"이태흔의 능력을 보여주는군. 열심히 해. 나, 연말에 휴가 받았어. 시간 맞춰 놀러 가자. 한동안 못 놀았잖아. 귀찮은 여자들은 다 빼고 우리 셋만. 골프도 치고 요트도 타고."

"안 돼."

태흔이 단호하게 거절했다. 명중과 세진이 태흔을 바라보았다. 일도 열심히 하지만 시간 나면 놀기도 열심히 하는 그가 몸 사리는 건 처음이었다.

"왜? 바쁜 일 끝났다며."

"형님은 연말 결산해야지. 결혼도 해야지. 신혼여행 가야지. 짬이 없다, 이놈들아."

"결혼식 끝나고는?"

"결혼식 후에는 내년 목표 달성을 위해 뛰어야지."

"내년 목표라니?"

"올해는 결혼. 내년은 아빠가 목표야. 본격적으로 아기 만들어야 해. 네놈들이랑 한가하게 놀 시간 없다고 몇 번이나 말해야 해? 둘이 놀아."

태흔은 싸늘하게, 냉혹하게 대꾸했다. 갈 길이 바빠 죽겠는데 영양가 없는 놈들이랑 놀 시간이 어디 있나. 명중이 약간 어이없어하며 비아냥댔다.

"이 자식! 인생이 언제나 계획대로 되디?"

세진 역시 콧방귀를 꼈다.

"완전히 몸이 달았구먼, 달았어. 솔직히 말해. 혹시 은후 벌써 임신시킨 건 아니고?"

"아직은 아닌 것 같은데, 조만간 그렇게 만들어야지. 허니문 베이비가 내 목표라니까."

"얼씨구, 잘 논다. 그동안 어떻게 참았어? 나쁜 놈."

세진이 태흔의 등짝을 내려쳤다.

"어디 한번 물어보자. 은후랑 몇 번이나 했냐?"

"남의 프라이비트 라이프에 왜 그리 관심이 많아?"

말은 무뚝뚝했으나 변함없는 표정과는 달리 그의 귀가 살짝 빨개지고 있었다. 관자놀이에 아주 잠시 붉은 기가 어린 것도 같았다.

"이 새끼 얼굴 보니, 은후 사정 따윈 상관없이 무작정 덤벼들었군."

"작작이 해, 새꺄."

세진과 명중이 동시에 혀를 찼다.

"징그러운 놈."

"짐승이 따로 없다니까."

"남는 건 힘일 텐데, 얼마나 참았겠어? 손 닿는 데 두고 보면서 침만 삼켰을 텐데. 이해한다. 그래그래, 좋을 때다, 자식아."

"정말 양계장 보내주리? 닥치라고 그랬다."

"삼십삼 년 동안 굶주린 건 알지만 예쁜 은후, 아껴줘라. 너 꼴린다고 너무 해대다간 그 자식, 질려서 도망간다."

계속되는 친구들의 놀림에 천하의 포커페이스 이태흔의 얼굴도 어느새 시뻘게져 가고 있었다. 명중의 뒤를 이어 세진이 계속해서 비아냥거렸다.

"흥. 그러거나 말거나, 무작정 해댈 기세로군."

"너무 자주 하면 임신 힘들걸?"

명중도 이제 태흔을 놀리는 데 재미가 들린 것이다. 실실 웃으며 얼토당토아니한 말을 내뱉었다.

그때까지 무슨 말로 찧고 까불어도 반응 따윈 하나 보이지 않던 태흔이 고개를 돌렸다. 빤히 뚫어져라 바라보았다. '대체 그게 무슨 소리야?' 하고 묻는 것 같았다.

"아직 그것도 몰랐냐?"

"이 자식아, 곧 결혼할 거면 부부생활 기초 뭐, 그런 것 공부 좀 해야 하는 것 아니냐. 무식한 놈."

유부남 명중보다는 그 방면의 경험이 천만 배는 풍부한 세진이 한심하다는 듯이 혀를 찼다. 태흔의 눈빛이 번쩍였다. 이 자식, 진지하구나. 명중과 세진이 속으로 킬킬거리면서도 꾹 참았다.

"적당한 금욕을 해야 임신에 유리하단 건 의학서에도 적혀 있어. 정말 아버지가 되고 싶으면 좀 절제해라, 이태흔."

명중이 엄숙하게 진지하게 선고했다. 피부과 돌팔이이기는 하지만 의사인 명중이 한마디 하니, 이건 바람둥이 세진의 말보다 천만 배는 무게가 잡혔다.

"얼마나? 어느 정도 간격을 띄워야 임신이 잘되는 건데?"

"사나흘에 한 번 정도. 원래 남자들 횟수는 나이에 비례한대잖아. 십대는 매일. 이십대는 이틀에 한 번. 삼십대는 사흘에 한 번."

"사흘에 겨우 한 번?"

태흔이 끔찍하다는 듯이 소리쳤다.

"말이 돼? 결혼해서 그것밖에 못 한다고? 그거 먹고 어떻게 살아?"

"체력 관리해야지. 태흔아, 그 정도면 적당한 것 같은데."

세진이 꼴랑거리며 태흔의 눈치를 실실 살폈다. 태흔이 좌절의 신음을 내뱉었다.

"내가 번데기인 줄 알아? 사흘에 한 번 하고 만족하게? 난 결혼하면 매일 밤마다 그 자식 안아줄 작정인데. 지금도 우린 같이 잤다 하면 하룻밤에 세 번은 기본이야."

명중과 세진이 자지러졌다. 끄악, 게거품을 물었다. 손가락 세

개를 펴 보였다. 경악과 질투로 부들부들 떨며 기어코 확인했다.

"세 번? 진짜?"

"어."

"할 때마다 연속으로?"

"거의."

명중이 넥타이를 풀었다. 세진도 찬물을 마셨다.

"그, 그게 가능하디?"

"난 걔만 보면 미치는데 어쩌라고."

"으으, 절륜한 놈. 은후가 순순히 받아주던?"

"안 받아주면 어쩔 건데?"

"비리비리한 그 녀석이 짐승 체력인 널 다 감당해 준다고?"

"어."

"캬하! 너희 둘, 환상의 커플이로구나."

"나도 그렇다고 생각해. 우리 은후, 낮에도 예쁜데 밤엔 더 예뻐. 진짜 죽여줘."

너무나 아무렇지도 않게 대답하는 태흔을 바라보며 세진과 명중이 이를 갈았다.

"이 새끼, 진짜 재수없지 않냐? 지금 자랑질 중인 거지?"

"아마도. 확 파묻어 버리고 싶다."

세진이 정말 재수없다는 듯 인상을 팍팍 쓰며 태흔을 야렸다. 고춧가루 뿌리듯이 마구 비웃어주었다.

"이렇게 껄떡대던 네놈이 집에서 쫓겨나서 그 예쁜 녀석에게 손도 못 대게 되었으니 오죽할까?"

"괜찮아, 한 번은 봐주자고. 메뚜기도 한철이야. 나도 신혼 땐 그랬으니까. 한참 불붙어 연애질할 때니까. 이해한다."

"웃기네, 새끼. 공부에 치여선 일주일에 한 번도 안 해준다고 재인이가 이혼할까 말까, 징징거리던 거 아직도 기억하거든."

세진이 이번에는 명중을 공격했다. 오랜 친구 사이란 것은 이럴 때 곤란하다. 둘만 아는 부부지간 시시콜콜한 사생활까지 공개되기 때문이다. 다 아는 사실을 정통으로 공격당한 터라 명중이 얼른 말을 바꾸었다.

"마, 그게 아니고 연애 처음 할 때!"

"김명중, 니 체력에 아무리 용써도 하룻밤에 세 번은 아니라고 본다."

"했다고. 그런 때 있었어!"

"언제?"

"재인이랑 처음 했을 때."

"그러니까 언제 어디서? 구체적으로 뱉지 못하면 다 구라야, 너."

잠시 명중이 눈을 굴리며 망설였다. 여기서 입 다물고 말면 평생 밤일조차 제대로 못 하는 남자가 되고 만다. 사내 자존심상 절대로 넘길 수 없는 중대한 문제였다. 결국 비장한 결심을 한 얼굴로 고백했다.

"대학 입학식 날. 신촌 호텔에서. 그날 세 번 했다."

"이 새끼, 뭐야? 너, 우리 몰래 스무 살 때 재인이랑 미리 사고 쳤다는 말이냐?"

세진이 버럭 소리쳤다. 태흔도 경악하여 명중을 노려보았다. 동시다발로 비난의 공격을 쏟아부었다.

"얌전한 놈이 부뚜막 먼저 올라간다더니."

"순결이 어쩌느니, 순수 총각 어쩌고저쩌고 하며 난리 치더니? 너 이 새끼, 이리 와. 죽었어!"

입 한 번 잘못 놀린 바람에 애꿎은 명중이 세진과 태흔에게 주먹질을 당한 비극의 밤이 깊어가고 있었다.

태흔이 세진의 집에서 온갖 수모를 당하며 빌붙고 사는 동안 은후는 계속해서 앓았다. 처음에는 긴장성 발열이라고 했는데, 혹한이던 마음이 풀리니 몸이 따라 풀렸다. 지독한 감기몸살이 덮쳤다. 끙끙 앓으며 일주일이나 자리보전을 하고 누워 있어야만 했다.

눈이 제대로 떠지지 않았다. 머리가 두 개로 쪼개지는 두통은 가라앉았지만, 꼭 누구에게 두드려 맞은 듯한 근육통이며 목이 아픈 증상은 계속되었다. 그럼에도 며칠 독하게 앓고 나니, 슬슬 회복되어 가는 듯했다.

조용한 방에 똑똑 링거액 떨어지는 소리만 들리는 늦은 아침이었다. 커튼 너머로 햇살이 가늘게 새어 들어오고 있었다. 멍하니 허공을 응시했다. 오늘쯤은 기운 차려 일어나야지 마음먹었지만, 몸이 움직여지지 않았다.

"우리 은후, 일어났니?"

문밖에서 진 여사의 인자한 목소리가 들려왔다. 은후는 억지로 몸을 일으켰다.

"네, 할머니."

진 여사가 직접 보약 대접을 들고 들어왔다. 침대 가에 앉아 파리한 이마에 손을 댔다.

"쯧쯧. 아직도 따끈하다, 우리 애기. 이렇게 계속 열 올라서 어쩌누. 이번 감기가 여간만 독해야지."

"죄송해요, 할머니. 만날 아프고 걱정 끼쳐 드려서 민망해요."

잔뜩 잠긴 목소리로 사죄했다.

"원, 별소리를 다 해. 아프고 싶어서 아픈 사람이 어디 있을까? 지금 네가 심신이 다 허해서 그렇다. 이왕 아픈 거 끝까지 앓자. 그리고 훌훌 털고 일어나야지. 새 기운 차려야지."

"그럼요."

할머니가 일부러 한약방에 나가서 맞춰오신 약이다. 진저리를 치면서도 쓴 약을 단숨에 삼켜냈다. 감사하고 귀하여 한 방울도 허투루 흘릴 수가 없었다.

"할머니, 그런데 전 오빠가 걱정돼요. 집 나가서 어디에 머물고 있대요? 저 때문에 쫓겨난 것 같아서 미안도 하고요. 만날 출근하는 사람이 양복이랑 와이셔츠랑 어떻게 갈고 다니나 모르겠네요."

속이 없는 건지, 아니면 너무 속이 좋은 건지 알 수가 없다. 태흔에게 끌려 다니며 모진 꼴 당한 것도 모자라서 그놈에게 쫓겨나는 생고생을 한 후 그 후유증으로 지금껏 앓고 있는 처지면서, 오지랖 넓게 태흔을 걱정하는 은후를 두고 진 여사가 눈을 흘겼다.

"그 꼴 당하고도 그놈 일이 궁금하냐? 나 같으면 너무 미워서 와작와작 씹어 먹고 싶을 거다."

"그게 제 문제 같아요, 할머니. 어떤 일을 당한다 해도, 모진 말 듣고 내쳐진다 해도 오빠가 미워지지 않는걸요."

"에고, 참말 마음도 넓지. 하지만 이건 마음이 넓은 게 아니라 멍청한 거다, 인석아."

진 여사는 은후더러 속없다고 타박했다. 그럼에도 솔직히 한편으로는 이만하기 다행이다, 태흔을 제 사내로 받아들이기로 작정했구나 싶어 안도감을 느꼈다.

남녀지간, 부부로 사는 일은 그저 좋다 하는 마음, 익숙한 사람에 대한 감정으로만은 힘든 것이다. 한쪽은 펄펄 끓어 미친 짓까지 저지를 만큼 열렬한데 한쪽은 억지로 사는 거라면 그 결혼은 행복할 수가 없다. 좋은 결과를 가져오기 힘들다는 것을 진 여사는 세상 오래 산 어른의 연륜으로 알고 있었다. 어쩔 수 없이, 마지못해 혼인을 받아들이기는 했지만 은후가 태흔을 계속 꺼려하고 두려워하면 어쩌나, 결혼을 시키지만 둘이 행복하지 못하면 어쩌나 홀로 근심을 하고 있었다.

진 여사가 이 세상에서 가장 사랑하는 두 사람이다. 어찌하든 행복했으면 싶은 두 아이가 부디 가능한 한 빨리 서로에게서 평화와 안식과 진정한 사랑을 발견해 주기만을 바랄 뿐이었다. 그러한 속내를 갈무리하면서도 진 여사는 짐짓 더 엄하게 다짐했다.

"네가 그놈을 용서하는 건 용서하는 거고, 잘못한 건 잘못한 대로 벌을 받아야지."

"그래서 계속 바깥에서 떠돌게 내버려 두실 참이세요? 너무하세요."

"너무하기는. 그놈이 너한테 한 짓만 생각하면 내가 아주 자다가도 벌떡 일어나는데! 한동안은 벌줄란다. 너도 다시는 태흔이 역성들 생각 마라. 일단 그놈이 제 주변 정리를 어떻게 하나 두고 볼 거야. 흡족하게 깨끗이 처리하고 돌아오면 받아줄 거고, 그러지 못하면 결혼? 어림없어."

진 여사가 몸을 일으켰다. 링거액 양을 조절해 주고 당부했다.

"우리 은후 닭 좋아하지? 오골계 한 마리 사왔다. 흑삼이랑 푹 끓여서 다 먹고 기운 내자꾸나. 빨리 일어나야 집 공사 마무리도 같이 돌아볼 거고, 우리 둘이 손잡고 다니면서 가구도 볼 것 아니야? 김장도 해야 하는데, 우리 애기가 이렇게 누워만 있으니 할미가 영 재미없다.”

“빨리 일어날게요. 약속드려요.”

미소 짓는 눈길로 방을 나가는 진 여사를 배웅했다. 방문이 닫히자마자 은후는 돌아누웠다. 한 손으로 염치없는 얼굴을 가려버렸다. 진 여사는 들을 수 없는 다짐을 힘겨이 토해냈다.

“할머니. 저, 있는 힘을 다해서 꼭 오빠를 행복하게 만들어줄게요. 제 몸이 부서진다 해도 오빠를 위해서 살게요. 맹세해요.”

예술관을 나와 갈 데가 없었다. 태흔의 세상을 피해 어디로든 사라져야 한다면, 마지막으로 인사는 마쳐야 할 분이 기억났을 뿐.

할아버지의 산소 앞에서 무릎을 꿇고 수없이 빌었다. 들을 수 없는 분께, 영혼이마나 오신다면 들어주시기를 바라며 신정으로 눈물과 함께 사죄하고 고백했다.

죄송하다고, 잘못했다고, 그럼에도 태흔을 사랑한다고. 무참한 기억을 지우고 그를 거리낌없이 사랑하고 싶다고. 용서받지 못할 연정을 고백했다.

설마 그곳까지 태흔이 찾아오리라곤 예상하지 못했다. 그러나 그는 그곳으로 왔다. 은후를 찾았다. 그가 가만히 뒤에서부터 안아왔을 때, 세상에서 가장 든든하고 믿음직한 팔이 추위와 절망으로 떨고 있는 여린 몸을 단단히 잡아주고 지탱해 주었을 때 은후는 다시 태어난 것이나 다름없었다.

기적. 너무나 간절한 희구(希求)에 대한 응답이었다. 하늘에 계신 할아버지의 용서 같았다. 사랑해도 된다고, 그동안 둘은 충분히 벌을 받았으니 이제는 남김없이 사랑만 하라고 인정해 주신 것처럼 느껴졌다.

그리고 할머니 입을 통해서, 사실은 할아버지께서 그들의 마음을 짐작하고 있었고, 정식으로 고백했다면 흔쾌히 축복해 주셨을 거란 말을 들었다. 깊게 묻힌 채, 해가 갈수록 썩어선 그녀를 멍들게 하고 고통스럽게 하던 죄책감과 두려움의 사슬은 희석되었다. 이젠 사랑을 축복받고 있었다.

어찌하든 맺어질 사이였던 거다. 서로에 대한 사랑이라는 늪에서 빠져나올 수 없는 수인(囚人). 같이 파멸의 지옥에 떨어지더라도 서로의 손을 놓지 못하는 이 지독한 운명. 그런 바보 같은 사랑에 사로잡힌 그 사람, 그리고 그녀.

'난 바보지만 그 사람도 나와 똑같은 바보인걸.'

서로밖에는 보지 못하는 바보. 서로만 있으면 세상 전부를 다 가졌다고 믿고 마는 바보. 다시는 사랑하지 않는다 해놓고 십 분도 채 지나지 않아 서로를 찾아 세상 끝까지 찾아다닐 수밖에 없는 우리들. 그렇게 사랑한다. 그렇게 사랑받고 있다. 서로를 위해서라면 죽는 일조차 두려워하지 않는 우리인걸.

'할아버지, 할머니. 사랑해 주신 은혜, 잘못마저도 용서해 주신 은혜, 갚을게요. 어찌하든 오빠 행복하게 해주는 것으로 갚을게요. 최선을 다할게요.'

베개 옆에 놓인 휴대전화가 움직였다. 태훈이었다. 여전히 가라앉은 은후의 목소리를 듣자마자 걱정하는 기색이 역력했다. 다짜고짜 역정을 냈다.

[목소리가 왜 그래? 혹시 할머니가 언짢게 꾸지람 하셨어?]

"아니야."

[거짓말하지 마. 목소리가 잠겼어.]

"막 일어나서 그래. 아직도 목 부은 게 가라앉지 않아서 그런 걸, 뭐. 괜한 걱정이야, 오빠."

[그래. 알았어. 걱정 안 할게. 거짓말이라도 좋다. 울지 마. 너 울면, 나 못 참는다. 알지?]

널 억지로 잡은 거, 널 유혹한 거, 널 잊지 못하고 집착한 거. 그래서 이렇게 꽁꽁 묶어놓은 거. 우린 함께 있어야 행복하다고 믿어 시작한 일인데, 네가 불행하면 억지로 잡은 날 용서할 수 없을 거야. 평생 동안.

침묵으로 전해지는 그 사람의 마음. 그대로 만져졌다. 잡혔다. 사무쳐서 그만 울게 만들었다.

울지 말라고 하면서 만날 그가 울린다. 바보. 이렇게 다정하게 말해주면 지금보다 더 많이 사랑하고 말아. 지금도 충분히 벅찰 만큼 사랑하는데, 여기서 더 사랑하면 그녀의 작은 심장은 터지고 말 것이다.

[해가 중천인데 지금 일어났다니. 잠꾸러기. 하긴 푹 자야 빨리 낫지. 입맛은 없을 테지만 뭐라도 좀 먹었니?]

걱정해 주는 그의 목소리는 또 다른 키스. 그리워서 목소리만 들어도 옮게 배는 눈물을 핥아먹는 습자지. 은후는 홀로 한껏 행복한 미소를 지었다. 태흔이 보면 기뻐 콧노래라도 부를 만큼 예쁜 미소가 오랜만에 꽃다발처럼 은후의 입술을 장식했다.

"할머니께서 오골계 삼계탕 해주신대. 많이 먹고 기운 차려야지."

[그래, 빨리 기운 차려서 나 좀 보러 와라. 많이 보고 싶다, 우리 은후.]

"나도. 오빠 보고 싶어 미치겠어."

[혹시 할머니께서 날 집으로 부르겠다는 말씀은 없으시던?]

"그거 의논드렸는데, 오빤 벌받아야 한대. 나더러 편들지 말라고 역정 내셨어."

[제길. 아주 날 피 말려 죽이시려는 거군.]

태흔이 좌절하여 한숨을 내쉬었다. 아마도 책상에 머리라도 박고 있는 건 아닐까? 아까처럼 예쁜 미소가 은후의 입술에 송알송알 맺혔다. 이제 태흔은 은후의 천국이었다.

"미안해. 나 때문에 오빠만 괜히 수모당하네, 그치?"

[널 위해서라면 더한 일도 감당하겠지만 말이지, 지척에 있으면서도 못 만난다는 건 너무 잔인한 일 같다? 겨우 결혼 허락 받았는데 손끝도 하나 못 대고. 아, 짜증 나. 환장하겠다.]

은후는 잠시 궁리했다. 한동안 신경 써주지 못했던 애견 핑계를 대면 할머니께서 잠시의 외출은 허락하실 것 같았다.

"있잖아, 오빠. 나 내일 오후쯤에 돌쇠 보러 잠시 나갈 건데."

[정말? 나와도 괜찮겠니?]

"뭐, 멀리 나가는 것도 아니잖아."

[몇 시쯤 나올 거야?]

"오후 두 시쯤."

[잠깐만. 스케줄 표 좀 보고…….]

이내 태흔이 좌절 서린 한숨을 내쉬었다.

[젠장. 임원회의 잡혀 있다.]

"나오기 힘들어? 우리 못 만나는 거야?"

[그럴 것 같다.]

그럼 어쩌지? 은후는 다시 궁리했다. 태흔이 그녀를 보고 싶어 하는 것만큼, 아니, 그 이상으로 그녀도 그를 보고 싶었다. 그리워서 가슴이 빠개질 것만 같았다.

"오빠 가방 하나 들고 나갔다면서? 셔츠랑 양복은 어떻게 하고 있어? 만날 같은 옷 입고 출근하는 거 아냐? 내가 회사로 챙겨다 줄까?"

[그래 주면 감사하지. 꼭 필요한 건 임 비서가 집에서 가져다도 주고, 사다 나르기도 하는데, 좀 그렇다. 코트랑 구두도 새로 바꿔와야 하는데. 만날 임 과장더러 심부름시키기도 그렇거든. 임 과장, 아, 정말 짜증 나. 그 여자. 진짜 스토커야. 눈치는 또 얼마나 빠른지 말이지. 내가 집에서 쫓겨난 거 회사에 소문 다 났어.]

"내가 내일 할머니 허락받고 구두랑 코트랑 챙겨서 회사로 갈게. 속옷이랑 양말도 필요하지? 나 맛있는 거 사줘. 오빠랑 같이 있으면 밥맛 날 것 같아."

[그러자. 뭐 먹고 싶니?]

"가이세키 요리 먹고 싶어. 한동안 우울하게 살았으니까 이젠 기분 좋게 지내야지. 예쁜 거 먹을래."

[그래. 모리에 예약해 놓으마. 내일 보자.]

이대로 끊을까, 잠시 망설이다가 은후는 수줍게 요청했다.

"그리워, 키스해 줘."

수화기 안에서 태흔이 피식거리는 소리가 들렸다.

[예쁘다, 은후. 그래. 오천만 번쯤 키스해.]

이내 날아온 문자 한 통. 액정 화면 속에서 꽃을 든 소년이 발갛게 볼을 붉힌 소녀에게 키스하고 있었다. 분홍빛 하트가 수없이 하늘로 날아가고 있었다.

은후는 태흔이 보내준 키스 위에 가만히 입 맞추었다. 몇 번이고 몇 번이고 되풀이하여 그녀도 키스했다. 그가 전해준 사랑의 따뜻한 향기는 아주 진했다. 초록빛 여운이 되어 아주 오래도록 곁에 머물러 있었다. 이 밤만 지나면 거뜬하게 일어날 것만 같다.

은후와의 오랜 통화를 마친 후 태흔은 미간을 찡그렸다.

귀양살이 일주일째. 오천만 번이 아니라 백억 번을 되풀이한다 해도, 수화기로 나누는 가짜 키스 따윈 헛것이었다. 불타는 욕망이나 깊은 그리움을 해갈하기에는 터무니없는 수준이었다. 그에게는 진짜 키스가, 품에 안기는 따뜻한 체온이, 꽃같이 웃는 그 얼굴이 필요했다.

'환장하겠네. 정말 이렇게 한 달 살다가는 세진이 놈 말대로 몸에서 사리 나오겠네.'

어찌하든 빠른 시간 내에 특단의 조치를 취해야 할 것이다. 러시아 출장 이후, 눈코 뜰 새 없이 바빴던 회사 일도 대강 마무리 지었다. 이젠 남은 시크리트 프로젝트를 수행할 시간이다. 태혼은 휴대전화의 번호를 눌렀다.

"이태혼입니다. 좀 만납시다."

[어머나. 어쩌나? 모처럼 자기가 먼저 콜을 해주었는데, 내가 시간이 없네? 석 달, 하고도 열흘은 기다려야 줘야 할 것 같은데?]

세라가 간드러진 목소리로 얄밉게 튕겼다. 태혼은 입꼬리를 추켜올렸다. 망할 여자 같으니. 자신이 유리한 처지를 절대로 놓치는 법이 없단 말이지.

"우리 둘 다에게 좋은 일 좀 해주려고 하는데 본인께서 튕기신다? 좋아요, 그만둡시다. 대신 내일 조간신문은 좀 꼼꼼하게 읽으시길 바랍니다."

[이거, 은근한 협박질? 대체 무슨 짓을 하려고 음산하게 목소리를 깔고 그러시나?]

"승명그룹의 이태혼과 혼담이 오가던 아진의 임세라 이사. 혼전 임신 사실 밝혀져. 이태혼 회장 친자 확인 요청. 뭐, 이런 제목쯤 될까?"

세라의 음성이 갑자기 빙하처럼 차갑게 식어갔다.

[오호라. 우리 함께 치던 사기 행각을 드디어 끝내시겠다는 말?]

"역시 영리하다니까."

[빼도 박도 못 할 정도로 사고를 확실하게 쳤나 보지? 이태흔, 정말 나쁜 남자라니까.]

세라가 더없이 달콤하게 속삭였다.

[좋아요. 내 애인에게 마음의 준비를 하라고 명령하죠. 기다려요, 내가 갈 테니까.]

밤이 이슥할 무렵 세라가 세진의 아파트로 찾아왔다. 태흔의 눈썹 아래 난 붉은 상처를 바라보더니 피식 웃었다.

"확실한 디엔드의 표시로군. 여기에 흉터라도 남으면 더 섹시해 보일 거야. 절대로 박피하지 말아요. 역시 잘생긴 남자는 다쳐도 멋지단 말이지."

그녀가 오만하게 고개를 치켜들었다.

"기사는 내 맘대로 낼 건데 괜찮지?"

"그대 뜻대로."

"내가 당신 먼저 찬 거야. 알지? 당신이 날 찬 거 아니라고. 여왕님은 누구에게든 차이지 않거든."

"당신 자존심에 그게 당연하겠지. 뭐, 상관없어요. 난 이은후 말고는 중요한 게 없으니까."

세라가 태흔 곁으로 한 발자국 다가왔다. 짐짓 유혹이라도 하듯이 망설이지 않고 두 팔로 그의 목을 끌어안았다. 그윽하게 올려다보았다.

"은근히 감사하네. 당신이 망설이지 않고 날 걷어차 줘서 나도 결단하기가 훨씬 쉬워졌어. 하지만 기분도 나빠. 감히 내 유혹에 끝까지 넘어오지 않다니."

"그건 좀 미안하군. 하지만 내 여자 질투가 좀 심해서. 게다가 당신 남자도 그 질투는 만만치 않은 것 같은데? 난 쥐도 새도 모르게 목줄 따일 일은 안 하는 주의라니까."

끝까지 예절 바르고 정중한 태흔의 말에 세라가 야릇하게 웃었다.

"예리하시기는. 좋아요. 마지막이니 솔직해집시다. 쌍방간이기는 하지만 말이야, 당신 나를 잘도 이용해 먹은 건 인정하죠?"

"쌍방 이용이기는 하지만, 뭐, 당신이 역할을 제대로 해준 건 사실이지."

"어쩐지 나한테 빚진 것 같죠?"

"글쎄? 그건 아닌 것 같은데."

"빚진 거 맞아요. 내가 그렇다고 하면 그런 거야. 그러니까 나한테 한 대만 맞아요."

세라가 갑자기 손을 들어 태흔의 볼을 후려쳤다. 졸지에 당한 수모인데, 여자라 만만히 볼 것이 아니었다. 태흔의 볼에 잠시 분홍빛 손자국이 남았다가 천천히 스러져 갔다.

그것으로도 모자라다. 세라가 발을 높이 들어 이번에는 하이힐로 태흔의 발을 아프게 짓찧었다. 이번에는 데미지가 좀 있었다. 포커페이스이던 태흔의 얼굴 위로 약간의 통증이 서렸다.

"망할 인간아, 딴 여자 얻자고 감히 날 이용해? 내가 널 이용해도 너는 그러면 안 되지. 이 수모는 죽을 때까지 잊지 않을 테니 두고 봐. 은후 씨는 내 손아귀에 있어. 당신 대신 두고두고 말려 죽일 거야. 각오하라고!"

정말 두통 생기는 임세라식 감사 표현이었다. 태흔은 그만 피식 웃고 말았다.

"끝까지 잘난 척은. 여하튼 우리 쌍방간에 미안한 일 했다고 생각해."

"은후 씨, 잘해줘요. 이슬 같은 사람이라고. 그런 아가씨를 괴롭히면 천벌 받아."

"아. 그럴 작정이지만. 그건 내 일이지."

태흔은 지갑에서 명함 하나를 꺼내 메모했다.

"파리에 있는 내 아파트 주소. 혼인신고하고 여기로 잠적해 버려요. 누구도 못 찾을걸. 불편함이 없도록 직원에게 다 준비시켜 놓지요."

비행기 표가 든 봉투가 세라의 핸드백에 들어갔다.

"당신 남자를 내일 홍콩으로 보내요. 홍콩 공항에서 우리 직원이 정도경 씨에게 파리로 나가는 표를 건네줄 거요. 당신과 나는 사흘 후에 일본으로 같이 떠날 거고. 명목은 혼전 밀월여행이라고 해둡시다. 난 모르는 일이니, 당신은 나리타에서 바로 파리로 도망가요. 난 느긋하게 온천에서 이틀쯤 놀다가 당신 아버지께 당신이 사라졌다고 전화를 해주지."

"하지만 그땐 난 이미 유부녀가 되어 있을 거고?"

"축하 케이크라도 배달시켜 드릴까? 그럼 다음에. 잘 가요. 행운을 빕니다."

태흔은 세라에게 악수를 청했다. 세라도 태흔의 손을 잡고 시원스레 흔들었다.

"다시 봐요, 자기도 굿 럭!"

25장

현관문이 닫히자마자 진 여사가 혀를 끌끌 찼다. 집을 나서는 은후를 바라보는 시선이 썩 곱지만은 않았다.

"하루 더 쉬지, 꼭 고집을 피워. 그렇게 앓아놓고 기운 좀 난답시고 홀라당 일어나선 나가요. 저러다 또 드러눕지."

"놓아두세요. 근 일주일이나 집에 갇혀 있었는데, 답답도 할 거예요. 편안하게 차 타고 왔다 갔다 할 텐데 왜 걱정하세요."

"태흔이 만나서 옷만 주고 바로 데리고 오라고 김 과장에게 당부했지?"

"그러믄요."

대답은 하는데 돌아서는 나주댁의 표정은 좀 찔리는 것이었다. 남편더러 눈치 봐서 둘만 남겨놓고 슬쩍 빠지라고 일러두었기 때문이다.

"아픈 애 데리고 또 허튼수작을 하기만 해, 녀석. 가만두지 않을 테니."

혼잣말처럼 다짐하며 진 여사가 중단한 먹물 갈기를 시작했다. 그녀 앞에 모과차 한 잔을 놓아주며 나주댁이 모르는 척 한마디 역성을 들었다.

"어찌 되었든 결국 혼인시키실 거잖아요. 사이 좋아져라 하셔야죠. 아무리 그래도 회장님을 쫓아내신 건 좀 너무하신 일 같네요, 저는."

"혼인시킬 때는 시키더라도 그놈 약은 좀 올려줘야지. 그동안 말짱하게 내 눈 속이고 제놈 하고 싶은 대로 하고 다닌 죄는 벌받아야지. 자네도 자꾸 태흔이 역성들 생각 마. 자네도 은후도 그놈 편만 드니까 그놈이 그렇게 안하무인에 기고만장이 된 거야. 이 기회에 아주 버릇을 고쳐 놔야지."

진 여사가 새삼스레 투지를 다짐하고 있는 그때, 은후는 성북동 개들을 맡겨둔 애견 호텔로 가고 있었다. 마침 마님이 이 주일 전에 강아지 네 마리를 낳았기에 그것도 궁금했다.

그녀가 차에서 내리자마자 맞춤하여 택시가 한 대 와 멎었다.

"아줌마!"

빨강 코트에 모자를 쓰고 목도리로 얼굴 절반을 친친 감았다. 눈만 빼꼼 보이는 아이가 튀어나왔다. 은후 다리에 매달렸다. 여기서 만나자 약속한 민주였다.

"정말 진돗개 볼 수 있어요? 정말 엄청 커요? 그런데요, 진돗개가 결혼했어요? 강아지 낳아요? 아, 나도 강아지 키우고 싶은데. 진짜 귀여운데. 예전에요, 할머니가 개 한 마리 데려왔는데요. 아빠가 먹어버렸대요. 진짜 속상해서 울었는데. 아줌마, 나도 아기 강아지 한 마리 줄 수 있어요? 정말 예뻐할 텐데. 그런데 돌쇠가 남자예요?"

그 짧은 시간 동안 어쩌나 말을 많이 하는지 듣는 은후가 숨이 찼다. 그만큼 흥분하고 즐거워하고 있다는 뜻이었다.

"여기 온다고 어젯밤에 잠도 안 잤다니까요. 여섯 시에 벌써 일어나서 옷 다 입고 지금까지 기다렸답니다. 민주, 못써. 선생님 힘들게 했어."

다가온 보육교사가 민주의 머리를 콩콩 쥐어박는 시늉을 했다. 살그머니 혀를 내밀고 웃어버리는 아이의 얼굴에 즐거운 홍조가 돋아 있었다. 차가운 놀이방에서 홀로 앓고 있던 은후를 밤 내내 껴안고 있었다는 이 아이. 그 덕분에 은후처럼 며칠 호되게 앓았다지. 해쓱해진 얼굴 앞에서 괜히 미안하다. 태흔이 그녀를 찾아 할아버지 산소로 오게 된 것도 민주 덕분이라는 말을 전해 들었다. 그러니까 이 앤 은후의 사랑의 수호천사였다.

은후는 벙어리장갑을 낀 작은 손을 꼭 잡았다.

"먼저 돌쇠랑 마님 만나서 놀다가, 맛있는 초콜릿이랑 과자도 먹고, 그런 다음에 민주가 키울 강아지 고를 거야."

"우왓! 나, 강아지 생겨요? 정말요? 선생님, 저 강아지 키워도 돼요?"

"그럼, 키울 수 있고말고. 원장님께 허락받고 왔어. 대신 민주가 잘 돌볼 수 있지?"

"넵!"

대답이 힘찼다. 단단히 각오한 듯 눈이 반짝반짝 빛나고 있었다.

오랜만에 주인을 본 돌쇠가 미친 듯이 꼬리를 흔들며 달려왔다. 세 사람을 사이에 두고 빙글빙글 돌았다. 은후는 돌쇠의 목털을 한껏 문질러 주었다. 아빠가 되어서 그런지 녀석은 한결 늠름해진 것 같았다.

"돌쇠, 앉아! 나오셨습니까?"

사육사가 다가오며 명령했다. 그 말을 듣자마자 돌쇠가 딱 주저앉았다. 역시 명견의 기품이 다른 것이다. 사육사가 모자를 벗었다. 은후는 마주 미소 지으며 묵례를 했다.

"고생하시죠? 그동안 좀 바빠서 애들을 보러 나오지 못했어요. 마님이 새끼 낳았다고 해서 구경 왔는데, 강아지 좀 볼 수 있어요?"

"그럼요. 이리로 오십시오. 새끼는 사이좋게 암수 두 마리씩입니다. 참, 어제 회장님께서도 잠시 나오셔서 보고 가셨습니다."

사육사가 앞장을 섰다. 출산을 한 개들이 머무는 우리로 일행을 안내해 주었다.

"마님이 낳은 애를 한 마리 분양하려고 하는데, 아무래도 지금은 너무 이르죠?"

"네, 그럼요. 아무래도 두어 달은 지나야죠. 일차 예방 접종까진 끝내고 보내는 게 좋습니다. 어미젖을 한껏 먹은 애가 면역력도 좋거든요."

"으아, 아줌마, 나 그럼 오늘 강아지 못 데려가요? 으아, 당장 데리고 가고 싶은데."

민주가 발을 동동 구르며 앙탈했다. 맛난 과자를 막 삼키려던 직전에 빼앗긴 얼굴이었다.

"들어봐, 민주야. 마님이 낳은 강아지는 진짜 용맹한 진돗개거든. 사람들이 다 탐을 내는 강아지지. 그런데 지금 당장은 데려갈 수가 없어. 만약 네가 오늘 강아지를 데려가고 싶다면 마님 아기 말고 다른 강아지를 데려가야 하는데, 어떡할래?"

"나는 당장요! 당장 강아지 데려가고 싶어요, 아줌마."

안달하는 아이더러 참으라는 이야기는 너무한 건가. 결국 은후는 마님의 강아지 대신 태어난 지 석 달 접어든다는 귀여운 슈나이저 한 마리를 민주에게 선물하기로 했다. 길고 하얀 눈썹이 꼭 산신령처럼 보이는 강아지를 안고 아이는 좋아서 어쩔 줄 몰라 했다. 몇 번이고 보드라운 강아지 머리에 뽀뽀를 하던 아이가, 새카만 눈을 뜨고 사육사에게 약속했다. 의지가 충만한 얼굴이었다.

"저기요, 이 강아지요. 엄청 예뻐하고 진짜 잘 키울 건데요! 절대로 아저씨들이 먹지 않도록 잘 지킬게요."

"그래, 고맙다. 이놈은 그다지 크지 않아서 아저씨들이 먹자고 해봐야 한 그릇이나 나올까? 탐내지는 않을 것 같다만 말이다. 잘 지켜. 혹시 강아지 훈련시켜야 하면 이리 데려와. 아저씨가 버릇 잘 가르쳐 줄게."

사육사가 웃음을 참지 못하면서도, 아이 앞이라 진지하게 대답했다.

"넷! 그런데요, 아저씨. 나도요, 나중에 아저씨처럼 강아지 키우는 사람 될 수 있어요? 아저씨, 진짜 멋져요."

"그럼. 당연히 그렇게 될 수 있지. 나중에 네가 어른이 되면 강아지 키우러 오너라."

"그런데 민주야, 강아지 이름을 지어야지. 자, 춥다. 들어가서 강아지 이름 정하면서 과자도 먹고 초콜릿도 마시자."

은후는 강아지 바구니를 들고, 민주는 강아지를 안고. 일행은 휴게실로 걸어가기 시작했다.

“얘가 여자예요, 남자예요?”

“암컷일걸.”

“그러면 나, 얘를 공주님이라고 부를 거예요.”

재잘재잘 한시도 쉬지 않고 종알대는 아이의 볼에는 기쁨의 홍조가 가득히 묻어 있었다. 보육교사가 아이의 머리를 쓰다듬었다.

“우리 민주 신났네.”

“정말 신나요. 내 생일날 같아!”

간식을 먹고, 은후는 민주를 데리고 같은 건물 안에 있는 애견샵으로 갔다. 민주가 가져갈 수 있게 개줄이랑 개껌이랑 귀여운 개집이랑 고르게 했다. 그러는 동안 어스름이 천천히 내려오고 있었다. 보육교사가 손목시계를 보았다.

“자, 이제 돌아갈 시간입니다.”

“아줌마랑 더 놀고 싶은데. 헤어지는 거 싫은데.”

내내 방글거리던 아이의 얼굴이 살짝 흐려졌다.

“다음에 또 만나면 되지. 며칠 있다가 아줌마가 우리 민주가 얼마나 공주님을 잘 돌보나 보러 갈 거야.”

“정말요?”

“그럼. 그때 또 실컷 놀자.”

“네!”

“잘 가, 민주야. 마지막으로 뽀뽀.”

은후는 볼을 내밀었다. 방그레 웃던 아이의 보드라운 입술이 볼에 닿았다. 은후도 두 팔로 아이를 꼭 끌어안아 주었다. 아이가 그녀의 온기를 충분히 느끼도록. 예전에 할머니와 태흔이, 또 할아버지가 어린 은후에게 그러했듯이. 외로움 따윈, 추위 따윈 금세 녹아 사라질 만큼 아주 꼭, 오래도록. 찰랑찰랑한 머리카락 위에도 다정하게 뽀뽀해 주었다.

강아지가 든 상자를 안고 민주가 택시에 올라탔다. 창에 얼굴을 붙이고 바이바이를 했다.

"아줌마, 사랑해요!"

"나도 민주 많이많이 사랑해. 잘 가. 안녕."

택시가 떠나고, 은후도 차에 올라탔다. 안달 난 그 사람의 전화는 벌써 두 번째였다. 왜 아직 도착하지 않느냐고, 어디만큼 왔느냐고, 빨리 오라고 재촉하고 있었다.

차가 회사 앞에 도착했다. 태흔이 회사에서 갈아입을 묶인 셔츠 세 개와 양복 두 벌이 든 헝겊 주머니를 챙겼다. 구두가 든 종이가방까지 들고 차에서 내렸다.

넓은 비서실은 텅 비어 있었다. 임슬이 과장만이 혼자 책상 앞에 앉아 열심히 워드 작업 중이었다. 들어서는 은후를 반갑게 맞이해 주었다.

"어서 오세요, 은후 아가씨. 들어가세요. 회장님, 혼자 계세요."

"네. 그런데 다른 분들은 어디들 가셨어요? 같이 드시라고 홍복만두 사왔는데. 마침 출출할 시간이잖아요."

은후는 강남의 명물인 왕만두가 든 빨강 종이 가방을 임 과장에게 밀어주었다.

"어머나, 고맙습니다. 만날 죄송해요. 내일 아침에 행사가 하나 있거든요. 박 이사님과 다른 직원들은 준비하러 내려갔구요, 저는 임원회의 자료를 만들어야 해서 빠졌네요."

“그렇구나. 다들 많이 바쁘시네요.”

“이럭저럭 연말이니까요. 실적 보고도 있고, 다면 평가도 있고 연봉 협상 시기이기도 하고. 다들 싱숭생숭할 때죠. 그런데 많이 아프셨다면서요? 이젠 좀 괜찮으세요?”

“그런 소문은 어디서 들으셨대요?”

“회장님이 걱정 많이 하신걸요. 만날 아프다고, 속상하시다고요.”

“환절기라 감기가 좀 심하게 들었을 뿐인걸요. 이젠 괜찮아요. 임 과장님은 오빠 뒷수발하느라 고생하시죠?”

“고생은요. 제가 할 일인걸요. 그런데 왜 회장님은……?”

멀쩡한 집을 놓아두시고 친구 집에서 출근을 하시는 겁니까? 왜 그 헌칠하고 수려한 얼굴에 상처가 난 겁니까? 어찌하여 그 중요한 러시아 출장까지 작파하고 돌연히 귀국하신 겁니까?

목구멍까지 올라온 말을 꿀꺽 삼키며 임 과장은 혀를 깨물었다.

묻고 싶은 이야기는 많고 많은데 그녀가 묻는다고 해서 은후 아가씨가 대답을 해줄 것도 아니고, 그녀 또한 그러한 질문을 할 위치가 아니라는 것을 다시 한 번 자각하며 한숨을 쉬었다. 〈보스 짱〉의 열혈 간사이자 회장님의 질긴 스토커인 그녀로서도 풀 수 없는 수수께끼인가. 한숨을 쉬며 문을 열어주었다.

“오빠.”

창가에 서서 전화를 하고 있던 태흔이 고개를 돌렸다.

일주일 만에 보는 그리운 사람의 모습. 순간 둘은 동시에 잠시 세상을 잊었다. 태흔은 자신이 지금 통화 중이라는 것을, 은후는 등 뒤로 손을 돌려 문을 닫아야 한다는 것을 까마득히 망각했다.

그 자리에 선 채 서로를 가만히 바라보기만 했다.
미소만 나누며.
그저 그것으로, 충분했다.
"왔어?"
"응."
"몸은?"
"이제 괜찮아."
"그래."
다시 또 미소. 태흔이 손가락으로 소파를 가리켰다.
"잠깐만. 나 통화 좀 끝내고."
"응."
태흔이 창가 쪽으로 다시 몸을 돌렸다. 통화를 계속했다.
"다시 생각해 볼 문제입니다. 전 세계 경제가 지금 전부 다 어려운데 우리가 실적이 좋다고 해서 성급하게 '사상 최대 성과급' 이따위 설레발을 치는 게 마음에 안 든다는 겁니다. 그런 기사가 나가는 것도 이미지상 좋지 않고요. 상대적 박탈감 아닙니까?"
분명 상대방의 대답이 마음에 들지 않는 거다. 태흔의 수려한 이마에 주름이 졌다.
"아, 물론 매출 상황에 대한 고려를 하지 않는 건 아닙니다. 하지만 타이밍이 좋지 않다는 말이에요. 주변 상황이 다 어려운데 지금 꼭 성과급을 지급해야 하느냐가 문제죠. 게다가 임원들의 장기 성과급도 문제입니다. 분명히 개인 간 온도 차가 생길 것이고, 또 협력 업체나 중소기업과의 격차도 생각 안 할 수가 없죠. 이 문제는 좀 더 시간을 두고 숙고합시다."
상대 쪽에서 여전히 불만스런 이의를 제기하는 게 분명했다.

태흔의 목소리가 조금 더 높아졌다.

"지급하지 말자는 게 아니지 않습니까? 난 기본적 원칙을 말한 겁니다. 내년을 위해 허리띠를 졸라매야 할 분위기라는 겁니다. 고통 분담이라는 뜻입니다. 아직도 제 말을 이해 못 하시겠어요? 좋습니다. 일본 다녀와서 다시 의논합시다."

그가 거칠게 수화기를 내려놓았다. 짜증스럽다는 듯이 혀를 찼다.

"진짜 짜증 나네. 이놈의 머리 굳은 노친네들이 문제야. 도통 남 생각을 안 해. 상황에 따라 원칙이 바뀔 수도 있는 거지."

"왜? 무슨 문제 생겼어?"

"연말 성과급 지급 문제 때문에. 지금 상황이 대놓고 돈 잔치하기는 좀 그렇잖아. 소문 나지 않게 하자는 건데. 젠장, 일도 안 하고 돈만 밝히는 인간들. 내년에 전부 다 확 잘라 버리든지 해야지."

그가 소파로 다가왔다. 괜히 손을 내밀어 은후의 머리를 헝클어놓았다.

"미안. 아직 마무리할 게 남았다. 조금만 기다려 줘. 차 마실래?"

은후는 고개를 끄덕였다. 태흔이 인터폰을 눌렀다.

"임 과장, 밀크 티 두 잔 부탁해요."

태흔은 검정 티셔츠에 청바지 차림이었다. 발목까지 오는 갈색 부츠를 신고 있어 캐주얼한 분위기였다.

"양복 여분이 없어? 왜 청바지야?"

"다 세탁소 보냈다. 입을 게 이거뿐이더라."

"세진이 오빠 옷이라도 빌려 입지."

"슈퍼모델 기럭지가 내게 맞을 것 같아? 게다가 그 자식 옷장에는 하도 요상한 게 많아서 꺼내 입기도 무서워."

"키 차이도 별로 안 나면서. 오빠한테도 잘 어울릴 것 같은데. 여하튼 양복이랑 코트랑 셔츠랑 다 챙겨왔어. 회사 옷장에 걸어 둘 것만 가지고 왔는데, 괜찮지? 나머지는 김 기사 아저씨가 세진이 오빠 집에 갖다 놓을 거야."

"그래. 일단 옷장에 정리해 줘. 난 마무리할게."

태흔이 책상 앞으로 돌아갔다. 임 과장이 밀크 티 두 잔을 가지고 들어왔다. 한 잔은 소파에 앉은 은후에게, 또 한 잔은 태흔의 책상 위에 놓아주고 나갔다.

은후는 헝겊 주머니에 든 양복과 셔츠를 사무실의 옷장에 정리해 주고 돌아섰다. 그 자리에서 가만히 서서 책상 앞에 앉은 태흔의 옆모습을 바라보았다.

그는 차를 마시며 서류철을 뒤적이고 있었다. 모니터를 들여다보며 숫자를 확인했다. 티셔츠 소매를 팔뚝까지 걷어올린 채, 장중한 책상 앞에서 일을 하고 있는 남자라니. 사무실 안의 보헤미안 같았다. 이질적이면서도 동시에 반항적인 분위기도 느껴져 더 섹시하게 보였다.

그를 바라보는 시선을 느낀 것이다. 태흔이 고개를 돌렸다.

"왜?"

대답 대신 은후는 미소만 짓고 말았다.

그가 너무 멋있어서 다시 반해 버렸다는 말을 하자니 낯간지러웠다. 그러나 진실인걸.

처음으로 은후는 좋아서 어쩔 줄 모르는 속내를 드러내고 말았다.

"심장이 두근거려. 오빠가 너무 멋있어서. 다시 반했나 봐, 나."

태흔이 한쪽 눈썹을 위로 추켜올렸다.

"새침한 입에서 그런 말이 나오다니. 안 어울린다."

"그래도 정말 멋있는걸, 뭐."

은후는 소파로 돌아가며 조그맣게 종알거렸다. 가능하다면 그에게 살짝 키스하고 싶었다.

태흔이 눈을 가느스름하게 떴다. 복숭앗빛 환한 얼굴에 대고 나직한 경고를 날렸다.

"너, 자꾸 그러면 지금 바로 덮치는 수가 있다. 나 무진장 발정 난 상태다."

"누가 뭐랬다고. 내가 무슨 말만 하면 만날 징그럽게 받아들여. 나빠."

"몇 시에 들어가야 하니?"

"저녁 먹고 간다고 말씀드려서 겨우 허락받았어."

"그럼 모리 가서 저녁 먹고 아파트에 들를 시간은? 세진이 오늘 부산 가서 내일 오는데. 방해할 사람 없어. 나 미칠 것 같다. 딱 한 시간만 사랑하자."

잠시 옆 사무실에 문서를 전해주고 돌아오던 임슬이 과장의 귀가 쫑긋 섰다. 화들짝 놀랐다.

아까 회장님이 밀크 티를 부탁하신 후, 인터폰을 끄는 걸 잊어버리신 모양이다. 방 안에서 회장님과 은후 공주님이 나누는 적나라한 대화가 그녀의 귀에 들려왔던 것이다.

너무 놀라 임 과장은 본능적으로 인터폰 차단 버튼을 눌러 버렸다. 다행히 비서실이 텅 비어 있었기에 회장님의 비밀스런 대화를 들은 사람은 그녀뿐이었다.

'아니, 이 무슨 경천동지할 스캔들? 회장님과 우리 공주님 사이가 단순한 오빠, 동생이 아니었단 말인가? 같이 자는 비밀스런 연인 관계란 말? 옴마옴마, 웬일이니? 웬일이니?'

경악과 전율의 쓰나미가 임 과장의 전신을 타고 흘렀다. 비서의 본능이자 조건반사적인 행동으로 인터폰 차단 버튼을 누른 자신의 손가락을 잘라 버리고 싶었다. 이런 빌어먹을. 좀 더 들었으면 이 놀라운 사건의 전모를 분명히 파악할 수 있었을 텐데.

그녀는 굳게 닫힌 문을 노려보았다. 저 안에서 설마 두 사람이 열렬하게 키스를 하고 있는 건 아니겠지?

'아냐, 설마가 사람을 잡는 수가 있어.'

상사의 사생활에 관심을 가져서는 안 된다는 비서의 직업윤리와 〈보스 짱〉의 열혈 간사로서 회장님의 시시콜콜한 사생활까지 탐구하고 싶어 하는 강렬한 호기심이 서로 다투었다. 결국 인간의 본능인 관음적 호기심이 승리를 거두었다. 아까의 적나라한 대화를 떠올려 볼 때, 모든 오피스 아줌마들의 로망인 사무실 안에서의 열정적인 섹스까지도 불사할 분위기였는데…….

'대박이다!'

임슬이 과장은 주먹을 움켜쥐고 홀로 부르짖었다. 벌떡 일어났다. 살금살금 발끝을 들고 회장실 문 앞으로 갔다. 귀를 쫑긋 세우고 기척을 살폈다.

만에 하나, 행여 뼈와 살이 타는 붉은색 미음(微音)이라도 들린다면, 이를 어쩌나. 회장님의 사회적 위신과 체면을 언제나 먼저 생각하는 충성스런 비서로서, 그 누구도 근접할 수 없게 사무실 문을 안에서부터 잠가 버려야지. 이는 오직 그를 위한 사전 작업이라고 스스로를 합리화하였다.

그렇게 임 과장이 온몸으로 귀가 되어 문 안을 살피고 있는데, 누군가가 그녀의 등을 툭 쳤다.

"뭐 하세요?"

"엄마야!"

놀라다 못해 거의 기절을 할 정도가 되었다. 소스라쳐 엉덩방아를 찧고 만 그녀 앞에서, 조정미 대리가 더 놀란 표정이 되었다. 어리둥절한 얼굴로 바라보았다.

"뭐 하시냐구요. 이사님이 보고서 다 끝났느냐고 하시는데요."

"다, 다 끝냈지. 그런데, 자기야. 이제부터 제발 기척 좀 내고 살자. 아고, 간 떨어질 뻔했네."

"대체 뭘 하시던 중인데요? 왜요? 지금 회장님께서 노친네 박살 내고 계세요? 안의 분위기 흉흉해요?"

"그런 건 아닌데……. 아, 더 이상 알려 하지 마. 다쳐. 상사의 동정에 대하여 지나친 관심을 가지다간 제명에 못 사는 수가 있다, 조 대리."

그렇게 말하시는 분께선, 섹시 회장님 스토킹질에 밤낮을 지새우시더군요. 심지어 회장님과 동생인 은후 공주님을 한 쌍으로 묶어 게시판에 올림으로써 〈보스 짱〉의 게시판을 뜨겁게 달구어 놓았으면서. 그러한 초(超) 불경한 짓까지 저지르며 회장님의 일거수일투족을 제멋대로 편집하는 망상을 저지르더니, 지금도 분명히 회장님 방문에 귀를 대고 동정을 살피던 눈치면서 만날 나만 가지고 그래. 조 대리가 입을 비죽이면서 자기 자리로 가 앉았다.

조금 후에, 박 이사를 비롯해 남직원들이 들어왔다. 박 이사가 닫힌 문 쪽을 한 번 바라보고, 벽에 걸린 시계를 한 번 바라보았다. 임 과장에게 물었다.

“임 과장, 회장님 아직 퇴근 전이시지?”

“네. 하지만 곧 나오실 것 같은데요. 은후 아가씨께서 지금 사무실에서 기다리고 계세요. 저녁 약속 하셨답니다.”

임 과장의 예측대로 태흔은 일을 마무리하는 중이었다.

마지막으로 전자 결재 버튼을 누르고 서류를 책상 서랍에 밀어 넣었다. 노트북 전원을 껐다. 벌떡 일어나 옷걸이에 걸려 있던 가죽 점퍼를 걸치고 캡을 썼다. 소파에 앉아 책을 읽고 있는 은후 앞으로 다가갔다.

“기다리느라 지루했지? 가자, 끝났다.”

“조금 배고파.”

태흔이 씩 미소 지으며 자그맣게 투정하는 은후의 코를 잡아 흔들었다. 얇은 어깨에 코트를 걸쳐 주었다. 탁자에 놓인 모자도 집어 들어 이마 아래까지 푹 눌러 씌웠다. 은후는 태흔의 소맷자락을 잡았다.

“오빠, 날이 별로 춥지 않으니까, 모리까지 걸어서 가자.”

“그래도 돼? 힘들지 않겠어?”

“데이트하고 싶어. 김 기사더러 모리에 미리 가 있으라고 하면 되지, 뭐.”

“그래.”

태흔과 은후가 문을 열고 나가자, 비서실 직원들이 일어섰다.

“먼저 퇴근합니다. 박 이사님, 기획실하고 의논해서 내일부터 임원들 다면 평가 시작해요. 난 아침에 말한 대로 내일 일본 나갑니다.”

"알겠습니다. 보고 사항은 전화로 하겠습니다."

"그렇게 하세요. 그럼 수고!"

태흔이 은후에게 문을 열어주었다. 윗분께서 나가시자마자, 갑자기 임슬이 과장이 발딱 일어났다.

"이사님, 죄송합니다. 저도 퇴근할게요. 우리 애가 많이 아파서요. 병원 데려가야 하거든요."

바람과 함께 임 과장이 쌩 하니 사라졌다. 박 이사가 퇴근 허락을 하기도 전에 이미 문이 닫히고 있었다. 약간은 어이없어하며 박 이사가 조 대리에게 물었다.

"조 대리, 임 과장 애 고등학생 아니야?"

"그렇죠."

"고등학생인데 병원도 엄마랑 같이 가야 해? 요새 애들 너무 나약한 거 아냐?"

"엄마가 문제 아닐까요? 지나친 과보호 같은데요."

어안이 벙벙해진 비서실 직원들이 수군거리거나 말거나 임슬이 과장은 분연히 사무실을 뛰쳐나가, 엘리베이터 버튼을 눌렀다. 회장님과 공주님이 타신 엘리베이터가 16층을 내려갈 때 그녀도 도착한 다른 엘리베이터에 올라탈 수 있었다. 추적 60분에 돌입하였다.

그녀는 아까 자신의 귀로 들은 경악할 만한 사실을 기어코 눈으로 확인할 셈이었다. 그녀의 회장님과 그분의 동생, 혹은 연인일지 모르는 분의 데이트 현장을 급습하여 아무도 모르는 비밀 연애를 확인하겠다는 일념으로 활활 불타오르고 있었다.

'분명 뭔가가 있어.'

보자기라도 둘러쓰고 선글라스라도 있으면 금상첨화일 텐데.

아쉬운 대로 임 과장은 핸드백으로 얼굴을 살짝 가렸다. 천천히 어두운 거리를 걸어가는 두 개의 크고 작은 그림자를 따라가기 시작했다.

임 과장이 졸졸 따라오는 것을 알 리가 없다. 세상의 모든 연인들이 다 그러하듯이 따뜻한 손을 꼭 잡고 네온사인이 꽃불처럼 켜지는 거리를 나란히 걷는 것만으로도 세상 전부를 가진 것 같은 연인은 마냥 행복할 뿐이었다.

태흔이 은후의 손을 자신의 점퍼 주머니 안에 집어넣었다. 좁은 주머니 안에서 손가락 열 개가 하나하나 얽혔다. 꼭 깍지 꼈다.

"참 좋다."

"뭐가?"

"이렇게 우리 둘이, 손잡고 떳떳하게 걸을 수 있어서."

은후는 대답 대신 미소만 지었다. 그녀 역시 이런 것을 얼마나 바랐는지. 얻을 수만 있다면 세상의 모든 것을 다 주고서라도 얻고 싶었던 단 하나. 그건 이렇게 태흔의 팔짱을 끼고 떳떳하게 연인의 얼굴을 한 채 태양빛 부신 거리를 함께 걷는 일이었다. 그녀의 사랑을 감추지 않고, 떳떳하게 당당하게 드러내는 것이었다. 이제 그 소원이 이루어졌다. 그 누구에게도 부끄러움없이 그의 여자로서 함께 걷고 있다.

"오빠, 저거."

은후는 태흔의 손가락을 살짝 꼬집었다. 노점상이 밝게 불을 켜놓고 핸드폰 고리며 장갑이며 귀여운 소품을 팔고 있었다.

"할로윈데이 지났으니까 까만 도깨비 인형 사줘."

"사달라는 건 만날 이런 거지? 자식."

말로는 타박하면서도 태흔이 지갑을 꺼냈다. 은후가 고개를 빼고 매대의 물건을 꼼꼼이 살피다가 크고 작은 도깨비 두 놈을 샀다.

"휴대전화 줘봐. 달아줄게."

"야아, 남세스럽게 내가 어떻게 이런 걸 달고 다녀? 남들이 웃어."

"흥, 점잔 빼는 회장님이시다, 그 말이군?"

그만 섭섭해서 새치름하게 토라지고 마는 은후를 바라보던 태흔이 한숨을 쉬었다. 맥없이 휴대전화를 상납했다. 커다란 도깨비를 달아주며 은후가 잔소리를 했다.

"뭐가 이렇게 많이 달렸냐? 지저분해 보여."

"차 키, USB, 스포츠 센터 키. 그것뿐인데."

"차라리 키홀더를 들고 다녀. 이게 뭐야? 휴대전화보다 달린 열쇠 무게가 더 나가겠네."

"네가 만들어주면."

"응, 만들어줄게. 아주 멋진 걸로."

"내 이니셜도 박아서?"

"당연하지."

"미술대학 보낸 보람이 있단 말이지."

두 사람은 다시 손을 잡고 퇴근하는 사람들 사이로, 밤의 생활을 즐기러 오가는 사람들 사이로 걷기 시작했다.

예술관에서 아기들에게 동화 구연을 할 때 필요한 핸드퍼펫(손에 끼우는 인형)도 사고, 필요도 없는 최신 영화 복제 DVD 좌판도 기웃거리고……. 딱히 물건을 사고 싶어서가 아니라 그저 그렇게 같이 거닐고 웃고 하는 일이 좋았다.

은후는 사달라 앙탈하고, 태흔은 필요도 없는 걸 왜 사느냐고 잔소리하고 그러다가 약간 다투고 또 일 분도 채 지나지 않아 화해하고, 그런 사소한 일들이 너무 즐거웠을 뿐이었다.

태흔이 손목시계를 보았다. 은후의 팔을 잡고는 성큼성큼 걷기 시작했다.

"이러다간 평생 모리에 도착하지 못하겠다. 주방장이 화낼걸."

"알았어. 겨우 한 블록인데 너무 그러지 마. 열심히 걷고 있다고."

말은 그리하면서 은후가 또다시 발길을 멈추었다. 이번에 멈추어 선 곳은 작은 웨딩드레스 숍 앞이었다. 늘씬한 마네킹이 비단과 진주 거품으로 만들어진 것 같은 우아한 웨딩드레스를 입고 연보라색 부케를 들고 서 있었다. 유혹하는 듯한 미소를 물고 그들을 마주 보고 서 있었다.

"예쁘다! 오빠. 이 드레스, 정말 멋지지 않아?"

"그래, 예쁘다. 한번 들어가 볼래?"

채 말릴 사이도 없었다. 이번에는 태흔이 먼저 가게 문을 열었다.

"늦었잖아. 배고프다면서?"

"괜찮아. 기다리라고 해."

두 사람이 들어서자, 구석 자리에 앉아 열심히 드레스에 비즈를 박고 있던 디자이너가 놀란 눈을 들었다. 태흔은 그녀에게 부탁했다.

"미안합니다만 쇼윈도에 있는 드레스가 정말 마음에 들어서요. 한 번 입어볼 수 있습니까?"

"입어보는 건 상관없지만요, 드레스가 신부님 몸에 맞을까 모르겠네요."

"맞을 겁니다."

태흔이 자신만만하게 단언했다.

"오빠, 누굴 망신시킬 일 있니? 입다가 찢어지면 어떡해? 싫어. 안 입을래."

은후가 질색하여 태흔의 뒤로 숨었다. 한동안 운동도 게을리 했을뿐더러, 계속 며칠 내내 먹고 자고 만 한 터라 아랫배 살이 허락도 없이 도토록 돋아 엄청 고민 중이고만.

"입어봐. 보고 싶어. 너, 틀림없이 엄청 예쁠 거야."

그러거나 말거나, 태흔은 막무가내 등을 밀어 은후를 탈의실에 집어넣었다. 웨딩드레스를 입은 은후를 보고 싶다는 일념에 이미 눈이 뒤집혀진 상태였다.

오 분 후, 탈의실의 문이 열리고 머뭇머뭇 은후가 나타났다. 태흔의 눈빛이 순간 몽롱해졌다. 그의 신부가 되기 위해 웨딩드레스를 입은 은후는 오래도록 그의 꿈속을 지배했던 환상, 그대로의 모습이었다.

하얀 꿈결 같은 레이스와 비단과 진주 거품에 휩싸인 그녀는 말 그대로 달빛의 요정이었다.

가슴 선이 약간 깊이 파인 드레스였기에, 아름다운 선을 그린 봉긋한 가슴골이 보일락 말락 하다. 가느스름한 태흔의 눈이 엷은 홍조가 물든 하얀 볼을 거쳐 천천히 아래로 내려갔다. 열기 어린 눈동자가 얄보드레한 실크 위를 천천히 더듬었다.

그의 시선이 어찌나 이글거리는지 몸이 타버릴 것만 같다. 은후의 볼이 더 빨갛게 달아올랐다. 그 눈이 전해주는 애욕과 정염의 불길이 그녀에게도 옮았다.

살짝 고개를 숙인 채 부케를 든 손을 수줍게 비틀고만 있는 은후의 자태는 말 그대로 태혼의 가슴을 쥐어뜯었다. 당장 키스하고 싶었다. 가득 안아버리고 싶었다. 아름다운 몸을 감싼 하얀 천을 벗겨 버리고, 마음껏 소유하고 탐닉하고 싶었다.

심장 속에서 타는 뜨거운 불길을 꾹 참으며 태흔은 엄지손가락을 치켜 올렸다. 디자이너도 탄성을 내질렀다.

"세상에! 드레스가 맞네요. 신부님, 정말 마네킹 몸매인가 보다. 진짜 아름다우세요."

"은후, 정말 예쁘다. 결혼할 때 꼭 이 드레스 입어라."

"나도 그러고 싶지만."

은후가 말꼬리를 흐렸다. 손가락 끝으로 드레스 자락을 살짝 매만졌다.

"우리 마음에 든다고 막 고를 순 없어. 할머니께서 직접 드레스를 골라주시고 싶어 하실 것 같은데. 우리끼리 결정하면 할머니 섭섭해하셔."

"이 드레스는 네 거야. 신혼여행 가서 우리 둘만 결혼식 다시 올리자. 그때 입으면 되지."

웨딩드레스를 입은 은후가 너무 고와서, 그의 신부가 되어줄 그녀가 너무 고마워서, 보면 볼수록 너무 예뻐서 견딜 수가 없다. 태흔은 다가가 두 팔 가득히 사랑하는 연인을 끌어안았다. 디자이너가 보든지 말든지 분홍빛 입술 위에 열정적이고 짜릿한 키스를 퍼부었다.

중인환시(衆人環視)리에 키스라니, 부끄럽고 민망해서 잠시 질색하던 은후도 그만 항복해 버렸다. 용암 같은 그 사람의 입술이 닿자마자 심장이 미친 듯이 뛰고 눈앞이 캄캄해졌다. 뇌리 속이

하얗게 바래, 아무것도 생각나지 않았다. 그 사람의 존재밖에는.

그러고 보니 아주 오래도록 키스하는 기쁨을 잃어버리고 산 것 같다. 막 사랑에 빠져 버린 연인들처럼 그들은 잠시 세상과 타인을 잊고 달콤하고 격렬한 키스를 나누었다.

쇼윈도 바깥의 어두운 모서리. 목을 빼고 가게 안을 들여다보던 임슬이 과장의 눈이 휘둥그레졌다. 회장님께서 웨딩드레스를 입은 공주님께 더없이 간절하게, 섹시하게 키스를 하고 계시는 것이 아닌가.

너무 놀란 그녀는 벽에 등을 기대고 멍하니 서 있기만 했다. 후들거리던 심장은 이제 거의 움직임을 멈춘 상태였다.

'세상에! 세상에! 정말로 연인이었네.'

손을 꼭 잡고 천천히 걸어가던 두 사람의 뒷모습을 보던 순간부터, 예감은 거의 사실로 무르익고 있었다. 깊은 사랑은 누구의 눈에든 보이는 것이다. 두 사람의 다정한 모습은 이미 남매의 다정함으로 치부해 버리기는 너무나 오묘했다. 분홍빛 아지랑이 같은 것이 둘을 감싸고 있는 듯 보였다. 격의없이 장난치고 같이 쇼핑하는 그들의 모습은 더하고 뺄 것도 없이 그냥 평범한 데이트를 하는 세상의 보통 연인들 모습, 바로 그것이었다. 몰래 훔쳐본 키스 장면은 모든 의혹과 예상을 확실한 사실로 각인시킨 마지막 절차에 다름 아니었다.

'이런 일이. 세상에나……! 맞아. 이것이야. 이것이 이유인 거야. 금단의 사랑!'

마침내 수수께끼가 풀린 것 같았다. 회장님이 멀쩡한 집을 두고 나와 친구분 집에서 기거하는 것도, 눈 밑이 찢어져 나타난 것도, 며칠 내내 괴로움과 고뇌에 젖은 표정으로 우울의 아우라를 뿜어낸 것도, 숱한 승명의 여직원들을 가슴앓이하게 만든 것도 다 애달픈 사랑이 이유였던 것이다.

스토커 임 과장은 다시 고개를 뺐다. 불 밝은 가게 안을 살폈다. 공주님은 다시 옷을 갈아입으려고 탈의실로 들어간 상태이고, 회장님은 카드로 계산을 치르고 있었다. 그녀는 고개를 갸웃거렸다. 그럼에도 아직도 풀리지 않는 두 번째 의혹의 탐구를 시작하였다.

'은후 공주님하고 저렇게 애틋한 연인 사이인데, 그런데 왜 약혼설은 임세라 이사하고 난 거지?'

하물며 회장님과 임세라 이사는 내일 일본으로 같이 여행을 간다.

명목은 외환 관리 때문에 동경에서 일본 은행장들과의 비밀 회동이었다. 그러나 사업상 동반이라면서 어이하여 비밀스럽게 료칸 예약까지 해달라고 하셨나, 그래? 두 사람의 숙박과 비행기 표에 관련한 예약을 임 과장 그녀가 처리하였으니 틀림이 없다.

'이것은 대체 어떤 시추에이션이냐? 참으로 오묘한 삼각 관계네. 혹시 우리 회장님도 상류층의 유행따라 결혼 따로, 연애 따로 하는 양다리?'

이런, 싸가지없음이 있나!

그러한 결론에 도달하자마자 순간 임슬이 과장의 눈에 불길이 치솟았다. 대한민국의 정의로운 아줌마로서 임 과장은 절대로 남자의 양다리만큼은 용서할 수가 없는 것이었다.

한순간에 승명그룹의 황제, 꿈속의 그 님. 스타 중의 스타 이태흔 회장은 천인공노할 양다리, 겉과 속이 다른 위선자로 전락해 버렸다. 적어도 임슬이 과장의 마음속에서는, 이젠 코 풀고 난 다음 뭉쳐 던져 버린 휴지 쪼가리보다 못한 신세가 되었다. 열렬한 숭배 대상에서 절대로 용서할 수 없는바, 위선적인 바람둥이로 저주와 분노의 대상으로 추락하였다.

'세상에. 불쌍한 우리 은후 아가씨. 이런 것도 모르고 저 나쁜 회장 놈의 마수에 걸려 이용당하고 처참하게 유린당하고 있는 것이 아닌가? 어쩜 좋아.'

분연히 주먹을 움켜쥐었다. 절대로 용서할 수 없노라, 반드시 저 나쁜 놈의 가면을 벗겨주고야 말겠다고 다짐하였다.

'두고 보라지! 내 반드시 우리 은후 아가씨를 마수에서 구해내고야 말리라. 임세라 이사와의 이 지저분한 관계를 여사님께 까발려서라도 이러한 상황을 종료시키고 말 것이다.'

창문 밖에서 임슬이 과장이 분노로 전율하면서 모종의 강력한 액션을 맹세하고 있던 그때, 그러한 사실을 알 리 없는 회장님. 계산을 치르고 명함을 꺼냈다.

"일단 비즈를 전부 진주로 바꿔주고, 기장은 좀 잘라야 한다고? 좋아요. 수선하면 며칠? 일주일? 괜찮습니다. 작업이 끝나면 배달해 주십시오. 미리 연락 주시면 비서가 나갈 겁니다."

"네, 알겠습니다."

"하나 더, 저 친구에게 당신 디자인 스케치 좀 보내줘요. 마음에 들면 피로연 드레스도 맞출 거니까."

명함을 받아 연락처와 신분을 확인한 디자이너의 눈이 휘둥그레졌다. 다정하게 손을 잡고 문을 나서는 두 사람의 뒷모습을 바라보다가 중얼거렸다.

"서, 설마 정말 승명그룹 이태흔 회장은 아니겠지? 지금 내가 꿈을 꾸는 거야? 세상에! 내 드레스가 재벌가 회장 결혼식에 등장하다니.”

눈앞이 어질어질해졌다. 다리에 힘이 풀려 의자에 털썩 주저앉고 말았다.

오픈한 지 이제 겨우 석 달. 하필이면 경기가 바닥을 치는 대불황기에 가게를 오픈해 월세 내기도 힘든 무명의 설움이 주마등처럼 눈앞을 스쳐 지나가고 있었다. 근 일 년 넘게 제작한 필생의 작품을 단 십 분 만에 고가로 팔아치운 것도 모자라서, 피로연 드레스까지 선보일 기회를 잡게 되었다.

만에 하나 승명그룹 이태흔 회장의 결혼식 때, 신부가 입은 드레스가 그녀의 숍에서 만든 옷이라는 소문만 퍼진다면?

“아, 어지러워.”

어젯밤, 어쩐지 돌아가신 친정어머니가 꿈에 보이더라니. 이런 행운이!

커다란 호박이 제 발로 굴러 들어왔다. 한국 최대 최고의 화제가 될 것이 분명한 그들의 결혼식 일정을 두고 여성잡지, 신문, 주간지 기자들이 A에서부터 Z까지 샅샅이, 낱낱이 뒤질 것이 분명하다. 벌떼같이 달려들어 신부의 모든 것을 파헤칠 것이다. 돈 한 푼 들이지 않고 그녀의 드레스와 가게는 엄청난 홍보 효과를 거둘 수 있다. 조만간 월세 걱정 따윈 하지 않고 살 날이 돌아올 것이다. 한국 최고의 웨딩드레스 디자이너로 등극할 날이 멀지 않았다. 그녀는 벌떡 일어섰다. 두 팔을 하늘로 치켜들었다.

“만세! 만세!”

한강의 야경이 내려다보이는 멋진 전망을 자랑하는 일식점 모리. 서울에서 가장 맛있는 가이세키 요리를 내는 집으로 유명하다.

원래 가이세키 요리는 입으로 먹는 것이 아니라 눈으로 먹는다고 하지만 그날은 특별히 은후를 위해 예쁜 요리들을 주문해 둔 상태였다. 그래서인지 웰컴 드링크부터 달랐다. 두 사람 모두 좋아하는 복숭아 샴페인에조차도 찰랑찰랑 꽃잎과 금가루가 뿌려져 있었다. 태흔이 투명한 크리스털 잔을 들었다.

"축하하자."

"무슨 축하?"

"우리 공주님이 날 위해 웨딩드레스 입어준 날 기념으로. 나 너에게 완전히 반해 버렸잖아. 어지간하면 결혼식 때 그 드레스 입어. 정말 예쁘더라."

웨딩드레스를 입은 은후가 예쁜 만큼 갑자기 태흔은 우울해졌다. 집에서 쫓겨나선 연인의 얼굴 한 번 보는 것도 힘들어진 자신의 처지가 새삼스레 비관되기 시작한 것이다. 끝까지 한 번 더 대차게 맞붙을 것을, 방바닥에 눌어붙어 막무가내 버텨볼 것을.

굳이 세진의 말이 아니더라도, 절대로 제 뜻 굽힌 적 없고 원하는 것 앞에서 물러선 적 없던 태흔 자신, 뚝심으로 똘똘 뭉친 거만도도 캐릭터가 아닌가. 그런데 할머니 앞에서 너무 일찍 꼬리를 말고 물렁하게 물러난 것 같아 새삼 후회되었다.

"정말 미치겠네. 내가 뭘 그리 큰 죄를 지었다고. 사랑이 죄야? 집에서 내쫓은 건 정말 너무하신 것 아니냐고."

은후가 그의 말에 맞장구치고 편들어준다 해도 소용없다. 태흔은 다시 땅이 꺼져라 한숨을 내뱉었다.

"할머닌 대체 언제쯤 우릴 결혼시켜 주실 것 같아? 너한테 언질 같은 건 안 주시던?"

"그런 말씀 안 하셨어. 오히려 나더러 오빠 역성 너무 들지 말래. 혼나야 한대. 나 그런 말 들을 때마다 간이 오그라 붙는 것 같아. 오빠, 정말 미안해. 나 때문에 오빠만 천하의 악당이 되었어."

"그거야 내가 자초한 일이니 어쩔 수 없지. 아아, 언제 결혼을 하지? 미치겠네."

"그런데 말이지, 오빠. 물어보자. 누구랑 결혼할 건데?"

태흔은 터무니없이 맹한 소리를 하는 은후를 건너다보았다. 정신 나갔지, 하는 뜻을 담아 째려보았다.

"정신 차려. 배고파서 눈에 뵈는 게 없지?"

은후도 그를 마주 째렸다. 눈빛이 만만치 않았다. 탕 소리가 나게 술잔을 식탁에 놓았다.

"농담하는 것으로 보여? 대답하라고. 누구랑 결혼하려고 이렇게 안달하는데?"

"당연히, 너랑."

"미안한데, 오빠. 아직까지 나한테 청혼 안 했거든. 나한테 물어보지도 않고 말이지. 결혼은 오빠 혼자 하니?"

"뭐라고? 야, 내가 언제? 했어."

"언제? 어디서?"

"일단, 러시아 가기 전에 말했잖아. 돌아오면 결혼식이라고. 나 믿고 따라오라고."

"흥."

"그리고 할아버지 산소 앞에서도 했어. 할머니께 결혼 허락받았다고."

"중요한 건 다음이지. 그런데 그때 내가 예스라고 대답한 적 있었어?"

순간 너무 기가 막혀, 태흔의 입이 딱 막혔다. 엄청난 배신감이 쓰나미로 몰려와 몸이 떨렸다.

"야, 야아! 이 배신자 같으니라고. 너 그때 분명히 '응' 하고 대답했다. 부인하지 마. 내가 치맨 줄 알아? 그런 걸 잊어버리게?"

"어머나. 내가 그랬나? 희한하네. 난 기억이 없는데."

"너, 너!"

은후가 날라져 온 전채 접시의 아스파라거스만 으깨는 척했다. 너무나 얄밉게, 새침하게 외면하며.

태흔은 잠시 부들부들 떨었다. 눈만 한 번 치켜뜨면 말도 못 하고 바들바들 떨며 시키는 대로 하던 그의 귀여운 고양이는 어디로 사라진 걸까? 야들야들 웃어가며 말짱한 얼굴로 속을 뒤집어 놓는 얌체 같은 말썽쟁이 하나가 은후의 거죽을 둘러쓰고 그의 앞에 앉아 있었다.

태흔은 음산하게 입꼬리를 위로 말았다. 겁도 없이 까불면서 카르랑거리는 고양이에게 경고했다.

"까불다가 정말 혼난다, 너."

"해봐."

"뭐?"

은후가 생글생글 웃었다.

"정식으로 청혼해 봐. 응? 내 앞에서 무릎 꿇고. 영화에 나오는 것처럼 근사하게."

"기가 차서."

"못 해?"

"그래. 그런 낯간지러운 건 못 해. 안 해. 예쁘다 봐주니깐 엇다 대고 까불어? 한 번만 더 날더러 무릎 꿇어라 마라 헛소리해라.

그냥 확!"

"확? 어쩔 건데?"

"엎어놓고선 죽도록 안아버린다. 그리고 그대로 널 둘러메고 나가서 결혼식장에 던져 놓을 테니."

은후가 한숨을 폭 쉬었다.

"역시 오빤 만날 강압적이고 힘으로만 누르려고 하는구나. 좀 달라질 줄 알았는데. 결혼해서도 만날 이렇게 오빠한테 협박당하고 납작 눌려선 말도 못 하고 살아야 해? 그런 게 결혼이면 안 하는 게 좋을지도 모르겠다. 할머니가 말씀하신 대로 그냥 먼 데 떠나서 혼자 사는 게 나을지도."

태흔의 심장이 퍽 하고 바닥에 떨어졌다. 반 농담, 반 진심. 그를 두고 귀엽게 놀리는 녀석의 서투른 어리광이나 앙탈 정도. 딱 그 정도라고 생각했는데 뜻밖에도 은후의 표정은 진지했고 또 꽤 우울했다. 새로이 등장한 생선회 접시만 물끄러미 노려보고 있다. 회는 먹을 생각도 않고 초겨울 데커레이션이라 나목(裸木)을 표현한 나뭇가지 장식물만 손끝으로 똑똑 끊어내며 입술을 반쯤 내민 채.

태흔은 좀 당황해서 어느새 많이 어두워진 은후의 얼굴을 바라보았다.

"뭐야? 왜 안 하던 앙탈하고 그러는데? 진심이야?"

"그냥…… 좀 속상해서. 남자가 사랑하는 여자 앞에선 무릎 꿇는 거 흉 아니라는데. 한 번쯤은 오빠가 내 앞에서 무릎 꿇고 청혼해 주면 행복할 것 같았는데. 할 수 없지. 어떡하겠어? 지배하기 좋아하고 뻣뻣한 남자 사랑한 내 팔자가 문제인걸."

은후가 다시 하아— 하고 가녀리게 한숨을 쉬었다.

그 모양을 바라보며 태흔은 딱 삼 초간 망설였다.

어차피 둘뿐인데. 한 번쯤 무릎 꿇는다 한들 어떠랴? 녀석의 소원을 들어준다고 해서 하늘이 무너지겠어? 태흔은 한숨을 쉬며 자리에서 일어섰다. 식탁을 돌아 은후 옆으로 갔다. 일생에 딱 한 번, 딱 한 사람에게 무릎을 꿇으려 했다. 그때 은후가 고개를 흔들었다. 눈높이가 같아진 그의 목을 끌어안고 소리나게 입을 맞추었다.

"오빠가 내 옆에 왔으니 충분해."

방금 전까지 별의별 앙탈에 한탄에 팔자 타령까지, 사람 간장 다 졸게 만들어놓고선, 정작 무릎을 꿇으려 하니 갑자기 돌변하여 말랑한 키스 선물이었다. 도무지 적응이 되지 않아 태흔은 반쯤 일그러진 표정이 되어 은후를 노려보았다.

"너, 나 놀려?"

"오빠랑 가까이 앉고 싶었을 뿐이야. 손잡고 식사하고 싶었다고. 그렇다고 대놓고 내 옆에 앉아줘, 말하는 건 좀 쑥스럽잖아."

"인마, 그냥 옆에 와서 앉아, 그래. 뭘 그렇게 어렵게 빙빙 돌려? 사람 속 뒤집어?"

"미안해. 어리광부려 봤어. 오빠만 보면 난 자꾸 이상하게 바보 어리광쟁이가 된다고."

반쯤 혀를 내밀고 봉실봉실 웃는다. 행복하기만 한 연인 앞에서 그만 태흔도 달콤하게 녹아버렸다. 그는 자신의 자리로 돌아가는 것을 포기하고 그대로 은후의 옆에 앉았다. 그녀가 바란 대로 상 아래에서 한 손을 꼭 잡고. 어깨를 내준 채.

와규 구이를 준비하러 들어온 직원은 눈치도 빠르게 다시 태흔의 몫으로 새로운 세팅을 한 다음 나란히 접시를 놓아주었다. 태흔은 동그란 귓불에 대고 살짝 속삭여 주었다.

"식사하고 나서, 많이 안아줄게."

은후가 해맑게 미소 지었다. 대답 대신 그에게 다시 복숭아 샴페인 맛이 나는 키스를 해주었다.

"식사하는 동안 내가 오빠에게 청혼해 볼게. 내가 약혼반지를 가져왔거든."

은후가 핸드백에서 비단 주머니를 꺼냈다. 전시회 때 호평을 받았던 〈서프라이즈 파티〉의 약혼반지가 나왔다. 은후가 태흔의 왼쪽 약지에 반지를 끼워주었다. 반지는 맞춤인 양 태흔의 손가락에 완벽하게 맞아들었다.

"어. 맞네?"

"내가 지금껏 오빠 손가락 굵기도 모를 것 같아?"

은후가 핀잔 주듯이 새치름하게 되받았다.

태흔도 은후에게 반지를 받아서 끼워주었다. 한참 동안 가녀린 손가락에 키스했다. 은후가 아주 진지한 얼굴이 되었다. 그녀를 가만히 응시하고 있는 태흔을 바라보며 나직하나 간절하게 속삭였다.

"정식으로 청혼해. 나, 이제 오빠 동생 말고 아내가 되고 싶어. 나랑 결혼해 주면 안 될까?"

대답 대신 태흔은 내내 잡고 있던 하얀 손에 수없이 키스했다. 그의 뜨거운 심장을 전부 주었다. 처음부터 지금까지 은후의 것이었고 한 번도 흔들린 적이 없는 순정의 심장을 청혼의 답례로 바쳤다.

떨리는 목소리로 청혼을 하는 은후도 마찬가지였다.

"지금이 내가 이십오 년 동안 바라고 바라던 최고의 순간이야.

처음부터 오빠만 사랑해 왔어. 예쁜 연인이 될게. 최선을 다해서 좋은 아내가 될게. 평생 동안 충실한 친구가 될게. 오빠의 아기를 낳고 키우고 천천히 같이 늙어가고 싶어. 평생 오빠에게만 속하고 싶어. 그러니 남편이 되어줘. 나만의 진짜 가족이 되어줘."

분홍색 벚꽃 절임이 든 사쿠라 푸딩을 마지막으로, 식사가 끝났다.

두 사람이 나오자 기다리고 있던 김 기사가 얼른 차 문을 열어주었다. 태흔이 행선지를 말하기도 전에 먼저 선수를 쳤다.

"여사님께서 두 번이나 전화하셨습니다."

잔말 말고 집으로 직행하거라, 하는 무언의 압력을 전했다.

"우리 둘, 차 한 잔 더 마시기로 했는데."

"죄송합니다, 회장님. 아가씨가 많이 힘드실 거라고, 빨리 모시고 오라고 방금도 전화하셨습니다."

사실은 세진의 집에서 잠시 둘만의 시간을 보내기로 약속했었다. 하지만 눈치를 보아하니 그럴 짬이 없는 듯했다. 태흔이 후우 하고 한숨을 내뿜었다.

"알았어요. 백제호텔로 갑시다. 은후 데려다주고 난 세진이 아파트로 가면 되니까."

"그러실 줄 알고 회장님 차를 호텔에 보내놨습니다."

태흔이 피식 웃고 말았다. 김 기사가 두 사람을 위해 차 문을 열어주고 얼른 운전석에 올라탔다.

"내일 일본 갔다가 언제 와?"

"이삼 일쯤 머물 거다. 일이 잘되면 금세 돌아올 테고, 저쪽에서 깐깐하게 굴면 좀 더 걸릴 테고."

"임세라 이사님하고 같이 간다면서?"

"그 사람하고만 같이 가는 게 아니라니까 그러네. 왜 또 쌍심지 돋워선 날 잡으려고 해?"

태흔이 팔을 내밀어 은후의 어깨를 감싸 안았다. 약혼반지를 낀 하얀 손가락에 키스했다.

"오대그룹 책임자들이 다 같이 나간다. 글로벌 금융 위기에 대처하는 경제협의회 참석이라고. 알았어? 바보야. 내가 설마 이 반지 끼고 나가선 딴짓하겠어?"

"누가 그런 뜻으로 말했어? 걱정되어서 하는 말이지. 임세라 이사님 성격 꽤 만만찮던데, 오빠가 진실을 밝히고 혼담 없던 것으로 하면 큰 소동이 나지 않을까 싶기도 해."

"공주님, 그냥 맡겨주세요. 알아서 말끔하게 처리할 테니."

호텔이 좀 멀다면 그동안이나마 같이 있을 수 있을 텐데, 야속하게도 모리와 백제호텔은 십 분 거리였다. 탔다 하니 벌써 호텔 경내에 들어와 있었다. 차에서 내리려는 은후의 팔목을 태흔이 잡아 움직이지 못하게 만들었다. 실실 웃으며 김 기사더러 자리 비켜주기를 종용했다.

"김 과장, 먼저 내려요. 우리, 작별 인사는 해야지."

"알겠습니다. 너무 오래는 잡아두지 마십시오."

김 기사가 내리며 한마디 하였다. 차 소리가 들리자마자 발코니 쪽에 그림자 하나가 와 서 있다는 것을 본 사람으로 적당하게 하라는 충고였다.

둘이 되자마자 태흔은 망설이지 않았다. 은후의 얼굴을 부여잡고 한동안 참고 참았던 키스를 했다.

입술이 닿았다. 강하게 흡입당했다. 꿀물을 품은 듯한 혀가 엉켜 서로의 심장에 담긴 사랑을 그대로 전했다. 입술로는 부족했다. 네 개의 팔이 서로의 몸에 넝쿨식물처럼 휘감겼다. 애틋하고, 사랑스럽고, 그립고, 다정한 모든 마음을 담아 쓰다듬고 어루만졌다.

오랜 키스 후에 고개를 들었을 때, 진홍빛 쾌감에 젖어 뜨거운 호흡을 뱉어내는 연인을 바라보며 은후는 어쩐지 울고 싶었다. 예전보다 훨씬 강하게, 더 깊이 그와 연결된 것 같았다. 잠시도 떨어지지 않고 서로를 어루만지는 손가락에 똑같은 모양의 반지가 빛나고 있어서일까? 심장이 터질 것 같다. 너무나 행복하고 만족스러워서 그만 기쁜 키스를 하면서도 눈가에 촉촉한 이슬이 맺혔다. 가장 슬플 때와 가장 기쁠 때. 극점(極點)은 닿아 있는 것인지도 모른다. 똑같은 온도와 맛을 지닌 눈물이 흐르니까.

"보고 싶어서 죽는 줄 알았어."

"그래 보았자 내가 널 원하는 마음의 절반도 안 될걸?"

태흔이 손가락 끝으로 그가 빨아 마셔 도토롬하게 부풀어 오른 은후의 입술을 살짝 건드렸다. 정열적이고도 나른한 시선으로 훑어보는 태흔의 시선 안에서, 선명하고도 육감적인 입술이 방금 전해준 미묘한 애무와 열정 안에서 민감한 피부가 열기를 내뿜었다.

아주 잠깐의 작별 인사만 하기로 했는데. 그냥 키스 한 번만 하기로 한 건데. 일단 시작하니 끝내는 건 너무 어려웠다. 그녀의 전부를 욕망하고 탐닉하는 그 사람이 너무 강렬해서. 절로 몸을 앓게 만드는 색정적이고 섹시한 손길 끝에서 은후는 달아올랐으나 채울 수 없는 갈증에 미칠 것 같았다. 태흔의 입술이 은후의 목덜미를 거쳐 더 아래로 미끄러졌다. 어느새 탐욕스러운 손길은 옷자락을 파고들고 있었다.

“나 들어가야 해.”

“오 분만. 아니, 삼 분만. 은후야…….”

나직하나 갈증에 물들어 있는 연인의 목소리에 마음이 그만 약해지고 말았다.

“미치겠다. 나 금세 이렇게 됐다.”

그가 은후의 몸을 자신의 허벅지 위에 앉혔다. 한 손을 잡아 자신의 아랫도리로 가져갔다. 두터운 청바지 천을 뚫고 나올 듯이 그 아래에서 무엇인가가 팽창해 가고 있었다.

“만져 줘. 잠시라도 좋아, 죽을 것 같다.”

“싫어, 부끄러운걸.”

“은후야.”

목소리에 담긴 애원 때문에 입술은 싫다고 하면서도 마음이 허락해 버린다. 그가 원하는 것을 가지기 위해 작은 손을 정확한 곳에 옮겨주었다. 이내 작은 손안에 가득히 부풀어 오르는 것. 농밀하고 고혹적인 키스는 계속 이어졌고, 받아들이고 싶고 들어가고 싶어 안달하는 두 개의 젊은 몸은 당장에라도 원하는 것을 얻기 위해 조금은 다른 방식으로 짙은 애무를 계속했다.

태흔의 손이 은후의 원피스 자락 아래로 스며들었다. 매끄러운 실크 슬립 아래 팬티스타킹 위로 느릿하게 움직였다.

“촉촉한데?”

그렇지 않아도 뜨겁던 볼이 화끈 달아올랐다.

“싫어, 만날 놀리기만 하고…… 아흑.”

앙탈 따윈 무력했다. 거침없이 파고드는 감촉, 미묘하게 타락을 종용하는 불법적인 건드림. 저절로 여린 신음을 뱉어낼 수밖에 없었다. 그녀의 손안에서도 의지를 지닌 작은 짐승이 꿈틀거렸다. 이번에는 태흔이 나직하게 신음했다.

"조금만 더."

그녀의 손안에서 뭉근한 쾌락을 즐기고 있는 그 사람. 낯 부끄럽고도 흥분된 감정에 온몸에 불길이 타올랐다. 조금만 더 그녀의 손길에 즐거워하는 그녀만의 남자를 지켜보기 위해서, 하지만 그것도 찰나. 부드럽게 떨리던 몸이 이내 격렬하게 흔들리고, 은후는 자신도 모르게 날카로운 교성을 뱉어내고야 말았다.

"느꼈어?"

얄미워. 슬쩍 아랫입술을 혀끝으로 희롱하며 태흔이 소곤거렸다. 지나치게 에로틱한 남성미로 가득 찬 연인이 은밀한 지점을 애무하며 이런 식으로 물으면 여자는 뭐라고 답변해야 하는 걸까? 그가 다시 지독히 섹시한 신음을 흘렸다. 손안에 미끄럽고도 축축한 무엇인가가 배어 나왔다. 밤꽃향기 풍기는 비릿한 점액이 느껴졌다. 은후의 몸은 더 떨렸다.

"나, 나…… 이, 이젠 못 견뎌. 그러니까……."

헐떡이는 애욕의 신음을 태흔이 달콤하게 먹어버렸다. 어두운 차 안에서 탐욕과 갈증만으로 뿌옇게 변해 버린 눈동자가 마주쳤다. 은후는 단지 그의 손가락 끝에서 충분히 절정을 맛보았다.

바로 그때, 은후의 핸드백에서 휴대전화가 울렸다.

[안 들어와? 대체 무슨 인사를 그리 오래 해?]

마치 눈앞에서 둘이 엉켜 있는 것을 보기라도 한 듯 진 여사의 목소리는 쌀쌀맞기 그지없었다. 화들짝 놀라 은후는 손을 뺐다. 그러나 그가 놓아줄 리가 만무하다. 도망가려는 은후와 놓치지 않으려는 태흔이 잠시 작은 싸움을 벌였다. 은후는 치맛자락을 매만지며 떨리는 목소리로 대답했다.

"이제 들어가요, 할머니."

[잔말 말고 태흔이 바꿔라.]

진 여사가 들은 둥 만 둥 차갑게 잘랐다. 마지못해 태흔이 전화기를 받아 들었다. 매몰차고 쌀쌀맞은 진 여사의 목소리가 흘러나왔다.

[또 싫다는 애 잡고선 주물럭대고 있는 거 아냐? 일 분 내로 은후 안 들여보내면 국물도 없을 줄 알아!]

"그런 말씀 하시면 곤란하죠. 제가 무슨? 그냥 이야기 좀 한 건데. 우리가 뭘 어쨌다고……."

진 여사가 먼저 전화를 끊어버렸다. 투덜대며 태흔이 전화기 플립을 내렸다. 좌절하여 머리를 좌석 등받이에 쾅쾅 박았다.

"아, 정말! 노인 양반이 왜 저러시냐? 사사건건 깐깐하게 구시네. 우리 할머니 원래 저런 분 아니지 않았냐?"

"몰라. 나 들어가서 혼날 거야. 그래서 안 된다고 했는데."

은후가 그를 곁눈질하면서 종알댔다. 나만 좋았나, 저도 같이 좋았으면서? 어쩐지 얄미워 태흔은 턱으로 은후의 뒷머리를 통통 박았다.

"이러다간 정말 내 몸에서 사리 한 자루 나오겠네."

마지못해 두 사람은 차에서 내렸다. 태흔은 옆에 선 자신의 차로 옮겨 탔다. 차창을 내렸다.

"들어가라. 전화할게."

"몇 시에?"

"집에 가서 바로. 자지 마."

"응. 조심해서 가."

태흔이 탄 차가 멀어지는 것을 잠시 지켜보다 은후는 집으로 들어갔다.

소파에 앉아 있던 진 여사가 혀를 끌끌 찼다. 쑥맥처럼 태흔이 하자는 대로 끌려 다니는 은후가 한심하다는 뜻이었다.

"바보같이 왜 잡혀? 싫다고 하고 그냥 들어오지."

"오빠가 내일 일본 간대요. 그냥 그런 이야기 좀 했어요."

"어련히 그놈이 널 붙잡고 회사 일 이야기하겠다? 곧 죽어도 역성들기는……. 너, 그것 고쳐. 결혼해서도 만날 태흔이 놈 시키는 대로 맹하게 고개만 끄덕이고 살 거야? 안사람이 사내 고삐 잡아야 한다고 그랬지?"

"네, 명심할게요."

"참말 내가 너희 둘 혼인은 시키지만 걱정이다. 평생 저 독한 놈에게 휘둘려서 눈 한 번 크게 못 뜨고 꽉 잡혀선 숨도 못 쉬고 사는 건 아닌지. 네 팔자도 참 기구하구나."

"너무 걱정 마세요. 오빠, 막무가내로 굴지 않아요."

"어련히? 앞뒤 일 가리는 놈이 그런 널 상대로 그런 짓을 저질러? 그놈 성질머리 내가 몰라? 만날 시키는 대로 해준다고 좋아할 줄 알아? 잡아당기고 풀고 놓아줄 때를 잘 알아야지."

"명심할게요."

"그저 착하기만 해선 세상 어떻게 살아? 정신 차려, 은후. 내가 세상 버리면 이 큰살림 네가 다 떠맡아야 하는데, 할미가 안심하게 처신해야지."

"오빠 일 말고는 저, 그럭저럭 야무지게 해요, 뭐."

어리광 반, 투정 반. 모처럼 보얗게 웃는 얼굴이 예쁘다. 태흔이 은후를 잘 달래고 속을 풀어주었구나 조금은 안심이 되었다.

그럼에도 진 여사는 괜히 엄하게 눈을 흘겼다.
"남편 될 녀석 하나 못 잡는 주제에 뭐 잘났다고? 만나자고 해도 튕기고, 뭐든 달라 해도 줄 듯 말 듯 그렇게 애 좀 태워야 안달하는 법이야."
"할머니, 너무하셔요. 오빠를 너무 속 타게 하시는 것 아니에요?"
"곧 죽어도 태흔이 놈 역성이지? 잔말 말고 들어가 쉬어. 약 먹고. 기운 완전히 차릴 때까지 싸돌아다니지 말라고 그렇게 말했는데, 기어코 나가선 또 열 올라 봐? 할미가 아주 혼구멍을 내줄 거야."
"기운 차렸어요. 괜찮아요, 할머니. 저 들어가요. 쉬세요."
은후는 미소 지으며 방문을 닫았다. 너무 행복해서 잠이 오지 않을 것 같았다. 침대에 앉아 행복에 겨워 약혼반지를 낀 스스로의 손가락에 키스했다.

사흘 후, 금요일. 나른한 오후 두 시.
상사가 출장을 떠나면 편해지는 건 직속비서. 같은 방에서 근무하는 깐깐한 박 이사까지 회장님과 동행 중인 터라 간만에 회장 비서실은 한가로웠다. 비유하자면 바캉스가 끝난 초가을의 해변가랄까? 비서실의 왕언니 임슬이 과장의 전성시대가 도래했건만, 어쩐지 분위기가 심상찮다. 멍하니 〈보스 짱〉 게시판 창을 열어놓고 시름 젖은 한숨만 내쉬고 있었다.
"왜요? 게시판에 심란한 글이 올라왔어요? 과장님 표가 적어요?"
조정미 대리가 걱정이 되어 물었다. 임 과장은 고개만 흔들었다.

지금 〈보스 짱〉에서는 회장님 짝짓기 콘테스트 투표가 이루어지고 있었다. 박빙의 차이로 임 과장은 2~3위를 달리고 있는 중이다. 매일 매시간마다 접속하여 얼마나 많은 사람이 클릭하였나를 확인하던 그녀가 이 며칠 영 건성이고 심드렁하였다.

"전 여하튼 간에 과장님 편이거든요. 처음에는 좀 놀랐지만, 붙여놓고 보면 볼수록 은후 아가씨와 회장님이 썩 잘 어울려요, 그쵸?"

"알게 뭐야? 어차피 가상이고 재미 삼아 하는 거짓말인데. 우리 회장님, 아진의 임세라 이사하고 조만간 웨딩마치래잖아."

"에이, 그건 아니다. 말만 무성하지 약혼식 한다는 말도 없고, 그렇다고 결혼식 준비를 하라는 지시도 없잖아요. 회장님 사생활이야 솔직히 우리 비서실이 제일 먼저 아는 것 아니에요?"

"너무 많이 알아도 고뇌거든요."

임 과장 말에 영문을 알 수가 없어 조 대리가 어리둥절한 표정이 되었다. 그때 게으른 정적을 깨고 전화벨이 울렸다. 막내 홍 대리가 전화를 받았다.

"임 과장님, 이사님이 전화하셨어요."

임 과장이 여전히 게시판을 노려보며 건성으로 확인했다.

"두 분, 오늘 돌아오시지? 공항에 나오래?"

"이사님, 안 오신대요."

"엥? 왜?"

"회장님이 며칠 더 계셔야 한답니다. 월요일 밤에 귀국하신다네요."

"월요일?"

"네. 료칸에다가 숙박 연장 콜해두라고 하시네요."

“정말 이것은 도저히 참을 수 없다!”

갑자기 책상을 팍 치며 임슬이 과장이 벌떡 일어났다. 조정미 대리와 홍 대리가 깜짝 놀라 그녀를 바라보았다. 그러거나 말거나 그녀는 코트를 입고 목도리를 감았다.

“버, 벌써 퇴근하시게요? 아무리 그래도 그렇지, 오후 두 시 반은 좀 심하신 것 아닙니까?”

“조 대리, 나 외근이다.”

“어디 가시는데요?”

“백제호텔. 여사님께 아뢸 말씀이 있어서 말이야. 아주 중요한 문제거든. 다녀올게.”

사무실 문을 닫으며 임 과장은 아드득 이를 갈았다. 두 주먹을 불끈 쥐었다.

‘난 정의를 실현하러 가는 거야. 암만! 손자놈의 가증스런 위선을 낱낱이 여사님께 다 아뢸 것이야. 한 송이 청초한 코스모스 같은 우리 은후 아가씨를 구하고 회장 놈의 만행을 발가벗길 것이야. 흥, 회장 놈아. 너는 이제 완전히 끝장이다.’

숭배와 사랑이 컸던 만큼 임 과장의 분노는 더 컸다. 진정한 리더라고, 남성의 귀감이라고 믿었는데, 아줌마의 순정을 다 바쳤는데, 실제로는 엄청 타락한 개망나니일 줄이야. 그녀의 우상이 그토록 지독한 가증과 위선의 존재라는 것을 더 이상은 참아낼 수 없었다.

은후 아가씨를 끌어안고 남우세스럽게 쪽쪽 빨았지. 찐한 에로틱 키스도 불사하던 것이 엊그제이건만, 일본엔 왜 딴 년이랑 가? 거기 나가서는 아무도 안 본다 이거지? 비밀 보장이다 이거지? 임세라 이사와 놀아나? 사흘로도 모자라서, 주말까지 더 놀다 온다고? 지가 잘났으면 얼마나 잘났어? 이 자식, 두 여자 사이에서 끝장나게 줄타기를 하면서 제멋대로 즐긴단 말이지?

'여자들을 우습게봐도 유분수이지. 웃기네. 아주 박살을 내주겠어!'

방문을 허락받기 위해 먼저 전화를 걸었다. 그러나 실망스럽게도 전화를 받은 나주댁은 여사님께서 집에 안 계시다고 전했다.

[은후 아가씨랑 외출하셨는데 어쩌나?]

"아, 네. 그럼 언제쯤 돌아오시나요? 좀 급하게 여사님께 전할 말이 있어서 그러는데요."

[늦으실 텐데. 우리, 다음 주에 성북동 집으로 들어가잖아요. 집수리가 다 끝났거든. 백화점 나가서 소품 몇 개 보시고, 한 선생님 만나러 예지원에 가신대요. 떡도 맞추고, 집들이 음식도 좀 보신다고요. 예지원에서 저녁 진지까지 하신다고 하셨어요. 급한 일이면 그쪽으로 가보세요. 뵐 수 있을 거야.]

임슬이 과장은 잠시 망설이다가 과감하게 택시를 잡았다. 정의 실현과 아무것도 모르고 농락당하는 은후 아가씨를 구원하려는 것인데 이깟 택시비쯤이야!

"가회동 예지원으로 가주세요."

겨울 햇살이 보얀 한지 창으로 스며들었다. 사르락 발소리가 나더니 장지문이 열렸다. 생활 한복 차림의 직원이 찻상을 들고 들어왔다.

"새로 담근 유자차예요. 향이 좋아요."

한복희 선생이 은후와 진 여사에게 차를 권했다.

"우리 은후 양, 독감 심하게 앓았다면서? 한 단지 담아 보낼 테니 상복해요. 감기에 참 좋아."

"고맙습니다. 잘 마실게요, 선생님."

"우리 은후, 사랑받아서 좋겠네."

진 여사가 빙그레 웃으며 찻잔을 들었다. 토종 남해 유자로 담근 차는 진한 향으로 사람들의 마음을 포근하게 만들었다.

"이 회장님은 일본에 가셨다고 뉴스에 나오데요?"

한 선생의 말에 진 여사가 고개를 끄덕였다.

"엔화 확보 때문에 아무래도 그쪽 은행 관계자와 회동이 필요했던 모양이야. 필요하다면 일본 내 자산 정리도 불사할 모양이더군. 나야 이미 들어앉은 사람이지만 하도 경제가 어렵다 어렵다 하니 덩달아 초조하기도 해."

그러나 한 선생이 사업적인 이야기를 하기 위해 그런 말을 꺼낸 것은 아닐 것이다. 진 여사는 고소(苦笑)를 머금었다. 한국의 알 만한 집안 여인들이 제집처럼 드나들어 마나님들의 사랑채 역할을 하는 것이 여기 예지원이다.

'은근히 오가는 소문의 진위를 확인하고 싶은 것이겠지.'

사흘 전, 태흔이 세라와 함께 일본으로 출국했다. 두 사람 다 사업상 출장이라고는 했지만, 혼담 오가는 미혼 남녀 둘이 함께 출국한 상황은 여러 사람으로 하여금 밀회 여행으로 오해 사기에 충분했다. 깨끗하고 말끔하게 관계를 정리하겠다고 장담하더니, 되레 소문나라 하듯 같이 출국을 하다니. 도대체 알다가도 모를 놈의 속이라고 진 여사는 혼자 생각했다.

어젯밤에 한 이틀 더 머물러야 한다고 전화가 왔다. 대체 무슨 꿍꿍이 속이냐고 따져 물었다. 그러나 그가 대답을 할 리가 없다. 실실 웃으며 지켜만 보세요, 하고는 전화를 끊었었다. 분명 무슨 일을 꾸미고 있는 건 분명한데 무엇인지 알 수가 없어 답답할 뿐이었다.

"그래도 이 회장님이 흔들림없이 잘 이끌고 간다고 칭찬이 자자해요. 이번에 승명그룹만 연말 보너스를 두둑하게 푼다고 소문났던데요? 부러워요. 위기가 기회라고, 신입사원도 많이 뽑는다 하고. 밝고 희망찬 소식은 다 성북동에서 나오니 얼마나 다행이에요, 글쎄."

"우리 애를 곱게 봐주니 덕담만 해주시는구려. 다행히 그동안 준비를 좀 착실히 해온 덕분이겠지. 상대적으로 태풍이 덜 부는 편이긴 해요. 그 애가 제 몫을 해야 내가 지하에 계신 양반께 면목이 서지."

"그런데 제가 듣기로 이 회장님, 아진의 임세라 이사와 같이 나갔다던데요. 혹시 혼삿날이 잡힌 건가요?"

한 선생이 진 여사 눈치를 슬쩍 살피며 물었다. 진 여사는 찻잔을 놓았다.

"아직은. 일단 집에 이사 들어가고 나서, 좀 정리정돈이 되어야 새사람을 들이든지 해야 예의지. 하지만 조만간 택일을 할 것 같구먼."

"그렇군요. 그나저나 우리 은후 양, 오라버니께서 혼인하고 나면 W백화점 며느리로 간다는 소문이 자자하던데."

"헛소문이야."

진 여사가 너무나 가볍게, 그러나 단호하게 잘랐다.

"말만 오가다가 장가갈 그 아들이 정작 미국으로 취직해서 지난달에 나가 버렸는걸. 혼인할 당사자가 없는데 어떻게 결혼을 하누? 그리고 난 우리 애기가 너무 아까워서 딴 집에 안 줄라 그러네."
"하긴 요새 처녀들 유행에 따르자면, 우리 은후 양 나이가 좀 이르긴 하죠."
그때였다. 바깥에서 직원이 전했다
"여사님, 회사에서 누가 찾아오셨는데요."
방 안의 모든 사람이 고개를 돌렸다.
"누굴까? 들어와요."
이내 문이 열리고 임 과장이 들어왔다.
"임 과장이 웬일이야? 설마 회사에 뭔 일이 있는 건 아니지?"
"아닙니다. 간만에 비서실이 한가해서 여사님도 뵙고 인사도 드리고 하려구요. 작정하고 찾아뵈었습니다."
"잘 왔어. 내가 심심한 줄 알고 찾아줬구먼."
진 여사가 반갑게 맞이해 주었다. 은후도 반색하며 방석을 밀어주었다. 한 선생이 몸을 일으켰다.
"담소들 나누세요. 저는 잠시 나가서 볼일 좀 보렵니다. 오늘따라 폐백 맞춤이 두 건이나 있네요. 아무래도 제가 눈으로 보아야 겠어요."
"그래요, 그럼."
"할머니, 저도 선생님 따라 주방 구경할래요."
한 선생을 따라 은후도 일어섰다. 다정하게 당부했다.
"임 과장님, 시간 괜찮으면 우리랑 같이 저녁 먹어요. 선생님께서 맛있는 연밥 찌셨대요."
상냥하게 미소를 지어 보인 다음 은후가 살며시 문을 닫았다. 저토록 착하고 우아한 아가씨를 음험한 욕정의 제물로 삼아 유린하고 있단 말이지. 안 되는 일이야. 암만. 어찌하든 공주님의 순정이 배반당하지 않게 지켜줘야지. 임 과장은 새삼 다짐하였다.

"갑자기 어쩐 일이누? 정말 회사에 무슨 일 생긴 건 아니지?"

"아닙니다. 그저 여사님을 뵙고 싶어서요. 개인적으로 긴요하게 의논 드릴 일도 좀 있고 해서."

"긴요하게 의논할 일이라니? 임 과장이 나에게?"

임 과장은 아랫배에 힘을 주었다. 더없이 진중하고 엄숙하게 고자질을 시작했다.

"죄송합니다, 여사님. 생각하고 또 생각하고, 정말 많이 망설였습니다. 하지만 절대로 그냥 넘어갈 수가 없는 일 같아서요. 여사님께서 반드시 알고 계셔야 할 것 같아서 이렇게 찾아뵈었습니다. 저기요, 회장님께서……."

"이 회장이 왜? 빈틈없이 회사 일을 보고 있고, 일 처리야 제대로 하는 줄 알았는데."

"못 볼 걸 보아버린 제 눈을 아주 그냥 확 뽑아주십시오."

"엉? 그게 무슨 말이누?"

"여사님, 정말 민망합니다. 큰일 났습니다. 이 일을 어쩌면 좋습니까? 회장님께서는 분명히 아진의 임세라 이사님과 결혼하신다고 알고 있는데요, 그런데, 그런데 말입니다. 아아, 아아! 이를 어쩌면 좋습니까?"

"임 과장, 참 답답하네. 말을 해야 내가 알지. 왜 그래? 우리 태흔이에 대해서 안 좋은 소문이라도 도는 거야? 그 애가 해서는 안 되는 큰 실수라도 저질렀대?"

"그게, 그게……. 죄송합니다, 여사님. 회장님께서 임세라 이사가 아닌 은후 아가씨에게 키스하는 것을 그만 제가 보아버렸습니다."

“뭐라고? 언제? 어디서?”

“일본으로 출국하시기 전날에요. 회사 사무실에서.”

“그 망할 녀석이!”

진 여사가 낯빛을 굳힌 채 끌끌 혀를 찼다.

그럴 줄 알았다. 한참 좋아 미쳐 있는 터라, 은후만 보면 눈이 뒤집혀지지 않던가. 그런 녀석이 억지로 집에서 쫓겨나선 얼굴도 보지 못하고, 더욱이 손도 대지 못하는 상황의 연속이었으니, 모처럼 본 연인을 얼마나 만지고 싶어 안달했을지 선연했다.

그렇다고 뻔히 문 하나를 사이에 두고 부하 직원들이 지키고 있는 사무실에서 망신스럽게 애를 끌어안고 주물럭거려? 아직 세라하고의 관계도 제대로 정리하지 못한 상태에서? 우스운 꼴을 당하려고 아주 난리를 치고 있었다.

‘그럭저럭 한 일주일 있다가 들어오너라 하려 했더니, 조심성이 없어, 이놈의 자식. 아주 쫓겨나려고 작정을 했어. 오냐, 그래. 귀양살이일랑 한 달 더 할 줄 알아라.’

일본에서 열심히 세라의 도둑 결혼을 후방 지원하고 있는 태흔이야 이 비상사태를 알 리가 없다. 최선을 다해 사태 해결에 힘쓰고 있는바, 엉뚱하게 임 과장의 오지랖 넓은 훼방으로 인하여 눈뜨고 억울하게 날벼락을 맞는 중이었다.

진 여사가 아무 말도 않고 듣기만 하고 있는 것을 두고 임 과장은 다시 오해하였다. 너무 큰 충격에 어르신 입이 얼어붙었다고 믿었다.

“이 일을 어쩌면 좋습니까? 제가 본 바로는 은후 아가씨와 회장님은 분명히 사랑하는 연인 사이였습니다. 아무리 생각해 보아도 오빠와 누이동생 사이라고는 보기 힘들었습니다. 정말 찐하게 키스하셨다니까요. 같이 웨딩드레스 숍도 들어가셨어요. 거기서도 키스하셨는걸요."

"이런, 확실해?"

"네! 확실합니다. 그런데 결혼은 임세라 이사와 하신다니요. 오늘 회장님께서 일본에서 이틀 더 체류하신다고 연락을 하셨는데요. 사실은 여사님, 제가 회장님과 임세라 이사님을 묶어서 료칸 예약을 했거든요. 회장님이 그러시면 안 되죠. 이제 와서 회장님께서 이런 식으로 양다리 걸치면 우리 은후 아가씨는 어쩐단 말입니까? 또 소문이라도 나면 우리 회장님 평판은 무엇이 된답니까?"

인간으로서 그러면 안 되는 것이다. 은후 아가씨가 너무 가엾다. 어떻게 두 여자를 동시에 농락하게 내버려 두시느냐. 손자님의 인생을 그렇게 위선적으로 만드시면 안 되는 거다. 제발 여사님께서 따끔하게 혼구멍 내시고, 진짜 사랑을 찾아 이어주시라.

흥분, 혹은 걱정. 혹은 분노. 또 혹은 정의감 기타 등등. 임 과장은 지절지절 고자질 겸 하소연 겸 웅변을 토해냈다.

그녀를 물끄러미 바라보면서 그저 묵묵히 듣고만 있던 진 여사가 마침내 미미한 미소를 머금었다. 고맙다 치하했다.

"고마워, 임 과장. 우리 이 회장 평판에까지 관심 가져줘서. 우리 은후 걱정도 해주고. 역시 임 과장은 세심하고 충직하구먼."

"아닙니다. 비서로서 이것은 당연한 책무입니다."

사실은 보스 짱의 간사이자 스토커로서의 기질이 발동하여 벌어진 일이라고는 말할 수가 없다. 임 과장은 양심의 가책을 조금은 느끼면서도 말짱하게 입 발린 소리를 내뱉었다. 진 여사가 고개를 흔들었다.

“아니야. 상사의 사생활까지 걱정해 주고 나쁜 평판이 생길까 봐 과감하게 직언까지 서슴지 않는 비서는 드물지. 좋아. 내가 임 과장의 충직함을 믿고 솔직히 말하지. 아마도 마음이 편안해질 거야. 조만간 이 회장이랑 우리 은후가 결혼하게 될 것 같네.”

“네? 네엣?”

임 과장의 눈이 휘둥그레졌다. 전혀 예상치 못한 일의 전개 앞에서 어지간한 그녀도 순간 머릿속이 띵해졌다. 입이 딱 막혔다.

“처음에 내가 아무것도 모르고 임 이사랑 혼인시킬까 했어. 그런데 알고 보니 태흔이와 은후가 서로 사랑하는 사이더구먼. 그래서 둘을 맺어줄 작정이네. 아, 글쎄. 너무 사랑해서 모든 것을 다 버리고 은후랑 도망간다지 않아? 내가 하도 노여워서 지팡이로 두어 대 후려쳤는데 요지부동이야. 결국 졌네.”

“그, 그럼 회장님 안면의 상처는 혹시……?”

“은후 때문에 나에게서 맞아 생긴 거야.”

진 여사가 아무렇지도 않게 고백했다. 그래도 명색이 한 그룹의 수장인데, 키도 덩치도 한참 큰 손자를 망설이지 않고 지팡이로 때렸다고 털어놓았다.

순간 임 과장의 눈에 뿌연 눈물이 치솟았다. 이것은 진정 감격의 눈물이었다. 회장님은 끝까지 운동하다가 다친 상처라고 강변했었지만, 사건의 진실은 그녀의 예상대로였다. 순정을 다 바친 금단의 사랑 때문이었다.

‘연애도 어쩜 이렇게 낭만적으로, 뜨겁게 격렬하게 하신단 말이냐? 모든 것을 버리고 사랑만을 택하실 줄이야. 아아, 이것이야말로 ‘사랑밖엔 날 몰라’ 가 아닌가? 역시 진정한 로망이셔. 아아, 멋져요. 숭배해요. 미스터 판타지! 아이시떼루, 태흔 사마!’

며칠 동안 코푼 휴지였던 이태혼 회장님. 다시금 값어치를 따질 수 없는 황금비단으로 수직 격상하셨다.

임 과장은 코를 훌쩍였다. 자신의 우상을 믿지 못하고 잠시나마 그 사랑과 믿음이 흔들린 스스로를 깊이 반성하였다.

'역시 우리 회장님. 어떤 경우에도 나의 기대를 저버리실 분이 아니시지. 암만! 내가 처음 믿었던 대로 진정한 섹시에로 순정남이셨던 것이야.'

혼자 상상하고, 혼자 감동하고, 혼자 흥분하여 주접발광 중인 임슬이 과장. 자신의 쓸데없는 오지랖이 숭배하는 태혼 사마께 얼마나 커다란 해를 끼쳤는지 알 리가 없다. 그분께서 달성하고자 안달복달하는 결혼 사업이 한 달 이상 뒤로 밀리고 말았다는 것은 전혀 몰랐다.

진 여사가 눈을 끔쩍했다.

"바깥에 알려지면 민망한 일이니 임 과장과 나만 아는 비밀로 해두자고. 임세라 이사 일은 남모르게 정리해 가는 모양이니 너무 걱정 안 해도 돼. 그저 임 과장은 지금 이대로 우리 태혼이를 잘 보좌해 주기를 바라."

"네, 네. 성심성의껏 회장님을 위해 분골쇄신하겠습니다. 진정 현명하신 판단을 해주신 여사님께 감사의 인사를 전해 올립니다."

작은 인기척이 나고 문이 살며시 열렸다.

"할머니, 진지 준비가 다 되었답니다."

들어서던 은후가 멈칫했다. 돌부처처럼 앉아 있는 진 여사를 앞에 두고, 임 과장이 눈물콧물 범벅이 되어 있었기 때문이다. 의아한 표정이 되었다.

"아니, 왜? 할머니, 임 과장님 두고 꾸지람하셨어요?"

"꾸지람은? 그런 거 아니란다."

"그런데 왜 이러신대요? 아이 참. 우리 할머니, 가끔 너무 엄하시더라. 임 과장님이 모처럼 의논할 일 있어 오신 것 같은데, 이렇게 울리시면 어째요? 제가 다 속상하네요."

아무것도 모르는지라 은후가 괜히 진 여사더러 종알종알 잔소리를 했다. 임 과장 옆에 한 무릎을 꿇고 앉았다. 손수건을 꺼내 찬찬히 닦아주었다.

"고정하세요, 임 과장님. 무슨 일인지 모르지만 살다 보면 속상한 일도 있고 기분 나쁜 일도 있대요. 그만큼 좋은 일 생기려고 그런다잖아요. 잊어버리시고 고정하세요. 우리 할머니, 엄하시긴 하지만 뒤끝은 없으시잖아요."

너무나 상냥한 공주마마의 위로 앞에서 임 과장의 훌쩍임이 진정되기는커녕 더 커졌다. 이렇게 아름다우신 분의 사랑을 자신이 지켜냈다는 사실에 새삼 감격스러워진 탓이었다. 진 여사가 좀은 어이없는 얼굴이 되어 한참 건너다보다가 아귀를 지었다.

"자네 마음 내가 아니까, 진정해. 자네 같은 부하 직원을 두어서 우리 태흔인 복이야. 일어나지. 시장한데 식사나 같이하고 가."

저녁상이 마련되어 있다는 세연정 쪽을 향해 세 사람은 쪽마루를 따라 걸어갔다. 노을 머금은 하늘 아래로 대나무와 상록수로 꾸며진 작은 정원의 운치가 향기로웠다. 성북동 거실 안에도 저런 실내 정원을 하나 만들면 어떨까 한가로이 이야기를 주고받던 중이었다.

"태흔이가 오면 물어보자. 그 앤 또 집 안에 너저분하게 들어와 있는 거 싫어하잖…….”

진 여사의 말꼬리가 중간에서 떨어졌다. 마루 저편의 방에서 나오던 손님들과 마주쳤다. 그 일행 중에 뜻밖에도 임세라의 어머니인 아진그룹의 안주인 윤 여사가 끼어 있었던 것이다.

생각해 보면, 결국 손자인 태흔이 남의 집 귀한 딸자식인 세라를 기만하고 얄밉게 이용해 먹은 것이나 다름없다. 혼인을 맺는다고 소문은 다 난 상태에서 이제 없던 일로 한다면, 태흔도 그렇지만 여자 쪽도 망신이기는 똑같은 법. 미안하고 민망하고 송구해서 순간 진 여사는 참으로 낯이 뜨거웠다.

은후 역시 면구하기는 마찬가지였다. 세라의 남편이 될 태흔을 빼앗은 셈이었으니까. 그녀의 어머니 윤 여사를 바라보기 너무 부끄러워서 본능적으로 고개를 푹 숙이고 말았다.

진 여사는 찰나 너무나 고민스러웠다. 어찌 점잖은 저이 얼굴을 바로 보나, 염치없어 말을 섞나, 막막했다. 그럼에도 눈길이 마주친 이상 모른 척할 수는 없다. 면구해도 죄인인 내가 먼저 고개 숙이고 말을 걸어야지, 싶어 억지로 웃는 낯을 만들었다.

한발 다가서는데 갑자기 그쪽의 윤 여사가 핸드백으로 얼굴을 가리듯이 하면서 옆으로 돌아섰다. 분명히 진 여사와 시선을 마주치는 것을 피하는 동작이었다.

저이가 그간 사정을 다 눈치채고 노여워서 이젠 나하고 말도 섞지 않으려 하나 보다. 당황했지만 내디딘 발길을 뒤로 돌릴 수는 없었다. 진 여사는 이를 앙다물었다. 어쩔 수 없다. 한 번은 당해야 하는 일. 눈앞이 캄캄해지는 망신을 각오했다.

“윤 여사, 오랜만이네요.”

“죄송합니다, 여사님. 정말 민망해요. 용서하세요.”

진 여사의 말은 듣는 둥 마는 둥, 윤 여사가 불쑥 사과를 했다. 머리꼭지가 마룻바닥에 닿을 듯이 깊이 고개를 숙였다.

"이제 제가 어떻게 얼굴을 들고 살아야 할지 모르겠네요. 참으로 면구스러워서, 망신스러워서 못살겠습니다. 제가 자식을 잘못 키웠습니다. 여사님께 면목이 없네요."

"아니, 그게 무슨 말인지?"

"우리 여식이 그렇게 큰 사고를 칠 줄이야 누가 알았겠습니까? 여사님이나 이 회장 얼굴을 앞으로 저희가 어찌 본대요, 그래? 전부 다 저희 불찰입니다. 제발 한 번만 이해하시고 너그럽게 용서하세요. 제가 너무 경황이 없어서요, 여사님. 조만간 정식으로 찾아뵈올게요. 간곡히 사죄드리려고 합니다. 황망해서 오늘은 이만 물러갑니다. 제가 죄인이에요. 한 번만 너그러이 이해해 주세요."

윤 여사는 거의 제정신이 아닌 듯했다. 말이 아니라 횡설수설 수준이었다. 얼굴이 시뻘게져선 눈을 제대로 뜨지도 못했다. 지금 자신이 하고 있는 말이 무슨 뜻인지조차도 헤아릴 여유가 없어 보였다. 말을 끝내자마자, 행여나 붙잡을세라 황황히 돌아서서 나가 버렸다. 무서운 것에서 도망치는 품새였다. 어안이 벙벙해선 은후와 진 여사는 서로 얼굴만 마주 보았다.

"저이가 왜 저런다니? 무슨 일인 게니?"

"그러게 말이에요. 몹시 놀라신 것 같은데요. 분명히 눈물자국도 있었는데요."

"난리 날 만도 하지요, 여사님. 석간 아직 못 보셨죠?"

다가온 사람은 한 선생이었다. 신문을 들고 있었다. 진 여사가 흠칫 놀라 건너다보았다.

"신문이라니? 왜? 아진이 부도라도 났대?"

"부도 소식보다 더한 기사가 났어요. 윤 여사님, 지금껏 여기 오셔서 울다 가시는 겁니다."

한 선생이 신문을 은후에게 건네주었다.

"인터넷 판에서는 이미 아침부터 난리가 났구요. 거기, 아래 부분이요, 여사님. 임세라 이사가 어제 파리로 도망을 갔답니다. 전격적으로 결혼을 했다는 기사가 났네요, 글쎄."

26장

〈아진그룹 임창수 회장의 장녀 결혼.

아진그룹 임창수(59) 회장의 장녀 세라(30) 씨와 정도경(29) 씨가 지난 5일 파리에서 결혼식을 올렸다. 두 사람은 프랑스 대사인 고병석 씨의 주례로 양가 부모만을 모시고 조촐한 결혼식을 올렸는데, 이는 언론의 지나친 관심을 피할 목적이라고 전해졌다.

현재 아진그룹 기획실 이사로 근무 중인 세라 씨는 활발한 대내외적 활동으로 인해 딸만 셋인 임창수 회장의 후계자로서 일찌감치 거론되고 있는 중이다.

아진그룹 평사원 출신으로 일약 재벌가의 사위가 됨으로써 '남자 신데렐라' 신드롬을 일으킨 신랑 정도경 씨는 대전 출신으로 알려졌다. 미국 매릴랜드주립대 정치학과 졸업 이후 아진물산 미국 지사 평사원으로 입사했다. 일 년 전 업무와 관련하여 미국에서 임세라 이사와 첫 만남을 가진 후, 올해 초 한국 본사로 배치 받은 이후 계속해서 동호회 활동이며 봉사활동을 같이하며 사랑을 키워온 사이라고 한다.

결혼식 이후 신랑 정도경 씨는 다시 미국으로 돌아가 경영대학원을 마칠 예정이라고 아진그룹의 홍보실에선 밝혔다. 따라서 신혼부부는 당분간 미국과 한국을 오가며 지낼 것으로 보인다.

아진그룹 임창수 회장은 보도자료를 통해 '진심 어린 사랑으로 맺어진 집안의 첫 혼사를 무척 기뻐하고 있으며 맏사위가 든든한 장남 노릇을 하고 있어 몹시 흡족하다'고 밝혔다.〉

진 여사가 신문을 내려놓았다. 돋보기를 벗고 '자, 어떻습니까?' 하고 자랑이라도 하듯이 싱글거리는 태흔을 바라보았다. 은근히 밉살맞다는 표정을 감추지 않았다.

"네 작품이라고 자랑하는 거냐."

"대강은 그렇다고 해두겠습니다."

"욕 한마디 듣지 않고 당당하게 파혼을 하고, 심지어 혼약한 여자에게 걷어 차이기까지 한 불쌍한 녀석이 되어 덤으로 동정까지 받고? 대단해."

"이 정도 술수는 부려야 완벽한 일 처리라 할 수 있지요."

"거만한 녀석 같으니라고. 그따위로 얄팍한 계교만 부리다가 언제 한 번 큰코다치지, 네가."

조모에게서 욕설을 바가지로 퍼 얻어먹으면서도 태흔의 표정은 밝기만 했다. 일본에서 돌아오자마자 바로 집으로 직행했다. 당연히 들어오너라 하실 터이니, 세진의 집에 놓아둔 트렁크까지 들고 온 처지였다. 자신만만, 의기양양, 거만하게 소파 등받이 쪽으로 몸을 젖힌 채 당당하게 요구했다.

“약속드린 대로 말끔하게 뒤처리했습니다. 할머니 차례입니다. 이젠 우리 둘, 결혼시켜 주십시오.”

“싫다.”

“약속하셨잖습니까?”

어른께서 한입으로 두말하시면 안 되는 거지. 태흔은 못내 억울해서 강력하게 항의했다. 그러나 진 여사는 끄떡도 하지 않았다. 코웃음만 날렸다.

“뒤처리 말끔하게 한 다음에 이야기하자 그랬지, 그렇게 하면 당장 결혼시켜 주겠다고 약속한 적은 없다.”

“할머니, 이러시면 곤란합니다. 제가 지금껏 돈 쓰고, 머리 쓰고 죽도록 고생한 이유가 뭔데요? 올해 안으로 장가 보내주신다는 말만 믿고 발로 뛴 겁니다.”

“반성하고 거동 조심하라고 그랬다. 누구 맘대로, 그것도 회사 사무실에서 애를 안고 남우세스러운 짓을 하랬니? 손끝 하나 대지 말랬지? 고약한 소문 나기 십상이니까 결혼할 때까지 자제하라고 했더니 말이야, 겁도 없이 망신스러운 짓을 하고 다녀? 네가 먼저 약속을 어겼으니 나도 약속 지킬 이유가 없지.”

“제가 언제 그랬습니까? 하늘에 맹세코 그런 적 없거든요.”

둘만이 아는 은밀한 사생활이 여기까지 전해진 이유가 무엇인가. 본 사람도 없는데 어떻게 아시지? 총기 넘치는 노인 양반이 넘겨짚는 것이로군. 속으로는 좀 찔렸으나 태흔은 끝까지 잡아뗐다. 진 여사가 흥 하고 비웃음을 날렸다. 주방 쪽에서 나오는 은후를 바라보았다.

“당사자 한쪽이 여기 있구먼. 물어보면 진실이 밝혀지겠네. 은후, 둘이 만났을 때 이 녀석이 정말 점잖게 굴었어?"

같은 지은 죄가 분명히 존재한다. 할머니 앞에서 거짓말을 할 수도 없고 해서 은후는 그만 아무 말도 못 하고 홍시감이 되고 말았다.

멍청한 놈 같으니라고. 그를 위해 시침 좀 떼주면 얼마나 좋아. 침묵으로 둘이 저지른 불법적인 접촉을 시인하고야 마는 은후의 맹한 모습에서 태흔은 속으로 한탄 섞인 한숨을 삼켰다.

그럼 그렇지, 진 여사가 혀를 끌끌 찼다. 지그시 그를 노려보며 한마디 던졌다.

"알만허다."

"아니라니까요!"

"접근 금지라고 했지?"

"어차피 결혼할 사이 아닙니까? 그냥 키스 한 번 한 건데, 너무 하시는 것 아닙니까?"

"그런 건 결혼해서 실컷 해. 여하튼 넌 약속을 어겼으니 집에 들어올 자격 없어. 귀양살이 한참 더 해야 정신 차리지."

"할머니!"

"어디서 고함치고 난리야? 버릇없게시리. 스님더러 택일해 달라 했더니 말일이 좋단다. 이 달 삼십 일로 결혼식 날짜 잡았다."

너무하다고, 늘그막에 불쌍한 손자를 말려 죽일 일 있느냐고 본격적으로 난리 치려던 찰나였다. 태흔의 입이 딱 막혔다. 은후의 얼굴도 순간 발그스레 변했다. 흥분한 태흔은 벌떡 일어나 구십도 각도로 허리를 굽혔다. 감사의 인사를 드렸다.

"할머니, 최고이십니다. 감사합니다."

"매도 빨리 맞는 게 낫다지. 이 말 저 말 나오기 전에 해치우기로 했다. 새해 되어 새집에서 진짜 가족이 되자꾸나. 우리 모두 즐겁게 새로이 시작하는 거야. 그러니 불평 그만하도록 해. 알았어?"

삼 주 후의 결혼식이라는 달콤한 미끼에 걸리고 말았다. 이리하여 태흔은 처량하게 또다시 가방을 들고 집에서 쫓겨났다. 어둠을 헤치고 세진의 아파트로 기어들어 갔다. 비굴하게 벨을 누를 수밖에 없었다.

날은 추운데, 피곤해서 미치겠는데, 빨리 더운물로 샤워라도 하고 싶은데 친구란 놈은 대체 안에서 무슨 짓을 하는 것인지 문을 열어줄 생각을 하지 않았다. 너끈히 오 분은 지난 후에야 간신히 문이 열렸다.

"집에 들어간다며? 다신 여기 안 온다며?"

세진이 환장하겠다는 표정으로 머리를 북북 긁었다. 따져 물었다.

"또 쫓겨났다. 지금껏 뭔 짓 하고 있던 거냐, 문도 안 열어주고?"

대답 대신 세진은 어색한 한숨만 푹푹 쉬었다. 신발을 벗던 태흔은 현관 머리에 놓인 여자 구두를 보았다. 거실 소파 위에 놓인 핸드백이며 침실까지 이어져선 길을 만든 남녀의 엉킨 옷가지들을 보아하니, 대강 닫힌 문 안의 사정이 짐작되었다.

"잘한다. 내가 안 들어온다니까 당장 여자 불러들여 하던 중이었구먼. 다시 나가주랴?"

"조용히 네 방에 들어가서 처 자빠져 자, 새꺄. 너 때문에 내 명이 줄지. 간만에 기분 내던 중이었는데, 산통 다 깨고 있어."

"어떤 여자를 만나도 집에는 안 데리고 온다는 게 유세진의 철칙이었지, 아마? 그런데 이번은 다른가 보다? 다율 씨도 이 사실을 알고 있냐?"

평소 같으면 발끈해선 삿대질에 덤벼들 놈이 아무 말도 하지 못했다.

"여하튼 이태혼이, 이런 걸 친구라고 아파트를 내주다니. 내가 미쳤지."

투덜투덜, 원망으로 가득 찬 눈으로 노려보더니 세진이 처량 맞게, 가련하게 몸을 돌이켰다. 태혼은 가방을 내려놓고 주방으로 갔다. 주린 배를 쓸며 냉장고 문을 열었다. 집주인에게 비굴하게 물었다.

"배고프다. 우리 할머니, 정말 무서워. 저녁도 안 주고 날 쫓아낸 거 있지? 혹시 찬밥이라도 남은 거 있냐?"

"돈도 많은 새끼가 때 되면 사 먹고 들어올 일이지! 감히 찬밥까지 찾아. 뻔뻔하게! 내가 니 몸종이야?"

"없으면 없다고 하지 왜 고함 질러? 은근히 빈정 상하네. 젠장, 라면이라도 배달시켜야 하나."

배달을 기다리는 동안 허기라도 채울 작정이었다. 코코아라도 한 잔 마실까 하고 전기주전자를 올려놓던 중이었다. 안방 문이 빼꼼 열렸다.

"세진 씨, 뭐 해? 누가 왔어?"

세진의 것이 분명한 커다란 욕실 가운으로 늘씬한 알몸을 가렸다. 섹시한 자태로 젖은 머리를 털고 나오던 여자가 태혼을 보고는 우뚝 서버렸다. 태혼도 그녀 못지않게 놀라선 석상처럼 굳어져 버렸다. 중간에 선 세진만 아으아으, 좌절의 신음을 내뱉었다. 두 손으로 머리털을 움켜쥐었다.

“다율 씨……?”

“엄마야!”

망신스럽게 애인의 친구에게 반라인 자태를 공개하게 된 셈이다. 다율이 비명을 지르며 안방으로 뛰어 들어갔다.

태흔은 하도 기가 차서 입김으로 이마를 가린 머리카락을 불어 날렸다. 차마 얼굴을 둘 데가 없어 눈알만 굴리고 있는 놈의 어깨를 찝어 올렸다.

세진이 최선을 다해 변명하려 애를 썼다.

“이게 그러니까…… 이를테면 예기치 못한 사고랄까.”

“친구고 동료일 뿐이라며?”

“어쩌다가 보니 이렇게 된 거거든. 내가 요즈음 네놈 때문에 금욕 생활이었잖아. 너무 고파서 말이지. 제정신이 아니었나 봐. 눈이 훽 돌아갔다고나 할까?”

“아하. 그러셔? 다율 씬 너에게 여자도 아니라며? 응?”

“새꺄! 그럼 넌 한 번도 네 예상과는 다른 일에 빠진 적 없어? 살다 보면 예기치 못한 함정에 빠질 수도 있는 거지. 그리고 기분 나쁘네. 내가 왜 너에게 주눅 들어야 하는 거냐?”

세진이 두 팔로 태흔을 밀어냈다. 변명을 하면서 생각해 보니, 지은 죄도 없이 괜히 죄인을 자처하고 있는 것이 아닌가. 은근히 억울했다.

“내가 명중이처럼 유부남도 아니고 네놈처럼 약혼한 것도 아닌데. 불륜 아닌데. 성인인 미혼 남녀, 좋아서 한밤 같이 잤기로서니, 왜 다그치는 건데? 엉?”

“한입으로 두말하잖아, 니가 지금.”

“내가 뭘 어쨌는데? 누굴 좋아하건 누구랑 같이 자건 그건 내

자유지."

"별거 아니다? 니가 만날 하던 대로 그냥 한밤 같이 자는 사이일 뿐이다? 절대로 미래 따윈 책임질 사이 아니다, 이 말이지?"

"그, 그럼! 내가 미쳤어? 잘나가는 이 나이에 찬란한 자유를 포기하게? 그냥 오다가다 벌어진 무의미한 원나이트라고!"

태흔의 눈에는 다 보이는 진실을 끝까지 호도하려고 한다. 최선을 다해 아무것도 아니라고, 무의미한 불장난에 불과했다고 세진이 치기 어린 변명을 계속해 댔다. 태흔은 사악한 미소를 지었다. 고함치는 친구의 귀에 입을 대고 조용히 뇌까렸다.

"유세진, 유감이다. 지금 니가 한 말 다율 씨가 다 듣고 있구나."

순간 세진의 얼굴이 쌀뜨물처럼 허옇게 질렸다.

옷을 차려입고 침실에서 나온 다율이 소파에 놓인 핸드백을 집어 들었다. 쿨한 성격답게 겉으로 감정을 드러내지는 않았으나, 심히 자존심이 상한 것이다. 옆얼굴이 수정처럼 얼어붙어 있었다. 두 남자 쪽은 일별도 하지 않고 현관 쪽으로 걸어갔다. 신발을 신은 다음에서야 비로소 뒤돌아섰다. 지독히 차가운 눈초리로 세진을 노려보았다.

"그 잘난 독신주의 방탕 선언 예전부터 잘 알고 있으니까, 그렇게 큰 소리로 고함치지 마. 역겨워."

"다율아, 홍 사장, 이게 말이지, 그러니까……."

"변명 필요없어. 아무리 날 업신여긴다 해도 말이야. 친구 앞에서 하룻밤 상대인 양 싸구려로 만들어? 그래, 좋아. 우리 둘 다 실수라고 치자고. 너 같은 개자식을 하룻밤 상대로라도 여겨준 내가 한심하다."

다율이 싸늘하게 내뱉었다. 가운뎃손가락을 들어 야무지게 세진에게 엿을 먹였다. 문을 쾅 닫아버렸다. 또각또각 하이힐 소리가 아련히 멀어졌다. 세진이 비틀비틀 식탁 의자에 앉았다.

"아흐! 이태흔이 이건 내 인생에 정말 도움이 안 돼! 만약 우리 둘 사이가 끝장나면 다 니 탓이야! 두고 봐!"

"별거 아니라며? 오다가다 벌어진 원나잇이라며?"

"그딴 말을 믿어? 내가 미쳤어? 기껏 원나잇 하는 애를 집에 데려오게? 젠장. 여기까지 꾀어내려고 얼마나 고생했는데! 새꺄, 내 연애사 엉망진창 된 거 다 네 탓이야!"

"웃기네. 지놈이 지 입으로 지랄발광을 떨어놓고. 나가 봐, 인마. 다율 씨 정말 화나서 떠나기 전에 잡으라고."

"기다려! 갔다 와서 너 죽여줄 테니까."

세진이 벌떡 일어나 소파 위에 떨어진 점퍼를 집어 들었다. 뒤도 돌아보지 않고 신발장 위에 놓인 차 키만 들고는 후다닥 뛰쳐나갔다. 태흔은 쓴웃음을 머금으며 반쯤 열린 현관문을 마저 닫았다.

'새끼. 지갑도 휴대전화도 놓고, 어딜 뛰어나가? 꼴값을 떨어요. 그냥 솔직하게 연애질 중이라고 고백을 하지.'

불과 보름 전만 하더라도 태흔 자신, 그렇게 시침 떼고 사람들을 기만했던 것은 전혀 떠올리지도 않는 것이다. 은후를 얻는 데에는 세진의 공이 절대적으로 컸다는 것에 대해서도 편리하게 잊어버렸다.

'너들의 연애사는 너들이 책임질 일. 알아서 하시지.'

불쌍한 집주인 세진이 다율을 찾아 찬바람 속에서 이리저리 헤매는 동안, 불청객 태흔은 따뜻한 아파트에 앉아서 배달된 라면을 맛있게 먹었다.

똑똑똑. 노크 소리가 났다. 들어오세요, 하고 대답하자 박 이사가 들어왔다. 태흔 앞에 보고서를 밀어놓았다.

"지금 기획실에서 이십사 일, 성과급을 일체 지급하라고 훈령을 내려보냈다고 합니다. 전 사(社)에서 적극 환영하는 분위기인 것 같습니다."

"돈 주겠다는데 싫어할 사람은 없는 것 같은데요. 박 이사님도 두둑한 성과급을 가져가면 집에서 고개 들 수 있잖습니까."

태흔은 미소 지으며 일어섰다. 손짓을 해 그를 소파에 가 앉게 했다.

전 세계적인 경제 불황으로 인해 심적으로 위축된 사원들의 사기를 올리고 침체된 내수 시장을 진작하는 차원에서 태흔은 갈등 끝에 결국 예년보다 앞당겨 생산성격려금(Productivity Incentive)과 임원 장기성과급을 지급하기로 결정했다. 또한 협력업체에 대한 결제에 있어서도 당분간 즉시 현금으로 지급하라는 훈령을 내려보내라고 지시했다.

"내년 초에는 이익분배금(Profit Sharing)도 지급될 터이니 사원들의 기대가 큰 모양입니다. 대신 회장님 뜻에 따라 너무 떠들썩한 돈잔치 모양새는 지양하라고 지시했습니다."

"잘했어요. 장사 잘한 직원들 기를 세우는 건 좋지만 그렇지 못한 쪽에게 상대적인 박탈감은 느끼지 않도록 해야지."

태흔이 인터폰을 눌렀다.

"조 대리, 차 두 잔 부탁합니다."

그도 박 이사 앞자리에 가서 앉았다.

"오늘 남은 스케줄은?"

"두 건입니다. 오후 세 시에 사회복지공동모금회 사무실을 잠시 방문하셔야 하고, 일곱 시에 한국대 경영대 동문회 송년식에 참석하시기로 되어 있습니다. 다른 그룹과 형평성을 맞추어서 연말 불우이웃돕기 성금 백억 원 기탁을 결정했습니다."

"좋은 일을 하는 성금 액수까지 다른 회사 눈치를 살펴야 한다는 건 좀 웃기지 않나요?"

"하지만 한국적 정서라는 게 있잖습니까? 또 우리가 일방적으로 기탁 성금 액수를 올리면 다른 그룹도 사회적 체면이 있으므로 그에 맞추어서 그 수준을 올려야 합니다. 그런 측면을 고려해 주십시오."

박 이사의 말에 태흔은 고개를 끄덕였다. 조 대리가 차 두 잔을 들고 들어왔다. 놓아주고 문을 닫았다. 차 한 모금을 마신 후 태흔은 박 이사를 정시했다.

"제가 박 이사님을 부른 이유는 업무 보고를 듣기 위해서이기도 하지만 사실은 아주 중요한 부탁을 하려구요. 전적으로 개인적인 부탁이라 좀 미안합니다만."

"기탄없이 말씀해 주십시오. 공적으로나 사적으로나 회장님을 보좌하는 일이 저의 업무 아니겠습니까?"

"이달 삼십 일에 제가 결혼을 하게 되었습니다."

느닷없는 말에 박 이사의 입이 떡 벌어졌다.

미혼인 승명의 젊은 수장 태흔의 결혼은 그룹 안팎의 관심사이기는 했다. 올 연말쯤에 결혼을 할지도 모른다는 소문도 몇 달 전부터 있어왔다. 하지만 보름 전에 그 상대라고 소문난 아진그룹의 큰딸이 태흔이 아닌 다른 남자와 전격적으로 결혼을 해버렸다.

결혼 상대가 사라진 마당에 갑자기 태흔이 열흘 후에 결혼식을 올린다니, 참으로 황당하기 이를 데 없었다.

"그런 대사를 어찌 지금에서야 알려주시는지요? 결혼 준비는 어떻게 하시려구요? 또 결혼하실 분은 대체 누구신지?"

"결혼 준비래야 별거 있나? 어차피 성북동 집에 들어가 살 테니 집 장만도 필요없고, 주례는 모교 총장님께서 하실 거고, 결혼식은 우리 회사 영빈관에서 할 겁니다. 나도 자존심 있는 남자인데 만날 걷어차이겠습니까? 이번에는 절대로 도망가지 않을 신붓감을 찾았습니다. 걱정 마세요."

"대체 어떤 분과 결혼을 하신다는 건지? 며칠 전에 집들이 겸으로 찾아뵈었으나 여사님께서는 아무 언질도 없으셨습니다만."

"우리 은후가 내 신부입니다."

이미 한껏 벌어졌던 박 이사의 입이 또다시 쩍 하고 벌어졌다. 너무 놀란 나머지 이번에는 거의 마비 상태였다.

"이십 년 동안 정 붙이고 같이 살다 보니 헤어지기가 싫어서요. 할머니께서도 고이 키운 은후를 남 주기 아깝다 생각하신 듯해요. 살던 대로 그냥 이번에는 우리 둘, 앞으로 한 백 년 정도 부부로 살아볼까 합니다."

"네, 네. 알겠습니다."

기계적으로 대답을 하고는 있었지만 사실 박 이사의 혼백은 이미 허공을 떠돌아다니고 있는 중이었다.

"이건 한 사나흘 있다가 내보내는 게 좋겠어요. 공식적으로 발표할 기사 자료입니다."

태흔이 미리 준비한 자료를 박 이사에게 내밀었다.

"힘드시겠지만 박 이사님이 비서실 직원들과 함께 영빈관 측과 협의해서 결혼식장 준비를 맡아주십시오."

"네, 열과 성을 다하여 준비해 보겠습니다."

"감사합니다. 나가보세요. 삼십 분 후에 출발하기로 하지요."

회장실 문을 닫고 나오는 박 이사 얼굴이 창백해져 있었다. 몇 발자국 떨어진 자신의 책상 쪽으로 비틀거리며 걸어갔다. 비서실 직원들이 놀라 일제히 자리에서 일어섰다.

"조 대리, 냉수! 이사님 완전히 질렸어!"

임슬이 과장이 소리쳤다. 홍 대리가 박 이사를 부축해 편하게 앉혔다. 도대체 문 안에서 무슨 질책을 듣고 나오신 걸까? 핏기라곤 하나도 남아 있지 않았다.

"대체 무슨 일이래요? 회장님께서 무슨 말씀을 하셨는데요? 혹시 이사님더러 사직하라고 통보하셨나요?"

박 이사 나이 이미 쉰다섯. 사직할 날도 멀지 않았지. 혹시 연말에 즈음하여, 더 젊고 싱싱하고 유능한 비서실장을 발탁한다고 하셨나? 직원들이 예상한 최악의 시나리오는 그러했다. 그러나 너무 큰 충격에서 헤어 나오지 못한 박 이사는 조 대리가 가져다 준 냉수를 다 마시고도 쉬이 대답을 하지 못했다. 그저 그때까지 손에 꾹 쥐고 있던 파일을 힘없이 내밀었을 뿐이다. 잡아채듯이 파일을 펼친 홍 대리가 헉, 소리를 냈다.

"저, 정말입니까요?"

박 이사가 고개만 끄덕였다. 이번에는 홍 대리가 풀썩 소파에 주저앉았다. 아무 말도 없이 파일을 조 대리에게 건넸다. 파일을 본 조 대리도 비틀거렸다.

"하늘이 무너졌어요? 엉? 이게 대체 뭐야? 왜 다들 혼비백산하고 그러는데? 우리 비서실 직원들, 다 모가지랍니까?"

임슬이 과장이 파일을 빼앗았다. 눈이 휘둥그레졌다.

"오옷, 이것은?"

박 이사가 들고 나온 것은 공식적으로 내보내질 회장님의 결혼 기사 초고였다. 〈보스 짱〉의 간사 임 과장. 행여 단 한 줄이라도 회장님께 누가 되는 문구가 있을세라 예리한 눈으로 초고를 훑었다.

〈이태흔 승명그룹 회장, 백년가약.

이승학 승명그룹 창업자의 장손인 이태흔(33) 승명그룹 회장이 이은후(25) 씨와 30일 서울 삼성동 본사 영빈관에서 최상준 한국대 총장의 주례로 백년가약을 맺는다.

지난 7월, 승명그룹 회장으로 취임한 이태흔 회장은 알려지다시피, 대훈외고와 한국대 경영학과를 거쳐 미국 예일대, 와튼 비즈니스 스쿨을 마쳤다. 5년간 유럽에 머물며 승명그룹의 국제 비즈니스를 관장하다가 올 여름 귀국해 승명그룹의 대권을 이어받았다.

신부 이은후 씨는 승명복지재단 이사를 역임한 사회사업가 고(故) 이문진 씨의 딸로 현재 한국종합예술학교 예술 전문사 과정을 밟고 있는 재원이다. 재작년 한국공예대상을 수상하기도 하는 등 예술계의 유망주이기도 하다. 부친이 일찍 별세를 하는 바람에, 진이옥 여사(전 승명그룹 회장)가 이은후 씨의 후견인이 되었다고 한다. 그러한 인연으로 이태흔 회장과 맺어진 것으로 알려졌다.

이은후 씨는 결혼 후 공부를 계속할 계획이며 신혼살림은 성북동 자택에서 시작할 예정이라고 승명그룹 관계자는 밝혔다. 결혼식 후

신혼부부는 뉴칼레도니아로 신혼여행을 떠날 예정이다.〉

“삼십 일이라면 겨우 열흘 남았는데…….”

“다른 누구도 아닌 은후 아가씨랑 결혼을 하시다니.”

“스캔들 중의 스캔들. 토픽 중의 토픽인 것이야.”

박 이사를 비롯한 홍 대리, 조 대리는 거의 기진맥진이었다. 예고도 없이 회장님이 터뜨린 핵 펀치에 떡실신 상태가 된 것이다. 맹알맹알한 눈동자를 보아하니 여전히 정신이 오락가락하고 있는 모양이었다. 유일하게 침착한 사람은 임 과장뿐이었다.

“회장님 나이도 있는데 혼인하시는 건 당연하죠. 왜 다들 놀라죠? 아하, 은후 아가씨와 결혼? 난 두 분이 아주 잘 어울린다고 예전부터 생각했는데. 정말 잘된 일 아닌가요?”

홍 대리가 입에 거품을 물었다. 아무리 무소불위의 힘을 가진 회장님이라 해도 비윤리적인 행위는 비난받아야 마땅한 법. 근친상간까지 인정할 순 없다.

“그, 그래도 말입니다. 도, 도, 동생하고 결혼을 어, 어떻게 한단 말입니까?”

“어머나, 홍 대리. 아직 몰랐나? 은후 아가씨, 여사님이 데려다 키웠을 뿐이지 회장님하고 혈연관계 아닌데.”

박 이사가 새파란 얼굴을 들었다. 구원의 여신 같은 임 과장을 바라보았다. 어떤 일이 생겨도 놀라지 않고 침착함을 유지하는 그녀야말로 비서의 귀감이다 싶었다. 새삼 돋아나는 신뢰감을 바탕에 깔고 모깃소리만 하게 물었다.

“이 일을 어떻게 하지, 임 과장? 회장님 결혼식인데. 세기의 결혼식인데! 식장 준비를 해야 하는데. 겨우 열흘밖에 안 남았다고.

한 치의 실수라도 생기면 그날로 우린 다 제삿날인 거야. 이 일의 심각성을 다 알고 있는 거지? 엉?"

"이 나라에서 돈 있는데 못 하는 게 있던가요?"

한심한 남자들. 평소에는 엄청나게 잘난 척하지만 결정적인 순간에는 어린애가 되고 마는군. 결국 여자들 치마꼬리에 얼굴을 묻고 징징대기나 하지. 임 과장은 떨고 있는 박 이사를 준엄하게 나무랐다.

"늘 침착하고 세련되게 일을 처리하시는 이사님답지 않습니다. 약한 말씀 하지 마세욧! 할 수 있습니다. 그것을 믿기에 회장님께서도 이사님께 중차대한 일을 일임하신 것이고요. 홍 대리, 이사님 모시고 화장실에라도 다녀와요. 찬물로 세수하고 나면 정신이 드실 겁니다. 이후에 이 문제를 어떻게 해결할 것인가에 대하여 회의하기로 하죠."

야무지기도 하지, 유능하기도 하지. 그 순간 소파에 주저앉은 세 사람은 임슬이 과장의 머리 위에서 빛나는 황금빛 후광을 분명히 보았다.

냉철하게 일을 처리한 후, 임 과장은 자신의 책상으로 돌아갔다. 다가오는 조 대리에게 손을 내밀었다. 조정미 대리가 서랍을 열었다. 고구려호텔 4인 숙박권이 든 봉투를 그 손에 고이 올려놓았다. 〈보스 짱〉의 이벤트 상품. 회장님 짝짓기 상대를 정확하게 찾아낸 유일한 전문가에게 한껏 존경과 숭모를 담아 칭송하였다.

"과장님, 정말 존경해요! 백발백중. 축하드립니다. 그런데 놀랠 노짜다. 어떻게 우리 회장님 결혼 상대가 은후 공주님인 걸 턱하니 맞히신 건가요?"

"조 대리도 비서 십 년 해봐. 눈 감고도 척 하니 감이 올 테니까."

임 과장은 거만하게 고개를 치켜들었다. 반 장난삼아 그냥 우연으로 둘 사진을 붙여놓았다는 것은 끝까지 비밀이다. 박 이사의 신임을 단번에 얻어낸 침착함과 냉철함도 실상은 이미 진 여사로부터 언질을 받은 상태였기에 가능한 것이었다는 것도 절대 비밀이다.

임 과장은 숙박권 봉투를 핸드백에 탁 집어넣고 엄숙하게 좌정하였다. 〈보스 짱〉에 접속하여 게시판을 열었다. 심호흡을 한 다음, 망설이지 않고 파일의 충격적인 내용을 고스란히 업로드 하였다.

〈제목:회장님, 장가간다네! 섹시지수 3,000% 상승.〉

화이트 크리스마스가 되려는지, 아침부터 하늘이 끄무레했다. 아니나 다를까, 점심때부터 주먹만 한 눈송이가 떨어지기 시작했다. 삽시간에 도심의 거리를 새하얀 베일로 덮어버렸다.

퇴근 무렵이 되자, 빌딩 벽에 설치된 전광판 뉴스에서는 폭설로 인해 크리스마스 휴가를 즐기려는 차량들이 곳곳에서 정체를 빚고 있다는 소식이 떠오르고 있었다.

노크 소리가 나고 박 이사가 들어왔다. 며칠 사이 얼굴 살이 홀쭉하게 빠져 있었다. 태흔의 결혼 소식이 발표된 후, 홍수처럼 몰아닥치는 취재 요청을 차단하느라 밤잠을 설치고 있었기 때문이다. 사생결단하고 무작정 회사로 찾아와 회장의 결혼에 대한 조그마한 부스러기라도 탐색하려는 기자들을 몰아내는 일. 그들과 접촉하여 헛소리라도 지껄이려는 직원들을 단속하는 일도 요 근래 비서실의 주요한 일과였다.

"슬슬 퇴근하셔야죠?"

"나도 그러고 싶은데 아직 일이 끝나지 않아서."

태흔이 한숨을 쉬며 고개를 흔들었다. 결혼식과 신혼여행을 위해 휴가를 조정하다 보니 일정이 갑자기 엉킨 것이다. 한참 분주할 연말연시에 갑자기 회장이 결혼을 핑계로 열흘 넘게 자리를 비운다고 하니, 각 계열사도 비상이 걸렸다. 줄줄이 스케줄 조정이 들어와 그것만 순서를 잡는 데도 진땀이 흐를 정도였다.

넘길 수 있는 것은 넘기고, 패스할 수 있는 것들은 패스하고, 뒤로 미룰 수 있는 것들은 다 미루어놓았어도 계속해서 산적한 문제는 해결될 줄을 몰랐다. 이 일주일 동안 태흔은 마음 놓고 밥 한 끼를 먹을 수 없을 정도로 분주하고 바빴다.

기업의 총수 노릇이 좋다고 누가 말했던가. 가끔 이런 식으로 과중한 업무와 깐깐한 이사회의 견제, 경영상 위기 같은 것들이 한꺼번에 몰려들어선 사방에서 그를 향해 조여들 때면 그냥 확 다 때려치우고 싶다는 생각이 절로 들었다.

무인도나 하나 사서 은후랑 도망가 버릴까? 둘만의 은둔 생활을 할 수 있다면 얼마나 좋을까? 자고 싶을 때 자고, 먹고 싶을 때 먹고, 사랑하고 싶을 때 사랑하면서. 그야말로 신선이 따로 없겠지. 화초나 기르고 요트나 타면서 바다나 가로지른다면, 머리털을 뜯게 만드는 과중한 스트레스에 치여 죽을 것 같은 위기의식은 느끼지 않을 텐데.

하지만 그가 등에 지고 있는 자리의 무게는 거대했다. 그가 누리는 부와 권력은 의무와 책임의 무게와 똑같았다. 싫든 좋든 워커홀릭이 될 수밖에 없었다. 일주일 내내 화장실에 갈 틈도 없이 일에 매달려야만 했다. 숨 막히는 생활 속에서 유일한 위로가 있다면 바로 은후의 존재뿐. 하지만 그토록 사랑하고 애틋한 연인이 전화를 해와도 오 분 이상 통화를 계속할 수 없는 상황이었다.

"스케줄 조정은 제가 홍 대리와 휴일에 나와서 밤샘을 해서라도 맞춰놓겠습니다. 그러니 좀 쉬시지요."

"이놈의 얼굴마담 노릇은 박 이사가 대신해 줄 수 없잖아요. 오늘도 무려 세 건이었지. 삼십 분씩만 할애해도 무려 한 시간 반이야. 아, 장가가기 왜 이렇게 힘들지?"

태혼이 한탄하며 등을 죽 펴선 등받이에 몸을 묻었다. 눈동자로만 앞에 선 박 이사를 훑었다. 미소를 지었다.

"그래도 비서실 직원들과 저녁 먹을 시간은 되는데. 설마 다들 가족과 함께해야 한다고 날 버리는 건 아니죠?"

"그럴 리야 있겠습니까? 그런데 여사님께서는 언제쯤 집에 들어오라고 하실 것 같으신지?"

"그러게 말입니다. 내일 웨딩 촬영인데, 끝까지 들어오란 말씀을 안 하시네. 정말 환장하겠어. 어떻게 친손자더러 집들이에도 오란 말씀을 안 하신답니까?"

투덜대는 회장이 안쓰럽다 못해 귀엽게까지 느껴졌다. 입을 비죽 내밀고 혼자 골을 피우는 태혼을 바라보며 박 이사는 속웃음을 억지로 참았다. 사흘 전, 비서실 직원들이 초대를 받아 성북동 집에서 저녁 식사를 했다. 그 자리에서 진 여사는 손자를 두고 '어디 두고 보자'를 몇 번이나 씹고 있었다.

"그래도 다들 도와주셔서 준비가 제대로 되고 있네요. 감사합니다."

"회장님을 보좌하는 일은 저희들의 가장 큰 업무입니다. 당연한 일을 하는데 너무 그러지 마십시오."

태흔이 박 이사가 들고 온 몇 가지 서류에 사인을 휘갈겼다. 손목시계를 내려다보았다.

"시간 맞추어서 나가죠. 배고파지네."

"그렇게 하시지요. 그나저나 불경기는 불경기인 모양입니다. 예약을 하려고 〈산마로〉에 전화했더니 당일인데도 쉬이 되는 것 보면, 저녁 회식이 그만큼 뜸해졌다는 겁니다. 이리저리 알아보니, 각 부서마다 점심 회식으로 변경한 곳이 많더라고요."

"술 퍼마시고 다음날 근무 기강 해이해지는 것보단 낫죠. 그런데 박 이사님, 팬레터는 안 오나요?"

"네, 아, 네…… 아하. 이거 참, 민망스럽습니다그려."

박 이사가 괜히 땀을 닦는 척했다.

"설마 회장님만 하겠습니까?"

"그게 나참, 미치겠어. 아니, 누가 꼰지른 거야? 나 분명히 손수건 집은 거거든. 박 이사님도 봤죠? 그런데 왜 내가 팬티를 집어넣었다고 헛소문이 퍼진 건데? 내가 변태야?"

태흔은 분개하여 박 이사에게 항의했다. 뿔난 은후의 지독한 오해를 풀기 위해 밤잠을 설친 것만 생각해도 등에 식은땀이 흐를 지경이었다.

사건의 발단은 이십이 일의 비젼업 행사장에서였다. 공식적인 행사가 끝나고 2부 순서였다. 그때 전 직원을 열광케 한 무서운 신예 그룹사운드가 혜성처럼 등장하였으니, 바로 하늘같이 높으신 임원들께서 양복이나 골프 웨어 대신 민소매 티와 찢어진 청바지를 입고 기타를 매고 나타나신 것이다. 나이트 클럽 분위기로다가 연속으로 뽕짝 메들리 세 곡을 선사하신 것이다. 근엄의 화신 박 이사가 드럼을 치고 에로섹시 회장님께서도 베이스 기타를 매셨다.

삽시간에 온 강당은 열광의 도가니탕이 되었다. 더 열광한 〈보스 짱〉 팬클럽 회원들은 말 그대로 광란과 실신 지경. 단상을 향하여 불타는 사랑을 고백하듯이 꽃이며, 색동 종이며, 손수건이며, 향수병이며, 립스틱이며 자신들이 던질 수 있는 모든 것들 다 던지기 시작하였다. 결국 심지어 자신의 속옷을 벗어 던졌다는 전설도 남았다.

언제나 팬클럽 회원들에게 서비스를 확실하게 해주시는 회장님. 연주를 마치고 바닥에 떨어진 꽃무늬 손수건을 집어 들어 땀을 한 번 닦아주셨다. 한데 이 일이 어이하여 레이스 팬티를 집어선 슬그머니 청바지 뒷주머니에 넣고 퇴장하셨다는 지저분한 소문으로 비화하고 말았단 말인가.

"나 이러다가 결혼하기도 전에 변태라고 예비 마누라에게 퇴출당하게 생겼다고. 난 단지 혁신적으로, 유쾌하게 행사를 치르고 싶었을 뿐이야. 그런데 왜 이런 악성 루머에까지 휩싸여야 하는데. 정말 유쾌하게 살기 힘드네."

박 이사나 태흔은 그러한 사실의 상당 부분이 문 하나를 사이에 두고 앉은 임슬이 과장의 입에서 퍼진 만행이라는 것을 끝까지 알지 못했다.

그때 하루 종일 잠잠하던 휴대전화가 울렸다. 깐깐한 집주인의 귀가 시간 체크였다. 다율과의 일로 호되게 당한 교훈을 잊지 않는 것이다. 그날 이후 놈은 언제나 태흔의 퇴근을 사전 체크하곤 했다.

[몇 시에 들어오냐?]

"한 여덟, 아홉 시? 회식이다."

[명중이가 콜했다. 간만에 날밤 까며 펴보잔다.]

"크리스마스이브에? 마누라에게 쫓겨나려고 발악을 했구나."

[재인이가 배신 때렸다. 아기 데리고 친정 갔대. 모처럼 유부남, 프리하다고 놀아달란다.]

"크리스마스이브에 셋 다 외로운 솔로. 잘나가던 대훈외고 3대 천황의 말로가 이렇게 처절하다니."

[소문난 잔치에는 먹을 것이 없듯이 잘난 총각들에게는 원래 결정적인 순간에는 스케줄이 없는 법이야. 나쁜 놈. 오늘날 나를 이렇게 쓸쓸하고 비참하게 만든 새끼가 잔말이 많다.]

세진이 원망 가득한 목소리로 투덜거리더니 전화를 끊었다. 아직 다율에게 용서받지 못한 터라 녀석은 지금껏 꽁지 말고 폭음에 자학에 연일 주접을 떨고 있는 중이었다.

태흔은 인터폰을 눌렀다.

"임 과장, 차 좀 주세요. 그리고 미안한데 지금 은행에 가서 십 원짜리 동전 좀 바꿔다 줄 수 있나? 한 만 원만."

[만 원, 전부 십 원짜리입니까?]

"그래요. 전부 다 십 원짜리 동전으로 바꿔다 주세요."

잠시 인터폰에서 침묵이 흘렀다. 고액권이나 수표를 잔돈처럼 쓰시는 회장님께서 대체 무엇에 쓰려고 초등학생들도 하찮게 여기는 잔돈을 요구하신단 말인가? 심히 고뇌하고 있는 것이 분명했다.

십 분 후 임 과장이 잔돈 주머니를 들고 들어왔다. 거금이 든 주머니가 묵직했다. 소중하게 서류가방에 집어넣었다. 세진과 명중이 기다리고 있는 하우스에서 펼칠 뭉칫돈이니 허투루 다룰 수 없는 노릇이다.

막 가방을 들고 나서려는데 전화벨이 울렸다. 진 여사의 음성이 들려왔다.

[이 회장, 많이 바쁜가?]

"아닙니다. 퇴근하려던 참입니다."

[그럼 성북동으로 퇴근하시게.]

태흔의 가슴이 갑자기 부풀어 올랐다. 그러나 순간적으로 솟구치는 기대에 찬물을 끼얹듯이 진 여사의 목소리는 여전히 쌀쌀맞기만 했다.

[김칫국은 마시지 말고. 웨딩 촬영 하느라 한복 배달 왔으니까 입어보고 가.]

입어보란 말은 좋은데, 보고 '가'가 걸렸다. 밑져야 본전. 태흔은 살짝 비굴하게 할머니께 애원했다.

"저어, 할머니. 오늘 그냥 가방 들고 들어가게 해주시지요? 세진이 놈 얼굴 보기 민망해서 잠이 안 옵니다."

[여하튼 조금이라도 틈을 주면 바로 치고 들어오는 게 어쩜 그리 빈틈이 없을꼬? 여하튼 들어와. 같이 식사하게. 도착하는 데 얼마나 걸리겠어?]

"한 시간은 걸릴 것 같습니다만."

[알았네.]

태흔은 문을 열고 나갔다. 기다리는 직원들에게 미안한 마음을 전했다.

"곤란하게 되었네. 회식을 제안해 놓고 내가 빠지게 생겼어. 지금 성북동 집으로 들어가야 할 것 같아서 말입니다. 미안해요."

태흔은 지갑에서 카드를 꺼내 임 과장에게 내밀었다.

"얼마를 긁든 상관은 없는데, 적당하게 하고 들어가요. 크리스마스이브에는 가족과 함께 지내야지."

성북동 집에 도착한 태흔은 벨을 눌렀다. 이상하게 엄청 긴장이 되었다. 비유하자면 환영받지 못하는 사위가 되어 처갓집 벨을 누르는 심정이랄까.

'분명히 내 집인데 어째서 불청객이 된 느낌인지 모르겠네.'

문이 열렸다. 어느새 발이 푹푹 빠질 정도로 쌓인 눈을 밟고 현관으로 올라갔다. 계단을 반쯤 올라갔을 무렵, 현관문이 살짝 열리고 환한 불빛이 새어 나왔다. 검은 실루엣이 그 문에 걸쳐져 있었다.

"오빠."

마치 신랑의 퇴근을 맞이해 주는 새 각시처럼 수줍어하며, 방실 웃으며 은후가 서 있었다. 까치발을 하여 검은 머리카락에 그새 쌓인 눈을 털어주었다. 서류가방도 받아주었다. 태흔은 괜히 좋아서 어린 연인에게 어리광 비슷한 것을 부렸다.

"나 무진장 배고프다. 맛있는 거 했어?"

"복 찌개 끓였어. 오빠 좋아하는 대합찜이랑."

"아하, 감사하네. 할머닌?"

"말로는 쌀쌀맞으신데, 오빠 오나 싶어서 몇 번이나 밖을 내다보시더라고."

"오늘 자고 가도 될까?"

그런 말을 하면서도 태흔은 내 신세가 어찌 이렇게 비참하게 변했을까, 새삼 슬펐다. 거실 소파에 앉아 있던 진 여사가 고개를 돌렸다.

"할머니, 저 왔습니다."

“온 줄 알아.”

현관 머리에 서서 태흔은 거실을 휘둘러보았다.

“정말 많이 변했네요. 깔끔하고 좋아 보입니다.”

“돈 들였는데 변한 게 없으면 큰일이지. 가방 올려놓고 내려와. 시장타.”

“네.”

“은후, 태흔이 따라 올라가서 방 좀 가르쳐 줘라.”

처음에는 인사 나눌 시간을 주려는 것으로 생각했다. 그러나 매끈한 흑단나무로 만들어진 계단을 올라가서 격자 무늬의 중문을 지나 펼쳐진 이층의 변화 앞에서 태흔은 안내를 받지 않으면 완전히 헤맬 뻔했다는 것을 깨달았다. 리모델링의 목적이 신혼부부의 공간을 새로이 만들어주는 것이었던 만큼 이층의 공간 배치가 완전히 달라져 있었던 것이다.

예전에는 은후의 방이던 곳이 신혼부부의 침실이 되어 있었다. 은후 방 옆에 붙어 있던 드레스룸까지 하나로 터서 한결 넓고 시원한 공간으로 느껴졌다.

“여기가 우리 침실?”

은후의 어깨를 짚으며 태흔은 의미심장하게 속삭였다. 보들한 입술에 베이비 키스를 날렸다.

“의미심장하네. 내가 만날 들어가고 싶어서 미쳤던 방이잖아. 역시 넌 내 마음을 읽었구나.”

은후가 눈을 흘겼다. 태흔은 코트를 벗으며 방 안을 휘둘러보았다.

중세풍의 느낌이 드는 앤티크 부부 침대가 새로 들어와 있었다. 우아한 천개와 자개가 박힌 장식 계단이 설치된 침대는 무척 로맨틱했다. 푹신한 매트리스 위에는 자주색 계열의 색들이 모자이크 무늬처럼 새겨진 오리털 이불이 깔려 있었고, 같은 패턴의 사이드테이블과 화장대도 제자리를 잡고 있다. 차분한 느낌의 비단 벽지와 커튼도 마음에 꼭 들었다.

침실에 붙은 발코니도 달라졌다. 원목으로 바닥을 깔고 유리창을 달아 선룸을 만들어놓았다. 모퉁이에 설치된 예쁜 미니 정원 옆에는 은후가 직접 만든 청동 미니 가로등과 이인용 벤치도 놓여 있었다. 어깨를 맞대고 산등성이를 바라보며 차 한 잔을 마시고픈 그윽한 분위기였다.

"내 작업실을 개조해서 육아실이랑 드레스룸을 만들고 욕실도 확장했어."

은후가 안쪽 문을 열며 설명했다.

"마음에 드네. 내키면 욕조 안에서 우리 둘이 물장구치면서 놀 수 있겠군."

"오빤 어떻게 입만 열면 야한 말만 하니?"

"내가 뭔 말을 했다고? 모처럼 만난 건데 또 날 잡으려 들어? 난 그냥 물장구치자는 말밖에는 안 했어. 뭐야, 이 자식."

태흔은 빙글빙글 웃으며 은후를 놀렸다.

"야한 거 상상했지? 욕조 안에서 우리 둘이 찐하게 사랑하는 거."

"오빠!"

피식 웃으며 태흔은 먼저 욕실 문을 열어보았다. 예전보다 두 배 정도 더 넓어진 것 같다. 불투명한 유리벽으로 파우더룸과 샤워 공간이 구분되어 있었고, 샤워부스와 삼나무로 만들어진 우드 욕조가 각각 설치되어 있다. 원목으로 장식된 벽이며 검은 돌이

깔린 바닥. 벽면에는 열대어가 헤엄치는 수족관도 있었고 꼿꼿이 선 푸른 관엽식물 화분들까지 해서 욕실은 마치 바다가 내려다보이는 심산의 온천에 온 듯한 느낌을 주었다.

"피곤할 때 온천탕에 드러눕는 거 좋아하잖아."

"잘했어. 내가 지시했대도 이렇게는 멋지게 바꾸지 못했을 거다. 멋져. 마음에 들어."

욕실하고도 연결된 파우더룸의 문을 통해 거실로 다시 나갔다. 서재의 위치와 태흔의 침실은 위치가 바뀌었다. 예전에 침실이던 곳은 서재가 되었고, 서재는 응접실과 이어진 신혼부부용 내실로 변했다.

내실은 그야말로 작은 박물관 같았다. 지금껏 은후가 만든 보석 공예 작품들이 투명한 유리케이스에 담겨 한쪽 벽에 설치된 벽감 안에 가지런히 전시되어 있었다. 은은한 조명 아래에서 보석들이 내뿜는 빛살이 우아하고 신비로운 분위기를 한껏 드러내고 있었다. 내실과 이어진 발코니 쪽으로는 와인 쿨러와 에스프레소 머신이 설치된 작은 주방이 만들어져서, 둘만의 간단한 간식을 즐길 수 있게 해놓았고, 와인 한 잔을 즐길 수 있도록 미니바(BAR)도 있었다.

신혼부부의 프라이버시를 위한 것일 테지. 굳이 일층 현관을 통하지 않고 이층 발코니에서 바로 정원으로 내려갈 수 있게 소형 계단도 새로이 만들어놓았다. 동선이 한결 편리해졌다.

"멋지다. 하지만 제일 마음에 드는 건 말이지."

태흔은 은후의 날씬한 허리를 가뿐히 들고는 내실의 푹신한 소파에 가서 앉았다. 처음에는 바동대던 은후가 무너지듯이 그의 넓은 가슴에 얼굴을 묻었다.

"중문이 있다는 거다. 방음 잘 되지?"

"아마 그럴걸?"

"그럼 지금 당장 문 잠그고 우리 둘이 뒹굴어도 아무도 방해 못 한다는 거네?"

태흔은 도톰한 아랫입술을 살짝 깨물었다. 처음엔 살짝 메말라 있던 것 같더니, 이내 촉촉해져선 그의 혀끝을 감미롭게 녹였다. 턱 밑에서 그를 바라보는 은후의 눈 속에는 그저 미소만이, 그저 그리움만이, 그저 따뜻한 애정만이 물결치고 있었다.

태흔은 턱으로 은후의 정수리를 툭툭 박았다. 느른하게 속삭였다.

"헛소문 믿고 날 잡으려다간 사이좋게 못 산다."

"항상 믿지만, 너무 잘난 오빠의 그 인기가 날 가끔 미치게 한다고."

태흔은 싱긋 웃고 말았다. 수줍어하기만 하고 뒤물러서기만 하던 은후가 이젠 또렷하게 그에 대한 질투와 소유욕을 드러내는 것이 너무나 좋았다. 예뻐서 미칠 것 같았다.

"넌 복수당해도 돼."

"뭐야?"

"내 마음만 하겠어? 네가 어렸을 때, 네 주변에 가당찮은 날파리들이 달려들 때마다 내 마음이 어땠을지 이젠 조금 알겠지? 드러내지도 못하고 점잖은 척 모르는 척하고는 있었지만 부글부글 끓어올라서 정말 죽을 맛이었다."

그 질투와 분함을 날파리 놈들에게 단단히 풀기는 했지만. 태흔은 싱긋 웃으며 그에 대한 사랑으로 발갛게 익은 이마에 다정한 입맞춤을 선물했다. 마음껏 사랑해도 좋은 사람이 그의 품속에 확실하게 담겨 있다. 천국의 행복은 지금 그의 품 안에 은후라는 존재로 안겨 있었다.

"배고프잖아. 식사하러 가자, 오빠. 내가 할머니께 잘 말씀드려 놓았거든. 오늘 자고 가도 될 것 같아."

"결혼식이 내일모레인데, 언제쯤 집에 들어오라는 거지?"

"눈도 오는데 나가라고 하실까? 내가 잘 말씀드려 볼게."

뜨겁고 섹시한 입술이 다시 난폭하게 겹쳐졌다. 옹알대던 은후의 입술이 스르르 열렸다. 모든 것을 잊게 만드는 마법이 시작되고 있었다. 잠시 나눈 짧고 은밀한 키스는 조금은 강제적이고 또 조금은 폭압적이어서 더 짜릿했다. 물기에 젖은 혀와 입술이 닿았다가 한껏 서로를 탐닉하고는 떨어졌다.

태흔이 실실 웃음기를 담고 은후 귀에 속삭였다.

"지금 한 번 할래?"

"꿈 깨!"

또 시작이다. 은후가 새파랗게 눈을 흘겼다. 그의 가슴을 강하게 밀었다. 무방비한 상태에서 태흔은 은후의 힘에 밀려 소파 위로 쓰러지고 말았다. 두 손을 허리에 짚은 채 은후가 씩씩댔다.

"정말 싫어. 징그러 죽겠어."

"왜 싫어? 며칠만 지나면 합법적으로 만날 하게 될 텐데, 왜 튕겨? 미리 소파 스프링 성능을 한 번 시험해 보자는 건데."

"진짜 짜증 나. 만날 이래. 여하튼 징그럽게 얼렁뚱땅 키스만 해. 진짜 미워!"

저도 같이 즐긴 주제에 갑자기 정숙한 요조숙녀 흉내를 내는 것은 또 무엇인지? 새빨개진 얼굴로 은후가 뒤도 돌아보지 않고 문을 쾅 소리 나게 닫고 먼저 내려가 버렸다.

"저 자식 저거, 버릇장머리 하고는……. 그동안 내가 너무 오냐 오냐만 했지."

결혼하면 은후가 결코 순종만 하는 마누라는 아닐 것 같다는 예감이 들었다. 그를 들들 볶고 잠시 바가지 긁는 품이 만만치 않았다.

'고민스럽네, 이거. 마누라 버릇은 초장에 잡는 거라던데. 어쩐지 내가 사사건건 저 자식에게 말리는 기분이 드네.'

식당으로 내려가니 먼저 앉아 기다리고 있던 진 여사가 지친 표정으로 그를 노려보았다.

"늙은 할미, 굶겨 죽일 일들 있어? 시간 없다고 그랬지? 식사하고 또 한복 온 것 입어보고 안 맞으면 이 밤으로 다시 보내야 하는데. 그래야 내일 웨딩 촬영 제대로 할 것 아냐."

"겨우 십 분입니다, 할머니."

태흔은 한숨을 쉬며 자리에 앉았다. 괜히 그에게 트집을 잡는 진 여사에게 한마디 치받았다.

"제 살던 방을 둘러보는데 십 분이나 걸려? 누가 들으면 이층이 미로 궁전인 줄 알겠다. 그나저나 마음에 들었어?"

"그럼요. 마음에 들다 못해 눈이 휘둥그레졌습니다. 고생이 많았겠어요."

"내가 무슨? 은후 솜씨지. 황 부장이 일을 잘하더군."

"일을 잘하니 중용하는 거죠. 일 못 하는 인간에게 전 가차없습니다."

단호하다 못해 매몰차기까지 한 태흔의 대답에 진 여사가 혀를 찼다. 아직은 젊어 제 속을 말갛게 다 드러내고야 마는 손자가 미덥지 못하다는 뜻이었다.

"회사 안에선 함부로 그런 소리 하지를 말아. 심약한 인간들 숨 넘어간다."

"가끔씩 목줄을 조여줘야 나태해지지 않죠. 대신 일 잘하는 인간들에게는 화끈하게 몰아주자 하는 게 제 신념입니다. 공과(功過)를 분명히 따져줘야 제대로 일을 하는 겁니다."

"그거야 그렇지. 하지만 리더가 함부로 입을 열어 버릇하면, 괜히 직원들이 동요할 수가 있어. 네 눈치만 살피는 멍청한 해바라기가 될 수도 있고. 중심을 잡되 매사 언행을 신중히 하란 뜻이다."

"명심하겠습니다."

"올해 성과급 지급했다면서? 어디가 가장 실적이 좋은 편인고?"

"일 순위는 조선 쪽입니다. 실적도 워낙 좋았지만 발상전환식 아이디어가 좋았어요. 창의력 면에서 최고 등급을 받았습니다."

승명조선에서는 올해 초, 천연가스를 운반하는 LNG(액화천연가스)선과 육상 저장설비를 하나로 합하면 좋겠다는 기본설계팀 아이디어를 바탕으로, 세계 최초로 'LNG-FPSO'(부유식 천연가스 생산 저장설비)를 개발했다.

"아이디어 하나를 12억 달러에 팔았어요. 대박친 거죠. 상을 받을 만합니다."

"그렇구먼. 다른 곳은 다 구조조정이다 인원 삭감이다 말이 많던데, 이 회장은 어떤 복안을 갖고 있누?"

"가능한 한 고용 안정 쪽으로 가닥을 잡으려고 합니다. 공장을 4교대로 돌리는 한이 있어도 강제적인 인원 삭감은 가능한 한 피하려고 합니다. 버틸 수 있는 한까지는 버텨야죠. 어차피 우리는 오 년 전에 강도 높은 구조조정을 한 번 했잖습니까? 다른 곳보다는 상대적으로 여유가 있는 편입니다. 상황 봐서 각 계열사별로 스스로 알아서 맞추어 나가겠죠."

"힘든 시절에 희망을 만드는 사람이 되어주게나. 시장타, 식사하세나."

나주댁이 보글거리는 복 찌개 냄비를 들고 와서 식탁 위의 열판에 올려놓았다. 살을 다져 쇠고기와 갖은 양념을 섞고 다시 껍질에다 채운 다음 곱게 찐 대합찜 접시도 내왔다. 은후가 샐러드 접시를 놓아주고 그의 옆에 앉았다.

진 여사가 숟가락을 들려는데, 태흔이 익살맞게 물었다.

"명색이 크리스마스인데, 식사 전에 선물 증정식이 있어야 하는 것 아닙니까?"

"새삼스럽게 무슨? 그래서 나주댁이 맛깔스럽게 식사 차렸잖니."

"그래도 섭섭한데요. 장가가기 전 마지막 크리스마스인데, 할머니께 근사한 선물 받고 싶었는데."

"난 불교다. 예수보살 탄생일을 축하는 하지만 호들갑스럽게 굴 건 없단 말이지."

"할머니께서 오빠 이름으로 복지관에 선물 보내셨어."

은후가 곁에서 얼른 거들었다. 태흔이 싱긋 웃었다.

"역시나 우리 할머니, 상 드려야겠어요."

새삼 찬탄하는 빛을 담고 그가 들고 내려온 서류 봉투 하나를 진 여사에게 내밀었다.

"이게 뭔고?"

"장한 우리 할머니께 드리는 크리스마스 선물입니다."

은후가 가져다준 돋보기를 쓰고, 진 여사가 봉투에서 서류를 꺼냈다.

"이건……?"

진 여사가 태흔을 건너다보았다.

"새 복지관 설계도입니다. 봄부터 착공 들어갈 겁니다."

"땅이 마땅치 않다고 했잖니?"

"청주로 이전하는 상암동 합판 공장 터를 구입했습니다. 월드컵 경기장 근처입니다. 지금 복지관은 예은여대 의정부 캠퍼스 땅과 통합하기로 하고요. 그 땅 값으로 공사비가 나올 것 같습니다."

"좋은 방법을 찾아냈구먼."

"그런 것 같습니다. 할머님께서 원하시는 대로 예술관은 SOS 마을처럼 소규모 가족 공동체로 설계했고, 양로 시설과 병원은 한울타리 안에 넣었습니다. 장애우 재활관과 학교는 일부러 복지관 옆으로 뺐습니다. 시설에 수용된 인원이 아닌 일반 아이들에게도 개방할 예정입니다. 그리고 이건."

태흔이 조감도의 한 지점을 짚었다.

"승명통신과 전자에서 공동으로 신축할 빌딩입니다. 서부지구 종합서비스센터를 이곳으로 이전하려고 합니다."

"하필이면 복지관 옆에 지어야 할 이유가 있나?"

"종합센터가 이곳으로 들어서면 상주 인원만 칠팔백 명입니다. 주변 지역 고용 창출 효과가 있죠. 근처 상가에도 소비가 촉진될 테고. 지하에는 지역 주민들에게도 상시로 개방하는 종합스포츠센터도 건립할 작정입니다. 충돌하지 않고 지역공동체와 복지관이 서로 상생하는 방법을 찾아야 하니까요."

태흔이 은후에게도 봉투 하나를 건네주었다.

"이건 네 크리스마스 선물이다."

"빨강 모자만 쓰면 완벽한 산타클로스일 텐데."

방긋 웃으며 은후가 봉투를 받아 들었다. 봉투를 열어본 은후의 눈도 진 여사와 마찬가지로 둥그렇게 변했다.

"세상에! 어떻게 찾아냈대?"

"이 좁은 땅덩어리 안에서 찾자 하면 못 찾을 것도 없지. 아마 오늘쯤 보육원으로 애 보러 갔을 거다."

놀라워하는 은후의 표정에 호기심이 동한 거다. 진 여사가 고개를 뺐다.

"뭔데 그렇게 놀라누?"

"할머니, 일전에 제가 말씀드린 보육원 애 있잖아요. 민주라고. 그 아버지가 행방불명이라서 보육원에 와 있거든요. 그 애 아버지를 오빠가 찾아냈어요."

은후가 태흔에게로 고개를 돌렸다.

"그 애 아빤 뭐 하고 살고 있었기에 애도 돌보지 않고 찾아오지도 않은 거래?"

"사람은 선량하고 착실해 보이더라. 운이 안 좋아서 계속 추락하는 중이었을 뿐이지. 제 어머니가 돌아가신 것도 모르고 있더라고. 작은 가게 하다가 망하고, 벗어나려다가 사채 빚에 졸려서 집 나간 거던데, 신불자 되어선 파산 신고하고 전철에서 행상을 하고 있더군."

"어떡해! 찾아냈다지만 쫓기는 몸이면 애를 데리고 있을 형편이 안 되잖아."

대답 대신 태흔이 진 여사를 바라보았다.

"운전기사 한 명 더 필요하지 않으세요?"

"웬 운전기사?"

"김 과장은 이제 주로 제 차를 운전하지 않습니까? 할머니께서 출입할 때 좀 불편해 보여서요."

"왜? 그 사람을 들이고 싶으냐?"

"어차피 김 과장 내외는 안채로 들어오기로 했다면서요?"

진 여사가 고개를 끄덕였다.

태흔과 은후가 결혼하게 되어 은후 몫으로 정해진 일층 방 두 개가 비워진 것이다. 그래서 진 여사가 나주댁더러 별채 비우고 안채로 건너오너라 했던 것이다.

"별채가 비지 않습니까? 그이 부녀를 데려오면 딱 맞춤일 것 같은데요. 집안 허드렛일도 돌보고 운전도 하고 하면 좋지요. 나주댁 아줌마도 그 애 돌보면서 소일거리도 하고. 할머니도 어린애 예뻐하시잖아요."

이 소식을 들으면 민주가 얼마나 기뻐할까? 그것을 헤아리는 은후의 볼도 연분홍빛으로 상기되고 있었다.

"오빤 정말 산타클로스야. 모든 사람을 행복하게 만들었어. 내가 어떤 선물을 주어야 오빠도 행복해질까?"

태흔이 환하게 웃었다.

"네가 나에게 뽀뽀 한 번만 해주면, 완벽하게 행복해질 거다."

할머니 앞이고, 한껏 수줍음을 타는 은후가 그의 소원을 들어줄 거라고는 기대하지 않았다. 그런데 놀라운 일이 일어났다. 은후가 기습적으로 몸을 기울여 태흔의 볼에 달콤하고 사랑스러운 입술을 선물한 것이다.

"이 녀석, 남우세스럽게 할미 앞에서 어디!"

진 여사가 엄포를 놓으면서도 눈은 웃고 있었다. 태흔은 태흔대로 은후의 입술을 선물받은 후에 정말 행복해서 얼띤 미소만 지었다. 돌아선 나주댁 역시 빙그레 웃고 있고.

보고만 있어도 사랑스럽고, 생각만 해도 흐뭇한 연인들의 모습에 그만 마음이 약해졌다. 진 여사가 손자에게 커다란 크리스마스 선물을 던졌다. 모처럼 커다란 선심을 썼다.

"눈도 오는데 오늘은 집에서 자고 가시게."

"아, 감사합니다."

"자네가 복지관 리모델링 건 맞춤하여 내가 남는 걸 허락하는 건 아니야."

"그럼요. 여부가 있겠습니까?"

창밖으로 소담스런 하얀 눈이 계속해서 내리고 있었다. 모두가 행복해지는 크리스마스이브의 식탁. 창밖으로 오래도록 따뜻한 불빛이 새어 나왔다.

"올라가서 한복 갈아입어 봐. 잘 맞는지 어디 한번 보자."

식사를 끝내자마자 진 여사가 재촉했다. 이층에 올라가니 침대 위에 태흔의 한복 상자가 놓아져 있었다. 짙은 청색 명주 바지에 새신랑답게 분홍 속저고리, 꽃분홍 조끼를 갖춰 입고 황금단추 물린 마고자와 검은 자주색 두루마기까지 차려입고 태흔이 거실로 내려왔다. 막 제 방에서 한복을 갈아입고 나오던 은후를 바라보는데 어쩐지 좀 곤란해하는 얼굴이었다.

"은후야, 고름 이거 갑자기 매려니 그만 잊어버렸어."

은후는 한 발 다가가, 태흔의 두루마기 옷고름을 예쁘게 매주었다. 그가 두 손으로 은후의 어깨를 잡았다.

"너 참 예쁘다."

은후는 태흔의 저고리 색과 같은 꽃분홍 명주 스란치마 위에 단아한 황금꽃수가 놓인 두록빛 당의를 차려입었다. 말 그대로 다소곳한 녹의홍상(綠衣紅裳)이었다. 저고리 아래로 돌아가신 시어머니 보석함에서 꺼낸 잉어와 황금박쥐와 두꺼비가 달린 커다란 노리개를 달았다. 새 신부답게 쪽까지 찌고 칠보단장 금비녀를 찌른 은후의 모습은 할머니의 자개문갑 위에 올려놓은 전통인형과 꼭 닮아 있었다.

소파에 앉은 진 여사가 예리한 눈초리로 두 사람의 모습을 살폈다.

"한복은 몸에 낙낙해야 한다. 끼지는 않고?"

"네, 저는 괜찮아요."

"은후 옷은 제 몸 치수를 잰 거라지만 태흔이는 옷만 가지고 가서 대강 맞춤한 거라 어떨지 모르겠다."

"저도 괜찮습니다. 불편하지 않아요."

"그냥 입으련?"

"네, 그렇게 하죠."

"내일 촬영할 때 웨딩드레스는 두 벌 가져왔는데, 어떨지 모르겠구나."

"할머니께서 우리가 고른 드레스 결혼식에서 입으래. 그게 더 예쁘다고."

은후가 태흔더러 귀띔했다. 괜히 좋아서 벙싯 웃는 손자를 바라보며 진 여사는 '저리 좋을까?' 하고 중얼거렸다.

그때 거실 탁자에 올려둔 태흔의 휴대전화가 시끄럽게 울렸다. 뿔이 잔뜩 나선 다짜고짜 세진이 시비를 걸었다.

[왜 안 와? 목이 빠져라 지금껏 기다리고 있는데. 뱃가죽이 등에 붙었다, 자식아.]

"아, 이런."

못 들어간다고 전화해 주는 것을 깜빡 잊었다. 태흔은 진 여사를 돌아보며 설명했다.

"세진이랑 명중이랑 만나서 잠시 놀기로 했어요. 세진이 아파트에서 기다리고 있답니다."

"집 고치곤 걔들은 한 번도 안 왔지? 어차피 놀 거면 우리 집으로 오라고 해라. 어차피 사내놈들 모여선 둘러앉아 쓸데없이 술이나 마실 것 아니야? 뜨신 밥 먹고 술 마셔."

"그렇게 하겠습니다."

태흔은 휴대전화를 고쳐 쥐며 이층으로 올라갔다.

"성북동으로 올래? 집 고치고 너희들 한 번도 안 왔다고, 할머니가 술도 주고 밥도 주신단다."

[오호. 이거 급 땡기는 제안이로군. 왜 안 들어오나 했더니 성북동에 기어들어 갔구먼. 자식, 오늘 밤은 거기 머물러도 좋다고 하시더냐?]

"암만. 너 나올 때 내 짐 다 챙겨서 와라. 지긋지긋한 빈대 생활도 이날로서 청산이지 싶다."

[오키도키. 당장 날아가마. 참, 은후더러 술안주 장만 잘 하라고 해라. 서방님 친구들 괄시하다간 편안하게 살지 못할 것이다.]

"닭이나 쳐, 자식아."

전화를 던져 버리고 두루마기를 벗었다. 침실에 선 서랍장을 열어 손에 잡히는 대로 낡은 블랙진과 검정색 티셔츠를 꺼내는데 노크 소리가 났다.

"오빠, 커피."

아직도 한복 차림인 은후가 강하디강한 향기를 풍기는 에스프레소 잔을 건네주었다.

"세진이 오빠랑 명중이 오빠 와?"

"그래. 금세 날아온단다. 너무 신경 쓰지 말고 식은 밥에 김치나 썰어줘라. 술안주는 있냐?"

"나주댁 아줌마가 뭐 좀 새로 끓이나 봐."

"그렇군."

태흔은 커피 잔을 들고 화장대 의자 앞에 앉고 은후는 침대 끝에 걸터앉아 그가 벗어 던진 한복을 차곡차곡 개켰다. 쫑알쫑알 잔소리를 했다.

"상자 있는데 또 옷 벗어서 마구 던져 놨어. 이 버릇은 대체 언제 고칠 거야?"

"벌써부터 바가지 긁나 본데, 어림없어. 내가 지저분하게 굴어야 네가 잔소리하는 즐거움을 누리지. 그리고 너 말야, 잊었나 본데 난 원래 널 괴롭히기만 하는 악당이야. 원래 그런 캐릭터는 이유 없이 무조건 여자를 괴롭혀. 알았어?"

말이나 못 하면 밉지를 않지. 태흔이 실실거리며 바지 대님을 풀었다. 다시 또 약을 올리듯이 휙 하니 은후 쪽으로 던져 버렸다.

"여하튼! 못됐어, 진짜."

은후가 입을 비죽 내밀었다. 눈을 흘기면서도 태흔이 벗은 명주 저고리를 끌어당겼다. 그에게 청바지를 건네주고는 손끝으로 한복 바지 주름을 정성껏 펴선 개켰다. 상자 속에 담아 뚜껑을 닫았다. 한복 상자를 드레스룸에 넣고 나왔다. 망설이지 않고 태흔의 곁으로 다가와선 그의 목을 뒤에서부터 끌어안았다. 뽀얀 볼을 그의 어깨에 비비며 작은 고양이처럼 애교를 부렸다.

"오빠, 오늘 자고 가서 참 좋다. 눈 오는데, 길 많이 미끄러운데 운전하면 무진장 걱정했을 거야."

"우리 할머니, 오늘은 마음을 곱게 바꾸신 것 같은데 내일 또 변덕 부리셔서 나더러 나가라 하면 어쩌지? 대체 왜 그러신다냐? 어차피 우리 둘이 같은 집에 산 게 이십 년인데 이 한 달 따로 떨어져 산다 해서 달라질 게 뭐가 있다고? 왜 눈 가리고 아웅 하시는 거지?"

"어르신들 마음은 그게 아닌가 보지. 지금까진 같은 집에 살았어도 이제 우리 둘이 결혼하니까, 부부 될 사람이 결혼식 전에 같은 집에서 있으면 보기 좋지 않다고 생각하시는 것 같아. 그렇지 않아도 등 뒤에서 별로 좋은 이야기가 오가는 것 같지는 않다고 속상해하셨는……."

태흔의 검은 눈썹이 휙 하고 치켜 올라갔다. 갑자기 돌변한 그의 눈빛에 질린 거다. 은후가 입을 꾹 다물었다. 경솔하게 발설한 자신을 자책하는 얼굴이 되었다. 그의 목을 감은 팔을 풀고 한 발 물러섰다.

"이리 와서 앉아."

은후가 못 들은 척했다. 침실 문을 향해 걸어갔다. 태흔은 나직하나 날카롭게 명령했다.

"이은후, 이리 와서 앉으라고 했다."

문손잡이를 잡고 은후가 고개를 돌렸다. 아까까지만 해도 유쾌하고 너그럽던 태흔의 표정은 씻은 듯 사라졌다. 손을 대면 벨 것처럼 날이 선 표정 앞에서 거역은 할 수 없다. 어느새 반쯤 울상이 되어 있다. 온통 후회로 가득 차 있었다.

"무슨 소리 들었어?"

"아니."

"거짓말하지 말고. 내가 이리저리 후벼 파기 바라?"

"못 들은 척해줘. 내 실수야."

"내가 나서면 여럿 다친다. 그건 싫을 것 아냐?"

은후가 마지못해 고개를 끄덕였다.

"다른 건 다 괜찮지만 한 가지는 안 돼. 이 세상 누구든 너하고 할머니 건드리는 꼴은 못 봐. 용서 못 해."

"그런 거 아니야."

"그런데 왜 말 안 해? 왜 말 못 해?"

"속상한 이야기인데 옮겨서 좋을 게 뭐가 있어? 내가 입 다물면 오빤 기분 나쁘지 않아도 좋잖아."

"무슨 말 들었냐고 물었지!"

"직접 들은 것도 아니야. 오다가다 흘려들은 소문 한마디인데. 이 세상 사람들 모두에게 재갈을 물릴 수도 없고, 오래도록 오빠 동생이던 우리가 결혼한다 하면 한동안은 시끄러운 뒷소리 들을 거라고 미리 예상한 바고. 딱 그 정도야, 오빠. 그러니까 그만하자."

하지만 애원해도 소용없었다. 쉬이 단념하지 않았다. 집요한 그의 성격에 끝내 입을 다물면 어떤 수를 써서라도 알아낼 것이 분명하다. 결국 은후가 지쳤다. 입을 열 수밖에 없었다. 은후가 문에 등을 대고 그를 바라보며 섰다. 우물거리며 말꼬리를 흐렸다.

"내가 아니고 할머니가……."

"그런데?"
"눈 어두워서 우리 둘 단속 못 했다고."
"그것뿐이야?"
"그렇다니까."
"좋아. 할머니께 직접 물어보마."
벌떡 일어서서 문을 나가려는 태흔의 옷깃을 은후가 꽉 잡았다.
"하지 마. 이왕 가라앉히시는 걸 왜 또 들쑤시려고 해?"
"네가 솔직하게 이야기해 주지 않으니 그렇지."
"다 말했잖아."
"네 남자, 바보 아니다, 은후야."
은후가 고개를 떨어뜨렸다. 맺힌 것을 억지로 풀어내듯이 느릿느릿 중얼거렸다.
"내가, 오빠를 잘난 몸뚱어리로 유혹했대."
"하."
"할머니 눈 속이고, 앙큼하게 앉아서 손녀 대접 받고 산 것도 모자라서 성북동 안방 욕심내서 작정하고 오빨 잡았대. 어떡해? 반은 사실인걸."
"어떤 여편네들이 어디서 그따위 헛소리를 지껄이던?"
"몰라. 할머니랑 한복 맞추고 돌아오는 길에 식당 가서 밥 먹는데, 옆방에서 그런 소리들을 하더라고. 문 열어젖히고 아니라고 고함칠 수도 없고……. 할머니께서도 그냥 듣고 흘려라 하셨어. 소문이야 대적하고 건드리면 더 커진다고 모르는 척 흘려버리면 세월 가고 다 잊힌다고 하셨어."
태흔의 표정이 한없이 차갑게 내려앉았다. 정말 기분이 더러웠다. 예상은 했었지만, 정작 당하고 보니 견딜 수 없을 만큼 불쾌했다. 진실과는 전혀 상관없이 은후나 조모 진 여사가 듣고 감당해야 할 추한 뒷담화들이 이런 식으로 발화하여 마침내 두 사람 귀에까지 스며들 정도로 일파만파 퍼지고 있었다니.

“어떤 여편네들인지 할머닌 대강 짐작하시겠군. 그 여편네들, 편안하게 이 나라에서 살고 싶지 않은 모양이로구나.”

“그만해, 오빠. 한 번만 삭여줘. 부탁해, 제발. 할머니 앞에서는 기분 나쁜 기색 보이지 마. 응? 할머닌 나보다 두 배로 더 속상해 하셨어. 어차피 각오한 일이잖아. 내가 속상하지 않았어. 괜찮아. 그러니까 오빠도 넘어가 줘.”

부탁하는 눈빛이 너무 간절했다. 사랑하는 이유로 모든 아픈 것을 다 덮고 삭이고 물처럼 흘릴 수 있다는 말하는 연인의 평화를 위해서 태흔은 결국 지는 척했다. 마지못해 고개를 끄덕였다.

‘하지만 딱 한 번만이야.’

계단을 내려가는 은후의 등을 바라보며 태흔은 이를 악물었다. 속으로 다짐했다.

‘한 번만 더 그따위 소리들이 들리면 가만두지 않을 테니까. 어찌하든 찾아내서 박살을 내버릴 테니까. 누구도 우리 은후, 할머니는 건드리지 못하게 할 테니까.’

27장

이층으로 올라온 세진이나 명중이 태흔의 미간에 잡힌 주름을 보고는 의아한 표정이 되었다.

"결혼식은 닷새 후. 팔자에도 없는 견우직녀 생활도 청산했어. 앞날은 승승장구, 고속도로만 뚫렸는데 어째 네 얼굴이 썩 유쾌해 보이지 않는다?"

"닭이나 쳐, 인마. 형님의 사생활에는 관심 끄고 네 그 잘난 낯짝에 그려진 빨간 손톱 자국의 정체나 발설해 봐라."

며칠 내내 그만 보면 눈을 세모꼴로 뜨고 못 잡아먹어 난리 치던 세진이 이상하다. 태흔의 도발에 발끈해서 주먹이라도 날릴 것 같은데, 얌전했다. 툴툴거리는 기색이 확연하게 줄었다. 야무지게도 볼에 그려진 빨간 손톱 자국이 무슨 훈장이나 되는 듯 거드름을 피우며 드러내고 있었다. 분명 곡절이 있었다.

"묻지 마. 여하튼 이태흔 이 나쁜 놈의 새끼! 내가 당한 것 생각하면!"

세진이 덤벼들어 태흔의 목을 졸랐다. 거실 소파에 앉으며 명중이 주변을 휘둘렀다.

"근사한데? 깨 쏟아지는 신혼부부의 보금자리인 거냐?"

"그런 모양."

"멋지게 꾸몄네. 은후 자식, 여기에 제가 들어와 살 거라고 생각하고 꾸민 건가? 완전히 제 취향이잖아."

"내 취향이지."

"교묘하게도 둘 취향이 같다는 것을 자랑하는군. 시간 없다. 판이나 펴라."

세진이 재킷을 벗으며 서둘렀다.

"식사나 하고 시작하지. 어차피 밤샐 건데."

"오기 전에 간단히 먹었다. 든든한 놈으로 안주 만들어달라고 부탁하고 올라왔어."

"내실로 들어가자. 여긴 좀 썰렁해. 할머니께서도 카드 펴는 꼬락서니, 별로 안 좋아하신다."

책상 서랍에서 카드를 찾아선 태흔이 부부 거실로 자리를 옮겼다. 아래층에서 술병과 과일 접시가 올라오고, 이어서 은후가 요깃거리가 될 만한 주먹밥과 진안주가 담긴 접시를 들고 올라왔다. 남자들이 카드 판 벌린 옆에 앉은 작은 탁자에다가 올려주었다.

"오빠들, 재밌게 노세요."

"은후, 같이 놀지 그래?"

"저는 내일 웨딩 촬영 있는데 너무 늦게 자면 화장이 안 먹어서 사양할래요."

"네 신랑 오래도록 잡아두지 말란 말이로구나. 알았다. 적당하게 하고 놓아주마. 닷새 후면 싫어도 같이 평생 붙어 살아야 할 테니 오늘 밤만 빌려줘라."

명중이 실실 웃으며 은후에게 농담을 던졌다. 은후가 내려가자마자 세진이 담배에 불을 붙였다. 한 모금을 빨고 태흔에게 건넸다. 담배를 입에 물고 태흔이 카드를 섞었다. 세진처럼 한 모금 빨고는 담배를 명중에게 넘겼다. 카드가 나누어졌다. 제가 잡은 카드를 훑은 후에 태흔이 호기롭게 처음부터 판돈을 올렸다.

"두 배 얹고."

"콜."

"자식들이 쪼잔하게 가기는. 거기 다 두 배 더."

세진이 위에다 제 몫을 더 올렸다.

"이 자식, 월말 결산하더니 떼돈 벌었나. 좋아. 콜."

"이봐, 월급때기 의사. 자영업자 따라올 수 있겠어? 콜."

"아, 괜찮아. 월급봉투 아직은 내 품에 있어. 뒤집어. 원페어, 퀸."

"재인이한테 쫓겨나면 내 아파트 빌려주마. 형님은 스트레이트다."

"다 잡숴, 이 자식. 사업은 하지 않고 밤마다 모델들 데리고 포커만 쳤나."

투 페어 세븐을 들고 너무 뻗댔나, 실의에 차 태흔은 카드를 엎었다. 세진이 희희낙락하면서 판돈을 전부 앞으로 긁어갔다.

"참, 어제 정도경 만났는데."

"누구?"

명중이 되물었다. 세진이 친절하게 답변해 주었다.

"이태흔이랑 결혼할 뻔한 임세라의 남편."

"어떻게?"

"마나님 모시고 홍 사장 숍에 왔더라고. 잠시 인사 나누었는데 자식, 양아치치고는 점잖더군. 아직까지 제정신이 아닌 것 같더라. 하긴 변화무쌍한 환경 변화에 적응하기가 힘들겠지. 말이 제법 통했어. 친구 먹기로 했다."

"복도 많지. 임세라가 먼저 걷어차 주고 정도경이하고 날아버리는 바람에 이 자식, 은후하고 결혼 순조롭게 흘러갈 수 있었잖아. 전화위복이 따로 없다니까."

명중의 말에 세진도 맞장구를 쳤다.

"결국 네가 원한 대로 올해 안으로 결혼을 하게 되었구나. 그동안 너의 행보를 살피자면, 정말 이태흔스러운 일 처리라 아니 할 수 없어. 정말 대단한 놈이라고 내가 널 칭송했었냐?"

"그런 칭송은 지겹게 듣고 있으니, 너까지는 안 해도 된다."

태흔은 카드를 펼치며 거만하게 중얼거렸다. 받은 패가 그다지 시원찮은 모양이다. 명중이 제 카드를 엎었다.

"재인이 이야기 들어보니까, 별 볼일 없는 큰사위에게 그럴듯한 배경을 만들어준다고 아진의 홍보실이 진땀깨나 흘렸다던데."

"나도 들었다. 결혼하자마자 부랴부랴 정도경네 가족을 아예 통째로 캐나다로 이민을 보내 버렸대. 그래 놓고 부친이 대전의 사채 큰손이고 20층짜리 빌딩 소유주라고 동네방네 뻥치고 있다더군. 물론 사돈 이름으로 빌딩 한 채 산 건 불문가지."

"어떻게 그렇게 자세히 아는 거야?"

"정도경이가 제 입으로 이야기해 준 거라니까. 말하면서 본인도 심란한 모양이더라. 저 하나 때문에 평생 골목 어귀에서 떡 장사하면서 오순도순 살던 일가가 다 이국으로 귀양 가 있으니 마음이 편안할 리가 있겠어?"

다시 그 판을 쓸어버린 세진이 아싸! 주먹을 치켜들었다. 승자의 여유를 담고 주방 쪽으로 걸어가 에스프레소를 내렸다. 구석에 처박힌 불쌍한 패자들에게 한 잔씩 건넸다.

"돈질이야 한다지만, 진짜 웃기는 건 정도경이 학벌 만든 거다."

"학벌까지 위조했대?"

"그런 모양이더라. 아진의 임 회장 자존심상, 도저히 고교중퇴, 주먹질이나 하던 놈을 맏사위로는 인정할 수가 없었나 보지. 이 무슨 코미디? 정도경이가 매릴랜드 주립대 정치학과 출신이란 건 나도 처음 알았네."

"작정하고 위조할 거면 아예 뽀대 나게 하버드 출신에 와튼 스쿨 졸업이라고 하지? 일 년만 청강시키면 하버드 문턱 드나들었다고 소문날 텐데. 임 회장도 바보 아냐?"

"기다려 봐. 조만간 그렇게 될 거다."

명중과 세진이 동시에 태혼을 바라보았다.

"정도경이, 몇 번 봤는데 만만치 않은 놈이었어. 일단 그 잘난 임세라를 잡아채선 결혼으로까지 얽어맨 놈이야. 그런 여자 성질을 누르며 사는 놈이 보통일 거라고 생각해?"

명중과 세진이 동시에 고개를 흔들었다. 커피 잔을 내려놓고 태혼은 다시 카드를 섞었다.

"제법 머리통이 잘 돌아가는 놈이었어. 작정하고 공부하면 언젠가는 스탠포드나 와튼 가게 될 거다. 임세라가 제 남편을 언제까지 고교중퇴자로 가만 놓아둘 여자도 아니고. 달달 볶아서 결국은 졸업시키고 말 테지."

"그래서 훗날 정도경이가 아진을 통째로 꿀꺽?"

"안 될 것도 없지."

"헛소리 집어치우고, 카드나 돌려. 내가 모처럼 돈주머니 풀었는데, 시시하게 가면 실망이야."

"김명중, 기껏 의사 놈 주제에 도박 너무 즐기다간 병원 말아먹는 수가 있다."

"괜찮아, 괜찮아. 우리 마나님이 돈 잘 벌잖아. 내가 돈 잃고 들어가면 때리기는 하지만 쫓아내지는 않더라고."

그 판을 먹은 명중이 실실거리며 판돈을 제 앞으로 끌고 갔다. 카드를 섞었다. 새로이 담배 개비에 불을 붙이며 세진이 태흔을 바라보았다.

"그런데 정도경이 그놈. 난 마음에 들어. 양아치라고 해서 좀 그랬는데, 뜻밖에도 눈빛이 나쁘지 않았어. 어때? 우리 팀에 끼워 줄까?"

"어련히 끼려고 하겠다. 일단 태흔이 보기 불편해서라도 나오겠어?"

명중이 핀잔을 주었다.

"내 친구면 네놈들 친구이기도 하거든, 자식아. 싫든 좋든 사랑 하나 때문에 이 바닥에 들어온 거, 그 자식도 조금은 비빌 언덕 필요한 거 아냐? 백 없으면 한동안 고전을 면치 못한 텐데 가엾잖아. 좀 쉽게 올라가게 도와주면 좋지."

"모르는 척하고 정도경이 만나면 동창생 노릇이나 해줘라."

태흔의 말에 세진과 명중이 고개를 돌렸다.

"무슨 소리?"

"너, 매릴랜드에서 반년 어학연수 했잖아. 사람들이랑 같이 있을 때 그때 거기서 진짜 만난 것처럼 몇 마디 해주면 정도경이 학벌, 그 길로 사실될 거다."
"전화나 해볼까? 어때, 태흔아? 멤버도 하나 비는데."
"우리 집까지 기어들어 올 용기가 있는 놈이면 나도 인정해 주지."
태흔의 묵인 앞에서 세진이 휴대전화를 꺼냈다. 태흔은 일어나 바에서 술병을 들고 돌아왔다. 친구들에게 잔을 돌렸다.
"어쩐지 불길해. 키워서 좋을 일 없는 놈 같아. 잘못하다가 뒷목 물리는 거 아닌지 모르겠다."
"천하의 이태흔이 경계심을 느끼는 녀석이라. 정도경을 다시 봐야겠는걸."
세진이 휴대전화를 내렸다.
"삼십 분 안에 날아온단다."
"크리스마스이브인데 여왕님이 신혼의 남편을 흔쾌히 보내주신다고?"
"여왕님은 본가에서 열리는 파티 참석 중이시란다."
"사위는 천한 피라서 가족 파티에도 참석하지 못하게 했대? 쓸쓸히 혼자서 라면을 끓여 먹고 있다고? 이런 빌어먹을 집안이 있나! 너무한 거 아냐?"
"그러게 말이다. 그동안 재벌 사위 품위 지키느라 가시방석이었던 모양이야. 술 퍼마시고 카드나 돌리자니까 목소리가 반짝반짝 변하네. 지옥이래두 당장 날아올 품새더라."
"지갑이나 두둑이 채워오라고 그래. 나중엔 팬티 바람으로 쫓겨나지 말고."

"글쎄다. 우리가 절대적으로 불리하다고 보는데?"

"암만. 서울 뒷거리 조폭의 행동대장으로 놀았던 놈인데 술, 도박, 여자, 이런 방면으로는 우리보다 한 수 위겠지."

하품을 하며 잠자리에 들 준비를 하던 진 여사가 고개를 치켜들었다. 가만히 귀를 기울였다. 이층에서 조그맣게 들려오는 남자들의 웅얼거림에 은근히 흐뭇해하는 표정이 되었다.

"얘, 이층에서 태흔이 목소리가 들리니까 사람 사는 집답다. 그렇지?"

"그럼요. 괜히 오빨 쫓아내시곤 쓸쓸해하셨어요, 뭐."

"내가 그랬나?"

진여사가 딴청을 피웠다. 속으로 애타하는 은후의 마음일랑 끝내 읽지 못한 척 혼잣말을 했다.

"저애들 술 너무 주지 마라. 너무 취하면 태흔이 내일 못 일어난다. 눈길에 운전하기 힘들 텐데."

"세진이 오빠가 짐 가방 다 들고 왔던데……."

은후도 모르는 척 종알거렸다. 태흔더러 집에서 나가거라 하는 말씀은 하지 마세요, 하는 부탁에 다름 아니었다. 진 여사가 속없이 구는 은후를 노려보았다.

"그래서? 이제 그만 얼렁뚱땅 용서하자고?"

"용서가 아니라요, 사실은 여기가 오빠 집인데 오빠가 왜 바깥에서 떠돌아야 해요? 생각하다 보면 제가 미안해요."

"에그, 맹한 것, 속없는 것. 네가 이리 생각없이 무조건 역성들어 주고 편들어주니 그놈이 그런 짓까지 한 것 아냐? 아직도 몰라?"

진 여사가 감추지 않고 잔소리 한마디를 퍼부었다. 영리하고 명민하다 싶은 때도 많지만, 이상하게 태흔과 관계되는 일에서만은 터무니없이 속없고 멍청하게 굴고 있다. 그런 은후가 한심해서 견딜 수 없다는 뜻을 명확하게 밝혔다.

"좀 달라진 것 같던? 반성하고 있는 것 같아? 제멋대로 굴고 막무가내 하는 짓일랑 좀 줄었어?"

"설마요. 그런 게 사라지면 오빠가 아닌걸요."

은후의 대답에 진 여사가 푸시시 웃었다. 반은 기가 막히고 반은 체념하는 미소였다.

"하긴 그렇구나. 언젠가는 그 버릇을 고쳐야지. 기고만장해선 거만하게 굴다가 무슨 짓을 저지를까 내가 아주 조마조마하다."

"제가 잘 살펴요. 겉으로만 그렇지 오빤 저나 할머니께서 싫어하시는 일은 잘 안 하잖아요. 믿어주세요."

은후는 미소 지으며 상냥하게 대답했다. 침대에 눕는 진 여사의 목 위로 시트를 끌어 올려 여며주었다.

"그나저나 저리 객들이 들이닥치니 현관에서 이층 쪽으로 바로 계단을 낸 건 잘한 것 같구나."

"저도 그런 것 같아요. 이층에 오시는 손님들도 한결 편안해하실 거예요."

"이젠 너도 자거라. 이층 애들이야 저들이 알아서 놀겠지. 푹 자야 웨딩 촬영 잘하지."

도경이 성북동 집에 도착한 건 막 은후가 잠자리에 들었을 무렵이었다. 어려울 수 있는 자택 방문에 응한 것은 단순히 심심하고 무료해서만은 아니었다. 그보다는 그의 결혼에 커다란 도움을 준 태흔에게 보내는 그만의 감사 방식이었다.

전화를 받고 나간 세진이 그를 데리고 이층으로 올라왔다. 도경이 지금껏 세 남자가 놀던 카드 테이블을 힐끗 바라보았다. 십 원짜리 동전이 수북하고 기껏 천 원짜리 지폐만 굴러다니는 꼬락서니에 상당히 감명을 받은 표정이었다.

"명색이 크리스마스 기념인데 판이 너무 조촐한 거 아닙니까?"

"삼십 평생 천 원 이상으로는 포커를 쳐본 적이 없어서."

"미 투. 우리 아버님께서 판돈 만 원 이상 올라가는 도박판에 끼면 손모가지를 잘라 버린다고 하셨거든."

"마찬가지. 도박은 패가망신이라는 말을 하도 들어서 말이지. 우린 천 원짜리만 나와도 손이 덜덜 떨려. 정말 무서워."

이 남자들. 정말 마음에 드는 캐릭터인걸. 도경이 푸하하하 웃으며 악수를 청하는 태흔의 손을 잡았다. 세진의 소개로 명중과도 인사를 나누었다. 자연스럽게 그들 틈으로 끼어들었다.

"제가 처음 가입한 날인데, 기념으로 판돈 좀 올리죠?"

"마음에 드는 발언인걸. 태흔아, 간만에 작정하고 한번 벌여볼까?"

태흔이 도경을 건너다보았다. 싱긋 웃으며 경고했다.

"정도경 씨, 우리가 정말 시작하면 따라오기 힘들 텐데?"

"괜찮습니다. 바야흐로 저도 눈에 뵈는 게 없어졌거든요. 대전 지역 사채 큰손의 아들이다 보니 가진 건 현금뿐이란 말이죠. 평생 떡방앗간만 하던 집안 아들이 재벌 사위로 출세하니, 정말 끝장입니다."

도경이 눈썹 하나 까딱 않고 대꾸했다. 양복 재킷을 벗어 의자 등받이에 걸쳤다. 두 손을 깍지 끼고 우두둑 꺾었다.

"정도경 씨, 정말 재미있네. 좋습니다. 정식으로 한번 시작해 보죠."

태흔이 먼저 사이드테이블에 놓인 차 열쇠를 테이블 위에 던졌다. 명중이나 세진도 태흔과 마찬가지로 자신이 타고 온 차 키를 테이블에다 올려놓았다.

태흔은 어리둥절해하는 도경더러 포커판의 규칙을 설명했다.

"진짜 시작하면 우린 딱 세 판만 칩니다. 처음에 몰고 온 차를 놓고 시작하죠."

"갑자기 투지가 불타오르는군. 음하하하! 태흔이 네 차, 이번에 새로 산 포르쉐 파라메라렷다? 죽었어."

세진이 술잔을 들어 목을 축였다. 도경과 마찬가지로 관절을 우두둑 꺾었다. 명중이 태흔을 건너다보았다.

"파라메라, 은후한테 사줬다고 하지 않았어?"

"모양새가 귀여워서 사주긴 했는데, 너무 빨라서 아무래도 안심이 안 돼. 벤츠 새로 뽑고 그건 내가 몰기로 했다."

심장 오그라들게 비싼 스포츠카를 장난감처럼 사대는 남자들 가운데에 앉은 서민 정도경. 은근히 등골에 소름이 돋았다. 그러나 사내 자존심이 있지, 예서 밀릴 순 없다. 도경도 자신의 차 열쇠를 테이블에 올려놓았다.

"마나님께서 결혼 선물로 럭셔리한 벤츠를 사주시더군요."

세진이 휘파람을 불었다.

"역시 통 크고 멋진 누님이셔. 태흔아, 임세라 씨한테 버림받은 게 아쉽지 않냐?"

"이런 소리를 듣게 되면 잠시 아쉬움이 들지."

억지로 시무룩한 척하는 태흔의 대답에 도경이 빙긋이 웃었다.

"그럼 두 번째 판은 뭘 겁니까?"

"지갑 속 카드 전부."

명중이 날름 대답했다.

"이긴 놈이 그놈 카드로 얼마를 써제끼든 본인이 다 결제해 주는 것."

"참고로 세진이 저 자식, 내 카드 들고 마카오 날아가서 룰렛 돌렸죠. 잘못 걸리면 피 좀 봅니다."

태흔이 이를 갈며 손가락으로 V를 그리는 세진을 야렸다. 장난 아닌걸. 도경의 얼굴 위로 슬쩍 긴장이 흘렀다.

"하지만 마지막 판에 비하면 양반이지. 이 자식아! 네놈이 나에게 저지른 만행을 생각해 봐."

세진이 몸을 떨며 소리쳤다.

"대체 뭘 걸기에?"

"차도 잡히고 카드도 잡히고 남은 게 없잖아. 제 몸뚱어리를 걸죠."

"으헉."

"그 판에서 지면 그놈은 한 달 동안 노예가 되는 겁니다. 무슨 짓을 시키든 다 해야 해요. 참고로 그 판에 진 세진이 저놈, 명동 대로에서 홀딱 벗고 티팬티만 걸친 채로 십 분 동안 춤췄지."

"크하하하! 슈퍼모델 유세진의 광란의 해프닝. 신문에도 났잖아. 나중에는 풍기문란죄로 경찰서 끌려갔지. 정말 대박이었다."

좌중의 박장대소에 세진의 얼굴만 시뻘겋게 달아올랐다. 그날의 치욕, 그날의 수모, 그날의 분함이 새록새록 되새겨져 참을 수 없을 만큼 다시 열이 올랐다. 이를 갈며 복수혈전을 다짐했다.

“개새끼들, 저것들이 친구라고……. 내 언젠가는 반드시 복수하고 말 거다!”

“살 떨리는데요. 피할 방법은 없는 겁니까?”

“애인이나 마누라님이 오셔서 판돈 전부 계산해 주고, 술값 다 갚아주면 데리고 나갈 수 있어요. 하지만 대부분 그 지경까지 가면 절대로 나타나지 않죠. 가끔 불쌍한 신랑을 구원하기 위해 열혈 마누라님이 나타나시기는 하지만 그 자리에서 귀싸대기 스무 대 정도는 각오해야지.”

“야, 누가? 그런 적 없거든.”

누가 뭐랬다고? 명중이 갑자기 강하게 어필했다.

“그리고 그때 우리 재인이, 날 열세 대밖에 안 때렸다.”

“전 죄하 사망입니다. 우리 여왕님은 무엇이 되었든 지는 건 절대로 용서 안 하시거든요.”

갑자기 도경이 울적한 표정이 되었다.

“다른 판은 모르지만 기필코 마지막 판은 이겨야겠네요.”

“그래야죠. 차나 지갑 뺏기는 건 괜찮은데, 마누라님이 나타나게 되면 끝장이죠. 그리고 정도경 씨, 피차간 친구 먹기로 했으니 한 가지만 충고하죠. 이런 편안한 자리에 나타날 때는 양복 말고 그냥 청바지면 됩니다.”

세진이 답답한 정장 차림의 도경을 건너다보며 일렀다. 태흔은 블랙진에 오픈 컬러 검은 남방 차림. 세진은 낡은 청바지에 평범한 백색 티셔츠. 명중도 올 풀린 모직 바지에 골프 티를 입었다. 비로소 자신의 차림이 모임의 분위기에 어울리지 않음을 깨닫고는 도경이 어색하게 자신의 넥타이를 풀어 바지 뒷주머니에 집어넣었다. 명중이 치받았다.

"야, 명색이 재벌가 자제들과 사위님들이 모이는 자리에 청바지가 뭐냐? 도경 씨, 그렇게 입고 나갔다간 '개천에서 난 용' 답다고, 명품 수준에 안 맞는 놈이라고, 같이 놀 줄 모르는 놈이라고 찍혀. 겁나 비싼 양복 쫙 빼 입고 나가요. 완전 기를 죽여 버려."

"아하."

"놀리지 마, 자식들아."

태흔이 명중을 노려보았다. 도경을 향해 고개를 흔들었다.

"귀담아 두지 마세요. 세진이 말이 맞으니까. 정도경 씨, 때와 장소를 가려야겠지만, 굳이 거기에 얽매일 필요 없어요. 어디에 가든 본인이 편한 옷을 입고 나가면 됩니다. 누가 뭐라든 내가 편하면 된다 하고 버텨요. 그러면 다음번엔 도경 씨가 입은 옷이 뭐가 되었든, 그 자리의 유행이 될 겁니다. 자리의 주인은 도경 씨 본인이지 입은 옷이 아닙니다."

태흔의 말에 도경이 고개를 가볍게 숙여 보였다.

"어때요? 이것도 인연인데 다음부터 우리랑 정식으로 같이 안 놀래요?"

"일단 세라 씨에게 물어보아야 합니다."

"바람직한 자세야. 역시 정도경 씨는 이 자리에 낄 자격이 있습니다."

"네?"

"이 모임 이름이 공처가 클럽이거든요."

동시에 네 사내의 입에서 웃음이 터졌다. 실제로는 공처가지만, 절대로 자신만은 공처가가 아니라고 믿는 불쌍한 마초들의 고백이랄까.

"어차피 세라 씨랑 같이 나와야 해요. 우리가 트랙 돌 때 관람

객이 있어야지. 그 자리에 앉을 수 있는 여자는 아내거나 약혼녀여야 하거든요."

"트랙을 돈다니……?"

"안산 스타디움에서 트랙 돌 건데, 지는 놈이 그날 비용 전부 부담하기입니다. 어때요? 흥미있어요?"

"불러주신다면야."

"연락할 테니 그때 보죠. 하지만 차를 그냥은 끌고 나오면 안 돼요. 튜닝을 좀 하셔야 될 겁니다. 우리 셋 다 이쪽으로 관심이 많아서요. 차 손질을 좀 하는 편이거든요."

"알겠습니다. 끼워주셔서 감사합니다."

새로이 판을 시작하기 전에 세진이 자리에서 일어나 화장실로 들어갔다. 그의 뒷모습을 바라보던 태흔이 도경 쪽으로 시선을 옮겼다.

"정도경 씨, 여기로 초대해 준 내가 굉장히 고맙죠?"

"네. 아마도."

노골적으로 되묻는 말에 좀은 떫은 기분이 되었다. 하지만 사실은 사실인지라 도경이 순순히 고개를 끄덕였다.

"그럼 부탁 하나 해도 될까요?"

태흔이 아주 음흉한 미소를 지으며 명중과 도경을 함께 자신의 몸 쪽으로 가까이 모았다.

"솔직히 말해봐요. 정도경 씨, 카드 판에서 수단 부리는 일 많이 해봤죠?"

"뭐, 그럭저럭 제법 해봤습니다만."

"좋아요. 공처가 클럽에 가입한 기념으로 좋은 일 하나만 해줘요. 우리 셋이 한번 유세진이 저 자식, 같이 말아먹읍시다."

세진이 화장실에서 나왔을 때 그를 뺀 셋이 이미 카드를 돌리고 있었다. 뒷걸음치다가 쥐 잡는다고, 제일 서툰 명중이 웬일인지 그 판을 쓸었다.

"이거 오늘 좀 되는데? 크하하하! 여기 있는 세 놈 죄다 벗길 절호의 찬스가 왔군 그래. 자, 시작해 보지. 끗발 나가기 전에 왕창 훑어야지."

명중이 만면에 흐뭇한 미소를 지으며 카드를 돌렸다. 승용차가 걸린 첫 번째 판이 시작된 것이다. 기껏 십 원짜리 동전이 잘랑대던 이전의 판과는 사뭇 다른 분위기였다. 살기 어린 맹수 네 마리가 심기를 감추고 두뇌 싸움을 하는 판국이다. 숨소리조차 고요했다.

"받고 두 배. 콜."

재벌가 맏사위답게 도경이 눈썹 하나 까딱 않고 판돈을 두 배로 올렸다.

"나도 콜. 기분인데 좀 더 올려보지?"

"어차피 공수래공수거인 것. 두 배, 콜!"

명중이 호기롭게 소리쳤다. 마지막 카드가 나누어졌다. 제가 받은 카드를 젖혀본 태흔이 고개를 저었다. 불리한 게임은 절대로 하지 않는다는 신념대로 약삭빠르게 제일 먼저 빠졌다.

"에이트 쓰리. 트리플이올시다."

명중이 자신만만하게 카드를 바닥에 펼쳤다. 도경이 씩 웃으며 열쇠를 걷어가려는 명중의 손등을 손바닥으로 눌렀다.

"스트레이트입니다. 제가 이긴 것 같습니다만."

"웃기고 있어. 감히 스트레이트 주제에 까불어? 형님은 풀 하우스일세."

둘이 아옹다옹하는 것을 지켜보던 세진이 거만하게 웃어 젖혔다. 제가 손에 쥔 카드 일곱 장을 부채처럼 펴선 살랑살랑 흔들었다. 말릴 사이도 없이 테이블에 놓인 열쇠 네 개를 냉큼 제 앞에다 쓸어들였다. 세 남자가 동시에 머리를 움켜쥐고 바닥으로 나뒹굴었다.

"내 포르쉐, 아직 두 번밖에 안 탔는데."

"우리 마나님이 아시면 난 죽었다!"

"으악, 괜히 새로 뽑은 재인이 차 몰고 왔다."

세 남자가 피눈물을 닦는 동안 세진만 희희낙락, 휘파람을 불었다.

"어쩐지 할렐루야! 첫판부터 감이 좋더라니 말이야. 아아아, 역시 교회에 열심히 나가고 볼 일이로군. 지난주에 가서 복 좀 달라고 예수님에게 기도했더니 이것 봐, 당장에 복을 주시네."

세진이 싱글거리며 카드를 섞기 시작했다. 두 번째 판이 시작되었다. 이번에는 아슬아슬하게 한 끗 차이로 도경이 이겼다. 마지막까지 남은 태흔이 퀸 투페어, 도경은 킹 투페어였던 것이다.

"세상에서 제일 좋은 냄새는 돈 냄새라더니. 음, 좋군요. 우리 마나님에게 좋은 선물을 사드릴 수 있겠는데요. 블랙 카드가 몇 장이야? 쓸 만하네."

닭 쫓던 개 지붕 쳐다보는 격으로 세진과 태흔, 명중은 도경의 앞으로 끌려가는 자신들의 지갑을 안타까이 노려보았다.

"마지막 판입니다. 몸뚱어리 걸고 한 번 붙어보죠."

도경이 카드를 섞었다. 카드를 받으며 슬쩍 태흔이 도경을 바라보았다. 도경은 명중을, 명중은 태흔과 시선을 마주쳤다. 설마 코앞에서 세 남자가 그를 상대로 사기극을 벌일 거라고는 생각도 하지 못한 세진은 자신이 잡은 카드 패만 들여다보기에 여념이 없었다. 제 카드를 훑은 명중이 코를 만졌다. 바람잡이를 시작한다는 뜻이었다. 카드를 탁 하니 바닥에 깔았다. 호기롭게 소리쳤다.

"오늘 다 죽었어! 마리아님이 날 특별히 사랑하시누나. 다 붙어. 하나 받고 하나 더."

"얼씨구. 이 자식 뺑카에 재미 붙였군. 나도 간다, 마! 죽었다 깨어나도 다시 티팬티는 못 입어."

죽었다 깨어나도 포커페이스는 되지 않는다. 세진이 제법 좋은 카드를 잡은 것이다. 카드를 나누는 도경의 능수능란한 속임수에 걸린 줄도 모르고, 흥분부터 해선 화색이 돌았다.

"흐흐흐. 죽으려고 달려드는 불나방 같은 녀석들, 형님이 작정했다. 자신 있으면 붙어. 두 배 콜."

세진이 판돈을 올렸다. 도경이 슬쩍 뒷머리를 긁적였다. 곤란해하는 표정을 가장하며 점잖게 중얼거렸다.

"여기서 빼다간 평생 좀생이가 될 것 같은데요. 저도 갑니다. 콜."

"너도 가는데 나라고 못 갈쏘냐. 어차피 인생이란 한판 승부. 더 올리자. 받고 두 배 더."

태흔도 그득히 판돈을 올렸다. 도경이 마지막 카드를 돌렸다. 명중이 실의에 찬 기색을 가장하며 아무 말 없이 카드를 엎었다. 남은 도경과 태흔, 세진이 서로의 눈치를 살폈다. 누구도 그 먼저 판을 엎을 기색을 보이지 않았다. 태흔이 기선 제압에 나섰다.

"두 배 올려."

도경이 슬쩍 망설이는 기색을 보였다. 눈알을 잠시 굴리던 세진이 결심한 듯 동전을 앞으로 밀었다. 마침내 지난날의 수모에 대한 복수를 하게 생겼구나. 자신만만한 미소를 지으며 소리쳤다.

"콜!"

"저는 무서워서 엎을랍니다. 우리 마나님이 여기까지 날아오시는 사태가 생기면 살인나거든요."

결국 도경도 자신이 없다는 표정으로 물러났다. 자신의 카드를 덮었다.

"뒤집어. 난 풀 하우스다."

허걱. 명중과 도경의 눈이 휘둥그레졌다. 세진이 의기양양하게 등받이에 몸을 젖혔다.

"복수혈전이다. 명동 거리에서 티팬티 입고 광란의 춤이라도 추시지. 흐흐흐. 대 승명그룹의 총수께서, 며칠 있다가 결혼하실 당신께서 그런 짓을 저지르면 차암 볼만하겠지, 이태흔이?"

언제나 주인공은 마지막에 나타나시는 법. 얄미운 미소를 지으며 태흔은 자신의 카드를 펼쳤다. 세진이야 카드 속임수의 대가인 도경이 교묘하게 손장난을 한 것을 꿈에도 알 리가 없다. 태흔은 아까 세진이 거만을 떨어대던 것처럼 카드를 부채처럼 흔들었다.

"웃기네. 이 형님은 포 카드다, 자식아."

싱글거리던 세진의 얼굴이 뻣뻣하게 굳어졌다.

"유세진이, 오늘 밤에 티팬티 또 입어야겠다? 아니지. 이번에는 그 팬티도 벗어버려. 올 누드로 가. 너 요새 몸 관리 안 하지? 축 늘어진 뱃살 좀 구경하자. 두 번째로 뉴스에 나겠네. 슈퍼모델 유세진의 몰락 시대."

세진의 얼굴이 뜨물처럼 허옇게 질렸다. 당장 명동 바닥에 알몸으로 끌려가야 할 것 같은 위기의식이 들었나 보다. 갑자기 바닥에 엎드려 싹싹 빌기 시작했다.

"태흔님, 태흔 사마, 한 번만 봐주십쇼."

"싫은데? 어이, 친구들. 이 자식을 어떻게 처리할까?"

거만한 노예 주인이 발가락 끝으로 불쌍한 노예의 등짝을 툭 하고 걷어찼다.

"챙겨놓은 차 키부터 내놓으시지."

단 한 끗 때문에! 그냥 적당하게 하고 중간에 엎을 것을. 세진이 피눈물을 흘리며 고이 열쇠를 바쳤다.

"오늘 이 자식을 어떻게 말아먹을까?"

"글쎄. 질질거리는 게 좀 불쌍하긴 한데……. 야아, 크리스마스 이브 아냐? 은총 한 번 내려주는 게 어떠냐? 아, 물론 전적으로 주인님 마음에 달린 거지만 말이지."

때리는 시어미보다 말리는 시누이가 더 얄미운 법. 괜히 명중이 씨알도 먹히지 않는 말로 세진을 편들어주는 척했다. 중간에 낀 도경 역시 진정으로 세진의 편을 들어주는 척 점잖게 제안했다.

"이 자리에 절 초대해 주신 분인데, 한 번 기회를 주시면 안 되겠습니까? 유세진 씨, 마나님을 부르세요. 그러면 구원받을 수 있잖습니까."

"어쩌나. 이 자식은 독신인데?"

"한마디로 말하자면 구원해 줄 여신이 없다는 말씀."

태흔이 발가락 끝으로 세진의 등짝을 한 번 더 걷어찼다.

"발가벗고 여의도 63빌딩에서 번지점프 하는 건 어때?"

허옇게 질린 세진의 얼굴이 이제는 시뻘겋게 변했다. 생각만 해도 끔찍한 모양이었다. 그 큰 덩치를 하고 부들부들 떨었다. 명중이 불쌍한 친구의 등을 두들겼다.

"세진아, 밑져야 본전이다. 그냥 눈 딱 감고 다율 씨에게 전화라도 해봐. 싹싹 빌고 한 번만 구원해 달라고 해. 혹시 모르잖아. 너희 둘 쌓은 정리가 십 년인데 설마 외면하겠어? 데리러 와줄지 어떻게 아냐?"

"안 돼. 못 해. 홍 사장, 그날 이후 나만 보면 씹어먹으려 든단 말이야! 차라리 발가벗고 번지점프를 할지언정 그 자식한테는 전화 안 해!"

사나이 마지막 자존심이다. 세진이 버럭 소리쳤다.

"아직 기가 안 죽었네. 이 자식. 한 달 동안 노예 생활 하면서 여전히 그렇게 뻗댈 수 있을지 두고 보자."

"이 배은망덕한 놈! 나는 제놈이랑 은후가 결혼할 수 있게 있는 힘껏 도와줬더니 이런 식으로 은혜를 원수로 갚아? 어떻게 이럴 수 있어?"

"빠져나갈 마지막 기회를 주마. 좋은 말 할 때 다율 씨에게 전화 돌려. 작정하면 내가 무진장 잔인해지는 거 알지?"

태흔은 웃음기를 지우고 정색을 했다. 음산하게 경고했다. 명중이 씩 웃으며 세진의 휴대전화를 건네주었다. 격려의 의미로 대신 단축키를 눌러주었다.

"개똥밭에 굴러도 이승이 좋단다, 세진아. 다가오는 신년에 저 잔인한 놈의 노예가 되어 목줄 잡혀 끌려다니고 싶어? 눈 딱 감고 홍 사장에게 전화해. 홍 사장 나긋한 손 아래서 한 번만 따귀 맞고 오선지 그린 다음 풀려나는 게 훨씬 낫지."

시커멓게 변한 세진이 마지못해 전화기를 받아 들었다. 비굴하게 떨면서 신호가 떨어지기를 기다렸다.

"다율아, 홍 사장. 난데……."

철컥 전화를 끊어버리는 소리가 둘러앉은 다른 사내들 귀에도 들렸다. 울상이 된 채 세진이 구원을 바라듯이 그들을 돌아보았다.

"야아, 이런 판국인데 뭘 어떻게 하라고? 나 완전히 태흔이 이 새끼 때문에 홍 사장한테 미운털 박혔단 말이야! 아후 씨, 병 주고 약 주고 있어. 멀쩡하던 우리 사일 형편없이 헝클어놓더니, 왜 또 붙이려고 난리야? 위선자 새끼."

"사내놈이 칼을 뽑았으면 썩은 무라도 잘라야지. 삼세판 몰라? 다시 걸어. 명령이다!"

태흔이 눈을 부라리자 세진이 마지못해 다시금 키를 눌렀다. 다율이 전화를 받자마자 징징거리며 비굴하게 애원하기 시작했다.

"홍 사장, 다율아! 제발 전화 끊지 마라. 나 좀 살려줘. 지금 나 납치됐단 말이야. 몸값 가져오래. 어쩌지? 응? 네가 나타나지 않으면 이대로 묶어서 콘크리트 달고 강물에 집어넣어 버린대. 제발 살려주라."

비로소 심상찮은 기색을 느낀 모양이다. 다율의 목소리가 갑자기 높아졌다. 대체 무슨 영문이냐고 묻는 눈치였다. 너무 자존심이 상한 터라 세진이 대답을 미처 하지 못하고 더벅거리는 동안, 태흔이 전화를 가로챘다.

"세진이 놈이 우리랑 포커 치다가 다 잃었거든. 다율 씨가 나타나서 몸값 계산 안 해주면 이 자식, 발가벗겨서 63빌딩 아래로 번지점프나 시키려고. 이놈 인생 불쌍하면 다율 씨가 여기 와서 몸값 치르고 데려가든지, 싫으면 그냥 전화 끊어요. 사실 이 자식, 내다 버려도 별 아쉽지 않을 테지만."

[뭐 하자는 짓이에요? 이태흔 씨?]

수화기 속에서 울려 퍼지는 다율의 목소리는 상당히 분개한 것이었다.

[또 명중 씨랑 작당해서 순진한 그 사람 말아먹었죠? 지난번엔 티팬티 입혀서 명동 대로에서 춤추게 만들더니, 어떻게 친구라면서 그렇게 심하게 굴어요?]

"우리가 뭘? 뻥카 들고 끝까지 뻗댄 놈 잘못이지. 말해요, 다율 씨. 세진이 데리러 올 거요? 말 거요?"

[어디예요?]

"성북동 집."

[한 시간만 기다려요. 이 빌어먹을 인간, 완전히 죽여 버릴 거야!]

다율이 이를 갈며 먼저 전화를 끊었다. 태흔은 세진에게 전화기를 돌려주었다.

"어떡하냐? 다율 씨가 오기는 오는데 널, 반드시 죽여 버린단다."

"그래도 사랑하는구먼. 제 남자가 발가벗고 번지점프 하는 꼴은 못 본다는 거로군. 축하한다, 세진아. 너 같은 바람둥이를 끝까지 지켜주는 다율 씨가 있으니 너도 인생 서럽지 않구나."

명중이 이죽거렸다. 다율이 오면 얼굴에 오선지가 그어지든, 매서운 따귀를 스무 대 연속으로 맞든 말든, 간신히 태흔의 마수에서 벗어난 것만 고마운 거다. 시커멓게 죽어 있던 세진의 얼굴이 비로소 조금씩 펴지고 있었다.

정확하게 한 시간 후, 막 자정이 넘어갈 무렵이었다. 다율이 집에서 입은 옷 위에 롱 코트만 걸치고 나타났다. 일단 덜덜 떨고 있는 세진부터 거둬선 제 등 뒤에 숨기고 노예의 몸값에 대한 협상을 시작했다.

"얼마예요, 이 남자 몸값."

"우린 돈이 아쉽지 않아서 말이지."

태흔이 팔짱을 낀 채 얄밉게 능갈쳤다.

“두 사람이 함께 등장하는 올 누드 사진 한 장으로 몸값 대신할 수 있는데. 어때요?”

“기가 막혀! 내가 왜 이 남자랑 그런 식으로 엉켜야 하는데요?”

“그거야 나도 모르죠. 전화 한 통화로 제꺽 여기까지 달려온 다율 씨 심장에게 물어보죠. 일단 이 녀석 거둬가세요. 몸값은 일주일 후에 받을 테니까. 둘이 사이좋게 멋진 포즈로 침대에서 상의해 주세요.”

다율이 휙 고개를 돌렸다. 비굴하게 등 뒤에 숨어서 손가락만 꼬물거리는 세진을 매섭게 노려보았다.

“여하튼, 유세진. 어쩜 하는 짓이 이렇게 하나같이 덜떨어졌지? 어쩌다 너 같은 인간하고 엮여서 내가 이렇게 살고 있는지 모르겠다.”

“홍 사장, 다 내가 잘못했다. 자기야, 내가 진짜 잘못했거든. 다시는 이 새끼들하고 카드 안 칠게. 진짜야! 착실하게 자기가 시키는 대로 사업만 할게. 한 번만 살려주라. 엉? 나한테는 자기뿐이잖아.”

“말은 잘하지? 지 편할 때는 남 생각 안 하고 제멋대로 살더니, 아쉬울 때만 내 생각나니? 너, 정말 훈련 좀 많이 받아야겠다!”

아이고. 내 팔자야, 이런 얼굴로 다율이 세진의 귀를 끌고 퇴장했다. 온몸으로 발산하는 살기에 남은 세 사내마저 오금이 저릴 정도였다.

“우리 마나님만 여왕인 줄 알았더니 저분도 만만치 않네요.”

도경이 감탄하여 중얼거렸다.

“그런 여왕 포스에 질려 세진이 놈이 십 년 동안 벗어나 보겠다고 도망쳤다죠. 하지만 이젠 빼도 박도 못 하겠네."

"태흔이 너보다 세진이 저 새끼, 먼저 장가드는 거 아냐? 하룻밤에도 만리장성을 쌓는다는데."

"그거야 내일 지나 보면 알겠지."

세 남자는 독신 지상주의이던 배신자 놈을 한 방에 해치운 기념으로 술잔을 부딪쳤다.

일층 침실에서 잠이 들었던 은후가 반짝 눈을 떴다. 그녀의 방 창문 쪽으로 외부 계단이 내려와 있었기에 이층에서 아래로 내려가는 발자국 소리에 잠이 깬 것이다. 두런두런 말소리가 들리고 이내 철문이 닫히는 소리도 아스라이 들려왔다. 다시 구둣발 소리가 계단을 올라갔다. 손님을 배웅하고 난 후 태흔이 방으로 돌아가는 모양이었다.

벽시계는 새벽 네 시를 가리키고 있었다. 어디선가 크리스마스 새벽 찬송을 다니는 성가대원들의 노랫소리가 들려오고 있다. 비몽사몽간에 한없이 경건하고 평화스러운 그 소리를 들으며 은후는 이층의 연인 생각을 했다.

'지금까지 놀았으면 시장하진 않을까? 술 많이 마시면 오빤 물 많이 찾는데.'

이층 냉장고에 물병이 들어 있던가 헤아렸다. 태흔이 자고 갈 거라 생각하지 않았기에 챙겨놓는 것을 잊었던 듯하다. 이왕 잠이 깬 터라 은후는 몸을 일으켰다. 잠옷 위에 카디건만 걸치고 방을 나섰다. 주방 냉장고에서 생수병을 꺼내 쟁반에 담고 계단을 올라갔다.

피곤도 하고 졸리기도 할 텐데, 태흔은 착하게도 어질러진 내실을 주섬주섬 치우고 있었다.

"그냥 놔둬. 어차피 청소하는 사람이 치울 거잖아."

느닷없이 등 뒤에서 들려온 은후의 목소리에 놀란 것이 분명하다. 눈이 커진 채 태흔이 고개를 돌렸다.

"왜 일어났니?"

"사람들이 계단 내려가는 소리에 깼어."

"그렇구나. 미안하게 됐네."

"오빠 술 마시면 물 많이 찾는다는 생각이 들어서. 물병이나 올려다 주려고."

은후는 물병을 침실에다 갖다 놓고 나왔다. 태흔을 거들어 내실의 어질러진 것들을 정리했다.

"술 많이 마셨어?"

"많이 마시기는. 위스키 겨우 두어 잔 정도였는걸."

"피곤해. 이젠 자."

"은근히 배고프다, 은후야. 이왕 깬 거 나한테 라면 하나만 끓여줄 수 있니?"

"라면 같은 걸 왜 먹어? 속 아프게. 냉동고에 죽 얼린 거 있는데 데워줄게."

"그냥 라면. 갑자기 먹고 싶어졌어."

어려울 것은 없었다. 은후가 주방에서 라면 하나를 찾아 다시 올라오니, 태흔은 이층에 있는 스포츠 장비 창고에서 코펠과 버너를 꺼내놓고 기다리고 있었다.

"새벽에 웬 코펠이야?"

"역시 라면은 코펠에 끓여야 제맛이지."

그가 탁자에 아무렇게나 놓인 자신의 오리털 점퍼를 은후의 얇실한 어깨에 뒤집어씌웠다.

"발코니 나가서 끓여 먹자."

은후는 잠시 태흔을 바라보았다. 정신이 나갔느냐고 물어볼 작정이었다. 따뜻한 실내를 놓아두고 영하 15도라는 새벽의 강추위 속에서 라면을 끓여 먹잔다. 태흔은 실실 웃으며 은후의 손목을 잡아끌었다.

"산장에서 캠핑하고 있다고 생각하면 되잖아. 이리 나와봐, 어서."

태흔의 체취가 풍기는 오리털 점퍼로 온몸을 무장한 채, 은후는 태흔을 따라 발코니로 나갔다. 희부염한 정원등 아래로 하얀 눈이 다시 쌓이고 있었다.

새벽 네 시. 멀쩡한 집 놓아두고, 따뜻한 주방 비워두고. 청승맞게 뭐 하는 짓인지 모르겠다 싶으면서도 은근히 재미있었다. 하아, 하아, 하얀 입김을 불어가며 이마를 맞대고 라면이 끓기를 기다리는 동안, 새벽 찬송하는 아이들은 점점 더 가까이 다가오고 하얀 눈은 소복하게 쌓였다.

"이런 거."

"응?"

"하고 싶었다, 같이."

부글부글 끓고 있는 라면을 진지하게 내려다보며 태흔이 중얼거렸다. 라면 가닥을 하나 집어 익었는지 살폈다. 맛보라고 은후 입에 넣어주었다.

"익었어?"

"삼십 초만 더."

태흔이 코펠 뚜껑을 닫았다. 아까 하다 만 고백을 계속했다.

"너랑 오 년 동안 헤어져 있으면서, 은후야. 나 말이다. 내내 혼자 밥 먹으면서, 운동하면서, 일하면서, 책 읽으면서 그때마다 생각했다."

은후랑 다시 만나면 이런 거 같이 해야지. 은후랑 결혼하면 이곳에도 함께 가야지. 은후랑 만나면 이런 것도 같이 먹어야지. 아주 많이…….

나중에 서로 미워져도 그동안 쌓인 추억 때문에 헤어지지 못할 만큼 그렇게 많이, 작은 것들. 평범하고 사소한 것들. 은후랑 둘이서 해야지. 사랑해야지. 작고 예쁘게, 착하게, 상처 주지 않고 아프지 않고 행복하게만 살아야지. 은후에게 다 줘야지. 그럼 그 애도 전부 줄 터이니. 그렇게 예쁘게 사랑하고 그렇게 천천히 함께 늙어가야지. 존경한 할아버지, 할머니처럼.

태흔이 고개를 들었다. 달빛처럼 새하얀 얼굴을 건너다보았다.

"고맙다, 은후."

"뭐가?"

"소원대로 너랑 이런 일 같이하게 해주어서."

더 이상 말하지 않아도 행복은 하얀 눈처럼 흩날렸다. 성가대의 새벽 찬송은 이제 성북동 집 대문 앞까지 왔다. 이층 발코니에 쪼그리고 앉아서 한 개의 라면을 나눠 먹던 연인들. 고개를 치켜들고 '메리 크리스마스!'를 외치는 성가대원을 내려다보았다. 낭랑한 목소리로 입 맞추어 크게 외쳤다.

"해피 크리스마스!"

닷새 후, 한 해의 달력이 마지막 숫자만을 남기고 넘어가는 날. 오래도록 기다린 연인들은 마침내 부부가 되었다. 누구도 뗄 수 없는 진짜 가족이 되었다.

민주가 포함된 예술관의 어린 천사 네 명이 하얀 드레스를 차려입고 연분홍 장미 꽃잎을 흩뿌리며 인도하는 길로 먼저 신랑신부 들러리 여섯 명이 걸어갔다. 안 한다고 난리 치던 명중도 결국은 세진에게 끌려가 턱시도를 갈아입고 잡혀온 것이다. 그들을 따라가는 또 한 사람의 들러리로 정도경도 있었다. 그 역시 세진의 꾀임에 빠져 공식적으로 연적이었던 기묘한 관계를 청산하고 태흔의 들러리를 서러 온 것이다.

이어 신랑 태흔이 걸어 들어와 뒤로 돌아섰다. 아름다운 웨딩드레스를 차려입고, 그만을 향해 이십오 년 동안 걸어온 신부를 맞이했다. 깊이 사랑해서 오래도록 기다린 그 여자의 손을 마침내 꼭 잡았다. 온 마음과 몸을 다해 사랑하겠노라고, 서로가 행복해지도록 노력하겠노라고 맹세했다.

모든 의식이 다 끝나고 마지막은 신부가 부케를 던지는 순서였다. 다음 달에 결혼하는 대학원 친구를 겨냥하여 은후가 보라색 스톡과 하얀 장미로 만들어진 우아한 부케를 힘차게 던졌다.

"어머나!"

어쩌면 좋아. 날아가는 부케를 키가 큰 세진이 중간에서 낚아챘다. 모든 사람의 어안이 벙벙해진 그 와중에 세진이 망설이지 않고 그 부케를 멀찌감치 서 있던 다율에게 건네주었다.

"뭐, 뭐야?"

예상치 못한 전개에 당황해선 다율이 뒷걸음질을 쳤다.

"너도 올봄에 결혼하고 싶다며? 부케 받았으니 해라."

"뭐 이런 인간이 다 있어? 결혼은 혼자 하니?"

다율이 고함을 팩 질렀다. 모든 사람의 시선이 모아진 가운데,

결혼하고 싶어 안달하는 노처녀임을 만천하에 공개한 셈이 아닌가. 그녀의 얼굴은 시뻘겋게 변해 있었다.

"다율 씨, 세진 씨가 다율 씨랑 하고 싶다는 말이잖아요."

도통 말귀를 못 알아듣는군. 눈치 빠른 재인이 답답해서 세진 대신 고백을 거들었다. 오작교를 이어주었으면 감사합니다, 하고 넙죽 엎드릴 일이지, 세진이 갑자기 뻣뻣하게 틀었다.

"아니, 내가 언제? 저쪽이 하고 싶다니까 할 수 없이, 마지못해 간절하게 원하면 해주겠다는 말이지."

시뻘게졌던 다율의 얼굴이 이번에는 파르라니 식었다. 갑자기 손에 들고 있던 부케로 세진의 얼굴을 세차게 후려쳤다.

"기가 차서! 내가 결혼에 미친 여자인 줄 아나 봐? 미안한데 이 세상 남자가 너 혼자뿐이라 해도 유세진이 너하고는 안 한다. 그렇게 결혼이란 걸 하고 싶으면 혼자 해, 자식아!"

"야, 남의 신성한 부케로 뭐 하는 짓들이야? 너무한 것 아냐?"

이번에는 신랑 태흔이 열을 확 받았다. 바닥에 떨어진 부케를 얼른 집어 들었다. 가운데 끼어선 말도 못 하고 맹하니 선 은후를 잡아당겼다.

"너들끼리 해결해! 알아들어? 어디서 감히 남의 결혼식장에 와서 난장질이야. 기가 차서. 가자, 은후야. 저것들은 친구도 아냐!"

신랑신부가 위풍당당하게, 혹은 천박한 친구놈들이 벌인 소동에 대하여 엄청 창피해하며 얼른 결혼식장을 떠났다. 그러한 소동 때문에 신부에게 키스를 해야 하는 순서를 삐먹은 신랑. 그로부터 신혼여행 내내 유세진에 대한 저주를 내뱉으며 이를 갈고 있었다.

28장

만월은 셋. 하늘 위에, 심청빛 밤 젖은 바다 위에, 그리고 사랑하는 사람의 눈동자 안에도.

신비롭게 빛나는 달빛을 흠뻑 머금은 수면을 침대 삼아 그들은 더없이 감미롭게 애타게 사랑하고 있었다. 달빛과 파도와 나신이 된 두 사람만이 존재하는 심청의 파라다이스 안에서 뜨거운 애욕을 가림없이 펼치고 있었다.

하늘에서 반짝이는 달이 내려와 검푸른 수면 위에 떨어졌다. 자잘한 무늬로 동그랗게 흔들리고 있었다. 부드러운 우윳빛 달기둥은 길게 이어져 사랑하는 이의 눈동자 속에서도 일렁이고 있었다.

달빛이 내리는 둘만의 바다 안에서 알몸 수영을 제안한 사람은 누구일까?

따뜻한 파도가 하나로 엉킨 두 사람을 부드럽게 어루만지고 찰싹였다. 그러한 물의 애무는 연인의 손길과 함께 감각적인 즐거움을 한껏 더 발화시키고 있었다. 태흔이 달빛보다 더 뽀얗게 빛나는 은후의 젖무덤을 손으로 감쌌다. 바닷물에 젖어 짭조름한 맛이 드는 가슴의 분홍빛 정점을 한가득 물고는 장난스럽게 할짝였다. 고개를 들고는 다시 그의 애무 안에서 뜨거운 숨결을 토해내는 분홍빛 입술 끝을 혀로 빙 둘러 자극했다. 싱그레 웃으며 요청했다.

"꿀 좀 더 줘봐. 배고파."

지금껏 한껏 탐욕했으면서. 줄 듯 말 듯 한껏 달아오르게 만들어선 미칠 듯이 애간장을 태우다간, 단번에 산산조각 내듯이 달려들었다. 그녀의 숨결 하나마저도 다 빼앗아가고 강렬하게 탐식해 놓고선. 그래 놓고도 모자라다 투덜대는 욕심쟁이. 마치 은후가 주지 않았던 것처럼 투정하고 있지. 이것이 바로 이 남자가 사랑하는 방법.

"몰라, 미워."

은후의 눈꼬리가 한껏 위로 치켜 올라갔다. 유혹과 관능을 가득 담고 반짝이는 눈빛이 요염하기 그지없었다. 격정적으로 두 개의 입술이, 네 개의 팔다리가 서로를 향해 뻗었다. 혀와 혀 사이로 달콤한 타액이 흐르고, 입술과 입술 사이 절절한 욕망이 묻어 전해졌다. 더없이 광대한 남태평양의 바다 안에서 태초의 아담과 이브가 되었다. 알몸으로 서로만을 품은 채, 욕망한 채.

서로에게만 열광하고 서로에게만 사로잡힌 눈동자가, 몸이 가쁘게 움직였다.

"이은후, 아직 부족하다니까. 네 맛이 너무 좋아서 미치겠다. 우리 다시 시작해 볼까?"

귓불을 건드리는 낮은 목소리, 파도 소리 같았다. 에로틱한 상상. 그녀가 꿈꾸는 환상과 모든 쾌락을 약속하는 목소리만으로도 후끈 달아올랐다. 방만하게 벌어진 하얀 허벅지 사이로 어느새 한껏 발기된 그의 몸이 느껴졌다. 태흔이 가진 남성적인 힘이 생생하게 전달되어 왔다. 단단한 그것이 주는 쾌락, 그것이 만들어내는 애염의 색에 완전히 길들여진 육체가 전율했다. 그것에서부터 시작하는 지독한 절정을 기대하며 따뜻한 물속에서 하얀 다리가 꼬였다. 깊은 샘이 뜨거워졌고, 마른 숨이 터졌다.

"기억나?"

그의 손가락 사이에서 분홍빛 유두가 굴렀다. 아릿한 통증과 더불어 달콤한 열기를 선물했다. 단단하고 민감한 손가락 하나가, 쾌락을 원하여 꿈틀거리는 허벅지 사이로도 스며들었다.

"뭐, 뭐가?"

그의 손가락이 다홍빛 샘 속을 깊이 찔러들어 교묘하게 휘저어가자 은후의 목소리가 저절로 떨렸다. 저절로 몸을 뒤로 젖힐 수밖에 없었다.

"오 년 전에 우리가 같이 잔 날."

태흔이 부드럽게 은후의 볼을 이로 물었다. 은후는 미약하게 교성을 흘리며 고개를 끄덕였다. 어떻게 잊을 수 있나. 그들의 천국과 지옥이 동시에 시작된 날인데.

"아침에 같이 샤워했었어. 그때, 너에게 한 말 기억해?"

"오빠 문신?"

언제나 그녀와 같은 것을 보고 느끼는 그가 고개를 끄덕였다. 은후의 귀에 대고 그윽하게 속삭여 주었다.

"말해봐. 난 너의 것, 그다음은?"

"넌 나의 것. 아훗!"

새삼스러운 맹세처럼 속삭이는 그 한마디가 은후의 입술에서 새어 나오던 순간, 터질 듯 부풀어 올라 곧추선 태흔의 몸 끝이 제 몫의 달콤한 밀액의 공간을 찾아 은후의 안으로 강하게 파고들었다.

숨결이, 존재가, 몸이, 마음이 하나가 되었다. 보이지 않는 영혼도, 삶도 포개졌다. 합쳐졌다. 양수 안에서 유영하는 태아들처럼, 구애의 춤을 추는 해파리 두 마리처럼 혹은 발정기의 인어들처럼 따뜻한 물속에서 두 개의 동체가 율동했다. 요염하게, 또는 관능적으로 태흔의 몸 아래에서 흐느적거리던 은후의 몸이 다시금 빳빳하게 굳어져 활처럼 휘어졌다. 그가 주는 격렬한 쾌락을 이기지 못해서였다.

물에 젖은 머리카락이 긴 해초처럼 늘어졌다. 끊어질 듯 이어지는 간드러진 교성이 새어 나오던 입술이 반쯤 벌어졌다. 학학 더운 숨을 내뱉었다.

"이젠 네 차례야. 난 아직 멀었다고 그랬지?"

태흔이 은후의 몸을 안아 일으켰다. 이번에는 그가 모래밭에 비스듬히 누웠다. 검게 빛나는 눈동자가 즐거운 웃음을 담고 재촉하고 있었다.

은후는 한 손으로 무겁게 어깨에 늘어진 젖은 머리카락을 뒤로 젖혔다. 대담하게 관능적으로 미소 지었다. 그의 허리에 올라타선 두 팔로 그의 어깨를 짚고 내려다보았다.

"못 할 줄 알고? 이래 봬도 아주 많이 배웠거든."

"영리한 학생이로군. 좋아, 실력 발휘해 봐."

태흔이 기대에 가득 찬 눈빛을 감추지 않았다. 망설이지 않고 은후는 단단한 남자의 기둥을 손으로 잡고 고혹적으로, 더없이 음란하게 문지르기 시작했다. 보드랍고 작은 손이 자극하고 건드리고 훑어 내리는 즐거운 감각 안에서 그가 나직한 신음을 내뱉었다. 느른하게 실눈을 뜨고 그의 몸 위에서 열락의 놀음에 열중한 은후를 바라보며 논평했다.

"부끄럼쟁이 공주님이 갑자기 요부가 되었군."

"그래서 싫어?"

"싫을 리가 있나. 하지만 아직은 C 학점이다."

"이렇게 해주면 A 줄 거야?"

어디 한번 두고 보자고. 이런 뜻이다. 도전적으로 내뱉은 은후가 살짝 고개를 숙였다. 젖은 머리카락이 가득히 태흔의 가슴 위로 쏟아졌다. 따뜻한 바람결에 흩날려 구릿빛 피부를 간질이고 자극했다. 그와 함께 분홍빛 말랑한 혀끝이 짭조름한 바다 향기를 풍기는 태흔의 배꼽을 지나 허리를 거쳐 더 아래로 내려갔다. 딱딱한 기둥 끝을 살짝 쓸다가 이로 살그머니 깨물었다. 가장 예민한 곳에서 전해져 오는 아찔한 느낌. 미칠 것 같은 쾌감과 환상 안에서 태흔의 몸이 잠시 움찔거렸다.

그가 피식 웃었다. 손으로 은후의 머리를 더 강하게 눌렀다. 더 깊이 아래까지 삼키게 만들었다.

"이 정도면 B."

"인색하기는……."

은후가 약간 고개를 들고 사악하게 웃었다. 그를 가득 맛본 입술이 달빛과 육욕에 젖어 반들거리고 있었다.

태흔이 재촉하듯이 한 손을 내밀었다. 은후는 그 손을 잡았다. 남은 한 손으로 그의 불기둥을을 움켜잡은 채 천천히 가라앉기 시작했다. 분별력과 이성 따윈 완전히 내려놓고 오직 그녀와 그가 느낄 절정의 쾌감을 찾아, 그를 그득히 품어 조였다. 꿀물 흘리는 동굴을 요동치게 하며 교묘히 음란하게, 색정적으로 움직이기 시작했다.

절정, 극한 이상. 뜨겁디뜨거운 신음이 두 사람의 입에서 동시에 흘러나왔다. 처음에는 부드럽게 움직였지만 계속될수록 더 강하고 자극적인 접점을 향해, 느낌을 향해 은후는 그와 그녀의 몸속에서 끓어 나오는 열기와 리듬을 찾아 그보다 더 강렬한 그의 움직임에 맞추었다. 몇 번이고 쓰러질 듯, 포기할 듯 흔들렸지만, 그가 단단히 잡아준 손을 지주로 삼아 은후는 그들을 둘러싼 바다의 물결을 닮은 움직임을 계속했다. 그의 몸을 품고 그의 몸 위에서 달빛처럼 아스라이 뻗어 나가는 쾌락을 사냥했다.

태흔은 그를 미치게 만드는 은후에 대한 무서운 정복욕과 소유욕을 억누르며 한동안 그녀의 바람결 같은 움직임을 즐겼다. 하늘거리는 인어 한 마리가 달을 타고 그에게로 올라왔다. 그는 그 인어의 싱싱한 단맛을 처음부터 끝까지 맛보는 중이었다.

이제 은후는 타오르다 못해 파랗게 기화되어 가는 작은 불꽃이었다. 그 불길에 사로잡혀, 연인이 선사하는 죽음과도 같은 쾌감에 갇혀 태흔이 으르렁거렸다. 아슬아슬하게도 잘 참아낸 사정의 무서운 욕구를 이제는 참을 수가 없었다. 갑자기 그가 몸을 일으켜, 그녀의 몸을 잡아챘다. 단번에 몸을 바꾸어 그녀를 타고 올라 짓눌렀다.

"감히 날 가게 만들겠다고? 이 앙큼한 녀석. 버릇을 좀 가르쳐 줘야겠네."

억센 손아귀 안에서 연인의 가슴에 매달린 하얀 만월 두 개가 짓이겨졌다. 태흔이 싱긋 웃었다. 아주 잔혹한 미소를 지으며 파들거리는 은후의 볼을 잡고 을렀다.

"각오해. 확실하게……."

"뭐라고?"

잠결이나 자신이 중얼거리는 소리를 들었다. 은후는 반짝 눈을 떴다.

째짹짹. 새소리 사이로 너무나 평화로운 파도 소리만이 들려오고 있을 뿐, 아무것도 없었다. 달빛 아래 정사도, 태흔도, 애욕의 마법도 전부 다 사라졌다. 꿈의 주술(呪術)은 깨어졌다. 에메랄드빛 바다가 내려다보이는 언덕. 푹신한 데크체어 위에 그녀는 누워 있었다. 이마 위로 우거진 나무들이 그늘을 드리우고는 있었지만, 파란 잎새 사이로 새어드는 맑디맑은 햇살은 아직도 청신하기만 했다. 손목시계는 오후 세시 반을 가리키고 있었다.

'맙소사. 꿈이었어?'

어질어질한 기분. 은후는 두 손으로 볼을 감쌌다. 너무나 생생하고 너무나 아찔했는데. 너무나 짜릿했는데…….

얇은 선드레스가 허벅지 위까지 말려 올라가 있었다. 얼마나 몸부림을 쳤는지, 분명히 몸을 덮었던 얇은 시트는 모랫바닥에 떨어진 채였다.

은후는 고개를 들어 옆의 체어를 바라보았다. 분명히 아까 같이 잠들었는데 태흔의 모습은 보이지 않았다.

샌들을 찾아 신기도 귀찮다. 은후는 맨발로 모래밭에 내려섰다. 나무 계단을 서너 개 올라가 그들이 묵고 있는 개인 방갈로로 올라갔다.

"그럼 그렇지."

은후는 침실 문 앞에서 팔짱을 낀 채 침대를 노려보았다. 딱딱한 바닥을 싫어하는 태흔이다. 예상한 그대로 팬티만 입은 채 푹신한 침대에 엎드려 깊은 잠에 빠져 있었다. 아침나절 내내 오로자연 풀장에 가서 수영과 스노클링을 하고, 배부르게 점심까지 먹었으니 졸린 것은 당연하겠지만, 그러나!

"어떻게 이러냐?"

울컥, 서러움이 치밀어올랐다. 너무 분했다. 깊이 잠든 그가 듣지 못한다는 것을 알면서도 은후는 제풀에 억울하고 화가 나서 바락 소리쳤다.

"너무한 것 아냐? 어떻게 신혼여행 와서 잠만 자냐? 바보야!"

안아주지도 않고. 사실은 그렇게 소리치고 싶었다.

'그러니 내가 욕구불만이 되지. 야하게 섹스 하는 꿈까지 꾸지.'

생각만 해도 창피했다. 대낮에 낮잠을 자면서까지 그만 발그레해지고, 땀이 절로 나는 야한 꿈을 꾸다니. 신혼여행인데 그런 건 꿈속에서가 아니라 실제로 해야 하는 거 아냐?

약도 오르고 또 너무 섭섭하고 비참해서 은후는 침대 아래 바닥에 쪼그리고 앉았다. 혼자 잘도 자는 태흔의 등을 노려보고 있는데 갑자기 눈물이 났다.

서울을 떠나 뉴칼레도니아로 신혼여행을 떠나온 지도 어느덧 닷새째. 수도인 누메아에서 사흘을 머물렀다. 태흔의 소원이던 카이트 보드 서핑을 실컷 즐겼고, 그곳의 자랑이라는 치바우 문화센터도 방문했다. 물론 요트를 타고 코랄팜 섬에 가서 일광욕도 하고 환상적인 선셋 크루즈도 즐겼다. 멋진 프랑스 정식을 즐기고 난 후, 온화한 바람이 부는 밤거리를 걷다가 나타난 에르메스 숍에서 멋진 백을 산 것도 즐거웠다.

누메아에서 한 시간 정도 차를 타고 가면 나타나는 블루리버 파크는 은후가 특히 좋아하게 된 곳이었다. 가도 가도 끝이 없는 원시림 사이를 언제 나타날지도 모르는 카구 새를 찾으면서 자전거를 타고 달리는 맛도 각별했다. 몇 시간이 지나도 건너편에서 오는 차 한 대를 만날까 말까 할 정도로 한적한 길에 자전거를 세워놓고 간식을 먹었다.

"자전거 좋다. 서울 돌아가서 자전거 타고 출퇴근하는 건 어때? 운동 꽤 될 텐데."

"맞아. 사이클링 복장 하면 엄청 민망하잖아. 그거 보이기 싫어서 죽도록 페달 밟으니까 아마 엄청 운동될걸."

그런 이야기를 주고받으며 깔깔거리고 웃기도 했다.

"뉴칼레도니아 와서 알았어. 허구한 날, 영화에서 왜 외계인이 자꾸 지구만 침공하는지 이해하게 됐지."

"왜 침공하는데?"

"이렇게 아름다운 곳이니까. 외계인들도 눈이 있는데 갖고 싶어서 환장하지 않겠어? 세상 어디에를 가든 이렇게 환상적인 곳은 없을 거야. 카리브해 쪽이 꽤 괜찮다고 생각했는데 여기가 더 깨끗하고 아름다워. 지상의 마지막 천국이라는 말 딱 그대로야."

"파리에 있을 때도 직접 요트 몰고 와봤다며?"

"음. 와보니까 정말 아름다워서 우리 신혼여행은 반드시 여기로

와야지 하고 결심했다. 너랑 함께이니, 예전보다 천만 배는 더 아름다운 것 같다."

바다도, 하늘도, 숲도, 계곡도 마냥 푸르렀다. 골프를 치다가 잔디밭 위에 어슬렁거리던 공작새를 기절시킨 것도 기막힌 추억이 되었다. 하필이면 태흔이 친 공이 홀 부근까지 들어온 하얀 공작의 머리통을 정통으로 맞힐 건 뭐란 말인가. 살다 살다 골프공에 공작새가 맞아 기절을 한 건 처음 보는데, 공작을 상처 입혔으니 손해배상을 해줘야 하는 건지, 아니면 게임을 방해받았으니 손해배상을 청구해야 하는 건지 알 수가 없었다.

그런 추억들을 안고 마지막 일정으로 잡힌 일데빵(소나무 섬)으로 옮겨왔다. 이곳에서 나흘쯤 묵을 예정이었다.

개인 비치가 제공되는 방갈로 스위트룸은 그 누구의 방해도 없이 완전히 자유로운 신혼 생활을 즐길 수 있게 되어 있어 마음에 꼭 들었다. 서로 다른 톤의 터키블루 컬러로만 이루어진 하늘과 바다 말고는 아무것도 없는 완전한 적요와 자유. 둘이 무슨 짓을 하든 그 무엇도 방해할 수 없으니 얼마나 좋을까?

'그런데 그 무슨 짓을 해줘야 말이지.'

물기 젖은 채 뾰족하기만 한 은후의 눈빛이 태흔의 등짝에 꽂혔다. 신부가 울든 말든, 외로움에 몸부림을 치든 말든 그저 무심하게 쿨쿨 자고만 있는 신랑이라니.

억울하고 서러운 나머지 이성을 거의 잃은 터라 은후는 혼자 주저앉아 터무니없는 고민을 시작했다. 어깨 너머로 분한 숨을 새악대며 신혼여행을 온 이후 태흔의 행적을 낱낱이 되짚기 시작했다.

'이젠 내가 매력이 떨어졌나? 결혼하면 남자들은 다 이렇게 변하는 건가?'

사실 은후의 고민은 정당한 것이었다.

지금껏 그저 접촉하지 못해서, 키스하지 못해서, 안지 못해서 안달하던 태흔이 아니던가. 같이 잘 때면 줘도 줘도 모자라다, 더 달라 안달복달했었다. 태어나서 지금까지 산삼, 녹용, 영지버섯만 고아서 음료수로 들이켰나. 퍼내도 퍼내도 절대 마르지 않는 절륜함을 자랑하던 남자가 갑자기 돌변했다. 합법적으로 뜨겁게, 하룻밤에 수십 번 섹스를 한다 해도 아무런 문제가 되지 않을 신혼여행을 와서 갑자기 샌님처럼 소심하게 굴고 있다. 금욕 선언을 한 신부(神父)처럼 엄숙하게 굴었다.

하룻밤에 한 번이라도 했으면 은후가 이렇게까지 섭섭함과 비참함에 몸을 떨 이유는 없었다. 벌써 신혼여행 닷새째인데 지금껏 겨우 두 번밖에 못 했다. 이게 말이 되는 소리인가? 심지어 은후 자신이 은근슬쩍 유혹을 했는데도 피곤하다면서 돌아눕기에 바빴다. 어젯밤도 '손만 잡고' 잤다.

'아무리 피곤해도 그렇지, 신혼여행과 신부에 대한 예의는 지켜야 하는 거 아냐?'

이 남자. 금단일 때는 안타깝고 감질나서 미치더니. 그저 갖고 싶어 안달하더니, 정작 결혼하게 되고, 전부 다 자기 것이라고 생각하니 갑자기 은후 자신에게 흥미가 식은 것이 아닐까? 아니면 혹시 사랑이 식었나?

갑자기 스스로가 너무 비참했다. 남편은 안아주지도 않고, 욕구불만에 사로잡혀 기껏 야한 꿈이나 꾸고. 결혼한 지 닷새밖에 되지 않았는데 남편의 사랑에 대하여 의심이나 하고 있는 추한 여자가 되고 말다니. 다시금 터무니없는 분함과 섭섭함이 태풍처럼 몰려와서 저절로 주르륵 볼을 타고 굵은 눈물이 흘렀다. 은후는 그만 소리 내어 울고 말았다.

태흔은 느닷없이 들려오는 소음에 짜증이 나서 돌아누웠다. 새소리, 파도 소리 말고는 아무것도 들리지 않는 완벽한 적요. 환상적인 프라이버시를 제공해 준다고 하더니, 이게 뭐야? 낮잠 자는 침실에서까지 짜증 나게 애 우는 소리를 들어야 해?

아이 우는 소리. 우는 소리라……?

그는 순간 혼비백산했다. 번뜩 눈을 뜨고 스프링처럼 침대에서 튕겨 올랐다. 맙소사. 은후가 침대 옆 바닥에 주저앉아 훌쩍이고 있었다. 얼마나 울었는지 그새 코가 빨개져 있었다.

"이은후, 왜 울어?"

갑자기 은후의 울음소리가 더 커졌다. 태흔은 너무 놀라 허둥지둥 그녀를 일으켜 세웠다.

"왜 그래? 어디 아파?"

"몰라!"

그녀가 쌀쌀맞게 그의 손을 뿌리쳤다. 더 서러운지라 이젠 으앙! 소리를 내며 침대에 비극적으로 몸을 던졌다. 얼굴을 푹 파묻고 본격적으로 더 크게 어깨를 들썩이며 통곡하기 시작했다.

분명히 평화롭게 낮잠을 주무시던 공주님이 갑자기 왜 이러시는지? 이게 무슨 날벼락인지? 일단 은후가 통곡을 하고 있으니 하늘이 무너지는 충격은 충격인데, 대체 왜 이러는지 알 수가 없어 미칠 노릇이었다. 최선을 다해 달래보았지만 은후의 울음소리는 그칠 줄을 몰랐다. 좌절스럽기도 하고 짜증도 나서 태흔은 두 손으로 머리털을 북북 긁었다.

"말을 해야 알지. 왜 그러는데? 뭐야? 뭐가 문제야?"

"오빠……가…… 흑흑…… 나한테 잘못한 거라고! 엉엉. 나, 차, 창피해서 죽을 것 같은데…… 내, 내가 어떻게 그런 꿈도 꾸고…… 엉엉. 몰라! 집에 갈 거야! 할머니 보고 싶어. 엉엉엉, 결혼 물러! 싫어! 오빠 진짜 싫어!"

"말을 하라니까. 내가 밉든 싫든 이유가 있을 것 아냐? 막무가내 울면 어떡하라는 거야? 네가 세 살 먹은 아기야? 무조건 떼 부리고 울면 해결돼?"

은후가 간신히 얼굴을 들었다. 눈물을 가득 머금은 눈동자가 원망을 담고 그를 쏘아보았다.

"자, 잠만 자고……."

"나만 잤어? 너도 잤잖아. 내가 놀자니까 졸리다면서 먼저 자 놓고."

말을 하다 보니 태흔 역시 은근히 신경질이 나기 시작했다. 그렇다고 우는 사람을 상대로 골을 낼 수도 없고 미칠 지경이다. 태흔은 한숨을 내쉬며 은후 옆에 앉았다.

"울지 마. 네가 왜 이러는지 알아야 내가 해결을 해줄 것 아냐? 왜 그러는데? 내가 너한테 뭐 잘못한 거 있어? 말해봐. 사과할 테니."

"흑흑흑. 창피해 죽겠어! 내가 어쩌다가…… 몰라! 다 오빠 탓이야! 엉엉엉, 난 꿈에서 야한 짓만 하고 오빤 잠만 자고! 앙앙. 이게 신혼여행이야? 어, 어떻게…… 한 번만 하냐? 어제도 그냥 자고! 그제도 딱 한 번만 해주고…… 엉엉엉. 이젠 사랑이 식었지? 이젠 내가 싫은 거지? 그래, 다 알아! 남자들은 다 그래. 일단 마누라 되고 나니 내가 재미없단 말이지?"

“알아듣게 말을 해. 뭔 소리를 하고 싶은 거야? 네가 주장하려는바, 요점을 말해.”

“오, 오빠가, 같이 자주지 않으니까…… 내가 욕구불만이라고. 그래서 꿈에서 야한 거 했다고. 창피해 죽겠다고! 이게 무슨 신혼여행이냐?”

바락바락 고함지르던 은후가 시트 자락을 잡고 팽 하니 코를 풀었다. 혼자 신경질을 부리며 도통 알아듣지 못할 횡설수설을 읊어대는데, 신부의 말을 곰곰이 헤아리다가, 갑자기 태흔은 피식 웃고 말았다. 지금 어린 신부는 그의 사랑을 갈구하며 앙탈하고 모자라다 화내고 있는 중이었다.

“뭐야? 이 바보. 지금 욕구불만이란 뜻이야? 내가 사랑 안 해줘서?”

“몰라! 그걸 꼭 말로 하냐?”

은후가 다시 비극적으로 침대 위에 얼굴을 묻곤 훌쩍이기 시작했다.

태흔은 허공을 바라보며 홀로 웃었다. 욕구불만에 시달리다 못해 야한 꿈까지 꾸었다고 고백하며 앙탈하는 이은후라. 부끄럼쟁이가 정말 많이 발전했는걸.

태흔은 은후 옆에 몸을 던졌다. 옆으로 누워 억지로 그녀의 얼굴을 들게 만들었다. 눈물에 젖어 볼에 달라붙은 머리카락을 귀 뒤로 넘겨주었다. 아직도 물방울이 맺힌 긴 속눈썹에 키스했다. 나지막한 목소리로 놀렸다.

“이은후, 못생긴 고구마.”

“오빠 똥개, 멍청한 말미잘, 썩은 해삼.”

“그냥 사랑해 달라고 하지, 울긴 왜 울어?”

"어, 어제도…… 내가…… 오빠 안았는데, 오빠는 그, 그냥…… 등 돌리고 잠만 자고. 내가 얼마나 창피했는지 알아? 나만 괜히 엄청 밝히는 이상한 여자 된 것 같았단 말이야. 이, 이젠 우리. 마구 사랑해도 되잖아. 부부인데…… 몰라! 오빠가 멀어진 것 같아서 진짜 속상해."

여전히 샐쭉해선 은후가 보듬으려는 태흔의 팔을 밀쳤다. 획하니 돌아누웠다. 태흔은 실실거리며 검은 머릿결을 쓰다듬고 다정하게 키스했다.

"나도 미칠 지경이다, 이은후 안고 싶은 거 참아내느라."

"참긴 왜 참는데? 사랑하려고 신혼여행 온 거 아냐?"

코맹맹이긴 하지만 은후의 목소리는 여전히 날이 서 있었다. 태흔은 두 팔로 등을 돌린 신부의 몸을 꼭 끌어안아 품속에 가두었다. 두 개로 포개진 스푼처럼 두 사람의 등과 배가 따뜻하게 맞닿았다. 그 사이로 푸른 바다 향기와 신록의 나무 냄새, 그리고 고즈넉한 새소리만이 스며들었다.

"나도 널 안고 싶어서 미치지만 어쩔 수 없다니까. 싫어도 금욕을 해야 한다고. 우리 둘을 위해서 꼭 필요한 일이거든. 네가 아무리 예쁘게 굴어도 안 돼. 우리 서로를 위해서 좀 참자. 응?"

다정하게 속삭여 주고 안아주기에 슬슬 진정되고 있던 참이었다. 몸을 돌이켜서 키스해 줘야지. 꿈속에서 야하게 사랑했던 이야기를 해줘야지 작정한 참이었다. 한데 전혀 예상치 못한 태흔의 말에 은후의 소심한 심장이 멎었다. 반성하기는커녕 여전히 쌀쌀맞게 굴겠다는 선언 앞에서 다시금 잦아들어 가던 불길이 확 치솟았다.

역시 사랑이 조금 식었구나. 나에 대한 흥미가 사라졌구나. 발

딱 일어난 은후가 태흔을 잡아먹을 듯이 앙칼지게 노려보았다
"뭐야? 왜? 왜 그러는 건데. 이젠 내가 재미없어졌어? 아니면 마구 안아줄 다른 여자 생겼니? 그도 저도 아니면 갑자기 늙은 것도 아닐 텐데, 힘없어서 마누라를 개 닭 보듯이 피하겠다는 거야? 뭐야, 말해! 뭐냐고?"

평상시 언제나 조용하고 순종적이던 은후의 모습이 아니었다. 그를 잡아채선 닦달하는 품이 할머니 진 여사의 기세 못지않았다. 얼결에 눌리고 말았다. 그만 태흔은 제 마음속에서만 간직한 결심을 소심하게 털어놓고 말았다.

"그게 있지, 은후야. 나도 몰랐는데, 하룻밤에 세 번 하는 거. 절대로 정상이 아니란다."

"뭐라고?"

"너무 자주 하면 임신이 안 된대."

"기가 막혀."

"우리가 줄기차게 피임도 안 하고 같이 잤는데 아기가 생기지 않은 건 그게 이유더라고. 우리, 건강한 임신을 위해서 절제를 해야지 않을까? 계획적인 섹스를 해야 한단 말이지. 일단 나는 검사를 받았는데 건강하단다. 너도 혹시 모르니까 서울 돌아가면 당장 산부인과 검사를 받아라."

너무나 진지하게, 그것도 지식이라고 지절지절 잘도 떠들고 있다. 그런 태흔을 은후는 더없이 한심하게 바라보았다. 세상에서 가장 멍청한 바보 같으니. 저런 머리로 어떻게 두 개나 학위를 땄을까? 은후는 새침하게 내뱉었다.

"이런 말을 들으면 좀 화나겠지만, 있지, 오빠. 진짜 바보다."

"뭐야?"

"섹스를 자주 해서 임신이 안 되는 게 어디 있어? 그동안은 내가 피임약을 먹어서 임신을 못 한 거거든."

상상도 못 한 이야기가 은후의 입에서 새어 나왔다. 이번에는 태흔의 부아가 확 치밀었다. 본능적으로 검은 눈썹이 위로 치켜 올라갔다. 그도 은후처럼 벌떡 일어나 앉았다. 버럭 소리쳤다.

"피임약? 그런 걸 왜 먹어? 뭐야? 너, 나한테서 달아날 때를 대비해서 작정하고 피임한 거야?"

"생리가 너무 불규칙해서 주 박사님이 처방해 준 거야. 이젠 주기 잡혔으니까 안 먹어."

따져 묻던 태흔은 그만 침대에 타조처럼 머리를 푹 박았다. 순간 인생이 너무나 허무해지고 있었다. 지금까지 땀 흘리며 밤낮으로 헛짓만 하고 있었다니. 그는 벌떡 고개를 들었다. 다시금 버럭 소리쳤다.

"먹지 마. 당장 끊어!"

"이번 달부터 끊었다고 그랬잖아. 그런데 피임약 복용하면 약 기운 떨어질 때까지 몇 달은 임신하지 말라던데."

태흔의 가슴이 한 번 더 무너졌다. 결국 그는 다시 버럭버럭 소리치고 말았다.

"생각하니 화가 나네. 너 말이야, 허락도 없이 그렇게 중차대한 문제를 나하고 의논도 하지 않고 왜 너 혼자 결정해?"

"아니, 그런 문제를 어떻게 오빠랑 의논해? 민망하게."

"네 몸은 전부 다 내 거니까 나랑 의논해야지."

"오빠가 귀국하기 전에 주 박사님이 처방해 주신 거라니까. 말귀를 못 알아들어. 그리고 나도 할 말 많거든."

이번에는 다시 은후 차례였다. 작정하고 따지는 품이 여간 야무진 게 아니었다.

“생각하니 약 오르네. 만약 산부인과 검사 받아서 만에 하나 불임이라고 하자고. 그럼 오빠, 날 버리겠구나? 아기도 못 낳는 여자는 쓸모없다, 이거 아냐? 우리가 사랑해서 결혼한 거 아냐? 아기 낳자고 결혼했니?”

“야아, 내가 언제? 사람 그렇게 몰아세우면 천벌 받는다.”

“그런 말이잖아. 사랑이 결혼의 조건 전부여야지, 왜 임신이 결혼 조건이 되는데?”

서로 노려보는 시선 사이로 파바박 푸른 불꽃이 튀었다. 아무래도 불리하다. 태흔은 일단 한발 물러섰다.

“내가 그런 뜻으로 말한 건 아니지. 여하튼, 일단 너. 왜 생리불순이 된 건데?”

“다이어트 때문이래.”

“뭐어? 다이어트? 그런 미친 짓을 왜 해? 살 뺄 데가 어디 있다고 밥 굶어서 생리 불순까지 되게 만들어?”

또다시 태흔의 목소리가 높아졌다. 지금껏 음식 깨작거리는 버릇을 놓아두었더니, 당장 이런 사달이 생기는구나. 오늘 밤부터 먹이고 먹여서 기어코 정상 체중으로 만들고야 말리라. 새삼 다짐하였다.

“내 몸무게는 오빠가 정해줬거든.”

하지만 은후 역시 지지 않았다. 앙칼지게 퍼부었다. 한 방에 다시 또 태흔의 판정패. 할 말이 없어져 그는 소심하게 은후를 곁눈질했다.

“이 자식, 정말 못됐어. 조금만 잘못하면 아주 사람을 족치는구나. 꼬투리 잡아서 들들 볶아요. 너 같은 잔소리쟁이랑 평생 어떻게 살지 정말 눈앞이 캄캄하다."

"피차 마찬가지. 자기 말 조금만 안 들으면 그냥 난리야. 난 오빠처럼 강압적이고 제멋대로인 남자 진짜 싫거든."

다시 두 사람 눈에 푸른 빛이 번뜩였다. 마주쳐 번갯불이 튀었다.

"네가 조금 싫어지려고 그런다, 은후야."

"오천만 년 전부터 난 오빠 미워했어."

"양계장 보내기 전에 그만해라. 까불다가 정말 혼난다."

태흔은 뾰족 튀어나온 은후의 입술을 손가락 끝으로 때려주었다.

"삼십 분 전에는 정말 예쁘고 귀여웠는데 지금은 악마 저리 가라야, 그냥. 보드랍게 생겨가지곤, 한 번 골 부리면 대책이 없어. 고슴도치도 아니고 말이야. 아주 사람 속을 뒤집어."

"흥이네. 자기가 불리하면 무조건 양계장 보낸대. 달걀 주워서 뭐 하라고?"

"입 닥치란 소리다, 꼬맹아."

그래도 지지 않고 끝까지 종알대려고 했다. 귀찮아진 태흔은 은후의 입을 막는 가장 효과적인 방법을 동원할 수밖에 없었다. 그를 향해 공격의 가시를 날리는 예쁜 입술에 키스하는 것이었다. 그의 큰 손이 강하게 은후의 머리를 뒤로 젖혔다.

"이런 거 진짜 싫어!"

앙탈해도 소용없었다. 너무나 치명적인 힘을 가진 그의 입술이 다가오자 순식간에 얼이 반쯤 빠지고 말았다. 하지만 화가 난 건 난 거지. 그래도 다는 풀리지 않아 은후는 볼록 뺨을 부풀렸다.

"이런 키스 한 번으로 얼렁뚱땅하게 넘어가려고 하지 마. 내가 용서해 줄 것 같아?"

"미안해. 내가 다 잘못했어."

"좋아. 키스하는 거 봐서 오늘만 이해해 주는 거야."

엄청 봐준다는 표정으로 은후가 거만하게 중얼거렸다. 태흔이 싱긋 웃었다. 분홍빛 열기 어린 통통한 볼에 가볍게 다가오는 입술. 잘, 못, 했, 어, 라고 속삭이는 부드러운 목소리. 금세 그들은 왜 다투고 있었는지를 잊어버렸다. 시간은 그렇게 달콤한 파이처럼 바삭거리며 맛나게 부서지고 있었다.

태흔이 침대 등받이에 등을 기대고 비스듬히 누웠다. 은후의 몸을 가슴 위로 끌어 올렸다. 작은 고양이가 편안한 양지목에 자리를 잡듯이 은후가 태흔의 가슴에 얼굴을 묻고 길게 그의 몸 위에 엎드렸다. 태흔이 허공을 바라보며 혼잣말처럼 중얼거렸다.

"그런데 만날 해도 된다고? 그거하고 임신하곤 하등 상관이 없다고?"

"그런 웃기지도 않는 성 지식은 누구에게 배운 건데?"

"명중이랑 세진이가……. 제길, 개자식들! 작정하고 날 놀려먹었구나. 빌어먹을."

말을 하다 보니 비로소 태흔은 자신이 세진과 명중에게 당했다는 것을 깨달았다.

"돌아가면 반드시 죽여 버리겠어. 자식들. 아, 생각하면 할수록 분하네. 오늘까지 대체 며칠이야? 참고 또 참았는데……."

갑자기 태흔이 은후의 몸을 달랑 뒤집어서 침대에 내려놓았다. 발정 난 맹수처럼 타고 오르며 을렀다.

"너 이제 큰일 났다. 네가 지금 짐승을 깨웠어."

"흥."

건방지게 비웃음을 날리는 분홍빛 입술을 강하게 물어뜯어 놓았다.

"나중에 손 모으고 싹싹 빌지 마. 절대로 멈춰주지 않을 테니까."

대답 대신 은후가 그의 목을 끌어안았다. 말랑한 혀를 그의 입술 안으로 먼저 밀어 넣었다. 달콤하게 유혹했다.

"뭐냐, 이거?"

태흔이 은후의 얼굴을 자신에게서 떼어냈다. 심히 의심스러운 표정으로 내려다보았다.

"오빠의 짐승을 한 번 도발해 보려고. 얼마나 흉폭한가 구경 좀 하자."

"앙큼맞게, 어디서?"

짐짓 의심하는 척, 화를 내는 척하는 눈이 웃고 있었다.

"이런 짓. 누가 가르쳐 준 거야?"

"뭐가?"

"이렇게 요염하게 혀 놀리는 거. 남자 얼 빼는 거. 너 자꾸 이러면 정말 오늘 밤에 죽는 수가 있다."

"오빠가 다 가르쳐 놓고."

"부끄럼쟁이 신부의 유혹이라. 갑자기 확 당기네. 어디 맛 좀 볼까?"

엄청 거드름을 피우는 척하며 태흔이 은후의 뒷머리통을 눌렀다. 두 사람의 얼굴이 아주 가까워졌다. 맞닿은 입술 끝이 따뜻했다. 입안에서 두 개의 혀가 얽히자 은후도 태흔도 동시에 낮게 신음했다. 태흔이 말랑한 귓불에 대고 소곤거렸다.

"은후야."

"응."

"나 정말 많이 참았거든. 몇 번 하게 해줄래?"

"오빠가 원하는 만큼."

선드레스 하나만 벗기면 되는 간단한 사전 작업. 이내 알몸이 되어선 서로를 껴안고 둘은 커다란 침대 위를 굴렀다. 가냘픈 쇄골에 혀를 대고 지분거리며 그녀의 손을 막 자신의 충일한 페니스 쪽으로 옮겨놓으려던 참이었다. 은후가 두 팔로 태흔의 목을 그윽하게 껴안으며 소곤거렸다.

"오빠, 그런데 한 마담이 누구야?"

마른하늘에 날벼락이 떨어졌다. 태흔과 은후의 시선이 마주쳤다. 은후가 몸을 일으켰다. 새치름하게 눈을 치켜뜬 채 노려보았다. 순간 등골이 오싹해졌다. 입술로는 웃고 있었지만 그를 노려보는 눈빛이 장난 아니었다.

"미스바헤라는 클럽은 어디 있지?"

"무슨 말이냐?"

"거기에 오빠 애인 있다며? 한 마담이라며? 어? 어?"

"정신 차려. 웬 헛소리냐?"

"오빠가 숨겨둔 여자. 오빠가 콜 하면 나온다는 여자. 밀회한 여자."

순간 태흔의 귀가 좀 빨개졌다. 그럼에도 그는 끝까지 부인했다. 큰소리쳤다.

"뭐냐? 말도 안 돼."

"귀 빨개지는 것 좀 봐? 사실이구나. 바람둥이 같으니!"

은후가 바락 소리 질렀다. 냅다 태흔의 붉어진 귀를 깨물어 버렸다. 튼실한 팔뚝도 잡아 올려 물어뜯었다. 피할 사이도 없었다.

그것으로도 모자라다. 다시 그의 튼실한 어깻죽지도 아프도록 물어버렸다.

"아얏! 야, 까불래?"

"세진이 오빠가 다 말했거든. 빨랑 불어. 그 '한 마담'이 누구냐고!"

"대체 너, 무슨 이야기를 들은 거냐?"

"그때 나를 데려간 세진이 오빠 별장, 거기 빌려선 만날 여자랑 놀아난다며? 친구들이 다 알 정도로 여자 있는 거 티 냈다며?"

"기가 차서."

"거짓말하기만 해, 진짜 피나게 물어뜯어 버릴 거야. 대체 누굴 별장에 데려갔어? 누구랑 밀회했냐고? 한 마담인지 두 마담인지 하는 여자랑 하고 다닌 거지? 이 바람둥이야!"

말을 하다 보니 자꾸만 열불이 치밀어올랐다. 활활 불타올랐다. 은후가 손에 집히는 대로 베개를 내던지며 바락 고함쳤다.

"거기 별장엘 데려간 건 너뿐이잖아!"

태흔도 몸을 일으켰다. 마주 버럭 소리 질렀다. 속으로야 은근히 뜨끔했지만, 꼬장꼬장한 은후 앞에서 함부로 나불거린 세진이 놈을 반드시 때려 죽여 버릴 거라고 수천 번 다짐하고 있었지만. 지금 당장은 끝까지 오리발이다. 여기서 밀리면 평생 밀린다는 것을 본능적으로 감 잡은 참이었다.

"내가 너 말고 여자가 어디 있어? 너 만날 시간도 없어서 환장했는데."

"흥이다."

"정말 못 믿어? 좋아."

태흔은 침대 옆 사이드테이블에 놓인 휴대전화를 집어 들었다.

보란 듯이 전화번호를 눌렀다.

"세진이 놈더러 물어보자, 지금 당장. 네가 말하는 한 마담인지 두 마담인지, 그 여자가 누구인지 나도 좀 알자. 사랑하는 여자 놓아두고 바람피울 만큼 내가 지저분한 놈인 줄 알아?"

"창피하게. 전화하기만 해!"

은후가 씩씩대며 다시 베개를 내던졌다. 태흔은 귀에 대고 있던 휴대전화를 침대에 던져 버렸다.

'그나저나 대체 이 자식, 무슨 이야기를 들었기에 갑자기 이딴 말을 지껄이는 거지?'

태흔은 앙칼지게 그를 노려보는 은후 곁으로 다가가 앉았다. 너무나 태연한 얼굴로 간살스럽게 능갈쳤다.

"대체 너, 무슨 이야기를 들은 거야? 세진이 놈 말 믿어? 그 자식은 세상 모든 놈이 다 자기와 같은 바람둥이라고 생각하는 놈이라고. 아직도 몰라?"

지피지기면 백전백승. 일단 은후가 가진 '한 마담'에 대한 정보의 양을 가늠해야 할 것 같았다. 그래야 대응하는 수준을 결정할 수가 있다. 그러나 은후는 대답하지 않았다. 다가오는 그 앞에서 얼굴을 훽 돌려 버렸다. 앙칼진 고양이가 손톱을 세우고 캬르랑거렸다.

"갑자기 꼴도 보기 싫어졌어. 다가오지 마. 일 미터 이내 접근 금지야."

"왜 또—오?"

"그전에는 임세라 씨하고 키스했잖아. 불결해. 당장 가서 양치질 하고 와!"

"은후야, 마누라, 신혼여행 와서 갑자기 왜 이러는데? 내가 멍청하게 속아가지곤 좀 쌀쌀맞게 굴었다고 당장 복수해? 너 원래 이런 앙칼진 캐릭터 아니잖아. 결혼하자마자 이런 식이면 곤란하다. 그게 언제 일인데? 너. 왜 이렇게 뒤끝이 길어?"

꼬드기는 태흔의 말에 은후가 휙 고개를 돌렸다. 눈에서 시퍼런 불이 흐르고 있었다.

"오빠가 무슨 짓을 하든 다 참고 입 꾹 다물고 살 것 같아서 나 사랑하니? 그래서 좋아해? 미안한데, 다른 건 다 참아도 바람피우는 것은 못 참거든."

"바람이라니, 천벌 받을 소리. 은후야, 이은후."

"딴 여자랑 놀아난 주제에! 임세라 씨한테 잘도 키스당한 그 입으로 내 이름 부르지 마!"

은후가 세차게 휙 고개를 돌렸다. 발끝으로 그를 걷어차기까지 했다.

잘나가다 완전히 복병을 만난 셈이었다. 세진이 새끼, 반드시 죽여 버려야지. 속으로는 으드득 이를 갈면서도 태흔은 겉으로는 빙긋이 미소를 지었다. 길 잃은 강아지 얼굴을 한 채 마누라님에게 회유를 시도했다.

"하늘에 맹세코 한 마담인지 하는 건 유언비어란다. 그리고 당장 가서 양치질하고 올게. 그럼 네가 먼저 키스해 줘야 해."

"웃기시는군."

"내가 일부러 한 짓도 아닌데 이제 와서 그것으로 날 잡으면 자식아, 억울하지."

"그 여자 엄청 키스 잘한다며? 근사하다며? 오빠도 같이 즐겼다며?"

"누명 씌우지 마. 내가 언제? 삼 분 동안 뽀득뽀득 양치질하고 올게."

은후가 말끄러미 태흔을 노려보았다. 약 이 초간 궁리하는 표정이었다. 앙큼맞은 표정으로 단번에 그를 후려잡았다.

"한 번 묶여주면."

"뭐?"

"오빠가 묶여주면 한 마담이랑 키스 사건 다 용서하고, 키스해 주지."

"하, 요것 봐라? 까불다 다치지, 너."

"기둥에 묶인 기분이 얼마나 짜증 나는지 알아? 왜 오빠만 묶어? 나도 묶어놓고 마구 걷어차 줄 거야, 뭐. 이젠 상황이 달라졌거든. 지금부턴 나의 복수혈전 시대라고, 이태흔 씨."

장난이긴 했지만 그에게 한 번 묶여선 완전히 당해 버린 일에 앙심을 품고 있는 게 분명했다. 은후가 시트를 걷어채 알몸에 둘렀다. 혀를 쏙 내밀더니 보란 듯이 달아오른 신랑을 내버렸다. 추호도 망설임없이 욕실로 들어가 찰칵 소리 나게 문을 잠가 버렸다.

'유세진이 이 새끼, 정말 처음부터 끝까지 내 인생에 도움이 안 되는군. 아흐, 정말 미치겠네.'

태흔은 두 손으로 머리털을 벅벅 긁었다. 그윽한 분위기 속에서 그동안 꾹꾹 눌러 참은 열정을 마음껏 불태우려 했더니 이 무슨 청천 날벼락? 처음에는 먼저 사랑해 달라 앙탈하던 신부가 매몰차게 예전 일을 들먹이며 신랑을 밀어낸다. 문을 잠그고 열어주지 않는다.

어떡하면 좋을까? 태흔은 푹 하니 한숨을 쉬었다. 마누라가 농성 중인 욕실 문 앞으로 다가갔다. 협박에 공갈도 좀 섞어가며 살

살 달래기 시작했다.

“은후야, 엉뚱한 고집 피우지 말고 문 열어. 곧 식사 시간이다. 저녁은 먹어야지. 오늘 우리 둘이 달밤 수영할까? 보름이라는데. 나와, 어서. 너 정말 자꾸 고집 피우고 떼쓰면 나 확 돈다. 내가 미친 짓 하기 전에 나와. 어서. 그래, 좋다. 네가 하자는 대로 다 할게. 답답한 욕실에 들어가 있으면 뭐가 좋냐? 우리 둘이 해변가 산책이라도 하는 게 더 낫지.”

처량하게 내려앉은 태흔의 어깨 위로 곱디고운 노을이 물들어 가고 있었다. 남태평양 아름다운 섬에서 보내는 둘만의 하루가 또 저물어가는 중이었다.

바삭한 햇살이 열어젖힌 창문을 타고 흘러들어 왔다.

어지러이 구겨진 커다란 침대 위. 정신없이 곯아떨어졌던 태흔이 먼저 눈을 떴다. 잠이 아직 반 아물린 눈이 침대의 캐노피를 응시했다.

‘그렇군, 우리 둘. 새벽에 정신없이 곯아떨어졌었지.’

선명한 입술이 실긋 충만한 미소를 머금었다. 천국처럼 아름답고 지옥의 열탕처럼 뜨거운 섹스. 동시에 천국같이 황홀하고 완전한 포식의 정사. 물처럼 그에게 완전히 풀려 녹아나다가 조금만 놓아주면 다시 삽시간에 굳어져서는 수정처럼 냉담해져 버리는 몸. 그래서 끝없이 탐닉하게 되고, 갈증으로 미쳐 가게 되는 몸. 안기만 하면 세상의 마지막인 것처럼 절박하게 탐닉하게 되는 신부를 지난밤 충만히 가졌다. 넘치도록 안았다. 전정 신혼다운 밤을 보냈다.

덕분에 태흔은 모처럼 만에 꿈 한 번 없이 깨끗하게 몰입한 숙면. 완전히 충만한 휴식을 취할 수 있었다. 온몸에 새로운 활력이 돋고, 정신은 더없이 맑아져 있었다.

그의 팔을 베고 은후는 아직도 잠들어 있었다. 동그랗게 움츠린 부드러운 어깨에 머리카락이 흩어져 있었고, 그의 겨드랑이쯤에 얼굴을 묻은 채여서 그녀가 호흡을 할 때마다 솜털이 부스스 일어나는 간지러움이 느껴졌다.

꽤 오래 잔 모양이다. 사이드테이블에 놓인 시계는 열 시 반을 가리키고 있었다.

태흔은 잠시 눈을 감고 편안한 심호흡을 했다. 그동안 쌓였던 긴장, 짜증, 피곤이 한꺼번에 사라진 듯했다. 정신과 의사와의 상담도, 격렬한 운동도 다 소용없었다. 그의 팔을 베고 잠든 이 여자와 나누는 뜨거운 사랑만이 그의 유일한 진정제였다.

오래도록 은후의 머리에 눌려서인지 살짝 팔이 저려왔다.

태흔은 두 팔로 은후의 몸을 끌어안아 반듯이 눕게 만들었다. 목 아래로 베개를 고여준 다음, 그는 옆으로 누워 팔을 고였다. 잠이 든 은후의 얼굴을 마음껏 눈으로 핥았다. 이성을 마비시키는 그의 신부가 가진 여성스런 향기를 마음껏 음미했다.

'세 번인가? 아니군. 네 번이로군.'

그는 피식 웃으며 아직도 그와 마찬가지로 축축한 은후의 피부를 살짝 어루만졌다. 손가락 끝에 닿은 그녀의 피부가 차갑게 느껴졌다. 땀에 젖은 채 그대로 잠이 들어버렸다. 욕실에서 샤워를 했지만 소용없었다. 침실에 돌아와 다시 시작했으니까.

혹시 감기라도 들까 무섭다. 태흔은 발치에 걸리적거리는 시트 자락을 발가락으로 끌어 올렸다. 그들의 나신을 함께 덮고는 팔로는 그녀의 어깨를 감싸 안았다. 분홍빛 귓불을 살짝 깨물었다.

지분거리며 그녀의 잠을 깨우기 시작했다.

"일어나, 잠꾸러기. 배고프다."

꿈은 계속해서 되풀이되었다. 놀라 깨면 다시 꿈, 침몰하는 꿈인 줄 알았는데 다시 적나라한 현실. 은후는 태흔의 품에 안겨 그런 꿈도 아니고 현실도 아닌 광염에 불타고 있었다.

예민한 젖꼭지를 스치는 새로운 관능. 환몽과 현실 사이를 오락가락 하던 은후는 화들짝 놀라 눈을 떴다. 그녀의 얼굴 위에 태흔의 얼굴이 아주 가까이 다가와 있었다. 그의 손가락 끝이 어느새 오뚝 솟아버린 유두를 슬슬 건드리고 있었다. 잠결에 느낀 자극은 착각이 아니었다. 본능적으로 은후는 그의 손을 밀어내려 했다.

기껏 어제인데, 사랑해 주지 않는다고 앙탈한 것이 아득한 전설만 같았다. 지난 닷새 몫의 사랑을 그는 하룻밤 사이에 다 풀어버렸다. 그래서 은후는 확실히 알았다. 다른 문제는 몰라도 섹스에 대해서만큼은 함부로 이 남자를 건드려서는 안 된다고. 지금 만약 다시 그가 시작할 작정이라면 그녀는 감당해 낼 힘이 없었다. 너무 뜨겁게 사랑하다가 죽고 마는 첫 번째 신부가 될지도 몰랐다.

"놀라지 마. 그냥 잠을 깨운 거야."

태흔이 킥킥대며 입술에 키스했다.

"그만 자고 일어나. 배고파 죽겠어."

"잠을 깨운다면서 왜 이러는데? 그냥 좀 정상적으로 할 순 없어?"

은후는 약간 신경질이 난 상태였다. 피곤한 상태에서 정신없이 잠에 빠져 있었다. 아쉽고 모자란 잠을 박탈당한 셈이라 뿔이 약간 돋은 것이다. 겁도 없이 앙칼지게 쏘아붙이고 말았다.

"이은후, 뿔났네. 잠 깨우면 신경질 내는 건 여전하군."

태흔의 입술에 엷은 미소가 잡혔다. 머리카락은 이리저리 뻗쳐 선 잠이 아롱대는 맹한 눈으로 그에게 바득바득 덤비는 은후를 바라보며 귀여워서 죽겠다는 표정이었다.

"하지만 안 돼. 일어나야 해. 뭐, 원한다면 계속 자도 되지만, 또 할까? 그걸 원해?"

맹하던 은후의 눈동자가 갑자기 또렷하게 잡혔다. 허겁지겁 일어나 시트를 당겨 그에게 단단히 범해진 부끄러운 알몸을 감추었다.

"지금 몇 시야?"

"열 시 반."

그가 벽에 걸린 시계를 가리켰다. 몸을 돌린 태흔이 반 장난기, 반 농담처럼 은후의 몸을 시트째 두 팔로 끌어안아 자신의 가슴 안으로 끌어들였다.

"자, 어떡한다. 난 또 시작하고 싶은데. 사랑이 모자라다고 신부가 다시 대성통곡하게 만들기는 싫은데."

일부러 몸을 안은 팔에 힘을 주어 죄며 짐짓 나른하게 속삭였다. 반 협박. 팔 안에 담긴 몸이 파르르 떨렸다.

"더 하자고 하면, 너, 안겨줄래?"

대답을 하지 못하고 은후가 새카만 눈동자만 굴렸다. 다리가 후들거리고 손가락 하나 움직일 힘도 없이 완전히 당해 버렸는데 더 하자고? 짐승 같으니. 아예 날 죽여! 그를 노려보는 것으로 항의했다. 태흔이 씩 웃었다.

"얌전하게 굴었더니 안 해준다고 통곡해. 하고 나니 이젠 짐승이라고 욕하는군, 녀석."

그가 은후의 볼에 키스를 했다.

"너도 그럴 테지만 너 때문에 나도 완전히 끝장이야. 충분히 만족했으니까, 오늘은 이만하고 참아주지."

쿡쿡대며 태흔이 몸을 일으켰다.

"일단 뭐든 좀 먹자."

그가 냉장고 문을 열었다. 생수병과 은후가 마실 유기농 딸기주스를 꺼냈다. 주스 병 꼭지를 따서 먼저 한 모금 마셨다. 맛에 이상이 없었던지, 병을 내밀었다. 그도 꽤 목이 말랐던 모양이다. 생수 한 병을 단숨에 통째로 비웠다. 그런 다음 몸을 돌려 청바지를 꿰입었다.

장난처럼 손끝에 잡히는 대로 침대 아래 흩어진 은후의 속옷을 내던졌다. 선드레스와 같은 색의 비취빛 브래지어였다. 그것이 얼굴 위에 정통으로 떨어졌다. 왈칵 화를 내려는 은후더러 놀렸다.

"어차피 네 몸을 가리던 건데 왜 불쌍한 애더러 화를 내는 거야? 노(NO) 브래지어? 원한다면 그렇게 해. 난 그게 더 좋아."

눈빛을 보니 당장에 그 브래지어를 낚아챌 것 같다. 못된 장난질을 꾸미고 있는 얼굴이었다. 이를 갈며 은후는 손가락 끝으로 침대 아래에 흩어진 옷가지들을 서둘러 확보했다. 잘못하다간 노팬티로 바깥에 나갈지도 모르겠다. 그 모양을 지켜보던 태흔이 불쑥 내뱉었다.

"돌아가면 너에게 선물을 잔뜩 보내야겠다."

"선물이라니?"

"속옷. 내가 보고 내가 벗기는 건데 내 취향에 맞아야지."

"창피하게. 보내기만 해."
자기도 모르게 은후는 고함을 꽥 지르고 말았다. 그러나 태흔은 끄떡도 하지 않았다.
"신랑이 신부에게 속옷 선물하는 게 뭐가 어때서? 원하는 브랜드만 말해, 다 보내줄 테니. 벗길 때 감촉으로는 역시 실크가 최고더라. 브래지어, 팬티, 캐미솔, 슬립, 테디."
"남자가 뭐야, 그게?"
은후가 다시 성난 오리처럼 꽉꽉 고함을 질렀다. 괜히 시비를 걸었다.
"바람둥이 아니랄까 봐, 여자 속옷을 줄줄 꿰는구먼?"
"이은후의 첫 브래지어, 누가 사주었더라?"
망설이지 않고 태흔이 반격했다. 순간 은후의 얼굴이 토마토처럼 빨개졌다. 본능적으로 브래지어와 팬티를 시트 안으로 감췄다.
"스위스 학교 다닐 때였지? 젖몽오리 생겨서 아프다고 국제전화 걸어서 징징댄 거 아직도 기억난다. 그날 내가 해로드 백화점 가서 얼마나 얼굴 팔렸는지 알아? 대학생이 주니어 브래지어를 사니까 직원이 내가 변태인 줄 알고 째려보더라."
그가 달콤하게 속삭이며 은후의 손가락 끝을 살짝 깨물었다. 쿡쿡거렸다.
"그때 나도 여자 속옷이 그렇게 종류가 많은지 처음 알았다고. 하긴 생리대 사건도 정말 대박이었지."
"지, 진짜…… 정말!"
은후는 부들거리며 고함을 팩 질렀다. 대체 어쩌면 좋아. 신랑에게 이토록 비밀이 없어서야. 도무지 신비하고 은밀한 신부의 체면이 서지 않았다.

"밉다고?"

태흔이 다가와 은후의 볼에 가볍게 키스했다. 그윽하게 유혹했다.

"미운 나를 죽일 기회를 줄게. 새 아침 기념으로 딱 한 번만 하고 나가자."

"미쳤어?"

은후는 있는 힘을 다해 그를 밀어냈다. 무방비한 상태에서 방바닥으로 밀려 나동그라지고 만 태흔을 씩씩대며 노려보았다.

"짐승!"

"앞에다가 '절륜한'을 붙여줘."

푸하하하 웃으며 태흔이 몸을 일으켰다. 후들거리는 다리를 가누며 다다다 욕실로 달려가는 은후의 등에 대고 일렀다.

"십 분 만에 안 나오면, 혼자 간다."

착하단 말이지. 정말 십 분 만에 은후는 말간 얼굴로 욕실을 빠져나왔다. 지난밤의 불길 같은 사랑은 그녀에게도 흡족했나 보다. 방글거리는 미소를 머금은 분홍빛 볼이 햇살 아래 유난히 투명해 보였다.

두 사람은 방갈로를 벗어나 호텔 본관의 식당을 향해 걸어가기 시작했다. 그들이 머물고 있는 방갈로 스위트와 본관까지의 거리는 꽤 멀어서 골프카가 기다리고 있었지만 산책 겸 해서 천천히 걷기로 했다.

"식사하고 나서."

태흔이 은후의 손을 잡아 자신의 팔짱을 끼게 만들었다.

"근사하게 데이트하자. 모레면 귀국해야 하는데, 하고 싶은 건

다 하고 돌아가야 여한이 없지."
"데이트 좋지. 그럼 오늘은 뭐 할까?"
"글쎄. 보드 게임 한판 하고 그리고 나선 오로 풀 가서 열대어 사진이나 찍자. 사진 많이 찍어두면 너 나중에 디자인할 때 자료도 될 테고."
"응, 그렇게 해. 주방에 피크닉 도시락 주문할게."
"가만히 생각해 보니까."
태흔은 식당 의자에 등을 기댔다. 새삼스런 눈빛으로 은후를 건너다보았다.
"지금까지 우리 둘, 데이트란 건 한 번도 안 했더구나."
"아, 그랬던가?"
"도둑질하듯이 숨어서 섹스만 했지."
잘나가다가 꼭 마지막은 이렇다. 말을 해도 꼭 이렇게 입상을 쳐요. 은후가 그를 확 때려 버릴 것처럼 주먹을 쥐고 노려보았다. 그가 씩 웃었다. 두 팔을 들어 기지개를 켰다.
"아아, 평화롭다. 낮에는 이은후랑 물장난하고 밤에는 이은후랑 불장난하는구나. 더 이상 바랄 게 없구나."
"흥이다. 불장난 좋아하면 오줌싸개 되거든."
은후가 혀를 내밀었다.

뉴칼레도니아는 남반구인지라 1월은 한참 여름이다. 게다가 자외선이 강한 곳이라 선크림도 잔뜩 바르고 면 티를 입고 물속으로 들어가라, 은후가 내내 잔소리를 했지만 소용없었다. 물속을 들여다보며 형형색색의 열대어 사진을 찍느라 골몰해선 아무것도 들리지 않는 모양이었다. 겨우 두 시간 동안 물속에 있었는데 태흔의 등짝은 벌겋게 익어가고 있었다.

호텔로 돌아와 샤워를 하는데 참을 수 없을 정도로 등이 따가웠다. 태흔은 눈살을 찌푸리며 옆으로 돌아섰다. 요모조모 거울에 비친 등을 곁눈질해 보니 벌겋게 부풀어 있었다. 아무래도 화상 연고를 발라야 할 것 같았다. 그는 가볍게 혀를 찼다.

'마누라 잔소리를 들으면 자다가도 떡을 얻어먹는다더니, 은후 놈 말을 들을걸.'

그는 욕실 문밖을 향해 소리쳤다. 은후더러 화상 연고를 좀 찾아봐 달라고 부탁할 작정이었다.

"은후야, 연고. 이은후."

대답이 없었다. 그는 물기 뚝뚝 떨어지는 허리에 타월만 두르고 문을 열었다. 아까까지만 해도 소파에 파묻혀 새로운 추리소설에 빠져 있던 사람이 보이지 않았다.

"대체 어디 간 거야?"

그는 창가에 서서 방갈로 주변을 살펴보았다.

"저 자식, 정말……."

태흔은 혀를 찼다.

'아무 데서나 잠들지 말라고 그렇게 일렀는데.'

해안가로 내려가는 나무 그늘 아래 놓인 데크 체어. 그가 찾는 사람이 잠들어 있었다. 한쪽으로 내려진 손에서 떨어진 듯, 두툼한 책이 모래 위에 떨어져 있다. 책장이 바람에 펄럭이고 있었다.

하얀 선드레스를 입은 그녀는 하늘과 바다의 요정 같았다. 앙증맞은 발가락 끝에는 초록색 패티큐어. 바람에 휘날리는 모슬린 천에 감긴 종아리와 살짝살짝 엿보이는 허벅지가 유난히 우윳빛이었다. 최면에 걸린 것처럼 태흔은 은후에게로 갔다.

봉긋한 가슴께가 그녀가 숨을 들이쉴 때마다 규칙적으로 부풀었다가 내려갔다 하고 있었다. 어젯밤, 한숨도 자지 못하게 괴롭혀 댔다. 그리고 이어진 오전의 물놀이가 피곤했던 것이리라. 기진맥진한 것이다. 아주 가까이 볼을 부비고, 길게 그늘을 드리운 눈썹에다가 입김을 불어넣었어도 전혀 눈치채지 못하고 깊은 잠에 빠져 깨지를 못했다.

약간 심술이 났다. 태흔은 은후의 가슴을 가린 선드레스의 단추를 하나둘 풀기 시작했다. 화상 연고 따위, 욱신거리는 등의 아픔 따윈 뇌리 속에서 사라진 지 오래였다. 그는 고개를 숙였다. 남자의 짧고 매끄러운 머리카락이 하얀 피부에 쏟아졌다. 태흔은 먹어도 먹어도 배고픈 것. 은후의 탐스러운 젖가슴 한쪽을 살짝 물었다.

무엇인가 이상하다.

예민한 가슴 끝에 바람결이 스치고 지나갔다. 은후는 무거운 눈시울을 반쯤 떠올렸다. 화들짝 놀랐다. 아주 가까이 매끄러운 흑발이 바람에 나부끼고 있었다. 데크 체어 옆, 모래밭에 한 무릎을 꿇은 태흔이 그녀를 내려다보고 있었다. 선드레스의 단추는 다 풀려져 있었다. 자지러진 채 은후는 두 손으로 가슴골을 가리며 비명을 질렀다.

"뭐, 뭐 하는 거야?"

"공주님을 깨우는 중."

그가 한 손으로 가슴골을 가린 은후의 손을 틀어쥐었다. 머리 위로 추켜올렸다. 오롯이 드러난 우윳빛 젖무덤을 한가득 삼켰다.

두툼한 침대 의자가 두 사람의 무게를 견디지 못하고 아래로 축 처졌다. 그가 손바닥으로 가슴 봉오리를 살살 쓸었다. 한껏 자극당하고 흥분된 젖무덤이 투명한 햇살 아래 분홍과 우윳빛으로 고혹적인 색을 그리고 있었다. 결국 항복하고 마는 헤픈 몸을 어찌하면 좋을까? 은후는 반 교성, 반 불평을 털어놓았다.

"피곤해. 하지 마."

"하지 말라면 남자는 더 하고 싶어진다 그랬지?"

사랑하는 데 있어서도 결코 감춰둔 승부욕을 버리지 못하는 이 남자. 그가 쿡쿡거리며 가볍게 은후를 안아 들었다.

"발정 난 새신랑을 도발해 봤자 너만 손해다."

신부를 안고 그는 천천히 둘만의 밀실로 향했다. 침대에 그녀를 내려놓았다. 엎드린 은후의 등을 바라보며 혀를 찼다. 가는 끈 두 개만이 X 자로 교차되어 있어 하얀 등이 다 드러나 있었는데 빨간 줄이 죽죽 그어져 있었다.

"등에 빨간 줄 생겼다. 얼룩말 같아, 공주님."

웃음소리마저 섞여 있었다.

"오빠가 내리눌러서 그런 거잖아!"

은후는 100% 충족되지 못한 욕구불만, 좌절한 열기를 한꺼번에 담아 꽥 소리쳤다. 그렇지 않아도 그의 몸무게에 눌려 딱딱한 데크 체어에 밀려 내렸을 때 어쩐지 등이 배겼었다. 유난히 멍이 잘 들고 약한 피부라 필시 흔적이 남았을 거라고 생각했다.

"맞아. 딱딱한 데서 널 누른 게 실수야. 미안. 하지만 나도 등이 아프다고. 네가 날 타고 오르게 할 수 없어 유감이구나. 이러면 좀 공평해지려나."

은후는 자신도 모르게 고개를 돌렸다. 태혼의 눈에 웃음기가 아물거리는 것을 보고 입술을 깨물었다. 어떻게 죽일 만큼 미워하고 죽일 만큼 사랑할 수 있는 사람이 있는 걸까?

"등이 아파?"

"햇볕에 화상 입은 것 같아."

"어디 좀 봐."

이 오만한 남자가 제 입으로 '아프다'고 말하다니. 은후는 재빨리 일어났다. 태흔이 침대에 길게 엎드렸다. 선드레스의 단추를 채우며 은후가 태흔의 등을 살폈다. 너무 놀라 그만 비명을 지르고 말았다.

"세상에, 어떻게 참았대? 물집까지 생겼어."

"좀 아파서 심할 거라고 생각은 했는데 그 정도였나? 연고 좀 발라줘. 욱신거려."

"여하튼 끔찍해. 몸이 이 지경까지 되었는데 어떻게 모를 수가 있지."

그를 잘 살펴주지 못했다는 자책감에 미안함이 더해졌다. 속상하기도 하고 괜히 화가 나서 홀로 짜증 부리며 은후는 구급약 가방에서 화상 연고를 찾아왔다. 붉게 타오른 피부에 살살 발라주었다. 아주 심해 작은 물집까지 잡힌 어깨 쪽에는 더 두툼하게 연고를 발랐다. 자기도 모르게 호오, 하고 입김까지 불어주었다. 빨리 가라앉아라.

"자극하지 마."

태흔이 나른한 목소리로 경고했다. 힐끗 고개를 돌려 그녀를 바라보는 눈이 분명 즐거운 위험을 담고 있었다.

"난 그저 빨리 가라앉으라고 입김 불어준 것밖에 없어."

"명백한 유혹이야."

"그렇지 않아. 난……."

그가 킥킥대며 은후의 손등에다 키스했다. 야하게 소곤거렸다.
“우리 둘 다 등에 상처 입었으니 어떡한다? 할 수 없지. 이제부턴 널 뒤에서부터 가져야겠구나.”
“어휴, 말을 해도 만날 이렇다니까.”
얄미운 것으로 치자면, 물집 잡힌 등을 주먹으로 팍팍 내려쳐 주고 싶었다. 은후는 몸을 일으켰다.
“주방에 가서 감자 하나 얻어 올게.”
“생뚱맞게 감자는 왜?”
“감자를 냉장고에 넣어두었다가 얇게 잘라서 상처에 올려두면 금세 열기가 가라앉는대.”
“날 위해 그렇게 해주신다니, 특별히 감사드립니다.”
그가 고개를 돌려 윙크를 했다. 그때, 초인종 소리가 났다. 순간 은후와 태흔의 눈이 마주쳤다. 은밀하게 즐기고 있는 신혼부부를 방문한 이가 누구인지? 혹시 급한 전갈을 가져온 호텔 직원인가? 태흔이 손가락 끝으로 은후에게 옷을 달라고 부탁했다. 반바지를 허리에 꿰며 거실로 나갔다. 불어로 물었다.
〈누구십니까?〉
대답이 없었다. 누가 장난친 건가? 고개를 갸웃하며 태흔이 문을 열었다.
“서프라이즈!”
태흔은 팔짱을 낀 채 문 앞에 선 남녀를 노려보았다. 결혼식에서부터 지금까지 사사건건 걸림돌이던 친구놈의 얄미운 얼굴을 노려보았다. 시큰둥하게 물었다.
“왜 왔냐? 그것도 세트로.”
“친구랑 놀려고 왔지, 인마.”

"난 너 같은 친구 둔 적 없는데?"

은후도 침실에서 나와 현관문 쪽으로 다가왔다. 태흔의 어깨 너머로 느닷없이 찾아온 불청객의 정체를 파악했다. 눈이 휘둥그레졌다.

"어머나! 세진 오빠, 다율 언니. 여긴 어떻게 오셨대요?"

"그냥 왔다. 비행기 두 번 탔더니 여기까지 오더라."

들어오란 말도 안 했는데, 환영한다고도 한 적 없는데 당당하기도 하지. 세진이 어깨로 태흔을 밀치고 방으로 들어왔다. 제가 주인인 양 턱하니 거실 소파에 다리를 꼬고 앉았다.

그래도 염치는 있다. 다율이 미안한 웃음을 지으며 가벼이 묵례를 했다.

"죄송해요. 신혼여행 중인 두 분을 방해하게 된 셈이네요."

"다율 씨 잘못이겠어요? 철딱서니 이 자식 죄일 테지. 앉으세요. 피곤하실 텐데."

태흔이 다율을 위해 의자를 빼주었다. 세진이 이죽거렸다.

"결혼이 좋기는 좋은가 보다. 이태흔이, 며칠 못 본 사이 꽤 멋져졌구나."

"내가 멋진 남자인 건 내 마누라가 아니까, 새삼스럽게 말 안 해도 돼."

"농담 아니에요, 태흔 씨. 정말 근사해지셨어요. 은후 씨도 정말 행복해 보이고. 두 분, 정말 결혼해서 좋은가 봐."

다율도 얼른 말을 보탰다.

빈말만은 아니었다. 별로 특별할 것 없이, 태흔은 낡은 반바지에 티셔츠 차림이다. 그저 왼손 약지에 결혼반지 하나를 더 낀 것뿐인데 어이하여 사람을 녹이는 화끈한 매혹력(魅惑力)은 이리도 가중치란 말인가? 멋지고 잘생긴 남자는 유부남이 되어도 역시나 헌칠하고 멋지구나. 신혼여행 중이어서 그런지 섹시 지수가 한결 더 높아진 것 같았다. 마찬가지로 은후도 반짝반짝 빛이 나고 있었다. 안에서부터 뿜어져 나오는 행복의 빛살이 우아한 미모를 보석처럼 장식하고 있었다. 누구든 한 번 돌아보게 될 만큼 어여뻤다. 이 사람들, 정말 행복하구나. 세진과 다율은 동시에 그런 생각을 했던 것이다.

부러워서, 배가 아파서 세진은 태흔을 야렸다.

"좋냐?"

"좋다."

"얼마만큼?"

"너도 결혼해 봐라. 하늘 아래 천국이다."

하얀 이를 드러내고 싱긋 웃는 수려한 자태라니! 행복의 꽃비가 뚝뚝 떨어지는 분위기였다. 세진은 고개를 끄덕였다.

"그렇구먼. 그래서 말인데."

세진이 잠시 말을 멈추고 다율에게 더없이 섹시하게 키스했다. 멍해져선 둘의 작태를 바라보고 있는 신혼부부에게 자랑스럽게 선언했다.

"우리도 신혼여행 연습하러 왔다."

"웃기네. 결혼도 안 한 놈이 무슨 신혼여행?"

"올 4월에 결혼하거든."

은후가 환호성을 내질렀다.

"세상에! 마침내 결혼하시나 봐요. 정말 축하해요, 두 분."

"축하까지야. 하도 결혼해 달라고 쫓아다녀서 말이지. 귀찮아서 내가 해주기는 하는데…… 이게 과연 잘하는 짓인지 몰라."

다율이 한숨을 푹 쉬었다. '한입으로 두말 않기. 왜 또 불안하게 이러는데?' 하고 징징거리는 세진을 팔꿈치로 가격했다. 한심하기 이를 데 없는 친구놈을 노려보다가 태흔이 혀를 차며 돌아섰다. 그러다가 등 뒤에서 들려오는 세진의 말에 화들짝 놀라 다시 돌아섰다.

"참, 명중이랑 재인이도 같이 왔다. 곧 도착할 거다. 짐 정리 해두고 건너온단다."

"뭐야? 왜 다들 여기로 기어들어 와? 이 넓은 세상에 놀 데가 그리 없어? 내가 지금 신혼여행 온 거지, 단체 MT 온 줄 알아?"

"명중이도 겨우 휴가 받았대. 그 자식 요트광이잖아. 예전부터 여기 오고 싶어 했어. 겨우 하루 놀아주는 건데 너무 야박하게 굴지 마라."

"겨우 하루? 신혼여행 갔는데 내가 따라붙어서 귀찮게 굴면 넌 참 좋겠다, 그래."

기가 차서 버럭거리는 태흔을 향해 이번에는 은후가 눈을 흘겼다. 친구들에게 너무 야박하게 군다고 신랑을 타박했다.

"오빤 왜 그래? 다같이 놀면 재미있지. 세진 오빠, 차 드실래요? 그런데 숙소는?"

"주면 마시지. 아, 우리도 여기로 예약했어. 걱정 마라, 태흔아. 우리 숙소는 너희 방갈로하고는 한참 떨어진 곳이다. 밤에는 방해하지 않으마. 우리도 그땐 바쁘거든."

병 주고 약 주는 저놈을 죽여, 말어? 태흔은 이를 갈며 놈의 앞 소파에 앉았다.

은후가 홍차를 내왔다. 차를 마시자마자, 끝까지 신혼부부의 방에서 버티려는 세진과는 달리 다율은 금세 일어섰다. 인사를 끝냈으니 방으로 돌아가 짐 정리를 하겠다고 했다. 태흔을 위해 은후도 감자를 얻어온다고 했다. 두 여자가 사이좋게 사라지고 난 후, 남은 두 남자는 한동안 서로를 노려보며 뚱하니 앉아 있기만 했다.

"식사는?"

"비행기에서 적당하게 먹었다. 왜? 밥 주려고?"

"오늘 밤에 비치에서 폭죽 놀이하고 바비큐 파티하려고 했다. 음식을 더 주문해야겠구먼."

"신부를 위한 사랑스러운 이벤트로군. 자식, 어린 마누라에게 환심 사려고 별짓을 다 해."

세진이 탁자에 놓인 망고를 들어 껍질을 까기 시작했다. 힐끗 노려보았다. 한마디 툭 던졌다.

"뜨겁게 잘 놀고 있냐?"

"당연하지."

"금욕 제대로 해야 할 텐데? 아기 얻고 싶으면 우리 말 명심해야지."

"내가 언제까지 속아 넘어갈 줄 알고."

태흔은 기가 차서 코웃음을 날렸다. 세진이 피식 웃었다.

"어, 눈치챘네? 자식, 생각보단 영리한걸."

"에라, 이 자식아. 도대체 내 인생에 도움 안 되는 놈아."

"피차 마찬가지."

"다율 씨, 내가 엮어줬잖아."

생색내는 태흔 앞에서 세진이 코웃음을 쳤다.

"웃기네. 내 연애사에 네놈 도움 따윈 한 번도 받은 적 없었다."

"크리스마스 때, 정도경이가 작정하고 카드로 너 말아먹은 거. 아직도 모르지?"

푸하학, 세진이 입에 넣었던 찻물을 허공으로 뿜어냈다. 태흔은 피식거렸다.

"내가 시킨 거다. 다율 씨 불러내 주려고."

세 놈에게 말짱히 속은 게 꽤나 큰 충격이었나 보다. 한동안 잠잠하던 세진이 툭 하고 내뱉었다.

"흥, 고맙다고 할 줄 알아? 이태흔이한테 난 빚 없어. 이은후 뉴욕으로 도망치려던 거, 정보 제공한 사람이 바로 나거든."

"인정한다. 크리스마스 건일랑 내 나름대로의 감사 표현이라고만 알아둬. 하지만 너, 이리 와. 죽었어."

태흔은 작정하고 덤벼들었다. 두 팔로 놈의 목을 졸랐다.

"이 자식, 대체 유언비어를 어떻게 퍼뜨린 거야?"

"무슨 유언비어?"

"우리 은후 입에서 어떻게 미스바헤 한 마담이라는 수상쩍은, 전혀 천부당만부당한 단어가 튀어나온 거냐고? 네놈이 다 퍼뜨린 거라며?"

태흔의 목 조르는 힘은 장난이 아니었다. 정말 화가 난 거다. 정색한 기색을 눈치채고 세진은 재빨리 두 팔을 들어 항복을 표시했다. 멀디먼 뉴칼레도니아까지 와서 친구놈 손에 목 졸려 죽을 뻔하다니. 그는 두 손으로 목을 감싸 안고 켁켁 기침을 토해냈다. 인생은 언제 어디에서 함정을 마련하고 있을지 아무도 모른다더니, 진정 진리였다.

"네 한 놈이 입질 잘못한 바람에 지금 내 인생이 얼마나 피폐해진 줄 알아? 이런 게 친구라고 믿고 털어놓은 내가 잘못이지. 나

뻔 놈.”
“하지만 영 없는 사실은 아니잖아. 하늘 아래 명백한 진실을 두고 거짓말이라고 말하는 놈은 네가 처음이다.”
“미스바헤고 한 마담이고, 절대적으로 나하고 아무런 관련이 없어. 자꾸 헛소리 유포하지 마라. 죽는다.”
“눈 하나 끔쩍하지 않고 거짓말을 밥 먹듯이 하는군. 인마, 한 마담 이야기만 나오면 네놈 귀가 빨개지는 이유는 뭐냐?”
“내가 언제? 여하튼 너 입질이 문제야. 자꾸 그러다 큰코다치는 수가 있어!”
“흥. 그러면서 또 귀가 빨개지는군.”
이제 슬슬 여유를 되찾으며 세진이 비웃었다. 하지만 이놈의 호기심이 문제였다. 세진은 목소리를 죽인 채 작정하고 물었다.
“다시는 안 묻는다. 맹세할게. 이태흔이. 우리 둘밖에 없는데 진실 좀 알자. 정말 미스바헤 한 마담하고 너, 섬씽 따윈 없었어?”
“내가 널 어떻게 믿고 비밀을 발설하리?”
“하늘에 맹세코, 우리 어머니 이름을 두고 맹세한다. 절대 비밀! 을 지킬 테니, 말해봐. 네가 그 문제에 대해서 입을 다물고 있으니 우린 추측만 하는 거고, 그러다가 소문이 사실 되어버린 거잖아.”
태흔이 잠시 찻잔만 돌렸다. 고개를 들어 세진을 바라보았다.
“정말 비밀 지킬 거지?”
“맹세한다니까.”
둘은 주먹을 부딪쳤다. 잠시 후, 태흔이 느릿하게 입을 열었다.
“군대에 박혀 있을 때 미스바헤에 놀러는 갔었지.”
“그런데?”

"한 마담이 날 꾀기는 했었지."

"그래서?"

"같이 자자고 엄청 덤비기도 했었지."

"그래서 어떻게 했냐고? 새꺄!"

이게 지금 사람을 놀리냐? 결국 참다못해 세진이 버럭 소리 질렀다. 태흔이 피식 웃었다.

"차려준 밥상도 못 받으면 사내새끼 아니라며?"

"그래서? 같이 잤어? 안 잤어? 그것만 말해. 딱 부러지게."

"글쎄……."

결정적인 대목에서 태흔이 또 입을 다물었다. 찻주전자를 들어 잔을 채웠다. 세진을 바라보며 씩 웃었다.

"그 여자에게 많이 배우기는 했다, 그 방면으로. 그건 솔직히 인정하마."

"네놈이 하도 그 방면으로는 절륜해서, 한 번 다녀가면 한 마담이 사흘 밤낮을 앓아누웠다는 소문이 진짜란 말이야?"

긴가민가. 그토록 오래도록, 그토록 간절하게 은후를 마음에 담고 있으면서도, 몸으로는 딴 여자하고 놀아날 놈은 아니라고 믿었는데. 한 마담과 관계를 가졌다는 대답에 세진은 솔직히 조금은 태흔에 대하여 실망감을 느꼈다.

태흔이 다시 웃었다. 단호히 고개를 흔들었다.

"말도 안 돼. 그거야말로 절대적으로 유언비어야."

"뭐? 거짓말이라고? 그럼 그 여자에게 많이 배웠다는 말은 뭔데. 왜 한 마담은 동네방네 너랑 그렇고 그런 사이인 것처럼 떠들고 다닌 건데?"

"그때까지 나, 정말 여자에 대해선 하나도 몰랐거든. 그렇다고 그 나이 되도록 서투르게 구는 것도 좀 창피했었고. 난 그 여자에게 그런 걸 배우게 해달라고 부탁했을 뿐이다. 단 내 몸에 손 하나 대지 말고. 대신 그 여자는 어떤 남자든 제가 마음먹으면 엎을 수 있다는 명성이 필요했고. 내가 그 소문을 묵인하는 대신 그 여자는 날 가르치고. 뭐, 그런 거였다."

오랜 궁금증은 풀렸다. 그러나 세진은 그럼에도 이해할 수 없는 마지막 의문을 입 밖으로 뱉어냈다.

"진짜 마지막이니까 솔직히 뱉어봐. 시간 흐르고 여자 생기면 자연스럽게 알게 될 일인데, 낯 뜨겁게 그런 걸 굳이 배우려고 찾아간 이유가 뭐야?"

태흔이 씩 웃었다. 망설이지 않고 단호하게 대답했다.

"당연한 거 아냐? 은후 유혹하려고 그랬다, 인마."

한 아름은 될 법한 열엿새 달이 둥실 바다에서 떠올랐다.

신혼여행이라는데 어떻게 된 게 왁자지껄, 친구들 간 MT가 돼버린 기묘한 밤이었다. 태흔의 방갈로와 맞붙은 프라이비트 백사장. 모닥불이 타닥타닥 타오르고, 바비큐 틀이 벌겋게 달아올랐다. 여섯 개의 그림자가 그 불빛 위로 일렁였다. 달빛 머금은 수면 위로 이리저리 흔들렸다.

"대체 왜 남자들은 바비큐 집게를 누가 드느냐를 가지고 경쟁을 하는 걸까?"

"누가 고기를 뒤집는가에 따라서 집단의 권력 관계가 규정되는 것이라고 생각하는 건 아닐까? 정말 남자들 보고 있으면 어처구니가 없다니까."

다율이 식탁 쪽으로 샐러드 접시를 들고 오며 중얼거렸다. 바비큐 집게를 두고 계속해서 실랑이질을 하고 있는 세 남자 쪽을 바라보며 재인도 고개를 흔들었다.

“남자는 서른 넘어도 아이요, 장가들어도 철딱서니라더니.”

남자들은 마침내 가위바위보를 하고 있었다. 큼직한 과일 접시를 들고 오던 은후도 따라 웃었다. 태흔이 이긴 모양이다. 거만하게 웃으며 집게로 바다가재를 불 위에 올려놓고 있었다.

“오빠, 집에서도 저래요. 바비큐 틀 앞에서 움직이지를 않는걸요. 누구든 집게를 노리며 얼쩡거리는 거, 진짜 싫어해요.”

“아직도 오빠네?”

느닷없는 말에 은후는 고개를 돌렸다. 조금은 짓궂은 재인과 은후의 시선이 마주쳤다.

“은후 씨가 태흔 씨더러 오빠라고 부를 때, 별로 좋아하는 것 같지 않더라.”

“어, 그래요? 그런 기색 느낀 적 없는데.”

“이제 남편인데, 결혼했는데 호칭도 좀 달라져야 하는 거 아닌가? 오누이로 살아온 세월 때문에 뒤에서 수군거리는 소리도 좀 들린다며? 이젠 과감하게 ‘여보’, ‘당신’으로 가야 다른 사람들도 빨리 두 사람 사이를 부부로 인정해 줄 것 같은데?”

재인은 솔직 담백한 성격답게 에둘러 돌아가지 않았다. 자신이 알고 느끼고 있는 것을 솔직히 드러냈다.

“그럴까요? 호칭이 그렇게 중요할까요?”

“중요해. 나는 그렇게 생각해. 태흔 씨더러 은후 씨가 ‘오빠’ 하고 부르면 은후 씬 만날 어리광이나 부리는 어린 동생밖에 안 되는 거지. 하지만 두 사람 이제 부부잖아. 서로 동등한 아내와 남편이라고. 은후 씨, 이젠 당당한 태흔 씨 아내야. 태흔 씨를 ‘여보' 라고 부를 수 있는 유일한 여자라고. 그런 권리를 왜 포기해?"

"아."

"조심해, 은후 씨. 당신 남편 시시한 남자 아니야. 다른 누구도 아닌 천하의 이태흔 씨라고."

다율도 다가와 말을 보탰다.

"잡았으면 제대로 관리해. 호시탐탐 자기 남편 노리는 여자가 어디 한둘일 것 같아? 은후 씨는 아직까지 사랑받는 것이 더 익숙할 테지만 그거, 영원한 거 아냐. 사랑받는 만큼 은후 씨도 사랑을 줘야지."

"그렇죠. 당연하죠."

"제대로 사랑하고 제대로 사랑받는 일. 세상에서 가장 당연하고 쉬운 일 같지만 그거 제대로 하는 사람, 또 잘 없더라."

재인이 은후를 똑바로 바라보았다. 삼총사 가장 가까이에서, 어쩌면 태흔과 은후 가장 가까이에서 아주 오래도록 두 사람을 보아온 친구로서, 또 결혼 생활을 먼저 시작한 인생의 선배로서 그녀는 새로운 결혼 생활을 시작한 은후에게 처음이자 마지막 충고를 했다.

"그런데 태흔 씨. 그거 해, 그런 사랑 했어. 내가 잘 알아. 정말 깊이 강하게 변함없이 은후 씨를 사랑해. 이젠 은후 씨도 은후 씨가 가진 깊은 사랑을 보여줄 때 된 것 아닐까? 아내라는 이름으로 강하게, 당당하게 태흔 씨의 기쁨이 되어줘. 그를 행복하게 만들어줘. 그래서 은후 씨도 행복하게 되기를 바라."

바비큐 불 앞으로 다가오는 은후를 향해 태흔이 씩 웃었다. 얼음처럼 찬 맥주 캔을 기습적으로 볼에 대며 장난을 걸었다.

"뭐, 신혼여행다운 맛은 사라졌지만 이렇게 하룻밤쯤 떠들썩하게 노는 것도 재미있구나."

은후는 고개를 끄덕였다. 저만치 식탁 앞에 나란히 앉은 명중과 재인. 모래밭에 주저앉아 맥주 캔을 부딪치고 있는 세진과 다율을 돌아보았다. 불 앞에 선 자신과 태흔. 맛있는 음식과 즐거운 폭죽 놀이가 기다리는 이 시간. 즐거움과 기쁨이, 사랑과 우정이 공존하는 꿈결 같은 이 공간에 울려 퍼지는 환한 웃음소리. 이런 행복들. 앞으로도 영원했으면 하고 간절하게 바랐다.

"내가 지금 여기에 오빠랑 서 있는 거. 정말 행복하다고 말했어?"

"행복하니?"

태흔이 기쁘게 되물었다. 은후는 고개를 끄덕였다. 그의 등을 두 팔로 가득히 보듬고선 그 따뜻한 등에 얼굴을 묻었다.

"정말 행복해. 오늘은 내 행복의 일막 일장이야. 내 인생의 칠막 칠장이 끝날 때까지."

"넌 늘 행복할 거다. 내가 네 옆에 있을 테니까."

"응. 오빠도 행복할 거야. 나도 평생 오빠 곁에 있을 테니까. 내가 오빨 웃게 해줄 테니까."

은후는 그 약속을 금세 지켰다. 이내 그를 크게 웃게 만들었으니까. 은후는 그의 귀에 대고 살짝 속삭였다. '오빠' 대신 앞으로는 '여보'라고 부르겠다고 맹세했기 때문이다.

이틀 후, 은후와 태흔은 행복한 꿈 같은 신혼여행을 끝내고 서울로 돌아왔다. 아홉 시간 만에 계절이 여름에서 겨울로 바뀌고 있었다.

그들이 탄 승용차가 성북동 집 골목으로 진입할 즈음 아스라한 서설(瑞雪)이 흩날리기 시작했다. 그러한 눈발 사이로 거무스레한 성북동 집의 지붕이 보였다.

"우리 집에 다 왔네."

은후가 소리쳤다. 이제 정말 '우리 집' 이 된 곳. 그녀가 영원히 뿌리박고 살아갈 곳. 어디로 가든 세상에서 가장 좋은 곳은 바로 이곳 우리 집. 반드시 돌아와야 하는 곳도 바로 여기. 우리 집.

차에서 내린 태흔이 대문의 벨을 눌렀다. 인터폰을 향해 기운차게 소리쳤다.

"할머니, 저희들 다녀왔습니다."

진 여사가 현관 앞에 서 있었다. 지난밤, 탐스러이 핀 두 송이 연꽃을 할아버지한테서 받았다. 아무래도 이건 태몽인 것 같다고 토설하고 싶어 입이 근질거리고 있는 중이었다. 손을 꼭 잡고 나란히 계단을 올라오는 두 사람을 바라보며 활짝 웃었다. 두 팔을 가득 벌렸다.

"어서 오너라, 우리 새아기."

외전
우리는 여전히 안녕합니다

부글부글, 부글부글…….

백자 주전자의 생강차가 끓었다. 끓다 못해 넘쳤다.

생강차가 아니라 은후의 울화통이.

다리 아래 매달려 있던 완이 '엄마, 쭈전자가 막 울어요' 라는 말이 없었다면 은후는 그날 차를 끓이다가 불을 낼 뻔했다.

"자알 한다."

생강차 찻잔을 받아 들며 진 여사가 눈을 흘겼다.

여름 초입인데 이 며칠 진 여사는 몸살감기였다. 친구들과 우중 골프를 치다가 탈이 난 것이다. 며칠이나 기력을 찾지 못해 힘들어하니, '뜨거운 생강차나 끓일게요' 하더니만.

살뜰하게 진 여사의 이부자리를 보살피고, 알맞게 식은 생강차를 권하면서도 정작 뾰로통하게 튀어나온 은후의 입술은 들어갈 줄 몰랐다.

"쓸데없는 헛소문이잖아? 만날 웃어넘기더니 이번에는 왜 그래?"

그러나 끝내 은후는 입을 꾹 다물고 대답도 않는다.

진 여사는 속으로 '단단히 삐쳤군, 삐쳤어' 하고 중얼거렸다. 절로 쯧쯧 혀 차는 소리가 새어 나왔다.

"여사님, 입맛이 좀 돋으세요? 슬슬 죽상이라도 올릴까요?"

나주댁이 문을 열고 들어와 은후 옆에 앉았다. 아까도 확인한 체온계를 다시 들여다보곤 조심스럽게 물었다.

진 여사는 새치름하게 도사리고 앉아 차만 마시는 은후를 다시 바라보았다. 대신 나주댁에게 물었다.

"이 회장, 언제 도착한다 그랬누?"

"오늘 밤이라고 들었습니다."

"한 달에 보름이나 출장이라니, 이게 말이 돼요? 월 초에 사흘 일본 출장. 그러고 나선 하루 있다가 러시아 갔죠? 애기들 유아원 운동회 때에 겨우 두 시간 있어주더니만, 그날 저녁에 바로 유럽 간 거, 할머니도 아시죠? 그리고 열흘 있다 이제 겨우 돌아온다네요. 아주 그냥 자기 혼자 살판났어. 홀가분한 인생. 마냥 청춘인 줄 아셔. 집으로 오는 길이나 안 잊어먹었나 몰라. 흥!"

이 며칠 내내 진 여사를 상대로 '인간이 못돼 먹었다, 내가 집에서 키우는 애완동물이냐. 아니면 애 키우려 고용된 육아도우미냐. 유아원에서조차 날 남편 없이 애 둘 키우는 과부로 알더라. 입 다물고 살다 보니 이건 아주 사람을 국으로 안다'. 기타 등등, 기타 등등…….

쫑알쫑알 씹어대더니만, 숨도 쉬지 않고 태혼의 출장 일정을 잘도 읊고 있었다.

불만이 가득해선 한껏 짜증을 내는 은후에게 진 여사가 다시 눈을 흘겼다.

"밉고 짜증스러운 것으로 치면야, 나라면 꼴도 보지 않을 것 같구먼. 제 신랑 집 나가고 들어온 건 아주 좔좔 꿰고 있구나?"

은후가 미간에 주름을 잡으며 진 여사에게 제안했다.

"할머니, 그냥 우리 오늘 집 싹 다 비우고 어디 가버릴까요? 아님 당장 이사를 해버리거나?"

"뭔 소리야?"

"그이야 집보단 길에서 사는 사람이잖아요. 이사하고 주소 가르쳐 주지 말기로 하죠? 제대로 박대를 당해봐야 집에서 기다리는 사람이 소중한 줄 알지. 흥!"

"완이 아범이 아주 단단히 미움 샀구나. 쯧쯧. 대체 왜 그렇게 못 풀고 지금껏 난리 치는지 들어나 보자."

진 여사의 편 들어주는 말에 은후가 한숨을 폭 내쉬었다.

"몰라요. 그냥 오빠, 아니, 아범만 보면 아주 짜증이 나요."

"그러니까 왜? 왜 요새 네가 아범만 보면 그렇게 화가 나느냐 말이지. 눈에 쌍심지를 돋우고선 집 들어오는 남정네를 아주 그냥 들들 볶고 있느냐 그 말이지."

진 여사는 입이 만 발은 튀어나와 태흔을 잘근잘근 씹어대는 은후를 바라보며 저것이 혹시 진짜 육아우울증인가 잠시 걱정스러웠다.

은후와 태흔이 결혼한 지 벌써 네 해가 흘렀다.

기특하게도 허니문 베이비로 아들, 그것도 완이, 혁이 쌍둥이 두 놈을 턱 낳아놓고 남부러울 것 없이 살면서? 둘이 붙어 있으면 주변 사람까지 얼굴이 확확 달아오를 정도로 소문난 닭살부부이면서? 여전히 서로에게 애틋하고 얼굴만 바라봐도 좋아 죽어 어쩔 줄 몰라 하는 사이면서?

“뭐가 문제야? 뭐가 부족해? 뭐가 그렇게 화가 날 일이야?”

“……몰라요. 그냥 모든 게 다 미워요. 자긴 만날 멋있는 척 우아하게, 근사하게 인생 즐기는 것 같고, 엄청 잘나가는데. 전 이게 뭐예요…….”

“네가 어때서? 뭐? 넌 이 좋은 나이에 엉덩이 퍼진 아줌마 돼서 애나 키우는 잉여 같아 억울해? 거울 보니 얼굴은 기미 잔뜩 끼고 아랫배는 튀어나와 덜렁대고, 친구라도 만나러 나가면 애들 땜에 한 시간도 못 돼서 기어들어 와야 해서? 하던 일은 전부 다 올 스톱. 그래서 인생 낙이라고는 하나 없어서? 그래서 애꿎은 태흔이만 쥐 잡듯 잡고 물어뜯는 거야?”

은후의 눈이 휘둥그레졌다. 진 여사의 말이 진심 그녀의 마음을 정곡으로 콕콕 찔렀기 때문이다.

“할머니, 혹시 제 마음속에 들어갔다 나오셨어요?”

주 박사가 걱정한 대로 우울증이 맞네그려, 진 여사가 속으로 중얼거렸다.

“그렇게 집에서 애 키우는 게 힘들면 너도 나가렴. 나가서 하고 싶은 일 해. 왜 못 해?”

“안 돼요. 애들은 네 살까진 엄마가 품에 끼고 키워야 인성에 문제가 생기지 않는대요. 지금도 내가 한순간이라도 보이지 않으면 둘 다 난리 나는 거 아시잖아요? 낮잠 잘 때도 가운데 누워 둘의 손을 꼭 잡아줘야 자는 애들인데.”

“저거 봐, 저거 봐. 지가 먼저 애들을 엄마 껌 딱지로 만들어놓고선, 누굴 탓해? 어이구, 저 유난!”

진 여사가 손으로 서안을 탁 치고는 은후에게 예끼! 하고 호통쳤다.

외롭고 불우했던 제 어린 시절 보상 심리인 건가. 출산 후 은후는 진 여사나 태흔이 걱정스러워할 정도로 제 핏줄인 쌍둥이에게 집중하고 또 집착했다.

제 뱃속으로 낳았으니 깊이 사랑하는 일이야 당연할 테지만, 은후의 경우는 좀 심하다고 진 여사는 생각했다.

아이들 일이라면 도무지 남에게 맡기지를 못했고, 또 그 주변을 떠날 생각조차 하지 못했다. 애면글면 어쩔 줄 몰라 하며 아들들 뒤만 졸졸 따라다니고, 아들들 주변만 맴돌았다. 그러니 이제 삼십삼 개월 된 쌍둥이 아들들 역시 엄마라면 끔뻑 죽는 엄마 바라기가 될 수밖에. 제 어미에게 찰딱 달라붙어선, 오도 가도 못하게 할밖에. 제 엄마 이십사 시간에다가 족쇄를 채워놓고 지기들만 바라봐라 난리를 칠밖에.

그걸 다 지켜본 진 여사로서는 이날, 태흔에게 불만을 쏟아내는 은후가 이해되면서도 한편으로는 얄미웠다.

"애들 버릇을 제가 못되게 만들어놓고선 누구 탓을 해?"

"할머니!"

"입 다물고 들어. 태흔이 일도 그래. 집에 와도 마누라란 것이 남편은 쳐다보지도 않고 애들만 끼고 도는데? 너 한동안 잘 때도 너희 침실에서 안 자고 애들 방에서 잤다며? 그래, 자알 한다. 사내꼭지가 어련히 재미있겠다."

진 여사가 보기에 은후는 오로지 쌍둥이 아들 해바라기, 태흔은 오로지 은후 해바라기. 이러한 짝사랑의 불균형이 문제를 발생시키는 근본적인 원인이었다.

“그렇다고 해도 스캔들은 반칙이죠.”

“아니라잖아?”

“알게 뭐예요?”

은후가 눈이 세모꼴이 된 채 입을 비죽였다.

기가 막히고 코가 막힐 일이지만 두어 달 전부터 그놈의 증권가 찌라시라는 곳에서부터 태흔이 얽힌 가십이 퍼졌다.

“그 여자, 오빠랑 선본 여자 맞잖아요. 그러니까 사람들이 소설 쓸 만하지.”

차라리 닳고 닳은 내용으로써 ‘재벌과 연예인 간의 부적절한 관계’ 뭐, 이런 식이면 ‘헛소문도 장렬하네.’ 그러고 끝났을 것이다. 그러나 태흔의 스캔들 상대가 예전 태흔의 맞선 상대였던 명문가 출신 하피스트였기에 그 후폭풍 파장이 달랐다.

“일 년 전에 우연히 그쪽은 공연 끝나고 귀국, 태흔인 출장 다녀오다가 같은 비행기 탔다는 것뿐인데 뭐가 문제야? 그런 사실 가지고 헛소문 만든 인간들이 부끄러워해야지.”

“할머니, 이건 절대적으로 제 편 들어주셔야죠! 열세 시간을 일등석 같이 타고 오면서 별의별 이야기 다 주고받았다면서요? 찌라시엔 그 대화를 들었다는 스튜어디스 증언까지 나온다고요. 그리고 그 여자가 오빠랑 그렇게 만난 후 남편이랑 곧바로 이혼까지 했다면서요? 오빠한테 흑심 품지 않았다면 그럴 리가 있겠어요? 들이대려고 얼른 독신 된 거겠죠? 그런 주제에 뻔뻔하게 연주회 초대장을 보내? 기가 막혀서!”

“저, 저……! 몹쓸 병 하곤. 제 남편을 제가 먼저 불륜 저지르는 못난 놈으로 만들고 있구먼. 그만해. 듣기 싫어!”

진 여사가 얼굴을 찌푸리면서 혀를 끌끌 찼다.

하필이면 그날 진 여사도 선약, 은후는 쌍둥이 둘이 번갈아가며 중이염을 앓는 바람에 꼼짝도 못 하고 집에 틀어박혀 애들을 간호해야 했다.

가족 간 친분만이었다면 태흔이 반드시 관람해야 할 이유란 딱히 없었다. 그러나 그날 독주회가 하필이면 회사 사람들과 분기별 한 번 있는 '창의비전 문화체험'으로 선정된 연주회였다는 게 문제의 시작이었다.

그날 태흔과 승명그룹 신입 사원 오십 명이 함께 그 연주회를 관람했다. 왜 사람들은 같이 있었던 오십 명은 상관하지 않고 태흔의 참석만 잘라내서 기사를 만드는 걸까?

오해가 될 만한 상황이 벌어진 그날 이후 몇 달, 국내외적으로 굵직굵직한 격변들이 발생했다. 승명의 수장인 태흔이 해결하거나 조율해야 하는 업무들이 쏟아졌다. 그건 태흔이 정신없이 국내외 출장을 다닐 수밖에 없는 상황들이 연이어 벌어진다는 의미였다. 그러니 부부가 나서야만 하는 어지간한 자리들은 어쩔 수 없이 은후 혼자 감당해야만 했다.

은후의 푸념대로 '집 밖으로 나도는' 일이 많다 보니 이런저런 상황들이 절묘하게 교차되어, 불화설, 이혼설이 생길 수도 있었으리라.

태흔의 위치 자체가 사람들의 관심사에서 벗어날 수가 없기에 아주 작은 부스러기만 보여도 태풍 같은 스캔들이 만들어질 수밖에 없었으리라.

"아니 땐 굴뚝에 연기 나는 거 보셨어요? 그 여자 연주회 끝나고 뒤풀이에 가긴 왜 가? 게다가 그 여자도 웃겨, 정말! 오빠 사무실까지 감사 케이크를 왜 보낸대요? 그러니까 난리들이 나지. 뭔가 자기가 여지를 준 게 있으니까 그 여자가 유부남을 상대로 그딴 짓을 버젓이 저지르지. 도대체 조심성도 없고, 도대체가 양심들도 없어, 정말! 소문이 돌 만하지. 흥! 밖으로 나다니면서 독신자 흉내 엄청 내는가 봐? 인생 제대로 즐기시나 봐?"

"이애 이거 안 되겠네. 나주댁. 나가서 냉수 한 그릇 들고 와."

"냉수는 왜요?"

"냉수 먹고 속 차리란 말이야."

나주댁이 슬며시 몸을 일으켰다. 지금 분위기를 보아하니 진 여사와 은후 둘만의 시간이 필요한 듯 보였다.

단둘이 되자 진 여사가 대놓고 매섭게 은후의 못난 마음, 갈피를 잡지 못해 이리저리 갈지(之) 자로 엇나가는 그 마음을 꾸짖었다.

"어지간히 해둬. 듣기 좋은 꽃노래도 한두 번이야. 어디서 감히 할미 앞에서 얼토당토않게 제 속, 생으로 대패질하는 이야길 대놓고 해? 제 남편을 천하 못난 멍청이로 만들어? 은후 너, 진짜 정신 안 차릴래?"

은후가 그만 우와아왕, 울음을 터뜨렸다. 어리광부리는 어린 시절 그 얼굴이 되어 진 여사 무르팍 위에 파고들었다.

"할머니, 저도 제가 억지 트집 부리는 거 안단 말예요. 잘못하고 있다는 것도 안다고요. 그런데도 자꾸 화가 나요. 비참하고 슬퍼요. 너무 속상해서 죽을 것 같다고요. 흑흑흑……."

들먹거리는 은후의 등을 어루만져 주면서 진 여사는 몰래 한숨을 쉬었다.

'못 들은 척, 안 들은 척 내버려 두었더니만 인간들이 하는 짓이……'

은후는 보지 못했으나 허공을 노려보는 진 여사의 눈이 매서웠다.

기실 은후와 태흔을 결혼시킨 다음에 진 여사 자신, 꽤 오래도록 둘의 결혼에 대하여 안 들어도 될 이야기, 듣기 싫은 이야기들을 이리저리 풍문으로, 한 다리 건너 알음알음 제법 들었다. 다만 못 들은 척, 안 들은 척, 별 상관없다는 척 대범하게 넘겼을 뿐이지만. 진 여사 자신과 태흔이 그딴 이야기들을 미리미리 차단하여 은후만 몰랐을 뿐이지만.

그러나 아무리 멍청한 척해도 은후인들 그런 구설들, 못돼먹은 뒷담화들을 듣지 않았을 리가 없다.

언제쯤 진 여사 자신이 태흔과 은후를 이혼시키려는가, 태흔이 딴눈을 팔면서 은후를 내치려는가, 사실도 아닌 추측이 사실처럼 돌고 돌았다. 그 소문 뒤에는 은후가 배은망덕하게 태흔을 그 잘난 몸뚱어리로 유혹해서 얽어매는 데 성공한 요물이라는 판단을 기반으로 하고 있었다.

그런 소문을 믿는 사람들 그 누구도 태흔이 얼마나 은후를 사랑해 왔는지, 진 여사 자신이 얼마나 은후를 아끼고 대견하게 여기고 있는지 알지 못하면서 말이다.

은후는 단지 이번 일로 처음 폭발했을 뿐이다. 그러나 기실 오래도록 내내 쌓아둔 묵은 상처가 곪고 곪아, 터지기 일보 직전이었던 것이리라.

'내 맘이 아플까 봐 모르는 척 못 들은 척 넘기고 속아줬을 테지. 그래서 속병이 난 게야. 여하튼! 남 잘못되는 일에 징글맞도록 덤벼드는 꼬락서니들 하곤.'

진 여사는 아무래도 이번 일에 대해선 그냥 모르는 척 내버려

둘 수 없다고 마음을 다졌다.

'솔직히 괘씸해. 이거야말로 대놓고 둘이 헤어져라 고사를 지내는 것과 진배없질 않나?'

스캔들의 다른 주인공 한 교수 측에 대해 진 여사는 몹시 불쾌했다.

'첫인상은 그렇게 보이질 않았는데, 내 눈이 짧았구먼. 생각보다 영악하고 음험해. 사람들이 충분히 오해할 만한 행동을 대놓고 하는 건 사람들이 자기 대신 떠들어주기를 바라는 것 아니겠어?'

진 여사는 태흔이 돌아오면 한 교수와 얽힌 이 문제에 대하여 확실하게 짚고 넘어가야겠다고 생각했다.

진 여사가 판단한바, 지금 은후의 상태가 무척 좋지 않았다.

육아우울증에 남편의 스캔들까지. 폭발하지 않으면 그게 비정상이었다. 이러다가 정말 마음에 큰 병 생겨 회복될 수 없을 지경에 이르기 전에 미리미리 감싸고 풀어주어야만 할 것 같았다.

처음부터 마지막까지 진 여사는 오직 하나만을 바랐다. 그토록 어렵사리 선택한 사랑의 길을 걸어가는 은후와 태흔이 함께 행복해지는 것이었다.

'떡두꺼비 같은 아들 둘이나 낳고 멀쩡하게 잘 살고 있는 애들을 망치려고 작정들을 한 게야. 잘됐어. 언제고 모른 척 그냥 둘 순 없겠어. 조만간 주변 정리를 싹 해버려야겠어. 어디 한번 해보자고들!'

또또똑 서투른 노크 소리가 났다.

은후가 얼른 얼굴을 들었다. 눈물투성이가 된 얼굴을 손등으로 훔치는데, 들어오란 소리도 없이 와락 문이 열렸다.

“엄마!”

“노할무니!”

쌍둥이 완이, 혁이가 병아리 다리로 다다다 달려 들어왔다. 활짝 웃으며 엄마와 증조할머니 품에 와락 안겨왔다.

아이들은 일주일에 한 번 키즈쿠킹 클래스에서 놀다 온다. 말만 쿠킹 클래스이지, 아직은 연령이 어려 주로 요리 재료들을 펼쳐 놓고 조몰락거리는 수준이기는 했지만. 여하튼 이날 프로그램이 과자 굽기라더니 아이들의 몸에서 맛있는 냄새가 솔솔 풍겼다.

“이와니야, 노할무니 까까 주겠니?”

혁이 제 형 완이더러 귀엽게 요청했다. 완이가 주섬주섬 고사리 손에 꼭 들고 온 울퉁불퉁 초코칩 과자를 진 여사에게 내밀면서 말했다.

“이혀기야, 너도 엄마 까까 주겠니?”

혁이도 제가 들고 온 과자를 은후 턱 밑에 들이밀었다.

“엄마, 아~ 하쩨요.”

두 어른이 자기들이 만든 과자를 냠냠 먹는 것을 쌍둥이가 반짝반짝 빛나는 눈동자로 지켜보았다. 얼마나 맛나게 먹는지를 확인하는 듯한 눈빛이었다. 그러다가 짝짝 박수를 쳤다.

“맛있찌요, 엄마?”

“노할무니, 맛있었쩌요?”

절로 진 여사와 은후이 입가에 미소가 흘렀다.

“아이고, 우리 강아지들. 이 할미가 너들 덕분에 산다.”

진 여사가 귀엽고 대견해서 어쩔 줄 몰라 하며 아이들의 부드러운 머릿결에 얼굴을 비볐다.

"그런데 얘들은 왜 저들끼리 만날 이완이, 이혁이 이렇게 부르니?"

"제 아빠가 그러니까 듣고 그래요. 그이가 꼭 성이랑 이름을 같이 부르잖아요. 이완, 이혁, 엄마한테 과자 갖다 줘서 고마워요. 다들 이리 오세요."

은후가 생긋 웃으며 두 팔을 벌려 쌍둥이들을 꼭 끌어안았다. 볼에 묻었던 눈물은 어느새 흔적도 없이 사라졌다.

"증조할머니께 인사하고 나갑시다. 나갔다가 들어오면 제일 먼저 해야 할 일은 뭐죠?"

"손을 씻겠습니다."

말이 형보다 더 빠른 혁이 대답하고, 완은 말 대신 두 손을 단풍잎처럼 쫙 폈다.

"그래요. 맞았어요. 나가서 손 씻고 이층에 올라가서 엄마랑 쿠킹 클래스 이야기하기로 해요."

은후가 세상 다 가진 얼굴을 하고는 금쪽같은 아들들을 일으켜 세웠다. 둘의 손을 꼭 잡고 방을 나갔다.

진 여사가 죽 소반을 들고 들어온 나주댁을 바라보며 약간은 어이가 없는 표정을 지었다.

"아까는 세상 끝난 것처럼 울고불고 난리 치더니만, 제 새끼 재롱 보니까 웃는 얼굴로 싹 변하는 것 봐? 참말 어이가 없네."

"그게 사는 거죠, 뭐. 여사님이 이해하세요."

"휴우, 저렇게 잘들 사는데, 행복하다는데, 왜 둘을 흔들지 못해 안달들이야, 그래?"

진 여사가 혼잣말처럼 중얼거리면서 수저를 들었다. 나주댁이 들고 온 타락죽을 한술 뜨려다가, 다시 숟가락을 놓았다.

“나주댁, 아까 은후 이야기 듣고 있는데, 이번 일을 그냥 넘겨선 안 될 것 같아. 애가 마음에 병이 들었어. 자네도 느꼈지?”

“네. 그 찌라시 봤는데 속이 많이 상했어요, 저도……. 더할 나위 없이 금슬 좋은 두 분을 왜 그렇게 음해하고 상처 주려 하는지 이해를 할 수가 없더구먼요.”

진 여사가 고개를 끄덕였다. 잠시 생각에 잠겼다가 나주댁더러 한성금융 비서실에 전화를 하라고 지시했다.

“임슬이 실장에게 내가 통화하고 싶어 한다고 전해.”

이 년 전 임슬이는 승명그룹에서 한성금융 비서실로 자리를 옮겼다. 한성금융 오너 정 회장의 맏아들이자 태흔의 이종육촌동생인 도준이 임슬이 과장을 스카웃했던 것이다.

물론 태흔은 믿고 쓰는 비서 임슬이 과장의 이직을 단호하게 거절했다. 그러나 가장 아끼는 동생 도준이 회사 내 입지 확보를 위해 유능하고 민첩한 보좌 인력의 확충이 반드시 필요하다고, 몇 번이고 간곡히 읍소, 요청하자 결국은 마지못해 ‘삼 년만!’ 이라는 조건을 달고 보내주었다.

‘아무래도 이런 문제는 세심하고 야무진 사람에게 맡겨야 뒤탈이 없지. 입도 무거워야 하고.’

이내 임슬이 실장이 전화를 받았다.

[여사님! 안녕하세요? 어쩐 일이세요?]

“임 실장, 오랜만이야. 부탁할 일이 있어서 전화했어.”

[네! 말씀만 하십시오. 성심껏 보필하겠습니다.]

진 여사는 조용조용 임슬이에게 두어 가지 단호한 지시를 내렸다.

“필요하다면 본사 보안팀을 동원해도 돼. 내가 박 이사에게 전화를 해놓을 테니. 소리 소문 없이 말끔하게, 확실하게 처리해. 그건 임 실장 장기잖아?"

[알겠습니다. 믿고 기다려 주십시오. 절대로 실망시켜 드리지 않겠습니다.]

믿음직한 목소리가 진 여사를 흡족하게 만들었다. 전화를 끊고는 나주댁을 건너다보았다.

"나가서 홍 선생 좀 보자고 그래. 오 선생도 같이."

이내 쌍둥이를 돌보는 가정교사와 베이비시터가 들어왔다.

"내일 내가 애들이랑 외출하고 싶어. 집에만 있었더니 답답해. 한 이틀 같이 떠나도 괜찮겠지?"

"네, 상관없습니다. 그런데 어디로?"

"애들이 재미있어할 만한 곳을 찾아봐. 저들 어미 아비 생각나지 않을 데로."

"사모님은 같이 안 가시고요?"

진 여사가 고개를 끄덕였다.

"이 회장도 그렇고 은후도 그렇고, 둘만 놀 시간을 줘야지. 잘 의논해서 좋은 곳으로 정해봐. 그리고 낼 아침 일찌감치 떠나도록 준비해요."

진 여사가 나주댁을 돌아보았다.

"자넨 애들 놀이 갈 입성 좀 챙기고. 완이 아범 어멈, 제주도 비행기 표도 좀 알아봐."

"제주도 비행기 표는 왜……?"

"둘이 별장에 내려가서 며칠 지낼 거라고 연락도 해두고. 나도 죽기 전에 예쁜 증손녀 하나쯤 봐야지. 안 그래?"

별을 따려면 하늘부터 봐야지. 게다가 은후와 태흔의 불화 스캔들이 사라지려면 임신 소식만큼 확실한 맞불이 없을 터.

진 여사가 오늘 밤 태흔이 출장에서 돌아오면 넌지시 그런 이야기를 해볼 작정이었다.

이렇게 완전히 긴장을 풀고 푹 잔 것이 대체 얼마만인지…….

태흔은 후우 한숨을 쉬며 돌아누웠다. 심신 전부가 새로운 활력으로 차오르는 것만 같았다.

슬그머니 실눈을 떠보니, 사방이 컴컴했다.

'아직도 비가 오나?'

지난밤, 공항에 도착했을 때 서울은 초여름 폭우였다.

오랜 가뭄 끝의 비라서 공항을 빠져나오던 사람들은 다들 반갑게 '비 온다!' 하고 소리를 쳤었다.

하지만 태흔에게는 그 비가 그냥 짜증스러웠다. 빨리 집에 가서 더운물로 샤워하고 편안한 침대 위, 아내 옆에서 곯아떨어지기만을 바랐는데. 하지만 아속하게도 빗줄기가 너무 거세서 마중 나온 김 과장은 평소보다 훨씬 느리게 운전을 할 수밖에 없었다.

결국 자정 넘어 새벽 무렵에 집에 도착했다. 새벽에 도착했는데도, 아빠 온 것을 어떻게 알았을까? 다다다 일층으로 달려 내려온 쌍둥이하고도 놀아줘야지, 진 여사의 잔소리도 야무지게 들어야 했다.

푹 익다 못해 끓어 넘칠 지경인 파김치가 되어 침대에 비몽사몽 쓰러진 기억만 나는데.

쓰러지자마자 잠이 들었지. 아득히 먼 기억 속, 창문 너머로 계속해서 천둥벼락이 우르릉거리고 거센 빗줄기가 들이치는 것 같더니만. 그럼에도 눈도 채 뜨지 못하고 곯아떨어졌던 기억만

났다.

아직도 이른 아침인가 싶어 다시 눈을 감으려는데, 달칵 침실 문이 열리는 소리가 났다.

기분 좋은 커피 향기, 그리고 늘 그립고도 설레는 체향이 다가왔다.

"하루 종일 잠만 자는 거 아니지? 때려줄 거야."

태흔은 비죽 미소 지으며 슬며시 눈을 떴다. 은후의 얼굴이 아주 가까이 다가와 있었다.

"몇 시야?"

"벌써 열 시 지났어."

"캄캄한데?"

"비가 오기도 하지만, 자기 푹 자라고 일부러 커튼 안 걷었어."

"그렇군. 덕분에 푹 잤어. 아, 완전히 꿀잠이다."

태흔은 두 팔을 뻗어 기지개를 켜고 난 후 그대로 은후의 어깨를 잡았다. 그녀로 하여금 자신에게로 더 가까이 다가오게 했다. 분홍빛 달콤한 입술에 자신의 입술을 살짝 부딪치며 속삭였다.

"오랜만에 제대로 된 모닝 키스, 부탁해."

"핏, 늦잠쟁이 주제에?"

방금까지만 해도 아랫입술이 보로통하게 내밀어져 있더니만. 은후가 먼저 더 강하게 태흔의 목에 팔을 감았다. 그에게 닿은 손길에도, 부딪치는 입술 끝에서도 그리움이 함빡 담겨 있었다.

서로에게 고정된 눈빛 속에는 금세 달콤한 미소가 아롱거렸다. 서로의 입술이 닿는 순간, 뜨거운 혀끝이 엉키는 순간, 모든 것이 용서되고 모든 것을 다 잊어버리게 되는 기분이었다.

입술과 혀끝에 닿은 서로의 존재. 닿기만 해도 변함없이 뜨거워지는 체온. 밤처럼 부드러운 침묵 속에서 두 사람은 늘 서로에게 간절하고 뜨거운 부부답게 다정하고 농밀한 키스를 마음껏 나누었다.

단지 그것뿐인데도 온몸의 근육이 솜털 한 올, 한 올처럼 풀리는 기분이 들었다. 이 세상 모든 골칫거리들이 저 멀리 도망치는 느낌이었다. 은후로선 진 여사 앞에서조차 울먹거리며 혼자 속 끓이고 골내고, 혼자 고민하고 화내던 것이 다 거짓말 같았다.

"우리, 열흘 만에 얼굴 보는 거지?"

"응."

방금 전 나누었던 키스가 유난히 달고 농후했던 이유가 있었다.

그런데 뭔가 좀 어처구니가 없다. 태흔과 은후는 코가 닿을 듯 얼굴을 붙이고선 잠시 침묵했다. 대체 지나간 열흘 동안 우린 뭘 했는가 서로 헤아리면서.

"내가 분명 홀아비는 아닌 것 같은데……."

태흔은 은후의 이마에 다시 가볍게 입 맞추었다.

"난 왜 내 와이프를 열흘 만에 보는 걸까?"

"내가 묻고 싶거든. 나, 남편이랑 별거 중인 데다 애까지 둘 딸린 불쌍한 여자 아니거든요."

방금 전 키스로 인해 붉고 촉촉하게 물들었던 은후의 입술이 다시 뾰로통해졌다. 그동안 혼자 꾹꾹 눌러온 불평불만이 드디어 기어 나왔다.

"와이프께서 엄청 뿔나셨군."

말을 하면서도 태흔은 은후에게 몹시 미안해졌다.

쌍둥이 두 아들 녀석은 이제 삼십삼 개월에 접어들었다.

말도 늘고, 재롱도 늘어 귀염이 두 배가 되었다. 하지만 말썽도 기운도 열 배로 넘쳐 나 제 엄마 인생을 온통 쥐어짜고 뒤흔들고 있는 중이었다. 은후가 그 모든 것을 감당하느라 얼마나 힘들지는 만날 바깥으로만 도는 그로선 짐작조차 할 수가 없었다.

"미안. 요즈음 내가 너무 바빴지?"

"나빠! 자기가 이렇게 먼저 선수 쳐버리면 내가 마음 놓고 불평을 할 수 없잖아."

은후가 부부 침대 안으로 들어와 태흔의 품에 폭 안겼다.

지금만큼은 늘 어리광부리고 모든 것을 그에게 밀어놓던 옛날의 그 떼쟁이 은후가 되어 수염이 나기 시작하는 태흔의 턱에 얼굴을 비비며 하소연을 시작했다.

"오빠, 솔직히 말할게. 나 지금 완전 우울증 걸린 것 같아."

"맙소사."

"농담 아냐. 오빠 출장 가고 나면 혼자 덩그러니 침대에 누워 있잖아. 아무런 이유도 없이 그냥 막 눈물이 주르르 흐른다고. 내 팔자가 왜 이러나 싶어서. 너무 외로워. 남편이란 인간은 집 나가서 도대체 들어오질 않지……."

"잠깐, 잠깐! 너 지금 실수했어. 뭐라고? 나더러 '남편이란 인간'?"

태흔이 발끈해서 소리쳤지만 은후 귀에는 들리지 않았다. 손가락을 태흔의 입술 위에 대고 꾹 눌렀다. 작정하고 바가지 긁는 중인데, 함부로 방해하지 말란 뜻이었다.

"애들은 번갈아가면서 감기에다 설사에다 난리를 치지. 그것도 모자라서 우리 귀여운 이혁 도령은 소풍 갔다가 벌레에게 물려서 열 나가지고 응급실 갔지. 할머닌 할머니대로 요즈음 특히 컨디

선 안 좋으시니까 신경 쓰이지. 잘난 '남편이란 인간'은 쓸데없이 찌라시 같은 데다 버젓이 이름이나 올리고 있지. 남들한테 열심히 씹히고 있더고만? 계절은 봄. 주말마다 결혼식에 동호회에 전시회 초대에……. 주말에 도통 쉬어본 적이 없어. 지난주엔 출장 간 오빠 몫까지 해서 이틀 동안 행사 일곱 건 뛰었어. 오죽했으면 세진 오빠가 나더러 국회의원 출마하느냐고 묻더라고."

숨도 안 내쉬고 좔좔좔. 마침내 불만 토로가 끝나자 은후가 땅이 꺼져라 후우! 하고 한숨을 내쉬었다.

"다크서클이 무릎까지 내려왔어. 거울 볼 때마다 내 얼굴이 무서워서 깜짝깜짝 놀란다고."

"괜찮아. 변함없이 예뻐. 네 남편 눈에는 네가 세상에서 최고로 멋진 여자야."

태흔이 실실 웃으며 은후의 손을 은근슬쩍 잡았다. 시트 속 자신의 허리 아래로 옮겨다 놓았다. 이미 반쯤 부풀어 있다가 작은 손이 다가오자 금세 강철처럼 딱딱해져 버린 그것을 감촉하자 순간적으로 은후의 볼이 화악 달아올랐다.

"몰라아!"

"뭘 몰라? 네가 제일 잘 아는 건데."

태흔이 은후의 귀에 대고 은밀하게 소곤거렸다. 지그시 눈을 응시하며 짓궂게 덧붙였다.

"너 혼자만 키우는 거고? 안 그래?"

"어휴, 이 남자 어쩌면 좋아? 짐승!"

"절륜한?"

태흔은 쿡쿡대며 은후의 볼에 강렬하게 입 맞추었다.

결혼 생활도 어느덧 사 년째, 두 아들까지 낳은 농익은 몸이건

만, 은후는 여전히 그 앞에서 수줍어할 때가 많았다. 태흔으로선 숨이 막힐 정도로 달뜬 욕망을 불태우게 만드는 귀여운 교태였다.

"느꼈지? 난 네 옆에만 있으면 이렇게 되잖아. 우리 사랑 변함없어. 뭐가 그렇게 우울하고 뭐가 그렇게 걱정인데? 그딴 찌라시 루머 따위. 말도 안 되는 거 네가 제일 잘 알잖아?"

"칫, 알게 뭐람? 여하튼 엄청, 정말 어~엄청 기분 나빠. 나중에 반드시 복수할 거야!"

"누구한테? 나? 아니면 그 여자? 아니면 그렇게 거짓 소설 제멋대로 써 갈긴 기레기 새끼들?"

태흔이 흔치 않은 욕을 내뱉었다.

"기레기 새끼가 뭐야?"

"기자, 플러스 쓰레기란 뜻이다. 날 잡아 인간 같지도 않은 그것들을 확 정리해 버려야 하는데."

태흔이 이를 갈았다. 본인도 모르는 스캔들 따위 딱 질색이다. 그 인간들은 한국에서 더 이상 살고 싶지 않은 모양이었다. 감히 태흔 자신을 치정스캔들로 엮어 입방아에 올리다니.

"법무팀에다가 날 씹어대는 것들, 다 찾으라고 했어. 허위 사실 유포, 명예훼손에다가 모욕죄, 반 죽여놓을 거야! 건드릴 사람을 건드려야지."

나무아미타불…….

조만간 날벼락 맞을 인간들의 운명을 동정하여 은후는 잠시 기도했다.

태흔이 한다면 하는 것이다. 물론 그 일에 얽힌 인간들은 날벼락을 맞아도 싸지만. 태흔이 단단히 열 받았으니 그 결과는 누구도 예측할 수 없을 만큼 가혹하고도 또 철저하게 진행될 것이 뻔했다.

"으음, 좋은 향기."

태흔이 중얼거렸다. 그나저나 그의 몸 옆으로 바싹 붙은 은후에게서 취할 정도로 달콤한 향기가 풍겨났다. 그녀도 간만에 휴일의 망중한을 즐겼나 보다. 새로 감아 윤기 흐르는 머릿결에서 태흔이 좋아하는 상큼한 시트러스 향기가 솔솔 풍기고 있었다. 은후의 머릿결에 얼굴을 묻고 태흔은 짧지만 강렬한 행복감을 맛보았다.

"어떻게 오늘은 제대로 샤워할 시간이 있었나 보다?"

은후가 욕탕에 들어가면 온 집안에 큰 소동이 일어난다. 아들 두 놈이 엄마 찾아 삼 만리. 저들도 고추 달랑거리며 달려들기 일쑤였기에. 말썽꾸러기 아들 두 놈 이만큼 키우는 동안 솔직히 은후는 마음 놓고 머리 한 번 제대로 감을 여유가 없노라고 징징거렸었다.

녀석들이라면 사족을 쓰지 못하는 증조할머니도 있고, 나주댁도 있고, 전담해서 보살피는 베이비시터들도 있고, 같이 놀아주는 가정교사도 있으니 엄마에게 좀 떨어져 주면 좋으련만.

어떻게 된 게 은후 해바라기 태흔의 피를 물려받았는지 두 아들 다 지독한 엄마딱지들이었다. 잘만 놀다가도 쪼르르 달려와 엄마가 저들을 보고 있는지를 확인해야 직성이 풀렸다.

낮잠 잘 때도 가운데 누워 손을 꼭 잡아줘야 잠이 드는 녀석들이니 오죽할까?

엄마가 저들에게 관심이 잠시라도 사라졌다 싶으면 온통 난리가 나는 것은 불문가지. 때문에 은후는 완전히 아들들에게 손발이 꽁꽁 묶인 포로 신세였다.

다행히 올봄부터 녀석들이 유아원에 입학해서 반나절 놀다 오니 그나마 사정이 좀 나아졌지만. 또 그만큼 은후가 새로 보살펴야 일들이 더 늘어났다는 의미였다.

"응. 간만에 거품목욕 했어. 지금 집에 아무도 없거든."

"왜? 다 어딜 갔어?"

"할머니께서 완이 혁이 데리고 일 박 이 일 레인보우랜드 가셨어."

"놀이동산? 비 오는데?"

뜻밖의 말에 태흔은 놀라 몸을 반쯤 일으켰다. 침대에 누운 은후를 내려다보자 은후가 고개를 끄덕였다.

"응. 사람들 다 몰고 가셨어. 레인보우랜드 실내 온수풀장 개장했대. 도시락 싸고 수영복 챙기고, 다들 새벽부터 난리 났어. 완이 혁이, 배낭에 장난감이랑 과자랑 토마토 싸가지고, 신나서 노래 부르며 갔어."

"할머닌 정말! 도대체 의리가 없으셔. 우리 둘만 쏙 빼다니."

"의리 타령하면 안 돼, 오빠. 우리 둘이 놀라고 할머니께서 제주도 티켓 주셨단 말이야."

"우리 할머닌 역시 눈치가 빠르다니까! 내가 정말 휴식이 필요하다는 것을 아셨구나."

태흔이 다시 침대에 께느른하게 누웠다.

"내 트렁크 풀었니?"

"아니, 아직. 조금 있다가 할게."

"거기 선물 들었는데."

"앗, 정말?"

은후의 눈동자에 반짝 행복이 넘쳤다.

출장 다녀올 때면 일정이 바빠 다른 사람 선물은 못 챙겨도, 은후의 선물은 한 번도 잊은 적이 없었다. '나 말고 할머니부터 챙기라고요' 하고 잔소리를 했지만, 사실 넘치게 행복했다. 태흔의 인생 안에 있어, 은후 자신이 항상 일 순위라는 증거 같아서였다.

태흔이 몸을 일으키더니 방을 나갔다가 돌아왔다.

"이거 안 깨지게 핸드캐리어 했다. 나 좀 고생했다고만 알아둬라."

태흔의 눈이 재촉하고 있었다. 은후는 두근거리는 마음을 가누며 상자를 풀었다.

"어머나. 예쁜 접시네?"

"에르메스와 중국 미술가 라우 로빙 콜라보야."

"응. 나 라우 로빙 좋아해."

작년 겨울, 태흔 부부는 21세기의 가장 무서운 신예라고 일컬어지는 중국 회화의 기수 라우 로빙전을 같이 관람했었다.

"지난번 우리 같이 전시회에서 봤잖아. 너무 멋지더라. 그래서 오더했지. 나중에 차 마실 때 우리 전용 케이크 접시로 쓰자."

은후의 눈 속에 울컥 물기 어린 기쁨이 넘실거렸다. 깨질까 봐 비행기 탈 때마다 직접 들고 다녔다는 그의 고생이 문득 너무 미안해서였다.

지나가는 말 한마디도 잊지 않고 잘 귀담아두었다가 더 큰 기쁨으로 돌려주는 태흔의 배려와 세심함이 고맙고 사무치게 감동스러웠다.

가만히 접시를 바라보는데, 홀로 속 끓이면서 괜히 태흔을 원망했던 스스로가 너무 부끄럽고 미안했다.

이처럼 태흔은 늘 푸르고 굳센 소나무처럼 언제나 변함없이 그녀의 곁에 있다. 다른 누구의 남자도 아닌 은후 자신의 남자요, 남편으로서.

이런 사람의 마음을 의심하고, 쓸데없는 뒷담화들을 마음에 새겨 괜히 상처를 자초했다는 것은 태흔의 굳센 진심을 배반한 것이나 다름없었다. 은후의 가슴속에 엉켜 있던 모든 상처와 먹구름들이 한순간에 사라지고 말았다.

이번에는 은후 차례였다. 태흔의 턱에 살짝 입 맞추고, 그의 콧날을 어루만지며 속삭였다.

"이젠 오빠 차례야. 다 들어줄게."

"뭘?"

"내가 힘들고 속상했을 때, 바깥에서 오빠도 많이 힘들었을 거 아냐? 다 얘기해 봐. 자길 힘들게 한 인간들, 내가 때려줄게. 아, 물론 내가 선물 받았다고 갑자기 너그러워진 건 아니야. 나 그렇게 물질적으로 약한 여자 아니야. 오빠도 알다시피."

"정말?"

태흔의 눈이 미소로 가늘어졌다. 한 손을 이마에 얹고 곰곰이 생각하더니만 줄줄이 읊었다.

"일단 세계은행 총재. SIS 테러단 놈들. 지경부 장관. 한은 은행장. 미국의 사과 회사 사장. 찌라시 퍼뜨린 원흉, 강아지 톡 만든 놈까지. 다 패주고 와."

"알았어. 내가 사람 풀게. 감히 우리 가장을 힘들게 해? 너희들, 이제 다 죽었어!"

태흔이 은후의 머릿결에 얼굴을 묻고 킥킥 웃었다.

"이은후, 난 네 목소리만 듣고 있어도 피곤이 싹 풀린다. 생기

충전이랄까?"

"정말?"

"그럼. 넌 내 에너지원이잖아. 내가 장가는 정말 잘 들었단 말이지. 그런데 비행기는 몇 시?"

"오늘 오후 네 시."

태흔이 힐끗 사이드테이블의 시계를 바라보았다.

"지금은 열 시 오십 분. 공항까지 두 시간 거리니까 집에서 준비하고 나갈 시각은 한 시 반. 좋아, 충분해."

"뭐가 충분해?"

"우리 둘이 사랑할 시간이 충분하단 말이지. 은후야, 나 출장 열흘 만에 돌아온 남자다!"

태흔이 망설이지 않고 은후의 몸에 올라탔다. 하얀 나신을 가린 블라우스 깃을 활짝 벌렸다. 그의 체취에 달아올라 분홍빛이 된 아내의 부드러운 살갗에 욕망의 낙인을 키스로 찍었다.

"똑같은 한국인데 제주도는 공기가 달라. 그렇지?"

은후가 차창을 열며 소리쳤다. 해안도로를 달리는데, 바다와 하늘이 같이 따라왔다.

6월의 제주도는 수국이 한창이었다. 제주도에 온 첫날은 계속 비가 왔기에 숲 내음 가득한 사려니길의 트레킹에서 만난 산수국의 아름다움은 그야말로 절정이었다.

다음 날 날이 맑아져 제주도의 바다와 하늘은 손만 대도 물들 것 같은 푸름으로 찬란하게 빛났다. 아침에 간만에 나란히 말을 탔다. 제주도에서도 수국 명소로 소문난 종달리 해안도로 드라이브를 거쳐 한창 수국 축제 중인 한림공원의 수국 밭까지 구경하고 나니, 더 바랄 것이 없었다. 예상치 못했기에 더 감동스러웠고 호사스런 꽃구경이었다.

“바로 별장으로 들어갈래? 아니면 어디 카페 가서 차 한 잔 마시고 들어갈래?”

태흔이 손목시계를 보았다.

“네 시 반, 차 한 잔 마셔도 될 것 같은데?”

“여름이잖아. 고구려호텔 딸기우유 빙수랑 유기농 말차 빙수가 끝내준대. 그거 먹자, 오빠.”

“백제호텔 망고 빙수는 어때? 참고로 거기가 우리 회사 체인이다.”

“고구려호텔 빙수가 내 취향이거든. 섭섭해?”

“섭섭한 건 아닌데, 뭔가 패배 의식이 생긴달까? 백제호텔 오너 사모님 입맛을 사로잡은 고구려호텔 제빙사라? 흠.”

두 사람은 주차장에 차를 세우고 고구려호텔로 들어갔다.

“오빠, 카페에 먼저 가 있어요. 난 잠시 화장 좀 고칠게.”

은후가 화장실 쪽으로 갔다. 태흔도 선글라스를 벗어 들고 로비라운지에 있는 카페 쪽으로 걸어가는데, 뒤에서 반갑게 ‘어머나, 이 회장님 아니세요?’ 하고 알은척을 하는 여자 목소리가 들렸다.

태흔은 놀라 몸을 돌이켰다.

방금 내려왔는지 엘리베이터 앞에 서서 반갑게 인사하는 그 여자. 다른 누구도 아닌 바로 ‘그녀’. 삼류 찌라시에서 태흔의 스캔들 상대 주인공으로 이름 올린 문제의 그 하피스트 한 교수였다. 혼자 호텔 로비에 등장한 태흔을 보자마자 놀라기도 했지만 한편으로는 뭔가를 기대하는 듯한 들뜬 표정을 감추지 못하고 있었다.

뭔가 떨떠름한 마음과는 별개로 태흔은 아무렇지도 않은 표정을 지으며 정중하게 묵례를 했다.

"오랜만에 뵙습니다. 어쩐 일이십니까?"

"이번 학기, 일주일에 두 번 제주대학교 출강해요. 여기서 머물고 있어요. 세상에서 가장 바쁘시다는 이 회장님은 그럼 어떻게 여길?"

"짧은 휴가입니다. 아내와 둘만 잠시 여행 왔어요."

순간적으로 한 교수의 얼굴에 실망의 기색이 스쳐 지나갔다. 이내 재빠르게 표정을 바꾸고는 상냥하게 미소 지었다.

"두 분, 언제나 금슬이 좋으셔요. 사랑의 유효 기간은 삼 년이라던데? 두 분은 언제나 변함없이 뜨거우시네요. 부럽습니다."

사랑의 유효 기간은 애초에 끝났으니, 이제 슬슬 다른 여자들도 좀 힐끗거리란 뜻인가?

"감사합니다. 그럼 다음에 뵙죠."

태흔은 미적거리지 않고 단호하게 말을 자르고 돌아섰다. 카페 좌석을 찾아 앉는데, 와락 불쾌함이 치솟았다.

'뭐야, 저 여자?'

그녀는 실망 어린 자신의 표정을 태흔이 읽지 못했으리라 생각한 것일까? 하지만 태흔은 저런 부류 여자들의 가식적인 모습을 오래전부터 지겹게 보아왔다. 교활한 속셈, 이기적인 욕심을 속으로 감춰두고서도 겉으로는 순수한 척, 상냥한 척, 선한 척 교태를 부리지. 어찌하든 목표물로 삼은 남자를 제 야망의 그물에 가두기 위해 별의별 악랄한 술수도 서슴지 않지.

'혹시, 어쩌면……?'

갑자기 더럭 불길한 의심이 드는 것은 어쩔 수가 없다. 혹시 찌라시 스캔들을 일부러 방조하거나 적극 관여한 건 저쪽 아닌가?

태흔은 화장실 쪽을 살피는 척하면서 넌지시 한 교수 쪽으로 다시 고개를 돌렸다.

그녀는 로비에서 만난 지인들과 마주 서서 뭐라고 속삭이고 있었다. 같이 선 여자들 전부가 태흔 쪽으로 고개를 돌리는 품을 보아하니 화제가 바로 태흔 자신인 모양이었다.

'또 뭐라고 나불대고 있는지 모르겠지만 입조심해야 하는 걸 조만간 제대로 배우게 될 날이 올 거야.'

은후가 화장실이 있는 모퉁이를 돌아 카페로 다가왔다. 태흔 앞에 앉는 그녀의 눈동자가 반짝반짝 빛나고 있었다.

"오빠, 내가 지금 누굴 만났게?"

순간 태흔은 좀 긴장했다. 혹시 은후도 한 교수를 본 건가?

좋은 기분으로 즐겁게 누리는 이 휴가가 망가질까 봐 무서웠다. 일행을 만난 한 교수가 몇 자리 건너 창 쪽으로 그들을 등지고 앉는 것이 보였다.

"누구?"

"맞혀봐."

짜자잔! 거짓말처럼 은후가 걸어온 모퉁이 쪽에서 세 명의 남자가 모습을 드러냈다. 그중 한 사람과 태흔의 시선이 마주쳤다.

순간 태흔은 너무 놀랐다. 놀라다 못해 자신이 유령을 보고 있는 줄 알았다.

"휴가 겸 여름철 특별 전시회. 이 주일 동안 제주도에 있을 거라고 하셨어."

서준이 하얀 이를 드러내고 다가왔다. 회색 바지에 편안한 청색 피케 셔츠 차림. 그러나 온화하고 단정한 모습은 변함이 없었다. 두 남자는 악수를 했다.

"이 회장님, 오랜만입니다. 잘 지내셨어요?"

"문서준 씨! 언제 귀국한 겁니까?"

"이 주 전에요. 오자마자 제주도에 내려와선 지금까지 감옥 생활 중입니다."

"앉으세요. 같이 차 한잔해요."

"저도 그러고 싶습니다만, 일행이 있어서."

태흔은 서준을 기다리고 있는 일행 중 키가 큰 금발 외국인의 얼굴이 어딘지 모르게 낯익다는 것을 깨달았다. 미술관 포스터에서 가끔 보던 인물. 고대 그리스풍 캘리그라피와 조소를 결합시켜 새로운 예술 영역을 만들었다고 평가받는 에두와드르 크라자프였다.

"오, 고구려호텔에서 거물을 모셨네? 크라자프 전(展)을 기획 중이로군요?"

"네. 미국 체류 중에 연분이 닿아서. 덕분에 전 크라자프 선생님 관광 가이드로 아르바이트 중입니다. 서울 올라가면 술 한잔 하시죠."

"꼭 연락하세요, 시간 비워둘 테니."

돌아서던 서준이 다시 몸을 돌렸다. 나란히 앉은 부부를 바라보며 미소 지었다. 그러더니 느닷없이 은후더러 물었다.

"은후 씨, 행복하죠?"

"그럼요! 비록 쌍둥이 녀석들 땜에 좀 힘들긴 하지만요."

은후가 단 일 초도 망설이지 않고 방글거리며 대답했다. 서준이 더 환하게 웃었다. 그의 시선은 오직 은후에게로만 박혀 있었다.

"상상한 것보다 훨씬 행복해 보여서 기쁘네요. 이 회장님도 마찬가지고. 두 분을 뵙게 돼서 제가 몹시 기쁩니다."

서준이 가볍게 묵례를 하고는 일행에게 돌아갔다.

그때서야 태흔은 비로소 자신이 계속 메뉴판을 꽉 움켜쥐고 있었다는 것을 깨달았다. 의식한 건 아니지만 서준의 질문에 은후가 어떻게 대답할지에 대하여 꽤 긴장했었나 보다.

"문서준 씨 얼굴이 좋네."

"응, 뉴욕에서 잘 지낸대요. 직장 생활도 괜찮고."

"……짜식, 순하게 생겨가지고 말야. 뒤끝작렬이네."

태흔의 혼잣말에 은후가 뭐? 하고 묻듯이 그를 바라보았다.

"아냐. 아냐. 혼잣말이야. 빙수 어떤 거? 주문해."

태흔은 얼른 모르는 척 메뉴를 은후에게 건네주었다. 은후가 딸기우유 빙수와 아이스커피를 주문했다.

이내 딸기우유 빙수가 나왔다. 감탄하며 떠먹는 은후를 바라보며 태흔은 기억을 더듬었다.

사 년 전, 서준은 태흔의 눈을 똑바로 노려보며 한마디, 한마디 똑똑히 말했었다.

"농담 아닙니다. 이태흔 회장, 항상 긴장하십시오. 언제든, 조금이라도 당신이 그 사람을 아프게 하면 당장 데리러 올 겁니다."

사 년 만의 우연한 재회, 절로 태흔이 긴장한 건 서준의 그 말이 처음부터 끝까지 진심이었음을 알고 있기 때문이다.

망설이지 않고 은후더러 '행복하냐?' 고 묻던 말에서 서준은 자신의 맹세가 여전히 유효함을 분명히 보여주었다.

'큐레이터답게 몽상가 기질은 여전하네. 쌍둥이 아들 가진 유부녀에게 여전히 흑심? 웃기는 놈 같으니라고!'

태흔은 약간 고뇌에 차서 앞에 앉은 은후를 물끄러미 바라보았다.

그의 마누라는 왜 이렇게 매력적이어서 유부녀 주제에 여전히 뭇 남자를 홀리고 다니는 건지. 절로 한숨이 났다.

'예뻐도 적당히 예뻐야지.'

정도를 벗어날 정도로 너무 예쁘면 이런 사달이 생기는 법이었다.

정말 특단의 조치가 필요하겠구나. 태흔은 다짐했다.

서준의 등장으로 한 방 먹은 터. 태흔은 그 순간부터 홀로 한 손을 턱에 괴고선 너무 예뻐 문제인 마누라 사수에 관한 음흉한 계획에 골몰했다.

"오빠, 한입 먹을래?"

은후가 듬뿍 빙수 한 숟가락을 태흔 앞에 내밀었다. 태흔은 입을 벌려 딸기우유 빙수를 받아먹었다.

"맛있네."

"그렇지? 여기 제빙사, 진짜 스카웃할까 보다."

한 번에 아이스커피를 죽 다 들이켠 태흔이 먼저 일어섰다. 왜 이렇게 빨리 일어나? 묻듯 그를 올려다보는 은후의 눈빛에 불만이 서려 있었다.

"나 덜 먹었는데."

"가자. 여기 공기가 탁해. 그리고……."

태흔은 마지못해 일어서는 은후의 귀 쪽으로 얼굴을 기울이고선 속삭였다.

"별장 가서 수영하자. 그리고 거기서 바로 너랑 할 거야. 너 빙수 먹는 거 보고 있으니까 내 몸이 녹는 것 같아서 힘들어."

"이, 이 인간이……!"

둘만 아는 속삭임이라 해도 이토록 노골적으로 부도덕한 욕망을 발설하다니.

은후가 새빨갛게 변해선 태흔을 말끄러미 노려보더니만 어쩔 수 없다는 듯 픽 웃었다. 하긴 남편이 아내더러 욕망을 느껴 당장 같이 자고 싶다는데 뭐라고 반론할 것인가?

태흔은 보란 듯이 고개를 숙인 그대로 은후의 귓불에 가볍게 키스했다. 살짝 민감한 귓불을 깨물어 그녀를 흥분시켰다. 그러곤 은후가 더 달아오르게끔 더 섹시하게, 직접적으로 도발했다.

"네 몸, 머리에서부터 발가락까지 전부 다…… 남김없이…… 혀끝으로…… 맛보는 거지. 이렇게……."

순간 은후가 진저리를 쳤다. 연약한 살결에 닿은 뜨거운 혀끝의 감촉. 나직한 목소리로부터 떠올린 상상의 자극과 애무가 그녀를 충격과 흥분의 도가니로 몰아넣었다는 증거였다.

태흔은 더 이상 말을 않고 싱긋 웃으며 고개를 들었다. 사람들의 시선이 잔뜩 모인 가운데 낯 뜨거운 애정행각을 벌인 건 남편인데, 어째서 부끄러움은 은후 몫이 되는 건지.

태흔은 당당하게 고개를 치켜들고 어쩔 줄 몰라 하는 은후의 손을 꼭 잡고 호텔을 걸어 나왔다. 그의 손에 잡힌 은후의 작은 손에 땀에 배어 나오고 있었다. 그의 유혹이 제대로 먹혔다는 뜻이었다.

등 뒤로 반대편 자리에 앉아 음료수를 마시고 있던 한 교수 일행의 눈길이 느껴지고 있었다. 경악과 충격, 호기심의 그것들.

그들이 본 것을 호텔을 오가던 손님들, 그 시각에 근무하던 호텔리어들도 다 똑같이 모두 보았다. 아마도 이삼 일 후에 기레기들은 새로운 소설을 써내느라 난리가 날 것이다.

〈이태흔 회장 불화, 이혼설 사실무근(事實無根).〉
〈충격, 이태흔 회장, 휴가지에서 아내와 공개적인 애정행각 벌여.〉
〈스캔들 상대로 소문난 한준영 교수 눈앞에서 버젓이!〉

기타 등등, 기타 등등…….
무엇이든 상관없다. 제목이 다르고 구체적인 내용은 다를지라도, 태흔이 대놓고 스캔들 상대라고 알려진 한 교수에게 대놓고 한 방 먹였다는 것은 부인할 수 없는 사실이니까.
태흔이 보란 듯이 한 교수 앞에서 대놓고 은후와의 지글거리는 연정을 과시한 것은 영악하고 음험한 속셈을 드러낸 어리석은 그녀에게 '우릴 상대로 헛짓하지 말라고, 이 여편네야~' 단호한 경고를 하려던 것이었다.
"못 참겠다, 키스하고 가자."
차에 타자마자 태흔은 난폭하다 할 만큼 강하게 은후의 어깨를 끌어당겼다. 망설이지 않고 살짝 벌어진 부드러운 입술 위에 갈증 어린 자신의 입술을 겹쳤다.
'그런데 지금 임신하면 언제 출산이지……?'

여름이 다 지나고 가을로 접어들 무렵, 퇴근 후 식사를 끝내고 막 서재에 들어가는데 태흔의 전화기가 울렸다.

"오! 다섯 번도 모자란다는 '전설의 그 사나이!' 웬일이야?"

[제발 하지 마!]

도준이 전화기 안에서 화를 팍 냈다. 보지 않았어도 지금 그의 이마에 빠지직 핏대가 오르는 것이 확실했다.

육촌 정도준은 어릴 때부터 철두철미 완벽한 계획서의 사나이였다.

절대로 정도(正道)를 벗어나지 않고, 절대로 무질서한 곳으로는 발길을 옮기지 않는 '바른생활 사나이' 였다. 그런 그가 어쩌다가 못 말리는 난봉꾼에 최악의 바람둥이라는 '전설의 그 사나이' 가 된 건지?

"다행인 줄 알아. 일 분도 못 견디는 토끼라는 소문보다는 다섯 번도 가능하다는 전설의 그 사나이란 게 더 낫지."

[제발, 제발……. 형까지 그럴 거야?]

도준이 수화기 안에서 죽을상이 되어 툴툴거렸다.

[나름 살면서 나쁜 짓 한 적 별로 없는데! 하아……!]

도준이 땅이 꺼져라 한숨을 쉬었다.

[바른생활 내 인생이 한순간에 망가지다니. 훈이 자식! 반드시 목줄 채울 거야. 말리지 마! 형도 그래. 내가 안 나서도 형이 반쯤 죽여놨어야지.]

도준에게 너무 억울한 그 소문은 정씨 가문의 골칫덩이 둘째, 정도훈의 찬란하다 못해 무서울 정도의 화려한 방탕 생활의 결과였다.

자유로운 영혼답게 갖가지 말썽을 부려대서 유배 비슷하게 도준이 미국에 던져 놓고 와버렸다. 그런데 녀석이 몰래 귀국을 해선 집에는 들어가지도 않고, 제 형 이름을 사칭하고 다니면서 신나게 놀아났을 줄이야.

진짜 충격적인 일은 도훈이 제 형의 신성한 사무실에까지 여자들을 끌어들여 낯 뜨거운 짓을 하고 다녔다는 것이다.

재수도 없지, 하필이면 그렇게 사귀었던 여자 중 하나가 임신을 빌미로 한몫 챙기려던 저질 꽃뱀이었을 줄이야.

빼도 박도 못 하게 도준을 잡으려던 속셈이었다. 한성금융 '정도준' 그 남자가 진짜 끝내주더라, 하룻밤에 대여섯 번을 해도 지치지 않는 엄청난 잠자리 기술을 가졌더라, 이따위로 떠벌이고 다녔다.

그 때문에 도훈이 사칭한 이름의 주인공 정도준. 멀쩡하게 성실하게 일만 했을 뿐인데, 날벼락을 맞았다. 소문은 일파만파, 수습 불가능한 지경이 되었고, 여자 손목 한 번 잡아본 적도 없음에도 '전설의 그 사나이'로 등극한 것이다.

오죽했으면 그 루머를 태흔에게 전해준 세진이 '진짜 절륜한 놈은 도준이었어'라고 혀를 내두를 지경이었다.

그런 생각을 하다 보니 태흔은 다시 피식피식 웃고 말았다.

"도훈이, 요샌 뭐 하니? 내 눈에는 도통 안 띈다."

[걸리면 지 인생 완전 피폐해진다는 걸 아는 거지. 형, 화나면 진짜 무섭잖아.]

"도망 잘 다니라 그래. 나도 벼르고 있으니까."

[형, 임 실장이 찌라시 퍼뜨린 놈 잡고 있는 거 알아?]

"그래."

[나 임 실장이 너무 무서워.]

태흔은 쿡쿡거렸다. 진 여사의 지시를 받고 임 실장을 비롯한 '태사모(태흔을 사모하는 모임)'의 회원들이 회장님의 명예 회복을 위해 작업 들어갔다는 이야기는 슬쩍 귀띔을 받았었다.

[뿌리까지 뽑아 완전 작살낼 기세야. 옆에서 보는 내가 소름 끼쳐.]

"우리 임 실장이 일은 확실하게 하지."

[허위 사실 유포, 명예훼손으로 형 이름 거론한 인간들 하나하나 잡아내는 거 보고 나 정말 떨었잖아. 고소장이 파일 열 개가 넘어.]

"시작했으면 끝을 봐야 하는 거다. 그건 임 실장 장기거든. 너, 내 보물 잘 모셔. 시키는 대로 말 잘 듣고!"

[당연하지. 나야 임 실장 완전 존경하지. 절대 복종하지.]

"그나저나 용건은?"

[아참……. 형, 쌍둥이 생일이 언제지?]

"이 주 후."

[파티하지?]

"그럴걸? 두 놈이 유아원 다니니까 올핸 네 형수가 좀 신경 쓰나 보더라. 올 거지?"

[당연하지. 근데 형, 그날 한 사람 더 데려가도 돼?]

"상관없다, 그런데 누굴 데려오려고?"

[어, 저, 저기…… 여잔데…….]

태흔은 휘파람을 불었다.

"정도준! 드디어 인생의 뮤즈를 찾은 거냐? 축하한다."

[고마워, 형. 내가 결혼하고 싶은 사람이야. 잘 부탁해.]

"도훈이도 오지?"

[형이 직접 전화해. 내 전화는 안 받아. 제멋대로 휘두르고 다니는 그걸 확 잘라 버리든지 해야지, 여하튼 엄마가 문제야. 훈이

그 자식 일이라면 사리분별을 못 하시잖아.]

"이모님은 사랑이 넘치는 분이시지! 그날 보자."

통화를 마치고 태흔은 급히 처리해야 할 일거리 몇 개를 해치웠다. 서재를 나가서 침실 문을 열었다. 그런데 이미 침대에 들어가 있어야 할 은후가 없었다.

'요새 거의 매일 기절하듯이 잠들어 버리더니만. 어딜 간 거야?'

고개를 갸웃하다가 태흔은 부부 침실 옆 쌍둥이 침실 문을 열었다. 그러나 희미한 불빛 아래 쌍둥이들만이 서로에게 팔을 뻗은 채 곤히 잠들어 있을 뿐, 은후의 모습은 찾을 수가 없었다.

대부분 이런 경우 아들들 사이에서 책을 읽어주다가 은후가 가운데서 잠이 들곤 했는데…….

잠시 생각에 잠겼다가 태흔은 일층으로 내려갔다. 이미 불이 꺼진 거실은 컴컴했지만, 주방에는 불이 켜져 있었다.

태흔이 지켜보는 것도 모르고 등을 돌린 채 은후가 열심히 뭔가를 하고 있었다.

"야밤에 혼자 뭐 해?"

느닷없이 등 뒤에서 들려온 목소리에 은후가 깜짝 놀란 얼굴이 되어 뒤돌아보았다. 양볼 가득 한껏 음식을 입에 물고선.

체중 때문에 은후는 밤늦게는 절대로 먹지 않았다. 그런데 그 밤, 은후는 가벼운 간식도 아니고, 보통 사람도 그렇게 먹으면 체할 정도로 엄청난 양의 케이크를 입에 퍼 넣고 있는 중이었다.

"몰라. 자려는데 단 게 막 당기잖아. 그래서 내려왔어."

그러면서도 은후는 다시 케이크를 떠먹었다. 입가에 크림까지 묻혀가며 볼이 미어져라 우물거렸다. 케이크 접시 옆에는 이미 비어버린 요거트 통도 굴러다니고 있었다.

기가 차서 태흔은 팔짱을 끼곤 문에 기대서서 은후를 건너다보기만 했다.

그러다가 갑자기 은후가 목이 메어선 욱욱거렸다. 허겁지겁 물을 마셨다.

아이고, 저 주책. 태흔은 재빨리 다가가 등을 두드려 주면서 잔소리를 했다.

"천천히 먹어. 하는 짓이 어쩜 그렇게 똑같아? 지난번에 두 녀석 가졌을 때 입덧……."

말을 하다 말고 뭔가가 퍼뜩 뇌리를 스쳐 지나갔다. 태흔은 새삼스럽게 은후를 다시 아래위로 훑었다. 은후가 물 한 잔을 다시 따르며 새침하게 말했다.

"오후에 할머니랑 같이 주 박사님 뵙고 왔어."

은후가 태흔 턱 아래 버티고 서더니만 그를 올려다보며 쫑알거렸다.

"오빠, 이제 어떡하니? 이젠 곧 애가, 하나도 둘도 아닌 셋이나! 딸린 유부남 되는데? 어떤 여자가 달라붙으려나? 자유로운 인생 완전히 물 건너가 버렸네? 섭섭하겠네?"

태흔의 가슴이 콱 막혔다. 놀람과 더불어 숨을 쉬지 못할 정도로 행복이 몰려와서였다.

언젠가 태흔은 은후더러 꼭 떠나고 싶다면 그녀 대신 자신이 사랑할 사람을 만들어놓고 가라고 억지 부린 적 있었다. 착한 녀석 같으니라고. 은후는 태흔에게 많이 사랑할 사람을 하나 더 만들어주려는 모양이었다.

은후의 눈이 행복하게 빛나며 춤을 추고 있었다. 그럼에도 일부러 득득 긁고 있는 것이 뻔히 보였다. 태흔의 눈빛도 기쁨과 행복으로 물들었다. 은후의 손을 잡아 올려 손바닥에 키스하며 은근히 캐물었다.

"공주님?"

"응?"

"주 박사님이랑 산부인과 같이 가서 초음파 했을 거 아냐? 딸이래?"

"아직 초기인데 어떻게 알아?"

은후가 말끄러미 태흔을 올려다보았다. 싱글벙글 입꼬리가 귀까지 걸린 그를 바라보며 치, 하고 입술을 비죽였다. 잠시 잘근잘근 입술을 깨물더니 갑자기 빽 소리쳤다.

"완전 불공평해!"

"뭐가?"

"고생은 내가 하는데! 임신 열 달 몸 무거워서 힘든 것도 나고! 애 낳느라 생고생하는 것도 나고! 키운다고 땀 뻘뻘 흘리면서 죽어라 애들 꽁무니 따라다니는 것도 나고! 오빠 뭐야?"

"나야 언제나 가장 중요한 일을 하는 사람이지."

"뭘 했어? 언제 했어?"

"초반에. 제주도. 기억 안 나?"

태흔은 두 손으로 은후의 볼을 감쌌다. 얼굴을 기울여 혀끝으로 그녀의 입술 끝에 묻은 크림을 살짝 핥아 지웠다.

"나름 엄청 힘썼거든. 너도 그거는 인정해라. 밤낮으로, 사흘 내내. 시간. 장소. 체위 가리지 않고……."

"그만해! 부끄러운 줄을 몰라!"

은후가 질색하며 능글맞게 구는 태흔의 입을 손바닥으로 찰싹

때렸다. 씩 웃으며 태흔이 은후가 먹던 케이크 접시를 챙겼다.

"케이크 새로 사다 줘? 아님 그냥 먹을래?"

"오늘은 이거. 내일은 딸기케이크 사다 줘."

"딸기가 당겨? 하긴 딸기빙수 먹고 생긴 녀석이긴 하지."

태흔과 은후는 손을 꼭 잡고 계단을 같이 올라갔다. 이층에서 새어 나온 불빛이 늘 함께 걸어가는 부부의 발끝을 따뜻하게 비추었다.

"태명을 딸기라고 하자. 어때?"

12월 30일은 태흔과 은후의 결혼기념일이다.

"사모님, 수선을 하느니 차라리 이번에는 새 드레스가 어떠세요?"

드레스숍의 사장이 은후에게 권했다.

결혼기념일을 전후해 식구들 전부가 웨딩드레스와 턱시도를 차려입고 사진 앨범을 만드는 건 해마다 잊지 않고 진행해 왔던 의미 있는 가족행사였다.

그런데 이번에는 문제가 발생했다. 은후가 임신 칠 개월로 접어드는 바람에 결혼식 때 입었던 드레스가 맞지 않게 된 것이다. 은후는 수선을 해서라도 본식 드레스를 입고 싶었으나, 그 작업이 좀 힘들 것 같다는 리폼을 맡은 실장의 의견이었다.

"무리해서 꼭 입어야 할 이유도 없지 않아? 이 실장 의견대로 이번에는 다른 드레스를 입어봐. 분위기도 바꿀 겸."

태흔이 깔깔대는 아들들을 돌아보았다. 나직하나 엄한 목소리로 경고했다.

"이완, 이혁, 그만하라고 아빠가 말했다."

은후도, 사장도, 실장도 아이들을 돌아보고는 그만 웃음을 터뜨리고 말았다.

완은 화려한 웨딩드레스 속에 얼굴을 파묻고 엉덩이만 하늘로 치켜올린 채였고, 혁은 제 몸뚱이 셋은 들어갈 법한 턱시도 재킷에 폭 싸인 채 점잖게 바지를 입으려고 발을 내밀고 있는 중이었다. 면사포는 두 녀석의 몸에 구름처럼 친친 감겨 있었다.

"집이 아닌 곳에서 장난치면 안 된다고 했지. 이리 와."

태흔이 두 녀석에게 손가락을 까딱했다. 저들하고 장난치려는 줄 알고 천진난만하게 달려온 아들을 무릎 위에 얹더니만 눈을 뚫어지게 바라보았다. 아빠의 엄한 표정 앞에서 완과 혁의 얼굴에서 웃음기가 사라졌다.

"이럴 때 어떻게 해야 하지?"

"잘못했쯥니니다."

아빠가 화났다. 긴장해서는 둘이 한 몸처럼 고사리 손을 모아 얼른 사과했다.

"엄마랑 선생님께도 확실하게, 제대로 사과해."

두 녀석이 엉덩이를 하늘로 치켜들고 배꼽인사를 했다. 정중하게 엄마와 앉아 있는 디자이너에게 사과했다.

"잘못했쯥니다. 다시는 안 하겠습니다."

태흔이 은후를 돌아보았다.

"아직도 의논이 필요해?"

"음, 생각할 시간이 좀 필요한데. 한 십 분 정도?"

"좋아. 그럼 난 잠시 애들이랑 바람이나 쐴게."

태흔은 여자들끼리 즐거운 대화를 나누도록 자리를 피해주는 것이 현명하다고 느꼈다.

"아이스크림은 안 돼. 완이, 감기 기운 있잖아."

은후가 단호하게 경고했다.

그러거나 말거나, 태흔은 아이스크림을 먹을 작정이었다. 이 건물의 지하에 맛있는 아이스크림 집이 있어서 슬쩍 따라 나온 줄 은후는 아직도 모른다. 게다가 집을 나오기 전에 같이 아이스크림을 먹기로 이미 사나이들 간에 밀약이 되어 있었다.

태흔이 두 녀석을 한 팔에 하나씩, 옆구리에 대롱대롱 매달고는 피팅룸의 문을 닫았다.

"새 드레스를 입는다 치면 어떤 게 어울릴까요?"

"아무래도 지금 아랫배가 많이 나오셨으니까 풍성한 라인이 낫지 않을까요? 스타일이 어떤 게 있는지 한번 보시겠어요?"

"그렇게 할게요. 촬영이 이 주일 후라서 새로 제작한다면 오늘 중으로 결정해야죠? 시간 여유가 많이 없죠?"

"그래 주셔야 저희가 시간을 맞출 수 있을 것 같아요. 부탁드려요."

그러는데, 조용하던 피팅룸 주변에 소란스러운 기운이 느껴졌다. 옆방에 새로운 손님들이 도착한 모양이었다. 수런수런 사람들의 목소리가 들려왔다.

"청첩장 받으셨죠? 유성케미컬, 허 회장님 따님 결혼이요."

"어머나. 그분들 본식 드레스, 여기서 해요?"

"네. 약혼식 드레스를 하셨는데 마음에 든다고 본식 드레스랑 피로연 드레스 다 우리 숍으로 결정하셨어요."

"사업 잘되는구나, 여기……. 하긴 이렇게 멋진 옷들이 많은데 오죽하겠어요?"

"사모님께서 인정해 주시니까 제일 기쁘네요."

은후가 디자이너가 보여주는 대여섯 벌의 드레스를 꼼꼼히 살펴보았다. 결국, 엠파이어 스타일의 오간자 소재 드레스를 선택했다. 아랫배를 커버하면서, 동시에 옷감 소재가 가벼워 긴 촬영 동안 옷의 무게로 힘들지 않을 거란 조언이 있었기 때문이다.

노크 소리와 함께 문이 살짝 열렸다. 티 세트를 들고 온 조수가 은후와 실장에게 차를 권했다. 그러곤 풋 마사지 준비를 시작했다.

"잠시 발 마사지라도 하세요. 몸 무거우신데, 오래 나와 계셨잖아요."

이것저것 준비를 하느라 조수가 피팅룸 문을 살짝 열어놓은 상태였다. 드레스를 보러온 신부와 함께 주변 사람들이 따라온 모양이다. 그들이 바깥 대기실에 앉아 이런저런 이야기를 나누는 소리가 귀에 들어왔다.

왜 저들은 나이가 들수록 뻔뻔해지는 걸까? 쓸데없이 목소리가 커질까? 은후는 조수더러 문을 닫아달라고 부탁했다. 그때였다. 채신머리없이 다른 사람들의 추문이나 쓸데없는 참견들, 오가는 루머들을 신나게 떠들어대는 여인네들의 뒷담화가 송곳처럼 은후의 귀를 찔렀다.

"성북동 이 회장 네. 그 집 와이프 만삭 다 돼간다며?"

"그렇다네. 복도 많아 쑨풍쑨풍 애도 잘 낳고. 손이 귀한 집안이니 예쁨 받나 봐."

"아무것도 볼 것 없는 게 그런 대단한 남잘 잡았으면 애라도 잘 낳아야 하지 않나?"

"하긴. 애 엄마 노릇 아니면 쫓겨날 걸 미리 알아서 밤낮으로 애쓰고 있나 보지."

순간 피팅룸 안에 같이 있던 디자이너와 조수도 얼어버렸다. 얼음처럼 차갑게 변해 버린 은후의 표정을 살피고는 실장이 다급하게 지시했다.

"미스 고, 문 닫아."

은후가 나직하게 명령했다.

"놔둬요, 무슨 말들을 하는지 좀 더 들어보게."

살짝 문이 열린 피팅룸 안에서 은후가 듣고 있는 것도 모르고 우아한 차림의 유한마담들은 거리낌 없이 신나게 천박한 뒷담화들을 계속했다.

"아직도 넌 이 회장을 사윗감으로 놓친 게 그렇게 억울해? 준영이도 결혼했는데 새삼 왜 그래?"

"별 볼일 없는 놈하고 만났다가 한 해 살고 이혼했지."

"그게 이 회장 탓은 아니지."

"뭐, 나라도 언니 입장이 되면 화가 나지. 언니가 그 혼담 성사시키려고 얼마나 공들였어?"

"하긴 그랬지."

"어렵사리 줄을 댄 압구정 고 여사가 하도 장담해서 우린 거의 반 성사된 걸로 다들 믿었잖아. 진 여사님도 흡족해하셨고."

"어디 하나 모자란 게 없는 우리 앨 퇴짜 놓아서 말은 못 하고 내가 얼마나 속 끓였는데. 어디 한번 얼마나 대단한 집 여식을 데려오나 두고 보자 했어."

"하긴 미친 게 아닌 다음에야 망측스럽기도 하지. 이십 년을 오빠 동생으로 살아온 데다, 도통 근본도 없는 고아 아냐? 그런 앨 짝으로 삼는 건 아무리 그래도 그렇지. 다들 그렇게 생각하지?"

"얼마나 요물 노릇을 해댔으면 진 여사님이나 이 회장 모두 홀라당 그년에게 넘어갔을까? 주제에 귀부인 노릇하며 나대는 거 보고 있으면 정말 꼴같잖아서. 아무것도 모르는 척 생글거리며 인사하는 거 보면 온몸에 소름이 끼쳐서…….”

갑자기 바깥의 목소리가 칼로 자른 듯이 딱 끊겼다.

이내 은후가 앉아 있는 피팅룸의 문이 열렸다. 무표정한 태혼이 문 앞에 서서 은후에게 물었다.

“아직 덜 끝났니?”

“이제 다 끝났어.”

“마무리할게요, 사모님.”

조수가 손을 부들부들 떨며 얼른 타월로 은후 발의 물기를 닦아주었다. 태혼이 들어와 옷걸이에 걸린 은후의 외투를 걷었다.

“가자.”

태혼이 자기 죄도 아닌데 어쩔 줄 몰라 하는 디자이너를 바라보았다. 나직했으나 절로 몸이 떨릴 정도로 차갑게 내뱉었다.

“여기가 이렇게 시끄러운 곳인 줄 몰랐어요. 조 실장, 품격 있는 사업하면 손님도 좀 골라 받지 그래?”

“죄, 죄송합니다, 회장님.”

“실망인데. 진짜……. 여기 드나드는 아줌마들이 이렇게 놀이삼아 우리 부부 씹고 다닌다는 거 알았으면 미리 한마디라도 귀띔 좀 해줘야 하는 거 아냐? 여기 근무하는 직원들은 어떻게 이런 일이 벌어지는데 하나도 제지하는 사람이 없지? 같은 생각이란 뜻인가? 조 실장, 오랜 신뢰가 깨져서 몹시 유감입니다.”

너 잘못했다 대놓고 화를 내는 것보다 더 무서웠다. 말 한마디로 디자이너의 숨통을 단번에 콱 눌러놓은 후 태혼은 은후의 손을 잡고 피팅룸을 나섰다.

여자들, 그들은 전부 유성케미컬, 허 회장의 일가였다. 누나인 자매들과 신부 어머니 안주인으로서 조카딸의 드레스숍에 같이 몰려온 것이었다.

일가가 모여앉아 겁도 없이 추악한 뒷담화를 함부로 하다가 당사자인 태흔에게 딱 걸렸다. 그들이 요물이라고 욕을 퍼부었던 은후 또한 피팅룸 안에서 그들의 적나라한 대화를 한마디도 놓치지 않고 들었다는 사실이 밝혀졌다. 그렇지 않아도 퍼렇게 질린 유한마담들의 얼굴이 거의 반 죽을상이었다. 말 그대로 얼음땡에 걸린 유치원생 모드였다.

아무 말 없이 은후 손을 꽉 잡고 출입문 쪽으로 걸어가던 태흔이 휙 돌아섰다. 석상처럼 굳어져선 숨도 쉬지 못하고 있는 여자들에게 일갈했다.

"전 원래 웃어른들과 여성들에게는 굉장히 관대한 사람입니다. 하지만 우리 할머니와 제 와이프를 욕되게 하는 인간은 절대로 용서하지 않는다는 철칙을 가지고 있습니다. 여기 모이신 분들, 평생 동안 그 말을 기억할 수 있도록 확실하게 처리해 드리죠."

앞으로 너희들 인생을 박살 내주고, 다시는 한국 땅에 발붙이지 못하게 만들어주마. 그런 뜻이었다.

일행 전부가 어쩔 줄 몰라 바들바들 떨면서 눈치를 보았다. 다 같이 저지른 죄이니 책임을 서로에게 전가하고 싶은 것이리라.

누구든 빨리 사과하고 수습하라고 서로에게 눈짓을 보냈지만, 그 누구도 먼저 나서는 사람이 없었다. 아니, 그럴 용기가 없었으리라.

그러나 이대로 태흔과 은후를 보내면 자신들의 앞날에 어떤 일이 벌어질지 충분히 상상하기는 했나 보다. 결국 대놓고 가장 악랄하게 악담을 퍼붓던 한 교수의 모친이자 성일건설 한 회장의 부인이 얼굴이 시뻘게진 채 간신히 입을 열었다. 부들부들 떨며 쥐어짜는 목소리로 사죄했다.

"이 회장님. 저, 정말 큰 실례가……! 정말 민망해서 할 말이 없습니다."

"민망해서 할 말이 없을 지경으로 고약한 말을 함부로 내뱉으실 때 이런 결과는 전혀 생각도 안 하셨나 보죠? 엎질러진 물은 주워 담을 수는 없다는데, 다들 나이 드실 만큼 드신 분들이, 그 정도 지혜도 못 갖추고 사시는 것 같아 유감입니다."

"저, 정말 죄송해요. 저희가 너무 큰 실수를 저질러서……. 두 분께 대체 어떻게 사죄를 해야 할지 모르겠습니다."

"당연히 제 아내 앞에서 무릎을 꿇고 진심을 다해 정중하게 사과하셔야죠."

태흔이 무표정하게 내뱉었다. 단호한 어조는 절대 타협불가 통보였다.

여자들이 자신의 손을 비틀어 쥐어짜면서 서로의 얼굴을 바라보았다. 그렇지 않아도 시퍼렇던 얼굴들이 하나같이 시커멓게 변하고 있었다.

있는 대로 망신살이 뻗쳤다. 자칭 귀부인들의 자존심은 완전히 박살이 났다. 그럼에도 태흔의 요구를 수용하지 않으면 앞날이 편안치 못하리란 것은 그들이 더 잘 알고 있는 사실이었다.

결국 하나둘씩 무릎을 꿇기 시작했다. 마지막 염치는 있는지 감히 입을 열 엄두도 내지 못하고 고개들만 조아리는 모습을 태흔이 싸늘한 눈초리로 내려다보았다. 그러더니만 은후의 손을 잡고 휙 돌아섰다. 그들의 얼굴을 보는 것조차 역겹다는 뜻이었다.

은후와 태흔은 입을 꾹 다물고 엘리베이터를 탔다. 잠시 침묵하던 은후가 어렵사리 물었다.

"……완이랑 혁이는?"

"홍 비서가 먼저 차에 태워 갔어. 수학놀이교실 가야 할 시간이라서."

태흔이 은후의 손을 더 힘주어 꽉 잡으면서 나직하게 물었다. 사무치도록 다정한 목소리였다.

"안아줄까? 아님 기댈 어깨 내줄까?"

은후는 엘리베이터 벽 정면만 응시한 채 고개를 흔들었다.

"괜찮아. 딱히 별일 아냐. 잊으면 그만인 걸, 뭐. 한두 번 들은 것도 아닌데……."

은후의 목소리에는 쓸쓸한 체념이 어려 있었다. 눈이 발갛게 변하고, 말을 하는 입술은 떨리고 있었지만, 끝내 태연한 척하려 했다. 태흔이 폭발한 건 바로 그 순간이었다.

"이게 말이 돼? 그전에도 똑같은 일을 당했으면서 왜 나한테는 한마디도 안 했어? 결혼하기 전, 너 나한테 비슷한 말 한 적 있었지? 그때 너 뭐랬어? 나더러 한 번만 참으라고, 그냥 못 들은 척 덮으면 된다고, 소문은 건드리면 더 커진다고 제발 모르는 척해 달라고 부탁했지. 그래서 결과가 이거야? 이런 식으로 참고 울고 혼자만 속 끓이고! 그런 짓 하지 말랬지! 뭐가 무서워서 그래? 네가 뭐가 모자라서? 무슨 죄를 지어서!"

억누른 목소리였지만 분노가 이글이글 타고 있었다. 그사이 지하주차장에 도착하지 않았으면 엘리베이터 벽이라도 주먹으로 내려쳐 우그러뜨릴 기세였다.

은후가 태흔의 외투 소매를 꽉 잡아당겼다. 아무 말도 없이 지그시 태흔을 올려다보았다. 한없이 먹먹하고, 한없이 아프게.
눈에 잔뜩 눈물이 고여선 그럼에도 배시시 웃었다. 조그맣게 소곤거렸다.
"오빠. 미안한데, 나 지금 임신 중이거든. 큰 충격은 곤란하대. 특히 남편 되시는 분이 화내시면 진짜 울고 싶거든. 나 그냥 집에 데려다줘, 빨리. 눕고 싶어, 우리 침대에."
금세라도 눈물이 흐를 것 같은 검은 눈동자가 그럼에도 억지로, 강하디강하게 참고 있었다. 그 모든 부당함과 그 모든 수모들을.
모든 불행들을 참아내는 것으로만 작은 행복이나마 맛볼 수 있던 때가 있었다. 비겁한 그 버릇이 살아나, 은후는 눈물 대신 어색한 웃음으로 태흔으로선 도무지 참아낼 수 없는 그 상황을 회피하려 하고 있었다. 그래서 그를 더할 나위 없이 가슴 아프게 만들었다.
"……그래, 가자. 집에 가자."
은후가 완전히 안전한 곳, 은후가 마음껏 울어도, 어리광부려도 다 괜찮은 곳. 그러니까 세상에서 유일하게 행복해하는 곳으로 데려가 주기 위해 태흔은 차 문을 열었다.
은후는 한동안 입술을 꽉 깨문 채 차창 쪽만 바라보고 있었다. 그러다가 차가 성북동 집으로 가는 도로로 들어서자 어깨까지 들썩이며 깊이 한숨을 쉬고는 조용히 말했다.
"미안해."
"왜?"
태흔이 되물었다.
미안하다고 말해야 할 사람은 바로 난데. 그러한 말들이 목구멍까지 치솟고 있었다.

"오빠가 화를 내게 만들어서……."

"날 화나게 만든 사람은 그 천박한 여편네들인데, 네가 왜 나한테 사과해?"

"……할머니께서 오빠와의 결혼, 허락하셨을 때. 나 있지……. 항상 오빠 입장만 생각할 거라고, 무슨 수를 쓰든 오빠가 행복해질 수 있게 최선을 다하겠다고 맹세했어. 그런데……."

그 순간 은후의 볼을 타고 소리 없이 눈물이 흘렀다.

"오늘 나 때문에 오빠가 속상하고 화냈잖아. 있지, 이런 일 벌어질 때 나에 대한 나쁜 말은 별로 아프지 않는데, 나 때문에…… 할머니와 오빠가…… 안 들어도 될 나쁜 말을 듣고 있다고 생각하면……. 내 존재 자체가 오빠한테 너무 큰 폐라는 걸 새삼 느끼고, 또 느끼고…… 그러면 너무 가슴이 아파서…… 멍이 하도 많이 들어서…… 차라리 그 부분이 딱딱하게 굳은살이 박인다면 덜 아플까 그런 생각 할 때 많았는데……."

거의 필사적으로 울음을 참느라 은후의 목울대가 울럭거렸다.

"아무리 세월이 흘러도, 아무리 아픔에 대하여 면역이 생겨도…… 나 때문에 오빠나 할머니가 곤란해진다는 생각 하면 그건 참을 수가 없을 것 같아……."

"귀 막아."

태흔이 몸서리쳐질 정도로 쌀쌀맞게 말했다. 은후의 눈물이 절로 얼어붙을 정도였다.

그가 동네 놀이터 주차장에 차를 세웠다. 후우, 한숨을 쉬더니, 은후의 몸을 자신 쪽으로 끌어당겨선 두 손으로 은후의 귀를 막았다.

"절대로 우리 딸기가 들으면 안 되니까. 먼저 귀부터 막고 그만 말 해. 나만 들을 수 있게."

은후가 눈물을 흘리며 고개를 끄덕였다. 태흔의 손으로 자신의 귀를 막은 채 속을 털어놓았다.

"……믿지 않겠지만, 그런데 난 정말 괜찮아. 오빠랑 할머니 곁에서 사는 행복의 대가라면 이 정도쯤이야. 이 정도쯤이야…… 그렇게 생각해. 그러니까 오빠도 화내지 마. 나 때문에 속상해하지 마. 다 잊어버려."

"그렇겐 못 해."

태흔이 잘라 말했다.

"네가 이런 잔인한 짓을 필사적으로 참아내면서 나와 할머니 곁에서 사는 대가를 치른다고 생각하는 건 네 자유라고 치자. 우리 쌍둥이, 딸기는 어떻게 할래? 걔들이 철들었을 때 오늘과 똑같은 이야기를 다른 사람들로부터 듣게 만들 거야?"

순간 은후의 눈빛이 삽시간에 무너졌다. 두 손으로 입을 막으며 세차게 고개를 흔들었다. 차마 새어 나오지 못한 울음이 파편이 되어 조각조각 바닥으로 떨어졌다. 태흔은 은후의 젖은 얼굴을 자신의 너른 품 안으로 감추었다. 그러곤 허공을 노려보며 나직하게 중얼거렸다. 마치 자신에게 맹세하듯이.

"그래, 나도, 너도 절대 용서 못 해. 우린 부모니까."

은후가 태흔의 가슴에 얼굴을 묻고 끅끅 오열을 토해내며 고개를 끄덕였다.

"난 우리 애들이 그런 말을 듣는 걸 원치 않아. 그랬다간 뭐든 참아내는 네 가슴만 아니라 아무것도 모르는 우리 애들 마음까지 갈기갈기 찢어질 테니까. 난 널 지킬 거고 우리 애들도 지킬 거야. 반드시!"

한참 후에 은후의 오열이 태흔의 따뜻한 가슴 안에서 잦아들었다. 태흔은 은후의 머리카락을 쓸어주고 젖은 볼에 키스했다. 그런 다음 그녀의 손을 자신의 어깨로 가져다 놓았다. 자신의 문신이 새겨진 바로 그곳이었다.

" '난 너의 것' , 그다음은?"

"…… '넌 나의 것' ."

은후가 비로소 고개를 치켜들고는 씩씩하게 대답했다.

"그래, 바보야. 언제나 난 네 것이야. 그걸 잊지 마."

태흔은 은후의 입술에 뜨겁게 키스하며 마음속으로 중얼거렸다.

'그런 진실을 잊어버리는 사람들에게는 똑똑히 가르쳐 줘야지.'

은후와 태흔은 불룩 튀어나온 아랫배에 손을 얹고 안에서 잘도 놀고 있는 딸기의 움직임을 함께 느끼면서 은후의 눈물이 완전히 마를 때까지 고적한 시간을 같이 보냈다. 차창 너머 거리에는 수많은 차들과 수많은 사람들이 오가고 있다. 태흔의 차 안은 완전히 안전한 그들만의 성과도 같았다.

얼마나 시간이 흘렀을까? 손목시계를 보고는 은후가 소스라치게 놀라 비명을 질렀다.

"빨리 집에 가야 해. 완이 감기약 먹일 시간 됐어. 내가 옆에 있어야 한단 말이야."

"이런 고슴도치 엄마 같으니."

태흔은 한탄하며 차의 시동을 걸었다.

"지금까지 눈물 닦아준 사람은 난데 넌 완이 걱정만 하니? 배은망덕한 이은후 같으니라고!"

부부가 현관을 들어서자마자, 다다다 쌍둥이가 달려왔다. 늘 그렇듯이 태흔에게는 '다녀오졌어요?' 하고 배꼽인사를 하는 둥 마는 둥, 제 엄마 다리에만 매달렸다.

"옷 갈아입고 내려와요. 난 할머니 방에 가 있을게."

은후가 아이들 손을 양손에 나눠 잡고 진 여사의 방으로 들어갔다. 태흔은 이층으로 올라가며 휴대전화를 눌렀다.

"새신랑, 신혼 생활 바쁘겠지만 전화 받을 수 있니?"

[와이프랑 크리스마스 파티 오라고? 미안. 우린 그날 둘만의 근사한 계획이 따로 있어서 말이야.]

묻지도 않았건만 도준이 쾌활한 목소리로 너스레를 떨었다.

얼마 전, 도준은 완이 혁이 생일파티에 데려온 그 아가씨, 자신의 통통하고 착한 비서 아가씨와 전격적으로 결혼에 성공했다.

같이 근무를 한 임슬이 실장이 '진실하고 순수합니다' 라고 넌지시 귀띔을 했다. 태흔이 보아도 역시 선량하고 귀여운 매력이 철철 넘치는 처녀였다. 늦바람이 무섭다더니. 퇴근 후 뒤도 돌아보지 않고 무조건 집으로 직행한다는 소문이 자자했다. 바른생활 사나이가 사랑에 빠지니 물불 가리지 못하고 푹 빠진 모양이었다.

하지만 태흔은 지금 도준이 필요했다.

"잔말 말고 지금 당장 성북동으로 와."

[우와, 형이 명령형으로 말한 건 십 년 만에 처음 들어. 알았어. 한 시간 내로 갈게.]

태흔은 또 다른 전화번호를 눌렀다. 세진의 심드렁한 목소리가 들렸다. 뒤에서 딸과 노는 다율의 웃음소리도 들렸다.

"오늘 밤 한잔하자. 좀, 아니, 많이 짜증 나는 일이 생겼는데 네 도움이 필요해."

[무슨 일……? 아니, 알았어. 당장 갈게.]

척 하면 척이다. 죽마고우답게 별다른 설명도 없었는데, 세진의 느슨한 목소리가 수화기 너머로 사라졌다.

태흔은 명중의 아내 재인에게도 전화를 걸었다.

"제수씨, 한 번만 부탁합시다. 내일까지. 성일건설 한 회장 일가, 네. 친인척 모두 다. 신상 제게 보내주세요. 다소 사적인 일이라 보안실을 동원하기가 좀 그래요."

휴대전화를 끊은 그는 인터폰을 눌러 별관에서 근무하는 강 집사를 불러냈다.

"혹시 내일 이후 성일건설 한 회장 일가와 관련 있는 사람은 그 누구라도 집에 절대로 들이지 마세요. 그리고 참, 유성케미컬 허 회장 딸이 누구랑 결혼하는지 아나? 확인 좀 해요."

[알겠습니다, 회장님.]

태흔이 직접 나서면 여럿 다친다는 소문은 괜히 만들어진 게 아니었다. 그들이 아무리 무릎을 꿇고 고개를 조아렸다 해도 그건 순간의 화를 모면하기 위한 가식에 불과하다는 것을 알고 있다. 태흔은 은후의 눈물을 뽑아낸 그 악랄한 여편네들을 이 기회에 뿌리 끝까지 뽑아버릴 작정이었다. 다시는 그 건방진 입들을 함부로 나불대지 못하도록 만들어놓으리라.

이 주일 후, 크리스마스이브.

그날은 또한 가족 간 중요한 행사가 있는 날이었다. 가족들이 전부 함께하는 태흔과 은후의 리마인드웨딩 촬영이 그날 있었기 때문이다.

촬영은 오전 중에 끝났다. 그다음은 크리스마스 기분으로 흥겨운 도시를 내려다보며 저녁 식사를 즐기는 즐거운 외출이 기다리고 있었다.

"그런데 어제 드레스 가져온 조 실장이 왜 그렇게 조심스러워해? 사업이 제대로 안 된다니? 너무 풀이 죽어 보여서 안쓰럽더구나."

진 여사가 후식으로 나온 차를 마시며 물었다.

드레스를 가져온 조 실장은 은후와 단둘이 되었을 때 정식으로 그날의 일에 대해 사과했다. 숍을 드나드는 손님들의 불미스러운 입을 제대로 차단하지 못한 것은 그녀의 책임이라고 자인했다. 민망하고 부끄러운 일이 발생하게 된 것을 한 번만 너그럽게 용서해 달라며 눈물까지 보였다.

물론 은후는 그녀의 잘못은 없다고 위로하고 너그럽게 내보냈다. 하지만 은후가 용서했다고 해도 태흔의 감정은 별개의 문제이다. 조 실장의 숍에 대한 태흔의 마음까지 은후가 간섭할 수는 없는 노릇이었다.

"불경기라는데 어디든 영향을 받지 않겠습니까?"

"하긴 그렇지? 내 귀에도 이리저리 어수선한 소식이 많이 들려. 참, 어제 어이없는 기별을 받았단다. 거기 왜…… 완이 어멈도 알지? 유성케미컬 허 회장 딸이 결혼한다고 청첩장 온 게 엊그제 같은데 아, 글쎄, 결혼이 취소되었단다."

"그렇답니까? 하여간 요새 젊은이들은……. 결혼이 장난인가? 만남도 헤어짐도 정말 쉽군요."

"해괴망측해. 허 회장 딸, 그 아이가 예전 처신에 다소 말이 많았나 봐. 그래서 파혼을 당했다고 하는구먼.”

은후가 헉 하는 표정이 되어 태흔을 건너다보았다. 태흔이 여전히 아무것도 모른다는 표정으로 태연하게 대답했다.

“집안 간 맺어졌으면 웬만하면 덮고 결혼식은 올릴 텐데, 파혼을 당하다니. 신부 측에 어지간히 문제가 많았나 보군요.”

“한번 부부지연 맺어지면 말야, 서로 잘 살려고 노력해서 오래 가야지. 그 일도 꼴불견이건만, 쯧쯧. 성일건설 한 회장 내외도 늘그막 그 나이에 갈라설지도 모른다는 말도 있어.”

“성일건설 한 회장 내외분이 이혼을 해요?”

“그렇지 않아도 건설 붐이 많이 사그라들어서 회사가 어렵다 들었는데. 수습하기 곤란할 지경이 되어서 그런지, 부부 사이도 상당히 악화된 모양이야.”

“성일건설 한 회장 그 와이프가 유성케미컬 허 회장 누나였죠, 아마?”

태흔이 아무렇지도 않은 목소리로 되물었다. 긴가민가하던 은후의 눈동자가 잔뜩 커졌다. 갑자기 닥친 그들의 불운과 불행의 뒤에 태흔의 손길이 있다는 것을 비로소 깨달은 눈빛이었다.

“그럴걸?”

“남편 회사가 그 지경인데도 그 양반은 보석이니 미술품 옥션 단골이라 들었는데요. 내조가 부실했나 봅니다. 친인척 간 한꺼번에 회사 부도에 이혼설에 조카딸 파혼에……. 연말인데 그 집안에는 마(魔)가 끼었나 보군요.”

주차장에 차를 세우면서 태흔은 그 문제와 관련하여 은후에게 일방적으로 경고했다.

“묻지 마. 뭘 물어도 난 대답 안 할 거고, 다 부인할 거니까.”

"우리 딸기가 아빠의 나쁜 짓부터 배우면 곤란하니까?"

"잘 아네."

거실에는 며칠 전부터 식구들이 모여 만들었던 크리스마스트리가 반짝거리고 있었다.

"우와아, 선물이다, 선물!"

"어~엄청! 산처럼 많아. 선물!"

완과 혁이 오색의 크리스마스 선물 상자가 쌓인 트리 주변을 신이 나서 뛰어다녔다.

아무리 어른들이 침실로 올라가거라 말해도 도리도리. 반드시 트리 아래에서 밤을 새우겠노라 고집을 부렸다. 둘 다 선물 받겠다고 양말 한 짝씩 걸어놓았으니 잔뜩 들뜰 만도 했다.

작년도 재작년에도 똑같이 밤 내내 기다렸지만 한 번도 산타클로스는 만나지 못했는데. 천진한 마음은 여전히 산타클로스를, 희망을 믿고 기다리는 것이다.

"좋아. 크리스마스이브니까, 다 같이 여기서 산타클로스가 오는지 기다려 보자. 베개 가지고 내려와."

태흔이 마침내 아이들의 성화에 마지못해 허락했다. 밤은 깊어 가는데 완과 혁이 여전히 똘망똘망한 눈으로 창밖만을 내다보았다. 각자 아빠의 허벅지 하나씩을 베개로 삼고선, 타요 버스 이불을 목까지 끌어 올리고선.

"부자지간 크리스마스 철야야? 우리 딸기랑 엄마도 끼워줘. 같이 잘래."

진 여사의 잠자리를 돌보고 은후가 방에서 나왔다. 세 부자(父子)의 다정한 모습에 샘이 났는지 태흔의 옆에 앉으며 동참을 통보했다.

"바닥에 그냥 누우면 딱딱해서 힘들 텐데. 이불을 하나 더 가져올까? 누워 있어. 다리 사이에 쿠션 괴어줄까?"

"부탁드립니다."

호위무사를 거느린 여왕처럼, 아들 둘과 같이 누워선 은후가 생긋 웃으며 태흔을 올려다보았다.

"시켜 먹는 김에 잔뜩 시켜야지. 여보, 우리 딸기가 따뜻한 우유도 한 잔 마시고 싶대."

"네네, 여왕님. 분부만 내리시죠."

태흔은 기꺼이 그 부탁을 수용했다. 고용인들도 휴가를 즐기기 위해 모두 외출하고, 집에는 가족들만 남아 있는 상태였다. 은후가 편하게 누울 수 있게 두터운 요를 가져다 허리 아래 괴어주고, 따뜻한 우유도 가져다주었다.

"엄마랑 딸기 한 모금. 완이 한 모금, 혁이 한 모금."

은후와 아들 둘이 우유 한 잔을 번갈아가며 나눠 마셨다. 완의 입술에 하얀 우유 거품이 묻은 것을 보고는 혁이 키득거렸다.

"이와니야, 하얀 수염 생겼다. 할아부지."

"이혀기도 할아부지. 여기 너도 있어."

완도 질세라 우유 거품이 묻은 혁의 입술을 손가락으로 쿡 찔렀다. 둘이서 레슬링을 한답시고 엉켜선 데굴데굴 구르는 것을 소파에 앉아 지켜보는데 휴대전화가 울렸다. 화면을 보니 도준이었다. 태흔은 발코니로 나가 전화를 받았다. '메리크리스마스' 인사하는 도준의 목소리가 들렸다.

"새신랑답게 와이프와 침대 안에서 근사한 크리스마스이브나 즐기시지, 늦은 시각에 웬일이야?"

[형에게 보고할 일이 생겨서. 성일건설 한 회장이 아침에 찾아

왔어. 부도 직전이라고 얼굴이 퍼레졌더라고.]

"다른 곳 돈줄 쾌서 널 찾아가게 만든 건 나지만 그다음은 네 차례야. 알아서 해. 정도준 능력 덕 좀 보자."

[어느 정도까지 작업할 건데?]

"너무 잘나 천지분간 못 하는 그 집 마누라와 딸들이 제 아비 돈으로 호의호식하지 못할 만큼. 확실하게 죽여놔."

태흔은 냉담하게 내뱉었다.

[알았어. 근데 형, 요새 새 찌라시 도는 거 알지? 한 교수 그 여자, 또 핫이슈라는군. 매력적인 유부남들한테 시도 때도 없이 작업 들어가는 무개념 상습범이라고.]

"나이 든 이혼녀가 능력 있네. 한 번도 아니고 두 번이나 찌라시의 주인공이라니. 이번 루머 희생양은 누군데?"

[아진의 맏사위.]

오! 마이! 갓! 진정한 작업의 화룡점정(畵龍點睛).

이것이야말로 진정한 차도살인지계였다. 태흔 자신의 뒷공작에 비할 바가 아니었다.

다른 누구도 아니고 임세라의 남편 정도경을 불륜스캔들 찌라시의 주인공으로 만들어놓다니! 제 남자에게 오물을 끼얹은 사람들을 가만둘 임세라가 아니다. 이유 여하 막론하고 무자비하게 응징해 대겠지. 한 교수를 비롯하여 그 주변 인물들, 아니, 그 너머 조금이라도 관련 있는 것들이라면 죄다 싹쓸이를 해버리겠지.

[형, 이제부터 난 우리 임 실장을 존경하는 것을 넘어서서 무조건 복종하기로 했어.]

"설마 그 루머, 임 실장의 작품이냐?"

이건 생각도 못 한 일의 전개였다.

[응. 오늘 아침에 고백하더라고. 예전에 성북동 할머니께서 지시를 내리셨대. 형이랑 그 여자 얽힌 루머, 제대로 해결하라고. 허위사실 유포 고소고발 정도인 줄 알았는데, 이런 식으로 한 방 쾅! 무서운 히든카드 한 장을 숨겨두었을 줄이야!]

태흔은 '장하다, 임 실장. 확실히 끝장냈구나' 하고 중얼거렸다.

제 남편 일이라면 물불 안 가리는 임세라도 무서웠지만, 조용히 뒤에서 이 모든 일을 만들어낸 진정한 실세 임슬이가 더 무섭다고 태흔은 생각했다. 한다면 하는 대한민국 아줌마의 파워를 보는 것 같아 통화를 하던 두 남자 도준이나 태흔의 등골에 소름이 쫘악 돋았다.

"대한민국 아줌마들 심기를 건드리면 종말은 그런 식으로 오는 거다. 그러니까 너도 제수씨 말 잘 듣고 살아."

[당연하지. 나야 우리 수라 말이라면 하늘이 빨갛대두 다 믿는 사람이지. 형수님에게도 안부 전해주고. 주말에 놀러 갈게. 잘 자, 형. 엄마가 부르시네. 밤새워서 부부대항 고스톱 치자고 하시네.]

"재미있게 살아. 메리크리스마스."

전화를 끊는데 하늘에서 하얀 것이 하나둘 떨어지기 시작했다.

"은후야. 이완, 이혁. 눈 온……."

반가운 마음에 소리치려다가 태흔은 입을 꾹 다물었다. 비시시 미소가 입술에 떠올랐다.

그렇게 안 잔다고, 산타클로스 올 때까지 기다릴 거라고 고집 피우더니만. 두 녀석 다 제 엄마 옆에서 곯아떨어져 있었다.

완이는 잠이 든 호저처럼 동그랗게 등을 말고 은후 옆에서 잠이 들었고, 혁이는 마치 뱃속의 동생 숨소리라도 듣고 있었는지, 은후 배에 얼굴을 꼭 묻고 있었다.

일란성 쌍둥이이니 얼굴은 거의 흡사했지만 성격은 두 녀석이 아주 달랐다.

'다정다감 왕자' 라 불리는 완과 달리 혁은 '거만 왕자' 라는 별명을 가지고 있었다. 어린 녀석이 어찌 그리 쿨하고 시크한지, 누구에게나 애교를 부리고 친절한 완이하고는 너무 달랐다.

완은 먼저 나서서 엄마 뱃속의 동생을 위해 배 위에다 뽀뽀도 해주고 쓰다듬고 아기 들으라고 손바닥 책도 읽어주곤 했다.

그러나 혁은 보는 둥 마는 둥 은후가 인사를 시켜야지만 마지못한 얼굴로 '딸기, 안녕?' 그러고는 끝이었다. 심지어 무관심하고 쌀쌀맞게 보일 정도였다. 하지만 하루의 마지막 순간에는 달랐다. 졸려서 눈을 비비면서도 꼭 은후 옆자리에 비비고 들어갔다. 딸기가 움직이고 있는 배에다 얼굴을 묻고 딸기와 둘만 아는 이야기를 한동안 속삭이다가 엄마 배에 얼굴을 꼭 묻고는 잠이 들곤 했다. 오죽하면 은후가 태흔더러 '우리 딸기는 혁이 목소리부터 기억할 거야' 하고 투정을 부릴 정도였다.

"한날한시 같은 배에서 태어났는데, 참 다르지?"

은후가 완의 베개를 바로 놓아주며 중얼거렸다. 태흔은 혁을 살며시 안아 형 옆에 누였다.

"달라서 재미있잖아."

태흔이 거실 불을 껐다. 잠이 든 아이들 얼굴 위로 크리스마스트리에 달린 꼬마전구 불빛이 오색으로 반짝였다. 은후가 천사처럼 잠든 아이들을 바라보다가 중얼거렸다.

"나중에 애들이 멋지게 자라면 여자들은 누굴 더 좋아할까? 둘

다 인기는 있겠지?"

"뭐?"

"우리 완이는 늘 친절하고 다정해서 사람을 행복하게 만들어주잖아. 혁이는 겉으로는 쌀쌀맞고 냉정하지만 마음 깊이 따뜻하고. 못 이기는 척, 모르는 척 은근히 잘해주잖아. 내 아들이긴 하지만 둘 다 진짜 매력적이야. 아이고, 우리 아들들 두고 쟁탈전 벌어지면 어떻게 하지? 걱정이네."

"아줌마. 여사님. 정신 차리세요. 유치원도 안 다니는 녀석들 두고 벌써 여자들 인기에 몸살 앓을 걸 걱정해? 맙소사."

태흔도 은후가 누운 옆자리로 다가왔다.

"여왕님, 팔베개가 필요하신지요?"

"그리 해주시면 감은이옵니다, 전하."

은후가 쿡쿡 웃으며 태흔의 팔베개를 차지했다. 배가 불러 등을 돌려 눕기는 했지만. 태흔이 뒤에서 은후의 배를 두 팔로 꼭 감싸 안았다. 귀에 대고 은근히 속삭였다.

"이은후, 우리 아들들 매력은 그렇다 치고, 그럼 넌 내 매력 중 어떤 게 최고야? 난 네가 알다시피 모든 매력을 한 몸에 갖춘 '퍼펙트 가이' 잖아."

은후가 입을 손으로 가리고 푸훗 웃었다. 쌍둥이 아들의 매력에 대해 칭찬했더니 독점욕 강한 남편님이 그새 발끈한 모양이다.

"글쎄, 이런 자뻑 모드에 반했을라나……."

"눈 온다."

어느새 폭설로 변한 눈이 창밖으로 기쁜 소식처럼 소복소복 나리고 있었다.

"메리크리스마스, 오빠."

"메리크리스마스, 이은후."

태흔의 다정한 속삭임 안에서 은후도 잠이 들었다.

검은 밤 안으로 하얀 눈이 하염없이 내리고, 크리스마스트리의 오색 전등불빛이 따뜻하게 빛났다. 오래도록 태흔은 은후를 꼭 안은 채, 부부의 옆에서 잠든 아이들의 꿈을 지키면서 홀로 깨어 있었다. 내년 크리스마스에는 귀여운 딸 딸기도 이 자리에 함께 있으리라 생각하면서…….

〈The End〉

작가후기

2015년 폭염의 계절에 제목처럼 찌는 듯한 〈폭염〉을 외전 추가 개정판으로 재출간합니다.

무엇이든 내가 욕망하는 것을 쓰겠다는 결심으로 쓴 이 작품은 2009년 겨울에 출간되었습니다. 출간 전 연재 당시 많은 분들이 열렬히 호응해 주셨고, 기쁘게 읽어주신 행복한 기억이 있습니다. 전작 〈아바타르〉 이후 우울증에 시달리던 제가 다시 창작활동을 할 수 있는 좋은 기운을 얻은 글이기도 합니다.

그런 작품이 사라지지 않고 다시 새 옷을 입고 세상에 나온다고 하니 갑자기 흥분되면서도 또 한없이 고맙습니다.

작가인 저도 많이 사랑하는 태흔과 은후의 행복한 결혼생활 뒷이야기도 같이 즐겨주시기를 바랍니다.

늘 건강하시고 행복해 주세요.

저는 독자님들의 읽는 기쁨을 위해 더 열심히 정진하겠습니다.
감사합니다.